兄友妹恭

破破 ◆ 著

青岛出版集团 — 青岛出版社

图书在版编目（CIP）数据

兄友妹恭 / 破破著 . -- 青岛 : 青岛出版社 , 2025.

7. -- ISBN 978-7-5736-3196-1

Ⅰ . I247.5

中国国家版本馆 CIP 数据核字第 2025Y4D949 号

书　　名	XIONG YOU MEI GONG 兄友妹恭
著　　者	破　破
出版发行	青岛出版社（青岛市崂山区海尔路 182 号，266061）
本社网址	http://www.qdpub.com
邮购电话	0532-68068091
策　　划	刘　坤
责任编辑	刘芳明　秦　玥
内文排版	戊戌同文
印　　刷	青岛国彩印刷股份有限公司
出版日期	2025 年 7 月第 1 版　2025 年 7 月第 1 次印刷
开　　本	16 开
印　　张	27.75
字　　数	500 千
书　　号	ISBN 978-7-5736-3196-1
定　　价	68.00 元

编校印装质量服务电话　4006532017　0532-68068050

编校印装质量服务

目 录
C O N T E N T

第一章　当他们来到这个世界

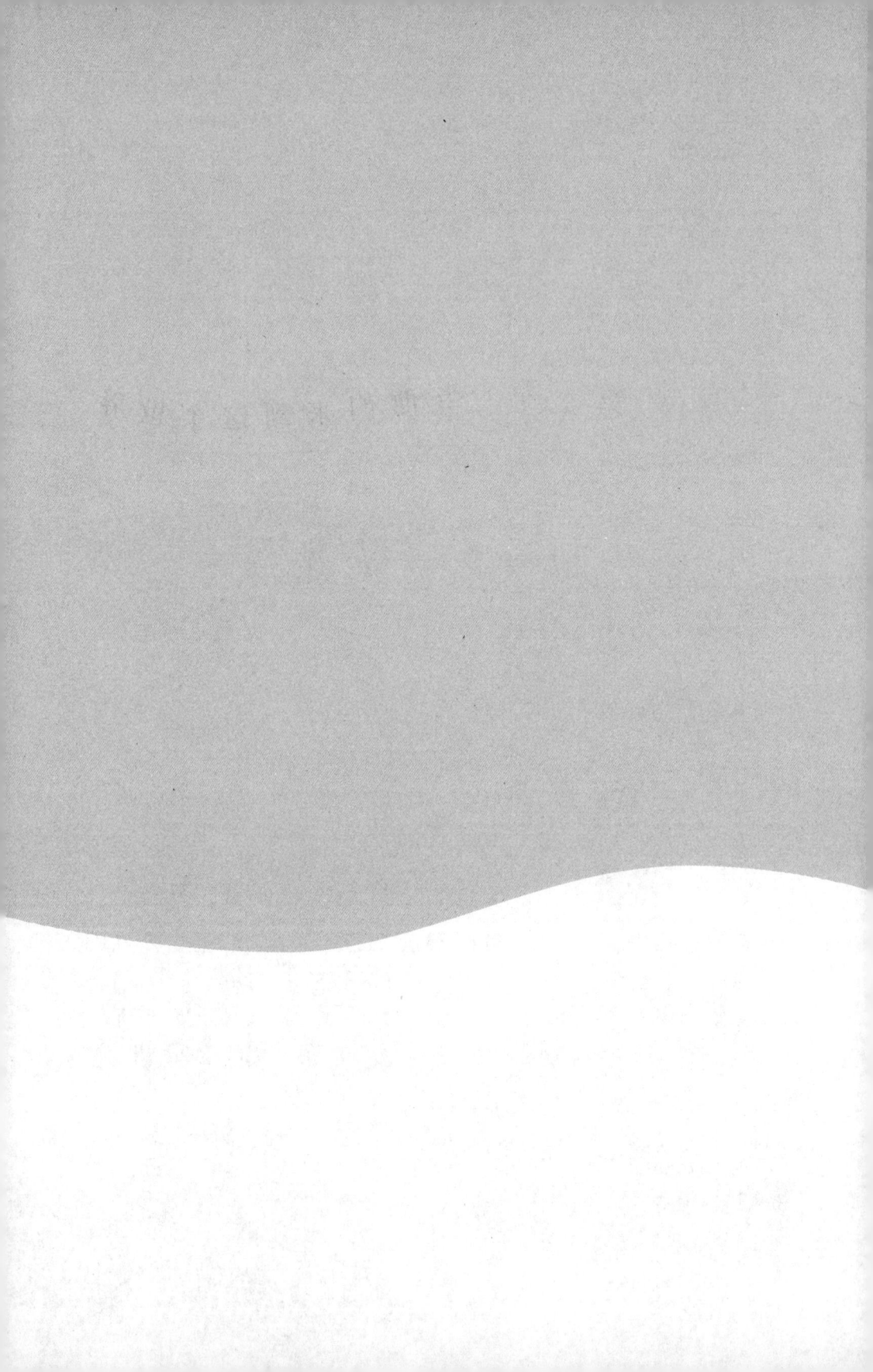

1

在泰溪县卜西镇一个叫泰华龙庭的小区里，两位孕妇正坐在石榴树下晒太阳。两人都是鹅蛋脸、杏核眼，乍一看有点像，别人常误以为她们是姐妹，其实她们只是上下楼的邻居。

肚子小一点的叫叶晓梅，是去年年底远嫁过来的越剧演员。她目前在隔壁城市的一家剧院工作，性格慢热，到了泰溪很久都没交上本地朋友。楼上比她先怀孕两个月的姐姐叫王丽婷，为人爽快，擅长交际，最重要的是普通话比其他邻居讲得标准。一个月前，叶晓梅的老公程栋不在家，有个本地陌生人突然上门说事，语速太快，叶晓梅听不懂，王丽婷听见动静，主动下楼解了围，两人稍微熟络了点，有时候坐在一起交流怀孕心得、两地风俗差异什么的。

叶晓梅说普通话时，语调中带着点家乡的吴侬软语的韵味："王姐，下个月你就生了，陈哥给你家宝宝取名字了没呀？"

王丽婷的肚子已经滚圆滚圆了，只能叉着两条腿才能坐得舒服点："还没呢，翻了八个月字典还没翻出一个像样的名字。我跟他说了，要是等我生的时候他还没取好，我家这个就叫陈王八了。"

叶晓梅抿着嘴笑，她指了指自己的肚子，温和地说："我家那位取好了，叫程乐，是不是有点俗气？"

王丽婷接过话茬："俗什么呀。我们做父母的可不就是盼着孩子平平安安，快快乐乐地长大嘛。要我说呀，我家这个叫陈安也不错。咱俩小孩的名字连起来，就是一个平安喜乐！"

王丽婷说完后，对自己不经意的发挥越想越满意，一时激动，猛地站了起来，兴奋地说："对对对，就叫陈安了。我这就给老陈打电话。"

此时的陈涛还只是泰溪县税务局的一个普通科员。前两天，他在局长的带领下前往省会曾州市学习税务改革的精神，明天才能回泰溪。王丽婷拨打电话后，只听到了手机已关机的机械提示音。

王丽婷讪讪地收了电话，正准备扶着躺椅慢慢坐下，突然肚子抽动了一下，好像有什么东西在不停往下坠。

她头上冒汗，慌张地朝正在往屋里走的叶晓梅喊："晓梅，我——我可能要生了。"

虽说叶晓梅自己也是个行动不便的孕妇，但她离预产期还有八九十天，这会儿还能跑两步。她急匆匆地三步并作两步跑回院子，张口结舌地说："不，不是还有一个月吗，王姐？我给陈哥打电话。"

王丽婷龇牙咧嘴地说："他关机了。男人关键时刻靠不住。晓梅，你能送我去医院吗？"

由于叶晓梅跨市上班，程栋特地添置了一辆经济实惠的国产车。小区过道狭窄，车进不来，好在那个年代私家车也不是家家户户都有，小区门口有大片地方可以停。叶晓梅急急忙忙叫了邻居帮忙，把脸色煞白的王丽婷背到车上，猛踩油门，一路飞驰前往县人民医院。

当晚，王丽婷顺利诞下男婴，取名陈安。感谢那个还没出生的婴儿，他没叫成陈王八。

2

小陈安刚出生时，脸皱皱的，眉毛也稀稀疏疏的，还得了黄疸，闭着眼睛时像只风干了的橘子。只有当他睁开眼睛时，才值得让人多看两眼——陈安的眼睛随王丽婷，轮廓是漂亮的流线型，尽管目前是单眼皮，但看上去还是很大很亮。

没过几天，王丽婷出院了。医生提醒她，得给孩子晒晒太阳，好去黄疸。

王丽婷家的主次卧都朝向东南，倒是能足不出户就晒上太阳。只是医生说，一天得晒两次。然而到了下午，家里就没阳光了。她要坐月子，动不了，只能让婆婆抱着孩子出去晒。

泰华龙庭每个单元楼都有院子，但院子不是共享的，而是附属于一楼住户的产权范围内。王丽婷他们单元的院子是叶晓梅家的。大门口附近的小凉亭倒是小区遛娃的集中地，只是现在正值流感高发期，那儿人来人往的，又有对流风，容易把小孩子弄病了，王丽婷只好让陈涛去问程栋的意思。

院子是闭合式的，没有单独通向外面的门。要用院子得从屋里面穿过去才行。叶晓梅平时还在上班,家里没有人,再说程栋小两口家里布置得很温馨,收拾得一尘不染,要让别人拿了钥匙,安全问题且不说,女主人心里也怕是膈应的。王丽婷自觉和叶晓梅的情分没到那个程度,想着让大老爷们儿之间先垫个话,确实不妥的话,就再想办法。

没想到叶晓梅知道后,特意托着肚子爬到二楼去说:"王姐拿我当小气鬼呢!"说着就把备用钥匙塞给了她。

3

于是乎,小陈安每天在程家晒半小时太阳。叶晓梅把之前买的玩具全都拆了封,放在院子里,让小陈安提前享受了。

小陈安美滋滋地过了两个月无忧无虑的生活,等他躺在奶奶怀里能抬头的时候,遭遇了人生第一个危机。

王丽婷没奶了!无论奶奶炖猪脚汤还是熬鲫鱼汤,也不管是请按摩师还是请菩萨,王丽婷的乳房都像是干瘪的囊袋,再也挤不出一滴奶来了。

王丽婷紧急购入两罐奶粉,哄了半天,小陈安终于学会了用奶瓶。谁知心满意足地喝完一顿后,他不仅拉稀了,第二天全身还起了一粒粒的疹子,密密麻麻一片,看着很是骇人。

医生说孩子是蛋白过敏,得喝脱蛋白的奶粉。不过这种奶粉只有曾州那边买得到。陈涛从医院一出来,便搭上了通往曾州的大巴,专门扛了两箱特殊奶粉回来。

那奶粉可真贵,买两箱奶粉的钱足足抵得上陈涛两个月工资了。可是没办法呀,小陈安饿得嗓子都快哭哑了,也把全家的心给哭碎了。

然而,这么贵的奶粉买回家,小陈安却不给脸,甭管王丽婷和陈涛怎么换着法儿地哄,他誓死不喝。

王丽婷自己尝了尝,发现这个没有蛋白的奶粉没有一点奶香,甚至还带着点臭味,不知道是变质了还是本来味道就这样。小陈安可是喝过香香甜甜母乳和奶粉的人,由奢入俭难,他就是喝不下这奶。他要做一个有品位的婴儿。

陈家奶奶急坏了,这时也不想跟儿子儿媳妇凑一起再说废话,她拿起两个奶瓶,脚下生风地跑去客运中心,坐上了去县人民医院的小客车。

到了医院的产科,她只往那些祖胸露乳喂奶的妈妈身上看,两只眼睛贪婪地冒着光,见着人便说:"这位妈妈行行好,给我家孙子来点奶吧。""您这辈子积大德嘞,这福气肯定能保佑您家娃健健康康!"……

还别说，陈奶奶这方法虽然粗暴但很有用。没两个小时，她还真把这两瓶奶给凑满了。

为了省车费，她洗刷出十来个瓶子，背着个以前穿街走巷卖冰棍的保温箱，早出晚归，披星戴月，为孙子的口粮奋斗着。

菜色很快从小陈安的脸上转到王丽婷的脸上。她都快愁死了。

小陈安得到六个月才能吃辅食，难道让他吃百家奶吃上几个月，让老人家这么舍着脸跑来跑去？这么下去不是个办法。可是她也想不出其他招来。

4

就在王丽婷愁绪满怀的时候，叶晓梅生了！

令所有人意外的是，叶晓梅生了个女儿。在小地方，只要有点关系，往往能提前得知胎儿性别。程栋的远房表舅是医院影像科的主任，他还没问，表舅就来恭喜他得了个儿子。程栋和叶晓梅对性别并不在意，提前被告知，也只是在准备婴儿用品时好挑颜色罢了。

但由于有了预期，结果生出来是个女儿，这让所有人都大跌眼镜。

医生无奈地对着片子解释说，做彩超时，小宝宝在妈妈的肚子里做了个迈克尔·杰克逊捂裆的造型，所以让大家误会了。

"小朋友还挺幽默的，以后肯定是个人才！"

叶晓梅乐个不停，就把程乐的名字改了改，叫程乐乐。

程乐乐的出生，对陈安的一生都有着重大意义。不过在这个阶段，程乐乐呱呱坠地的意义在于——解决了陈安的粮食危机。

叶晓梅的奶水非常充足，除去程乐乐那份，还能匀出多余的救济小陈安。

小陈安终于喝上新鲜热乎的奶了。他打着奶嗝，满足地趴在叶晓梅的胸口，乌黑的眼睛滴溜溜地转。

陈奶奶在旁边看着，老泪纵横。

程栋的父母早逝，叶晓梅的父母年迈，又在外省，无法赶过来照顾。他们本来都已经请好了钟点工，这会儿陈奶奶死活不让了。她一个有手有脚的大活人站在这儿，怎么能让恩人花钱请人干家务？

此后，陈奶奶每天给两家人做饭，打扫两家的卫生，照顾两个孩子，另外还给叶晓梅做猪脚炖黄豆，熬鲫鱼汤，忙得手脚不停，可是她一点都不觉得累。她还有大把的精力逗逗小陈安，逗逗小乐乐。

她抱着小陈安，让他仔细打量躺在婴儿床上的程乐乐："这是你妹妹小乐乐，你是男子汉，以后长大了，你要保护她。要是你欺负她，奶奶就打你屁屁！"

小陈安伸着藕段一样的胳膊朝小乐乐那边探。

"握握手吧。"陈奶奶抓着他的小手碰了碰乐乐的手。

陈安立马握住了，咯咯地笑了起来。

这是陈安和程乐乐的第一次牵手。"咔嚓"一声，程栋举着富士相机留下了珍贵影像。

5

陈奶奶不知疲倦的悉心照料让叶晓梅很过意不去。她觉着自己只是做了举手之劳的事儿，但陈奶奶却把她当成了一尊活菩萨。为了报答陈奶奶的善意，叶晓梅让小陈安晚上留宿在自己家里。

王丽婷已经休完产假恢复上班了。由于小陈安晚上会醒好几次喝奶，为了保障王丽婷的睡眠，小陈安只能跟着陈奶奶睡。陈奶奶毕竟是五十来岁的人了，半夜起来热奶瓶身体会吃不消，所以这活儿被叶晓梅揽了过去。

起初陈奶奶还不肯，这又不是多个人多双筷子那么简单的事儿。晚上照顾婴儿累人着呢，何况还要同时照顾俩，人家哪还休息得好呀。

但叶晓梅很坚决，陈奶奶要是不答应，叶晓梅就不肯给她供奶，陈奶奶也没辙，只好在白天更努力更仔细地照顾程乐乐。

程乐乐可比陈安好照顾多了。程乐乐是个特别恬静的小孩，不爱哭，只要有人逗她，她的注意力就会被吸引过去，非常惹人爱。陈奶奶是真把她当亲孙女看待了，干活时从来不偏心自家孙子，要是两人同时尿裤子了，她总是先去帮乐乐。

男孩子糙一点没关系，女孩子要细养。

这是陈奶奶的育儿理论。

说来也怪，自从小陈安去程家睡了之后，他也不夜啼了，跟乐乐一样，吃完睡，睡完吃，做一坨安安静静与世无争的小肉团。

两人就这么"同床共枕"、岁月静好地过了一段时间。

6

两人咿呀学语时，《还珠格格》开始风靡全亚洲。叶晓梅也爱看，下了班回家第一件事就是守在电视机前看小燕子和五阿哥。她喜欢小燕子的大眼睛，自己不曾拥有，便希望女儿能"基因突变"一下。为了讨个彩头，她擅自给程乐乐取了个小名儿，就叫小燕子。为此，她抱着程乐乐逗小陈安时，就让她唤他小阿哥。

程乐乐说不了这么长，只能叫小哥。叫着叫着，叫习惯了，陈安便成了程乐乐的小哥。

小燕子和小阿哥的称呼一定程度上反映了两个家庭的美好愿望。只是事与愿违，等他们能说能跳、到了上幼儿园的年纪时，两人却像是针尖对麦芒，展现出一山不容二虎的架势。

陈安在楼上打球，故意不让乐乐睡觉。乐乐在楼下练琴，陈安也休想睡得安稳。

陈安偷偷买可乐，乐乐就去干妈王丽婷那里打小报告。乐乐偷偷喝可乐，陈安就事先往里面倒酸醋。

陈安爬石榴树，骗乐乐到了树上可以摘到星星。乐乐一鼓作气跟着爬，爬到一半陈安唬她往下看，乐乐立马哭得鼻涕泡比脸大。

乐乐没招了。在使坏方面，程乐乐不如她小哥。陈安脑袋转得快，总能压乐乐一头。乐乐婴儿时没流足的眼泪全都攒到这会儿用上了。尤其是晚上，全小区都能听见程家传来的响遏行云的哭声。

乐乐为什么在晚上哭得这么猛烈呢？因为到了晚上，陈奶奶就返回她自己家住了。陈奶奶的家也在小区里，隔着他们两个单元楼，乐乐哭成那样，是为了召唤陈奶奶。两家双职工父母已经对两兄妹的互斗互殴麻木了。他们放弃了青梅竹马的幻想，甚至也不抱着兄友妹恭的希望，谁来告状都是两人集体受罚——这是两家人为了不助长他们煮豆燃豆萁的恶劣风气，更是为了自己的安宁而达成的默契。

只有陈奶奶，在这种需要站队的场合，会毫不犹豫地选择站在乐乐这一边。只要陈奶奶听到乐乐的哭声，她便会像超级英雄一样从天而降，然后拎着陈安的领子将其提回家，施以一顿毒打。

"说！我不欺负妹妹，我要保护妹妹！"

每次被打完，还得发一次誓。

陈安的眼泪早在婴儿时期就用完了，他面不改色地领完打，念完誓，等陈奶奶转身一回去，立刻下楼实施报复。

小屁孩能懂君子一诺？总之就是要战斗！

7

到幼儿园大班的时候，县教育局针对各级幼儿园组织了一场名为"小红花"的歌唱比赛。据说决赛还会在泰溪剧院的大礼堂进行，届时县里的领导们都会过来，还有电视台的人来录播，节目会在新年期间滚动放送。

陈安和程乐乐所在的蓝天幼儿园很重视这次比赛。既然是歌唱比赛，参赛者的嗓门一定要亮；既然是演出，参演人的长相一定要好看。老师们选来选去，定下了陈安和程乐乐。

因为这会儿，陈安和程乐乐都长得有点俏模样了，跟小时候那种除了眼睛以外没地方下眼的样子相比，简直是判若两人。

曲目也是为他们量身安排的，叫《相亲相爱一家人》。

陈安和程乐乐是领唱，后面还站着一群小不点一起合唱。两人要边唱边记手势。陈安站左边，挥左手；程乐乐站右边，挥右手。唱到高潮时，两人还得垫着脚尖左晃右摇。

排练完，幼儿园老师亲切和蔼地摸着程乐乐的脑袋说："这次排练的时间很紧，你们在家也要好好排练哟。老师会检查的，知道吗？"

程乐乐很听老师的话，回家吃完晚饭喊陈安一起排练。

陈安正在玩游戏，也不理程乐乐。程乐乐挡住屏幕，催他配合点。

陈安抬着眼皮说："你是呆头鹅，需要多练练。我是天才，不用练了，快闪开，不要打扰我玩游戏。"

程乐乐满脸不忿地说："老师说让我们两个一起练。"她被陈安骂呆头鹅骂习惯了，都忘记了反击。

陈安道："老师是给你面子，其实排练时只有你老出错，不然她怎么只跟你一个人说？"

程乐乐哪有从这个角度想过问题，被陈安一提醒，她也觉得老师应该是那个意思。但如果是那个意思的话，就意味着自己可能不受老师喜欢了。一想到这，程乐乐的眼眶里倏地蓄上了泪水。

陈安抱着头翻白眼："我的妈呀，我可真是烦死你了。"

说完，他耷拉着脑袋站起来，左手一摆："我喜欢一回家就有暖洋洋的灯光在等待。"

程乐乐吸了吸鼻子，往前一步，右手一摆："我喜欢一起床就看到大家微笑的脸庞。"歌声里还带着要哭不哭的颤音。

8

所谓天赋不够勤奋来凑，在程乐乐单方面的努力下，蓝天幼儿园的《相亲相爱一家人》竟然真闯入了决赛。

比赛那天，程乐乐和陈安的脸上画了两朵浓浓的红云，眼皮上抹了金色的眼影，嘴唇也抹得如烈焰般红艳。

他们在老师的带领下，坐着小客车到了县城。卜西镇离县城开车不过二十分钟的距离，他们很快就到了传说中的泰溪剧院。

泰溪剧院是一家国有企业，平时县里的重大会议、大型演出、进口大片放映都安排在这里。它是一座二层建筑，正门一进去便是由大块大理石铺成的地面，中央铺着一层厚厚的红地毯。两侧是粗壮的方形大柱子。装修风格端庄肃穆，让人不敢在此高谈阔论。

各个幼儿园的小朋友们汇聚成了一片缤纷的海洋。平日里活泼的小朋友们这会儿乖乖巧巧地排着队，听老师的指挥。只有陈安顶着一张五颜六色的脸到处看。

程乐乐跟在他屁股后面，压着嗓子问："你看什么呀？"

陈安没理她，他就是好奇，小孩子没见过世面，也没到需要对此遮遮掩掩的年龄，所以抻着脖子东看西看的。

程乐乐催他："别看了，他们都进去了。"

翘着几缕头发的陈安置若罔闻："这儿还挺像一座古堡的。你说会不会有吸血鬼？"

这句话成功让程乐乐抖了抖。她不由自主地拉住了陈安的衣角，嘴上却在硬扛："胡说，吸血鬼白天才不出来呢！"

陈安一张嘴就瞎发挥："今天是阴天，吸血鬼也能在白天出现。你知道吸血鬼是什么样的吗？他有绿色的眼睛——"

前面老师开始喊："陈安快一点！"

陈安收了心，大摇大摆地跟上了队伍。

9

每一组的表演都差不多，粉雕玉琢的小朋友们被化了浓艳的妆，然后跟小大人似的做着机械的动作。

蓝天幼儿园抽到了最后一个上场的顺序。表演结束后，他们没被安排入座，直接在大礼堂的门口排队"拉火车"。

经过领导的一番评比，奖项逐一揭晓。蓝天幼儿园虽然没有获得一、二、三等奖，但来的都是客，他们拿了个"最佳领唱组合"的奖状。幼儿园老师带着陈安和程乐乐去领了奖。领完奖出来，蓝天幼儿园的小朋友们已经被另外的老师领着去后门那儿乘车了。

程乐乐要上厕所，老师领她和陈安一起过去。刚到厕所门口，就有人叫老师过去领取奖品并签字。于是，老师对陈安说："你在这里等妹妹，老师等一下就过来。"

陈安漫不经心地点了下头。程乐乐这才进了厕所。

可是陈安哪里等得住。他本来以为表演完还能有机会参观剧院，谁知一表演完就要走人，心里正着急。这会儿，老师终于没时间看住他了，他便冲着厕所喊："我去转一下立刻就回来！"

但他的声音很快就被陆续退场的小朋友们的喧嚣声淹没了，程乐乐压根没听见。等她上完厕所出来，门口既不见老师也不见陈安。

她站在那儿等了几分钟，对一个小朋友来说，几分钟仿佛有一辈子那么长。她等得心焦，索性自己去找老师了。她自认为记着路，但一抬腿却走向了反方向。她越走越远，拐了个弯，瞧见一道虚掩的黑色的门。

在好奇心的驱使下，程乐乐忽视了未知的危险。她钻进去，拉开一层黑色的天鹅绒门帘，只顾往里探险，却没注意后面的弹簧门被她微微一推之后，自动关上了。

瞬间，程乐乐陷入了黑暗。这里貌似是个很黑很空旷的地方，两侧的安全出口指示灯散发着幽幽的绿光，像是吸血鬼的眼睛。

程乐乐的恐慌渐渐战胜了探索的欲望。她转过身拔腿就往入口跑，可是那扇弹簧门是很沉的防火门，需要按压推拉杆才能打开，程乐乐不懂这个。她只知道她使出了浑身力气，那门依然一动不动。

她被关在了一个密闭的空间里，除了黑暗还是黑暗。恐惧如潮水般将她紧紧包围。她觉得吸血鬼、怪兽、人坏蛋都在伺机而动。她哭天抢地，但陈奶奶没有出现。因为她进的是一个闲置的放映厅，她的声音再也不能穿透墙壁，相反，吸音板吞噬了她的求救声，让她孤立无援，度秒如年。

而外面的陈安晃悠悠地回到了厕所门口。他等了半天，没见程乐乐出来，也没见别人出来。他溜进女厕所一看，里面空无一人。

陈安以为程乐乐被老师接走了。他趴在楼道上往楼下看，瞧见所有人都往一个方向走，便聪明地猜出了出口的方向。他沉着地下了楼，到了出口，四处张望，顺利地找到了蓝天幼儿园的小客车。

他上了车，带队老师说："冯老师还在楼上领奖品，你找个座位坐吧。"

话音刚落，冯老师就上了车，一看见陈安，便着急地说："陈安，我找你半天，你跑去哪儿了？"她如释重负地呼了口气，但很快她就发现了不对劲的地方："你妹妹呢？"

陈安也察觉出来了，茫然地反问："冯老师，你没见到乐乐吗？"

两人这么一合计，才反应过来。程乐乐丢了。

这可怎么得了？！

冯老师要疯了，今天那么多幼儿园的小朋友聚在一起，本来就够混乱的了。如果程乐乐只是混进了别的幼儿园队伍里还好，总有老师会把她送回来的。就怕是小朋友自己跑出去找人迷了路，那无异于大海捞针。

这么一想，冯老师连忙先跑回剧院，询问保安有没有注意到有小朋友私自走出去。

"应该没有……吧。"保安犹豫了一下，毕竟这一天来来去去的都是差不多脸蛋的小朋友。他有点吃不准。

陈安这会儿大脑一片空白，他要下车找乐乐，但是带队老师不让。已经丢了一人，要是再丢一个，她以死谢罪算了。

陈安急得像热锅上的蚂蚁，趴在车窗边，半个身子都探了出去，就盼着能看见一抹熟悉的身影。

可是，他等了很久，却始终不见冯老师从里面出来。

10

冯老师最后去查了监控。监控不大全，有个别还是坏的，死角盲区也不少。今天小朋友的穿着都大同小异，查监控跟玩消消乐似的，冯老师眼睛都看疼了，才查出程乐乐最后去了放映厅的方向。

其实他们刚才来过这个地方，只是里面黑乎乎的，也没听见声儿，他们就以为里面没人。这回，他们让人打开了放映灯，进去后才发现门后面窝着一团，是哭昏过去的程乐乐。

冯老师连忙抱起程乐乐往外走。

在冯老师的跑动中，程乐乐被颠得醒了过来。她哑着声音问冯老师去哪儿，冯老师说得去医院。

程乐乐摇头："我想回家。"

"让医生阿姨检查完再回家。"

程乐乐不好意思地在冯老师耳朵边说："我尿裤子了，想回家换衣服。"

冯老师一怔："那让你妈妈送衣服来医院好不好？"

程乐乐道："不用了。"

正说着，两人出了剧院。陈安看见程乐乐出来，跟一道闪电似的，在带队老师反应过来之前就冲下了车。他嗖地跑到程乐乐旁边，闻到了一股扑鼻的尿骚味。再抬头看程乐乐，见她脸色发白，垂着眼也不看他。

陈安跟在冯老师后面急切地问："乐乐没事吧？"

冯老师既气自己马虎，又气陈安不像个哥哥样，可是陈安不过是个六岁不到的娃，能怪他吗？于是，冯老师只好说："先去医院看看，你和其他小朋友一起回家吧。"

"我也一起去。"

冯老师的好脾气被彻底磨没了："你去干吗呀？再添乱吗？"

陈安坚定又渴望地说："我得守着我妹妹，我发誓再不乱跑了。"

冯老师没办法，只好让带队老师先走，然后通知了程乐乐的家长，领着陈安一起去了医院。

程栋赶到的时候，急诊室的医生已经给程乐乐检查完了。程乐乐没什么大碍，就是有点吓到了，回家静养就好。

冯老师不停地道歉，程栋也不好再说什么。程乐乐软绵绵地躺在程栋怀里，陈安则垂着脑袋站在旁边抠手指。他很懊悔，知道自己犯了大错，要是程乐乐出了意外，他觉得奶奶一定会打死他。

而且，他发现自己就算被打死也无话可说，因为确实一点都不冤。

回家后，"无大碍"的程乐乐却发起了高烧。陈安的爸妈和陈奶奶在得知此事后，对陈安进行了无情的混合三打。打完之后，罪人陈安被陈奶奶押解至程乐乐的床头。

等大人都不在房间的时候，陈安偷偷牵着程乐乐的手，说："乐乐，等你好了，小哥带你去玩，再也不丢下你了。"

程乐乐迷迷糊糊地看着陈安，说："小哥，我想喝娃哈哈。"

"干妈不让你喝。"

"可是我想喝。"

"行。你等我。"陈安出门买了几瓶 AD 钙奶，回家拿了个保温瓶，偷偷地将 AD 钙奶灌了进去，然后装模作样地下楼给程乐乐喂水。

程乐乐也假模假式地嘬着吸管，乌黑的眼睛闪烁着狡黠的光，一口气喝完，嘴跟抹了蜜一样甜："小哥对我最好了。"

两人就这么冰释前嫌了。

这回跟以前的和好不一样了，陈安不削尖脑袋想着怎么折腾妹妹了。程乐乐本来也不是个攻击性强的小孩，陈安放过他，她自然也放过了陈安。

11

冬去夏来，岁月更迭。两人转眼间上了小学。

陈安每天一起床就刷着牙跑到楼下叫醒程乐乐。程乐乐喜欢赖床，只有陈安叫得醒。程家给陈安配了自家钥匙，方便他出入。程乐乐洗漱完，就跑到楼上，这会儿陈奶奶已经做好了早餐。两个人一个喜欢吃蛋黄，一个喜欢吃蛋白，配合默契，分工明确地解决完早餐，然后下楼取自行车。

百花小学离小区大概两公里路。自从陈安学会了骑车带人后，程乐乐就放弃了学骑自行车的念头，坐在陈安后座上还能打个盹。他们是一个班的，作业都一样。到了教室，两人相互抄作业。程乐乐会做的题，陈安懒得做，就直接抄程乐乐的，一边抄还能一边检查出错题来；程乐乐不会做的题，陈安才有心情看一眼做一做，她再回头抄他的。两人都挺会取长补短。

除了学习上的天赋，陈安逐渐展露出商业头脑。闲暇无聊时，他设计了一套卡牌游戏，拉着同学一块儿玩。同学们在家玩游戏被管得严，到了学校正愁找不到玩的东西，陈安一讲，大家就都上钩了。陈安的牌都是自制的，由程乐乐负责美工设计。前期他们免费让大家玩，后期陈安就开始卖道具。赚到的"赃款"，两人平分。

两个小地主每天到家的第一件事就是数钱，块儿八毛地攒着。陈安不指望程乐乐做会计，程乐乐脑袋瓜子转得慢，只会傻存钱。为此，她还特意买了个粉色的小猪存钱罐，每天往里攒钱。攒下来干什么呢？给偶像"打投"，买《Cool 轻音乐》《当地歌坛》杂志……

败家玩意儿。

陈安瞧见程乐乐一屋子的偶像明星海报就脑子疼。都说肥水不流外人田，程乐乐的胳膊肘却永远往外拐。偶像面前没小哥，赚的钱全给了这群小白脸。

陈安不爱存钱，他喜欢把钱滚动起来。到了周末，陈安还会驮着程乐乐去县城的文具市场上转一转。他批发了一些好看或者好玩的玩具，回头倒卖给镇上的人。程乐乐是他生意版图扩张的最大绊脚石。每次到了卖文具的时候，她这个不让卖，那个不许卖。为什么呢？因为它们这么可爱，她都舍不得卖。

"就你这学习量，用得掉这么多笔和纸吗？"

正所谓"差生文具多"，程乐乐才不管这些。她让陈安多批发一点奥特曼什么的，她对这个没兴趣。她喜欢那些花花绿绿的橡皮呀，贴纸呀，文具袋呀……

她在新买的信纸上给偶像写信，还买精致的相册来珍藏偶像的照片，照片边上要贴很多的小红心。

陈安觉着程乐乐十有八九要长成一个草包，当然是比较漂亮的那种草包，俗称花瓶。毕竟程乐乐到了五年级就出落得——虽然不能说亭亭玉立、婀娜多姿（毕竟还没到那个年纪），但已经明眸善睐、肩平腿直，是个十足的美人胚子了。

同时，陈安也长得愈发眉清目秀，尤其是那双漆黑的眼睛，任谁看了都得叹一声"目若朗星"。

都说一方水土养一方人，又说相由心生。同吃同住又有着相同生活习惯的两个人这么朝夕相处着，受对方气息影响，逐渐有了些对方的模样，长出了一家人的气质。他们如同两根藤蔓，缠在一起久了，便成了一束。但陈安长得并不女气，线条硬朗；程乐乐也不英气，五官柔和。两人各有各的好看，各具特色。

女孩子成熟得早，已经有小姑娘开始偷偷留意陈安了。到了六年级，陈安荣升大队长，他成绩好，喜欢踢足球，在百花小学光秃秃的球场上跑得像匹小马驹，俘获了不少若有似无的春心。

程乐乐也不差，她是班级里的文艺委员，随了叶晓梅，天生一副好嗓子，担任每周一的国歌领唱员，自然也是学校里的名人。

不过男孩子发育晚，在五六年级时还只知道玩，对男女之间那种懵懂的感情仅限于过嘴瘾。只是他们不敢开程乐乐的玩笑，因为程乐乐的爸爸是派出所的队长。曾州曾出过精神病患者闯进学校乱杀人的事件，各级学校都要组织紧急演习，来百花小学讲课的人正是程栋。程栋人高马大的，三两下就把"歹人"给撂倒了，手法凌厉，脚法果断。借他们一百个胆，他们也不敢打程乐乐的主意。

所以，比起陈安，程乐乐的男方市场萧瑟了些。但得益于陈安，程乐乐的女孩缘很好，总有情窦初开的姑娘喜欢和程乐乐攀谈，借此打探陈安的喜好。程乐乐叫陈安小哥，两人又长得像，大家都以为他们是表兄妹，甚至连班主任都误会了。

"陈安喜欢什么呀？"

"他喜欢钱。"

"陈安生日快到了，我们要不一起买个礼物给他吧？"

"不用这么麻烦，直接送钱就好啦。"

小姑娘们在程乐乐这里屡屡碰壁，但是都还不至于感到扫兴。因为程乐乐也挺会聊天的，尤其是当她推荐自己偶像的时候，声情并茂，绘声绘色，很能吸引人。她们冲着陈安来，然后带着对偶像的喜爱回去，可以说是满载而归。

程乐乐以一己之力拉高了当年《快乐男声》的收视率。

也是在这一年，陈涛和王丽婷都陆续被调往省会曾州工作。他们打算下学年让陈安也转到曾州上学，但陈安很有主意，以保证保持全校第一成绩的承诺，换来了留在泰溪独自生活的机会。其实也不算独自一人，陈奶奶还在小区里住着，再说程栋一家就在楼下，加上陈涛夫妇每周末都会回来，所以不至于出什么大乱子。陈安说服父母的另外一个理由也很充分：曾州的教学资源固然好，但是成长环境也很重要。他们作为双职工，没有精力去照顾和陪伴陈安。这么一琢磨，他们便答应了陈安的请求。

那时，留守儿童的情况很普遍，但普遍不一定代表正确。当一家人逐渐习惯分离，亲情的淡漠也随之而来，然而当时谁都没把这个问题当回事。

12

卜西镇中离家不远不近，程乐乐和陈安两人不住校，但中午不方便回来。陈奶奶提前一天做好饭，让他们带到学校。学校食堂提供蒸笼，方便学生热饭菜。陈安和程乐乐分了相邻的两个班，到了吃饭点，陈安就堂而皇之地进了程乐乐的班级，两个脑袋凑在一起吃。程乐乐挑食，陈安专吃程乐乐不爱吃的边角料。等吃完了，陈安收拾碗筷去洗碗，程乐乐则叼着牛奶负责陪聊。

程乐乐在婴儿时期或多或少地被剥夺了部分母乳，现在陈奶奶想尽办法弥补，每天逼她喝好几瓶奶，导致她到了初中，还跟个小孩儿似的，身上有一股淡淡的奶香味。

上初二以后，程乐乐总觉着饿，肚子像个无底洞，刚吃完没多久肚子就饿得咕咕叫。陈安也察觉到了程乐乐的变化。她的身高猛长，坐在陈安的后座上时，两脚已经需要收着才能不落地了。紧急刹车时，陈安的后背还能感受到程乐乐胸前的柔软。

有一天，程乐乐突然请假回家了。第二天早上，她脸色苍白，虚弱无力地去二楼吃早饭。陈奶奶事先准备了红糖水，又额外灌了满满一保温瓶，让陈安背着带去学校。陈安脑子灵活，立刻明白了是怎么回事。他上网查了一下经期的注意事项，一目十行扫完，全记下了。

从此，陈安又多了一份经期记录和提醒的工作。到了每个月的那几天，他得盯着程乐乐不能喝凉的，不能淋雨。程乐乐的脸皮跟城墙一般厚，刚开始还不好意思，两个月后就放开了。有时候她和小姐妹约着去游泳，还会回过头来问陈安上个月的生理期是哪天。她把陈安的脑子当备忘录用，有什么事儿都会喊一声"小哥"。

在镇中，陈安继续扩大他的商业版图。他开始进军保险业，只要大家每月交 5 块钱的保险金，当月生病就可以免费去他那里领药。除此之外，他还创立了培优俱乐部，只要交一定的会费，每月就可以拿到曾州学校出的试卷——这是陈涛通过关系带回来的宝贵资料。他觉着一人占有太浪费，免费共享又不合理，所以就利用起来创收。

陈安虽然喜欢赚钱，但从来不小气。他奉行"取之于民，用之于民"的原则，每月请客也请得大方。这样一来二去，他结交了个日后感情深厚的朋友——全梓荣。全梓荣是镇长的儿子，平日里眼高于顶，只和陈安对脾气。有一天，陈安都载着程乐乐到家了，全梓荣给他打电话，让他晚上溜出来看电影，说是叫什么《谍影重重》，是部美国大片，大明星演的，剧情跌宕起伏，特别刺激。

陈安还没正经去电影院看过电影。以前陈涛单位发电影票，但陈涛一家没那个浪漫心思，一般票还没到手里，就被单位里还没处对象的单身同事们顺走了。被全梓荣这么一宣传，陈安有点心动，便早早地吃了晚饭溜进了房间。奶奶为了照顾陈安，周一到周五留宿在陈家。他不好大晚上再出门，就从房间的窗户跳出去，攀着石榴树爬到一楼院子，再翻过院子的墙出去。

看完电影回来，已经是晚上九十点钟了。程乐乐正坐在窗前剪杂志上的偶像照片，余光里扫见院子里有人纵身一跃跳了进来。她拿着剪刀探出身子一看，嘿，是小哥。

"干什么去了？"

"倒垃圾。"

程乐乐也不问了，从窗户里探出半个脑袋朝上喊："奶奶——"

陈安一把捂住了程乐乐的嘴："看电影去了。"

因为妈妈是越剧演员，所以程乐乐平时的大型免费娱乐项目是去隔壁市的剧院里看演出。那边的剧院是一个表演专用的小剧场，没有花里胡哨的功能。

程乐乐像奶油一般的脸颊被陈安的掌心覆盖着，她炯炯有神的眼睛瞪得圆乎乎的，小声地问："好看吗？"

陈安觉得手心有些痒，放下手说："还行。"

"我也要去。"

"在县城呢。"

"奶奶——"

"行行行，带你去行了吧。明天一放学就去。跟奶奶还有干爹干妈统一口径，就说学校有活动，要晚回家，知道了吗？"

程乐乐小鸡啄米似的点了点头。

13

第二天放学铃声一响，程乐乐就像屁股后面放了鞭炮似的，猛地站了起来，脚踩风火轮一般冲向了隔壁："小哥——"

陈安身边围着好几个问题目的女同学，把程乐乐给急得呀，像一只急着去野外的小狗。她钻进包围圈，一边帮陈安收拾书包，一边嚷嚷着："明儿再问，不着急，离中考还有五六百天呢。"

"程乐乐你赶着去投胎呀。"

"赶着去约会，快快快！"

陈安拎着书包推了推程乐乐的脑袋："瞧你这点出息。"他的嘴角勾着好看的弧度，眼底是掩不住的温柔。

看电影自然是去泰溪剧院。卖票的地方是一个设在路边的小窗口，跟卖火车票的地方有些相似。陈安问售票员最近的场次是什么，售票员哈欠连天地说:"《色·戒》。"

陈安对电影的了解程度几近空白,问:"谁演的?"

"梁朝伟、汤唯。"

陈安知道梁朝伟,他在电影频道看过梁朝伟主演的《无间道》,感觉这部像港匪片,就掏钱买了两张。

上次来这里,陈安和程乐乐还是幼儿园的小朋友呢,那时他们看什么都带着点怯生生的味道。这会儿,两人已经长得初具规模了,现在再进去,这里完全没有了小时候想象中古堡般的阴森感。大堂一角放着一排卖零食的柜台,陈安带着程乐乐随便挑了点吃的喝的,就进去看电影了。

这是工作日下午五点钟的场次,偌大一个放映厅,稀稀拉拉地坐着几对情侣。程乐乐一进去,关于儿时密闭空间的记忆突然从脑海里张牙舞爪地翻腾出来。她一把握住了陈安的手,陈安借着微弱的灯光仔细察看她煞白的脸,不确定地问:"要不别看了?"

程乐乐反过来宽慰他:"一会儿就好了。"

陈安心里难受得紧,握紧程乐乐的手,说:"别怕,不管发生什么,小哥都在你身边。"

"嗯。"程乐乐笑了笑,任由陈安牵着,找到座位坐了下来。

没多久,四周暗了下来。程乐乐的注意力很快被剧情吸引,原先的那点恐惧被抛到了脑后。她从来不知道画面原来可以放大到那么大,演员的细微表情纤毫毕现。声音也是如此的立体真实,让人感觉每一发子弹都是从身边掠过的。她好像就身在那个压抑的汪伪政府统治下的上海。

陈安见程乐乐这么目不转睛地看电影,不免感到有点新鲜。程乐乐专注起来的样子还挺好看的,透着一种雨后翠竹的清新感。早知道她这么喜欢,以前就该带她过来了。

只是看着看着,画风逐渐变得不大对劲。男女演员的动作有些不雅。

程乐乐和陈安看得下巴都快掉了。

陈安反应快,立马用手挡住了程乐乐的眼睛:"走走走,回家了。"

程乐乐长这么人还没看过这类电影,这会儿误打误撞地大开眼界。她毫无羞耻心地扒拉下陈安的手:"不回去,还没看完呢。"

陈安的手又盖了上去,咬牙切齿地说:"小姑娘家家的,怎么一点都不害臊?"

"拍出来不就是为了让大家看的，演员都没害臊，我害臊什么？"

两人一个遮一个躲，总之程乐乐是非看不可了。

陈安气得使出了力气，勾着程乐乐的脖子一把将她的脑袋按在了自己的大腿上。程乐乐还要挣扎起来看，陈安一巴掌拍在她后脑勺上，用余力揪着她脖子往怀里塞："等会儿再看！"

程乐乐还在负隅顽抗："凭什么你能看我不能看？"

"我也没看。"陈安真没看了，他觉得哪里怪怪的，又说不上来哪里怪。

最后，陈安几乎是拎着程乐乐出了影厅。

陈安平时挺淡定的，但毕竟还未经人事，全身上下的血液全往脸上涌。程乐乐咽着口水说："城里人可真会玩。"

陈安一边往停自行车的方向走，一边说："以后不许来，知道没？"

"你这叫因噎废食。"

"呵，会用这么高级的成语了。"

程乐乐不以为意，腿长在自己身上，小哥能管得了吗？下次和小姐妹们一起来。

她打定了主意，没理陈安的警告。除去那些风光旖旎的画面，她对大银幕电影产生了深深的向往。打从出生起就胸无大志的她突然对未来有了个新想法。

她要开一家电影院！

是的，既不是做导演，也不是做编剧，更不是做演员，而是开一家电影院！

程乐乐小时候的理想是开一家永远吃不完的冰激凌店，再大一点，理想升级成开一家闪闪发光的首饰店。现在，她的目标是开一家电影院，每天可以身临其境地免费看电影。

14

从此之后，程乐乐日常除了淘好看的文具，剪偶像的照片，还多了一项任务——看《泰溪日报》。报纸上会刊登当期电影，她一查便知场次和电影名字。等到了周末，她便约着同学一起去看。

镇中的本地同学比程乐乐要见过更多世面。她们看电影时常常会带上暗恋对象，但单独约显得太刻意了，刚好可以拿程乐乐做掩护。因此，每当程乐乐约一个女同学，就会附带收获一个陌生的男同学；约两个女同学，则会附带收获两个男同学，就像超市里的买一赠一活动似的。

这么约了两次，程乐乐的行程在学校里不胫而走。到了镇中，程栋的威慑力已经没那么大了，而且程乐乐长得美，自然有人惦记。于是有人就借着程乐乐约的同学的光，一起过来看电影了。

这下，是买一赠二了。

直到第四周，陈安才发现了异样。因为程乐乐一直撒谎说她是和小姐妹去游泳的，但第四周她都该来大姨妈了，程乐乐还是雷打不动地拎着洗漱用品出门了。陈安暗生疑窦，便偷偷跟在程乐乐后面走了一段路。等到了游泳馆，只见她跟变戏法似的，把洗漱用品往泳池的寄存处一搁，然后直奔公交车站，坐车去了泰溪剧院。

程乐乐出息了！都会移花接木、瞒天过海了！

陈安揣着一肚子怒气跟着去了剧院，一看，更火大了。好家伙，还是暗度陈仓！程乐乐身边还站着一个精瘦且戴眼镜的男生。看那人贼溜溜地盯着乐乐的眼神，就知道他没安好心。

其实程乐乐也是第一次见这个男生，到了现场她被告知原先约定好的同学突然有事来不了了，于是找了个朋友来代替。来不了就来不了呗，这事儿还至于找个替身？

程乐乐打小就被教育待人接物要有礼貌，于是她彬彬有礼地说："麻烦你跑一趟啊。"

男生羞答答地摸了下翘起的头发："你好，我叫佟欢欢。"

程乐乐眉开眼笑："哎呀，你叫欢欢，我叫乐乐，我们的名字组合在一起还挺有年味的。"

男生点头："嗯，是缘分让我们走到了一起。"

十三四岁的年纪，喜欢把缘分、忧伤和永远挂在嘴边。

程乐乐傻呵呵地笑："是挺有缘分的。"

陈安远远地看见他俩相谈甚欢的样了，此情此景让他不由得想起那天在电影院里撞见的情侣之间的不雅画面，再那么一联想，心口立刻像被严严实实地堵上了一般。

这种地方怎么可以随随便便和别人一起来呢？万一又碰上有伤风化的画面，别人能跟他一样护着她？就算能护着她，那——陈安想到程乐乐在他怀里跟条小蛇似的扭来扭去——那不是干等着被人占便宜吗？！

他也不管程乐乐的面子了，直接冲程乐乐嚷道："程乐乐！"

刚还言笑晏晏的程乐乐被突如其来的叫声吓了一跳。她循声望去，发现小哥就在不远处，头顶上的乌云都快要把人吞噬了。

糟了！败露了！程乐乐两腿一软，恨不得当下就跪下了。

"小哥——你听我解释——我就是——哎呀你怎么来了——不是，我本来确实是想游泳的——后来突然又想看电影了——"程乐乐惶恐地说。

陈安拉着程乐乐的手就往外走，脸色更加不悦。死到临头还敢撒谎狡辩！

"我要不要拿游泳卡去馆里调前两周的消费记录？"

程乐乐见状，再也不敢胡说八道了，转身用口型对身后那位有缘无分的同学说了声"对不起"。

这句无声的"对不起"在佟欢欢眼里无异于求救的信号。眼见着美女被恶龙带走，握剑的骑士挺身而出，拦在陈安前面问道："你谁呀？"

"我是她哥。"

那男孩以为对方是情敌呢，一听是小舅子，态度立马就好了："哎哟，原来是咱哥。哥，一起看个电影吧。我请。"

陈安黑着脸，只吐了一个字："滚。"

男孩也是被娇生惯养长大的，本来客客气气的，结果对方出言不逊，便横着眉毛说："就算你是她哥，你也没有权利约束她的自由吧？"

佟欢欢大约学习成绩还不错，说起话来还挺有文化，从道德和法律的高度打击陈安。

陈安不直面问题，眼神飘向程乐乐："你说，你跟不跟我回去？"

这种需要站队的场合，程乐乐的胳膊肘能拐向那个和她说话没超过100个字的陌生人吗？她要敢拐一度，回头得哄小哥多少天呢？要没了小哥，她上学没了接送的司机，午饭没人给带，作业没人可抄，写检查没了代笔，源源不断的小金库也得断了，总之就得沦为一个废物点心。说到点心，小哥隔三岔五带她去吃福隆轩的淮阳点心，那唇齿留香的味道，怎么能说弃就弃？

利弊得失分外拎得清的程乐乐立马伏低做小："回回回。"

男孩怒其不争地看着程乐乐，说："你怎么这么懦弱？他又没有三头六臂，你怕什么？"

程乐乐跟在陈安屁股后面，像只软脚虾似的边走边说："哎呀，我怕我小哥生气。走了走了，拜拜。"

然后，她像个小媳妇一样，被陈安拉走了。

15

程乐乐低眉顺眼地哄了陈安一路："小哥，我错了。""小哥，你笑一个嘛。""小哥，我再也不敢了。""小哥，你原谅我吧。"

每句话都不重样，反正姿态怎么低怎么来。程乐乐脸皮厚嘛，尤其在陈安面前，她压根不知道脸皮这两个字怎么写。

陈安也不说话，气呼呼地坐在公交车里，一张俊俏的脸朝向车窗外，只留给程乐乐一个后脑勺。

坐在前面的阿姨虽不明就里，但是听了一路也快要听不下去了，她转头对陈安说："小伙子，你就说句话吧。你这个当哥的，怎么舍得娇滴滴的妹妹一直说好话的啦？你舍得的呀？"

陈安脸皮薄，被说得无地自容，索性在下一站下了车。程乐乐连忙紧随其后，下车前还给阿姨鞠了一躬。

她像只摇尾乞怜的小狗一样跟在后面，跟得太急，差点被绊倒。陈安后脑勺长了双眼睛，没等她摔倒就扶住了。

"不生气了吧，小哥？"程乐乐说了一路，口干舌燥，此时也觉得有点委屈了，眼睛里蓄的一汪水快要决堤了。

陈安心里再气，看到她这样也心软了。他叹了一口气，问："饿了没？"

陈安还是个传统意义上的家长，下台阶的方式就是中国人民祖传的"来吃饭了"。

程乐乐慌忙点头。

两人就近走进了一家面馆，陈安下单："两碗排骨面，一碗不要香菜，都不要辣。"

等面上桌，陈安把没香菜的那碗递给程乐乐，还把自己碗里的排骨都挑给了她。程乐乐边吃边偷偷打量陈安的脸色。

陈安全程沉默不语，只顾着低头吃面，程乐乐只能瞧见一个漂亮的发旋。

陈安满肚子的怒气早在颠簸的车中消散了。现在他不想开口，其实是因为心虚。那个"四眼"说的话跟利剑似的戳中了他的软肋。他冷静地想，他确实没权利管程乐乐。

但程乐乐心思单纯得跟张白纸似的，他不能眼睁睁地看她瞎交朋友。

至于瞎交的标准，陈安心里有杆秤。反正像"四眼"这样心怀不轨的，肯定是要筛选淘汰的。

他三两下就吃完了面，程乐乐还在吃。陈安擦了下嘴，四平八稳地说："你要是爱看，下次小哥陪你去。"

没头没尾的，程乐乐一下子还没反应过来。等她反应过来，陈安已经抱着两臂冷漠地看起了电视。

程乐乐拉了下陈安的手，说："小哥对我最好了。"

陈安眼皮一耷拉："以后再有事瞒着我，不会像这次这么好说话了，记住了？"

程乐乐举着三根手指头说："绝对不敢了。有屁事都先跟你报告。"

"小姑娘家家的，别一天到晚屁屁屁。"

"小姑娘是仙女呀，还不让人放屁了？"

"赶紧吃你的面吧。"陈安无奈地说，威严的姿态也保持不了几分钟，就贱兮兮地拿着筷子替程乐乐捞她碗里的排骨了。

16

此次事件之后，陈安每周都带着程乐乐去泰溪剧院看电影。那会儿国产电影还没崛起，剧院基本靠进口大片撑场面。在没大片上映的时候，剧院往往门可罗雀，只有他们雷打不动地过来看。日积月累，陈安办的会员卡里的积分成了剧院的榜首。到了年底，剧院为了感恩顾客，除了赠送他俩一堆电影衍生品外，还给他俩特制了一个奖牌，上书"最忠实观众"，由总经理亲自颁发，并合影留念，照片也被挂在了大堂的"互动留言墙"上。那堆衍生品都被程乐乐占为己有了，陈安只得到了个不大不小的储物盒。他攒了厚厚一沓票根，正愁没地方放，储物盒的尺寸还行，就是形状略显少女——它是个爱心的形状，上面贴着一个空白标签。陈安拿起马克笔，在上面写上"光影记得"。

他俩能每周末去看电影，还有个客观原因。在王丽婷和陈涛调职至曾州以前，他们原本计划每周回来看望陈安，但这样的节奏没有持续太久。陈涛跟随原领导从税务局调到了组织部，领导还有往中央晋升的可能，因此他这几年的精力不能分散，几乎要全天候围着领导转。同时，王丽婷的脑子也很活络，到了曾州没多久，她就下海经商，以表兄的名义成立了一家外贸公司。她借助各种人脉关系，使公司发展得十分顺遂，却因此变得非常忙碌。两夫妻一个要发展仕途，一个要经营商业，压根挤不出时间回去看望陈安，只能间或让陈安来曾州找他们吃个饭。

即便是难得的家庭聚餐，也常常因为各种突发事件不得不取消或中断。然而，即便一顿饭有始有终地吃下来了，气氛也是沉闷无比，与程家欢声笑语、其乐融融的氛围有着天壤之别。陈安感受到父母间的感情日渐淡薄，曾经也有找两人谈心的打算，但父亲日渐明显的唯权力论和母亲唯利是图的言谈举止令他心生厌恶，使他不由自主地想要远离。

青春期的陈安习惯了把程家当自己的家。在程家时，干爹教他防身的拳击技巧，干妈关心他的衣食住行，这些满足了陈安对亲情的渴望。人的本能让陈安选择待在使自己舒服的环境里，他不愿去曾州的大房子里找不快，更喜欢待在泰溪和程乐乐一起守在那一方小天地里。

17

这样每周陪着程乐乐学习、看电影的悠闲日子一直持续到初三，发生了些许变化。

泰溪严格意义上只有一所重点高中，其他都是职业技术学校和不入流的乡镇高中。程乐乐的成绩不上不下，在重点高中的最低录取线附近徘徊。陈安不指望程乐乐学业有成，但怕程乐乐去了那些学校被人带坏——被保护得太好的人最容易被坏男人拐走，这一点可以从历史上那些沦落风尘的公主小姐们的例子中得到印证。陈安觉得，程乐乐的心智还未开化，无论如何得让她考到泰高，活在他的眼皮子底下。

恰好程乐乐也有此大志。这倒不是因为她突然有了进取心，而是因为她从来没离开过陈安，并且深知一旦离开陈安，自己就是个废人。因此，陈安一声令下，她中止了观影计划，开始悬梁刺股、囊萤映雪地刻苦学习起来。

身旁还有个"太子陪读"——陈安。

陈安以前老觉得程乐乐的脑子只有松子仁那么大，松子仁的一半还切给了她的偶像。这会儿辅导她复习功课，他才发现，松子仁的说法太乐观了，她的脑子顶多只有盐粒儿那么大。

陈安辅导得上火，浑身上下都散发着生人勿近的气息，连干爹、干妈见他都得侧目避让。没办法啊，自家女儿笨，程乐乐小时候，程栋辅导过她几次，差点没得心梗，陈安能坚持到现在，那真是靠非人一般的毅力硬扛下来的。

还是叶晓梅心疼女儿，宽慰她要不就随便考个高中得了。程乐乐望着一墙的便利贴道："那小哥以后还得先驮着我去学校，再回泰溪高中，多麻烦啊。"泰溪县近几年的基建速度还可以，从卜西镇到泰高骑自行车只需二十分钟即可到达。

这下子，连叶晓梅都有种自己女儿是烂泥扶不上墙的挫败感："你就不能自己学着骑自行车吗？学自行车总比你这么辛苦地学习要轻松吧？"

程乐乐说："不，我的平衡感太差了，简直就是'战五渣'。我死也不骑自行车。我的屁股就只能长在自行车的后座上。"

陈安刚好这时进来送试卷，听完这话也没冷嘲热讽，跟叶晓梅说："嗯，还是让她踏踏实实地学习吧。"

叶晓梅想，这兄妹俩一个愿打一个愿挨，她也就不管了。

有时候看见他俩在灯光下凑在一起的毛茸茸的脑袋，叶晓梅内心又会升腾起青梅竹马最终走向婚姻殿堂的美好愿望。她和程栋结婚多年，爱情一如既往地甜蜜，自然希望自己的女儿也能被人宠爱一生。无论从哪个角度看，陈安都是完美的考虑对象。如果一定要鸡蛋里挑骨头，那便是陈安的父母了。虽然叶晓梅和王丽婷曾亲如姐妹，但是在岁月的雕琢下，两人已在不知不觉间渐行渐远。前年陈安生日，王丽婷赶不回来庆生，给叶晓梅转了一万块庆生费，被她转了回去。去年又转了两万，再次被她退了回去。在泰溪，办再奢靡的生日会也用不完这个金额，王丽婷无疑是在用这种方法感谢程家的照顾。然而，叶晓梅是个敏感的人，她视陈安如己出，她的付出也是心甘情愿的。在她眼里，王丽婷这种用巨款打发人、前后亦无任何铺垫的粗暴做法，是在物化友情，也是对她极大的不尊重，让她感觉自己是王丽婷雇的保姆。两人之间已渐生龃龉。

18

一分耕耘，一分收获。中考成绩出来的那天，陈安带着程乐乐去学校查结果。榜单上，程乐乐贴着录取分数线考进了泰溪高中。程乐乐高兴坏了，一下子冲过去跳到了陈安的后背上。此时的陈安已肩宽腿长，背着程乐乐一点问题都没有。他环着程乐乐的腿，满脸荡漾着笑意："想要什么礼物呀？"

程乐乐想了一圈，问："小哥，我们去旅行怎么样？"

"行。听你的。"

说起来容易，但大人们怎么放心让两个初中生单独去旅行，倒是另外一件事给两人的旅行提供了契机。

小地方的人际关系嘛，总是千丝万缕地缠在一起。程乐乐的家谱图虽然简单，但也有一些三姑六婆之类的亲戚。

那天，程乐乐的三叔公要嫁女儿了，女婿正是陈安表舅公家的二儿子。两人在县城的大酒店举办婚礼，这种远亲结婚全家老小都去参加不太合适，于是两个准高中生就各自带着红包作为代表前去贺喜。

陈安和程乐乐被安排在最角落的位置，和一群十岁左右的小朋友们挤在一桌。桌上暂时只放了几碟干果和一盘水果。

小朋友们叽叽喳喳，十分热闹。程乐乐虽然在智商方面和小朋友差不多，但还是端着没跟小朋友们打成一片。她百无聊赖地摘了颗葡萄塞进嘴里。然而，让她意想不到的是，这颗葡萄入口清香，回甘香甜，堪称葡萄中的极品。

当着所有人的面把整个盘子独占过来这种事，程乐乐是没脸干的。于是，她只好拼命加速吃，但她不会吐葡萄皮，便盯着尚未发现"宝藏"的孩子们的眼睛，争分夺秒地剥皮。陈安不爱吃葡萄，但鉴于程乐乐狼吞虎咽的架势，也被迫加入了抢占葡萄的"战局"。和程乐乐不同，陈安很擅长剥葡萄。他右手轻轻掀开葡萄的一角皮，左手再配合着那么一转，干干净净的葡萄肉就露了出来。

程乐乐跟小鸡啄食似的，陈安一放便嗦一颗，愣是干掉了 90% 的葡萄。

陈安擦着手去上厕所，回来的时候去了后厨，打听葡萄是从哪里进的。后厨说，这葡萄是客人自己采购的。他又跑去问了一圈，才知是表舅公在乡下自己种的。

他不动声色地琢磨着要不要去表舅公家玩一玩，就在这时，灯光一暗，新人要入场了。

陈安和程乐乐以前压根都没见过新人，纯粹是来凑热闹的。两人嗑着瓜子，有一搭没一搭地听着主持人挖掘两位新人的恋爱史。他们好像是同村的同学，主持人夸张地说着青梅竹马、天生一对等字眼。程乐乐吐出一个瓜子皮，说："小哥，咱镇中有没有你喜欢的人？她和你一起考到泰高了吗？"

陈安说："我天天跟你在一起，我有没有喜欢的人，你心里没点数？"

程乐乐歪着脑袋一想，说："也是。哎，你觉得我们班的陈筱牧怎么样？就坐在我后面那个。"

陈安每天去程乐乐班里吃饭，对她的前后桌还算熟悉。他想了想，问：

"是不是戴眼镜那个？"

程乐乐嫌弃地摆了摆手："那是张瑛。我说的是眼睛倍儿大那个。"她受叶晓梅的影响，对眼睛大的人天生有好感。

陈安也懒得去想了，问："你想说什么？"

程乐乐说："那天，陈筱牧问我咱俩天天在一起腻不腻，说咱俩再这么下去就得乱伦了。"

陈安正喝水呢，差点没被水呛死过去。

程乐乐拍着陈安的后背，说："你这么大反应干什么？"

陈安喘了口气，质问："你知道什么叫乱伦吗？"

程乐乐睁着眼睛说："我当然知道了。我们在亲属关系上不属于这种情况。"

陈安这才放下心来，不过没一会儿，程乐乐又补充："但心理上那种感觉也和乱伦差不多。陈筱牧这么一说，我那么一联想，鸡皮疙瘩都起来了。哎哎哎，你看，我现在一说这胳膊就起疙瘩了……"说着，程乐乐就把胳膊伸到陈安眼皮底下，自顾自地往下说："所以我敬这对新人是一对猛人。"

程乐乐没怎么看过言情小说，对别人的爱情难以展开丰富的想象，以为台上那对青梅竹马的关系跟她和陈安之间的情况差不多，代入一下就觉得对方尤为勇猛。

陈安把程乐乐的胳膊拍开："你起鸡皮疙瘩是因为空调开得太大了。"

程乐乐抓着陈安的胳膊问："你不起吗？"

陈安说："陈筱牧是哪来的丫头，嘴怎么这么碎，你以后别和这种人交往了，去了泰高就和这人绝交了吧。"

"那怎么行？她和我是'同担'。"

"什么'同担'？"

"说了你也不懂。"程乐乐说，"小哥，陈筱牧很喜欢你，你要不要考虑一下？"

"她喜欢我我就得考虑吗？"

"那不然呢？去考虑那些不喜欢你的吗？"程乐乐说，"倒也是，你一向喜欢有挑战性的事。"

"我要找了别人，自行车后座还有你的位置吗？"

程乐乐还真没想过这个问题，经他一提醒，立马打消了说媒拉纤的念头，说："嗯，老师不让我们早恋，好好学习才是最重要的。"

要不说程乐乐的脑子转不过弯来呢，她压根没想过，要是她和别人谈了恋爱，就根本不会再稀罕小哥的自行车后座了。

19

参加完婚礼，陈安分别和陈涛、程栋打了招呼，说想去表舅公家摘葡萄玩。双方家长觉得都是亲戚家，因此对孩子们去旅行倒是放心的。

表舅公的大女儿在曾州的工作是陈涛帮忙安排的，所以当陈涛打来电话时，表舅公毫不犹豫地答应让孩子们随时过去玩。

三天后，陈安便带着程乐乐去了乡下，开始了为期两天一夜的摘葡萄之旅。

程乐乐一到乡下，就像猛虎归山，跟个野猴子似的到处乱跑。她没摘几串葡萄，倒是跟着乡下的孩子们把后山转了一大圈。钓龙虾呀，摸螺蛳啊，烤红薯啊，她撒蹄子般地四处跑。陈安规规矩矩地帮忙摘了一下午葡萄，站在梯子上，偶尔能看见程乐乐跟蜻蜓似的一会儿飞了过来，一会儿飞了过去。

"小哥，我钓的大龙虾！"

"小哥，蚂蟥见过没？"

每飞回来一次，她的脸就以肉眼可见的速度黑一圈。没办法，太阳太晒了。

"戴上帽子！"陈安冲着程乐乐的背影喊。

程乐乐戴上了，跑了两步，帽子就飞到后背上去了。

表舅婆在旁边盛筐，取笑道："这小丫头玩起来疯得很喔。"

陈安剪了一串葡萄，说："嗯，小傻子一个。"

表舅婆对陈安说："你也去玩吧。"

陈安说："我不去了，我一去就得管她，她准玩不开心。"

表舅婆道："真可爱。"

陈安把葡萄递给表舅婆："她呀，是挺可爱的。"

表舅婆说："说你可爱。"

陈安疑惑地问："我？我哪里可爱？"

表舅婆道："我和你表舅公是在你们这个年纪认识的，有什么不懂的。"

陈安奇怪地摇了摇头，随后又远远地望向那只飞舞的蜻蜓。

20

到了晚上，体力消耗过大的程乐乐吃了满满两碗饭，人都快埋进饭盆里了。陈安指了指不远处的猪圈，说："应该把你关去那里吃。"

程乐乐也不还嘴，农家的饭菜实在太香了，她吃得大汗淋漓，汗水差点流进眼睛里。陈安抹了一把她的眼角，拿起芭蕉扇给她扇了扇。

吃完饭，程乐乐和陈安先后洗澡。三舅公家里没安热水器，只有一个简陋的浴室。程乐乐全身冒着汗，洗了个透心凉的冷水澡。她本来怕用冷水洗头对发质不好，所以洗澡的时候没洗头。等出来时，她又嫌弃头发太臭，于是自个儿煮了壶开水，抱着个搪瓷脸盆去院子里的大水缸旁洗头发。

陈安洗完澡出来，正看见程乐乐撅着个屁股在掺热水。陈安赶紧夺过暖壶，把脸盆从她脑门边移开，调好温水，让她试试温度。

程乐乐把脑袋塞进脸盆里，一边洗一边说："小哥，没有你我可怎么办呀。"

程乐乐每次受点小恩小惠就没皮没脸地撒娇，陈安懒得搭话，只把毛巾围在她裸露的脖子上，防止水流进她衣服里。

指尖滑过少女裸露的肌肤，凉凉的。

程乐乐垂着头，跟鬼似的，黑发四散。陈安见她洗得费劲，索性说："你别动了，我来吧。"

说着，他按住程乐乐的脑袋，拿了个水舀，盛了点温水浇上去，然后挤了点洗发水，抹了上去。

程乐乐这会儿像一只餍足的猫，乖乖地趴在陈安的身旁。陈安的手法很轻柔，细长的手指拂过黑发白沫。夏夜的风吹过，田间传来蛙鸣声，是个美好的夜晚。

21

表舅公家的院子里放着一张三米多长的矮几，上面铺了凉席，可躺可坐。表舅婆点了艾草驱蚊，还切了井水泡过的西瓜，几个人躺在凉席上看星星。

城市里的繁星都被吓跑了，它们躲到了乡下，密密麻麻地闪烁着。表舅婆在收拾院子，表舅公和陈安聊着天，程乐乐听着听着就犯了困，没过多久便沉入了梦乡。睡熟后的程乐乐一翻身就滚进了陈安的怀里。

陈安还在和表舅公夜聊，这会儿才发现程乐乐睡着了。她微张着嘴，一条腿搭在陈安的身上，腿上有个红彤彤的蚊子包。

"要不叫醒她，让她去屋里睡吧？"表舅婆问。

陈安说："睡着了就叫不醒了。等会儿我把她抱过去吧。"

表舅公打着哈欠站起来，说时间不早了，要去睡了，让陈安也别熬得太晚。陈安应着，目送表舅公和表舅婆进了房间。

陈安复又躺下，随手捡了把芭蕉扇，轻轻地扇着，给程乐乐赶蚊子。怀里的程乐乐已经发出了轻微的鼾声，可见这一天是玩累了。

皎洁的月光下，万事万物都一览无遗。陈安瞧见程乐乐洁白的脖颈，瞧见她微翘的鼻梁，瞧见她殷红的小嘴。少许的热意从陈安的心脏流向四肢，在指尖化为某种神秘的力量，要他抬起手来抚摸少女甜香的脸颊。

指腹滑过皮肤的刹那，立时变得滚烫。他心里复又荡起一股异样的情愫，而这股情愫在透亮的月色下被映照得清晰可见。陈安一向聪明，以前如盲人摸象一般无法触及的答案，此刻却突然如拨云见日般明晰起来。他有点慌张，不过在晚风的吹拂下，在程乐乐轻缓的呼吸声中，这点不安很快便烟消云散了。他想，程乐乐自小就依赖他，以后也会这样，未来两人生活在一起，和现在也不会有太大的区别。程乐乐没有反对的道理。这些都是水到渠成、无比自然的事。

夜深了，风也变凉。陈安站起来，弯下腰，一手托起程乐乐的脑袋，一手放在她的膝盖下，一把将她横抱起来。程乐乐的房间在二楼，他抱着她慢慢爬上楼，小心翼翼地将她放到床上，给她盖好被子，刮了下她的鼻尖，对她说了声"晚安"，然后放下蚊帐，走下了楼。

因为想通了一件困扰自己许久的事，陈安的心情格外平静。他好像瞬间成熟了，开始认真地为两人的未来谋划起来。

在乡村的夏夜，陈安确定了三件事。第一，程乐乐很傻很弱小，所以他得足够强大；第二，程乐乐很笨很黏他，所以他不能让她离开他；第三，他很喜欢又傻又笨又弱小又黏他的程乐乐。

第二章　当他们各自有了朋友

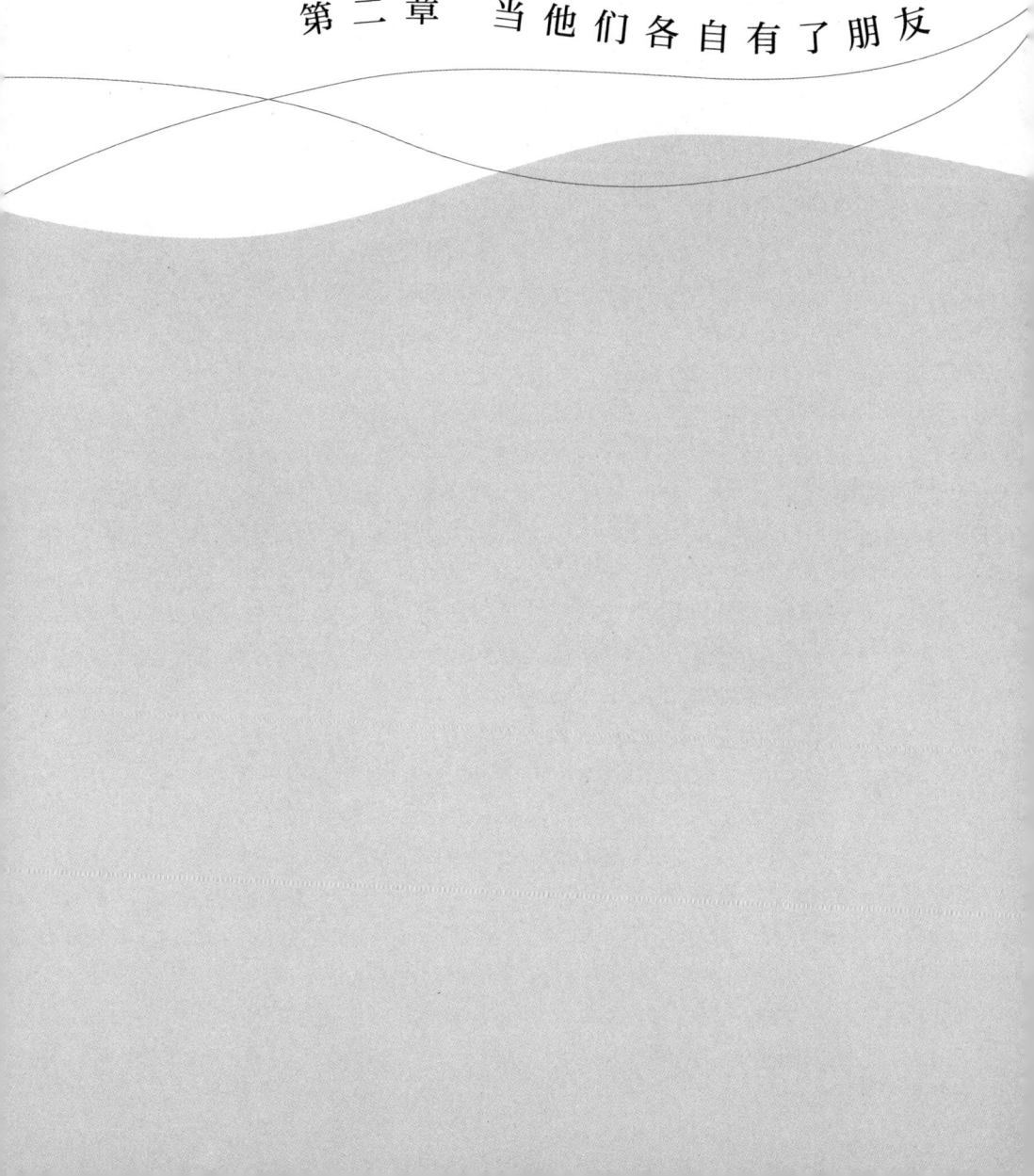

22

自从对未来有了清醒的认知，成为高中生的陈安便开始变得异常忙碌。

首先，他进了学校的奥数训练营。

他树立了在全国奥数比赛上拿金牌并保送清北的目标。理想一点来说，最好在高二冬令营就大功告成。这样他既能免去高考的压力，又能赢得足够的时间来辅导程乐乐。据他对程乐乐的了解，她在文科方面更具优势。他则需要在剩下的一年半时间里掌握文科知识要点，再亲力亲为地教她。程乐乐虽然智商不行，但好在乖巧，只要他把作业布置下去，她都能认真完成。就像中考一样，假以时日，她一定能考上海淀那片儿某所不错的文科类院校。

其次，他要积累足够的财富。

程乐乐还从来没独立生活过，等到了大学，也肯定不适应宿舍的集体生活。因此，收到录取通知书后，他就得在上大学前找到住的地方，方便照顾她。租房不够稳定，最好直接买套房子。所以，这几年他得攒够买房资金。他不想像以前那样进行粗放型的商业投资了，或许可以让王丽婷替他开个户，学习使用基金、债券、股票这些金融工具，这样赚钱可能会更快些。当然，这些也需要时间去试错。

就算陈安再聪慧能干，他设定的这两项人生目标也足够宏伟了。因此，一进入泰高，陈安就把自己的学习日程排得很满，像个日理万机的校长，根本不像一个刚进学校的青涩高一新生。

和学得走火入魔的陈安不同，程乐乐依旧过着没心没肺、快乐简单的日子。她担任了校电台的播音员，每天不遗余力地推荐她偶像的歌曲。不过没过多久，她遭到了排挤。

泰高的学生明显和小学、初中的同学不一样，他们冷艳高贵且喜欢抱团，尤其是县城的那一群人，总看不起他们这些从乡镇来的学生。班里的学生也被分为三六九等。金字塔最顶端的是县城学生，像程乐乐这样来自乡镇中学的学生属于二等公民。校电台的主要岗位被那些自诩为拥有更广阔眼界的"八旗子弟"们把控着，他们经常在背后用一种足够让她听清楚的分贝窃窃私语，吐槽她选的歌俗气。

程乐乐认为，吐槽她俗气可以，但是吐槽她偶像的歌俗气就很伤人了。她想骂回去，可是她本人又不是那种很擅长吵架的类型，只好做了个屁包。因为客观上分析，县城那帮人选的英文歌曲她虽然听不太懂，但确实是很不一样的。她觉得品味有差异，可以锣对锣鼓对鼓地当面提出来，没必要暗戳戳地背后说人坏话。

本来她想找陈安絮叨几句，可是陈安进了学校的奥数训练营，每天放学后还要跟着辅导老师另外上一个多小时的课，她需要等很久才能和陈安一起放学。在等待的时间里，她的抱怨也就沉淀下去了。到了家，陈安还要奋笔疾书到后半夜。程乐乐的房间就在陈安的下方，她能看见楼上灯光投射到小院子里那模糊的影子。

"小哥也太拼命了吧。"程乐乐一方面感受到了来自学霸的压力，一方面又破罐子破摔地觉得无聊，但是又不能溜去看电影。因为泰溪剧院在重新装修，据说要改建成一座私营的综合性影城。泰溪剧院周围的商业街也在同步开发。程栋说，以后那里就会成为全泰溪最热闹的地方了。

23

程乐乐虽然长得讨喜可爱，但不曾拥有一段穿越漫长时光的友情。说来奇怪，她在人生的每个阶段都是就近交友，一般玩得最好的都是座位距离在一米以内的同学。然后到了下一阶段，原来那一拨人的感情自然变淡，新的邻里朋友又出现了。但是现在泰高的邻里同学不足以交心，原先的朋友又各奔东西，陈安一个人独忙，程乐乐感到寂寞空虚。她开始翻QQ列表，正考虑要找哪个同学尬聊的时候，陈筱牧联系了她。

陈筱牧没有考到泰高，在本地一家叫天合的职业技术学校学美容美发。该技校的主要教学目标是不让学生跑到社会上惹出祸端来。全校实施封闭式管理，进出校门都得打报告。俗话说哪里有压迫，哪里就有反抗。本来就是一群荷尔蒙无处安放的青春期少男少女，不关还好，一关全校学生都聚在一起研究怎么"越狱"。陈筱牧也跟着学长学姐们翻墙"越狱"了，但成功"越狱"后，她有片刻的愣怔。

话说出来干什么呢?

她站在车水马龙间，也开始低头翻QQ列表。这时，她想起来程乐乐和陈安都在泰高。她本来喜欢陈安，但少女的热情在屡屡受挫后已经熄灭得无影无踪。陈安对所有人都亲切有礼，但那种亲切就跟内里封了一层保鲜膜似的无法真正贴近。她觉着自己没戏，就作罢了。不过这无疾而终的暗恋留了个衍生品。当初她为了接近陈安，和程乐乐套近乎，竟意外发现程乐乐这人挺对她胃口。

程乐乐是绝对的傻白甜，什么情绪都写在脸上，没城府也没心眼，一看就是打小在温室里成长起来的兰花。陈筱牧跟程乐乐交朋友，感觉自在轻松。她所在的技校离泰高不太远，她决定去找程乐乐叙叙旧。

程乐乐以前只是把陈筱牧当作关系比较好的普通同学，当她听说陈筱牧为了见她居然公然"越狱"，才猛然醒悟，原来自己在除了陈安以外的朋友眼中也是很珍贵的。这不禁让她自我感动了一番。

她深感有义务好好接待陈筱牧，于是非常努力地取悦着她。程乐乐想讨好一个人，那是轻而易举的事。陈筱牧对此次的外访安排感到很满意。

两人的友谊就这么莫名其妙地升温了。

24

陈筱牧是程乐乐走向独立的起点。程乐乐的注意力和倾诉欲被有效转移，她不再把陈安当24小时客服看待了。

转眼到了高一暑假。学校将奥数拿奖牌的希望全都押在了陈安身上，还送他去参加曾州自办的奥数培训班。

走之前，他没直接对程乐乐说"你记得给我打电话"，而是高冷地说了句"我就每晚七点有空"。挺像领导说半句藏半句的做派。

程乐乐感到一阵失落。每年寒暑假陈安都在她身边，两人还从来没有分开过这么久的时间。她最近都觉得和陈安生分了。不过，程乐乐还是小孩子心性，也就失落了一天。除了陈安，她还有陈筱牧呢!

暑假时，两人隔三岔五地约着出去逛街。小哥以前也陪她逛，但是男孩子和女孩子毕竟不一样。她和陈筱牧一起时，能在数不胜数的小门头间快快乐乐地待上一天。但要是和小哥出来，她怕小哥等得不耐烦，总是不由自主地克制自己，总有那么点意犹未尽。

逛完了回到家吃过晚饭后，当新闻联播的前奏曲一响起，程乐乐就给陈安打电话。她跟陈安说起陈筱牧有多好玩，今天又遇上了什么趣事儿，连她和陈筱牧各自涂了什么颜色的指甲油都详细汇报。

陈安不大喜欢陈筱牧，但架不住程乐乐喜欢。他转念一想，女孩子嘛，总得有个说悄悄话的小闺蜜，于是也没管。

电话中，基本上都是程乐乐在说。说完了之后，她也会问上一句："小哥，你呢？"陈安说："我今天都在做题。"

一句话，2秒钟说完。每天差不多都是这句回答。

其实陈安在曾州这段时间过得并不好。

泰溪毕竟是个十八线小县城，陈安在这里可以轻轻松松拿第一。然而，等他到了卧虎藏龙的夏令营，见识到了外面世界更多天赋异禀且努力拼搏的同类后，才认清自己并不是天生王者的现实。他得全神贯注、拼尽全力才能在竞争中显得毫不费力。

有时，一向自信从容的他也开始反思自己定的目标是否过于高远而不切实际了。

几个回合下来，程乐乐发现了异样。

她打电话给陈筱牧说："小哥最近学习压力好像挺大的。从小到大，我都没见过小哥这么沉闷地一直做题。"

陈筱牧："怎么着？需要我这技校生给你哥提一点学习建议？"

程乐乐"啧"了一声："你不是暗恋我哥吗？这会儿正是你趁虚而入的时候。"

陈筱牧说："学习上我真帮不上忙。"

程乐乐挂了电话，趴在桌上想了一会儿。

唉，只怪小哥这一路太顺了，让她一直没有机会安慰他。现在突然需要她出面，她还真有点手足无措，一时没了主意。她琢磨了好一阵子，想起她应援偶像时的那一套做法，第二天在网上定做了几款应援物件。

过了几天，陈安收到了程乐乐发来的信息，点开一看，是一段视频。

背景起初是乌漆墨黑的一片，陈安隐约看到旁边斑驳的栏杆，才知道这是单元楼的楼顶。正看着，屏幕中央突然大亮，四个硕大的灯牌上显示着"小哥最棒"，程乐乐昂首挺胸地迈着正步走进了镜头。她额头上系着白色的丝带，上面用红色字体写着"必胜"，腰间绑着一个腰鼓——这明显是陈奶奶老年秧歌队的道具。她在镜头前站定，气势如虹地开始吼："陈安陈安！"喊完一嗓子就咚咚咚敲三下，接着又是一声："猛虎出山！"咚咚咚。"陈安陈安！"咚咚咚，"把他们通通干翻！"咚咚咚。"陈安陈安！"咚咚咚，"把他们踩到脚底板！"咚咚咚。"陈安陈安！"咚咚咚，"不杀光敌人誓不还！"咚咚咚。

最后一句是从楼下传来的。

"程乐乐，大半夜不睡觉你找死啊！"

"噗！"陈安没忍住笑了起来。要是他也在顶楼，准没脸待在原地。可是这么遥遥地看着程乐乐为自己认真地做热血中二的傻事，他的心就像变成了橡皮糖，软软的，黏黏的，甜甜的。

陈安想家里的跟屁虫了。他想把跟屁虫拥入怀里，揉揉她的头发，捏捏她的脸蛋。他摩挲着屏幕上那张杀气腾腾的脸，心里想着：这个笨蛋怎么这么元气可爱又细心呢？突然间，他感觉自己好像也不是一个人在为两人的未来奋斗了，就连在题海中遨游，也有了坚持下去的力量。

25

当年秋天，陈安参加省级联赛，不负众望地拿下省一等奖，获得了进入省队的资格。泰溪高中虽说是泰溪县的重点高中，但放眼全省，它不过是个三流学校，建校以来还没人取得过这样的傲人成绩。在学校敲锣打鼓的宣传下，陈安成了全校的明星人物。

数学老师欣慰地看着他眼中的大宝贝："了不起！"

陈安客气地说："一般一般吧。"

过了几天，陈安收到了联赛的证书。他想着这军功章里也有程乐乐的一半功劳，于是在一个月黑风高的夜晚，揣着证书去敲程乐乐的窗户。

陈安晚上找程乐乐一般不走正门，而是从自己房间的窗口顺着石榴树爬下来，跟消防员紧急出动时爬钢管似的。

陈安站在窗户前，把证书塞进去："喏，送给你吧。"

程乐乐接过来打开看了看，心里激动得不行，嘴上却淡定地说："还行，继续努力。"

陈安在老师面前装老成，但私下里也嘚瑟着呢。这几天他一直憋着，就等着和程乐乐一起庆祝，没想到程乐乐反应如此冷淡。陈安偷偷把运送到院子里的烟花踢到一边，问："就这？"

程乐乐敷衍地翘了下大拇指："小哥真棒！"

陈安一脸无奈："还有呢？"

程乐乐："走的时候给我关好窗户哦，一楼蚊子多。"

陈安："……"

陈安满心的期待落了空。接下来几天，他骑车时故意从坑坑洼洼的地方经过，颠得程乐乐龇牙咧嘴。程乐乐知道小哥在不爽什么，但她愿意为了长久之计卧薪尝胆，忍辱负重。

程乐乐在网上加急定做的 T 恤终于到货了。她展开看了看，店家诚信经营，质量感人。胸前的数学竞赛证书图案清晰可见，背面"小哥最棒！卜西最棒！"八个艺术大字也是龙飞凤舞。第二天，她穿上 T 恤，在外面罩上校服，被脸黑了三天的陈安一路颠簸地送到了学校。

她"安静如鸡"地等到大课间，然后脱了外套，风风火火地找她的小哥去了。

26

程乐乐所在的文科楼和理科楼之间隔着一个不大不小的草坪。她招摇地在人群中穿行，旁边的人先是纷纷侧目，等搞清楚怎么回事后，口哨声和掌声此起彼伏。尤其是来自卜西镇的同学们，恨不得沿路追随。程乐乐要的就是这效果。她穿这衣服，一是为了热烈庆祝小哥勇夺冠军，二是为了高调恶心金字塔顶端的县城学生——他们不是一向自视甚高吗？怎么轮得到一个二等公民拿奖呀？她在电台受的气，今天可要好好地出一出。

后来，跟在程乐乐后面的人就不止卜西镇出来的同学了，还有其他被鄙视的小镇少年们，他们都在程乐乐的带领下冲向了理科楼的三楼。

陈安一向是不爱凑热闹的。外面的喧哗声没引起他的注意，直到他的好友全梓荣一路小跑地从教室门口冲到他跟前，站定后手舞足蹈地通知："陈安，你妹妹来向你求婚了。你嫁得真风光体面。"

陈安蹙着眉问："你大白天的说什么鬼话？"

正说着，他的余光里瞥见门口涌进一群人，为首的那个站在正中央。阳光刚好打在她脸上，勾勒出细细绒绒的金边。舞台效果那是一等一的棒。

程乐乐刚想说"祝贺你小哥"，围在周边的人先发声了："在一起在一起在一起。"

另外一句紧接着来了："亲一个亲一个亲一个。"

泰溪高中比以前的镇中大好几倍，陈安和程乐乐到了高中聚少离多，没那么引人注意，因而大部分人没听过两人是兄妹的传闻。卜西的同学倒是知道，但这么喜庆的场面谁在乎是不是兄妹呀，今儿就是要热闹！

吼声震天，场面热闹得像闹洞房，完全脱离了程乐乐预想的轨道。

陈安看到程乐乐吃瘪的样子，觉得又丢脸又满足。他的柔情在胸中满溢，骨头都被泡酥了。他想，程乐乐蠢萌蠢萌的，也太可爱了。

程乐乐踮起脚尖，凑在陈安耳边问："小哥，开心不？"

陈安微微弯下身，拢着手在程乐乐耳边回复："你这样让我在全国赛中很有压力啊。"

旁边围得水泄不通的"吃瓜群众"纷纷表示，有什么悄悄话不能和大家分享呀，众筹听一个呗。

陈安挥挥手："散了吧。"

"吃瓜群众"不乐意了，又开始"亲一个""亲一个"地喊上了。喊了没几声，没如愿以偿，却把风纪主任老纪招来了。老纪那破锣嗓子一开腔："干吗干吗？要造反啊？"群众瞬间散开。

程乐乐也想一溜了之，但架不住大家的"泄洪"速度不够快，被老纪拦了下来。

陈安把程乐乐拉到身后，大阔步地走过去，护犊子护得格外明显："纪主任，我妹妹给我庆祝呢！"

现在陈安是校长的"亲儿子"，老纪不看僧面看佛面，没沉下脸来说他，也没为难程乐乐。他拍拍陈安的肩膀说："庆祝是该庆祝，但要注意影响。等你在全国联赛的好消息。"

说完，他又瞥了眼不远处穿着奇装异服的程乐乐，道："还不赶紧回去把衣服换了。"然后就这么重拿轻放地背着手走了。

程乐乐吐了吐舌头，想着成绩好真是可以为所欲为。要是没有陈安，她今天可就要吃不了兜着走，五千字的反省准跑不了。

陈安回头看见程乐乐如释重负的样子，挑了挑眉骨："这时候知道害羞了？刚才大张旗鼓地跑过来怎么不害臊？"

程乐乐说："我这是害羞吗？我明明是害怕。"

"呵，还把害怕说得这么理直气壮。"

程乐乐懒得反驳了，只问："小哥，你还没回答我你开不开心呢？"

陈安故作矜持地模仿程乐乐那天晚上的口气："还行，继续努力。"

程乐乐说："我这几天屁股都颠坏了。好可怜啊。"

程乐乐眼睛一眨一眨的，眼尾微翘，眼神甚是勾人。

陈安坐在课桌上问："你想要什么奖赏？趁今天心情好，小哥都应你。"

程乐乐听得很激动，眼睛里的光都亮了好几度，这个光亮大概保持了几秒钟，然后熄灭了。

"我想不出来。"

"那欠着吧。终生有效。"陈安懒懒散散地回答了一句。当时的他并不知道这句话给自己埋下了多大的雷。

"真的呀？"

"当然是真的。"

"小哥对我最好了。"

"你又来了。"

"我说的都是发自肺腑的真心话。"

旁边竖着耳朵偷听的小姑娘中，已经有人开始"嘤嘤嘤"了。

27

第二天，有好事者在泰高的贴吧上记录了程乐乐此次的壮举。标题为"我是一名牧师"。点开看，里面只有一行字：

"快把陈安和程乐乐这对金童玉女押进来给我原地结婚！"

坐沙发的网友回复："当当当当，当当当当……"

下面那个："现在有请新郎入场。礼花准备。"

后面几百层楼的发帖人都是这场"婚礼"的见证者。

但就是有人没有眼力见，非要众人皆醉我独醒，在整齐划一的要"交份子钱"的回复里穿插了一句："陈安是程乐乐的表哥。各位散了吧。"

很快有人附和："我是卜西的，我证明。有一次陈安的父母没时间来参加家长会，就是程乐乐家代表出席的。"

还有证据确凿的回帖："对，我在我堂哥的婚礼上见过他俩，他俩是一起来的。如有需要，我可以找我堂哥要婚礼视频证明。"

哪里有 CP（Couple，情侣），哪里就有拆 CP 的人。校园 CP 就地解散。

全梓荣刷着手机，气得肺都快炸了。他反坐在陈安前面的座椅上，指着手机说："这届网友真的不行，一点实地考察的行动都没有，只会道听途说、捕风捉影。"

全梓荣是唯一一个探访过陈安家的朋友。曾经的他也和大家一样，以为程乐乐是陈安的表妹。但当时好巧不巧，陈安送他出门的时候，碰巧见到了程乐乐的母亲，陈安唤了一声"干妈"，全梓荣浑身一震，敏锐地捕捉到了好兄弟的秘密。

他想兄弟之所想，急兄弟之所急，问正在翻看一本奥数专题书的陈安："昨天晚上你们洞房了吗？"

陈安眼皮都不抬："滚吧。"

全梓荣说："你怎么一点都不急呢？"

"皇帝不急太监急。"陈安拧开饮料瓶喝了口，"乐乐还小，你别瞎说。"

全梓荣挪了挪椅子："她还小啊？她昨天穿得跟足球宝贝似的，前凸后——"最后一个字被陈安犀利的目光堵回了喉咙里。全梓荣挥挥手："不是，我家老太太在咱这个年纪都生下我爸了。程乐乐都做得这么刻意显眼了，你还磨磨蹭蹭等什么呀？你近水楼台的，本来就可以先下手为强，还等着贼人们惦记呢？"

陈安转了下笔，重新翻开了书，说："乐乐没那个意思。"

见陈安一副雷打不动、一切尽在掌握的样子，全梓荣也不急了，凉凉地说："行吧。她没这个意思也挺好的。正好好多人跟我打听乐乐的QQ号呢，你要有时间也帮我参谋参谋，看给哪个人合适。"

陈安抬头，警惕地问："干吗？"

"干吗？昨天程乐乐又酷又飒又威武，跟小女王似的，就差脑袋顶上戴个皇冠了，多让人惦记呀。只不过大家以为小女王是在追求你，心里正酸得冒泡呢。现在好啦，你们俩是纯洁的兄妹关系，大家就都有机会了嘛。如今的程乐乐，周围群狼环伺，可有大把的贼人在惦记着呢。"

陈安合上书，说了句："她不会。"

此时的陈安跟程栋的想法差不多，大体上就是老子是看着她长大的，这世上没有人能比我更了解她，更爱她，她这辈子最爱的人肯定也是我，哪个混蛋敢惦记，我就打断他的腿。

而且陈安想起上次程乐乐背着他跟别人出去看电影，被他捉到后立马低眉顺眼地跟他回来了，可见他的威严还是在的。既然他敲打过了，程乐乐就不会再犯。

总体来说，程乐乐是个乖巧的孩子，既听陈安的话，又喜欢事无巨细地和他分享一切。在陈安眼里，程乐乐无论是生活上还是精神上都是透明的，一眼就能看明白。这也是陈安一直不慌不忙的原因。

陈安把两人的未来规划得跟解数学题一样步骤清晰。目前他正严格执行着步骤一：好好学习。

但全梓荣的提醒他也从善如流地听进去了。他琢磨着要不要请干爹来学校做一次宣讲。程栋三年前调去了刑侦大队，每天和恶匪斗智斗勇，连长相都狰狞了不少，应该对那些蠢蠢欲动的狼崽子们有震慑作用。

同时，对于程乐乐这边，防患于未然的工作也有必要做一做。

刚好，表舅公家的葡萄今年又丰收了，他让儿子给程、陈两家各送了一箱。到了晚上，陈安在客厅一边看书做题，一边竖着耳朵听外面的动静。没过多久，他便听见家里的防盗门砰砰作响。

陈安抿嘴一笑，站起来开门。程乐乐拎着两串葡萄走了进来。

陈奶奶早已不在这里留宿，家里就剩他一人。程乐乐一进来，见餐桌上摊着的草稿纸，有点为难。

"你学习呢？"程乐乐刚脱了鞋，又依依不舍地往脚上套，"那我……要不还是先走吧？"

陈安"嗯"了一声，坐回餐椅，眼睛一动不动地盯着书，余光里瞧见程乐乐穿那只鞋穿了得有五分钟。

陈安想，这会儿，怕是蜈蚣都穿好鞋了吧。

程乐乐委屈地瘪瘪嘴，最后还是懂事地朝门外迈出了一条腿。

"回来吧。"陈安懒懒地唤了一句。

程乐乐立马跟小狗似的，倏地冲了进来："对嘛，别一天到晚看书，对眼睛不好，得劳逸结合，适当放松放松，休息一下。"

说着，她把葡萄向对面的人肉去皮机推了过去。

陈安洗了洗手，从厨房拿来两个碟子和一叠湿纸巾，问："你作业呢？"

"还没做。"

"在楼下干吗？"

"陪我妈看一个台湾偶像剧，我妈一直在哭，我得负责抽纸巾。"

陈安颔首。干妈是戏曲演员，情感充沛，容易代入角色。他剥了一颗葡萄放在碟子上："讲什么的？"

"灰姑娘和王子的故事。两人在学生时代相爱，被王子他妈拆散了。灰姑娘怀着王子的骨肉忍痛离开，多年后再一次遇上了王子。王子误以为带着孩子的灰姑娘见异思迁，就百般凌辱她。灰姑娘痛不欲生，却在王子面前隐忍不发。"程乐乐咽下葡萄，做了个催陈安快点剥的手势，"现在演到这里了，后面我也不知道会怎么样。这个灰姑娘什么都不说，所有的苦都自己扛的做派，看得我火大。但我妈说，这是伟大的牺牲，是爱情的力量。小哥，你觉得呢？"

程乐乐滔滔不绝地说着，陈安听罢点评道："我觉得，这个故事告诉我们，早恋有害。"

"啊？"程乐乐没想到小哥的角度这么刁钻，"怎么看出来的？"

"如果灰姑娘当初不和王子早恋，而是选择好好提升自己，与王子并肩进步，一起成长为拥有足够力量去抗衡外部阻碍的成熟个体，那王子的母亲嫌弃有什么用？想生几个孩子就生几个，资本掌握在自己手里，一切都是自由的。但是他们没有这么做，而是选择了早恋，早恋让人冲动，而冲动是魔鬼。"

程乐乐听得目瞪口呆："小哥，怪不得你和老纪关系这么好，合着你俩本质上是一类人啊。"

陈安不理，问："你听进去了没有？"

程乐乐说："我听进去了，冲动是魔鬼。我昨天不该穿成那样去找你的。"

陈安心想这是什么神级理解水平："我不是那个意思。"

餐厅里橙色的灯光打在程乐乐的脸上，照得她的眉眼格外张扬。程乐乐边吃边说："但我昨天也不是一时冲动，我想了好几天，从设计款式到找靠谱店家，我都有好好把关。"

陈安的五脏六腑被幸福的感觉塞满了。他偷偷笑了一声："嗯，知道了，你这次步步为营，也显得你挺有智商和勇气的。"

程乐乐被陈安夸得美滋滋的，葡萄吃得更带劲了。

四下寂静无声，陈安可能是被偶像剧的剧情"洗了脑"，突然想到以后要是求婚的话，应该把婚戒藏在哪里会比较浪漫。他本人并不擅长制造惊喜，但显然程乐乐是这样的人，他怎么着也得计划一下。他想象力枯竭，心想要不把婚戒藏在葡萄肉里好了，电影里不是总有女人吃蛋糕吃出钻戒时欣喜若狂的场景嘛。但当他看见对面那个人吃葡萄时一嗑一个，嚼都不嚼就往肚子里咽的豪放样儿，便立刻放弃了这种想法。

总不能回头去马桶里找钻戒。

本来这天晚上他想借机给程乐乐吹吹"早恋有害"的风，但被程乐乐成功带偏了。被幸福笼罩的陈安失去了危机意识，觉得形势没有全梓荣描绘得那么严峻，想着以后再说，便由着程乐乐叨叨别的去了。

28

国庆节期间，陈涛在曾州花大价钱请了一个专门指导奥数比赛的老师，要趁假期给陈安进行一对一辅导。陈安临走前，给程乐乐买了个新手机。上次程乐乐在顶楼拍视频借用的是干妈的手机，像素不高，他很后悔没有早点给她买。当然，不买也是因为担心她玩手机分心。这次他想，万一程乐乐又有新动作，设备必须得跟上。于是陈安买了一部苹果手机，还存了自己的手机号，并把新闻联播放送界面设为壁纸，然后把手机送给了程乐乐。

程乐乐美得冒泡，拿着手机爱不释手，百无禁忌地说："小哥，我现在跟巴甫洛夫的狗似的，新闻联播的音乐声一起，我这手啊就会条件反射地去拿电话。你放心，我一定准点给你打电话。哇，这手机自拍好清晰，小哥，拍一个。"两人凑到镜头前，咔嚓一声，留了张纪念照。

拥有新手机后，程乐乐第一时间就给陈筱牧打去电话显摆。

陈筱牧"吃瓜"有延时，接电话前，她刚在贴吧看到程乐乐前一阵子一鸣惊人的壮举。她对此丝毫不感到意外，因为兄妹两人的感情一直就这么好，其实单纯的一个"好"字根本不足以形容两人的腻歪程度。

说到新手机，程乐乐原本用的是父母淘汰下来的诺基亚手机。陈筱牧甚至怀疑那是陈安专线。她们俩出去逛街时，程乐乐总会因为决定不下来到底买哪个东西，而给陈安打电话。她也不发照片，而是在电话里详细描述 A 款产品哪里好哪里不好，B 款又有何优劣，然后磨磨叽叽地分析上半个小时。陈筱牧疑心陈安按了静音键，因为正常人对这种无聊的琐事可能根本不感兴趣。然而，陈安貌似都能有问必答，并不像是含糊应对的。

陈筱牧觉得陈安不像是小哥，更像是一个能够包容孩子无理取闹的母亲。譬如她们在某个巷子里迷了路，程乐乐的第一想法不是去问路人，而是打电话给陈安说："小哥，我迷路了。"陈安问她附近有什么，程乐乐说："附近有扇门。"

陈筱牧想，程乐乐怕是以后会长成个智障，而陈安可能会成为一个护理专家。

如今又听说陈安送她一部价值不菲的新手机，陈筱牧不由得说道："你跟你小哥太古怪了。"

"古怪什么？"

"你们真的不是情侣吗？你们这样真的不是在撒'狗粮'吗？"陈筱牧当年就石破天惊地提出过不伦之恋的疑问，现在依然持同等怀疑态度。

但陈筱牧的重点在于"不伦"，程乐乐的重点在于"恋"，因为在程乐乐眼里，要是真和陈安谈恋爱，那确实等同于不伦。

程乐乐在电话那头直说："当然不是，我跟我小哥是缠在一起的油条，打出生就形影不离，关系当然好啦。"

陈筱牧暂时不担忧程乐乐的感情倾向出现扭曲，不过作为好朋友，陈筱牧还是例行给程乐乐"洗脑"，要她做一个独立自主、自力更生的新时代女青年。之前听说程乐乐的志向是开电影院后，陈筱牧也坦言她的理想是做一名优秀的化妆师。就这点而言，陈筱牧特别喜欢程乐乐。因为通常来说，她们的同龄人要么没有梦想，要么梦想过于虚幻不切实际。

挂电话前，两人约好了要找个时间去看电影。泰溪剧院的装修断断续续持续了一年，就算是个盘丝洞也该装利索了。如今，它即将和商业街一起盛大开业。地方电视台轮番播放开业广告，宣传单都塞到家门口了，所以当陈筱牧一提起，程乐乐就很爽快地答应了。

不过开业活动一推再推，等到真正有谱了，都快到新年了。

两人约在泰溪剧院门口见面。泰溪剧院现在改名叫"星辰影院"了，大老远便能看见硕大的标志牌。影院旁边是新建的全县最高建筑，楼顶开了一家时髦的旋转餐厅，透过360度环绕的落地玻璃窗，可以将城区风景尽收眼底。影院另一侧是店铺林立的女人街，女人街背后挨着美食街，提供全国各地的风味小吃。今天是新商业区第一天试营业，全县百姓都来凑热闹了。程乐乐还没走到影院，就被摩肩接踵的人群挤得寸步难行，差点被挤扁。

程乐乐好不容易挤到影院门口，陈筱牧正挥手唤她："这儿这儿。"

两人终于见了面，陈筱牧自然地撒了她的胳膊往里走。一进去，嚯，里面可真气派。以前泰溪剧院门口只有一个报刊亭一样的售票窗口，如今却变成了一个贯穿大堂的高低柜台，里面装了十来台收银机器。柜台的一半用来卖票，另一半则用来卖零食。柜台前的蛇形队伍超长，队尾都排到大堂外面去了。

程乐乐咋舌道："这么多人呀。"

"都是来看《阿凡达》的，现在咱这儿也有3D（三维）影厅了，估计都是来见世面的。"

程乐乐在网上看过《阿凡达》的报道，说特效特别逼真，观众反馈非常好，很多小地方的3D影厅供应不足，导致一票难求。有的人甚至驱车百公里去大城市观影，还有的天刚蒙蒙亮就去影院门口排队买票。

程乐乐看着眼前的"长蛇"，问："等我们排到还有票吗？"

陈筱牧眨眨眼，环顾四周，又朝某个方向挥了下手："钟哥！"

程乐乐循声望去，只见一个留着莫西干头的青年正朝她们走来。等他走近，程乐乐看见那人耳朵上戴了一串耳环，裸露的手臂上还有一个花纹繁复的文身。

程乐乐以貌取人，觉着眼前这位是个问题青年。

程乐乐小时候在老爸的派出所里也见过这样打扮的混混，鸡鸣狗盗，都不学好。陈安打小也教育她，离这些人远一点。程乐乐的三观基本上是由这两个男人塑造的，偏偏这两个男人都是传统保守型的人，所以程乐乐也很保守。

程乐乐稍稍往后退了退，和这人保持了明显的距离。

陈筱牧介绍道："这是我朋友钟鸣，大二了，曾大的学霸哟。"

程乐乐在心底"嗯？"了一下。曾大是本省的百年老校，虽说清北之后的几所高校排名没有权威榜单，但不管怎么排，曾大肯定是名列其中的。

人不可貌相，想不到打扮成这样还能当学霸。相比之下，小哥可是个乖宝宝。程乐乐暗想。

钟鸣仿佛猜到了程乐乐在想什么，指着自己的花臂说："这是本人的一点小爱好，到了大学没人管就文上了。是不是吓到你了？"

程乐乐见他说话一点都没有想象中那种横行霸道的语气，相反还很体贴，便暂时将原先的刻板印象放下，摇头道："没有。尊重个人爱好。你好，我叫程乐乐。"

陈筱牧问钟鸣："钟哥，你拿到票了吗？"

钟鸣从兜里掏出三张："喏。"

程乐乐吃惊地问："你怎么买到的？"

钟鸣说："我爸是这里的放映员。"

"哇，这么厉害。"程乐乐并非恭维，打从第一次进影厅看电影，她就对神秘的放映间充满了好奇，连带着对放映员也很是崇敬。

陈筱牧指着程乐乐，好笑地说："钟哥，乐乐的理想是开一家电影院，你为了你爸，可得好好巴结咱乐乐。"

钟鸣笑了起来，他有着很深的欧式双眼皮，眼睛很大，这一笑如同湖水荡漾："行吧，人家儿子拼爹，我爹拼儿子。"

程乐乐央求着问："钟哥，那你能帮我问问你爸，能不能让我参观一下放映室吗？"

"今天不行，下次吧，等我跟我爸约好时间再叫你。"

"真的？不是客套话吧？"程乐乐认真地问。

钟鸣说："你怎么这么好玩。不骗你，真的，走吧，我们该入场了。"

29

一行人领了 3D 眼镜进入影厅。程乐乐没看过 3D 电影，对戴眼镜看电影这事儿感到很新鲜，一进影厅就戴着眼镜四处看。她一会儿摘一会儿戴，发现也没什么两样。等屏幕一亮，她才发现，哇，原来电影还能这么拍啊。

以前看 2D 电影觉着身临其境，这会儿才知道什么叫沉浸式观影。那美轮美奂、叹为观止的特效把程乐乐看呆了。她以前哪晓得技术革命竟然可以给观众的视听感受带来这么大的飞跃。

难怪外面排队的人这么多，谁不愿意为这卓越的视听感受买单呢？下次一定要叫小哥一起来开开眼。

散场时，程乐乐特意留心了一下电影票的价格，方便算账。她一看价格，哇，一百二一张票，怎么不去抢银行啊！

钟鸣说什么也不愿收钱，他满不在乎地说："请我吃个饭吧。我快饿死了。"

三个人逛到后面的美食街。这会儿正是晚饭点，街头人流如织。三个人挤在一起，凑在一张长条凳上吃麻辣烫。程乐乐不能吃辣，但是其余两人能吃，程乐乐就跟着吃了。她吃一口喝一口水，再呛一声。周围人声鼎沸，三人还得扯着嗓子讨论电影剧情。钟鸣因为父亲的关系，比他们懂得更多的放映设备知识，比如视觉变形、饱和度之类的，挺专业的。程乐乐一知半解地听着，越发对钟鸣刮目相看。她跟个小粉丝似的主动问："钟哥，你有这方面的资料吗？"

钟鸣说："家里笔记本电脑里有一点，不过是英文版的。"

程乐乐便要了钟鸣的 QQ 号，让他回家传给她学习学习。

　　三人乘兴而归，等程乐乐到家时都已经晚上八点多了。叶晓梅去外地演出了，程栋今晚值班也不回来，家里就她一个人。她洗完澡，躺在床上准备登录 QQ，等钟鸣发来资料，赫然发现手机屏幕上面还有两个陈安的未接电话，吓得差点从床上蹦起来。

　　她直觉不能把今天结识钟鸣的事告诉小哥，犹豫了半天，她开始打字："小哥，我今天来大姨妈了，肚子有点痛，刚才睡着了。今天就不打电话了，明天打双份的。"

　　陈安很快回复："提前了？茶几抽屉里还有我上次买的药。"

　　程乐乐哪记得提前不提前，这会儿才想起来，大姨妈这事儿小哥比她记得还清楚。

　　她硬着头皮往下编："先不吃了，我再睡一觉。"

　　她怀着一丝侥幸心理，反正爸妈不在，死无对证。

　　钟鸣这人知识渊博，脾气又好，为人还挺大方，两人还有共同话题，她是决心要交这个朋友的。她想找个合适的机会跟小哥介绍，但这个合适的机会绝不是放了小哥鸽子的现在。

　　陈安回："嗯，乖，要是还不舒服，别忍着。难受就给小哥打电话。"

　　程乐乐甩出万能金句："小哥对我最好了。没有小哥我可怎么办呀。"

　　这之后，程乐乐一直没找着这个"合适的机会"。随着对保送起至关重要作用的冬令营的临近，陈安培训的频率也越来越高。他很辛苦，每天载她回家的路上都显得十分疲惫。程乐乐变着法儿地讲笑话，有时候陈安会笑一笑，有时候只是机械地蹬车，大脑放空。

　　程乐乐觉得自己像个累赘，一个生活不能自理的人都开始动了住校的念头了。

　　钟鸣每周都回泰溪。在一个周末，钟鸣带程乐乐参观了她期待已久的放映厅。程乐乐见到了传说中的胶片放映机和数字放映机，东摸西摸了一阵，又趴在放映窗口看热闹。

　　心满意足地从放映厅出来，程乐乐请钟鸣喝奶茶。两人边喝边聊些有的没的，比如文身是怎么文的，莫西干头怎么打理，打耳洞痛不痛之类的。钟鸣有问必答，也不嫌弃程乐乐的问题幼稚。钟鸣也会问程乐乐学习紧不紧张，有没有心仪的学校，泰高的食堂饭菜是不是还是一如既往的难吃。总之，两人之间是非常学长学妹式的关心和交流。

接下来的几周都是晴朗无云的好天气。钟鸣在群里提议骑行去郊区野餐。

陈筱牧立即附议。

程乐乐弱弱地问："你们谁能带我？"

一般来说，骑行是每人一辆车，谁见过后座上带着个人的？

程乐乐又弱弱地补充："我不会骑自行车。"

钟鸣："……"

在钟鸣眼里，只要长了两条腿，就应该会骑自行车。程乐乐的腿看起来又直又长，莫非是假肢？

陈筱牧："我求求你学个车吧！你小哥还能照顾你一辈子呀？回头他谈恋爱了，难道前面坐一个后面再坐一个？那不得把你未来的嫂子气死。"

程乐乐以前从没考虑过这个问题，她只想着自己的屁股得长在小哥的后座上。可最近在陈筱牧的"洗脑"下，她开始反省，觉得这么拖累小哥确实不行。她决定要变得更独立一些。

30

本周周末的行程从骑行改成了教会程乐乐骑车。见面地点也从青山绿水的郊区改成某民办小学寸草不生的废弃操场。

程乐乐一到，陈筱牧就开始吐槽。她把两根油条的比喻说给了钟鸣听。钟鸣听罢，没嘲笑程乐乐，而是说了句："跟哥哥感情好是好事。"

陈筱牧说话直接："凡事不能过线，他哥过于'妹控'了，乐乐也太依赖她哥了。一旦出问题，风险多半是乐乐承担，不公平。"她说着说着变得语重心长起来："乐乐，我跟你说，这世上除了自己，没有人是靠得住的。曾经很亲密的人，可能转眼间就会离你而去。曾经牢不可破的关系，也会突然之间崩塌。你如果抱着侥幸心理，总想着依靠别人，最后哭的是你自己。"

陈筱牧念初一时，表面恩爱有加的父母突然离异了，场面还闹得非常难看。夫妻双方为了一点家产撕破脸，连个遮羞布都没给对方留下。她被人在背后指指点点，一夜之间从饭来张口的小公主差点降级为沿街乞讨的社会盲流。要不是小舅舅慷慨收留，以及小舅舅邻居钟鸣的引导，她可能这会儿已经堕落了。

程乐乐现在这个样子，总让陈筱牧联想起以前的自己。一方面，陈筱牧欣赏程乐乐的天真无邪；另一方面，她又担忧她的天真不堪一击。她带着点悲观主义色彩，总是习惯性地想到事情最糟糕的一面。她介绍钟鸣和程乐乐认识，也是希望钟鸣能像当年帮她一样，帮程乐乐从思想上独立起来。

然而，在钟鸣眼里，陈筱牧似乎有些"一朝被蛇咬，十年怕井绳"，将自己的成长经历投射到了别人身上，别人不见得适用。不过，把自己变得强大一点总归没有错，因此，他没有出面阻止陈筱牧说下去。

程乐乐来学个车，还得被批评教育，心里郁闷着呢。可是她又无力反驳，毕竟自己不会骑车拖了后腿是不争的事实。程乐乐闷头说了声"哦"，一脸不高兴。钟鸣走过去轻声道："要不你一三五独立一点，二四六依赖小哥一点，周日就随心来吧。"

程乐乐笑着说："我看行。"

钟鸣扶着自行车说："走吧。"

"你别放手喔。"

"放心吧。"钟鸣说。没等程乐乐骑上两圈，钟鸣就撒手了。

程乐乐骑着骑着听后面没动静了，颤抖着问："钟哥，你还在吗？"

钟鸣此时已离她好几米远，没听见她的声音。程乐乐扭头看的工夫，车就晃晃悠悠地要倒。还好程乐乐腿长，一下子站住了，人没摔着。

陈筱牧跟打了鸡血似的跑过来，就地开课："你看，你以为你必须要依靠别人才能干成的事，其实一瞬间就能独立完成。你只是有依赖心理！只要你往前冲，就不需要别人的帮助！"

程乐乐吓得都不敢埋怨，立马扶起车接着晃晃悠悠地骑了。

钟鸣还在后面扶着，走到半圈的时候，对程乐乐说："你原谅筱牧吧，今天是她爸爸妈妈的离婚纪念日。"

程乐乐吐了下舌头："真的啊？你知道他们为什么离婚吗？"

钟鸣说："能为什么，不爱了呗。"

"感情会说没就没了吗？"

"感情也是有生命的，会生就会死。"

程乐乐："你说得真高深，钟哥，你平时没少看哲学书吧？"

后面没有回声，程乐乐这次没有回头。

她突然发现，骑车好像确实是挺简单的，她只是懒罢了。

程乐乐和钟鸣背着陈筱牧说的几句悄悄话虽然简短，却使两人之间的关系一下子变得亲密起来。他们有时候不在群里聊天，会私聊说些更隐私的话题。程乐乐会提到自己对父亲工作风险的担忧，会说起陈奶奶的身体情况，还会说起门口的花被她成功浇死了，隔壁练琴的萌萌终于学会弹《两只老虎》了……慢慢地，她的倾诉对象从陈安变成了钟鸣。

　　到了周末，陈安又要去曾州。七点钟的通话时长逐渐变短。陈安觉得哪里有些不对劲，但是由于学业太忙，无暇深究。

　　程乐乐打算把会骑自行车这件事儿当作一个惊喜告诉陈安，因此这几天她一如既往地蹭陈安的车回家，并问陈安周日晚上要不要去看《阿凡达》，再不去的话，就要下线了。

　　陈安答应了。再过一周，决定保送名额的冬令营就要开始了。在这之前，他想让程乐乐陪着自己放松一下。

　　程乐乐也有自己的想法。她想在看电影那天正式向陈安介绍钟鸣。一个是亲密无间的小哥，一个是无话不说的好友。她觉得两个优秀的学霸肯定也会相见恨晚，到时亲上加亲，真是再好不过了。

31

　　到了周日，两人分头行动，陈安从曾州回来直接去星辰影院，程乐乐则是骑着陈筱牧的自行车前往。她准备看完电影，当场给陈安表演骑自行车。

　　两人前后脚到。陈安正在悬挂着的电视机前查询场次。他穿了一件薄薄的浅色高领毛衣，胳膊上挽着夹克外套，脸上戴着一副细腿的无框眼镜，镜面上反射着电视机上蓝色的光。从侧面看过去，他的脸部线条相当完美，头身比也符合美学标准，长得一副斯文败类的好模样。程乐乐忍不住举起手机和他隔着一段距离自拍了一张合影，并打趣道："帅哥，方不方便请你看个电影呀？"

　　陈安扭过头来，推了下眼镜，一点都不矜持："你的话，可以。站在那里干吗？还不快点过来买票？"

　　程乐乐"嘶"了一声："朝中有人，我让我朋友给我留了最佳观影位置的票。即来即取。"

　　说着她掏出手机拨了个号码："钟哥，我到了。你在放映室？嗯，那我们等你。"

　　挂了电话，陈安问："谁啊？"

　　程乐乐故作神秘地说："一个朋友。"

然后，陈安就看见大堂另一侧有个人朝他们走来。

等那人走近，陈安打量了一圈。

钟鸣觉得好笑，陈安打量他的眼神跟一个月前程乐乐审慎地看他的眼神实在太像了。这是同胞兄妹吧。

程乐乐伸出一只手做介绍状："小哥，我给你隆重介绍一下，这是我新认识的朋友钟鸣。"

陈安并没有想象中那么热情，只是冷淡地点了下头，目光似乎还停留在钟鸣的莫西干发型上。这么赤裸裸地盯着人家看不大礼貌，程乐乐生怕小哥跟她一样以貌取人，连忙道："他是曾大的高才生。"然后转头又对钟鸣不无骄傲地说："这就是我小哥陈安，是要拿全国奥数比赛金牌的人物。厉害吧？"

陈安其实没盯着钟鸣的发型，他纯粹是看对方的大眼睛不顺眼。他懒懒地伸手："幸会。"

钟鸣回握，话却是对程乐乐说的："我待会儿就坐车回学校了，可以吧？"

程乐乐已经拟好计划了，焦急地说："你和我们一起看呗，看完再一起吃个饭。你不是一直想去那家木兰坊吃云南菜吗？我都订好座了。"

钟鸣从兜里掏出两张票，满脸歉意地说："学校临时通知明天一早开会，太晚就没有回去的大巴了。下次我请你吃。"

程乐乐失望地说："这样啊，那我等下把钱转给你。"既然她不能回请吃饭，总不能让人家垫付她电影票的钱。

"不用，我请你们。"

"别呀，上次就是你请的。"憨憨的程乐乐压根不知道自己这张大嘴巴能喷出多少危险信息。

钟鸣是个心思玲珑的人，很快感受到了陈安的眼神变化。这人一米八几的个头，身材略微有点单薄，但存在感很强，像一台敞开的三门冰箱，一刻不停地朝外放着冷气。

以前他觉得陈筱牧夸张，此刻却突然笃定对方不只是"妹控"那么简单。作为心理系的学生，又在非主流边缘游走的他，瞬时在脑袋里过了好几圈变态心理学的论文标题。

他本来打算送完票就去客运站坐大巴了，现在却突然产生了兴趣，故意唤程乐乐，尾音拉得很长："乐乐啊——"

旁边的"冰箱"果然又降低了三度。

程乐乐却不知情，睁着两只无辜的眼睛抬头看："怎么啦？"

"我爸拿到了一本影院白皮书，是内部文件，我也没法拿出来。你要不跟我上楼看看？需要的话，我让我爸偷偷给你复印一份。"

程乐乐一阵雀跃："好呀好呀，谢谢叔叔还惦记着我。"

钟鸣走在前头，没有邀请陈安一同上楼。放映室是禁止外人进入的区域，他不提，陈安也不能去。

程乐乐见陈安没跟上来，回头说："小哥，你等我一下，我两分钟后就下来。"

陈安皮笑肉不笑，故作大方地插着兜，说："去吧。"心里却在想，你去一个试试。

程乐乐一心惦记着白皮书，没听完陈安的话就走了，还是有说有笑地和钟鸣并肩走的。

陈安形单影只地倚在入场口，非常憋屈。

所以说，这段时间，程乐乐和这个人来看了电影，还见了对方家人，两人看上去情投意合的，难怪程乐乐最近都不怎么爱和他聊天了。

心尖儿上养起来的碧绿碧绿的小白菜，自己陪着一万个小心地守着护着，可架不住总有不长眼的凑过来。以前有猪拱，随便一打发也就赶走了。这回自己大意了，来的是只狐狸。小白菜自己还想着跟狐狸跑呢！

陈安表面看似风平浪静，内心却是锣鼓喧天，怨气在肚子里快要滚沸了。他紧盯着大堂中央的钟表，一秒一秒地数着。

两分钟，120秒，真够久的。

对此一无所知的程乐乐进了放映室，见到叔叔，乖乖地喊："叔叔晚上好！"

两人自然还得寒暄一阵。两分钟额度秒没。

她拿到白皮书，翻了翻。哇，数据这么详尽，很有用！先拍几张照片再说。又过去两分钟。

最后，拜托叔叔复印，"抱大腿"般感谢。又花去五分钟。

从放映室出来，钟鸣陪着程乐乐下楼，拐了弯快到大堂的时候，钟鸣突然拉住了程乐乐。

"陈安是你哥？"

"嗯？嗯！"程乐乐不知道钟鸣为什么突然这么问，脑袋还没转过弯来。

"亲哥？"

"比亲哥还亲呢。"

"正面回答我的问题。"

32

小时候，幼儿园的小朋友总喜欢问陈安："这是你亲妹妹吗？"

陈安斩钉截铁地说："不是。"

程乐乐在旁边捣乱："是呀是呀，你看我们的眼睛都是内双。要是晚上没睡好，我这只眼睛会变成双眼皮。"她指了指旁边的陈安："小哥呢，那只眼睛会变。你们谁能做到？"

所有小朋友摇头。

程乐乐得逞地说："所以陈安就是我亲哥哥呀。"

等上了学，第一天报到的时候，陈奶奶也一起去了，她拜托班主任让陈安和程乐乐同桌。

"咱家乐乐还小，课上坐不住的，只有她小哥压得住她。"

要是听取每个家长的要求，全班学生恐怕都得坐在第一排上课了。班主任没听陈奶奶的，而是根据个子高矮排座位，把他们拆开了。结果，程乐乐这个表面上看上去特别乖的小朋友，上课时却总有小动作，屁股跟坐了螺丝尖儿似的。班主任恩威并施地引导她改正，但完全不管用。后来班主任死马当活马医，让她坐在陈安边上，她竟然老老实实地坐住了。

班主任问陈安："这是你哪边的妹妹？"

陈安没懂，说："我奶奶那边的。"

班主任猜他俩可能是三代表亲。小地方嘛，半个村子都是一家的情况多的是。

在这之后，班主任在叫不出名字的时候便喊："那个谁，陈安他妹妹。""乐乐，叫你哥过来。""明天轮到你们兄妹俩值早岗。"

这么一宣传，全班同学都坚定地以为两人是亲戚了，谁也没怀疑过。

到了初中，有一半的同学都来自同一所小学。大家便自然而然地这么误会下去了。

再后来，到了高中，大家不怎么关心是不是亲戚的事儿了。不过前一阵子程乐乐那么一闹，又把误会给坐实了。

只有钟鸣，正正经经地问陈安到底是不是她亲哥。

既然正经问了，程乐乐也正经回答："不是。他是我干爹干妈的儿子，住在我家楼上，我俩在肚子里就认识了，一出生就是'同床共枕'的关系。"

钟鸣问："哎，那你们怎么长得还挺像的？"

程乐乐这会儿还挺给自己脸面："没听过一句话吗？好看的皮囊千篇一律。"

钟鸣点头："确实。"顿了一秒钟，他又道："乐乐，你父母跟陈安父母不会——那个——啊，你有没有滴血认亲过啊？"

程乐乐听明白了，立马上手要打人。钟鸣一个箭步冲了出去，程乐乐在后面追："你给我站住——"

陈安在下面盯表盯得表都快害羞了，眼风一扫，只见大堂一侧前逃后追地跑出一对蝴蝶，脸立马又黑了三分。

陈安额头上的青筋跳了跳。行啊，程乐乐。

程乐乐追过头了，这才注意到刚才跑过去时余光里瞥见的那个眼熟的人是陈安。完了，小哥还被晾在一边呢。

她紧急刹车，一脸无情地对钟鸣说："快滚回你的高校去吧。"然后倒退三步，川剧变脸般谄媚地对陈安说："小哥，久等了。"

陈安说："还好，也就多等了 11 分钟 36 秒吧。"

程乐乐急了："那不是错过开头了？哎呀，那片子一秒钟都不能错过的。小哥我们快点进去吧。"说着就要拉陈安往里走。

陈安没动，脚像是焊在了厚厚的蓝金色地毯上。

程乐乐知道陈安生气了。她刚才一上楼就忘记了时间，可是两人这么僵持着，不是更浪费时间吗？

她轻推着陈安的侧腰，敷衍地说："对不起嘛，我错了，看完电影再算账。走吧走吧。"

陈安冷言冷语道："你错哪儿了？"

程乐乐伏低做小："我让你多等了很久。"

"就这个？"陈安说，"不急，你再好好想想。"

陈安跟个黑面判官似的，居高临下地跟她说着话。程乐乐也有点不乐意了。干吗呀，至于吗？

她最近被陈筱牧"洗脑"，自我意识苏醒了。而且青春期本来就容易叛逆，谁喜欢有人这么跟自己阴阳怪气地说话？

"你直说。我想不出来。"程乐乐梗着脖子说。

"上个月 29 号晚上，你是不是和他来看电影了？"

程乐乐连昨天晚上干什么了都得好好想想，猛地被这么一问，有点发蒙。

陈安又不紧不慢地说："我帮你回忆回忆，那天我不在泰溪，七点钟没打成电话。后来你跟我说肚子痛睡着了。"

程乐乐立马想起来了，心里一惊。小哥怎么什么事儿都知道，能掐会算的，下周比赛肯定能拿奖吧。

陈安本来只是猜测，这么说纯粹是想诈一诈程乐乐，没想到她眼神躲闪，还真被他说中了。

好不容易压下去的滔天怒火又被点燃了，陈安诘问："你竟然为了他骗我身体不舒服？！"那天看到短信，他恨不得当下回来陪她，还害他担心了一晚上。

程乐乐蔫儿了，垂头丧气地站着，一副任由打骂的倒霉相。

陈安气极了，又不能在大庭广众之下发作，他压低声音，声音都变了调："告诉我理由。"

程乐乐低头小声说了一句："怕你像现在这样生气。"

"那你说，为什么我会生气？"

"因为我忘记了打七点钟的电话。"

"你觉得我生气了，是因为我没接到七点钟的电话？"陈安气得去拽程乐乐的胳膊，被她机灵地躲开了。

"你躲什么？"

"哦，条件反射。"

"以前你还说自己是巴甫洛夫的狗，一听到新闻联播的音乐声就会条件反射地给我打电话。"

"那天不是没看新闻联播，来看电影了嘛。"说完，程乐乐才发现自己火上浇油了。

"行，你行。"

程乐乐不吱声了。沉默是金，多说是错。在纪主任面前，她也是拿这八个字当黄金法则的。

但陈安是要"坦白从宽，抗拒从严"的。他见程乐乐一副死猪不怕开水烫的样子，心中的怒气如沸油翻滚："你最近心思很野啊，是被那个小流氓给教唆坏了吧？"

程乐乐不喜欢自己的朋友被人这么说，于是反抗了一句："钟哥不是流氓。"

"钟哥？你哪来的哥？！"

这句话陈安说得分贝略微高了点。没办法，怒气顶到嗓子眼儿了。这时正值下一场电影入场的时间，他们站的地方靠近入场口，观众们正排队入场。两人外貌出众，气氛诡异，引得周围人频频投来目光。陈安的这一声反问更是吸引了众人的注意。

众目睽睽之下，程乐乐也觉得没脸了。凭什么这么说她呀，不就是说了个谎吗？至于连电影都不让看了，站在外面被批斗吗？她交朋友有什么错？人家还好心好意请他们看电影了呢，他怎么还恩将仇报说别人坏话？

小哥就是小心眼儿。

陈安见她一副宁死不屈还要维护那小流氓的样子，就着怒火又重复了一遍："你说，这是你哪个哥？"

程乐乐抬起了头，那双如墨似漆的眼睛就这么明晃晃地盯着陈安的脸，她一字一顿地反问："你又是哪个哥？"

说完，她转身下了楼。

陈安第一次被程乐乐这样反驳，一时没回过神来，站在原地愣了好几秒，才追了下去。

追到一楼，他刚想把人叫回来，只见程乐乐推出一辆自行车，大大咧咧地坐了上去，脚一蹬地，跟挑衅似的，在他眼前飞速地骑走了。

陈安彻底傻眼了。

程乐乐不仅会顶嘴了，还会骑车了？！

她还瞒了他多少事情？

原本对未来生活规划得有条不紊的陈安此时忽然产生了彷徨不定的心绪。程乐乐就像个数学里的未知数，你以为已经掌握了她的定值，但其实条件微微一变，她就成了一个无法预测、难以捉摸的变量。

33

这场吵架来得气势汹汹。

程乐乐的叛逆一发不可收拾。她早餐也不上楼吃了，就在早餐店里买个茶叶蛋将就。她坐在那儿剥了半天皮，然后拿筷子戳，鸡蛋滚到了地上。她气得又买了一个，怕再滚到地上去，便从包里翻出裁纸刀，切开鸡蛋掏蛋黄吃。

她在心里默念："我成长了！"

程乐乐骑自行车不认路。以前每天坐在小哥后面光顾着说话，没留意镇里通往县城的路要拐几个弯。但怕什么，有手机导航。只是彼时，小地方的数据采集不大准，导航带着她绕了好几圈，像在走迷宫。镇里的土狗以为她是小贼，追着她一路跑。她这回骑得飞快，误打误撞地竟然骑对了路。

她在心里再次默念："我成长了！"

晚上放学回去，她背着双肩书包，还能和同学边骑车边聊天，没人管的感觉多惬意呀！小哥的车从旁边骑过就骑过呗。哎，他今天放学怎么这么早，不补课了？哼，爱补不补。

陈安骑在前面，跟后面那辆崭新的粉红小车始终保持着一米多的距离。这车和昨天见的那辆不一样，估计是昨晚从电影院出来以后买的。他猜程乐乐本来打算叫他一起去挑车，结果两人一吵架，她就自己去了。不过也有可能是程乐乐叫回了那个小流氓，两人一起定的。

陈安想得心堵。这会儿他的想象力也不像以前琢磨求婚场面那般枯竭了。昨天晚上吵完架回到家里那阵，他的想象力比现在还要丰富，他都快联想到程乐乐跟着小流氓私奔了。他越想越窝火，被虚假的画面折磨得一整宿都没睡着，到天亮了才昏昏沉沉地眯了一会儿。不料睡过了头，三两下收拾完冲到楼下，结果人家早就没影儿了，都没想着叫他一声，就这么看着他迟到。

陈安暗骂：没良心的白眼儿狼，捂不热的臭石头。

两人就这么暗自不爽对方，各自在脑海里上演着一出出小剧场。

34

这么骑着骑着，脑袋顶上就开始掉雨点了，滴到手上还怪冷的。

陈安今天早上出来得急，没带雨衣。程乐乐这脑子是压根想不起来要带雨衣的。陈安偷偷回头看，小傻子停在原地看天呢。

怎么着，看一看就能把雨看停了？

程乐乐一低头，瞄见陈安转头看她了，于是立马脱下外套捂住脑袋，继续骑车。

她要风雨无阻地冷战!

旁边突然有同学并排骑了过来:"程乐乐,没带雨具啊?"

程乐乐不认识他,但礼貌地回了句:"没事,雨不大。"

"把我的借给你吧。"说着,那人刹车,脱下了雨衣。

"那怎么行,你给了我,自己不是要淋雨了吗?"

"我家就在前面了,淋不了两分钟。"

"那太谢谢你了。明天我怎么还给你?"

"我在9班,叫高鹏。或者你给我打电话,我有时间去取一趟。"他利索地报了一串手机号。

程乐乐就记住了一个数字,开头的那个"1"。她呆呆地点头,做出记住了的样子,说了声"谢谢,拜拜"。

但高鹏没有马上拜拜,他等程乐乐穿上雨衣后,还慢悠悠地在程乐乐旁边骑着车,不畏风雨。

陈安在前面都快表演起原地骑车来了,心里想着这是什么世道,前有狼后有虎的,让不让人好好喘口气了?

终于熬到高鹏到家,程乐乐长舒一口气。早知道不借这雨衣了,被雨淋也好过两人尴尬并行。

她踩了下脚蹬,见前面小哥的头发已经濡湿了,心里不禁有些动摇,要不要和小哥共享一下雨衣?

小哥过几天就要去东北参加冬令营了,要是感冒发烧,影响发挥了可怎么办?

程乐乐自理能力不行,但人还是懂事的。她想,再怎么逞一时之气,也不能耽误小哥的前途。

于是,她快蹬了几脚,往前追小哥。

陈安所有的注意力都放在身后呢,跟背后长了眼睛似的。他察觉到程乐乐正在追他,恨不得当下就停下来。

突然旁边有人朝他喊:"陈安!"

陈安心里一紧,谁这么不道德地专门坏人好事?

张若仪骑过来,摘了雨衣的帽子,说:"你没带雨衣?天气预报说这几天连着有雨呢。"

程乐乐从旁边不急不忙装聋作哑地骑过去了。

陈安看着程乐乐的背影，蹙着眉说："嗯，忘带了。"

张若仪说："把我的给你吧。"

"不用。"

"我家就在——"

"不用。"

程乐乐在前面想，小哥是不是傻啊？宁可淋雨也不愿拿人家雨衣……

不过想想刚才自己也这么想来着，小哥好像也不傻。

偏偏那个张若仪是有韧性的，她紧接着说："我包里还有伞。你介意打伞骑车吗？"

人家话都这么说了，又是一个班的同学，陈安不拿就有点得罪人了，只好说："那谢谢你了。"

张若仪从包里拿出一把明黄色的折叠伞，小心翼翼地递给他。

陈安打开，见伞面是只可爱的扁嘴小黄鸭。

这风格倒是挺像程乐乐的，陈安不禁问："在哪儿买的这把伞？"

张若仪受宠若惊地回答："女人街那里。"

"女人街？"

"你不知道吗？就在泰溪剧院，哦，就是星辰影院后面。对了——"张若仪顿了顿，鼓起勇气说，"明天是我生日，我在那边的木兰坊请大家一起吃饭，很地道的云南菜。你有没有空啊？"

陈安一听木兰坊，脸色变得比天色还阴沉，当下就说："不好意思，我明天要补习，去不了了。提前祝你生日快乐。"

张若仪说："没关系，谢谢你的生日祝福。我很开心。"

程乐乐在前面只听见了"开心"，也不管这个开心是不是从小哥的嘴里说出来的。正吵架呢，你还有心思开心？！哼，走了。

这是冷战的第一天。

35

到家后，程乐乐和陈筱牧煲电话粥。陈筱牧得知兄妹俩吵架的事，反倒劝慰上了："你们总算正常点了。兄妹俩哪有不吵架的啊。没事儿，磕磕绊绊的，过两天就好了。"

"什么磕磕绊绊，我要打持久战！"程乐乐宣誓。

陈筱牧说:"那也得陈安乐意跟你打持久战。有人想打还没机会打呢。"

"你说话酸溜溜的,是不是对我小哥还余情未了?趁这会儿,你把队先站明白了。"

陈筱牧不理她,问:"我采访你一下,今天冷战的感觉怎么样?"

"特别棒!"

"说实话。难不难受啊?"

"难受个屁!"

"没人给你剥鸡蛋,公主落泪了没?"

程乐乐口是心非:"怎么可能?没了小哥,我难道还不活了?"

"行,正好,那你独立一段时间。没准过两天,小公主比丫鬟还勤快了。"

挂了电话,程乐乐躺在床上,望着天花板发呆。刚才的豪言壮语被空气一稀释,连个影子都没留下。

楼上的陈安也接到了好兄弟全梓荣的慰问电话。

"你今天表现不对。跟哥哥说说,发生什么事了?"

"你成微表情专家了?"

"避重就轻,那肯定有事。让哥哥猜猜,能让你表现失常的,准是你楼下的那位。怎么啦?她跟别的男人跑了?"

"……"

全梓荣本来是句玩笑话,但在陈安沉默的一瞬间里,他立刻领悟到:"我的天啊,谁这么有本事?"

"你说的这叫什么话?"

"不是,你不是一直以女孩子要富养的原则养着她吗?她每天被你这个大帅哥护着,还能对谁动心啊?这世上还有谁能比你帅、比你对她好?"

"谢谢你这么拐着弯地夸我。"

全梓荣试探着问:"你们吵架了?"

陈安沉默。

全梓荣:"'活久见'啊!山无棱了吗?天地合了吗?"

陈安要挂电话:"没心情听你贫,没事挂了吧。"

"等等,陈安,我说句公道话,你平时看得太紧了,人家触底反弹也情有可原。听我的,你晾乐乐两天,没准你去参加冬令营,回来以后'小别胜新婚',两人就和好了呢?"

"走一步看一步吧。"

陈安头痛地捏了捏额角。他在和好这方面确实缺乏经验，而且他觉得两人之间的症结没解决，表面和好也没意义。但症结在哪儿，他没时间思考，下周就要开始比赛了。这是关系到两人未来的大事，他得先紧着这个。

36

接下去几天，两人持续冷战。

人一旦忙起来，连冷战的心思都没有。他像个陀螺似的转着，转眼间，就到了启程日。

出发前一天晚上，陈安发短信给程乐乐："明天我就要去吉林比赛了，你没什么要对我说的吗？"

程乐乐没回。

她正琢磨着别的事。今天下了一整天的雪，世界仿佛变了个样，银装素裹，白茫茫一片。院子前面是一条窄窄的甬道，再往前就是停自行车的简易车棚。车棚上积了厚厚的雪，跟羊毛毯子似的，让人忍不住想糟蹋。

到了后半夜，程乐乐在睡衣外面裹了件羽绒服，来到了石榴树下。石榴树的几根大枝丫就悬架在车棚顶上。程乐乐往手里吐了口唾沫，纵身一跃，便往上跳去。树上的积雪簌簌地掉在她身上，程乐乐没管，身姿矫健地往上爬。没过一会儿，她就攀上了其中一根树枝，跟在高空走钢丝似的，慢慢往简易车棚那儿移动。

等到了车棚上方，她折了根小树枝，蹑手蹑脚地走去最左端。

塑料顶棚不结实，她不敢闹出太大动静，便借着清朗的月光，趴在雪地上写大字。每写完一个字，她还得为了追求美感而抹平周围的脚印。

最后，四个字终于写完。

程乐乐满意地欣赏了一下自己的杰作。她回到树上往下看，"小哥必胜"四个字显得有点单薄，又回去加了颗爱心。

她再次回到树上，望了一眼小哥的窗户，设想了一下他拉开窗帘的角度，觉得自己做得非常完美。

她知道小哥有个习惯，就是一起床总会先去拉开窗帘。

他只要一打开窗帘，就会发现她为他准备的惊喜。

嘿嘿嘿……程乐乐想，我都这样做了，你总不能再生我的气了吧。

程乐乐计划得挺好，但在爬下树时，也不知哪来的小野猫，在皑皑白雪中顶着两只莹绿色的眼睛，把她吓了一跳。这么一分神，她跳下去时不小心把脚崴了。

程乐乐爬树从来没有失过手，这次也是大意了。大概最近运势不好，不是被土狗追就是被野猫吓，程乐乐琢磨着要约陈筱牧去买个转运珠戴戴。

她瘸着腿走进家里翻找药箱，喷了点云南白药，就心大地回房间睡觉了。迷迷瞪瞪地睡到了五点多钟，她被疼痛唤醒，开灯一看，脚踝处比刚崴时肿了一倍。

她只好叫醒叶晓梅。程栋因为配合省里追查一桩跨区杀人案，这几天都没回家，只有叶晓梅在家。

叶晓梅百思不得其解，问："你大半夜的怎么弄成这样了？"

程乐乐揉了揉鼻头："上厕所的时候，从马桶上站起来那会儿给崴的。"

叶晓梅将信将疑："这也能崴到？我去叫安安下来，背你去小区门口打车。"

程乐乐连忙说："小哥要去比赛了，让他多睡会儿养养精神。妈，你扶我一把，我能跳去那儿。"

叶晓梅无奈地看了她一眼："你心里只有你小哥，他要是保送去了北京，你打算去念什么？"

"我听说北京还有个北大青鸟职业技术学院，我能考上那个，勉强和小哥做邻居。"

叶晓梅一边穿外套一边数落："真有出息，你怎么不说去清华池给人搓澡？"

出了门，叶晓梅架着她，两人半跳半走地到了小区门口。几百米的路走了十几分钟，两人被寒风吹得话都说不利索了。

"要给你请假吗？"叶晓梅坐在车里问。

"妈妈，我们今天开始放寒假了。"

"哦，对，我被这风吹傻了。"

到了医院，拍了片子，值班医生说是轻微骨折，只需保守治疗，不用石膏固定，给开了云南白药和止痛药，并叮嘱她冰敷一天，热敷两天，注意不要负重就可以了。

程乐乐吃了止痛药，在大堂坐着缓了缓，但药效还没发挥，这会儿疼得她眼睛又红又湿。

叶晓梅说："看你这样我怪不落忍的。要不让安安来陪你？"

叶晓梅和程乐乐一样，不能独立面对事儿，一有事儿就想找家里的主心骨。程家拿陈安当亲儿子养，程栋工作性质特殊，这会儿关机了，现在她能想到的人便只有陈安。

"你不落忍，小哥就落忍啊？再说他来也没什么用。"程乐乐惨叫一声后，全身冒汗地阻拦。

叶晓梅也就那么一说，她知道陈安一早要去冬令营，没必要让他分神。

她从过道里接了杯温水，递给女儿："我给安安赶织了件毛衣，本来想早上给他带去那边穿的。等咱回去，他估计已经出发了。"

"那我的毛衣呢？"

叶晓梅瞪了程乐乐一眼："等你得到比赛的机会，我给你织十件。"

37

等程乐乐略微好一点，从医院出来时，天已经大亮了。回到家，程乐乐见楼上的窗帘合着，看看表，陈安应该已经出发了。他到底看见了没有？怎么没给我发信息呢？

陈安今天要赶早班机，机场在曾州，天蒙蒙亮就得起床了。他走到窗前，刚想拉开窗帘，想起这几天家里都没人在，伸出去的手又缩了回来。他匆匆吃了两口早饭，看了下手机，发现楼下那位气性大的还没回他昨晚的短信。

唉，小祖宗。

陈安拎着行李出了门，到了院子口，趴在栏杆前看了一眼一楼那个黑漆漆的小房间。

回来再跟你和好吧。

十点多，陈安在吉林下了飞机。打开手机，里面躺着一条来自程乐乐的留言。

"你看见了吗？"

他忙回："看见什么？"

程乐乐却没有再回他。

此时的她又去了医院。刑警大队的人开着警车来接的她们母女俩。

方队长身材高大威猛，即便程乐乐也不矮，但在他庞大的身形下，仍显得像是被笼罩在一片黑暗之中。他挡着温温吞吞的阳光说："程栋正在急诊室抢救。我们没想到那个逃犯手里有枪，追捕过程中，程栋被枪击中了。"

程乐乐的大脑有片刻的空白，她怔了很久，问："击中了哪里？"

方队长沉默着，那段沉默的时间足以把程乐乐心中仅存的希望击得粉碎。他最后从牙缝里挤出两个字："胸口。"

程乐乐觉得很不真实。就像走在炽烈的阳光下，突然被水滴砸中，第一反应不是下暴雨了，而是以为谁不小心滴落了水珠。可是，落下来的水滴越来越密集，足以遮天蔽日，她才迟钝地意识到，原来已经变天了啊。

叶晓梅和程乐乐被带到了手术室门口。程乐乐的手一直在抖，叶晓梅也在抖，两人像是疾风中的两棵小树苗，无力地相互依靠着。

谁也不敢哭，怕一哭显得丧气。

可是死神还是无情地光顾了。

医生走出手术室："对不起，我们尽力了。"

程乐乐想，又不是拍电视剧，好好一个人，怎么会说死就死？

她站在手术室门口，呆呆地看着，像是要把手术室的玻璃看穿。这肯定是个小把戏，爸爸肯定不在里面。

他上班去了，只是有点忙而已。

叶晓梅也这么无助地站着，一言不发。

方队长心里早有了与同事永别的心理准备，这时只想着怎么照顾母女俩。但这对母女没一个哭的，像是在无声地较劲似的，让他有点慌神。

"嫂子——"

"咚"的一声，叶晓梅直愣愣地倒在了地上，昏迷不醒。

程乐乐转身抱住叶晓梅晃。方队长赶紧叫医生。

兵荒马乱间，程乐乐像一叶浮萍，麻木地飘来飘去，随波逐流。

也不知道过了多久，叶晓梅醒了。又不知过了多久，王丽婷来了。

此时的王丽婷已经是一个成功的女商人了，她在开会时收到了婆婆的消息，便匆匆赶来。陈涛正在北京开会，抽不开身。其实她最近也忙得不可开交，因为一个金额庞大的海外订单交付后被反馈质量不过关，她不得不没日没夜地开会，早已精疲力竭。在会议途中，听闻程栋去世的消息，她先是一震，然后在婆婆电话里的催促声中将犹疑的情绪压了下去，立刻动身赶回了泰溪。

她穿着剪裁合身的西装，踩着一双细跟高跟鞋，饶是疲惫，但脸上的妆容依然精致无瑕。跟她一起进来的还有给她拎包的司机。她走进病房，见程乐乐两只眼睛空洞无神，像是被人偷走了魂儿，便一把抱住了她，摸着她的头发说："乐乐，你要坚强。"

程乐乐已有很久没见到干妈。此时被王丽婷拥在怀里，她突然想起小时候干妈也是常常抱她的。熟悉的感觉涌了上来，她有点难受，却没有哭。她早上屏着一口气忍着不哭，怕哭声招来死神。现在这会儿，死神都带着人走了，这口气却还堵着，她哭不出来了。

程家近亲稀薄，方队长在外面料理后事。叶晓梅呆呆地坐在病床上，像是一段枯木。王丽婷拉着叶晓梅的手没说话，这个时候，说什么都显得苍白。

手机铃声突兀地在安静的病房中响起。大约是公司有事，王丽婷挂断两遍之后，拿着手机走去了外面。

接完电话，她一转身，发现程乐乐跟了出来。

"怎么了，乐乐？"

程乐乐哑着声音问："干妈，我和我妈出来得急，都没带手机。你能不能借我手机用一下，我想给小哥打个电话。"

程乐乐脸色苍白，像是随时都会倒下。一家三口倒了两个，她心知自己必须坚强，可撑到现在，她已有些恍惚，想找小哥缓一缓。

此刻的程乐乐仿佛在悬崖边上行走，好不容易向王丽婷伸出了求助之手，王丽婷于情于理都应该帮程乐乐，可是她有自己的顾虑。

她把程乐乐揽进怀里，呜咽着声音道："乐乐，干妈明白你痛不欲生。但乐乐啊，能不能委屈你再忍忍？安安再过两天就要正式考试了。他这次是冲着清北的保送名额去的，你现在给他打电话，他肯定会不管不顾地回来。你知道他最近有多拼命，你一个电话，可能会让他这些天的努力都白费了。你从小就懂事，能不能等他考完再跟他说？算干妈求你……"

程乐乐没说话，她的手指一直抠着掌心，生疼生疼的。往事一幕幕地像走马灯那样在脑海里浮现。

当年干妈说，以后陈安和乐乐都是要给两对父母养老送终的，谁要是敢偏心只顾一头，就趁早剁了喂狗。

可是等小哥考完试再回来，爸爸的骨灰都入了土了，那承诺不就不算数了吗？

她又想，爸爸是真的把小哥当亲儿子的呀。这些年干爹干妈在曾州拼事业，是自己的爸爸妈妈和陈奶奶一起养育了小哥啊。小哥发高烧，是爸爸背去医院的；小哥要开家长会，是爸爸去参加的；小哥的生日，是爸爸张罗着庆祝的……

爸爸化灰前，肯定想再看一看小哥的啊。

突然有人扒拉开王丽婷的手。程乐乐转身看去，是妈妈。

叶晓梅把程乐乐护在了身后，生生挤出一丝微笑："王姐，是乐乐不懂事。她不会给安安打电话的，我看着她，你放心。"

王丽婷连忙说："晓梅，我没有不放心，你先去休息。陈涛他在北京，应该能赶回来帮忙，你别操心。"

话未说完，王丽婷的手机又响了。她皱着眉毛接了起来，听了几秒后挂了电话，似有百般忧愁。

叶晓梅说："这边有方队长，王姐，你有事就先忙。"

王丽婷游移不定地说："唉，晓梅，可是我也担心你。"

叶晓梅说："不用担心，我也会坚强。"

王丽婷最后还是走了。

叶晓梅目送着王丽婷的背影渐行渐远，等她彻底消失在走廊尽头后，她领着程乐乐回了病房。

程乐乐见叶晓梅扎针的手背上有几粒血珠，应该是急着拔输液管时弄的。

叶晓梅走到病床旁，从抽屉里掏出手机，塞到她手里，说："方队长给我把手机送过来了。你想打就打吧。"

手机刚拿出来，陈涛的电话便打来了。叶晓梅按了免提，对方先是对程栋的去世表达了震惊和慰问，然后告知她，他在北京开封闭式会议，和领导请了好几次假领导都没批，但要是有任何问题，他可以让秘书飞回泰溪协助处理。

叶晓梅客气地表示感谢，并再次表明有警队的人帮忙，应该不需要麻烦他人了。

挂了电话后，叶晓梅的嘴角浮起一丝讥讽的笑意，再次把手机放到程乐乐手里。

程乐乐握着手机，手又不由自主地哆嗦了起来。掌心被抠得太痛，她几乎握不住。

"怎么不打了？"叶晓梅用幽冷的目光看着她，"是怕安安接了电话以后，和干爹干妈一样，选择考完试再回来吗？"

程乐乐的声音快要被风吹跑了："妈妈，你别说了。"

妈妈一直是个很温柔的人，为什么突然变成了这样？

叶晓梅垂下眼眸。她和程乐乐一样，都是在呵护中成长起来的人。当年，她的父母老来得女，一直将她视为掌上明珠。她在一次普通的联谊中与程栋两情相悦，后结为夫妻，远嫁至此。两人相濡以沫，小家温馨，程栋没让她受过一点委屈。

四十来岁的人，脸上却不见半点风霜。

脆弱的母女俩第一次看见生活向她们张开血盆大口，露出骇人的獠牙。

叶晓梅成了最敏感的那个人。她恨上天的不公，恨程栋将她抛下的狠心，恨王丽婷和陈涛居高临下、虚情假意的关心。

程家把他们的孩子当亲生儿子养，而他们一家人却因为这样那样的原因，连葬礼都无法出席。而王丽婷见到程乐乐，只有一句冷心冷面的"你要坚强"。她竟然还幻想过，要将程乐乐嫁进这样的家庭！

"乐乐，再亲的两家人，总归还是两家人。"叶晓梅缓缓地说。

窗外的积雪亮得让人眩晕。程乐乐眨了下眼睛，她觉得歹徒肯定不止向爸爸的胸口开了一枪，不然为什么她的胸口也在隐隐作痛。

"你受了不少安安的照顾，但安安总归是我们养大的。里外里他们欠我们多一些。刚才王丽婷给了一笔钱，数额不小，我收下了，就当是两不相欠了。"

成年人的世界看着复杂又简单。原本两家之间如藤蔓般纠缠不清的账，末了竟也能通过加减乘除得出个盈余亏损，然后找个办法抹平账面，终成一个双方都能心安理得地接受的"两不相欠"。

程乐乐坐在病房内，看着窗外的麻雀发呆。天空变得灰蒙蒙的，压抑得让人喘不过气。她抚着掌心上的伤痕，慢慢地吐出了一个字："嗯。"

第三章　当他们的家庭有了"三八线"

38

犯罪嫌疑人还未落网，烈士的丧事不能大操大办，叶晓梅也要求一切从简。治完丧，王丽婷给程乐乐打电话："乐乐，你联系安安，让他提前回来吧。"

程乐乐已经连续几天没怎么合眼了，她左眼的双眼皮快变成"半永久"了，两只眼睛略显得有点大小眼，眼睛里布满了血丝。

她精力不济，听别人说话时需要费力地凝神才能听得清。听完王丽婷的话，她让不堪重负的大脑努力运转了一下，缓慢地把声音加工成信息，消化完后，她疲惫地摇了摇头："我以前听小哥说，考完试后还有好几天的学术报告会，让小哥和业内专家多交流交流也好。反正现在回来和过几天回来……"程乐乐深吸了口气，把剩下的话说完："也没差的。"

王丽婷沉默了片刻，问："乐乐，你是不是恨干妈无情？"

程乐乐又摇头："不会。只有小孩子才会不分情况、不讲利弊。我现在长大了，懂得大人的取舍了。"

王丽婷泪流不停："你说这话就是在怨我。"

程乐乐开解道："干妈，我确实怨过你，可是这两天我想通了。我爸去世已成事实，小哥回来也唤不醒他，何必让他无谓地牺牲前程。你是小哥的妈妈，当然比我考虑得深远。"她顿了顿，抿了下丁裂的嘴唇："干妈，你别多想。我妈妈她受不了打击，有点钻牛角尖，你多包涵。"

"傻孩子，你还有心思顾我。"

程乐乐挂了电话又抬头看了看天，上面是层层叠叠的云。目光落下，车棚顶的积雪已经融化，只有脚踝处的伤痛提醒着她，那时的她曾拥有多么单纯的快乐。

有一天，天空放晴，程乐乐洗了个澡，耐心地吹干头发，裹上厚厚的棉被，再一次尝试睡觉。她以为这次又要花很久才能入睡，没想到闭上眼睛后没多久就睡着了。

她做了个梦。梦境像是包裹在鸡蛋液里，带着淡黄朦胧的滤镜。

爸爸说要带她和陈安去游乐场玩。她扎着两条冲天辫，陈安穿着条背带裤。爸爸骑着一辆"二八"自行车，她坐在前梁上，陈安则坐在后座上。

游乐场门口有小贩在卖各种形状的糖果。她和陈安同时看上了一块小象，但是只剩最后一块了，谁也不肯让。爸爸这头劝不成，那头也劝不成，最后说："要是分成两半，那谁都没有小象。你们是希望谁都没有，还是宁可让对方拥有一头完整的小象呢？"两人想了想，竟然都让了一步。

后来，两人舔着同一块糖进了游乐场。

爸爸说："以后爸爸妈妈、干爹干妈都不在世上了，你们就是世界上最亲近的人，一定要记得照顾对方。"

画面一转，陈安就长大了，穿着一件宽大的校服，坐在她家客厅中央，正和她一起做功课。

爸爸把陈安偷偷叫进了卫生间。她做了会儿题，就跑去卫生间门口听动静："你们偷偷摸摸干什么呢？"

爸爸索性开了门，举着一把刮胡子的剃刀吓唬她："谋杀亲儿子呢。"

陈安下巴处都是泡沫，朝她挤挤眼："干爹在教我刮胡子。"

"哦，挺好，你让我爸圆梦了。对不起啊爸，当年我不该在妈妈肚子里跳太空步，让你白开心一场。"

"吃醋啦？"爸爸逗她说，"这有什么好吃醋的，我教我儿子刮胡子，你妈不是也教你选内衣了吗？要不我们换过来教？"

"去去去。你就是对我哥比对我好，你是重男轻女的老顽固。"

爸爸朝陈安努努嘴："回头你替我教训教训你妹妹，怎么和她老爸说话呢？"

陈安说："行。"

"你们就会合伙欺负我，我找我妈去。"说完，她扭头喊，"妈——"

没有人回应她。咦，妈妈去哪儿了？

再回头，爸爸和陈安也不在卫生间里。他们都去哪儿了？

她一惊，从梦中猛地醒来，眼角还挂着一滴泪。她迅速地爬起来，打开门查看，客厅里多了一张黑白照。

她又焦急地喊："妈——"

叶晓梅在厨房，探出头来，问："吃早饭吗？"

"嗯。"

母女俩安安静静地吃完了一大碗面。

等收拾完碗筷，叶晓梅坐在沙发上，望着窗户玻璃，突然说："快过年了，该贴窗花了。乐乐，你知道咱家去年的窗花放哪里了吗？"

程乐乐说："新年新气象，今年买新的吧。"

叶晓梅没说话，打开电视，让喧嚣的背景音填满整个客厅。这样就不显得家里冷清了。

她慢慢合上了眼睛。

程乐乐陪坐在旁边，专心地看了会儿电视。过了半个多小时，旁边传来叶晓梅轻微的鼾声。她从房间里取了床被子，小心翼翼地给妈妈盖上。

然后，她走回房间，从抽屉里取出手机。按了按屏幕，好几天没看，电量都耗尽了。

充了一会儿电后，手机开机了，紧接着开始不停地震动。

她看见陈安的短信不停地涌进来。

第一天的信息：

"怎么不回我了？"

"刚才那条是不是你故意发错的？钓鱼呢？"

"喂，鱼都上钩了，还不理人就没意思了吧？"

第二天的：

"你牛，我看你能气到什么时候。"

第三天的：

"今天考试，祝我顺利吧。"

第四天的：

"考完了，应该能再拿个新证书送你。"

第五天的：

"行了，乖宝，跟小哥说句话吧。"

第六天的：

"乖宝，你没想我吗？小哥很想你。"

第七天……

哦，今天就是第七天。

程乐乐退出了短信界面，登录了QQ。

正值寒假，程乐乐无须请假，谁也不知道程乐乐家里出了变故。

陈筱牧在群里问她和钟鸣寒假打算怎么过。

钟鸣问："要去骑行吗？"

陈筱牧又回："这几天有点冷，换个室内项目？"

钟鸣问："乐乐的意见呢？"

那是几天前的留言了。

程乐乐想了想，冷静地打字回复："我爸爸去世了。"

陈筱牧的电话立刻打了过来。

程乐乐挂掉了。

不一会儿钟鸣的电话也打了过来。继续挂掉。

程乐乐在群里说：

"别打电话。怪尴尬的。

"一个礼拜前的事了。本人现在情绪稳定。

"都怪陈筱牧乌鸦嘴，说什么曾经很亲密的人，可能转眼间就会离你而去。一语成谶。

"还要怪钟哥。你那套感情有生有死的理论，听着真晦气。

"我现在这样，你们都有责任，以后对我好点。"

陈筱牧回："我爸我妈都把我抛弃了，我是孤儿。你卖什么惨？"

钟鸣回："我妈是二婚，我有个异父异母的姐姐，特别优秀，处处压我一头。唉，比起你们我这算不了什么，不能跟风卖惨了，对不住。"

程乐乐说："明白了，以后钟哥就是咱的剥削对象。"

陈筱牧跟回："明白了，以后钟哥就是咱的剥削对象。"

程乐乐又回："过两天骑行去吧。"

陈筱牧："行，练练你这三脚猫功夫。"

钟鸣："好。"

程乐乐关了QQ，又点开短信，回复陈安：

"小哥，我爸爸去世了。"

过了会儿，她忽然想到了什么，补充了一句：

"哦，七天前去世的。你不用急着赶回来。"

最后，她又加了一句：

"以后更得靠小哥罩着我了。"

陈安的电话打了过来。

程乐乐挂了。

陈安的短信随即跟了过来："我在门外。"

程乐乐盯着屏幕上那四个字，突然感觉自己像是放在失物招领处的物品，终于等来了主人。她的鼻子开始酸涩，眼泪像是有了自主意识，无论她怎么努力地忍，仍旧疯狂地往外涌。

她明明已经演习过了，若无其事地、心无波澜地把噩耗分享给熟知的人，插科打诨地说两句玩笑话，表现出自己活得很通透很潇洒的样子，好让事情显得没那么沉重悲痛。这样，双方都能如释重负。她已成功了一次。

但为什么到了小哥这里，就不一样了呢？

然后，她听见房间的窗户被叩响了。

她担心吵醒客厅的妈妈，于是抹了把眼泪，拉开窗帘打开窗户。陈安站在窗外，没等她看清就支着窗台跳了进来，随即把她揽入怀里。

"乖宝，对不起，我来晚了。"陈安声音嘶哑。

39

飞机落地时，陈安收到了母亲的电话。他一路跑过来，脑袋里一片空白，什么都不敢想。

与干爹天人永隔，连最后一面都没见上，甚至都没有人通知他。这好像是一种集体的默契，所有人都以他的前程为重，认为什么事都该为这件事让步。就好像失去了这次考试机会，他的人生就会毁了一样。

可是，被毁了人生的，明明是乐乐，是程家啊。

他在那边谈笑风生、交友结伴，乐乐却在这里饱受煎熬、无枝可依。在她最艰难的时刻，他留她一个人在这里面对一切。平日里，她连打个预防针都要他陪，这段时间她是怎么过的呢？

陈安的羽绒服上还裹挟着外面的寒气。程乐乐趴在陈安的颈窝处，闭上了眼睛。

这一星期，有很多人拥抱过她。有熟悉的，也有从未谋面的。有抱了不撒手的，也有一抱即松开的。无论怎样的拥抱，她总感觉冷。

只有小哥的怀抱是温暖的、让人心安的，是可以栖息的去处。她颤抖着双手围上陈安的腰，轻声地说："小哥，你怎么才来啊？"

"小哥错了。"陈安略偏过头，想看一下怀里人的脸，可是她埋得更深了。

程乐乐的声音闷闷地传来："小哥，干妈让我懂事，叫我不要给你打电话，我觉得她说得对，也照做了，可是我觉得很委屈。"

陈安抚着程乐乐的后背，可怜的少女这两天瘦得过于明显，脊椎处凸得像丘陵："乖宝不用懂事。"

她又接着说："妈妈让我成熟点儿，说以后你是你，我是我，你们是你们，我们是我们。可是这样太绝情了，我做不到。"

陈安说："那我们就不要变得成熟。"

程乐乐吸了下鼻子："小哥，我今天想通的事，第二天就想不明白了。第二天终于明白过来了，第三天又开始不懂。小哥，为什么人心那么幽暗复杂？我觉得大家都没错，又都像是错的。我不知道接下来该怎么办，这些事儿堵得我心口疼。小哥，我做不到一夜长大……"

陈安被程乐乐脆弱的声音说得落了泪，他抚摸着她细密的发丝，轻声说："乖宝，没有人会一夜长大的。对于人生那些灰色地带，你想不通就别想了。什么都没变，你只需要继续做一个无忧无虑的小孩就好。"

程乐乐呜呜地哭出声来。

妈妈还在客厅睡觉，她不敢放声哭。但这场大哭她忍了一周，如今开了阀门，哭声低抑却很持久。她要把心里的委屈、彷徨、慌乱、不安都化为实质的眼泪排出身体。

陈安没有挪动，只一下一下地轻抚着她的后背。他心里有一万个懊悔，懊悔自己为什么要冷战，为什么不早早求和，为什么在没收到短信时只是简单地以为她没消气。懊悔中还夹杂着对王丽婷的恨，她总是这样，打着爱的名义行专制之事，做出伤害别人的事后还摆出一副不得已的样子。

最后，程乐乐哭累了，趴在陈安肩上睡着了。

陈安抱她到床上，拿纸巾给她微微擦了下脸，然后握着她的手，在边上坐了会儿。后来他觉得热，想站起来脱掉羽绒服，手一动，程乐乐却惊醒了。

她坐了起来，像是把刚才那场恸哭忘记了，问："我睡了很久吗？"

陈安摇头："你睡吧，我不走。"

程乐乐掀开被子："我们去看爸爸吧，他一定很想你。"

陈安眼眶一热，点了点头。

程乐乐打开房门，见妈妈还在睡觉，又退了回来，说："防盗门的合页生锈了，开门动静太大。我妈难得睡个安稳觉，别吵醒她了。我们跳窗走吧。"说着，就往窗外走。

陈安拉了她一把，自己先跳了出去，然后在外面接她。

两人又翻过围墙。落地的时候，程乐乐感到脚踝又骤然疼起来。她不敢让小哥知道，怕他现在就要送自己去医院，便忍痛紧跟着陈安去小区门口拦了辆出租车。

40

墓园位于城北四明山的半山腰，出租车只能开到墓园门口，进去还得走一段上坡路。

程乐乐走了两步，陈安瞧出不对劲，便问她怎么了。

程乐乐说："脚有点疼。"

陈安蹲下身，卷起程乐乐的裤腿，见她脚踝上贴着个膏药，问："怎么弄的？"

"摔的。"

"在哪儿摔的？"

"院门口。下雪路打滑。"

陈安转过去，蹲下身来："上来，我背你上去。"

程乐乐没客气，因为脚是真的很疼。她贴在陈安的后背上，两手环着陈安的脖颈。走了一小段路后，程乐乐说："小时候，爸爸也这么背过我。"

"干爹也背过我。"

"真的？"程乐乐动了动，"我怎么不知道？"

"我和干爹的秘密多了去了。干爹带我泡过澡，还把你的电子琴卖了，转手给我买了个变形金刚。"

"我就知道他重男轻女。"

"你那电子琴弹得确实扰民，干爹是警察，能让别人投诉到家门口吗？再说，变形金刚也是干爹自个儿想买的。他跑来我家玩了好几天，才舍得给我玩。"

"还有什么我不知道的事？我都想听。"程乐乐望着周边的青绿松柏，说道，"我最近老是想不起老爸的事情，好像一想到他，脑海中就只剩下他坐在饭桌前狼吞虎咽吃面条的画面。"

"没事，我都记得，以后慢慢跟你讲。"

两人来到了墓前，照片上的人一身戎装，显得严肃而认真。

陈安把程乐乐放了下来，然后跪了下去，磕了三个头："干爹，我来晚了。"

程乐乐擦着眼泪，说："老爸，安安来了，你是不是比见到我还开心？真是偏心眼儿。"

两人在墓前站了许久。

要回去时，程乐乐转身极目远眺。

这里地势高，视野开阔，人也自然变得豁达了些。她把王丽婷和叶晓梅之间的嫌隙埋在了记忆深处，也将叶晓梅那句"总归是两家人"的警醒抛在了脑后。

叶晓梅没有了宠她的程栋，但程乐乐还有护她的陈安。

湿冷的风吹过，带走了程乐乐心底的阴霾。

下了山，两人直奔医院。程乐乐的脚又有点肿了，好在一番检查下来，问题不大。

"不错嘛，没哭。"陈安将她额头上被汗浸湿的刘海儿抹到一侧。

"我长大了，哭哭啼啼的像什么样子。"程乐乐道。

陈安摸摸她的脑袋："大人才是孬种，只敢偷偷躲起来哭。"

坐在车上，程乐乐突然想起骑行的约定，连忙打开手机通知："各位，骑行去不了了，脚崴了。"

陈安问："怎么了？"

程乐乐一边打字一边说："本来约了筱牧和钟鸣一起骑车的。"

说到这里，她顿了一下，他们之前好像因为钟鸣的事冷战来着……

但现在说起来，感觉像是很久远的事了，有种沧海桑田的味道。

陈安说："你要是想和他们一起玩，别去骑行了，找他们看看电影，少动腿就行。"

"真的？"

陈安看着程乐乐尖尖的下巴："你开心就好。对了，那个钟鸣是曾大的吗？"

程乐乐疯狂点头。

"你把他的联系方式给我，我刚好向他打听点事。"

程乐乐警觉地看他一眼，生怕小哥打击报复："什么事？"

陈安转着手机说："问他认不认识招生办的人，我想知道他们这边的保送政策是什么样的，网上没查到。"

程乐乐大吃一惊："你这次没考好吗？去不了清北了？"

陈安无所谓地说："考得很好，但曾大有个很优秀的金融系教授，我觉得曾大也是个很好的选择。"

"那校长不得哭死，他就指着你给我们学校长脸呢！"

"这事儿也不急，成绩还没出来呢。"

程乐乐没在这个问题上多加停留，随便一听就翻了篇。

41

程乐乐的人生似乎又步入了正轨。她在家里和朋友煲电话粥，陪妈妈看偶像剧，在小哥的指导下学习功课。整个寒假过得祥和宁静。

只是妈妈的毛衣没有送出去，她对陈安的态度变得有点冷淡。不是那种故意拉开距离的疏远，而是某种难以逾越的隔阂让她的关心变得有所克制。过年时，干妈给妈妈打了电话，妈妈说得很客气，可是越是客气越是显得疏离。干妈也给她单独打了电话。当着妈妈的面，她不敢表现得过于亲昵，也得注意着分寸，生怕远了会让对方误会，近了又会让妈妈伤心。一来二去的，干妈大概知道了她们的意思，也就不怎么打电话过来了。

妈妈好像把"两家人"的界限划得过于分明。

有一次，程乐乐试着和叶晓梅沟通这件事。

叶晓梅认真地打量程乐乐的脸，只说了个"傻孩子"。

程乐乐不知道是自己太傻气，还是妈妈太放不下过去了。

等开了学，陈安的比赛结果出来了。他拿到了金牌，入选了国家集训队。

学校为他在大门口处挂了一条红底白字的横幅。程乐乐感叹小哥真厉害，上次省队拿第一，她已经把庆祝方式做到极致了，没想到小哥这次又拿了全国金牌，那她得办得多隆重才行啊。

伤脑筋。

但程乐乐是真的开心，甚至比陈安本人还开心。两人出去干点什么，她都要指着陈安跟人吹嘘。

去吃面时，她会和老板娘聊："阿姨，这个人拿了全国奥数比赛金牌，到你家吃面，你有没有觉得你家小馆子蓬荜生辉？"

去看电影时，她会和售票员聊："小姐姐，你们有没有针对全国奥数冠军推出的优惠票？"

去看比赛时，她会和门口老大爷聊："叔叔，你见过金牌没有？我旁边这位可是全国奥数冠军哦。"

陈安嫌丢人，每次都薅着她的领子走开。

程乐乐却挥舞着手臂大喊："哎呀呀，哎呀呀，冠军打人啦！快来看呀，冠军打人啦……"一路喊过去，陈安只能松开手，无奈地抚额。

这时候，陈安对程乐乐是一点办法都没有的。他只能在旁边露出一个既宠溺又无奈，还带着那么点自豪的笑容。

这天，程乐乐终于想出了庆祝的办法。她揣着金牌找到了钟鸣，让他带她去了一家靠谱的文身店。师傅照着金牌图案在她左胳膊上画草图。钟鸣叼着烟说："现在兄妹情都这么玩了吗？是我孤陋寡闻了。"

程乐乐道："你和你姐感情那么淡，羡慕我们就直说。"

钟鸣道："你文了这个，回头陈安这小子来'杀'我，你能保我不死吗？"

"不能，他会先把我'杀'了。"

"那你还文？"

程乐乐毫无畏惧地说："先斩后奏，管他呢。"

钟鸣没头没脑地说："你们兄妹俩这一套倒是玩得差不多。"

文完身出来，程乐乐的胳膊火辣辣地疼。钟鸣带程乐乐去喝奶茶。

程乐乐最近又胖了一点回去，脸看上去没那么尖了，正抱着杯奶茶吸珍珠吃。

"你哥今天怎么发善心放你出来了？"

"他有事回曾州了。"

"什么事？"

程乐乐摇头，半杯奶茶进了肚。

"你的事，你小哥件件都知道。他的事，你却一问三不知。"

程乐乐剜了他一眼："你吃不到葡萄说葡萄酸，挑拨我们兄妹感情做什么？再说，我哪有一问三不知了？"

钟鸣晃了晃手中的杯子，里面青色的柠檬上下翻动。

"那我问你，你知道你小哥不想保送清北，要去曾大吗？"

程乐乐以为是什么事，耸了耸肩，道："我当然知道了。"

"那你知道他为什么要去曾大吗？"

"曾大有他喜欢的金融系教授，好像叫庄什么铭。"

"庄教授是挺有名气的。"钟鸣顿了顿，"但是人家又不上本科的课。他在清北念完本科之后，保送到曾大读研也绰绰有余。都说本科教育才是重中之重，他这么做自己不觉得可惜吗？泰溪一个小县城，十几年都出不来一个清北生。"

程乐乐不大懂学术上的弯弯绕绕，只说："小哥肯定有这么做的理由，总不会是为了你去的。"

钟鸣咬着吸管道："你心可真大。行吧，傻人福气多。"

"什么意思？"

"没什么，夸你呢。"钟鸣站了起来，"走吧，趁你小哥不在，钟哥带你好好逛逛。"

结果没逛成。

这天也不知是怎么回事，前几日一直都是蓝天白云的，天气预报也没说有雨，转眼间大团乌云就聚集到了头顶上。闪电劈得吓人，雷声震得人不敢说话。

钟鸣说："可能有人要申冤吧。这会儿街上全是冤魂，不逛了。"

"真的假的？"程乐乐身上起了鸡皮疙瘩。

钟鸣道："你怎么别人说什么都信？我家阳台的花没人搬，我得回去搬花了。"他把程乐乐塞进了出租车："你赶紧回去吧，别淋雨了。"

等程乐乐回到家，雨点已经啪嗒啪嗒地砸在了玻璃上，让人心里烦躁不安。

程乐乐晚饭也没吃踏实。钟鸣的话在她脑子里萦绕了半天，她隐隐觉得哪里不对劲，但一时又整理不出头绪来。

42

自从程栋去世后，叶晓梅的身体一直不太好，也没敛起精神去上班。她原本是隔壁城市剧团里的当家花旦，演了十几年戏，从主角到配角，再到半幕后工作，本来计划过几年申请提前退休，可现在的她已无法负荷这项工作了。她请了几个月的假，剧团体恤她的不易，把这几个月的工资和奖金一分不少地发给了她。但人情不能当本分，剧团不可能一直照顾她。叶晓梅正托人在本地找相对轻松稳定的越剧老师工作，只是在小地方，这样的机会并不多。

好在之前家里没有大项支出，叶晓梅勤俭持家，存了一笔可观的养老金。加上政府的抚恤金也快要到账了，她们的生活水平没有立时倒退。

可是将来，乐乐要上大学、找工作、结婚，生活上的开销少不了。叶晓梅盘算着家里的账，默默地夹着菜。

母女俩各有心事，屋子里只有杯盘碗筷碰撞的声音。

突然，家里的座机铃声打破了平静。两人都被惊得回了神。程乐乐跑过去接，是好久没联系的王丽婷。

"干妈晚上好。"她轻轻唤了一声，余光里看见妈妈的筷子停了一下。叶晓梅悄声走了过来，用口型无声地问她："找我的？"

程乐乐摇头，但妈妈没走开，站在她边上，还替她按了免提键。

程乐乐只得放下话筒。妈妈像是有某种不好的预感，瘦削的脸上法令纹格外明显。

这几个月，妈妈一下子老了好几岁。

程乐乐重新把注意力放回到电话上。

自从接起电话后，干妈一直没出声。

程乐乐"喂"了一声，那边终于有了回应，口吻严肃冰冷："乐乐，安安拒绝了国家集训队，也拒绝了清北的保送，自己在联系曾大招生办，你知道这事吗？"

程乐乐迟疑了一瞬，陈安没说他连国家集训队都不去。

王丽婷的声音颤动："原来你知道……"

"我……"

"我当初拦着你不让你给他打电话，你是不是记恨我？知道了这事也不和我说，你是要报复我吗？还是说，这事压根就是你怂恿他这么做的？！"

王丽婷的话像是跟程乐乐生活不搭边的电视剧台词，缥缈而遥远，她愣住了："我没有，干妈，我为什么要……"

王丽婷没有耐心听她把话说完。压制的情绪一旦起了头，就像是毛衣勾了线，轻轻一拉就是剪不断理还乱的一团乱麻。她咄咄逼问："你爸没了，你哪里都去不了，要留在省内照顾你妈，你有孝心是好事。可是你为什么要拉着安安？他一个拿了全国奥数金牌、冲刺进国家集训队的人，凭什么要为了你们毁了前程？！你怎么可以这么自私？你于心何忍？"

窗户被风吹开了，骇人的风灌了进来。电视柜上放着的两家六口人的合影相框被风吹得摇摇晃晃。

王丽婷吐出来的每个字都像是一发发子弹打在程乐乐的心口上。她慌张地解释："我没有啊，干妈，小哥说曾大……"

"要不是你，他怎么可能会选曾大！他的规划里压根就没有曾大，只有清北！你不知道安安的志向吗？你不懂他的傲气吗？他怎么可能会自降身价去读什么破曾大！"

叶晓梅终于听不下去了，她拉开呆若木鸡的程乐乐，凑在电话前反唇相讥："王丽婷，你不要欺人太甚。乐乐没你想的那么龌龊。你家儿子不听你的话，你不从自己身上找原因，赖到我家来算什么？他想读清北还是剑桥，我们都不拦着。将来他发达了富贵了也和我们程家没关系。我们以后不会抱他大腿，现在也不会拖他后腿。"

叶晓梅情绪激动，前一阵子落下的咳嗽毛病还没好利索，她咳了半天，人也冷静了点，才道："事已至此，我们以后也别做表面功夫了。乐乐，你过来给她做个保证，就说以后不和安安来往了。"

叶晓梅把程乐乐拉过来。

"妈，我不……"程乐乐想甩开妈妈的手，可不知为什么，妈妈像是拼尽了全力钳制住她，她怎么也甩不动，哭了起来，"你们大人怎么这么欺负人啊。"

她不懂，上次干妈没让小哥回来送丧，陈家和程家就成了两家人了。这次不是在说保送的事吗？怎么又发展成她和小哥不能来往了？大人们讲不讲道理啊？

程乐乐几乎是跪在电话前："干妈，我也是你看着长大的，你真的觉得我是这样一个人吗？你要是觉得小哥做错事了，我去劝他，他肯定听我的……"

"啪"的一声，叶晓梅的巴掌猝不及防地落了下去，打断了程乐乐的话，她怒道："你是傻子吗？陈安是要飞天的长龙，每天跟在你这条青虫后面转，以后还有什么出息？他现在连过年都不肯回家，把我当亲妈，把你爸当亲爸供着，连以后念的大学都敢瞒着家里人。陈家不是不相信你，是怕你啊。他们怕陈安事事都听你的，怕你把陈安带入歧途！他们后悔当初把陈安扔在了这里，让我们养歪了！你听不明白吗？！"

程乐乐哭得上气不接下气："我没有，干妈，我没有。我不想和小哥分开。你到底怎么了呀……我们不都是一家人吗？我要去找陈奶奶，陈奶奶肯定会帮我们！"

叶晓梅瘫坐在电话旁，朝着女儿的背影吼了一句："乐乐，你没有一点自尊吗？你是要看妈妈也去死吗？"

程乐乐拼命地摇头，泪水像决堤的洪水般流个没完。她脑子里乱成一锅粥——是我做错了什么吗？为什么妈妈和干妈要联手逼我？小哥知道这件事吗？小哥在哪里……

电视柜上的合影东摇西摆了好一阵，终究跌落在地，发出刺耳的声音。

王丽婷在电话那头收了个尾："晓梅，谢谢你。"

43

校方出于负责任的态度，通知了陈安父母有关他拒绝清北保送的事。两人表示难以置信。在曾州补习奥数期间，陈安非常用功，不惜周末来回奔波，也曾在饭间和他们聊过保送志向。如果只是去曾大，他拿着全省第一的名次就足够了，完全不需要在过去半年那么拼命。

然而，梦想唾手可得，陈安却说弃就弃，事先没有商量，事后也无报备。陈安压根没把父母的期望和光鲜的前途放在眼里。

王丽婷被彻底激怒了。

陈安打小就有自己的主意，五六年级时就知道拿他们最看重的利益与他们谈判了。他们工作忙，应酬多，无暇管教。最初还担心小地方教学资源不行，于是拿省里的试卷让他做，但他每次都考得不错，他们便也放下心来。

只是随着时间的推移，王丽婷日渐感到不安。陈安慢慢长大，与他们之间的隔阂却越来越深。他在程家吃饭，无话不聊；但回了曾州的家，却经常沉默寡言。他常常找各种借口留在老家过假期，曾州离泰溪不远，一家人却见不了几面。陈安最近半年每周末都来曾州学习，王丽婷才渐渐有了完整的家的感觉。

都说亲不过父母，近不过夫妻。王丽婷想，血缘牵绊在，再冷淡的感情也能修复。她有意减少出差的次数，周末陪伴在儿子身旁。然而，就在她朝着和谐美好的方向努力的时候，程栋去世了。

所有的努力都毁于一旦。

陈安恨她拦着所有人，没让他回来见程栋最后一面，从此两人关系降到冰点。他春节没有回家，几乎不接王丽婷的电话。王丽婷尝试和他好好聊一次，陈安却冷眼质问："如果那天死的是我爸，你给不给我打电话？"

王丽婷脱口而出："可程栋不是你爸。"

"那我们没有必要再谈下去了。"陈安丢下这句话后，决绝地转身离去。

究竟是什么让陈安变成了这样？让他为了一个外人，恨不得要和全家决裂。

她去翻陈安的抽屉，翻他的衣服，还检查了他的电脑。

结果，她在陈安的电脑里发现了一个名为"乖宝"的文件夹。打开一看，里面密密麻麻全是照片，鼠标滚轮得滚好些圈才能见底。这些照片里有的是用老的胶片照片转制的，她以前看过；有些则是像素不清的手机照片，从时间上看，应该是这两年拍的。

这些数量庞大的照片上面只有一个主人公，那就是程乐乐。

陈安记录整理了程乐乐从小到大的成长历程。他在每张照片的旁边都写了一段备注，或长或短，连起来就像是一本厚厚的日记。

她一张张地翻下去。

"小朋友被蜜蜂蛰哭了。记得当时她哭得喉咙沙哑，肿包几天没退，我笑她丑，她哭得更厉害了。不过买了一袋糖就哄好了。小朋友打小就没什么追求。"

"人生第一次吃榴梿。现场发誓再也不吃，结果第二天就求着我去买，跟我学了好几声狗叫来着。"

"长大后喜欢嘟嘟嘴。可爱。"

"16 岁生日会。希望乖宝每天开心。"

…………

最后一张是两人凑在镜头前的大合影，脸碰脸地挤在一起。

"第一次吵架和冷战。唉，要是还能用一袋糖哄好就好了。过几天就要去比赛了，想把乖宝装进行李箱里带走。"

这些密密麻麻的备忘录把王丽婷所有的不安都引到了一个点上。

她一直以来都知道两人感情甚笃，也想过或许有一天，他们会走出超越兄妹关系的那一步。但眼下这个情况比她想象中的时间节点来得早了些。这倒不是最让她担忧的，让她担忧的是，陈安的感情炙热浓烈，却从未在他们面前表现出任何异样。如果不是这次他莫名其妙地选择了曾大，为了程乐乐自毁前程，她可能还会一直被蒙在鼓里。

几乎所有的父母都理所当然地认为自己了解孩子的一切。为了体现现代家庭所追求的平等关系，他们在一定程度上对孩子的某些隐秘空间采取宽容态度。然而，一旦发现失控的苗头，他们绝不会姑息一秒钟。

是程乐乐的错。她要掐断这个源头。

王丽婷打完电话，陈安正从曾大赶回家。

三年前，他们在曾州的市中心买了一套两百多平方米的大平层，装修豪华，家具考究，只是生活气息无迹可寻，像个精心布置的样板房。

陈涛在主持全省工作会议，王丽婷没来得及和陈涛商量，事实上，他们之间也鲜有交流的时刻。她独自一人坐在客厅中央的长条真皮沙发上，穿着一条翡翠绿色的真丝长裙，脚上踩着一双灰色的软底拖鞋。

见陈安风尘仆仆地进屋，王丽婷站起来问："吃饭了没？"

陈安放下双肩包："急着叫我回来，有事？"

王丽婷看了眼陈安。不知什么时候，儿子的眉眼已经长得不大像自己了。他的眼皮薄薄的，眼睛略显狭长，望向她的眼神总是有点凌厉。鼻子好像比小时候更高挺了些，显得整张脸更加立体。下颌骨的线条也硬朗了。乍一看，已经是个英俊的大人了。

出生的时候，他还皱成一团呢。怎么转眼间，就长成这样了呢？

陈安从冰箱里取了瓶水，拧瓶盖的时候，王丽婷开门见山地说："你要去曾大？"

陈安细长的手指捏得塑料瓶发出声响。他点头，接到王丽婷电话的时候，他便猜测是保送的事瞒不住了，好在此事已尘埃落定。于是他喝了两口水，镇定自若地问："学校跟你说的？"

"如果学校不联系我们，你打算什么时候告诉我们？"

"本来打算这两天就跟你们摊牌了。"

　　王丽婷尽量不让自己显得歇斯底里，她静静地看着陈安的侧脸，问："为什么？"

　　陈安走过来，坐在她旁边的单人沙发上："曾大的金融系不错。其实读哪所大学都无所谓，以后我想自己投资创业……"

　　王丽婷打断他："创业讲究人脉，这世上最可靠的人脉除了家人就是你的大学同学。你觉得清北和曾大的同学哪个更能帮到你？"

　　"妈，你现在做什么事都要提人脉，不是为了爸爸的仕途，就是为了你的生意。你每天都在思考那张错综复杂的权贵人际网，不累吗？"

　　王丽婷冷笑一声："我为了谁累？我累到最后挣来的东西，你却弃之如敝屣！"

　　陈安两手一举："妈，我们不讨论这个话题了好吧？"

　　王丽婷一直在克制自己，避免与陈安正面冲突。她晓得如今靠自己的威严去镇压对方，只会适得其反。她抹平裙子上的褶皱，说道："那我们讨论点你感兴趣的话题。刚刚我和你干妈商量过了，我们觉得你和乐乐之间过于亲密了，不利于各自的学业和前程，所以你们暂时就不要见面了。反正你都拿到了大学入场券，这个高中也没必要再上，最近这段时间你跟着我打理生意吧。你不是说要投资创业吗？那就当提前实习，我找人带你。"

　　陈安把矿泉水瓶搁在茶几上，抬眼看向他妈妈："妈，是你和干妈商量好了，还是你通知她这么做的？"

　　王丽婷终是克制不住，被一句话气急："你什么意思？你觉得我欺负你干妈了？你向着谁说话？到底谁是你亲妈？"

　　"当年你们撇下我来曾州，把我扔给程家的时候，怎么不想想谁是我亲妈了？"

　　王丽婷像是被戳中了死穴，倏地站起来，怒目圆瞪："是你非要留在泰溪的！是你说要考第一……"

　　陈安打断了她的辩解："妈，我们是一家人，就不要说自欺欺人的话了，也没必要披着民主的外衣推脱责任。当年你要来曾州打拼，爸爸的仕途正处于关键时期，我说留在泰溪，你们没说两句就答应了，那叫顺水推舟，因势利导，不叫尊重我的意愿。你们说周末回来照顾我，你仔细回忆回忆，你们一年到头有几个周末回来看我了？"

　　王丽婷胸口起伏不定，她没想过当年的事会被陈安翻出来算旧账。他们曾心安理得地翻过这一页，但儿子的质问如同捅破了窗户纸，让她感到羞愧难当。

原来，陈安一直是清楚并介意的。

陈安缓了口气："妈，我说这些不是怪你们。留守儿童比比皆是，我没有那么脆弱。何况程家把我当亲儿子养，我没受过一点委屈。我说这些，不是为了让你弥补我，因为我已经长大了。但程家的恩我们还欠着啊。这两年，你光顾着维护你生意场上那几个酒肉朋友的感情，有想过干妈的身体不好，要找曾州的医生帮忙看看吗？干爹胃出血住院的时候，你正在美国出差，连个电话也没打过吧？可一听说市长女儿血糖低，你却专程开车给她送去冬虫夏草。你只顾着图谋钻营，却忘记了最真诚的感情。"他一口气说到这里，看着已有崩溃之色的王丽婷，继续说道："你不报恩，却要过河拆桥，为了你那可笑的嫉妒心和姗姗来迟的母爱，就要我和程家断了关系吗？"

王丽婷的情绪从愤怒转为怆然泪下，她望着这个最熟悉也是最陌生的家人，呆呆地问："安安，妈妈在你心里就是这么一个攀权附贵、爱慕虚荣、忘恩负义的混蛋吗？"

王丽婷对程家并无愧疚感。陈安在泰溪并非寄人篱下，他在老家有自己的房子，有奶奶照顾，有足够的零花钱。他们感激程家的照顾，也相应地做了回报，他们也做了事：为了尽早抓捕袭击程栋的歹徒，陈涛出面向曾州的公安系统了解情况，动用了老领导的珍贵人脉向地方施压；原本她给程乐乐准备了一笔丰厚的教育基金，准备等她考上大学之后送出，不过她猜孤傲的叶晓梅不见得会领情。

王丽婷认为，像他们这样的家庭，不会把时间浪费在平日里的嘘寒问暖上，但出了事，他们绝不会袖手旁观。在她眼里，这才是有实际意义的。人死不能复生，活着的人还要继续前行。程栋去世固然让人伤心，但有些事要比参加他的葬礼重要得多。而她宽慰程乐乐，也只会说坚强。因为眼下，确实只有坚强一条路可以走。可惜浪漫主义者叶晓梅不懂，但她没想到陈安也不懂。

陈安终是不忍把话说绝，服了个软："妈，作为你的儿子，我没资格指责你或定义你。我只是希望你能适时地停下来回头看看。你想想，乐乐曾经最爱缠着你给她扎辫子，因为你的手艺比干妈好；你买的公主裙，她舍不得脱，穿得都有味道了，还要往你怀里钻；她给你画的新年贺卡上，有六个人的头像……妈，乐乐不是带走你儿子的洪水猛兽，她曾是你最爱的乖女儿啊。你忘了吗？"

王丽婷流着泪。她何尝不是拿程乐乐当女儿看？只是她和自己亲儿子的关系都处理得这么失败，对女儿……

王丽婷一时也找不到借口为自己开脱。

刚才那个电话，她确实是失去了理智，被愤怒冲昏了头脑，说了很多不该说的话。乐乐心性单纯，怎么会教唆陈安更改志愿呢？恐怕到现在，她也不清楚陈安为什么会修改志愿吧。

陈安站起来，从厨房端了杯温水，递到王丽婷面前："妈，你相信我，我会对自己的将来负责的。"

王丽婷接过来，抿了口水。温暖的液体润过干燥的喉咙，让她的情绪得以稳定。

她没说话，不紧不慢地一口一口喝着，等杯子见底，她已敛去泪水。白皙的手指摩挲着杯身，她不再纠结与儿子争个是非对错："你执意要在曾大念书，不参加高考了？"

"不考了。"

"好。"王丽婷见他心意已决，多说无益，便不再挣扎，"妈妈答应你，以后你和乐乐在一起，我不会反对。但是……"

陈安静等着后面的话。

"我有个条件，在读大学之前，你来公司实习。"王丽婷知道陈安一定会和她再讲道理。她已经领教了儿子动之以情、晓之以理的谈判功力，不想再和他商量，手抬了抬，制止他开口，"我对早恋没那么大成见。你和乐乐从小一起长大，两人感情深厚无可厚非。但就是因为你俩朝夕相处，在小地方待着没挪过窝，加上你们这个年纪干什么都是炽热的，所以才蕴含着各种危机。以后你们总有各自的交际圈，要见识外面的世界，面对的诱惑也比现在多得多。也许过些年，你们回过头来看，会发现当年是因为没有其他选择才得以轰轰烈烈。届时再闹，两家的关系不会比现在好到哪里去。不如趁这段时间，你们降降温，冷静地抽离出来看看。两情若是久长时，又岂在朝朝暮暮，你说呢？"

"等上了大学再抽离也来得及……"陈安大概猜到母亲的计划，想用一招缓兵之计。

王丽婷摆摆手，从另一个角度摆事实、讲道理："叶晓梅也不会答应的。我怀疑她最近这段时间得了抑郁症，我俩刚吵完一架，你往她眼前凑是给她添堵。你不用这么看我，我难道不知道你为什么读曾大吗？作为母亲，我有生气的资格吧？我会想办法和叶晓梅沟通一次，但是安安，说出去的话就像泼出去的水，我们两家的感情已经破裂了，再修补也是看得到裂缝的。你不如给干妈一段时间，让她有个心理缓冲。"

王丽婷冷静下来后，思维清晰起来。她毕竟是在尔虞我诈的生意场上沉浮的女商人，这番对话下来已扭转了话语的主导权："还有，你别剃头挑子一头热。你拿乐乐当未来老婆看，乐乐未必如此。她心性简单，要是哪天她看出你对她有别的想法，没准会躲你躲得远远的。还轮不到我棒打鸳鸯。"

王丽婷把其中道理分析了一遍，言尽于此，陈安无法反驳，只能勉强接受。他飞快地在脑海里盘算着下一步的对策，把给程乐乐线上补习、周末见面的时间全都梳理了一遍。

王丽婷一眼看穿儿子的心思，觉得儿子是有了媳妇忘了娘的赔钱货。但同时她又琢磨着，在这一年多的时间里，如何再修补支离破碎的母子情。

最后，两人各怀心思地吃了碗面，算是为这场波涛汹涌的对话画上了句号。

44

陈安回到房间，把门一锁，掏出手机给程乐乐打电话。

此时的程乐乐正躺在床上。今晚那场刀光剑影的争吵让她有种不真实的感觉。她感觉自己在看一场戏，又或是做了一场梦，可是脸上火辣辣的痛觉告诉她这一切都是真实发生的。

她百思不得其解，事情怎么会发展到这一步。两位妈妈都是她的至亲，没有一个对她说过狠话。她自问哪怕干妈没有让小哥回来送别爸爸，她也没对干妈说过一句难听的话。妈妈和干妈怎么会突然反目成仇，竟然还是为了她和陈安？他们做错什么了？

程乐乐沉浸在无效的思考中，手机震动了很多次，她才回过神。

她看了看屏幕上的来电显示，害怕接电话的声音刺激到叶晓梅，立马钻进了被窝："喂——"

程乐乐急切地问："小哥，你怎么不去集训队了啊？还有，干妈说你去曾大是因为我，到底是怎么回事？"

陈安轻声道："我妈误会了，刚才我跟她解释清楚了，她也理解了，说会找时间向干妈道歉的。"

程乐乐从被窝里钻出来，仿佛腰杆子一下子变直了。她来不及等陈安具体说保送的原因，此时她只在乎那场莫名其妙的撕裂似乎是结束了，担忧的事最终没有发生，心中的委屈占了上风，说话也开始带了点哭腔："我就说嘛。小哥，你是没看见，我妈跟你妈两个人就因为你去曾大的事，吵得不可开交。妈妈还不让我们见面，搞得咱俩跟牛郎织女似的。我见过拆散小情侣的，可没听说还要拆散兄妹的，都把我给吓傻了。小哥，咱俩要是见不了面了，我可怎么办呀？"

陈安怔了下，才道："现代社会还能见不了面？手机是干什么用的？再说了，腿长在我们自己身上。"

"话虽然这么说，但那不是显得像偷情吗？"程乐乐嘀咕了一句。

陈安笑道："你还挺有想象力。"

"那你什么时候回来？"她胳膊上的文身还没给小哥看。

陈安半倚在窗台上，窗外是被路灯照亮了的草坪。他望着那片若隐若现的风景，试图让自己的心情开阔些，可是心口依旧像压着一块巨石般沉重："乐乐，大人吵架不像小孩子，说和好就能和好的。干妈现在正在气头上，我想，她最近可能不是很想见到我。"

程乐乐揉了揉脸上的巴掌印，垂下了头。

她抱着抱枕，小心谨慎地问："那你还上学吗？"

"不上了。"

她沮丧地叹了口气："那你打算做什么？"

"我在这边帮我妈打理公司。"

"小哥你真是无所不能。"程乐乐赞叹了一句。

陈安轻声一笑："怎么啦？"

程乐乐道："没什么。"气氛有点沉重，她故作成熟地耸了耸肩，换上轻松的语气："那句话怎么说来着，天下没有不散的筵席。总有一天，你有远大前程要奔赴，我也……我就拉倒吧。"

陈安恨不得穿过手机敲一下她的脑袋："什么不散的筵席？你这么轻易就和我道别了啊？"

"我现在被我妈妈和干妈教训得心惊肉跳，已经把底线拉到不能再低了。只要以后我们还能见面，少见就少见吧，大不了就当你去比赛了。我适应能力很强的。你看我跟你吵架那会儿，都已经学会骑自行车了，也认路了，还会自己洗饭盒，每天都记得喝牛奶、吃水果。再说，我都能照顾我妈妈了。今天的晚饭，菜都是我摘的。对了，我还去五金店买了灯泡，我和妈妈一起换的……"

程乐乐絮絮叨叨地说着，向陈安证明自己已经是自力更生的大人了。

她想让陈安放心，但陈安却听得难受。程乐乐这个人就如同她的名字一样，天生乐观，哪怕父亲去世、两家结怨，她仍然能保持一颗积极阳光的心。她像孩童一般纯真，不沉湎于悲痛，不怨怼他人，明明自己很委屈，却还要体贴地帮他排遣忧思。

陈安很想把他的乖宝揽在怀里，拿额头碰碰她的头，刮刮她的鼻子，再摸摸她的……

想象突然停止。少年白皙的脸上掠过一抹绯红。

王丽婷的话从陈安的脑海里钻了出来："要是哪天她看出你对她有别的想法，没准会躲你躲得远远的。"

会吗？

以前陈安从来没从这个角度考虑过。程乐乐对他天然的亲密和信任是任何一个外人取代不了的，是他规划两人未来的根基。即便钟鸣让他产生过一丝不安，但他从没有真的担心程乐乐会被他人拐跑。可是如果他的对手是程乐乐自己呢？如果这种亲密仅限于兄妹之情，一旦越界，程乐乐就会与他划清界限呢？几个月前的冷战让他心有余悸，生活的变故又让他对命运产生了一点敬畏之心，母亲的忠告此时显得不是那么危言耸听了。

少年的内心情感涌动，终于体会到了与其年龄相符的彷徨。

45

陈安的不安在忙碌的实习工作中得到了消解。王丽婷觉得陈安对她的不解，很大程度上源于对其高强度工作的不理解。谁不想轻轻松松地在家里享乐呢？但是事不由人，一旦投入工作的漩涡，千百件事围绕着你，数百个人指着你养家糊口。她像个陀螺，一旦转起来就停不下来。她希望陈安能明白这份无奈。于是，她把他的实习工作安排得满满当当，远远超过了一个普通十七岁少年能承受的压力。

王丽婷做的是进出口贸易。陈安没有具体职位，名义上是作为未来的接班人来熟悉方方面面的业务，实际上却是哪里活儿累就到哪里去。他去工厂库房盘货、装货、码货；跟着外贸专员打样、核价；跟着市场部调研、写方案、调整产品策略……

他连轴转，到家累得连眼皮都抬不起来。周末回泰溪的计划完全搁浅，饶是如此，他还是坚持监督程乐乐的学习，每天检查她的课件笔记。

王丽婷见陈安疲惫不堪，心疼的同时，想着陈安应该明白了赚钱不易，也能体恤她的辛苦了。可真相却与王丽婷的想象相差十万八千里。陈安琢磨的是其他方面：如果他是投资人，绝不会涉足这个行业。日薄西山的夕阳产业、漏洞百出的管理模式、难以为继的增长模式……问题不止一点，且积重难返。这几年或许还能赚点钱，但往后就要看国际形势和个人运势了。

陈安跟着干了些天，把运营方式摸了个透，现在已经不怎么需要动脑了，工作也略微轻松了些。这份工作对他的意义在于，让他更加坚定了自己要做什么，看清了自己擅长做什么。偶尔，他会同情像无头苍蝇那样周旋于某些微不足道的事情中的母亲，并主动替她分担一些，这让王丽婷感动万分。

与此同时，程乐乐的生活也发生了翻天覆地的变化。

在那次撕破脸的争吵后，王丽婷给叶晓梅打电话道了歉，但叶晓梅觉得对方是假仁假义，是俯视视角下施舍的怜悯。她直言不必再有联系。

叶晓梅的抑郁倾向已经初见端倪。她曾是个被父母、丈夫宠爱的女人。他们为她遮风挡雨，让她成为一个温和多情的人。如今他们相继离她而去，她乍然面对残酷的生活，手足无措，痛不欲生，逐渐陷入泥沼。对爱人的思念、对未来的担忧、与陈家的反目折磨着她纤细的神经，让她焦躁不安，夜夜难眠。

程乐乐想起钟鸣是心理系的学生，便问他借了关于抑郁症的科普书，在学校偷偷翻着看。妈妈讳疾忌医，不愿看心理医生。她只能陪着妈妈一起睡觉，和她聊开心的事。她学着做饭、处理家务，还得兼顾学习。她又忙又累，也不敢向小哥诉苦。自从和干妈大吵一架后，妈妈变得尤为敏感，时时刻刻将自尊自爱挂在嘴边，有时还疑神疑鬼地查看她的手机。

两位母亲不同方式的干涉，让她和陈安的联系逐渐转向地下。

学校不允许带手机，到了家又有母亲的全程监控，程乐乐像个特务似的，把陈安的手机号存成"10086"，短信发完即删，内容也和发电报差不多。大多数时候，他们用邮件交流作业，那是叶晓梅不会翻找的地方。

程乐乐爱上了学习。

在母亲间歇性的情绪失控中，在她日复一日的沉淀下，程乐乐后知后觉地触摸到了那天王丽婷失常的部分真相。

她意识到小哥突然改念曾大的决定是因为她已经无法去北京了。为了方便照顾她，小哥宁可放弃进入清北的机会，选择就近入学。

而她鼠目寸光，只会走一步算一步，压根没有想过未来的事。就连读懂小哥这个决定，都花了她很长一段时间。

没有一个母亲会允许自己的孩子因为一个外人而放弃大好前程，哪怕这个外人是她看着长大的干女儿。在推导出这个真相后，程乐乐理解了王丽婷，一点都不怨恨她。相反，程乐乐感到自惭形秽、悔恨交加。小哥的牺牲无疑是巨大的，像座大山压在她身上。她只想让自己变得更优秀一些，至少不成为小哥的拖累。

以前她是"抄抄党"的一员，如今却是认真做作业的那个。学习可以让她躲避母亲的束缚，可以得到小哥的肯定。学习让她感到快乐。

高二第二学期期末考试，程乐乐的成绩从班级垫底逐渐升至中等。

这期间，陈安回过几次泰溪。第一次临时回来是周末，陈安住在楼上，这触碰到了叶晓梅敏感的神经。她几乎寸步不离地守着程乐乐，不许两人有任何交流。那时陈安才知道干妈的病情比想象中严重得多。他本打算代替妈妈向干妈道歉，但当他见到干妈的情形后，立刻理智地放弃了。

他可以和亲妈进退自如地谈判，但他无法和干妈这样斡旋。客观上，他无法靠近程家，连开口的机会都没有。主观上，他对干妈充满了愧疚，不想惹干妈生气。

回曾州后，他挂了几个有名的精神科医生的号，向他们描述了叶晓梅的症状。医生当然还是劝病人及早就医，同时建议，如果他是让病人焦虑的源头，那他最好还是暂时不要出现在她面前，以免刺激她加重病情。

在这之后，陈安改在工作日去学校找程乐乐。因为她不能太晚到家，所以两人相聚的时间非常短暂，有时在门口的小卖部，有时在学校的人工湖畔。虽然之前说的"偷情"是句玩笑话，但现在连陈安自己都有种张生和崔莺莺幽会的错觉。程乐乐在陈安面前依旧叽叽喳喳的，但不似以前那样一股脑儿地将所有欢乐与苦恼都传递给他。她开始报喜不报忧，专挑那些为数不多的值得开心的趣事夸张地说上半天。她从母亲身上看到，一味地宣泄负面情绪毫无意义，反而让人不由自主地想要逃离。她拥有的东西已然不多，她不希望某一天，小哥也离她而去。她竭力维持着两人简单快乐的关系，仿佛强颜欢笑下什么都没有变。

可是怎么可能什么都没变呢？

夏天快要来了，她未曾向陈安展示短袖掩盖下的文身。当初她以为雪过无痕，小哥错过了她的加油呐喊，便怀着热烈的欢喜，用最不易抹去的文身作为纪念。如今这"纪念物"刻骨铭心，却像是事态开始崩坏的证据，昭示着快乐时光的一去不复返。

46

好在到了高三，生活又有了好转的迹象。高二的暑假，程乐乐给叶晓梅申请了视频网站的账号，还把她以前唱戏的视频剪辑后上传至个人频道，鼓励她自己在家穿戏服唱戏，程乐乐录下来后教她加工制作。两人一起经营这片小天地，订阅量从个位数逐渐增长到好几百，开始有粉丝与叶晓梅互动交流。叶晓梅的注意力渐渐从灰暗的生活中转移到了自己的兴趣爱好上。她的情绪越来越稳定，睡眠质量也有所改善。

程乐乐还不大敢在叶晓梅面前提起陈安和王丽婷，不过叶晓梅不再翻看她的手机了。她可以在周末安心地约陈筱牧和钟鸣一起出去放松放松了。趁放松的时候，她可以自由自在地和陈安煲电话粥，不过这样的次数并不多。高考倒计时的牌子挂在教室最显眼的位置，陈安发来的学习资料已经够她拼掉半条命了。

她想向陈安靠齐，但是理想很丰满，现实很骨感，智商差距是不可跨越的鸿沟。陈安与她分属两个世界，即便是他退而求其次选择的曾大，也是程乐乐高不可攀的存在。

陈安着眼于现实情况，给她定的目标是离曾大两公里的传媒大学，其次是离曾大五公里的师范学院。前者为一本，后者为二本。程乐乐嘴上喊着"压力山大"，眼睛却是盯紧了传媒大学。

开春二月，陈安满十八周岁，他用以母亲名义开户赚取的资金注册了一个投资公司，名字取得大吉大利——"平安喜乐"。他按照自己的计划，正式开始了他的投资生涯。

再过两个多月，程乐乐也即将成年。

在此之前，一个业内略有名气的越剧粉丝俱乐部邀请叶晓梅去北京郊区参加半旅游性质的线下分享会。高考在即，加上快到程乐乐生日了，叶晓梅本不打算去，但程乐乐非常兴奋，她觉得这是母亲走向新生的标志，便自己做主替母亲答应了主办方。

当时，她并不知道这个举动意味着什么，只是欢欣地畅想着美好的未来：妈妈有了新生活，她和小哥也即将在曾州相聚，生活正在一点一点地重拾阳光和希望。

程乐乐生日那天刚好赶上周日，不用上学，陈安回到泰溪为她庆生。他许久没回程家，进屋时，有一刹那的动容，想起曾在这间屋子里留下的欢声笑语，感觉恍如隔世。

泰溪好玩的地方，以前两人都已经去过了。只有那个新建成的影院和商区，程乐乐没有机会带陈安逛。准确地说，上次来影院时两人不欢而散，紧接着变故层出不穷，两人就再没机会一起游玩。

影院里铺天盖地都是《复仇者联盟》的海报。程乐乐喜欢钢铁侠，想等陈安回来和她一起过生日时看，便一直没随陈筱牧他们先睹为快。谁知等排到他们买票时，一看座位图，紧挨着的三个场次都已销售一空。两个小时后的一场倒是有几个座位，不过也都不连着了。

今天寿星最大，陈安问她："要不先逛再说？"

那样安排就错过吃饭的时间了，她问售票员："还有什么电影是能立刻看的呀？"

"《初恋这件小事》，泰国的。"

程乐乐对泰国电影的了解仅限于恐怖片，她已经很久没关注电影动态了，于是问："吓不吓人？"

后面排队的人催："还买不买了？"

售票员连忙说："不吓人不吓人，你们看正好。"

程乐乐点头："那就这场吧。"

拿着票，程乐乐问陈安："会不会是讲学校闹鬼的？两个人谈着恋爱，突然发现对方是鬼魂那种？"

陈安拉着程乐乐买爆米花："那还能叫小事啊？这不出大事了吗？"

程乐乐道："初恋是小事，闹鬼是大事。"

陈安环顾四周，没发现有海报。正好有厅散场，观众从大堂经过，熙熙攘攘的。陈安说："要是特别可怕，我们就换个别的吧。"

程乐乐说："那不行，买了就一定要看完。要不我先查查是讲什么的。"

她拿起手机正准备查，后面的人推了她一下，手机掉到了地上。陈安捡起来说："别查了，走吧，都已经开场了。"

两人进了场。放《初恋这件小事》的这个厅是小厅，只有五六排座位，观众数量不多。

程乐乐看到一半，觉得剧情也太文艺了，不像是会闹鬼的样子，可是她又不太确定，于是就这么稀里糊涂地看到了最后。

退场的时候，走在他们前面的女孩挽着男孩的胳膊说："这个电影好甜呀。"

男孩道："嗯，就是那个女主角一开始也太丑了。"

程乐乐吃完最后一粒爆米花，学着女孩撒娇的口吻轻轻地说："这个电影好甜呀。"

陈安接过爆米花桶，扔进附近的垃圾箱，随口说道："我们以后会比他们甜。"

前面那个女孩听罢，转过头飞速地打量了他们一眼，然后嗔怒地瞥了一眼旁边的男孩。没有对比就没有伤害，男孩连忙补救："我们现在也很甜呀。"

"甜个屁。"女孩气呼呼地走开了。

程乐乐咯咯地笑："我们这叫拆散一对是一对吗？太缺德了吧。"

陈安把她飘散的一缕头发别到耳后，问："电影好看吗？"

程乐乐瞅了眼还未走远的情侣，笑着回答："没你好看。"说完之后，她抖了抖。

陈安说："以后我要投资一部电影，叫《我们的初恋是件大事》，用我们俩的故事做剧本。"

程乐乐一愣，转头看了下："小哥，别演了，他们听不到了。"

陈安拍拍她的头："哦，好可惜。"

47

出了影院，两人沿着女人街一路逛下去。陈安任由程乐乐在小杂货店里挑选各种幼稚的小物件。后来，两人去打电动、抓娃娃、唱歌、吃饭、喝奶茶，逛得小腿都酸了。以前无忧无虑的程乐乐似乎又回来了，陈安欣慰之余又倍感珍惜。

回家之前，陈安去糕点店取了生日蛋糕。虽然只有两个人，但没有生日蛋糕的生日是不完整的。陈安依照程乐乐的喜好，订了一个粉色的心形蛋糕。两人坐在餐桌前，按部就班地插上"1"和"8"两根数字蜡烛，然后关了灯。黑暗中，暖黄色的光将两人的眉眼照得格外柔和。

世界安静到仿佛只剩下他们两个人。

岁月静好，平安喜乐。

　　陈安煞有其事地唱了生日快乐歌，然后程乐乐认真地许了生日愿望。前些年，她在这个环节总是敷衍了事，什么发财、变美、世界和平，想到哪个许哪个，反正她也不信这一套。不过今年她许得很虔诚，愿望也很多。她希望妈妈永远快乐年轻，希望高考能顺利录取，希望小哥能和她年年岁岁一起过生日……她失去过，体会过恐惧。恐惧的人容易迷信，不会错过任何向上天讨要恩赐的机会。

　　吃蛋糕的传统当然是往对方脸上抹奶油。程乐乐象征性地往陈安脸上抹了一道白色奶油，然后摊开这只脏手问他要礼物："如果是《5年高考3年模拟》之类的书就别拿出来了。"

　　陈安眼带笑意。

　　他从口袋里掏出一个锦缎盒子推到程乐乐面前。锦缎盒子小小的，四四方方的，上面还有一朵用白色丝带扎成的小花。

　　程乐乐盯着这个精致无比的盒子，口无遮拦地开着玩笑："你不会要送我一个戒指吧？小哥，我害怕我们纯洁的兄妹之情被玷污掉。"

　　陈安作势要收回，程乐乐连忙一把抓住："哎呀哎呀我错了，快给我看看是什么。"

　　她打开一看，蓝色的锦缎中央躺着一把钥匙。

　　程乐乐不明所以，拿起钥匙研究了半天，问："你不会给了我一把打开你心灵的钥匙吧？"

　　陈安无所谓地说："你爱这么理解也行。"

　　"什么意思？"程乐乐终于不耐烦了，"好奇心害死猫，快点说！别把我的生日变成你的忌日！"说完之后，她敲了敲桌子："呸呸呸，童言无忌。"

　　陈安喝了口可乐，低调地说道："我在曾大旁边买了个小公寓。这是公寓的钥匙。"

　　程乐乐傻眼："干爹干妈送你的？"

　　陈安说："我自己付的首付，刚好手上还有点余钱。"

　　程乐乐吃惊地看着他，翻了翻衣服兜："小哥，我兜里也有余钱，七块八。咱俩说的余钱是同一个意思吗？"

　　陈安把那几张零钱扔了回去："嗐，现在送你钥匙，让你享受使用权。等你考上传媒大学，我再把房子加上你的名字，你以后就是有房产证的人了。"

　　程乐乐吓得嘴巴都合不上了："小哥，我没记错的话，两个多月前，你十八岁生日的时候，我送你的生日礼物是一个我自己做的钥匙链。"

"嗯，那个钥匙链我很喜欢。那你喜欢我送的钥匙吗？"陈安眼里闪着细碎的光，一动不动地看着她。

程乐乐咽了下口水："喜欢是喜欢的。但，会不会太豪了？小哥，你怎么突然这么有钱？我记得小时候我们也挣钱，不过也就几百一千的。你是……贩毒去了吗？"

"你怎么不说抢银行，效率还更高一点。"陈安无奈地说，"前一阵子我在曾州注册了一个公司，以后我会一边念书一边创业。这两年工作，我结识了好几个志同道合的朋友，他们也会陆续加入我的公司一起干。"

程乐乐的鼻子可爱地皱了皱："有些人还没念完高三，就已经打拼出了一片江山呢。"

陈安眼睛微微低垂："也不是全靠我自己。我得承认，无论我愿不愿意，我爸在曾州的关系在其中发挥了不小的作用。"

"拼爹也不可耻嘛。"程乐乐笑得眼睛弯弯。

她从来没和陈安说起过，他为了她一声不响地放弃清北而选择留在曾州，导致母子之间生了嫌隙，两家的矛盾也再度升级，如此巨大的牺牲让她感到很沉重。有时候，那种因亏欠而引发的窒息感会让她在沉睡中突然惊醒。

对她来说，陈安的过度体贴成了无法宣之于口的负担。

而今天，当她听到他在曾州又重新规划出一条新的光明道路时，她的压力随即释放了许多，罪恶感也减轻了。她在吹蜡烛前许的愿，没想到已经成了真。

她是由衷地为他，也为自己开心。

"等你考完，我带你去那个公寓看看。有你喜欢的落地窗，到季节了还能望见曾大的樱花。对了，有些家具我还没添置，等你去拍板。"

程乐乐夸张地捂着脸："小哥，你说话的口气太像包养小蜜的总裁了。"

"包养小蜜是不大可能了，也就包养包养你吧。"

程乐乐道："我何德何能！我诚惶诚恐！我……"

"闭嘴吧，还吃不吃蛋糕了？"说着，陈安已经把一块蛋糕塞进了她嘴里。

程乐乐头微微往上仰，咬住了蛋糕，腮帮子鼓鼓的，唇齿间都是甜蜜的味道。

48

吃完蛋糕，两人窝在沙发上看老电影。程乐乐今天疯玩了一天，吃完甜食，这会儿已经开始犯困了。陈安让她去睡觉，她不肯，盘着腿坐在那儿打盹。陈安第二天一早就要走了，她舍不得，发誓要坚持到最后一刻。

可是眼皮太沉了，没过多久她又眯着了。程乐乐的头歪歪地倒着，鸦羽般的睫毛附在眼睑上，身上沾着电视机的微光，安静得像个小天使。

陈安微微一揽，程乐乐便倒在了他的腿上。

她醒了一下，眼皮却没掀开。以前她只要睡着了，怎么折腾都不会醒，但自从陪妈妈睡觉后，她变得警醒了很多，一点动静便能惊到她。

她想挣扎着起来，可是身体却贪恋小哥身上熟悉的气味。她懒洋洋地蜷着，想再躺一分钟就起，但意识又逐渐变得模糊。

半梦半醒间，她感到脸上有肌肤扫过，像是小哥的手在触碰她的脸。她觉得是梦，没理，只转了个身，继续睡过去了。

又过了会儿，身子上下晃动起来。她微微睁开眼，发现自己被小哥抱在怀里，正往房间走去。

经过刚才那个小盹，她现在已经清醒了一些。刚想下来自己走，身体已碰到了软软的床。房间里没开灯，窗外稀薄的月光是唯一的光源。小哥走过去拉上窗帘，屋里又传来了轻轻的脚步声，但是只响了几下，也没听到关门的声音。

程乐乐复又闭了眼睛，困意再度袭来。她模模糊糊地想，小哥走了吗？

这时，鼻尖突然传来薄荷香。那是小哥常用的洗发水的味道。

那香味在她脸的上方停留了几秒钟，突然，唇上传来软软的、干燥的触觉，那触觉停留了不到一秒钟，又忽然消失，她听见小哥轻轻地在她耳边说了句："乖宝，生日快乐。"

脚步声再度响起，门也合上了。

程乐乐的脑袋"轰"地一下炸开了。她僵硬地从床上坐起来，摸着嘴唇想，是幻觉吗？？？

她整个人都不好了，如被人点了穴一般在床上僵坐了半天，然后猛地掀开被子下了地。

小哥亲她了？！

为什么啊？！

她在床前不停徘徊。

小哥喝醉了吗？

不对啊，今天没喝酒啊！

她想跑上楼问个究竟，但又不敢。她心里有个大概的猜测，只是不想面对也不想相信。她想找别人问问，可是陈筱牧连陈安不是她亲哥的事儿都不知道，该如何开口呢？

这么一想，她的脑海里倒是浮现出了一个莫西干头。

她掏出手机，给钟鸣打了过去。

电话铃响了好久才被接起。

"钟哥，今天是我生日。"

此时的钟鸣正在学校睡觉，含糊不清地说了句："生日快乐，拜拜。"

"不拜拜，钟哥，我有个朋友，有点急事想问你。"

钟鸣眯着眼睛看了眼手机上的时间："大半夜的，你这是要闹哪样啊？"

程乐乐生怕钟鸣挂电话，连忙说道："真的很急，比任何事情都急。"

钟鸣坐了起来，走到宿舍外面点了根烟提神："说吧。"

程乐乐急冲冲地说道："钟哥，我有个朋友，她有个特别亲的哥哥，然后吧，这个哥哥趁她睡觉的时候……"

"天啊，他怎么你了？"钟鸣被程乐乐的描述吓了一跳。

程乐乐没反应过来钟鸣已经识破了她，继续说道："就，亲了一下。"

钟鸣："……"

程乐乐没听见对面的动静："你不震惊吗？哥哥亲妹妹，嘴对嘴的！"

钟鸣问："那两人不是没有血缘关系吗？"

"可是那是她亲哥哥啊。"

"不是没有血缘关系吗？"

"可是那是她亲哥哥啊。"

"不是没有血缘关系吗？！"

程乐乐气死："你怎么知道我朋友跟她哥哥没有血缘关系？"

钟鸣快要翻白眼了，大半夜，他居然和一个白痴进行了这么弱智的对话，简直是在侮辱他的智商。

他猛地吸了一口烟，道："那你问问你朋友，她被她哥哥亲了以后是什么感觉？"

"我的妈啊，天都要塌了。为什么啊？你说这是为什么啊？"

钟鸣反问："一个男人亲一个女人，还能是为什么？"

程乐乐又开始重复："可是他是她哥哥啊！"

钟鸣："你还有别的事情吗？没事我挂了。"

程乐乐喊："别别别，我就是不大理解，怎么突然就变质了呢？"

"或许不是现在才变的。你……你让你朋友好好回忆回忆，感情的变化一定是有迹可循的，以前有没有留下什么蛛丝马迹？"

程乐乐想了半天："哪种算是蛛丝马迹啊？"

"就是你觉得兄妹之间一般不会做的事儿。"

程乐乐沉思半天，问："送了一套房子算吗？"

钟鸣："……还有呢？"

"没有了啊。我俩，不是，我朋友跟她哥哥一直都很亲密，不是那种亲密，就像是双胞胎一样的感觉，你知道吧？两人有默契，熟悉对方的喜好，有什么都先想着对方，喜欢一起玩，想为了对方成为更好的自己……"

钟鸣："兄弟姐妹间一般不这样。"

"你跟你那个异姓姐姐不算。"

钟鸣："没事我就挂了。"

程乐乐："钟哥钟哥，那你说我该怎么办？"

"你要是暂时理不清，就先冷处理，假装这事没发生。"

"可它已经发生了啊。"

"所以我说是假装。"

"钟哥，你今天怎么这么凶？"

"你大半夜被人叫醒试试？"

"哦，那怎么个冷处理法？"

"冷处理都不会？你继续像以前那样和你小哥相处。乐乐啊，你也快高考了，想不通就别想了，等考完再说。所有的事都得先跨过高考这道坎再说。坎这边是早恋，坎那边是男欢女爱。你小哥就是没搞明白这点，以为十八岁就百无禁忌了。他看着挺聪明一人，怎么就不能再忍忍，再等你一个月呢？看来也是个蠢蛋。"

"我小哥怎么会是蠢蛋？你们曾大都是他看不上的 Plan B（备选方案）。"

"挂了。"电话那头只剩"嘟——嘟——"的声音。

程乐乐抱着手机跪在床上，脑袋钻进了被子里，远远看去，像一只迷迷糊糊的鸵鸟。

49

接下来几天，程乐乐每天都在回忆这个吻。

刷牙时，"啪"，记忆打开了。

老师讲课时喝了口水，"啪"，记忆打开了。

收拾书包时看见唇膏，"啪"，记忆打开了。

前面同学打个喷嚏，"啪"，记忆打开了。

可好歹是从一开始想起就汗毛倒立，到如今已经能相对平和地回忆了。她眼底青黑，走起路来还打飘儿，气若游丝地穿梭在教室和食堂之间。

有一次被全梓荣撞见，全梓荣见她这副半死不活的样子，到家立马给陈安去了个电话。

"陈安，你妹妹念书念得快虚脱了。你是不是逼得太紧了？"

"怎么了？"陈安关切地问。

全梓荣道："我怕她活不到高考那一天。"

到了傍晚，陈安估摸了下时间，给程乐乐打去了电话。

程乐乐摸出手机，一看屏幕上的名字，差点像扔烫手山芋一样把手机扔出去。

第一轮没接。

过了大概十分钟的样子，陈安又打来了。

程乐乐想起钟鸣的建议，硬着头皮接起来。

"你身体不舒服吗？全梓荣今天碰见你了，说你很没精神。"

"没有啊！我很有精神！我浑身是劲儿，都能打一套军体拳！"

"……"陈安犹豫地问，"是学习压力太大了吗？我送你钥匙，不是让你非要考上传媒大学，考不上我们就挑个别的学校，别把自己逼得太紧了。"

"哦哦，我没有压力。"

"要不我这两天回去陪陪你？"

"不用！！！"程乐乐大吼一声，吼完之后才发现自己反应有点激烈，忙道，"你回来我更不能专心学习了。再过一个多月就要高考了，我不能分心。考完之前，你都不要给我打电话了。你有事就给我手机留言。"

"这么绝情？"

"绝什么情，我这叫闭关修炼。"

陈安笑道："一套公寓就让你这么好学了？早知道我就早点买早点送了。"

好吧，我可以不给你打电话，但是你得劳逸结合，全梓荣替我盯着你呢。你要是还这样拼命，我就回来亲自抓你去休息。"

程乐乐"嗯嗯"地糊弄过去了。挂了电话，她趴在写字桌上，将整张脸埋进了臂弯里。

这叫什么事呀。

陈安果然没再给她打电话。叶晓梅从北京回来了，这次旅行让她的气色好了很多。她带回半箱北京特产，一边往外拿，一边和女儿分享这一路的见闻，说到高兴的地方眉飞色舞。程乐乐好久没看到妈妈这么开心了，晚上陪妈妈睡觉时，母女俩又聊了不少。

妈妈身体的恢复让程乐乐这两天精神恍惚的状态也缓解了不少。她重新投入到了紧张的复习中去。

挂在教室里的高考倒计时牌终于翻到了最后一天。接下来便是期盼已久的高考。

高考前，陈安发来短信："乖宝，加油往前冲。"

后面跟着一串考前注意事项，什么带准考证啦，带 2B 铅笔啦……有点啰唆。

程乐乐回："哦。"

陈安："就这么简单？"

程乐乐："哦哦哦哦哦哦。"

陈安："看在你就要高考的分儿上，暂时放过你。"

程乐乐看着"放过你"三个字，不由得心惊肉跳。

唉，考完再说。

两天的时间很快过去。程乐乐考完跑出考场，叶晓梅穿着旗袍在门口等她，大红色衬得叶晓梅的皮肤白皙红润。程乐乐给了她一个大大的拥抱："妈！"

"我穿了旗袍，你旗开得胜了没？"

程乐乐自觉考得还不错，不过不敢把话说得太满："凑合吧。"

母女俩挽着胳膊走到远一点的地方去打车。两人并没注意到，在另一个角落，陈安一直目送着她们上了车。

吃完午饭，叶晓梅在屋里睡午觉，客厅里的音响放着咿咿呀呀的

《十八相送》。考试结束了，程乐乐有点空虚，不知该做什么好。QQ群里，陈筱牧正张罗着一直没有实施的骑行计划。

她回复了几个字后，电话就响了。是陈安。

经过这段时间的调整，程乐乐的心态已经放平了。她接起电话："小哥好。"

陈安道："我在等你电话。"

听上去不大高兴的样子，像是在怪她冷落了他，没有第一时间跟他报告。

程乐乐还是那一套："我错啦，小哥，我考完啦。"

陈安听到她雀跃的声音，跟着轻松起来："听起来考得不错。"他这几天一直很紧张，奥数比赛他都没这么在意过。

"嗯，我觉得传媒大学正在向我敞开怀抱。"

陈安道："要不要出来提前庆祝一下？"

"怎么庆祝？"

"我在女人街这边。"

程乐乐吃了一惊："你回泰溪了？"

"嗯。"

"你不早说。"程乐乐爬起来，"我这就出来。"

50

陈安穿了件灰色亚麻衬衣搭配蓝色亚麻裤，打扮得很日式，站在街上显得鹤立鸡群，像个等着街拍的明星。

程乐乐一见他，本能地想跑过去和他拥抱庆祝，跑到一半时突然想起了什么，紧急刹住了车。陈安两臂都伸开了，准备接住她，见她突然停下来，连忙走过去问："怎么了？"

程乐乐闭眼瞎说："好像脚又崴了下。"

陈安立刻蹲下来查看。以前陈安也这样，程乐乐早已习惯了陈安对她的细致照顾，可现在两人之间有了那个无法忘却的吻，陈安按在她脚踝上的手似乎变得滚烫起来。她紧张地勾着脚，发现周围经过的女人无不投来羡慕的目光。

啊，这就是以前她一直忽略掉的蛛丝马迹！

陈安还在她身下问："疼吗？"

程乐乐往后退了一步："好像不疼了。"

"经常会崴到吗？得找个好一点的医生看一下，不然以后可要常吃苦头了。"陈安担忧地说，"那我们就别逛了，找个地方坐下来吧，去看电影怎么样？"

"哦。"

程乐乐不由得想起上次和陈安一起看那部青春爱情片的情景。想到当时自己心无旁骛，而陈安却似乎意有所指，她后知后觉地脸红心跳起来。

唉，哪止是蛛丝马迹啊，就是个瞎子也能看明白了。当初她为什么一点都没发觉呢？

两人进了影院，这个时间没什么人排队。程乐乐扑到售票台前说："《复仇者联盟》，两张票。"

千万不能再看什么爱情片了。

陈安拉着她："你急什么，肯定有票，注意你的脚。"

两人抱着爆米花进了影厅。两个多小时的电影，里面有程乐乐最爱的钢铁侠，但她没怎么看进去。

刚开场没多久，她拿爆米花时碰到了陈安的手。

以前碰了无数次也没觉得有异样，但现在，这哪是手，这简直是一口烧红的锅。

陈安凑在她耳边问："怎么不吃了？"

这锅怎么还往外冒热气呢？

程乐乐偏了偏头："减肥。"

陈安道："你都快瘦成竹竿了，减什么肥？想吃就吃，好不容易放松一下。"说着他抓了几颗爆米花塞进了她嘴里。

陈安干燥的指腹掠过程乐乐的唇，他默默地抹了下手指。

程乐乐看到了，但她还得假装没看到。

啊，为什么要出来看电影，不如回家听《十八相送》呢。

程乐乐就是想不明白，陈安怎么会对她产生男女之情呢？以前大人们老说再炽热的爱情最后也会变成亲情，从没听说亲情炽热了竟能逆转成爱情的。她小哥真不是一个凡人。

陈安是不是和别的女生接触太少了？不会吧，他不是那种高冷的性格。

那他喜欢自己什么呢？

程乐乐想不出自己身上的优点，如果有的话，那也就只有皮囊还不错了。可是一直有人说他俩长得像，难道陈安是自恋，所以把她当作了替代品？

程乐乐胡思乱想了好几个小时，《复仇者联盟》看完，她连美国队长和钢铁侠是不是同一队的都没看明白。

从影厅出来，程乐乐问陈安："小哥，你喜欢自己吗？"

"啊？"陈安被问得莫名其妙，"还行。"

程乐乐握着他的左手，将它放在他的右手上："有感觉吗？"

陈安皱眉："你在干吗？"

程乐乐绝望地摇了摇头："没什么，考完试后发神经。"

"你走那么快做什么，我还有话要跟你说……"

程乐乐想，你要说什么？你要表白的话我就原地自杀。

陈安道："你什么时候有时间，和我一起去挑公寓的家具？"

程乐乐一个头变成两个大。以前她单纯，以为两人在学校边上有个公寓，只是方便生活上相互照顾。现在她一听两人要住同一个公寓，首先想到的是"同居"，还你买房我挑家具，跟共筑爱巢似的，这关系太说不清了。

程乐乐故作镇定地问："小哥，你那公寓有多大？"

陈安正带她过马路，这里没有红绿灯，通行全靠行人和司机的默契。他自然而然地牵起程乐乐的手，说："六十几平方米。"

程乐乐想象了一下六十几平方米是多大，感觉介于一室一厅和小两居之间，没套出关键信息。

陈安偏头看着程乐乐的脸："嫌小？明年给你换个大的。"

陈安的手很大，轻易包裹住了她的手。程乐乐想，别家的兄妹之间会牵手吗？她打小习惯了陈安牵她过马路，好像受他保护是一件理所当然的事。现在的她，会把所有的肢体接触都放到放大镜下审视一遍。

过了马路，陈安也没撒手，站在指示牌下问："你还没说什么时候和我一起去看呢。"

程乐乐想，过完马路别家兄妹肯定不会再牵手了，于是挣脱了一下，故意抬手抹了一把刘海，道："这两天我和陈筱牧他们去骑行，说了一年多都没去成，不能再放他们鸽子了。"

其实这事八字还没一撇。

"都有谁啊？"

"就我和陈筱牧，还有钟鸣。"说到钟鸣，她抬眼看了看陈安。好像小哥对钟鸣的印象不太好。

果然，陈安的脸色一黑，眉头皱了起来："骑行去哪儿？不当天回来吗？"

得益于这一年多的生活经历以及报喜不报忧的功力，程乐乐的临场发挥能力还挺强。她结合今天在 QQ 上陈筱牧的畅想胡诌了一句："可能沿着海岸线绕着咱省跑一圈吧。"

陈安以为只是骑去郊区野个餐，没想到是一项野外探险，听起来没个十天半个月回不来，他武断地道："不行，太危险了。"

"不是去荒郊野岭，就在城里玩。毕业旅行嘛。"

"钟鸣高中毕业好几年了，跟着你们凑什么热闹？"

"他有经验，可以当我们的向导。"

"那加我一个。"

"你不是要工作吗？"

陈安不说话了，他静静地看着说一句顶一句、目的明确的程乐乐，问："不想跟我一起毕业旅行？"

程乐乐垂眼："没有。"话语苍白，没有说服力。

陈安又问："想和钟鸣一起去？"

程乐乐回嘴："还有陈筱牧。"说完，她便看到陈安眼里的亮光彻底熄灭了。

她的回应等于在承认只想和他们去。小哥的心受伤了。

两人原本愉悦的氛围瞬间降温，陈安不想在程乐乐放假第一天就闹得不愉快，便退了一步，点点头："毕业旅行确实不适合带着小哥。你们再找几个同学一起去吧，相互有个照应。路上注意安全。"

说完，陈安便大步往前走了。程乐乐亦步亦趋地跟在后面，也不敢哄他。她现在没法像以前那样大大咧咧地撒娇了，生怕小哥会错意。

走了一段路后，两人坐在一家小店前喝糖水。陈安沉默地搅着勺子，等程乐乐张嘴哄他几句。程乐乐却眼观鼻、鼻观心，专心致志地吃汤圆，一点余光都没给他。

陈安气得把勺子一扔，掏出手机处理公务。

程乐乐吓得不敢动，头快埋进汤碗里了。

手机里有一个未接电话，是王丽婷的秘书打来的。陈安打过去，秘书问他 CIF（成本加保险费加运费）价格变动的事。陈安解释了几句。

听陈安的语气恢复正常了，程乐乐的头才抬正了点，又塞了颗汤圆进嘴里。这家糖水店的汤圆皮薄馅大，程乐乐最喜欢芝麻馅的，这会儿才正经尝出味道来。

突然，陈安伸过手来。他打着电话，见程乐乐嘴边漏了点黑芝麻馅，也没多想，便上手去帮她擦了。程乐乐脊背一僵，眼睛滴溜溜地转去了斜下方，看着陈安骨节突出的手在她脸上慢慢地蹭。

程乐乐浑身的汗毛都竖了起来。或许以前陈安这么做，她不会有这么大的反应，可现在，她感觉自己像是被人绑了起来，眼睁睁地看着别人在她裸露的皮肤上撒了一把蠕动的虫子，内心崩溃到想掀桌的程度。

陈安擦完后才意识到这个举动过于亲密了。在程乐乐面前，他一向有意克制自己，避免做出过于疯狂的越界行为，以免吓到对方。但是刚才的电话让他分了神，他不自觉地触碰到了她的唇周。

他发现程乐乐的表情很僵硬。

他匆匆挂了电话，刚才的不快也不计较了，急于说些什么分散她的注意力："吃完了吗？还想去哪儿玩？"

程乐乐的冰冻状态解封，摇头说："回去了。快到晚饭点了，妈妈催我回去了。"

离晚饭点还有两个多小时，不然两人为什么坐在这里喝糖水？

陈安有种不好的预感。程乐乐站起来时，陈安抓了下她的手："乐乐？"

"嗯？"程乐乐的眼神单纯无害，像澄澈的湖水。

陈安暗自松了口气，说："没什么，我送你回去。"

51

到了家，程乐乐见妈妈在打电话。看见她进来，妈妈进了主卧并关上了门。

程乐乐进了自己的房间，疲惫地躺在床上。

她今天的表现是不是有点明显？小哥看出来她知道了吗？

小哥会不会受伤？

两人要是把话说开了，还能像以前那样相处吗？

小哥是什么时候开始喜欢上她的？

程乐乐猜测陈安在保研到曾大前就喜欢她了。她曾在午夜时分深度剖析过自己，如果清北召唤她，她会毫不犹豫地前去。而小哥那么轻而易举地拒绝了，实在是过于伟大——现在想来，真是伟大的爱情。

啊，怎么会是爱情！

几乎每个人的青春期都曾为爱情黯然神伤。程乐乐也不例外，只不过她是为了小哥的爱情。

她打开 QQ，见陈筱牧已经把骑行方案换成了两天一夜的露营建议。

程乐乐打字："可以带我小哥一起去吗？"

陈筱牧："可以。"

陈筱牧："你记得把奶瓶奶嘴一并带上。"

程乐乐："……"

不久，钟鸣私聊了她。

"你和你哥怎么样了？"

程乐乐唉声叹气地回："我还在装死呢，不过装得像不像就不知道了。"

钟鸣道："你冷静了这么多天，还没整理明白？"

程乐乐："我好好学习呢，哪有时间想这些。"

钟鸣给她竖了个大拇指："你是干大事的，这么沉得住气。"

"不是你让我先准备高考的吗？"

"我当然得这么说，但是能不能做到得看你了。我以为你每天寝食难安呢。"

程乐乐："……"

"你小哥要是晓得你看出了他对你的真实想法，那寝食难安的就是他了。"

"会吗？"

"当然得看你是顺水推舟地答应，还是十分感动然后拒绝了。他的心情取决于你的一念之间。来，跟哥哥说说，你是怎么想的？"

程乐乐捂脸："我不知道。"

"不知道是什么意思？"

"我就是想和小哥一直在一起，不过最好不要变成那么奇怪的关系。"

"那你就是不想把他当成一个男人来喜欢，他对你没有性的吸引力。"

"什么性不性的，你不要说得这么露骨。"程乐乐被踩了尾巴。她想起小哥的手停在她嘴边的触觉，带着点温度，还想起他干净的眼神，却好像下一秒就要越过桌子吻下来。

她的心咚咚地快跳了几下。不是心动，是害怕闹的。

"你是清朝过来的？"

"我，唉，我也不知道。"

"没关系，你本来就不爱动脑，乍一碰上事脑子生锈转不过来也正常。多给自己一点时间吧。"

"你好像在讽刺我。"

"自信点，把好像两个字去掉。"

"拜拜。"

放下手机，程乐乐在床上辗转反侧，一会儿想起那天黑夜中小哥的吻，一会儿想起白天暧昧的触碰，哪个都让她感到尴尬。

俗话说长兄如父，程栋去世后，陈安为她放弃清北，给她辅导学业，为她提供报志愿的思路，承担了许多父亲应尽的责任，她都快有种"父爱如山"的感觉了。现在突然闹这么一出，让程乐乐不禁想喊出"这是人性的扭曲，还是道德的沦丧"啊。

简简单单活着不好吗？

这时，叶晓梅在外面敲房间门："乐乐，妈妈可以进来吗？"

自从恢复精神以来，叶晓梅不再随意侵犯她的私人空间了。程乐乐坐起来说："妈妈，进来吧。"

叶晓梅走了进来："干什么呢？"

"刚才有点累，休息一下。"

"考完试是该放松下。"叶晓梅在床边坐了下来，"有没有想过去哪儿玩？古话都说，读万卷书，行万里路。难得这个假期这么长，到处走走吧。"

"我们班在组织去成都旅游，不过报名的人还不是很多。陈筱牧约我去露营，应该就在附近。"

叶晓梅抚摸着床单上的小雨伞花纹，说："挺好，有没有想过去北京转转？"

"北京？"程乐乐愣了下，"我还没去过北京呢。"

叶晓梅道："作为一个中国人，怎么也得去首都看看吧，去爬爬长城，逛逛故宫，既能强身健体又能增长见识。"

她浅笑着，今天她戴了翡翠耳坠，显得脸型特别漂亮。

"行啊。"程乐乐点头。

"我都可以当半个本地人带你逛北京了。"叶晓梅说。

继上次参加完那个线下分享会后，叶晓梅又飞了两趟北京，每次都待上好几天。程乐乐在妈妈的网络空间里发现她上传了很多在北京旅行的视频。

虽然一个人准备高考有点孤单，但程乐乐觉得妈妈开心最重要。

"妈妈，你那么喜欢北京呀？"程乐乐问。

叶晓梅点了点头，耳坠随之晃荡。

"那我也喜欢北京。"

"你还没去过呢。"

"妈妈喜欢的，我肯定喜欢。"

"真的？"

程乐乐挽着妈妈的脖子，倚在妈妈怀里，娇滴滴地说："当然是真的啦。"

52

叶晓梅对这次出行的兴致很高，和女儿商量完后，立刻订了后天出发的机票和酒店。

第二天，母女俩待在家里什么也没干，光收拾行李就花了半天时间。女人天生爱美，她们一一试穿衣柜里的夏装，搭配包包、首饰、鞋帽，还互相点评，有好看的装扮，先拍一张美美的照片。结果，收拾到一半，两人一致认为衣柜里的衣服不能最大程度展现她们的美丽，于是挽着胳膊一起坐公交车去买衣服了。

程乐乐买了一身浅黄色的棉布连衣裙，还给妈妈挑了好几身。因为表演的原因，妈妈身材一直保持得很好，穿什么衣服都显得韵味十足。

导购嘴甜："哪像母女呀，谁看都以为是姐妹呢。"

两人挎着大包小包回了家，到家后继续收拾行李。

程乐乐暂时放下了陈安给她带来的苦恼。经历过爸爸去世后那大半年的压抑时光，程乐乐无比珍惜眼前的小幸福，像是上天重新给了她光芒。她不敢奢求更多，只想着让妈妈一直这么开心下去。

飞机在轰鸣声中降落在首都国际机场。程乐乐梳着松散的美人鱼辫，头戴一顶草编小圆帽，还臭美地在帽子上插了朵蔷薇花。一身波希米亚风格的浅黄色长裙带着浓浓的度假风情。下了飞机，她煞有介事地戴上了墨镜，拉着行李箱，走在妈妈旁边，像是出来视察领土的小公主。

在厕所门口等妈妈的时候，有好几个人过来要电话。

大城市的人真性情。

其中有一个看上去都够当她爸了，问："妹妹，微信号给一个？"

彼时还没有人手一个微信账号，程乐乐没明白什么是微信。这位高贵的公主立马沦落成乡野的村姑，索性一转身面壁去了。

手机叮了一声。小哥来信息了。

那天后，小哥再没和她联系。她点开看："毕业旅行去了？"

程乐乐刚想回，叶晓梅从厕所走了出来。她在里面整理了妆容，水墨色的旗袍勾勒出曼妙的身材，显得优雅知性。

两人挽着手到了出口，有人迎了过来。

程乐乐以为是像刚才那个大叔一样来要微信号的，连忙收紧胳膊往旁边走："没手机号，没手机号。"

叶晓梅站住，拉着她回来，指着那人说："乐乐，这是妈妈的朋友，老秦，你叫秦伯伯就好了。他是专程来接我们的。"

程乐乐这才知道自己闹了个乌龙，连忙道歉："不好意思，秦伯伯。"

秦伯伯和程栋的年纪相仿，有着北方人魁梧的身材，略有点肚腩，手腕上戴着一串珠子。

"乐乐你好，经常听你妈妈提起你，一直盼着见你一面。今天一见，果然像你妈妈一样漂亮。"

程乐乐有点难为情。秦伯伯自然地拉过了行李，问叶晓梅："累吗？"

叶晓梅温和地笑："有点儿。"

"等到了酒店，不着急出门，先休息一下。"

"嗯。"叶晓梅轻柔地问，"秦瑞呢？"

"学校有球赛，晚上过来一起吃饭。"

"好的。"

程乐乐在后面跟着，终于从两人略带亲昵的对话中明白过来，妈妈为什么喜欢北京了。

爱上一个人，爱上一座城。

她不由得想起了爸爸。她想起爸爸在厨房抱着妈妈的腰闲聊，想起爸爸牵着妈妈的手买花，想起爸爸出差回来捂着她的眼睛和妈妈亲吻。那些画面在脑海中还未褪色，妈妈却有了别人。

爱情都是这样容易转移的吗？

53

下午，两人在酒店睡了个午觉，简单收拾了一下，秦伯伯便带她们去逛八大胡同。秦伯伯的老家在山东，他二十几岁迁至北京，便扎根于此了。

他说："逛北京我儿子才是行家。他是土生土长的北京人，打小跟着同学到处溜达。不是我自夸，我儿子性格不错，跟乐乐年纪也差不多，你们应该能聊到一块儿去。"

最后一句话是冲程乐乐说的。她正在发呆，被点名后露出一个礼貌的笑容："好啊。"

吃晚饭的时候，这个性格不错的儿子出现了。秦瑞随秦伯伯，长得人高马大的，见到她便热情地说："哟，是美女妹妹。妹妹吉祥。"

说着，还学清朝留辫子的人，欠了欠身。

程乐乐小门小户出来的，不大懂这些，生硬地站起来回应："哥哥好。"

叶晓梅对这声哥哥很满意，拉着她坐下来，准备给她倒饮料。

秦瑞抢过饮料瓶，说："今天这么好的日子，喝饮料哪儿成？妹妹成年了吧？喝点白酒？"

秦伯伯道："白酒太烈了，来点红酒吧。"说着便唤来服务员要了瓶红酒。

秦瑞抢过服务员的活儿，站起来倒了一圈酒水，到程乐乐这儿，问："听说妹妹刚高考完，打算考哪儿啊？"

程乐乐不爱交浅言深，双手扶着杯子说："我不会喝酒。"

"不能为我们破例一次吗？"

程乐乐说："我小哥不让我喝。"

"你小哥？"

叶晓梅打圆场："一个亲近点的邻居。乐乐喝果汁好吧？"

秦瑞不太满意，但没执意倒酒，又问："妹妹想考哪所学校？"

"还没定。等成绩出来再说。"

"你读的文科还是理科？"

"文科。"

"我也是读文科的，现在在 X 大呢，北京这一片的高校都有我同学。你要是考这边的学校，可以问我。当然了，你要是清北那个水平的，就当我没说。哈哈。"

程乐乐谦虚地回应："我哪有那么厉害，成绩也就一般般吧。"

叶晓梅举起杯："瑞瑞，上学这事阿姨也不懂。等成绩出来，你替乐乐多上点心，阿姨先谢过你了。"

秦瑞碰了一下杯："阿姨您客气，一家人不说两家话。乐乐是我亲妹妹，我保准比办自个儿的事儿还上心。"

这句话逗得叶晓梅心情大好。她碰了碰程乐乐的胳膊，朝她使了个眼色。

程乐乐连忙站起来，举着杯说："谢谢哥哥。"

秦瑞说："妹妹见外了，见外了。"

一顿饭吃得程乐乐特别累。她喝了好几杯果汁，喝得胃都撑了。中途，她借着上厕所的机会，坐在马桶上缓了口气。

明明是第一次见面，却左一声哥哥右一声妹妹的，叫得她头晕反胃。

她揉着额角想，我才不要当别人的妹妹。

此时的她格外想念陈安，于是掏出手机给他发短信："我还是喜欢我的小哥。"

发出去后，她才意识到这话说得没头没脑、惹人遐思，尤其是在现在两人关系不清不楚的情况下，她居然就这么糊里糊涂地发出去了！

怎么办？

她脑袋疼。

没过一会儿，陈安回了短信："我也喜欢我家乖宝。"

程乐乐看得头皮发麻，傻乎乎地补了一句："我的喜欢是妹妹对哥哥的那种喜欢。"

发完后，她又觉得不对了。解释的痕迹过于明显，影射的意味也很浓。

她慌忙关了机。明明没喝酒，怎么像是喝醉了一样？

接下来的几天，秦伯伯和秦瑞带着母女俩在北京城里四处转悠。程乐乐抱着单反相机取景拍照。

"妹妹你怎么光拍风景不拍人呢？"秦瑞喋喋不休。

程乐乐勉强道："那我给你们拍合照吧。"

"你也一起来。"秦瑞喊住 个路过的游客，"劳驾您给咱们四个拍张合影。"

叶晓梅整理了一下裙子，替程乐乐把飞舞的头发打理好，说："好了，可以拍了。"

游客举起相机："那个小美女笑 下。 ，二，三，茄子！"

四人拍了合照。

程乐乐接过相机，叶晓梅凑过来看："拍得怎么样？"

程乐乐说："挺好的。"

叶晓梅放大照片，仔细查看每个人的表情，满意地道："不错。"

程乐乐看着母亲在意的样子，心里有点烦闷。她想回家了，于是掏出手机看，小哥给她回信了，简简单单三个字："我知道。"

五天的行程结束，母女俩在秦家的送别中坐上了回泰溪的航班。

飞机上，两人心照不宣地没再提及秦家父子。到了家，程乐乐把相机里的照片导到电脑里，开始修图。那张四个人的合照被她选择性地跳过了，但妈妈来问了好几次，还把所有的合照全都要走了。

过了几日，学校的毕业旅行终于定下来了，地点改为了昆明。程乐乐原本兴趣寥寥，但她有点害怕妈妈突然找她深聊，便迫不及待地报了名。

等从昆明回来，她又马不停蹄地和陈筱牧、钟鸣去露营。在家时，妈妈总是欲言又止地看着她，而她只想往热闹的地方逃。

程乐乐已经长大了，不像以前那样，光想明白陈安报考曾大的原因就花费了几十天的时间。现在的她也能走一步看三步了。自从母亲把那张四人合影放到钱夹里后，她知道，这段短暂的快乐时光就像是将死之人的回光返照。

她即将迎来彻底的黑暗。

54

陈安最近很忙，他在处理王丽婷公司业务期间认识了一位志同道合的伙伴——关陆宁。关陆宁比他大三岁，是个超级富二代，为人却不张扬。他在投资界还属于年轻的小辈，陈安更是新人一个。可能正是因为这样，两人一见如故。关陆宁借着家里的关系，手头掌握着几个优秀的项目，他邀请陈安一起参谋。这对初出茅庐的陈安来说，是个宝贵的机会。

在这期间，他看到了那条充满着言外之意的短信。

那天在糖水店的情不自禁似乎吓到了她。不过目前看来，程乐乐还在旁敲侧击，只要自己不再越界，她应该会再度回到舒适区。他不想操之过急，准备等她来曾州，到他眼皮子底下，再一步一步地引导她。

程乐乐是只胆小的兔子，他不想吓跑她。

他脚不沾地地忙了起来，偶有喘息的时间，便给程乐乐发短信问候下她的衣食住行。看看日历，再过不久，她就要重新回到他身旁了。再忍忍吧。

成绩出来了，和预料的一样，程乐乐考得不错。陈安发来短信问她成绩如何，她如实相告。陈安欣喜地表示，等他忙完回泰溪，再当面敲定最后的报考方案。

程乐乐茫然地看着电脑页面上的分数，只回了个"好"。

陈筱牧和钟鸣分别打来电话提前祝贺。程乐乐谢过他们，在和钟鸣通话时，多问了一嘴他最近的不在泰溪。

"是要摆喜宴吗？"钟鸣问。

"不是，有别的好事想着你。"程乐乐机械地抠着手机壳。

"我觉得你可能要坑我。"

程乐乐没再说什么。

最近的天气很闷热，每天都像是风雨即将到来的样子，却一直没掉雨点。

程乐乐木木呆呆地看着窗外，心想，大雨什么时候来？

敲门声响起，叶晓梅捧着西瓜进来。

"乐乐，吃西瓜。"

程乐乐说了声"谢谢"，垂着眼没看妈妈。

叶晓梅没走，坐在床尾。上次她俩坐在这里聊天时，程乐乐说："妈妈喜欢的，我肯定喜欢。"言犹在耳，可是心境已然不同。

"乐乐，你觉得秦伯伯怎么样？"

该来的终于来了。程乐乐咬了口西瓜尖，说："挺好的。"

"你喜欢他吗？"

程乐乐有些失神，愣了下才说："嗯，对你好的人我都喜欢。"

叶晓梅拉过程乐乐的手，脸上有一抹红晕："上次在北京，你秦伯伯向妈妈求婚了，妈妈答应了。我知道对你来说，这个决定有点仓促。其实我们认识也有一段时间了。你秦伯伯是妈妈的戏迷，我们刚上传视频那会儿，他就关注我了。他的爱人也是因意外去世的，他和我一样承受着悲痛的过去。得知我的情况后，他一直拿自己的经历鼓励我走出阴霾。这大半年来，我渐渐好转，也有他的功劳。按照你们年轻人潮流的说法，我们在线下分享会'奔现'了。那天他向我坦诚了他对我的倾慕之情，还瞒着我在北京的一所老年大学替我谋了份教学工作。他们那边在催我上岗……"

言下之意，她很快就要去北京了。

程乐乐安安静静地听着。

挺好的。他们这个年纪，自然不会像年轻人那样拖拖拉拉谈上几年，一旦恋爱便是奔着结婚去的。秦伯伯做事妥帖周到，不仅给了妈妈精神依靠，还给妈妈找到了梦寐以求的事业，是值得托付的结婚对象。

逝者已矣，留下来的人的幸福才最重要。

她没有反对的道理。

叶晓梅站起来，一只手搭在女儿的肩上，半搂半依地将她拥入自己怀中："乐乐，在这个世上，妈妈只有你一个亲人了。累赘也好，牵挂也罢，咱娘俩是彼此最放不下的人。"她顿了顿："所以妈妈希望，你也能去北京上大学。咱们在那儿开始新生活，好不好？"

这些天悬在程乐乐头上的达摩克利斯之剑终于落了下来。

程乐乐僵坐着。

新生活……陈安也跟她描述过新生活，那是在一个看得到曾大樱花的六十多平方米的公寓里同居，和她实现男欢女爱。

而妈妈却要带她去遥远的北京，跟一对陌生的父子同居，见证她和另一个人的男欢女爱。

他们都要带她一起开始新生活，可是哪一种都不是她想要的。

叶晓梅见程乐乐没说话，低下头来："你要是不愿意去，也没关系。你是大人了，你有自由选择人生的权利。"

"嗯，我知道。"程乐乐拍了拍叶晓梅的手，面色淡定地说，"不早了，妈妈你去睡吧。"

啪嗒啪嗒，迟到了好几天的雨终于砸了下来，敲在窗上传来声声巨响。程乐乐推开窗户，狂风携着雨丝吹了进来。

上次也是这么一个风雨交加的夜晚，叶晓梅让她选择，是要妈妈还是要小哥。她选不出来，号啕大哭一场。小哥告诉她，都解决了。

如今又要重新做选择了。可是，这次只有她自己来做决定了。

55

第二天，陈安一早开车赶回泰溪。程乐乐约了他在一家街角的咖啡店见面。

她今天化了很久的妆，双眼皮贴拯救了因为失眠而显得大小不一样的眼睛，遮瑕膏遮住了黑色的眼圈，殷红色的唇膏让苍白的嘴唇显得饱满而有光泽。她很用心地挑了衣服，配了好看的鞋，戴了最喜欢的项链，认真地坐在这里等。

以前都是小哥等她。现在换她等小哥。

昨日下了一整晚的雨，今天雨过天晴，天空很漂亮。太阳只探出了半个脑袋，大片的天空被朝霞晕染得绚丽多彩。24小时营业的咖啡店里没有别人。程乐乐坐在玻璃窗前，看见宽肩窄腰的陈安踩着金色的光向她走了过来。她看不清他的表情，不过两人太过熟悉，此时她能想象出来，他的眼神必定温和又纵容，那骄傲的眼尾会在见到她的那一刹那乖顺下来。

可惜，以后再也见不到了。

陈安推开门，门上的铃铛清脆悦耳地响了一声。

陈安的心情很好，尽管这几年来他精心铺设的轨道总是在不停地发生变化，但好在胜利就在眼前了，程乐乐终于要和他在新的城市团聚。虽然过程中有些波折，但好在之后一切应该会按照计划顺利发展下去了。

昨天，他和关陆宁一起去拜访了一位日本女画家，在她家看上了一款非常有艺术气息的窗帘。他觉得这是程乐乐会喜欢的风格，还特地向画家打听了窗帘的设计者，得知是她本人亲手设计后，他几乎是人生第一次软磨硬泡地央求画家赠送设计稿。

终究是得逞了。他打算今天作为一个惊喜送给程乐乐。

陈安在她对面坐了下来，两眼盛着霞光，揶揄她："哟，考得好就是不一样，小懒猪都能起这么早了。想喝点什么？"

程乐乐贪婪又飞快地看了他一眼，说："不用了，我说完就走。"

陈安似是有些不解，停下翻菜单的手，狐疑地看着她。

程乐乐舔了舔嘴唇。她觉得喉咙似乎是出了问题，每呼吸一口气都有一股浓重的铁锈味。她张开嘴，但却没听见声音。试了几次后，她才发现不是听力出了问题，而是自己确实没有发出声音。

为了不显得过于紧张，她心细地提前要了吸管，这样就不会暴露自己手抖的事实。

她嘬着吸管一口气喝了半杯水。

"这么渴？"陈安见状，让服务员过来添水。

程乐乐又猛地阻止道："真的不用了，我就坐几分钟。"

"怎么了？有急事？"这下，陈安放下了菜单，担忧地看着她。

程乐乐颓废地想，要不就和他说实话吧，她本来就不擅长撒谎。

可是，当她准备开口时，那些排练了好几次的腹稿却不由自主地从嘴里跑了出来："小哥，生日那天晚上，我醒了。"

陈安搭在台面上的手微微动了一下。他的脸色没有发生任何变化，但胸口下的心跳却如同擂鼓一般剧烈。他端起水杯喝了一口，复又放下。手背上，暗色的青筋异常明显。

"嗯。"半晌，他才发出一个不知所谓的音节。

这是他从未预想过的意外情况。他不知道程乐乐早已洞悉了一切，然而，既然她这么提起，这些天来的别扭和古怪似乎也说得通了，而她这些天来貌似也没有表现出极端的反抗情绪。陈安暗自揣测着自己的胜算。这是他无法计算出来的概率题。不过他认为，无论出现哪种结果，他都有办法应对，因为程乐乐离不开他，就像他也离不开程乐乐一样。

陈安打算静观其变，因此保持了沉默。他现在很紧张，像个走投无路但又有点本事的赌徒，输赢都能接受，但对赢的渴望又无比强烈。

程乐乐不再去看他："我最近一直在适应这种变化，你应该有所察觉。"

她意在表明这个决定并非冲动之举，而是谨慎思考之后的结果。陈安又"嗯"了一声。

程乐乐的手指无意识地抖了抖："我知道，十八年来，你一直呵护着我，我很感激。我不知道你是怀着那样的心情在看待我，对不起，我试过了，我适应不来，也无法回报你同等的感情。我想，我们很难再像以前那样相处了。"

输了。还是满盘皆输。

陈安想说，没必要像以前那么相处，但是可以像合租室友一样一起生活，或者像亲戚一样，偶尔一起吃饭……他其实脑子很乱，因为他没料到程乐乐会把话说得这么绝。她不是温柔的小兔子，而是无情的猎人，正在用枪口抵着他的心脏。他措手不及，找不到合适的挽留理由。

但他认为，等他冷静下来，肯定能想到办法。

说到这里，最艰难的部分已经过去了，程乐乐的语速快了起来："既然我们之间的关系变得如此尴尬，我就没有办法像以前约定的那样考传媒大学，更不能和你同住一个公寓了。"说着，她把在手心里攥得滚烫的钥匙放在桌上："刚好我妈妈要去北京工作了，我想跟她去那边上大学。"

陈安的目光落在程乐乐不停翻动的唇上。无情的猎人开了枪，他感到前所未有的冷。以前小心翼翼搭建起来的关于未来的城堡，在对方眼里只是不值一提的沙子，海水肆意地冲刷着，冲得无影无踪。

程乐乐继续背诵着："我记得你曾经许过我一个终生有效的愿望。今天，我想当面跟你兑现它。"

陈安目光错开，一言不发地看着窗外。

他像一个等待问斩的罪犯，不敢正视刽子手的刀。

程乐乐感觉四肢百骸已经麻痹，她坚持说完那最后的总结："我希望你不要再来打扰我的生活。"

当初承载着幸福的承诺变成了一把刀，一把被对方拿起来刺向自己的刀。他的感情有这么可怖可憎吗？让她要抛下依赖、眷恋，唯恐躲闪不及地跑去北京，与他割席，恨不得此生都不相见？

十八年的感情竟然轻如烟尘，她一条后路都没给他留下。

他像是要被她钉进棺材，锁上铁链，扔进深不见底、永恒黑暗的海底。

程乐乐颤颤悠悠地站起来："对不起，我欠你这么多，还来提要求，实在是很没有脸。不过我想你也已经习惯我就是这样一个人了。"她顿了顿，将对方的眉眼再次记在心里，才道："我走了，陈安。"

她转身而去，拉开了玻璃门。

钟鸣正在不远处等她。

陈安果然如程乐乐预料的那样追了出来。他其实并不知道自己为什么会跟着夺门而出，他也不晓得自己该用什么理由去挽留一个铁了心要弃他而去的人。但如果此刻不留，将来出于自尊，他定然不会再去见她。那么，他们便真成了平行空间里的两个人。

十八年的捆绑和粘连在一起的人生，被一刀切断，任谁都会是血肉模糊的。他不信程乐乐会好受，可是程乐乐今天表达的主题是她对他的感情有着强烈的反感——而且是在经过一段时间的适应期后，她的最终体验报告证明了她确实无法容忍。

那他要怎么做？

他人生第一次茫然无措、毫无章法地跟在程乐乐后面，然而在看见钟鸣的那一刻，他停在了原地，没再追去。

程乐乐的暗示已经足够明显。她没有直接说出来，是保全了他的脸面。

钟鸣在拐弯前往后看了一眼。

那个骄傲的少年，孤独地站在空无一人的街道上，像一座被风沙袭击得随时都能坍塌的纪念碑。

56

钟鸣和程乐乐坐在护城河边的长椅上。

程乐乐的目光追逐着梧桐树下随风摇曳、斑驳陆离的光影，她脸色惨白地笑了一下："对不住啊，让你来做挡箭牌。"

"还好，我毕业了，考研考到了北京，他应该揍不到我。"

程乐乐抬眉："我都不知道你考研成功了。现在突然提起，并不会转移我的注意力。"

"好吧。"

两人沉默了一阵。

等了许久，钟鸣抓了把草随意玩弄着，瞥了眼旁边快要坐成一尊雕像的程乐乐："你要是想哭，我借你肩膀，按分钟计费。"

程乐乐摇头："昨天晚上哭够了。穷人在外面哭不起。"她确实不是很想哭，只觉得痛。这种感觉就像回到了父亲去世的时候，全身充斥着无处排解的寂寞、混乱和痛楚。

唉，要不要这么苦情？钟鸣问："非要做得这么绝吗？"

阳光减弱了些，起了阵风，河面水光潋滟。

"我小时候被大家照顾得太好了。哪怕爸爸去世、妈妈身体变差，也没让我变得成熟一点，我像个孩子一样，什么都想要。"

程乐乐低下了头。

妈妈神经脆弱，病情刚有好转，经不起一点折腾。她不能把妈妈一个人托付给远方的陌生人，哪怕这个陌生人表面上看起来无可挑剔。

她是妈妈的最后一道防线，妈妈去哪里，她就得守在哪里。早在爸爸去世的时候，小哥就认清了这个现实，所以他选择了保送本地的大学。他很有远见，只是命运弄人，他放弃了清北的机会，而她现在又阴差阳错地不得不远赴北京。

不过如果坦诚相告，小哥肯定会理解她、支持她。可能在得知妈妈改嫁至北京的那一刻，他就会为了她再次改变自己的人生规划。就像当初放弃清北那样，放弃在曾州人脉支持下的创业团队，去北京重新开始。

或者还会付出她此刻想象不到的代价。有了前车之鉴，她很害怕小哥会重蹈覆辙。她无法承受小哥再做出任何牺牲了。

以前她懵懵懂懂，只知道依赖小哥、仰仗小哥，想要什么就让小哥给什么。然而她终究是长大了点，懂得了人不能光索取不回报的道理。而小哥想要的爱情，她暂时给不了，也许诺不了什么时候能给。她不能厚颜无耻地耽误他，给他开一张无法兑现的空头支票。

小哥那么优秀，值得更好的人。

她蓦地想起几年前和小哥一起讨论过的偶像剧情节，那个被她吐槽了无数次的女主角，如今自己亲身经历，才发现竟是这么的走投无路和无奈至极。

程乐乐站起来，抓着护城河边斑驳的栏杆，接上刚才那句话："以前我的贪心总能得逞，是因为有人在为我无怨无悔地付出。那个人优秀、骄傲、无所不能、前途无量。我舍不得他这样了。"

程乐乐抬起头，望向不远处的天空，只见乌云渐拢，不过眨眼的工夫，万丈金光便被彻底吞噬。

"所以啊，我不能什么都要了。"

她回身看去，从此她的退路上再也没有了陈安。

第四章　当他们成为同事

57

在首都国际机场繁忙的停机坪上，不停有飞机张着巨大的机翼起飞、降落。

大块玻璃组成的落地窗内，是嘈杂的候机室。行李箱的滚轮声不绝于耳，小孩子的哭声此起彼伏，有人大声讲着电话，有人洒了牛奶。在这个乱糟糟的环境中，一个穿着铁灰色西装、戴着细边眼镜的男子却心无旁骛地看着电脑屏幕。这位男子眉眼凌厉，鼻梁挺直，眼神专注。

陈安看完同传科技发来的财务报表，点击了"下一封邮件"。

收件人：星辰影院陈总

抄送：院线黄总监、人事部冯经理

主题：关于通达影视外派人员进驻星辰影院的相关事宜

附件：无

尊敬的陈总：

您好！

我是通达影视传媒集团院线公司运营部的 Cindy（辛迪）。根据贵司与我司于去年年底签订的补充协议条款，本着相互扶持、共同建设的合作精神，我将作为我司代表进驻星辰影院参与日常运营工作。对此，我感到非常荣幸，也期待在我们的共同努力下，星辰影院能取得不俗的票房成绩。

附件为我的简历，请您过目。

　　我已着手进行总部的交接工作，也做好了提前熟悉星辰影院具体业务的准备。我计划于国庆节后到贵司报到。如您有指定的对接人员，烦请告知联系方式，或直接加我的企业微信号。谢谢！

　　顺颂商祺！

Cindy

"企业微信二维码"

2020 年 9 月 25 日

　　陈安一目十行地扫完邮件。助理唐欣悄声道："老大，该登机了。"

　　陈安摘下眼镜，合上电脑："走吧。"

　　唐欣跟在后面，见陈安把登机牌递给检票员的瞬间，果然转身回眸扫视了一圈候机厅。那眼神落寞、温和，还掺杂着其他复杂的情绪。然后他回身，快步进了通道。

　　老板是个怪人。

　　唐欣跟了他好几年了，交接时前一任助理叮嘱她，出差的行程尽量避开北京。她不知道原因，也不敢多问，照做无误。但作为一家投资公司，北京是一座绕不开的城市，实在有太多重要场合安排在北京了，而陈总作为公司老大，总有不得不放下个人喜好飞往北京的时候。

　　这几年，唐欣一直没摸索出来，老板到底为什么不喜欢北京。

　　要说不喜欢吧，晚上没有安排时，他会自己一个人出去走街串巷。中间有几个小时的空档，他还能有兴致地去网红景点打卡。路过卖糖葫芦的，他会让人停车买一根，跟个小孩似的坐在后排边吃边处理公务。

　　摸不透。奇怪的地方不止一点。

　　老板做事一向专注投入，但到了北京，他经常发呆、出神，偶尔还会突发性地四处张望。

　　走的时候，他不待在宽敞舒适的贵宾休息室，偏偏要在拥挤喧哗的登机口附近坐着。

　　不喜来京，离开的时候却又依依不舍地回望。

　　等回到公司，又恢复了凡事绕开北京的习惯。

　　除此之外，还有几件怪事。

譬如，老板从来不接受新闻采访，厌恶他人发他的照片。原因据说是"有人不愿意看到"，但那是多年前流传下来的一句不可考的理由了。

譬如，老板不常出现在公司。要是想找他，得去他的老家泰溪。本以为他是个妈宝，去了之后发现他只是一个人住在一栋年代久远、房间逼仄的老楼里。

譬如，老板不久前以个人名义在当地收购了一家濒临倒闭的影院。她为了揣摩老板的心思，前几天去那影院实地考察过。影院员工散漫、设备陈旧、经营得半死不活的。她只见过老板的同行们购买游艇、豪宅，最差的也是在家里装个豪华家庭影院，没有一个像自家老板这样买个破电影院的。老板买回来后，不管也不救，任由其继续衰败。

作为老板的助理，却捉摸不透老板的心思，唐欣常常觉得自己的饭碗要保不住了。

58

程乐乐把要预订的机票和酒店信息发在了公司的微信大群里，并提醒了上级领导和财务人员。院线老总曾在去年年会上宣布，为了提高公司的行政效率，要引进最新的 OA（办公自动化）系统。结果，公司寻完价后，却选择继续沿用原有流程。纸质审批单一层层往上送，还得在群里昭告天下。

程乐乐前脚发完信息，后脚另一个名为"社畜 5 群（无领导）"的群聊就炸开了锅。

A："Cindy，你确定要去泰溪支援了？"

B："沈总掉钱眼儿里了吧？一个加盟店还要单独派总部的人去支持？"

A："你傻啊？沈总一个无利不起早的奸商，能免费支持？肯定是对方另外给咨询费了。"

B："那这事儿怎么偏偏落到 Cindy 身上了？"

C："肯定是老黄狗的主意啊，前段时间出了那档子事，他正愁没办法开除 Cindy 呢，这不就被老黄狗嗅到机会了嘛。"

D："老黄狗真不是东西。"

A："（呕吐 .jpg）"

E："（碎尸万段 .jpg）"

C："这个表情包没见过，收了。"

A："话说泰溪在哪儿啊？"

C："一个十八线的小县城。那影院今年年初本来都快倒闭了，刚被一个个体户收购。听说那个个体户没开过影院，也没有开连锁影院的计划，谁知道会不会只是玩票性质，过一阵子就又倒闭了。"

D："倒闭了 Cindy 就能回来了吧？那我祝它早日倒闭。"

后面整整齐齐跟了一排"祝它早日倒闭"。

程乐乐在后面弱弱地跟了个省略号。人事经理 Mark（马克）打来内线电话，叫她去小会议室。

Mark 在通达院线干了十几年，算是公司的元老之一。程乐乐就是他招进来的。一个公司开得越久，老员工越多，"摸鱼"的人也就越多。但说实话，程乐乐入职这三年，爱岗敬业、勤勤恳恳，成绩也是有目共睹的。要不是得罪了黄总监，她真不至于被"流放"。

他把事先准备好的一份岗位调整同意书递给程乐乐。

程乐乐接了过来。虽然之前有草草沟通过，但当真看到白纸黑字写着原有的薪资被分成基本工资加绩效奖金，且绩效奖金几乎占了一半时，她还是不爽了一下。

Mark 看出了程乐乐的不满："Cindy，其实也不能说降薪。公司会给你发额外的住宿补贴。在北京工作的员工是享受不到这个福利的。"

程乐乐笑了："住宿补贴是给房东的，就是经我一手而已。"

"也不能这么说。你在北京不也要租房吗？再说……"Mark 打量着她，"你是泰溪人，住在自己家里，这钱不就省出来了？"

程乐乐的嘴角抿直了。

Mark 立时说道："黄总监和其他人都不知道你是泰溪人，我也没和他们说。"

程乐乐有点无奈。Mark 说话的口吻，就像她欠了他人情似的。

"公司的薪资不是针对户籍发放的。无论我是不是泰溪人，这补贴都是按照福利制度发放的，我没占公司便宜。"

Mark 见她软硬不吃，叹了口气："Cindy 啊，我知道你心里有意见。算了，我违背原则，和你透个底吧。再过几个月，集团就要调沈总去影视那边了，他一去，黄总监肯定也会跟着去。届时，我想办法把你调回来。"

程乐乐抬了抬眉毛，半信半疑地问："真的？"

"内部消息，保真。你在那边无论如何要撑够半年。我够义气吧？"

程乐乐笑了。她想说计划赶不上变化，哪怕保真的事，几天时间也可能发生翻天覆地的变化，何况是半年时间。当年她要在曾州开始新生活的计划也是板上钉钉的，不出半个月也就……

她及时刹住了车，转了下笔，在签名处写下了自己的名字。

Mark 的承诺不能写到纸上，她就这么随便一听。既然泰溪是一定要去的，表完态后该签就签吧。

Mark 的情也承了。签完之后，程乐乐盖上笔帽，谦逊地说："Mark 哥，我等您的召唤。"

从小会议室出来，程乐乐登录票房数据平台，在地区栏选择了泰溪。上面显示当地只有一家影院，票房表现尚可。

七年过去，整个县城竟然依旧只有一家影院。在如今影院市场不断下沉的大环境下，这委实不大容易。

可能泰溪实在是太十八线了，下沉市场还未触及那里吧。小时候还觉得泰溪挺繁华的，到了北京才知道，那确实是个小地方。想起泰高那帮坐井观天的皇家贵族还要把这个小地方的人分个高低贵贱，程乐乐不由得笑了起来。

没有竞争对手是好事。至少自己的奖金不会是零蛋。

看完数据，程乐乐关了电脑，开始整理办公桌上的资料杂物。有些小摆件赠送给周围的同事了，有些文件资料需要粉碎处理，有些得封存转交。

旁边总有一道怯生生的目光投来，但她没理会。

在这之后还有很多事要做。姑且相信 Mark 的保证，程乐乐也不敢让北京的房子空着等她回来。她得把自己合租的房间转租出去。因为租期只有半年，房租上打了一定的折扣才找到了合适的女生接手。

这件大事落定后，她买了束小雏菊，坐公交车去墓园看望妈妈。

"半年内回不来看你啦。机票太贵，省点是点。别太想我。"她坐在墓前，和妈妈聊了会儿天。初秋的风不算太燥热，聊完天后她什么都不想，一个人靠着墓碑看天上的云散了聚、聚了散，直到夜色四起才起身离开。

临走前，她忽然问照片上的人："妈妈，你说我回去能见到小哥吗？"

过了这么多年，如今的他，应该已经实现梦想，去纳斯达克敲钟了吧？毕竟还没上大学时，他就买得起曾州的房子了。她想象着小哥开着超跑出入高级写字楼，在会议室正中央一坐，下面的人战战兢兢。小哥金口一开:"天凉了,王氏该破产了。"

程乐乐被自己想象中的画面逗乐了。

对小哥来说,泰溪是个太没落的地方了,应该碰不上。挺好的。

59

国庆节最后一天,程乐乐飞往泰溪。由于赶上假日,航班繁忙,飞机晚点,到泰溪时天色已开始变暗。程乐乐随手拦了一辆出租车,车窗外的风景飞速倒退。

不过须臾,外面夜色已浓。所谓的风景,也只是被昏黄的路灯映照出来的一栋栋房屋的轮廓。程乐乐认真地趴在车窗边向外看,没看出个所以然来。

她已经好久没回来了。起初几年,连扫墓都没回。后来为了避开陈安,她都提前或推迟回来扫墓,扫完就走,不做停留。程栋的墓地在城北,不用进城。要不是这次因公派遣,可能还真没有近距离了解泰溪变化的机会。

程乐乐在通达的这几年,从来不知道老家的星辰影院是通达院线旗下的。通达院线的重点是自家的直营影院,程乐乐在运营部,主要支持新店店长半年内的运营工作,算是开店团队的一员。而加盟影院众多,对接部门是宣发部,平时宣发部的工作是下派片源和宣传资料,与影院合作并不密切。

所以当 Mark 代表老黄狗提出让她支援泰溪的影院时,她很震惊。但是,老黄狗的决定挑不出错。星辰影院换了东家,也可以理解为新店开业,这与她的职能相符,表面上看并不是为难她。最后思量再三,她只能同意公司的决定。

既来之则安之吧。

公司难得仁慈,允许她有个找房的过渡期,可以报销前七天的酒店住宿费用。她住的酒店离星辰影院不远,她让师傅快到影院时提醒她一下。

等红绿灯时,不知怎的,程乐乐突然想起一件事。

那时陈安要她代写作文《我的理想》。至于为什么要她代写,她已经记不清了。当时她写的就是:"我要开一家电影院,有看不完的电影、吃不完的爆米花、喝不完的可乐。"

老师的评语:"享乐主义!"

第二年，语文老师换了，作文题目却和前任布置得如出一辙。陈安就把她原来写的作文改了改交了上去。大意是："我要开一家电影院，见形形色色的人，听如丝如弦的音，做光怪陆离的梦。"

老师的评语："诗人气质！"

往事就这么悄无声息地浮现了出来。程乐乐正陷入过往的回忆中，只听师傅说："前面就是星辰影院了。"

程乐乐抬起头望过去，只见那座眼熟的独栋小楼上方，红色的灯体在雾色中一闪一灭。那明灭的线体勾勒出四个高低错落、大小不一的字来。程乐乐皱着眉头定睛一瞧，念了出来——生厂影完。

有什么地方不大对劲。

程乐乐记得这一片是泰溪最繁华的商业街，有能俯瞰泰溪全景的旋转餐厅。旋转餐厅后还有一条营业到深夜的大排档小吃街，一到周末，小吃街人声鼎沸、摩肩接踵。小吃街再往后走是女人街，顾名思义，那里全是女性消费主题的店铺，服饰首饰、美容美发不一而足。

可是随着出租车逐渐驶入中华路，现实情况却与记忆里的热闹大相径庭。

这一路开过来，只有零星的商业店铺还开着灯，路人稀少，往日的喧嚣早已不在。旋转餐厅那里黑黢黢的，小吃街、女人街更是无迹可寻。

"师傅，麻烦您在这里停一下。"

付钱的时候，程乐乐问了一句："这儿怎么这么萧条了？我记得当年这块很热闹的啊。"

司机等着发票打印出来，伴着机械的打印噪音，说："你很久没来了吧？这儿这两年不行了，现在大家都去城北了。那边是新开发区，前几天还开了个儿十平方米的大商场呢。"

程乐乐一听，心沉了下去："大商场？那是不是还有影院？"数据平台上没显示其他影院数据，应该是没有，不过现在没有，不能保证以后没有。

司机摇头："不知道，这都是年轻人爱去的地方，我不懂。"

说着，他递过发票。

程乐乐接了过来，道了声谢，拉着行李箱往影院走去。

轮子滚过马路，发出嘎嘎的声音，显得周遭格外安静凄凉。

60

拾级而上，推门而入，熟悉的地方，熟悉的味道。那椭圆形的大堂、超长的柜台、"X"形灯带装饰的入场口都和记忆中一模一样。

往事一股脑儿地涌了上来，她和陈安在这看电影的画面历历在目。记得有一次她站在一米线外，调戏陈安："帅哥，方不方便请你看个电影呀？"

陈安说："你的话，可以。"

仿佛眨一眨眼，还能看见他站在柜台边对她笑。

程乐乐甩了甩脑袋，把这些不合时宜的回忆甩了出去，开始尝试着专业地评估一下影院的状况。

四个字：维护失当。

泰溪虽然是个小地方，但当年的影院装修绝对是达到一线城市水平的。风格大方、设备先进、服务质量上乘。程乐乐之前以为影院转卖是因为今年的疫情让投资方的资金链出现了问题。现在看来，是冰冻三尺，非一日之寒。除了外部商业环境的凋敝，内部运维也存在诸多问题。

原本用来显示排片表的屏幕全都关了，取而代之的是一张黑白打印的表格，皱皱巴巴地贴在大理石台面上。因为更换了多次，上面的胶痕已经发黑。商品部挂的灯箱上，爆米花套餐的图片看上去像是使用了许久，价格变动后，直接在原先的价格上用马克笔进行了涂改。电子屏幕播放的片花以及海报灯箱内展示的内容中，不乏已经下线了的过期电影。通往二楼的扶梯前东倒西歪地摆放着一个黄色的维修牌子，上下行的电梯都没有运行……

整个影厅的状况与外部的影院标志牌"生厂影完"浑然一体，明晃晃地向每一个走过路过的客人昭示着"我们就要倒闭了"——这话说得不够严谨，因为偌大一个大堂，除了她，并没有走过路过的客人，哪怕今天还是国庆假期。

除去片源的因素，影院生意一靠优秀的外部商业环境吸引客流，二靠内部的良好运营保住回头客。这个影院哪头也不挨着，要是城北那个商场新开个影院，这里就是个死局。

程乐乐心想，这个个体户估计是个外行，被人坑骗了，做了接盘侠。

她扯了扯嘴角，没想到还真被同事们的乌鸦嘴说中了。

至少要撑上六个月啊，程乐乐头痛地想。

程乐乐进来许久，售票员一个人孤孤单单地站在柜台边，早就留意到她了。

"看电影吗？"小伙子朝她打招呼。

她拉着行李过去："推荐一个呗。"

小伙子挺实诚："我推荐你别看了。接下来几场都没卖出去呢，如果都没人买，我就能提前下班了。"

程乐乐努努嘴："那我买一张票岂不是包场？来一张吧。"

"嘻。"小伙子叹气，"我这算反向营销吗？"

程乐乐趴在那儿看打印纸上的排期，皱了皱眉头。这排期也太不合理了，八九点钟这么好的时间段，就一场电影。

她环顾四周："你还挺懂行。怎么不见别的员工？"

"吃饭去了。"

程乐乐看了下时间，都快九点了："这么辛苦，这个点才吃饭啊。"

"还行吧，七点开吃的。"

程乐乐舔了舔嘴唇："你们这儿上班挺滋润的，还招人吗？"

小伙子道："客人都没一个，招什么人呀。"他看了一眼程乐乐身边的行李箱，问："你要找工作？去大海影院呗，那儿刚开，应该缺人。"

真是祸不单行，担心什么来什么。

"大海影院？什么时候开的？"

"10月1号。"

难怪了，她是9月查的，那会儿它还没开业，自然没有票房数据。

程乐问："星辰和大海是同一个老板吗？名字取得还挺搭。"

小伙子笑了。他在这里一个人也无聊，逮到一个爱聊天的客人，正好解解闷："不是。他们家老板叫李大海。"

"那你们老板叫——"她想了想，好像叫陈总来着，"陈星辰？"

小伙子笑得更欢了："我们影院老板换了三个了，不过这个影院名儿从没变过。"

哦，对，星辰影院一直叫这个名字。她被这思路带偏了。

"人家都去大海影院了，你怎么还在星辰上班？要做天文学家吗？"

小伙子说："姐，你真幽默。我家就在旁边，图这上班近。"

"影院没生意，你们老板不管？"程乐乐挑了挑眉毛。

"嗯,他过来就睡个觉,什么都不问。"

"你们这儿还有宿舍呢?"

小伙子摇头:"没有,我们老板在厅里睡。挺怪的一个人。"

程乐乐想,估计老板看出来接的盘无药可救了,所以自闭了吧。

聊得差不多了,她指了指最近那个场次:"给我一张《我和我的家乡》的票。"说着,她掏出手机准备付钱。

小伙子道:"姐,聊得这么投缘,我请你。"

"客气了,素昧平生的,哪能让你花钱?"

小伙子摆手:"我哪需要付钱,你直接进去就行。"

"不怕票监啊?"

小伙子说:"哪个票监会来咱这破影院呀,一天也卖不出去几张票,都不够付他工资的。再说,真要有这么一个人进来,跟在和尚头上找虱子差不多,我一眼就能看出来。"

"你不怕我就是?"

小伙子不屑地说:"怎么可能?"

程乐乐想,她还真算半个票监。好歹她代表院线方,而院线按照票房比例收取加盟费,有一定监督权的。

她没再和小伙子客气,把箱子放在无人的客服中心,突然想起了什么,回头问:"等我进去,你不会还得上楼亲自给我放电影吧?"

"恭喜你,都会抢答了!"

程乐乐远远地翘了个大拇指:"挺好,谢谢你的一条龙服务。"

进了厅,屁股还没坐下,大银幕就放上电影了,一个广告片花都没有,倒是清净。她掏出手机看时间,提前放了,真棒!

像她自己的私人影院似的,很阔气了。

唉!这一趟看下来,从硬件到软件,没有一个地方不让人崩溃的。程乐乐真是一点脾气都没有了。

61

电影刚看没多久,手机就震动个不停。程乐乐看了眼,是童哲打来的。她把电话挂了。又过了会儿,秦瑞发来微信:"你退租了?!跑了?!"

又坐了几分钟,信用卡的催款短信"叮"地响了一声。

这电影是看不下去了。

反正进来也是为了看看放映厅内的环境，现在心情已经跌到谷底，不如撤了吧，还能给人省点电费。

程乐乐便出来了，到了大堂一看，那小伙子也不知去哪儿了。空无一人的大堂，看着有些阴森森的。

程乐乐去客服中心自取了行李箱，往酒店方向走去。

入住付款的时候，程乐乐发现手机不见了。

她回忆了一圈，猜手机可能落在影厅了。现代人离了手机寸步难行，程乐乐在前台寄存完行李，连忙跑回影院。她倒不是怕有人捡走手机，毕竟影院的人流量那么小，这种可能性几乎为零。她是担心影院提前关门，因为她没带现金，要是付不了钱，今晚就麻烦了。

老房子那边七年没人管，还不一定能住人呢。

好在影院没关门，小伙子也在柜台边站着呢。

"姐，你怎么从那儿进来了？"

得，这家伙压根不知道那厅里没人了。

程乐乐道："麻烦你上楼帮我开个灯，我手机掉在厅里了，不好找。"

小伙子有些犯懒，说："我刚从那儿下来。要不给你个工具？"他从抽屉里翻出一个小手电筒。

程乐乐很想说，你告诉我放映室密码得了，反正那上面我也去过几次。

但她想想算了，还得费力解释半天，便接了手电筒往里走。

进去后，她也忘记自己究竟坐在哪一排了。没出票，也没票根可查。

电影还在放着，银幕上光影交错。

程乐乐打着手电筒，在大致位置一排排巡查。

查了两排也没找着，这样太麻烦了，于是她出去找小伙子借手机给自己打电话，这样手机屏幕一亮就好找很多。

结果一出去，小伙子又不见了……

对此无话可说的程乐乐只好重新打开手电筒，一寸寸地仔细翻找起来。

刚才那一圈没找着，估计手机掉进座椅底下了。她一路跪趴着摸排过去，座椅底下厚厚一层灰尘裹着经年的细碎垃圾，在手电筒的照射下显得尤为恶心。膝盖下的地毯还泛着一股酸涩的霉味。她强忍着不适找了几分钟，终于照到了泛着金属光泽的手机一角。

她伸出两根手指夹了出来，嫌它脏，保持夹着的姿势准备站起来。这时，旁边有什么东西动了一下。手电筒晃过去，只见一团黑乎乎的毛发。她"啊"地尖叫起来，手机"啪嗒"一声又掉下去了，好在没再次滚进座椅下。

这时，电影的调色突然转亮，程乐乐看见一个人在她眼皮子底下挣扎着坐了起来。

程乐乐咽了咽口水。原来这儿还躺着个观众啊……

她惊魂甫定，刚刚又是拿手电筒照人又是尖叫的，挺打扰人家看电影，不，睡觉的。她关上手电筒，欠了欠身："不好意思啊，刚才捡手机，没看见这里有人。"

她借着银幕的微光，低头看手机掉哪儿了，突然前面那人站了起来。

她以为自己打扰了对方的雅致，现在对方睡不着要出去了，便往旁边挪了个位置，方便他通行。可那人没走。

程乐乐感觉奇怪，往后面勾了勾手，问："您要出去还是？"

那人身形高大，在空无一人的影厅内和她挨得很近。但奇怪的是，程乐乐并不觉得害怕。黑暗中，她耐心地提醒他："先生？"

沉默了许久后，那人终于缓缓地开口："你回来了。"声音像是被砂纸磨过般沙哑。

程乐乐的手一下子僵在了半空。

不需要光线，不需要看脸。哪怕隔了七年的时间，只要听到对方说话，就能认出对方。因为七年前，他们曾共度岁岁年年。

程乐乐没动，陈安也没动。横亘在两人之间的是漫长的时间长河。长河上方腾腾的雾气叫思念。

思念了这么多年的人，突然近在咫尺，像是时间的浪潮把他推到了她的孤岛上。潮水起伏，把过去的光阴一寸寸地拍打至岸边。

电影里的台词很密集，两人却觉得周围过于安静，静到能听到彼此的呼吸声。谁也不敢再出声，仿佛再说什么，这个美丽的梦就会瞬间破碎。

这时，那个神出鬼没、不着边际的小伙子又出现了。他大大咧咧地进来就喊："姐，找着了吗？"

这一声喊，让那一小方静谧柔美的画面瞬间被打破，两个人都回了神。

地上的手机屏幕也亮了起来。两人被光亮吸引，同时低头看去。

屏幕上闪烁的是"钟鸣"的名字。

陈安彻底从梦中惊醒过来。他侧身，从程乐乐旁边大步走了出去。路过小伙子时，小伙子认出了他："陈总，您又来睡觉了？"

陈总。小伙子口中说的常来厅里睡觉的陈总。星辰影院的老板陈总。

程乐乐愣了下，捡起震动的手机挂断，然后找出那个 Mark 发给她的、被她一键保存的手机号，这个号码很眼熟。她一边拨打电话一边跟了出去。

陈安的手机响了。他看了一眼，陌生的北京号码。

"喂。"他接起来。

程乐乐望着陈安的背影，鬼使神差地说了一句："Hello, my name is Cindy.（你好，我叫辛迪。）"

好端端地说了一句英语，像是在对什么暗号。

但其实，当陈安接起电话那一刻，程乐乐便已经确认了。在她脑海里的无数次幻想中，那个在纳斯达克敲了无数次钟的陈安，拥有无数辆超跑的陈安，让无数王氏企业破产的陈安，以及十八岁就能在曾州买房的陈安，竟然就是那个被同事诅咒、被自己嘲笑的倒霉接盘侠。

虽然对乐乐这样的普通人来说，哪怕拥有一家行将就木的影院也是个无法企及的奢望。可是，陈安不是普通人啊，他是那个无所不能、前程似锦的小哥啊！

程乐乐被这个现实狠狠地震惊到了，她几乎是跑过去，不计后果地拉着陈安的胳膊问："小哥——"

陈安垂眸，专注地看着衣服上被程乐乐抓起的那一小片褶皱，他看得如此认真，仿佛在端详自己的心。两个人老死不相往来了七年，一见面竟然成了老板和员工的关系不说，她是怎么做到毫无芥蒂地凑过来的呢？是因为彻底放下了，所以才会举重若轻、言谈自如吗？还是觉得他本来就该是个召之即来挥之即去、不值得背负任何心理负担的人？

陈安冷漠的表情让程乐乐说不下去了，她默默地松开了手。

影院暖黄的射灯打在陈安身上，让程乐乐哪怕只是匆匆地看了他一眼，也看得分外清晰。小哥比十八岁的他好像更高大了一点，脸却瘦削了很多。因为睡觉的关系，他身上的衬衣有诸多褶皱，领口微微敞着，往上看可以看到未及处理的青色胡茬。

他确实给人一种穷困潦倒的感觉。有一瞬，程乐乐想起了江郎，想起了方仲永，想起了"小时了了，大未必佳"，但这些人和成语无论如何都很难和陈安联系在一起。

"有事？"陈安似乎很不耐烦，他垂着手臂，目光看往别处。

"没有。"程乐乐局促不安地回复。

不过，陈安还没听她说出口，已转身走出去了。

程乐乐跌坐在附近的座椅上，脸埋在双臂间，人卸了劲，全身好像都在发酸，又说不出来到底哪里酸。

62

陈安坐在车内。他从抽屉里翻出一盒烟，抽出一根叼在嘴里，由于手哆嗦得太厉害，试了三次才点上火。尼古丁入肺，袅袅的白烟漫过睫毛，他眯了一下眼。

吞云吐雾地连抽了三根之后，他终于镇定下来，可以冷静地反思了。刚才跑出来的样子是否看起来像是落荒而逃，会不会显得很狼狈？

毕竟七年前他曾经狼狈过一回，那羞耻的画面常常在他要做出任何冲动行为时，作为一种自我惩戒的手段反复浮现。这样戒断性的治疗持续了七年，他竟然真的坚持到了再也不见，坚持到了如今的再次相见。

然后他开始紧急回忆，刚才看到的人长成了什么模样。由于过于慌乱，他其实并没有仔细打量，只是匆匆一瞥。当时大脑轰鸣，什么都没记住。现在回想起来，只留有一个粗浅的轮廓，连长短头发都没一点印象。

刚才的对话全凭意志力完成，像是高烧下完成的一场考试，考完之后连做了什么题都没记住，但或许试卷发下来，成绩也不见得是零分。

所有的一切都很虚幻，唯一真实的是，程乐乐原来是通达影视外派过来的人员。

为了躲他，一个连给父亲扫墓都不曾出现的人，居然因为工作回了泰溪。可是偏偏又要为他工作。有点讽刺。

她会为了继续躲他而义无反顾地辞职吧？

但如果不辞职，是不是意味着自己已经失去了躲避的价值？

在这些卑微的想法中，陈安的自尊心时隐时现。他一边劝告自己不要过度重视这样万分之一的偶然事件，一边又情不自禁地越想越远。

思考了许久，他终于足够泰然，能够控制自己的身体了，才发动车开走。

车停在小区外，需要走一段路才能到家。

到了一楼，陈安望向院子。记得刚回来的第一年，院子没人打理，彻底荒废，杂草长得那么高，像是把过去的欢乐都埋葬了。他翻过院墙拔了一次草，等到杂草长到半人高时，仍旧没人打理，他只好又翻了一次墙。一茬又一茬，一年又一年。

他不禁想，以后这个院子还会长草吗？

63

在酒店，程乐乐习惯性地用下载的软件检查房间内是否安装了隐藏式摄像头。洗漱完，程乐乐开始搜索陈安。

她以前搜过几次，鉴于"陈安"这个名字重名较多，她筛选了很多无效的新闻链接，最后只能在某些投资新闻中进行推测，毕竟这些新闻上没有陈安的照片。

这次她也没有搜到。

然后她开始搜索陈涛。程栋去世后，家里再也没人谈起陈家的境况。她去了北京后，状况不断，自顾不暇，加上她和陈安的尴尬关系，她再也没有联系干爹干妈。

关于陈涛的搜索结果很多，靠前的几条新闻就足够让她心惊肉跳："组织部原副部长陈涛涉嫌受贿……""快讯：组织部原副部长陈涛落马……""组织部原副部长陈涛受贿案今日开庭……"

每一条都让她心惊肉跳。

仔细点开看，那是四年前的事了，干爹以受贿罪被判处六年有期徒刑。

程乐乐接着搜索王丽婷，她依稀记得干妈公司的名字，精准搜索后，发现那家公司的最新新闻都是四年前的了。她再上工商局的网页核实，发现该公司已于三年前注销，从时间上看，很可能是因为失去了干爹的庇护而引起的连锁反应。

或许……或许小哥的公司也被连累？又或许家里状况连连，让他无法再安心经营公司？

程乐乐不敢再猜下去。她只知道，在她离开陈安的这些年，陈安过得很不好。

她躺在床上轻闭眼睛，纤细的指腹揉着额头。揉到第三圈时，她得出结论：小哥可能已经处于破产的边缘了。

不然，他不至于在一个没落的十八线城市，憔悴地守着一个快要倒闭的影院睡觉。

然而，她这几年也过得风雨飘摇，今年才刚刚安定了些，碰上现在的小哥，也不知该谁救谁。

早知道两人分开后各有各的艰难，还不如当初抱在一起取暖了。

可是，人没有背后眼，说这些马后炮的话没有意义，眼下更重要的是怎么让影院这个烂摊子起死回生。

64

钟鸣又打来了电话。

高中毕业后，程乐乐和钟鸣在北京继续学习，陈筱牧则被熟人介绍到一个剧组做化妆助理。经过多年的努力，陈筱牧混成了化妆组组长，成了半个横店人。虽然工作忙起来没日没夜，但拍摄结束后有令人羡慕的长假。由于没有剧组以外的交心朋友，无事可做时她便来北京和他们俩重聚。也是因为她，程乐乐和钟鸣的见面次数稳定了下来——程乐乐和钟鸣的学校分别坐落于北京的两端。北京城太大，交通也太拥挤，两人尝试着见过一两次面后，各自犯懒，互相放鸽子放得两相欢喜。在陈筱牧出现前，程乐乐和钟鸣的见面次数和她招待从海南来京游玩的同学的次数差不多。

"我听筱牧说你回泰溪了？"钟鸣问。

程乐乐举着手机开电脑，随口"嗯"了一声，说道："今天刚到。"

在开机音乐声中，程乐乐补了一句："见到我小哥了。"

钟鸣打电话来，就是想问问她重回故土，有没有想去找一下陈安。没想到他们动作如此迅速。

"我小哥好像要破产了。"程乐乐低声说。

"啊？"

程乐乐心生烦躁："你打电话过来，是有什么事吗？"

"哦，我想起来我要说什么了。"钟鸣顿了顿，"我就是跟你报备一下，我也在泰溪，省得下次路上偶遇吓你一跳。"

"……"

"我在这里开了个酒吧。十一前开业的，现在还在试营业阶段，酒水八折，有时间过来支持一下。"

钟鸣的做事方式还是那种"不鸣则已，一鸣惊人"的风格。以前考研的事，他也是半年后才突然宣布。现在开酒吧，之前也是半字不提，开完了才和她说。要不是知道他就是这种性格，还以为他没把她当朋友。

程乐乐道："你们曾大是不是快要不行了？一个个都是高才生出来的，混了这么多年，结果一个跑去开个半死不活的影院，一个……"

"哎哎哎，你注意言辞，可别咒我。"钟鸣顿了顿，"你说谁开影院了？"

"小哥。"

"那个大海影院是他开的？"

"不是，他现在是星辰影院的当家。"

钟鸣惊了："我爸还在星辰影院干着呢。"

"……"程乐乐无言以对。

两人在震惊中结束了通话。

65

打完电话后，程乐乐熄了灯。

黑暗使得刚刚上网时一直压抑的情绪露出了点苗头。她的眼睛不自觉地起了雾。程乐乐侧了下身，微凉的液体就源源不断地滑过太阳穴，落在枕头上，直至它自然地停止，并消失了许久后，程乐乐开始数羊。连澳大利亚的羊都快被她数完了，她还是很清醒，于是她起床打开了电脑。邮箱自动登录后，屏幕右上角弹出了一封新邮件。

主题：Re：关于通达影视外派人员进驻星辰影院的相关事宜

程乐乐想起来，那是她在十几天前发给星辰影院陈总的邮件。当然，当时她还不知道这个陈总是她心心念念的小哥。

为什么隔了这么久他又把它翻出来回复了？

程乐乐点开看，只有一行字。

"森经理，明早之前把简历补过来。"

程乐乐盯着"森经理"这几个字看了半天，才明白这是对她 Cindy 这个名字的调侃。小哥是在变着法儿地磕碜她。她无语，这又不是她的错。谁让这个公司上上下下没有一个外国人，却非要每个人取个英文名字呢？这个名字还是当年她看《爸爸去哪儿》时留下的印象，不然她还得翻字典现取。

行吧，森经理就森经理吧。后面那句话是什么意思？

程乐乐皱着眉读了好几遍，鼠标往下滑，才发现原来那封邮件没附上简历。

邮件发出这么多天了，他也没说要补。今天看到是她，就要补了。

双重标准，区别对待。

简历就在电脑文件夹里，但程乐乐没好意思发。

众所周知，简历里多少都有些水分，屁大点成就都得往"高大上"的方向吹，用来唬唬陌生人可以，让陈安看，她可没那个脸。

他还不知道自己几斤几两啊。

她很想回：我今天舟车劳顿，可不可以不发？

但那是对小哥的语气，而且她现在失去了恃宠而骄的资格。

如今人家是陈总，她是森经理。

她只好戴上眼镜，开始重新制作简历，力求内容务实且真实。磕磕巴巴改到凌晨三点半，检查了三四遍，她才发过去。

发完后，困意汹涌，她没关电脑便睡了。

第二天一早，她一边刷牙一边晃了下鼠标，准备关机时，发现又有新邮件进来。

邮件是凌晨三点三十五分发送的，内容是："森经理，忘了和你说，明天早上，准确地说是今天早上八点半，是每月例行的影院员工大会。"

程乐乐一口牙膏沫喷在了屏幕上。她看了看时间，还好，才七点半。生物钟真是救了她一命。

66

在酒店简单吃了早餐，程乐乐出了门。影院很近，她出发时间尚早，不过她想在白天再看看影院周边的环境，便提前出门了。

日光一照，周边的萧条更是无处隐藏。沿街很多店铺都贴了"转租"的字条，其中不少纸张已经卷边。那个全县最高建筑倒是依然矗立着，不过现在还是不是最高就不好说了。

程乐乐又调出地图看了看，除了这块商业街，影院后面还有几栋写字楼。不知道招租率怎么样，她得尽快去扫一扫楼。还有更远一点的居民区，也是日后拓展的主要方向之一。

第四章　当他们成为同事

她看了眼时间，差不多到点了。

然而当她到达影院门口时，却发现大门把手上还缠着一串粗大的铁链子。

程乐乐重新看了下手机，已经到八点半了。难道有别的员工通道，还是小哥通知错了时间？

正想着，就有人来了。看上去还是个高中生模样，但打扮得颇为精致：脸上化着很自然的妆，海藻般的头发披在肩上，上身穿着姜黄色的衬衣，下身是未到膝盖的黑色短裙，一双又长又白的腿露在外面，是个挺漂亮的妹妹。

妹妹见她站在门口，懒懒地打了个哈欠说："姐，我们这十点才营业呢。"

"我来这里开员工大会。"

妹妹大概是没想到这个鬼公司居然还在招新人，并且真有人来应聘。她上上下下打量了她一遍，问："你也是冲着老板来的吗？"

程乐乐笑了笑，一句话大概推理出了陈安的市场以及对方的工作动机。她没直接回答，指着门口那串绕了把手好几圈的大铁链子说："你有钥匙吗？"

"哦。"妹妹弯下腰，抓起铁链子绕啊绕，然后铁链子就掉下来了。

她再用力一推，门哐当一声开了。小姑娘跟进自己家似的说："进来吧，随便坐。"

程乐乐目瞪口呆。

那姑娘挺热情，问她："吃早饭了没？"

程乐乐说："吃过了。你叫什么名字？"

对方答道："我叫马依婷，在这附近上职高。你呢？"

"职高？那你还不到十八岁就出来打工了？"

马依婷道："以前是为了赚点零花钱，现在是为了看霸道总裁。"

程乐乐还挺欣赏她的直率："霸道总裁？"

马依婷摇头："我就是那么一说，他不怎么说话，也不常来，还不熟呢。每个月第一个工作日是员工大会日，他肯定会来吧？不知道他是什么风格。"

程乐乐坏顾四周："既然霸道总裁都要来参加，怎么都迟到了？"

"迟到？不会啊，现在才八点多，我们九点半才开会呢。开半小时刚好就开门做生意了。"

果然是小哥故意通知错了时间。她知道小哥会为难她，但做法未免过于幼稚了，像是初高中男生才会做的事。

程乐乐问："那你怎么来这么早？"

"哦，我来这里吃早饭。"

"早饭呢？"

马依婷说："现做。"

说着，她去卖品部按下了烤肠机的开关，然后从后面的冰箱里取了两根热狗肠和面包出来。她问："你吃饱了没？来一根？"

挺好。有种宾至如归的感觉。

等马依婷吃完热狗，入口处传来一阵嬉笑打闹的声音。循声看去，一小群人鱼贯而入，他们闻着热狗的香味，争先恐后地喊道："赶紧给我来一个，再给我打杯可乐！"

"我要咖啡！"

"我也要咖啡吧！"

这场景恍如进入了一家自助餐厅。

那几个人见大堂里有陌生人，略微紧张了一下。他们比马依婷年纪大一点，知道监守自盗的行径不能被外人知道。其中一个挑染着彩色头发的小青年轻声问正在不情愿地打饮料的马依婷："这谁呀？"

被使唤的马依婷没好气地回答："不知道，自己问去！"

程乐乐说："甭问了，好好吃你们的早餐吧，别饿着了。"

呵，还挺上道。大家就没再客气，其中一个甚至还点起了烟，在一旁吞云吐雾。

好在后面来的几个人终于正常一点了。其中一个人进来看见这情况，骂骂咧咧地说："你们在这开派对呢？收敛点吧，想把影院点了啊？"

真是振聋发聩，让程乐乐忍不住想哭。

待了一会儿，一个略眼熟的大伯来了，见到程乐乐后，盯着她看了几秒钟，眯着眼睛似乎没想起来她是谁。

这是钟鸣的爸爸。她暂时没表明自己的身份。

钟伯伯见那几个人吃得一嘴油，像是看地痞流氓一样把头扭了过去，满脸写着不屑。

又过了会儿，昨天那个小伙子也来了。他叫沈大峰，一进来就站到钟伯伯边上聊天去了，隐约听见他喊了一声"师傅"。

最后压轴登场的是陈安。与昨天衬衫西裤的打扮不同，今天他在正式的会议上却穿得很日常：一件深色的短袖 T 恤，一条棉麻质地的休闲裤，脚上穿着一双半新不旧的球鞋。胡子剃干净了，但眼睛下方多了两团青黑，看上去像是一个打了通宵游戏赶来上早课的大学生。

他见满堂的人都在，说了声："不好意思，迟到了。"
程乐乐看了看时间，才九点二十。啊，原来小哥也记错了。
小哥竟然也有记错时间的时候？！

陈安昨晚上没休息好，本就心情激动，加上前半夜留意着楼下的动静，后半夜又留意着邮件，直到快天亮才睡着。偏偏闹钟又坏了，他竟然就这么睡过去了。
马依婷狗腿地说："没迟到，九点半才开呢。"
陈安狐疑地翻了下之前店长的交接邮件，上面写的分明就是八点半。
他收起手机，不由得看了眼程乐乐，心想，她怕是暗地里骂了我一早上了吧。
既然已经看过一眼，勇气好像又积聚了不少，足以让他再次凝视她片刻。

昨晚，他仗着自己上司的身份，向程乐乐提出了要求，让她及时补充简历，并将其视为她是否会继续在此工作的一项测试。
在看到"已读"的提示后，他等待了许久，却没有及时收到邮件，他便有了答案。果然，她还是会躲他，选择了放弃这份工作。
和七年前相比，那种猛烈的痛感没有出现，取而代之的是细密的针刺般的痛感。那时，他第一次对自己依旧毫无出息地停留在原地感到懊恼，并且临时起誓第二天就让唐欣去贴征婚广告。
然而，到了凌晨三点多，他收到了迟到多时的邮件。之前的情绪坠至谷底，他在看到简历的那一刻，仿若是在窒息濒死之际吸进了一口氧气。这完全是被程乐乐拿捏了的反应，陈安心知肚明，但内心的快乐在寂静的夜晚格外真实，他无法否认和欺骗自己。
他打开了那份语言风格过于平实的简历，在大脑中勾勒出了这几年程乐乐的成长轨迹，还搜索了相关资料，找到了几张程乐乐辅助开店期间的合影。他保存了下来，但为了给自己敲响警钟，并没有及时将它们拉进"乖宝"的云照片库里。

因为吃了颗定心丸，他现在的精神状态已经恢复了正常。起码像个合格的资本运营者，有一个面临风险的良好心态，不会患得患失，所以他敢于再次看向程乐乐。

大概是穿了比较正式的服装，她看上去成熟了不少。脸上的婴儿肥彻底褪去，鼻尖的痣变得明显。眼睛依旧很亮。但嘴巴肯定是比以前刻薄了。

最后一点纯属臆测，但陈安对此深信不疑。

67

出于某些复杂的原因，陈安收购了这家影院，但他从没打算为区区一家影院的运营费心。他一向奉行把专业的事交给专业的人去干的原则，接手后他什么都没动，大方地花了一笔咨询费，就等着院线派人来统一整顿。本来他也就计划参加这么一次会议，把人一介绍就完事了。可半路杀出个程乐乐，让事情变得有点复杂。

员工们看着有点脸熟，但都叫不上名字。管理人员在接手前都跳槽了，这一个月作为过渡时期，他采取的是无政府主义的管理方式。

他随便叫了一个人，正是沈大峰，然后问道："人都到齐了没？"

马依婷跑出来抢答："到齐了。"

陈安看了眼马依婷，又看向沈大峰："我们这儿还有童工？"

马依婷："……"

没等马依婷再说话，陈安转了下手表道："既然到齐了就开始吧。跟大家介绍一下，这是通达院线过来支持的程乐乐。今天我正式认命她为这里的店长，全面负责影院的运营工作。"

程乐乐："……"

公司的派遣合同上，明明写的是支持影院店长工作……不过，无所谓了。就当是升官发财吧。

众人哗然，尤其是最初那批人更是喧嚣不已。

"以后你们有什么事就向她汇报。"陈安补充。

说实话，以陈安平时处理的工作量和涉及的项目资金来说，他来出席一个影院的早会就已经显得是在浪费生命了。他没打算再在这种场合多费口舌，简单粗暴地宣布完人事变动，他望向程乐乐："你要是有什么事，再单独跟我说。我说得差不多了，你来说吧。"

程乐乐："……"

程乐乐以为陈安还会说点什么，至少简单介绍一下她的履历，方便大家了解支持她。但保不齐陈安在催她发完简历之后便没兴趣打开看了，又或者看完之后认为乏善可陈。更有可能的是，出于对她的怨恨，他才这么草率地宣布了他单方面做出的决定。程乐乐更倾向于后者。

有一个对自己能力不认可并且带着个人情绪的领导，会让接下来的工作开展变得寸步难行。

尽管如此，程乐乐的心情还算不错。

原先，她还担心陈安会因为以前的事通知通达换人。如今影院情况糟糕透顶，急需有人干预拯救。短时间内，陈安恐怕难以找到一个愿意待在十八线县城、随时面临公司倒闭风险，又具备一定经验的人了。通达也不见得能立刻派出替代人员，再耽误下去，影院就真的凶多吉少了。

好在陈安没有感情用事，甚至采取了更激进的方式，让她发挥了更重要的作用。即使看上去心不甘情不愿，但至少表明程乐乐是目前陈安需要的人。在过往的十八年里，一向是程乐乐需要陈安，而陈安一直在她身边。现在位置对调，她责无旁贷地要守护他。

既然双方已经达成了不受往事干扰、继续合作的共识，那么小哥不拖泥带水的做法也无可厚非。确实，眼下虚头巴脑的那一套可以收一收了，有搞那些的工夫不如好好开展工作。

程乐乐问陈安："我有人事处理的权限吗？"

陈安虽然不明所以，但还是点了点头。

程乐乐确认后，转过身面向众人："初来乍到，我也没什么好送给大家的，就送点'爆炒鱿鱼'让大家尝尝吧。"说着，她走到人群间，开始点人："你，你，你，你——"走到马依婷面前时，她顿了顿，心想小姑娘挺漂亮的，真有点舍不得，然后接着说："还有你，即刻被公司开除。趁财务也在，等卜去结算工资。"

说着，她像是想到了什么，走到陈安身边，背过身，踮起脚，靠近他低语："还发得出来工资吗？"

陈安闻到了程乐乐身上熟悉的奶香味，有片刻的失神，垂眼看她。

程乐乐看陈安的反应，吓得眼睛都有点圆了："不会吧，五个人的工资都发不出来了？"

陈安难得呆呆地说："应该可以。"

他没怎么关心过影院的账目，钱不够时财务问他要就是了。

听罢，程乐乐的脸色不太好看。她想，小哥接手影院一个多月了，居然连影院的账目都不清楚，这和他以前的精英气质大相径庭。她暗自揣测，小哥会不会因为她当年一走了之，情伤难愈，加上父母的双重打击，借酒消愁，把脑子给喝坏了？

那个小团体被一锅端后，自然想要反抗："凭什么你一来我们就要走啊？"

程乐乐目光扫过去，一改刚才笑面虎的表情："还好意思问凭什么？要不要我现在就去盘点库房，再把监控调出来核对一遍？核对完了，可就不是公司给你们发工资的问题，而是你们需要向公司赔多少钱的问题了。要不要核？"

几个人不说话了，推推搡搡地去了财务室。

陈安有片刻的愣怔。

他其实没怎么见过程乐乐发狠的样子。在十八年亲密无间的生活里，程乐乐一向是软萌、娇气、追求浪漫的小女生。直到七年前，在那家街角咖啡吧，他才第一次领略到她凌厉的一面。直到现在，他都有种时空错乱的感觉，总觉得那天的她更像是被恶魔附体，不然一个人怎么可能一夜之间性格大变？

或许是有什么委屈或者误会？或许是有不得不突然离开的理由？

这是他这些年来残存的一点幻想，最后这些幻想在时光的雕琢下石化成了坚定的意志，支撑他走过这些年。

可是现在，他又不大确定了。

今天这事如果换成通达的其他人来做，他可能还会欣赏对方行事果敢、有魄力，但换成程乐乐，他的心境却截然不同。眼下她毫不留情地开除了五个人，好像在印证她狠下心做事时就是这样冷酷无情的。七年前也是这样，不存在任何幻想。

陈安甚至与被开除的那些"草包"们产生了一种共患难的共鸣。

新老板召开的第一届员工大会在腥风血雨中落下帷幕。

程乐乐一转身，看见陈安正往外走，背影似乎笼罩着一团黑雾。

"你干吗去？"她还有很多事要和他商量。

陈安心情不爽，头也不回地道："回去补觉。"

"……"

程乐乐追了出去："等一下。"

陈安不耐烦地停了下来："有事？"

程乐乐手机响了起来，低头一看，又是童哲。

程乐乐烦得要命，直接挂了。刚想开口，电话铃声又响了起来。一气之下，她索性关了机。

这一切都落在陈安的眼里。

童哲又是谁？

七年的时光太久了，两人间隔了太多他不知道的人和事。每个未知的人、每件未知的事都触动着陈安的神经。

遇到程乐乐还不到十二个小时，陈安蓦然开心、蓦然发慌、蓦然生气、蓦然害怕，一颗心被蹂躏得全是褶子，十足像个精神病人，连他自己都觉得他得打个镇定剂。

他现在不知道该怎么正常面对程乐乐，有种不符合他年龄和阅历的无所适从感。

手机终于安静了。

程乐乐抬头问："你什么时候有时间跟我开个会？"事情千头万绪，做事得争分夺秒。既然小哥委以重任，那等她和他确认好接下来的大体方向后，就要马不停蹄地开干了。

陈安心里全是情情爱爱，一听对方要谈公事，心里更来气了，说话的声音也大了几分："刚才都把权限全交给你了，还开什么会！"

除去小时候那次冷战，程乐乐还从来没被陈安吼过，乍一听陈安这么大声，她愣了一下。

两人站在影院的门口，穿堂风呼呼地吹过，有点凉。程乐乐只穿了件短袖，被风一吹，不禁缩了下脖子。

陈安气归气，脚却不由自主地往旁边挪了点儿，挡住了风口，说："是得开个会把话说清楚。当年……"

他喉结滚动，对方镇定自若地公事公办，而自己却像个揪着过去不放的怨妇，急着要个说法。

程乐乐突然明白过来陈安停下的原因。

当年她亲手在两人之间砌了道高墙，亲口宣布两人以后再也不相见了。而现在，她说回来就回来，说见面就见面，绝口不提当年的事，是她脸皮厚，也是她能欺负人。饶是这样，小哥没欺她、没辱她、没奚落她。这世上，再也找不出比小哥对她更好的人了。

程乐乐满心酸涩，拉了下陈安的衣角，低着头压着嗓子，像个有罪的犯人："小哥，当年是我犯浑。你原谅我吧。"

68

在省第一医院住院部，陈安急匆匆地寻找病房，刚好王丽婷在外面接电话，见着他便拉了他一把，来不及多说："奶奶睡了，没大碍。"

陈安一颗悬着的心落到了实处。在影院门口，他突然接到王丽婷的电话，说奶奶摔了一跤。他这一路上开得心惊胆战。

陈安走进病房，见奶奶睡得安详。过了一会儿，王丽婷也进来了，悄声道："屁股先落地，滚了一圈，医生说没伤到哪里。七八十岁的人最怕摔跤，这算是不幸中的万幸。"

"嗯。"陈安轻轻吁了口气。

"奶奶刚才还念叨你呢，等会儿醒来你陪陪她吧。"

"好。"

王丽婷见儿子脸色不大好，问："最近公司没什么事吧？"

"没有。"

王丽婷看他不太想说话的样子，在旁边踌躇了一会，想着平时也逮不到他，还是多嘴问了问："那个林佳琪和你怎么样了？"

陈安抬眉，语气干巴巴地说："她拜托我的事我已经帮她解决了。至于你期待的事，没后续。"

林佳琪是王丽婷朋友的孩子，疫情前从美国回来了，长得漂亮，性格开朗。王丽婷处心积虑地安排了一次见面，介绍两人相互认识。陈安当时还挺给面子，没甩脸走人，她以为是有戏了，结果最后还是空欢喜一场。

王丽婷其实不是急于要陈安结婚，毕竟他还很年轻，她也不是那种惦念着抱孙子的传统父母。但七年前陈安失魂落魄、人瘦脱相、差点没把命搭进去的样子过于触目惊心。虽然这些年看似风平浪静，好似一切都过去了，可他绝口不提程乐乐却又执迷于往返泰溪的状态像是一个随时会爆炸的军火库，让她每时每刻都感到不安。

王丽婷没想到陈安说得这么直接，咂了下嘴，却没再烦他。

接下来两天，陈安都留在医院陪护奶奶。奶奶年纪大了，老喜欢提陈安小时候的事。他的童年是和另外一个人捆绑在一起的。奶奶说着说着，仗着自己是老祖宗，便有恃无恐地说起了程乐乐，说她嘴甜，跟谁都乐乐呵呵的。

奶奶又说，乐乐的甜不是矫情的甜，她天生就大方。跟别人有个小矛盾，不管是不是她的错，她总是先出面认错，不像有的姑娘家那么小心眼。

陈安顺手给奶奶剥了个橘子，闻言想起了那句飘在风中的"原谅我吧"。

他不大记得自己那天听到这句话时的状态是怎样的了。或许是再次落荒而逃，或许是沉着冷静地走掉了。如果现在冷静地去分析，听到这句话的第一反应应该是震惊。他自问当时虽然脾气和心情都不大好，但语气并不算尖利，所以程乐乐这句求原谅的话完全在他的意料之外。

紧接着应该是震怒。因为程乐乐说得太轻而易举、太随随便便了，像是她踩了他一脚后，随口说出的那种状态。但凡她真有那样的心思，这几年也不会躲着他、不来找他，把自己藏匿起来。她那样的口吻，更像是蕴含着潜台词——既然大家接下来要抬头不见低头见，就相互各退一步吧。这种凑合的、妥协的、无可奈何的感觉，简直是在火上浇油。

其实还掺杂着很多其他的情绪。她低眉顺目的样子让他想起多年前，她做错事后像癞皮狗似的跟在他后面，没羞没臊地求谅解，这让他有一瞬的恍惚；还有一丝丝的臆想，他猜测她的言下之意是指七年前她只是因为过于莽撞和害怕，才选择了逃避，从而无意中伤害了他。

思绪过于复杂，他一时也想不出接下来该怎么面对程乐乐。好在经过这两天的冷静，他至少不像几天前那样焦躁不安了。

人有自我保护机制，受伤后就会避免再受同样的伤害。陈安的大方向还是明确的：再次见到程乐乐，他要防止自己再度沉沦下去。

当然，他从始至终也没从那个坑里完全爬出来，但他得有颗积极进取的心，总不能自暴自弃地在坑里安家落户了。

然而，他也做不到一下子将她从自己的世界里剔除出去。这七年，他像是一粒在空中漂浮了太久的尘埃，在见到她的那一瞬间，像是感知到了万有引力一般，才有了归处。

她在他眼里既是毒又是药，陈安想，或许把握好剂量也是一种治疗手段。

譬如，纯粹把她当作一个下属。如果经过七年的时光还是戒不掉的话，那就把她放在眼前，当作一个精神安慰剂，然后慢慢减少见面的次数，等麻木了、适应了，情绪或许就不会那么大起大落了。

就好比一棵橡胶树，习惯了每次只被掀开薄薄的一层皮，奉献一部分眼泪，留下可被阳光和雨水治愈的细细密密的伤疤。

至少不会像以前那样被一把大斧头砍折而差点丧命。

69

平安喜乐公司那边积压了好几件急需他拍板的事。陪了奶奶几天后，陈安去了公司一趟，连续与不同的人开会。傍晚的时候，他让唐欣订了张去深圳的机票。

他惦记着那边的一个项目，本来打算前几天就去实地看看的，只是最近状况不断，被耽搁了。

这期间，程乐乐没再给他打电话，但每天能收到她发来的当日工作报告，收件人是通达的黄总监，他是被抄送的对象。应该是通达那边的要求。一页纸写得满满当当，没有注水，全都是实实在在的内容。是个实干家。

当年洗碗筷都要耍赖的主儿，现在居然组织全体员工亲自清扫影厅了。

发来的文档页面也被她精心设计过。页眉上方有公司名字和电话，右边则是文件编号。页脚一端是页码，另一端则并排放上了官微和官博的二维码。页面中央有很淡的水印，颜色素雅，显示了星辰影院的标志。

看上去终于有点正规军的样子了。以前那个店长发过来的交接资料没法看，陈安怀疑是从街边的小杂货铺发过来的。除了证明对方能打字外，看不出任何职业素养。

陈安掏出手机扫了下官博的二维码。

最新的微博是今天凌晨一点发的，上传了一张照片。照片上，一群员工坐在入场口，每个人都笑得灿烂如花，比着各种手势。坐在正中间的程乐乐长发盘在脑袋顶上，穿着和员工一致的工服，前面还戴了个黑色的围裙，左右手各揽着旁边人的肩，很有干劲的样子。照片配字："打扫干净屋子好请客。今日清理完成‘耶’‘耶’‘耶’。"

看来在杀鸡儆猴后，她也把剩下的人际关系处理好了。

她再也不是当初那个噘着嘴喊"没有小哥我可怎么办呀"的小姑娘了。

陈安锁上手机屏幕，出租车带他驶进了深圳一处城中村。十月的深圳还很炎热，出租车开不进去，陈安顶着烈日走了一段路。这时，一个穿黑色 T 恤、戴眼镜的男生穿着拖鞋啪嗒啪嗒地跑了过来。

"不好意思，我们该去接您的。刚才游戏出了个 bug（故障、程序错误），临时走不开。"那男生愧疚地说。

"没事。"陈安的后背起了薄薄一层汗，边走边问，"您是？"

男生道："哦，还没自我介绍，我就是汉白游戏的老板，董平。"

说着，董平就带陈安进了一座六层高的楼。这里的城中村都是早年间私建的老楼，楼跟楼之间几乎没有缝隙，看着让人觉得很压抑。

董平的团队在三楼，一推开门，映入眼帘的便是一座关公像，像前还亮着红灯，关公像旁边放着董平设计的游戏主角手办。

陈安一愣，董平笑："保平安的。"

董平的游戏发布后，新增用户、日活量、留存率数据惨淡。董平是个天才少年，家里卖了房让他做自己想做的事，最终还是走到了山穷水尽的地步。但他还没放弃，四处寻找投资人，兜兜转转找上了陈安。

陈安玩过游戏，觉得体验感很好，就是宣发没跟上，有些细节打磨得不够仔细，可能也是缺钱的缘故。

他对这个游戏的前景没太有把握。本来这样的小项目，让手下的投资团队过来看一看就好了，但他想和董平见一面。如果决定投资，也不是为了这个项目，而是看中了董平这个人。平安喜乐能从小做到大，既得益于一点运气，也得益于无数个小而美的项目，更得益于他对人的把握。

他看人一向很准，唯一失算的是程乐乐。

刚好到了饭点，为数不多的几个员工散去吃饭。陈安说了句"一起吃吧"，董平便带着陈安去城中村村口吃隆江猪脚饭。

陈安明白董平为什么一直没拉到投资了。

他搬了把椅子，和董平挤坐在一张桌前。陈安没聊游戏本身，而是闲聊了他对游戏未来的一点看法，还关心了下董平的生活。聊天期间手机震了一下，陈安扫了一眼，是程乐乐发来的邮件，标题为"本月开支预算"。

他打开附件快速看了看。

一张人表格一目了然。项目条分缕析，格式清晰统一，从器械维护费到市场费，不一而足。每项费用下都有详尽的备注，大到爆米花机的更换，小到购置大门防盗锁。虽然看着只有一张表，但很费精力。估计程乐乐也是连轴转，没怎么睡。

陈安看了下最后的预算数据，十二万多点。

这是问他要钱来了。

陈安收起手机，直接问董平："你要多少钱？"

董平其实都不知道陈安是哪家公司的，接到电话时陈安只提了一嘴是聚力的朋友介绍的。见面后陈安没给名片，董平担心以前给过自己忘记了，没好意思直接问，也不擅长旁敲侧击，所以只能两眼一抹黑地介绍。

这段时间他找了太多的投资人，连他自己都忘了谁是谁。大多数投资人还是很有礼貌的，见面时都说"好"，但一转身就再也没有回信。有些人傲慢一点，连见面的机会都不给。这样亲自跑过来看的，陈安是第一个。他以前以为陈安只是随口说说，直到人到了机场才敢相信。

能这么跑来见他，估计不是家大公司，但苍蝇腿也是肉。

他不敢再断送最后这点希望，幽幽地伸出五根手指头："五十万。"

陈安想，五十万能干什么？发拖欠的工资吗？

他放下筷子，道："我先给你投五百万，以后有需要再追加。对了，我给你推荐一个专业干游戏宣发的人，你找他聊聊，用不用在你。还有，客服方面确实太弱了，你想想怎么解决，想不明白就找专业的人来做。我建议你还是要找个运营的合伙人，这样你能专心做内容方面的事。这个人需要我过目，有进展给我发邮件。"

说完，他拿出一张名片，道："我想你或许忘了我的邮箱。"

被戳穿的董平激动又羞赧地双手接过名片，一看上面的公司名字，差点就要跪下喊老大了。

居然是平安喜乐！就是那个五年前和关陆宁背后的长树资本联合投资，培养出两家独角兽公司而名声大噪的平安喜乐！

董平本人是个天才，所以见到业内低调又神秘的投资人与他年龄相仿后，激情澎湃、备受鼓舞地说道："陈总，我们一定不负你的期望，争取成为下一个 MGM。"

MGM 是几年前陈安主投的一家大数据公司，算是平安喜乐科技方向的代表作之一。

陈安搂过他的肩膀："你做你自己就好。"然后低头打开手机，回复另外一个人的邮件。

邮件内容只有一句话："我只给六万。"

70

程乐乐收到邮件，见预算被砍掉一半，脸都木了。

情况比她想象的还要糟糕。

那天陈安一走，她就去敲了财务室的门，向会计询问关于影院的资金情况。会计很敏感，并不是有问必答。

在很多地方，财务独立于店长领导，直接向老板汇报工作。尤其是像她这样，工资都不在影院发放，人事关系还挂在外方公司的情况下，财务是这样的态度也不奇怪。

但会计还是透露了一点消息。目前影院入不敷出，出现的亏空是由陈安个人掏腰包垫上的。大海影院开业后，星辰的收入锐减，缺口预计还会变大。财务向她表达了尽快增加收入的迫切愿望。程乐乐故作轻松地答应了，但一出了门，她就感觉很沉重。

要想重整旗鼓、提高收入，有些支出是不可避免的，甚至还需要一笔不小的资金支持。

这是先有鸡还是先有蛋的问题。

能省的她已经尽量在省了，能不外包的就不外包，有些活儿她都亲自上手干了。但那只是很小的一部分。

她列了紧急且必要的支出表单，发给陈安。没想到，陈安一口气砍了一半。

程乐乐快要郁闷了。打仗还要粮草先行呢，表格上面的东西已经是她删减完一堆后必须要支出的费用了，这么对半砍，她怎么开展工作啊？

可是她又没法和小哥争取。小哥不是个小气的人，把钱卡得这么紧，肯定是地主家也没余粮了。何况影院前途未卜，他不想往无底洞里再扔钱，也合情合理。

她向财务又打听了影院的前世今生。这几天她翻来覆去地想，小哥再怎么堕落，也不像是做接盘侠的人，尤其是在疫情形势尚不明朗、对家影院开业在即、周边商业几乎萎缩的情况下，稍微有点商业眼光的人都不至于跑来当这个冤大头。除非星辰的售卖价格远低于市场价，几乎是半卖半送。

结果，财务告诉她，陈总是花了六百万买下来的。

六百万！！！

六百万都够重新开一家全新的高档影院了！小哥是脑子被驴踢了吗？就影院现在的情况，从票房收入里扣除分账运维的费用，连收支平衡都达不到，更不要提回本了。

"为什么？"程乐乐发出灵魂的拷问。

财务姐姐支着头想了想："这个问题我也问过他。他说，这个影院是个很有纪念意义的地方，本该是无价的。他愿意出这个钱。"

程乐乐眨了眨眼睛，将"很有纪念意义"这句话拆开揉碎地琢磨了一番。

如果她没有理解错，小哥是因为她才一掷千金把这个快要倒闭的影院买下来的？！就因为当年他们两在这看过无数场电影？！就为了留个纪念？！就这？六百万？！

她要疯了，不对，是小哥疯了。当年他敢为她放弃清北的时候就已经有疯的苗头了。现在他疯得更厉害了，他还要为爱破产！

干什么呀，钱多得没地方花了是吗？还不如直接把这六百万给她！

程乐乐再回过头去看那张被砍了一半的预算表，捂着胸口大口喘气，是被陈安气到要打 120 的程度。

可是看着看着，她又伤神起来。她一厢情愿地以为随着时间的推移，小哥会喜欢上别人，开始一段新的感情。可实际上，小哥过得一点都不好。他被她无情地伤害，她逃之夭夭，留下他一个人孤独地疗伤，孤独地困在原地，孤独地守着这些承载着回忆的地方。这么多年，他该有多难受啊！

71

陈安从深圳回来，赶去影院的时候已经是晚上九点多。

大堂照例没有人，不过陈安一进去就发现了不一样的地方。那些碍眼的维修标牌全都收起来了，电子屏没再卡顿，该开的屏幕都开着，柜台台面也收拾得干干净净。虽然说不上焕然一新，但至少没有了摇摇欲坠的将死气息。

今天值班的是一个矮矮胖胖的男生，他们现在都佩戴上了名牌。陈安看了一眼，上面写着"陶宇"。

陈安拉着行李箱问："店长呢？"

陶宇按照程乐乐的指示，一边等顾客一边在算库房库存，听见问话没过脑子就回答："她在男厕所。"

陈安以为自己听错了："什么？"

陶宇这才抬起头来："哦，陈总，您来了。"他想起刚才说了什么，把话补充完整："刚才店长去男厕所检查，说厕所还是很脏，她就去搞卫生了。"

"保洁呢？"

"店长把保洁辞退了，说我们自己来就行。"

"……"陈安顿了顿，语气不善地质问，"那你怎么不去？"

陶宇委屈巴巴地挨了骂，也不敢狡辩。

陈安道："你去把她叫出来。"

"哦。"陶宇推开柜台门，刚走两步，又被陈安叫住了。

"等一下。"

陶宇顿住，见陈安表情很纠结，好像是在思考一件大事。

陈安问："你觉得店长这么做是不是也很正常？一般人听说店长在做这样的事会有什么反应？"

"啊？"陶宇刚中专毕业，职场里的弯弯绕绕他也不太懂。听老板突然这么问，他有点傻眼。

他猜老板是在暗示店长在作秀。

陶宇连忙道："我们都想知道您花了多少钱把程店长挖过来的。她太拼命了，跟个不需要充电的机器人一样。"

看邮件是一回事，听别人说又是另一回事。陈安越听心里越不是滋味，甚至怨怼地想，领导这么累还不是因为你们这群人太没本事？要你们这帮人有什么用？

陶宇见陈安脸色阴沉，又着力吹捧了一番："陈总，跟您说实话吧，影院的情况一直不大乐观，程店长来之前，大家都是干一天是一天地混日子，因为好好干也没啥奔头，不好好干的人反而过得滋润。但程店长一来，雷厉风行地把那些人都辞退了，看上去是狠绝了点，可大家背地里都在拍手称快。毕竟我们也不想工作环境太乌烟瘴气了。"

陈安其实不怎么关心员工对程乐乐的评价，他的心思还在那个正在男厕所里干活的人身上。他昨天刚下定决心，要把程乐乐视为普通的下属，眼下就有点吃不准阻挠一个店长励精图治是不是不像一个正常老板会做的事。

一般老板听闻这种事，应该会感到欣慰吧？

他想象了一下让唐欣去打扫男厕所的情景，他不会像现在这样既愤怒又心疼，而是会单纯觉得自己作为老板很糟糕，因为这听起来更像学生时代德不配位的老师惩罚学生的变态手段。

陶宇察言观色了一阵："我们以为程店长是那种狠厉的领导，结果她对我们这些留下来的员工都很亲切，说话做事没有官架子，富有感染力，干活不嫌脏不嫌累，是那种很有干劲又亲民的好领导，陈总。"

"哦。"

陈安继续郁闷地想，他前不久刚砍了预算，程乐乐的亲力亲为或许和他的任性妄为、公私不分有部分关系。可说到底，老板砍预算并没有错，如果他砍狠了，一个合格的下属应当为了部门利益或者工作绩效与老板交涉沟通。他没想到的是，程乐乐竟然一口气应承下来了。

他原本以为预算里水分很大，结果竟然是靠内部消化来解决的。

这不是一种好的工作习惯，会让人感觉她很容易被拿捏，很好欺负。或许在通达，她就是这样的风格？

啧，那不是一直被拿捏、被欺负？

陈安不禁皱了皱眉头。

陶宇铺垫了那么多，终于吞吞吐吐地问："陈总，程店长都来了好几天了，我们是不是该给她办个欢迎会啊？"

陈安抬眉，点头。这符合职场之道，他可以光明正大地参与。

"那预算呢？到时给您报销还是？"陶宇生怕对方后悔，想趁热打铁地把这事敲定下来。

陈安道："我一起去吧。定好时间通知我。"

陶宇有点意外地点了点头。老板来影院通常都是睡觉，开个员工大会也是言简意赅，不像是喜欢凑热闹的人。

或许是冲着店长的面子吧。

72

这时，程乐乐低着头，甩着一双湿漉漉的手从通道里钻出来。她正在考虑更换男厕所瓷砖的事，不过可能找不到同款了，如果随便找相近的款式，反而显得突兀。全部砸掉重做的话，又是一笔不小的费用。当然，这不是当务之急，眼下最重要的还是去拓展市场。

她沉思着走到大堂，快到柜台这一侧时才发现陈安回来了。

她身上有难闻的汗臭味，怕把小哥熏着，没敢靠近，站定在离陈安约一米远的地方。鉴于员工在场，她很有分寸地打了个招呼："陈总晚上好。"

陈安朝她看过去。

程乐乐这两天光顾着干活，没怎么注意外在形象。刚才又在男厕所泡了那么久，整个人显得很邋遢——头发散了，脸也是脏兮兮的，衣服上全是斑斑点点的污渍，像只掉进过排水管的小花猫，只有一双眼睛依旧干净澄明。

陈安看到她这副模样，青筋跳了跳，黑着脸道："你跟我过来。"

程乐乐跟着他到了办公室，一进门的地方贴了一面穿衣镜。陈安把她推到镜子前，说："我高薪请你过来，是让你来当店长的，不是让你来当工人的。"

程乐乐现在对钱格外敏感，一听这话，重点完全偏了。她只知道星辰给通达付了一笔咨询费，但具体金额并不清楚。

她震惊地问："高薪？多少钱？"

"你从北京被外派到这里，难道不是因为高薪吗？"

程乐乐不好意思说自己被变相降薪了，还差点吐露心声，让陈安把咨询费要回来直接付她工资算了。

说到钱的话题，程乐乐又想起了那个让她心痛到无以复加的六百万。她像是不愿接受这个事实似的，急着向陈安再确认一遍："小哥，这个影院是你花了六百万买下来的？"

陈安从办公桌上拿了个纸巾盒过来，说："程店长，这不是你的工作范围。"

"我要核算收益率，需要知道成本。"

"你不用关心成本问题。通达院线也只拿票房分成，你做好你的分内事就行。"

程乐乐牙齿微微碰了下嘴唇，没再追问下去。

当年陈安放弃清北，从头到尾都没和她说过真实的原因。他要是不想说，她再问也是徒劳。

程乐乐想了想，换了个角度问："那这笔钱是从哪来的？"

陈安不是很明白程乐乐为何执意问这些。

其实这个影院情况很特殊。影院的前身是国营剧院，所在的两层小楼属于国有资产。后来转到民营经营，当时影院还是个新兴行业，政府也不大懂这里面的门道，双方直接签了个三十年的租用合同。

现在泰溪正如火如荼地搞地产开发。城北那片已经开发得差不多了，下一步便是南进。按照目前的政策走向，不过三年，这一片也将被拆除。全梓荣作为一把手的家属也隐晦地证实了这点。如果拆除，影院作为承租方，按合同年限折算下来，将从政府那里获得一笔不菲的赔偿，远超六百万的投资额。

简单地说，影院生意本身不值钱，但影院所在的地方很值钱。当时不是他买，也有别的知情人要买。他看不上这点小营小利，只是因为比那些人多一份情怀，才不嫌麻烦地接手了。

所以，陈安从来没想过要怎么增加影院收入。在他看来，折腾半天获得的收益都不够补偿他为此查看邮件的时间。

他只要求能安安分分地保证影院正常经营就行了。赔点钱也无所谓，只要别给他找麻烦就行。

以上这些他不打算和程乐乐讲。于公，她只是通达院线的派遣人员，不方便知道双方合作即将终止的消息；于私，他不想告诉她这个承载着很多记忆的地方有可能被拆掉，虽然她不见得在意。

程乐乐见陈安又良久没开口，执着地追问："是银行贷款的吗？"

陈安收购影院走的是他的私账，作为一个善用金融手段的人，他不可能全款以现金付清，何况市面上消息灵通的银行经理早就打着低息的旗号闻声而来。这些其实都是唐欣处理的，他也没怎么关注过。

被程乐乐逼问得有些烦了，陈安短促地说了声："对。"

程乐乐两眼一黑，想起负债累累的自己，心里只有一句"一个破碎的我怎么来帮助一个破碎的你"。

打从陈安进来，程乐乐就一直在问高薪、贷款之类的问题，她过分关心钱财的样子让陈安产生了不好的联想。

或许程乐乐很缺钱？她从小就没有理财观念，花钱的时候就向他伸手。他以前没改正她这个毛病，是因为他那个时候很有把握，以后可以让她任性地买买买。

但离了他，他就不确定她能不能养活自己了。

正当他胡思乱想的时候，程乐乐突然开始胡说八道："影院短期内不会有利润，再转卖也卖不出高价。如果资金周转困难了，你和我说。我去把房子卖了，不过时间上可能没那么快，所以你不要等到最后一刻才告诉我。"

陈安反应一向很快，但此时也花了足足一分钟的时间来理解程乐乐到底在表达什么。

圈内评价他深居简出、为人低调，他确实也不是炫富的性格，但还从来没让别人误以为自己穷困潦倒过。

他很努力地代入了程乐乐的视角，好像明白了一点。

一时之间，他不知道说什么才好，是拿出资产证明自己生活还算殷实，还是将错就错地随她误会下去？他为什么会自然而然地产生后者这种荒诞的想法？是因为"把房子卖了"这一句话，让他忍不住感动了一把，然后就立刻贪婪地想要一直拥有这种关怀吗？

陈安迟疑的态度让程乐乐以为自己直言不讳的说话方式让他尴尬了，于是她扯了下嘴角，硬拗出个笑容，宽慰道："没事，千金散尽还复来。小哥，我会陪着你的，直到好起来为止。"

最后一句话，让陈安在两个选择之间轻易做出了判断。他麻溜儿地任由程乐乐发挥她的想象力去了，甚至还郑重其事地说了句："不到万不得已，不会让你卖房子的。"

程乐乐沉重地点点头："好，我也会努力赚钱养家的。"

不知为何，她忽然感觉小哥的心情好了很多，就好像一只炸毛的猫被捋顺了毛一样。她想趁机问问干爹干妈和奶奶的情况，但又担心问完后对方会礼尚往来地问到自己身上，只好就此作罢。

离开办公室前，陈安对她说道："工作要张弛有度，我这边不需要'996'猝死的员工。"

虽然言辞依然犀利，但语气温柔了许多，可能是办公室里的灯光太亮的关系，程乐乐觉得陈安的眼睛里又有了光芒。

她本来以为陈安还会冷落她很久，久到可能在说完那句"你原谅我吧"之后就再也不会搭理她。因为把对方扔了七年之后，相遇的第二天就轻飘飘地说出那样的话，显得很恬不知耻，很薄情寡义，连她自己都觉得把事情办砸了。

然而，小哥生气归生气，还是在尽可能地关心她。

这……这可能是爱的力量吧。

想到这里，程乐乐的头又痛了。她的事业和爱情正在面临双重挑战啊。

73

她蔫蔫地坐在办公椅上发了一会儿呆，陈筱牧发来了微信。

　　大一的时候，陈筱牧从横店去北京找她，跟陈筱牧聊起陈安时，她坦诚地告诉了陈筱牧关于她和陈安的一切。陈筱牧当时反应很激烈，因为得知钟鸣比她先知道这些事，而吃了好几年的醋。

　　陈筱牧："我听钟哥说，你回去碰上陈安了？"

　　程乐乐："钟哥听你说我回泰溪了，你又听钟哥说我碰上小哥了。你们俩疑似暗通款曲，我也要吃醋。"

　　陈筱牧没理她打岔，八婆地问："怎么样？阔别七年后，有没有觉得陈安变得陌生了？是个异性了？像个男人了？"

　　程乐乐："我小哥什么时候不是男人了？"

　　陈筱牧："那现在的陈安还把喜欢写在脸上吗？"

　　程乐乐："大姐，以前也没写啊。"

　　陈筱牧："那是你眼瞎。程乐乐，我觉得你可能是性冷淡。陈安那么帅，对你那么好，你怎么会没有兴趣呢？"

　　程乐乐："你就当我是吧。"

　　陈筱牧："唉，也不知道你是不开窍呢，还是想得太多了。要我说啊，你就是被那十八年给困住了。"

　　陈筱牧："那十八年里，你俩跟双生花一样缠在一起长大，亲情啊友情啊爱情啊都混到一起去了，只是占比多少的问题。"

　　陈筱牧："你别老是给自己心理暗示说只有亲情，或许你只是一直没区分开。不然，怎么也不见你对别人动过心？"

　　陈筱牧："你来横店看看就知道你们俩玩得实在是太纯情了！"

　　陈筱牧："你们要是不在一起，对得起我当年怀疑你们不伦之恋吗？"

　　陈筱牧："咱们都二十五岁了，在老家，这个年龄该相亲了吧？假如你遇到了陈安这样的相亲对象，你不动心吗？你都能给相亲对象一个机会，为什么不给陈安一个机会呢？"

　　陈筱牧："你俩要是成了，一定要把这个聊天记录给陈安看！让他给我打钱！"

　　············

　　陈筱牧还在喋喋不休地给程乐乐"洗脑"，程乐乐看了几行，眼皮就开始打架。趴在桌上昏睡过去之前，她心想：要不试试看？这玩意儿能试吗？怎么个试法？······

　　然后在睡过去的半小时里，她梦见自己一直在抚平自己的鸡皮疙瘩。

第五章 当他们再次成为邻居

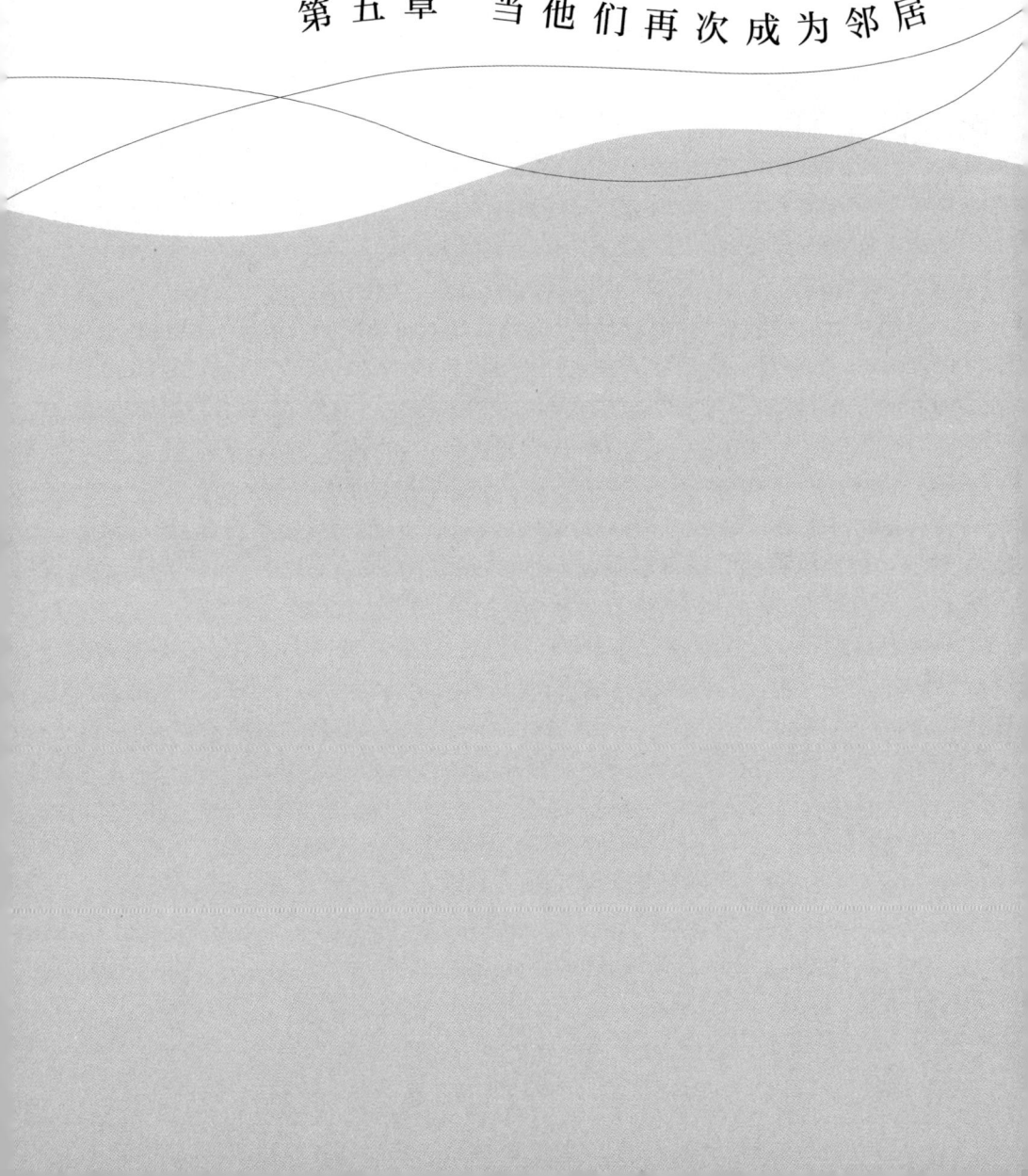

74

第二天下午，是平安喜乐所有团队领导参加的月度会议，陈安从不缺席，所以他又要驱车近两个小时回曾州。

其实，昨天傍晚他从深圳回来的航班是在曾州机场降落的，他本没有必要再折腾去一趟泰溪。但他非常关心影院的工作进展，宁愿风尘仆仆地两头跑。

会议上，各位骨干挨个汇报了这个月经手的投资项目和有意向接触的项目。陈安戴上了眼镜，盯着不远处的幻灯片，修长的手指一下一下地轻击着桌面。

这是老板习惯性的思考动作。然而，老板思考了很久都不发一言，说明这些提案都不够惊艳。其中一个还是老板之前单独关注过的角膜接触镜项目，不知为何，也没激起老板的兴趣。大家纷纷在心里琢磨着原因。

谁也没看出来，陈安正在走神。

程乐乐说会陪着他，直到好起来为止。但陈安相信影院不会好起来，所以程乐乐的承诺便是会一直一直陪着他。

她不会再离开，还要努力赚钱养家。这话听起来，好像他是个不太中用的"软饭男"似的。他年纪尚轻，但出来打拼的时间比别人早了很多，这些年几乎每天都在高压下夙兴夜寐地工作，都没怎么休息过。他觉得，停下来吃一口"软饭"，有益身心健康，他并不排斥。

程乐乐还能随时为他卖房子。虽然那个房子她七年都没回来住过，在她心中并没有多少分量，但考虑到中国人对房子天生的情结，她的这片心意还是弥足可贵的。

说起房子，昨晚回去时，院子里的杂草还是半腿高，青青黄黄一片。整晚都没听到有人回来的动静。

这些天，程乐乐住在哪里？会不会和钟鸣住在一起？应该不会，程乐乐是被派遣到泰溪工作的，钟鸣一个学心理学的人，回泰溪做什么。他想起见面第一天撞见钟鸣给她打电话，他们应该还没分手，那么他们现在是异地恋了。

七年前那次毁天灭地的谈话后，钟鸣像个胜利者般接走了程乐乐。之后，两人"双宿双飞"，一起去了北京。在这之后，他悄悄关注了一堆程乐乐的朋友和同学的社交账号，然后于某个深夜，在陈筱牧的微博上见到了他们三人的合影。他们仨都不喜欢社交媒体，更新频率并不高，但陈筱牧每隔一段时间就会放出她去北京和他们俩聚会的照片。只有一次，陈筱牧配了文字："他俩今天穿了情侣装！！！感觉自己是多余的了！！！再见北京！！！"

九个感叹号给他扎出了九个窟窿眼。

梦想着陈安有朝一日给她打钱的陈筱牧当然不知道自己这七年一直在扮演着这样"暴戾恣睢"的角色。

现如今，陈安已经能相对平和地回忆这些，包括想起钟鸣这个人了。

他现在是程乐乐的上司，作为上司，下属的感情状况不宜了解太多。上司只需在下属分手后需要休息时懂事地批假就足够了。

临到晚上，陈安收到一个泰溪的座机号打来的电话。会议过程中他一般不会接电话，但他认出来，这是影院的号码。

他想了想，可能是程店长有要事相商。

都是工作，不能厚此薄彼，所以他让大家暂时休息一下，拿着手机进了办公室，准备仔细聆听。

结果是昨天晚上值班那小子，陶宇。

"陈总，给店长办的欢迎会定于今晚在台达 KTV（娱乐、餐饮场所的卡拉 OK 包厢）举行。"

"……"

陈安气急败坏地指责："不是说提前通知我吗？"

陶宇又委屈巴巴地说："程店长说择日不如撞日，就今晚九点半，那时差不多都下班了。陈总，我这算提前通知了吧？现在还不到七点。"

陈安气得无语，拿着车钥匙往外走，路过会议室时，朝里面的人匆忙说道："我有急事要先走，你们把今天开会的内容发到我邮箱，我明天分别答复你们。"

唐欣还从来没见过老板急成这样，忙站起来追过去，追到电梯间替他按了下行键："老大，出了什么事？需不需要我帮忙？"

陈安看了看表："我回趟泰溪参加团建。"

唐欣："……"

老板的思维异于常人，过于跳跃，她永远成不了老板肚子里的蛔虫。

75

陈安紧赶慢赶地按照导航找到了所谓的"台达KTV"。这里其实不是传统的KTV，而是巷子深处一处废弃民宅改造的休闲娱乐空间，装修得不伦不类，水泥墙面上全是非主流的喷绘，左一个骷髅头右一个农药瓶，完全没有公司团建的氛围，也不知道他们是怎么敲定这个地方的。

陈安一进去，一个黄毛小子就问他："影院的？"

陈安点头，黄毛小子带着他往里走，边走边说："今天就你们一家。"

黄毛小子见这位气质不凡，目测是来买单的，殷勤地说："你们那个店长好会杀价，我一点钱都没赚，回头记得帮我介绍客户哦。"

陈安面无表情地点了下头，被带到了一个房间外。房间没有门，只挂了一块织染的靛青色布帘。陈安听见里面传来"我爱你""不要脸"的尖叫声。

黄毛小子道："玩游戏呢。"把人带到后就走了。

陈安掀开帘子，见一群人跟小朋友排排坐似的围成一圈，鼓着掌。轮到的人朝左边说声"我爱你"，下一个轮到的又朝左边的人继续说"我爱你"，接下去那个转向右边，又说了声"不要脸"。

具体游戏规则陈安没明白。不过他见程乐乐背对着他坐着，冲左边那个员工说"我爱你"说得倍儿响。

这都什么低俗节目？完全不符合公司的企业文化。

陈安黑着脸清了清嗓子。

那些沉浸在游戏氛围里的小青年们终于回过神来，见老板来了，纷纷站了起来："陈总，您来了，坐呀坐呀。"

陈安又清了清嗓子，目光往程乐乐左边的位置瞧了瞧。

程乐乐左边坐着的是沈大峰，看见陈安犀利的眼神，他还没反应过来，坐在原地没动。

陈安心想，这群人对中国人的坐席安排一点概念都没有，老板不该坐在店长旁边吗？

不是他要占便宜。传统意义上，左为尊，按照职场规则，程乐乐左边的座位非他莫属。

在陈安的凝视下，沈大峰的屁股不自觉地抬了起来，却被程乐乐一把按了回去。

她哪敢让小哥一起玩这个游戏，跟他说"我爱你"是没心没肺，跟他说"不要脸"是含沙射影，怎么看都是送命题。

她挥手："行了行了，都暖过场了，不玩这个了。"

这时，黄毛小子捧着一张酒水单走了进来："人都到齐了？可以点喝的了吧？"

沈大峰举手："喝不喝酒？"

其他几位跟着打趣："待会儿玩游戏，谁输了谁喝酒。"

陈安瞥了眼程乐乐，心想以她这智商，玩游戏必输无疑，立马道："不喝酒。"

"为什么？"沈大峰问。

陈安坐下来，严肃地道："我很反感酒桌文化。"

沈大峰没听懂："什么酒桌文化？没酒桌呀……"

程乐乐也觉得太上纲上线了，团建这种放松场合，员工们喝点小酒无伤大雅，便打圆场："陈总，喝点没事的，大家别贪杯就行了。"

陈安抬了抬薄薄的眼皮，若无其事地说："老板也不是那么好当的。影院生意那么差，我还有银行贷款要还，大家戒奢宁俭，共克时艰吧。"

陈安说完，全场鸦雀无声。好不容易热络起来的氛围瞬间降到了冰点。

这到底是团建还是拉练？老板过来不仅没鼓劲儿，反而先泼了一盆冷水。

程乐乐傻眼，小哥在花钱上一向大方，现在这样说，必然也是形势所迫。只是没想到陈安的财务情况已经糟糕到连员工团建的酒水都要克扣了。

不过比她还傻眼的是那个黄毛小子。他还指望着今晚能从酒水上赚点钱，好不容易等到结账的人过来，看着穿得人模狗样的，却比周扒皮还一毛不拔。

第五章　当他们再次成为邻居

程乐乐尴尬得手脚都无处安放，然而陈安却泰然自若，心理素质过硬。仿佛只要他不尴尬，尴尬的就是在场的其他人。

程乐乐舔了舔嘴唇，打了个圆场："陈总是开玩笑的，大家该喝喝，我请客好吧？先说一句，我感冒吃了头孢，喝不了酒。"

陈安抬眼看了下她的脸色，好像确实有点苍白，不悦地道："你感冒了，还参加什么欢迎会？"

程乐乐生怕陈安再说出诸如"既然欢迎会主人身体不适，那今天欢迎会取消，省点是点"这类奇葩言论，于是偷偷按住陈安的手，使了个眼色，道："你还想喝点什么？"

陈安垂眸，程乐乐的手和以前一样，白皙细长，又软又凉。

他心里不禁暗想，这算不算下属色诱老板？

色诱老板的程乐乐又晃了晃手："你喝什么？"

陈安问黄毛小子："有牛奶吗？"

黄毛小子说："没有。"

陈安皱眉。

黄毛小子又道："但是可以有。"

陈安问程乐乐："他是在学小沈阳？"

程乐乐满脑子官司，听到这句也禁不住低头笑了笑。

陈安太久没见过程乐乐的笑容了，那笑容纯粹而干净，就像绽放的花朵一般，让他忍不住想去揉揉她的头，唤一声"乖宝"。

陈安确定，这完全就是对方毫不自知的色诱，是他最需要防备警惕的陷阱。于是，他抽出了手，移开了眼，对黄毛小子说："既然店长坚持，那就上酒吧，果汁、牛奶都上一些，再来一些点心和水果。你按照人头自己搭配就好了。啊，水果和牛奶一定要新鲜。"

黄毛小子没好气地道："新鲜的可就贵啊。"

陈安见他态度敷衍，不是很放心，站起来道："算了，我跟你出去看看。"

这个地方怎么看都像是无证经营的黑店，他至少要确认程乐乐喝的牛奶是新鲜的。程乐乐不小心喝过一次过期奶，上吐下泻了两天，小脸蜡黄。从那以后陈安给程乐乐投喂前，都会看一眼食物的保质日期。

等走到外面，陈安才发现自己越界了。有些习惯刻进了他的骨子里。他安慰自己，关心下属的身体健康，也是一个老板应有的良好修养之一。

但这种安慰连他自己都难以信服，他只好警告自己，这是最后一次，下不为例。

76

等陈安再次进入房间的时候，一群人已经在打牌了。

程乐乐是其中一员，握着一副牌，牌面半仰着，几乎在座的各位都能看得见。她还跟个傻子似的皱着眉头，念念有词地算着牌。

陈安不动声色地坐到她旁边，说："出一对A。"

程乐乐不假思索地把一对A打出去了。

"我们是一家的！"对面那个员工喊道。

程乐乐说："哦哦，对不起啊黄薇。"但是她也没回头去嫌陈安瞎指挥。

按照陈安的要求，黄毛小子端了杯温牛奶过来。出于习惯，陈安立刻伸手替她接了过来，用指腹按在杯身上，试了试温度。

然后，陈安把杯子放在了程乐乐的身旁，怕她手肘碰翻了，还提醒她快点喝。程乐乐接过，像是喝药一般一口气喝完，然后舌头一舔唇周，把杯子递了回去。

陈安接了过来，一切动作都显得那么自然，就像小时候他守着程乐乐喝牛奶一样。然而，其他人捏着牌，目光饱含震惊地在陈安和程乐乐两人身上游走。

没有一个上司会监督下属喝牛奶。陈安首先反应了过来。前一秒他还在警告自己下不为例，后一秒手脚就仿佛不属于自己。程乐乐像是月亮，无论相隔了多远，相隔了多久，又无论他平时如何平静，到了时间，他照样得潮起潮落、汹涌澎湃。

然而，只有陈安为爱受困，程乐乐只会被牌局所困。她没发现刚刚那样有任何不对劲，蹙着眉转头问他："出哪张？"

陈安道："你自己打。"

程乐乐嘟了下嘴，思考半天，抽了一张出去，引得黄薇大喊："哎，姐，你怎么出这张啊？"

程乐乐牌技不如人，拖累了队友，感到很不好意思，只好专注聊天："黄薇，你们什么时候开学？"

黄薇是兼职生，才大一，考到了西部的一个民办大学，因为疫情一直上网课，到现在还不知道自己学校长什么样。

黄薇道："可能得到下学期了吧。姐，你在北京上的学吗？在北京追星是不是挺方便的？"

程乐乐说："我不追星。"

说完之后，她心虚地往陈安的方向看了看。

陈安没戳破，就当小时候散尽钱财买回来的杂志、海报、唱片、签名照都喂了狗。

沈大峰道："黄薇，你这个追星族填志愿时怎么没选北京啊？"

程乐乐心里警铃大作，感觉这个话题隐隐有些针对她。

黄薇顶回去："说得轻巧，你不上清北是因为你不想吗？"

程乐乐觉得这个话题太危险了，毕竟旁边坐着的那个人不上清北，确实是因为他不想。但至于为什么不想，又涉及敏感的那部分了。

程乐乐打岔："你是追星族？你喜欢哪个明星？"

"梁郁超！我是超超的超话主持人之一！"一提及偶像，黄薇显得格外激动，牌都掉了好几张。

程乐乐愣了愣。她第一次听到这个名字的时候，他还不温不火，为此她还特地上百度搜索过。没想到今年他突然大红大紫了。

程乐乐问："你喜欢梁郁超？有机会我帮你向他要签名。"

黄薇两眼冒着爱心："真的呀？我可喜欢他了。他进娱乐圈前是个学霸。"

程乐乐"哼"了声："那你是没见识过真正的学霸。"她心想，全国奥数金奖奖牌还刻在自己左胳膊上呢，可惜不能秀，憋屈。

"你看过他的成名作不？就是那个网剧《爱在离别时分》。"

沈大峰在旁边评价："一听这名字，就知道肯定是黏黏腻腻的无脑剧。"话毕，惨遭黄薇踩脚。

程乐乐漫不经心地抽了张牌出去："讲什么的？"

黄薇道："就是梁郁超演的那个男主和女主是一对兄妹。哥哥是收养的，喜欢上了妹妹，但是妹妹只拿他当哥哥。然后有一天，哥哥趁妹妹睡觉时，亲了她一下……"

程乐乐手中的牌一抖，突然她猛地站了起来，大声嚷："那什么，没人去唱歌吗？隔壁是谁在唱啊？要不去看看？"

她的脸像被颜料染过一样，从里到外都透着红。

陶宇刚从隔壁房间出来，一听程乐乐这超出平时分贝的激动发言，立马跑了过来，殷勤地问："店长，唱歌不？喜不喜欢陈奕迅？"

程乐乐口干舌燥地说："陈奕迅？陈奕迅当然喜欢，我是他的铁粉，每首歌我都会唱。"

"行，下一首就是我点的，也是我最喜欢的《兄妹》，我让给你唱。"

程乐乐看着这一群"提壶"专家，欲哭无泪，说："这首歌我不会唱。"

"啊？就那首啊，'就让我们虚伪，有感情，别浪费，不能相爱的一对，亲爱像两兄妹……'"陶宇以为程乐乐忘记了，自己先唱上了。

程乐乐恨不得扑上去捂住他的嘴，连推带搡地出了门："不唱陈奕迅了，唱别的去。"

出了门，程乐乐偷偷用余光瞄了眼陈安，也没怎么看清，但是感觉小哥脸色不大好。

唉，脸色能好得了吗？这一个个的，净往人家伤口上踩了。

程乐乐在唱歌的房间里闷头唱了两三首歌，借着上厕所的机会，路过刚才打牌的房间，却没看见陈安，不由得走进去问："陈总呢？"

沈大峰煞有经验地说："陈总走了。老板嘛，本来就是来结账的，露个脸就完事了，全程陪跑不合适。"

"哦。"程乐乐犹豫不定地问，"走的时候心情怎么样？"

沈大峰仔细回忆了一下："不大好。"顿了顿，他又说："可能今天花了不少钱吧。"

黄薇失望地说："想不到我们老板看上去这么帅，却是个小气人，太让人失望了。不像我家超超，都会自己掏腰包给粉丝买吃的喝的。"

程乐乐被她气死，心想：拿到梁郁超签名海报也不给你，始作俑者还倒打一耙。但出于领导威严，她不能把这么小心眼的话说出来。

她坐下来，给自己倒了杯水，问："那个叫爱在什么什么玩意儿的电视剧……"

黄薇一听来劲儿了，热情洋溢地推荐："《爱在离别时分》，姐，去看看吧，不好看我把头割给你。"

程乐乐想，我要你头干什么，又不能当球踢："以后卖票的时候这么热情就行。那这个剧，最后男女主怎么样了？"

沈大峰横插一句："当然是在一起了，这还用问？"

程乐乐感到疑惑："那妹妹不是不喜欢哥哥吗？"

黄薇道："后来喜欢了。"

"怎么后来就喜欢了？"

"亲完就喜欢了。"

程乐乐翻白眼："一亲就喜欢呀？那她压根也没当他是哥哥吧？换个人

来亲，难道她也喜欢那个人了？这剧太俗气了。"

黄薇在捍卫偶像和照顾上司情绪之间反复横跳，最后选择了沉默。

沈大峰嫌不够热闹，添油加醋地道："我猜，那个男主刚开始还是很穷的，结果发现，他的生父生母是财团家族的人，他还是唯一的继承人吧？"

黄薇问："你怎么知道？"

沈大峰不屑，程乐乐也跟着不屑："千篇一律。难道就没有男主落魄的剧情？"

"姐，你说王子变青蛙的剧情啊？"

程乐乐想了想陈安这七年来的情况："哦，可能从头到尾也没怎么'王子'过。"

"一直是'青蛙'啊。那你看《乡村爱情》吧，目前国内偶像剧不支持这种设定。"

程乐乐气愤地站起来："所以我国偶像剧把你们这些小朋友都教坏了！一个个都眼高手低的！"

"姐，干什么去？"沈大峰在后面喊。

"上厕所！"

黄薇问："店长脾气怎么这么差？"

沈大峰道："压力大呀，你连上七天从早到半夜的班试试？"

黄薇点头："可是老板这么抠门，也给不了店长多少钱吧？"

"通达给钱，你以为呢。"沈大峰故作老成地说。

"哦，那还行。通达那么大个公司，给钱肯定大方。看在钱的分儿上，辛苦一点就辛苦一点吧。"

另外一人插话进来："哎，你们有没有觉得陈总和店长之间怪怪的？"

"你才看出来？我那天都看见他们在门口牵手了。"

"啊？！"

"夫妻店啦，有什么好大惊小怪的。"

"难怪陈总的目光老黏在店长身上，我还以为他要'潜规则'程店长呢。"

……………

当员工在背后议论纷纷的时候，程乐乐已经在马桶上坐了老半天了。她琢磨着发个信息安抚下小哥，可是不知该怎么开口。

她去安慰，难保不会引起二次伤害。

程乐乐苦恼地叹气，再次想起昨天昏昏沉沉间做的梦。要不和小哥试试？

可是，大家都是成年人了，谈恋爱不是光聊聊天就可以的。当年光是一个亲吻都让她惊慌失措了好几个月，要是再进一步，她不得休克一年？

要是谈着谈着发现熬不下去再分手，那罪过就更大了。

她就不明白了，到底是哪个环节出了问题，好端端的亲情怎么就突然发生质变了呢？

黄薇的大嗓门穿透了好几道墙，在厕所还能听见她的声音。

程乐乐想起她说的那部《爱在离别时分》，以取经的态度打开视频软件，搜了下梁郁超主演的那部偶像剧。

她点开第一集，只见男主在花洒下洗澡，露了半天腹肌。然后镜头一转，男主下半身围着浴巾从房间里出来，被女主撞见，女主臊得直捂眼睛。

程乐乐想，这个妹妹怕是有点大病。

以前到了夏天，小区老停电，天热得不行，小哥都是光着膀子学习的，她连小哥后背上的几颗痣长哪儿都知道。要都跟这个妹妹似的，她的眼睛不早捂坏了？

编剧到底懂不懂什么叫作"一个屋檐下长大的兄妹"啊？

77

陈安到家洗完澡，看了会书，眼睛不经意间瞟到了书架上的爱心形盒子。

盒子上写有"光影记得"的标签已发黄，他打开盒子，里面厚厚一沓热敏纸票根，随着时间的推移全都褪了色，已找不到任何场次痕迹。

光影早已记不得，最后只有他记得。

被员工戳中痛处的陈安开始伤春悲秋，自怨自艾地走到阳台，看着楼下小院里生命力旺盛的枯草，不由得心烦气躁，有种想扔把火烧了的冲动。

理智终究还是有的，他离开了阳台，躺到床上盖上被子闷头睡大觉。

其实头发还没干，但他懒得管了。

奶奶住院时，摸着他的头说，他的头发软，心肯定也软，让他找到乐乐后，就把她接回来。

接什么呀，人家根本不稀罕回自己房子住，愣是为了躲着他！他心软有什么用？架不住有人铁石心肠。

程乐乐是他见过的最无情最冷酷的人，没有之一。

她从来不是乖乖的小白兔，是头嗜血的狼崽子。

正这么腹诽的时候，突然"当"地传来一声巨响。陈安以为屋里遭贼了，连忙站起来，扫视了一圈，没发现异常。

过了一会儿，又是一记"当"的响声。这回他听清楚了，是楼下传来的。

陈安抬头看了看表，十一点多了。

他踩着拖鞋下楼，停在防盗门外，竖着耳朵听里面的动静，里面传出走来走去的脚步声。

回来了？

刚刚还郁郁寡欢的心情此刻已烟消云散，这些天做的心理建设也被抛到了九霄云外。这会儿陈安只想着，以前在影院碰见那不叫回来，这才是真回来了。

有种特别妥帖安稳的踏实感。

他敲了敲门。

"谁啊？"程乐乐隔着门远远地问。

陈安不回，饱含期待地又敲了敲。

程乐乐正在洗手间洗头，洗到一半把水龙头掰折了，水滋滋往外冒。她顶着一脑袋泡沫，眯着眼睛，匆匆忙忙跑去开门。

门一开，竟然是陈安。

"你在洗澡？那我……"陈安尴尬地说了句。

泡沫流进了程乐乐的眼睛，辣得她睁不开眼，水滴滴答答地顺着脖子流进内衣里，全身都是黏糊糊的。这也太狼狈了。

程乐乐也不管了："小哥，帮我一下忙。"

陈安顿住："怎么了？"

"水龙头坏了，你帮我关下总水阀。"程乐乐一时没想起来家里总水阀装在哪里。

陈安明白过来，快步走到厨房，蹲在水槽下面关了阀门。

关好后，陈安走到卫生间去看怎么回事，一脚踏进去差点滑倒。里面跟进了强盗似的，洗脸盆上残留着半个水龙头，正往外冒着残留的水；花洒被卸了下来，散落的几个脸盆里泡满了衣服；四处都是黑色的鞋印。

程乐乐用毛巾把脑袋包住，指着那一团凌乱推卸责任："这不怪我。洗衣机坏了，花洒坏了，刚才水龙头也坏了。"

不怪你怪谁，哪个物件能等得起七年？也就我自个儿受得住。陈安在心里嘀咕着。

陈安问："没洗成澡？"

程乐乐"嗯"了一声。陈安往楼上抬抬下巴："你去上面洗。"

程乐乐这几天住酒店，断断续续地抽空回来收拾了几次，今天第一天正式搬回来便厄运不断。她现在全身又凉又黏糊糊的，也就不和小哥客气了。

她跑去房间随便拿了件换洗衣服，便往楼上跑。

陈安掩上门，决定去小区门口的五金店碰碰运气。五金店老板喜欢在店里打麻将，关门关得晚。

陈安赶到那儿时，老板正在收拾麻将桌。他拿了花洒和水龙头，又塞了一卷生料带，付了钱。出门的时候正好碰上隔壁水果店的老板盘点，他一眼瞄见靠近门口的又大又紫的葡萄，估计味道也该是又香又甜。

回到一楼，他拧上新的花洒，卸下残留的水龙头换上新的，把三盆衣服陆续搬到二楼阳台的洗衣机处，又拿拖把下去把地拖干。

清理完，他支着拖把看了下周围，猜测这两天程乐乐过来收拾过，除了卫生间，其他地方都还凑合，至少没闻见霉味。他进房间摸了下被褥，是新的，放心了。看来人还没那么傻。

房间一角敞着个行李箱，里面散落着几个小礼物盒，用五颜六色的包装纸包着，挺用心的样子。

一周前，陈安还在疑心程乐乐在影院撞见他后会辞职走人，现在却已经在短时间内冒出了新的想法。

陈安对着这一堆花花绿绿的包装盒子想，里面应该有我一个吧？没准都是我的。

毕竟她都打算回泰溪工作了，肯定打算见他一面的。

她回来第二天就能跟他认错，求他原谅，这么自然而然地说出来，应该是原来就计划好要跟他道歉的。

程乐乐嘛，最喜欢制造惊喜了，见面总得带点道歉的礼物。

一个不够，三个四个也不算多，这些都无所谓，心意最重要。

前几天他还理智地怪程乐乐求原谅说得过于轻巧，如今只因她搬回来了，就把辛辛苦苦做的心理建设抛在了一边，任由自己想象出一堆有的没的。总之，程乐乐没给他铺的台阶，他自己一个人全给铺好了。

程乐乐给一点甜，他便能忘掉所有的苦。

78

程乐乐洗完澡出来，见陈安正坐在客厅看书。她扫了一眼书名，《贫穷的本质》。

程乐乐想，小哥连做穷人都要做得这么高雅。

"脏衣服在洗衣机边上。我不方便帮你洗。"陈安头也不抬地说。

"哦。"

程乐乐走过去，把三盆衣服一股脑全都倒了进去。

"……"他忘了，在生活自理方面，程乐乐一直是个"渣渣"。

程乐乐倒完衣服，按下按钮，这时才注意到洗衣机是某知名品牌旗下高端系列的产品，一台就得一两万，再加上上面搁着的烘干机，一套加起来要不少钱。她再看了看周围，虽然东西布置都没怎么变过，但七年肯定够更新一轮电器家具了。小哥用的都是价格不菲的品牌货，总结一下就是"富贵过"。

重点不在"富贵"，而是"过"。

现在连给员工买酒的钱都没有，还得看《贫穷的本质》来研究自己为什么这么穷。

想起陈安中途离场，程乐乐有心讨好他，踩着洗澡用的塑料男拖鞋，跟只企鹅似的啪嗒啪嗒走过去："小哥，你饿吗？"

她准备给陈安做个夜宵吃。

陈安以为是程乐乐肚子饿了。他最近不是在出差就是在曾州开会，没常回来住，于是合上书道："家里只有泡面，你想吃自己泡。"

说着，陈安站起来，看了眼她湿漉漉的头发，嘴唇动了动，没说什么，拿着书去了房间。这本书是和平安喜乐对接的慈善基金会理事推荐给他的，他约了对方后天打高尔夫，准备今天看完。

进了房间，翻了几页，里面讲印度小孩怎样怎样，但他暂时看不下去。

他现在更关心外面的本土小孩。

某个小孩感冒了还不吹头发，再不去管管就得卧床。这世上没有上司伺候下属的道理，他不能让事情发展到那个地步。

他听见外面的动静，开了门，假模假式地跑去厨房，进去就吼："乱转什么？没找到吹风机？"

程乐乐开着冰箱门，表情犹如树懒，缓慢地吐出一个字："啊？"

陈安欲盖弥彰地说："吹风机就在洗手池下面，怎么会放到冰箱里？"

程乐乐看着空荡荡的冰箱，想的又是另外一回事。

以前她到楼上，冰箱里全是她爱吃的东西，防空警报一响，断粮一个礼拜都不用担心。现在却都空了，也不知道是因为穷，还是为情所困，小哥都不会好好照顾自己了。

陈安看她还开着冰箱门，也不怕被冷气吹着，没好气地替她关了："去换拖鞋。湿答答的，走得到处都是水渍，地板都要泡坏了。"

程乐乐怏怏不乐地走去鞋柜，拿了双棉拖鞋出来。

"头发头发，头发也在滴水。"

程乐乐又翻出吹风机，边吹边想，小哥可真挑剔啊。

唉，肯定还是对她有气，爱而不得的气，七年前受伤的气，濒临破产的气。

反正千错万错都是她的错。

她吹着头发，掏出手机搜索"渣男怎么哄女人开心"。她现在觉得自己挺像个渣男，给不了名分，但又舍不得对方生气。

七年前她离开小哥，也是出于这样的担心。她本来希望小哥不被自己所累，在干爹的庇护下，实现属于他的灿烂人生。可惜，一切都不尽如人意。小哥家道中落，事业受阻，还被爱蒙了心智，贷款六百万买了个废品，负债累累到连团建都要限制高消费的地步。

当年那么耀眼出挑的人物，如今跟她一样，只能蜗居在这个老破小的房子里。何其让人心酸！

79

吹完头发，程乐乐泡了碗面，继续点开《爱在离别时分》，两倍速观看。

快要吃完面的时候，剧情终于放到两人亲嘴那段了。男主趁女主高烧生病昏睡时，亲了女主一下。

剧情往后推进。亲了之后的第二天，女主连看男主的脚脖子都能想入非非、面红耳赤了。

刚好，陈安到桌边倒水喝，程乐乐吃着面，偷偷去看陈安的脚脖子。

她想起来，小哥踢球时，跟贝克汉姆似的，是黄金右脚。她头往那边偏了偏，又去看了眼他的左脚。

挺白的，很干净。

这有什么值得遐想的？女主是恋脚癖吧？

她烦躁地锁了手机屏幕。

程乐乐觉得她和电视剧里的女主完全不是一个情况，这剧情不具备参考价值。

她面对陈安就像面对程栋，他们都是亲人。好比黄薇可以评价陈安帅，而她对小哥的帅是没知觉的，因为他俩之间是超越了性别、超越了审美的情感关系。

手机叮了下，大学嫡系学妹给她发来一个链接，说是为选修课《婚姻与爱情》的论文设计的调查问卷，意在了解不同年龄群体对婚姻的看法。

她花了几分钟填完，问："这门课教你们怎么喜欢一个人了吗？"

学妹："你是说爱情的保鲜方法吗？"

程乐乐："就是怎么让自己对一个人动心。"

学妹："学姐，我只听过问怎么让别人对自己动心的，你是被大人包办婚姻了？"

然后，学妹发了一个名为"先婚后爱"的网盘文件包给她："小说里都有，慢慢看。"

程乐乐翻白眼："那有没有把亲人发展成爱人的教程？"

学妹："这违法吧？"

程乐乐又翻了个白眼，继续打字："就是那种从小一起长大的……"

她灵光一闪，想起了以前参加过婚礼的那对青梅竹马。

想到这里，程乐乐立刻去敲陈安的房间门。

今晚陈安注定是看不完这本书了。他懊恼地想，下属大半夜敲上司的房门，是要做什么？

他隔着门喊："干什么？"

"睡了？"

陈安没搭理。

程乐乐自顾自地回了句："哦，那你睡吧。"

陈安翻了一页便觉得心浮气躁，站起来开门，见程乐乐正坐在沙发上。她一条腿蜷着，另一条腿自然地垂着。棉质的睡衣贴着锁骨，肩胛骨凸起，头发黑亮浓密。

听到开门的动静，程乐乐面露愧色："被我吵醒了？"

"找我干什么？"

程乐乐挠了下头："你还记得那个种葡萄的表舅公吗？"

陈安不耐烦地道："给你买葡萄了。"

程乐乐听得一头雾水。

陈安平缓了下语气："表舅公身体不好，几年前就不种了。"他还想说，谁让你不回来吃，现在吃不到难受了吧？

但怨气太重，终究没说出口。

程乐乐"哦"了一声："我想问的是，你有表舅公二儿媳妇的微信吗？"

陈安："……"

陈安不想和程乐乐说话了，长腿一迈，闪进了屋里，"砰"地把门关上了。

程乐乐都没加他的微信，怎么可能轮得到表舅公二儿媳妇？！那是谁啊？

直到衣服烘干，程乐乐也没见陈安再出房门。

小哥的情绪就跟活火山似的，时不时地要爆发一下。她唉声叹气地下了楼，进了自己家。一打开门，她就见到餐桌上多了一样东西。

一碗剥干净了的葡萄肉！

再去卫生间一看，收拾得干干净净，东西也都修好了，简直像"田螺先生"来过一样。

她坐在沙发上，惆怅又甜蜜地想，没有小哥我可怎么办呀。

明明这七年，没有小哥，她咬着牙也撑下来了。

80

陈安这些年的睡眠情况很糟糕，作息不规律，入睡困难，深度睡眠时间很短。可这一晚，他前所未有地睡得香甜。他梦见楼下院子里的草被他一把火烧了，烧得他畅快肆意。他对着熊熊烈火自酌自饮，还借着火烤鸡翅膀。

梦醒时分，他听见楼下又有窸窸窣窣的声音。他走去阳台，见院子里蹲着一个人，头发用一根筷子固定在脑袋顶。从上往下看，只能看到一个晃来晃去的丸子头。

有人在拔草。

陈安转身去了卫生间，挤了段牙膏，牙刷塞进嘴里的时候，嘴顺势咧开了。

那些杂草，他看不顺眼已经七年了，都快成了他的噩梦，再不除他都要魔怔了。程乐乐现在把草除干净，仿佛也把堵在他心口的那团气疏通了，让他顿觉神清气爽。

漱完口，他不经意间抬起头，见到镜子里的自己笑容洋溢，立马给自己开了张罚单。

邻居除草，有什么好开心的，顶多明年夏天少点蚊子罢了。

程乐乐拔完草，气喘吁吁地一屁股坐在了小草垛上。

现在院子空了，露出了裸露的泥土。她想起妈妈在的时候，这里种了不少月季、海棠，爸爸也搭过丝瓜架。她浇过几次花，摘过一两个瓜，但当初偷懒，种植养花的知识却是一点都没学。现在爸爸妈妈都走了，想问都没地方问，也不知种点什么好。

和煦的晨曦穿过石榴树的枝丫，温柔地洒在她身上。她傻坐着发了会儿呆，觉得心底跟这片荒芜的院子一样空落落的，还有种茫然的孤单感。

她进了屋，捞出凉好的水煮蛋，放在一个大碗里，抱着碗上了楼。

陈安昨天临时回来，来不及买储备粮，刚下单了早餐外卖，但不小心点多了。他觉得，一个人吃不完的话，可以分享给邻居。

听见敲门声，他想，或许是程店长拿着礼物来抱上司大腿了。

他开了门，差点被一个高举的大碗撞到鼻子。

"小哥，吃早饭吗？"透明碗后传来精气神十足的声音。

陈安把碗往下摁了摁，随口一问："你煮的？"

程乐乐点头。

"熟了吗？"

程乐乐一副胸有成竹的模样："当然了，怎么可能笨到连水煮蛋都不会煮？"

陈安心想，以前可没见你煮过一回。

他往后退了点，迎她进去，掏出手机，飞速地退了订单，但餐点已经送出了，他在联系对话框里直接给骑手留言说不用送了，让骑手自行处理。

两人坐在餐桌边。陈安默契地剥鸡蛋壳，吃蛋白，程乐乐吃蛋黄。

静谧而美好，很像多年前的画面。陈安一边沉溺其中，一边又担心这种无声无息的渗透会让他再次自食其果。毕竟，难得睡了一个好觉，他的脑子比昨晚还是清醒了一些。

他咽下一口蛋白，像是领导在问候下属："今天工作有什么安排？"

程乐乐吃得跟只花栗鼠似的，两腮鼓鼓囊囊的："要去趟天合。"

学生是影院的重点推广对象，可惜泰溪太小，没有高校。程乐乐退而求其次，在摸排完影院周边的一圈后，盯上了离影院四五公里、规模中等的天合职业技术学校。比起普高，技校学生的时间更自由，也有一定的消费能力。

天合是陈筱牧的母校。在历代学生的反抗下，学校的管理方式比以前开放了很多。这所学校的学生凝聚力很强，校园里有不少小团体，因此也产生了几个有影响力的头目。

陈筱牧自毕业后就没和母校联系。她用校友网账号登进内部论坛，尝试替程乐乐约见其中一个风云人物。然而，等了几天，对方都没回复。程乐乐不想再等，她知道那人的名字和长相，于是决定直接去学校碰碰运气。

"干什么去？"陈安问，又补了一句，"今天是休息出去玩吗？"

程乐乐心想，我现在哪里有时间玩，恨不得有三头六臂，一天 24 小时都用来工作。

但她没敢这么嚷嚷，掸了掸手中的碎屑，说："去谈业务。"

陈安"哦"了一声，不知道怎么把话题再继续下去。在平安喜乐，他只给目标，不会干涉下属的具体操作。因为缺乏经验，所以在和程店长展开工作讨论时，他显得笨拙且敷衍，这让他听上去确实像个对事业兴趣寥寥的"软饭男"。

沉默了两秒后，陈安艰难又努力地问："什么样的业务？"

程乐乐抬眼看了看陈安，问："你要不要一起去？"

陈安今天很忙，由于昨天例会上他没有全神贯注并且中途离开，导致本应昨天就做出决策的项目还在等他拍板。另外，由于之前陪奶奶住院和去深圳出差，他的邮箱里已经积攒了好几页待处理的邮件，且大多标了紧急的标识。

他问："要去很久？"

程乐乐低头："你要是有事就别去了。"

陈安不假思索地道："我没事，在想赶不赶得回来吃饭。"

程乐乐眼神奇怪地说了句："赶不回来就在外面吃呗。"接着，她又想了想，内心凄楚了一阵："也有便宜的餐馆，不会比自己做花更多钱。"

陈安厚着脸皮应着："嗯，也是。"

程乐乐翻出手机打开地图，查找公交路线。

陈安把最后一个蛋黄放进碗里，说："我开车过去吧。"说完之后，他顿了顿，心想，自己该不该有车？

程乐乐没多想，陈安在十八岁时就开着干爹的车往返泰溪，毕竟瘦死的骆驼比马大，他也"富裕过"，现在有自己的车不足为奇。

"回来的时候，我想坐一趟从天合到星辰的公交，看看学生们来影院的沿路风景。我们还是别开车过去了。"程乐乐又雀跃地道，"小哥，我们好久没一起出行了，待会儿我们像小时候那样坐公交去天合吧？"

陈安觉得，上司和下属出门"谈业务"名正言顺，乘坐什么样的交通工具以及这个交通工具有什么历史渊源，并不需要介意。

陈安还穿着睡衣，程乐乐叮嘱道："注意一下着装。"

"要穿西装？"

程乐乐道："千万别，又不是去卖保险。听说那边门卫看得很紧，穿得太正式溜不进去的。穿校服有点过了，怎么年轻怎么来吧。"

当听到"溜进去"三个字时，陈安的眼角明显抽动了下。

"你不是去谈业务吗？为什么要溜进去？"

程乐乐顿了顿："这个不重要。你换衣服吧。"时候也不早了，程乐乐直接进了房间打开柜子门挑衣服："帽子有吗？眼镜呢？"

陈安跟进去，站在她身后，伸长胳膊，从她的肩膀旁边探过去拿了一顶帽子戴到头上。程乐乐转过身，仔细打量。两人离得很近，陈安能闻到她身上好闻的洗发水味道。

程乐乐又转回去，掏出另外一顶帽子戴在自己头上："这个借我戴下。"

柜子旁没有镜子，程乐乐打开手机自拍看效果。画面里映入书架上一个非常扎眼的爱心小盒子。

她想起来，这好像是陈安用来放票根的，那时他说等积满了可以向他兑换一个大礼。

她曾收到过的最贵重的礼物是一把房子的钥匙，但小哥从来没说那是个大礼。

现在这个大礼……唔，可不就是那个价值六百万的影院……

程乐乐的镜头再转了转，书架上放满了她送给他的大大小小的礼物，甚至连当年泰溪影院颁发的"最忠实观众"奖牌也混在其中。

程乐乐垂下了眼。有点感动，有点无奈，有点愧疚，还有很多无以为报的压力。

对她来说，比起拯救一个奄奄一息的影院，从零开始培养一段爱情好像更难。

可是，她也舍不得让小哥再这么等下去了。她得加把劲了！虽然她完全不知道该怎么努力，但革命意志已坚定，事在人为！

程乐乐握紧拳头下了楼。

81

公交车站牌下站了一对年轻男女，虽然都戴着口罩和帽子，但旁边几个等车的人还是不由得多看了几眼。

女生化了很淡的妆，戴一对大圆耳环，衬得脸庞小巧如巴掌，皮肤白皙，眼睛黑亮，上身穿黑色的露脐短装，下身搭配一条快要拖地的白色长裙。男生则肩宽腿长，因眼镜和口罩的遮挡，看不清外貌，但鼻型过分完美，身着一件套头卫衣加破洞牛仔裤，青春洋溢。

两人都戴了同款鸭舌帽，应该是学生情侣。

他们要乘坐的车来了。等车的人都是前往大时代方向的。乘客们挨个排队上车，等他们进去时，车里已经没有空座了。

两人勾着拉环，随着晃动的车略微摇摆。

突然，车前有行人闯红灯，司机紧急刹车。

情急之下，程乐乐抓住了陈安的手。等车再次开动，程乐乐假装忘记了这回事，没有立刻抽出手。

十八岁以前，陈安经常牵她的手。她本来很习惯这样的相处方式。然而，当她得知真相，意识到这是很亲密的相处方式之后，再次被小哥牵手过马路时，她记得当时自己的手僵硬得仿佛血液都要凝固，还产生了非常强烈的甩开手的冲动。

现在，她想趁机做个实验，看自己的反应是不是还像当年那么强烈。

可能是因为最近触碰过好几次，她感觉不是那么难以忍受，但也没有早年那种左手牵右手般的自然感觉。

隐隐有种这是一双男人的手的认知。

很好。

然后，程乐乐偷偷把另一只手放到胸前，测量自己的心跳速度。

很稳，很安详。是体检医生都会点赞的程度。

她默默把手抽了回来。

小鹿乱撞、怦然心动什么的，也许只存在于先婚后爱的小说里。

而被测试的对象陈安，眼观鼻、鼻观心，站得比旁边的不锈钢扶杆还直，连被旁边那位女士的高跟鞋踩到脚时都没皱一下眉头，仿如一尊英俊的蜡像。

到了天合站，两人下了车。

疫情期间，学校实行封闭式管理，本来占地面积就不大的学校还关闭了两个出口，只剩下一个正门通行。正门旁是气派的门牌，"天合职业技术学校"八个大理石大字旁是一座巍峨的石牛浮雕，下面刻着一行小字"公诚勤朴、开物成务"，大约是学校的校训。

石牛旁是一道不锈钢镂空伸缩门，只开了供两人进出的口子。口子边上是保安亭，保安亭内有个小青年在打盹。

正值上课期间，并不见有学生进出。

程乐乐盯了半天，转头和陈安说："小哥，听说过一句话吗？没有翻过学校围墙的人生是不完整的。"

陈安面无表情："没听说过。"

程乐乐："那你现在听说了。"

陈安问："程乐乐，你为什么谈个业务谈得像地下党接头？"

十月的暑气依旧很盛。程乐乐站在大太阳底下，额头起了密密一层汗，毛茸茸的头发贴在额头上，一绺一绺地黏在一起。

她蹲了下来，摘下帽子扇了扇："也是，我是来卖电影票的，现在搞得跟卖盗版光碟似的。"

"回去吧。"陈安作势要走。

程乐乐一把拉住:"门还没摸到呢,怎么就放弃了?"

"你以前上学时不是老说,'世上无难事,只要肯放弃'吗?"

程乐乐莫名"中枪",随口说道:"那你不是最擅长坚持吗?"说完,她感觉自己好像捅了马蜂窝。正好,有两个学生模样的人从学校出来,她眼睛一闭,挽着陈安的胳膊道:"走。"

陈安看了眼贴在身上的手臂,感觉一言难尽,像是被诱拐着拽过去的。

因为做贼心虚,在经过那道门时,陈安和程乐乐表现得十分僵硬,演技拙劣。

眼看两人就要平安进入校区,保安亭内一个穿着黑色警卫服的人突然走出来,嗓门粗犷地叫住了他们:"同学!"

程乐乐大喝一声:"跑!"

陈安拉住了她。

被保安追着跑的经历,他十五岁没经历过,也不想在二十五岁经历。

陈安转身,礼貌地看向保安:"你好。"

保安不满地伸手指了指,又点了点玻璃上贴的宣传单:"进出都得出示健康码!"

两人呼出一口气,乖乖地掏出手机,保安在旁边笑道:"吓成那样,翘课约会去了吧?"

陈安点头,程乐乐立马和陈安十指相扣,朝陈安肩膀方向歪了下脑袋:"哈哈,哥哥真是目光如炬,被你看出来了呢。"

保安沉下脸:"没有下次啊!"

"嗯嗯,谢谢哥哥!"

亮完健康码后被放行,程乐乐牵着陈安一直往前走。保安亭后面即是一个大操场,两人手牵手地沿着操场旁的小路走了好久,程乐乐才敢往后看,发现保安早已不见踪影。

程乐乐松开手,整理了下黏在身上的衣服,道:"我就是被你管得太严了,一点坏事都干不了。要是陈筱牧在,绝对不会像我这样。"

陈安揉搓了下手心的汗,道:"乖一点有什么不好?"

程乐乐热得摘下口罩,用手蹭了下脸上的汗水,应和一句:"挺好挺好,我是乖宝嘛。渴死我了，买瓶水去吧。"

82

一打听，最近的小卖部在篮球场附近。两人又在烈日下暴走了一会儿，已是大汗淋漓。

陈安拿了两瓶冰水，替她拧开之前顿了顿，问："能喝冰的吗？"

程乐乐接过来，直接拧开喝了大半瓶，缓过来一点，向小卖部的阿姨打听："姐姐，请问机修班的教学楼在哪儿啊？"

陈安看了眼阿姨两鬓斑白的头发，暗暗佩服程乐乐叫这声姐姐的胆量。

阿姨道："教室都在南边那座楼里。你去那儿找个同学问就知道了。"

"谢谢姐姐，生意兴隆。"

阿姨见她礼貌，又问："你也是来找邵康的？"

程乐乐惊奇地睁大眼睛："姐姐，您是能掐会算吗？"

阿姨得意："嗜，我看你不是这个学校的嘛。到这问机修的，肯定是冲着邵康来的，你也别去教学楼了。邵康就在前面那篮球场打球呢。"

程乐乐远远望去，篮球场上人影晃动，不时传来喝彩声。

程乐乐道："姐姐，再来两瓶脉动，给个袋子吧。"

阿姨问："要不要这个？"说着递过来一个发箍，上面有一对红色的小牛角，是听演唱会时戴在头上的那种。

程乐乐疑惑地问："这个是？"

阿姨不解："邵康喜欢打篮球，又叫什么来着，对，叫斗牛，应援色是红色，这个是看球必备，你不知道？"

程乐乐点头："知道，知道。"然后把那个小牛角发箍也放进了袋子里。

走出小卖部，陈安问："邵康是你要谈合作的人？"

"嗯。"

"你没约上他，来这逮他？"

"嗯。"

"不用做到这个地步吧。"陈安沉着脸说。

"小哥，瞧瞧人家都有应援物了，请他做个校园形象代言人，学诸葛孔明三顾茅庐也不为过吧。"说着，程乐乐就往篮球场那边跑去了。

83

陈安并不喜欢和程乐乐一起看球。

高一那会儿，他代表学校抽空出战过几场跨市的足球友谊赛。他想让程乐乐放松放松，便把这个拖油瓶一起带去了。

程乐乐在泰溪几乎和他形影不离，学校校服又出奇地丑，所以在泰高并没有那么多人打程乐乐的主意。

然而就像全梓荣说的那样，程乐乐天生就是足球宝贝。出了校门，到了球场，尤其是程乐乐全神贯注时，眼神总是热烈，姿势总是昂扬，随随便便就能引来很多关注的目光。

他在上面踢球，程乐乐在下面呐喊助威。这期间，不停有借机和程乐乐搭讪甚至胡搅蛮缠的男生，让他踢球老是分神。

最后一场比赛，他因事耽搁，稍晚了一些才去换衣服。还没进更衣室，他便听见来自陌生城市的那几个男生正在对程乐乐评头论足，言辞不雅，间或传来猥琐的笑声。于是，他在对方的主场大打出手，队友闻声全都加入进来，最终演变成了打群架。好在带队老师就在附近，及时制止了这场纷争，没有让事态继续升级。

他长久以来的乖学霸形象，让他侥幸避开了学校的惩罚，不过在这之后，学校再也没让他参加过任何比赛。

露天篮球场很破旧，水泥地上有好几处裂缝，篮球架上也是锈迹斑斑。附近没有座椅，观赛的人只能站成一圈，很原生态的样子。

虽然烈日当空，又是上课时间，但观看的人不少。男女各占一半。女生的头上果然都戴着愚不可及的发箍，眼睛全都盯着场上穿蓝色 T 恤、戴白色护腕、浓眉大眼的男生。他应该就是邵康了。

陈安一眼扫视完，提醒程乐乐："既然你是来谈合作的，就要给对方留下稳重的印象，发箍就不要戴了，安安静静等他比赛完就好了。"

还没等程乐乐说话，他们就被旁边女生的尖叫声差点震聋了耳朵。好像是邵康进球了。

程乐乐想了想，决定听从陈安的意见，没有戴那个发箍。

她摘了帽子，也不嫌热，解开马尾辫，让浓密蓬松的长发散落下来。然后，她在包里翻了翻，掏出一副墨镜戴上，还重新涂了个烈焰红唇，冷酷又安静地站在一旁。

陈安在心里翻起了白眼。

程乐乐就是传说中的心机女吧。眼见着旁边全是十六七岁的狂热小女生，她无法脱颖而出，便立马扮出成熟御姐的样子，鹤立鸡群地站在其中，格外夺人眼球。

她偷偷问陈安："怎么样？"

"什么怎么样？"

"小哥，我发现你真的很有见地。我现在这样稳重，'小狼狗'应该会一眼注意到我吧？"

陈安差点气成内伤："什么'小狼狗'？"

"邵康才十八岁嘛，不是'小狼狗'是什么？"她突然压低声音，嘴型几乎不动，只用气音和陈安交流，"他看过来了看过来了，他的目光是不是在我身上多停留了一秒钟？"

程乐乐散发魅力、竭力赢取男人关注的样子让陈安的怒火越烧越旺。以前她对那些不怀好意搭讪的陌生人的态度虽不至于冷淡，但还是礼貌疏离的，偶尔还会向陈安倾诉心中的不解，抱怨她的漂亮给她带来的一些困扰。

他没想过，程乐乐有朝一日会为了达成目的利用自己的外貌优势。

社会上确实存在各种各样的规则，但他的公司、他的职场还没必要苟同或臣服于这些，不然便是他的无能。

因此，他认为，即便他不是她的男朋友，作为她的上司，他也是有资格生气的。

陈安板着脸，一板一眼地教育道："程乐乐，用美色换取工作成绩是令人不齿的。"

生硬的语气让程乐乐的脸倏地转了过来，两眼炯炯有神地盯着陈安，许久都没说出话来。

直到前方吹响了口哨，程乐乐才抛出一句渣男经典用语："你要这样想，我也没办法。"

然后，在墨镜的掩护下，程乐乐拼命睁大眼睛，忍住眼眶里的泪水，目送几个小女生上了球场。

过了一会儿，邵康在小女生的簇拥下走了过来。当他路过程乐乐身边时，突然停下了脚步。

"小姐姐，你不是我们学校的吧？"

太阳很大，眼里的液体快速挥发。程乐乐摘下墨镜，露出一个带着点社交性质的笑容："你好，邵康同学，我是慕名而来的粉丝程乐乐。不知道我有没有荣幸请你喝杯咖啡呢？"

邵康又看了眼站在她旁边的陈安："这位是？"

"啊，这是我男朋友，也是我的领导，陈安。"

程乐乐出门谈业务时，常遇上骚扰或纠缠。吃过几次亏后，在见陌生异性的场合，她习惯在无名指上戴戒指，以避免一些不必要的纠缠。因为今天有陈安陪着，她没有戴。

陈安冰冻了快三分钟的脸终于有了点松动的迹象。"男朋友"，虽然是假的，但临时演员的身份也让陈安心动不已。

他暗自反省，他刚才那样说话是不是很过分？

邵康打量了一下陈安，夸赞道："小姐姐，男朋友很帅啊。"

程乐乐笑道："不如邵康同学有人气。"

84

学校没有咖啡吧，最后三个人坐在小炒窗口前的简易桌边聊了聊。

里面没有空调，电扇的遥控器由餐厅管理人员保管，只能在固定时间开启，好在有微弱的对流风，不至于闷热。但卫生情况不是很好，几只苍蝇绕着他们转，微风还能带来一股难闻的泔水味道。

陈安不是很介意这些，深圳的董平也请他吃过隆江猪脚饭。只是他不是很想让程乐乐待在这里。程乐乐虽然出生在普通家庭，但衣食住行方面都还算讲究，偶尔她要求吃一顿露天大排档，陈安陪她去之前，也要提前确认一下卫生情况。他曾把她当小公主来养的。

程乐乐说明了来意。她想邀请邵康做星辰影院的校园区代理，作为回报，她能给到他接近最低发行价的价格，每售出一张票给他提成。

"泰溪很小，小情侣出门放松，娱乐选项就那么几样，主流的娱乐活动还是看电影。泰溪就两家影院。大海影院'高大上'，但价格高，对学生很不友好，即使用学生证打折，一张票也要四十几块，两个人随便再消费点，没有一百块下不来。天合不是贵族学校，我相信，对绝大部分学生来说，这样的价格是不利于他们多次消费的。何况我还在贴吧上看到，技校的同学因为打扮成熟，经常被大海的售票员刁难，怀疑他们的学生证是假证，服务体验很差。"

程乐乐顿了顿，给邵康一点考虑的时间，接着道："我知道邵康同学在天合的影响力来之不易，也很珍惜自己的羽翼。我保证星辰影院会给天合的学生最有诚意的价格，也会提供最优质的服务。如果合作愉快，未来我们还会赞助学校的社团活动，尤其是你的篮球队，会放在最优先的位置考虑。"

邵康表现出与他年龄不符的稳重，即便心动，也表现得云淡风轻："程姐，我考虑考虑。"

程乐乐噘了下嘴，把微信二维码放到桌上，带着点娇音："邵康同学不要让我等太久喔，不然我会失望的。"

陈安全程没有开口说话，听到这句时忍不住瞪了一眼程乐乐，然后目光垂下，看到桌上那个二维码，并非是程乐乐发他第一封邮件里的那个企业微信二维码。他也一直没有扫那个。

他很别扭地等着程乐乐用私号加他，但没有等来，相反，她昨天嚷着要加表舅公的二儿媳微信，现在又很自然地加了一只"小狼狗"的微信，唯独没想起来加他，好像他的微信不值得加一样。

等邵康加完程乐乐的微信后，陈安把二维码打开，盖在程乐乐的手机上，道："邵同学也加我一个吧。"

陈安的本意是提醒程乐乐加他的微信，然而邵康愣了一下，一边扫码一边打趣道："陈哥是担心我和程姐单线联系，要监督我吗？"

程乐乐这些天忙得脚不沾地，压根没留意到自己还没加陈安的微信，因此也没领悟到陈安的暗示，还被邵康带偏了关注点。她想起刚才陈安讽刺她仗着美色行事的样子，才知小哥这是吃醋了。

然后她后知后觉地反省到，当着喜欢自己的人的面，去吸引另一个异性的注意力，无论是出于什么原因，都是非常不妥的。她当时说"小狼狗"之类的话，无异于火上浇油。

于是，她很认真地对陈安说："欢迎监督，我绝对不会犯错误的。"一边说，一边下意识地收回了手机。

陈安看着她把手机放进了口袋，点了下头，站了起来，绝口不提加她微信的事。现在连他自己都搞不清楚，他到底在坚持什么。可能是因为他一直坚持用泰溪的手机号以及这个手机号绑定的微信号，是在坚定地等她来联系他。如果他主动去加，就会显得自己很卑微。

从天合回来后，程乐乐发现陈安的心情变得有些低落。她猜陈安还在吃醋，所以一路上都在努力地哄陈安开心，解释自己刚才那样打扮纯粹是为了吸引关注，增加谈话的可能性，不过确实有点投机取巧了，她已经深刻反思了自己的行为，也保证以后不会再这样了。

　　陈安想了下，如果放在其他上司眼里，程乐乐在篮球场的表现或许会得到随机应变、灵活机敏的夸奖，而且之后的洽谈也体现出了她的工作能力。于是他像个合格的领导一样对程乐乐说："我没有生气。还有，你和邵康谈合作时，表现得很好。"

　　虽然陈安这样说，但程乐乐还是敏锐地感觉到他并没有释怀。到了影院后，她又像个渣男似的开始搜索送什么礼物能哄另一半开心。

　　以前，她有很多浪漫的心思和大把的时间去精心设计礼物，但现在由于工作过于饱和，她实在没精力再去制造惊喜。

　　搜了半天，也没查到什么有价值的答案。

　　程乐乐给陈筱牧发微信："小哥生我气了，买什么礼物能哄他开心？"

　　陈筱牧回："不娶何撩？"

　　程乐乐删了又改，改了又删，最后只打了两个字发出去："我娶。"

　　陈筱牧发了一串感叹号后，道："我怎么有种逼良为娼的错觉？"

　　程乐乐："好了，能告诉我买什么礼物了吗？"

　　陈筱牧闪回："你洗干净躺到他床上就好啦。"

　　程乐乐："滚。"她心想，横店都把这孩子教坏成什么样了。

85

　　陈安工作到凌晨两点才关电脑。

　　入睡前，他随便浏览了一会儿朋友圈，又不由自主地开始想，程乐乐什么时候才能主动加他微信。

　　七年前，程乐乐说，希望他永远不要去打扰她。而现在她又说当年自己犯了浑，求他原谅，他没怎么挣扎就任她再次闯入自己的生活，但终归残存了一点自尊心，当年那句话留下的伤害偶尔还会触动他。

　　他在赌气，也在钻牛角尖。他决定，如果不是程乐乐主动来找他加微信的话，他就不主动加她了。

　　然后他又想起程乐乐今天一路上哄他的样子。其实今天她全然没必要这么做，相反，小肚鸡肠、说出那么难听的话的自己更应该说声对不起。但程乐乐很习惯哄他，就像奶奶说的那样，不管是不是她的错，她首先想的就是让他开心。

可能他们真要成了情侣，程乐乐也会很累吧？

好在如今也没这样忧虑的必要了。

意识逐渐变得模糊，程乐乐哄他的画面又钻进大脑，睫毛细密，瞳孔发亮，鼻尖的小痣格外清晰，好像还能闻到她身上的奶香。

他想，这么多年过去了，她盲目哄他开心的习性还是没改。他其实也不该过于计较。

如果明天她把道歉礼物送上来了的话，他就加她微信好了。

毕竟上司和下属之间没有微信，工作起来会很不方便的。

86

次日，陈安被楼下窸窸窣窣的声音吵醒。

他掀开被子，慢吞吞地拉开窗帘，被刺眼的阳光照得眯了一下眼睛，待重新对焦后，他往楼下的院子看去。

程乐乐正举着个竹竿，不知要干什么。

陈安去卫生间简单洗漱了下，没擦干脸便下了楼。一楼的大门还关着，他走到生锈的栅栏外，瞧了个清楚。那个竹竿是用来摘石榴的简易工具，还是他们十几岁的时候做的。定制的大剪刀绑在了一根延长竿上，操作起来像个巨大的钳子。这样不用爬树，就可以直接摘石榴了。

只是这棵石榴树不怎么结果。要不留意着找，很容易错过它的成熟期。

陈安隔着栅栏问："你在干什么？"

程乐乐指了指头顶的石榴树，笑着说："小哥，我发现了一个石榴。"

"开门。"

"哦。"程乐乐跑过去开门，边开边说，"没我家钥匙了？回头给你配一把去。"

陈安假装没听见，也没说好还是不好。

很多年前，他有程家的钥匙，只是去吉林参加冬令营前弄丢了。后来事情过于纷杂，就一直没机会再配一把。现在想起来，丢钥匙好像是一个不祥之兆。陈安迷信地想，如果程乐乐给他配了钥匙，会不会让偏离轨道的生活重回正轨。

他一边想，一边走到了院子里："这个月份还有石榴吗？"他眯眼仰头看树，目光在半青不黄的树叶间搜寻："哪儿呢？"

刚才那么一走动，程乐乐现在也不大记得在哪儿了。

她跟着抬头找，目光游荡的时候，扫过了陈安的脸。

陈安仰头的角度很大，喉结凸得明显，像个小山丘。她能清晰地看见他下巴上青色的胡茬。可能他只是随便洗了个脸，遗留在脸上的水珠在阳光的照射下显得分外晶莹剔透。跳跃的光斑和炽热的阳光在他身上融为一体，透着一种既禁欲又热烈的味道。

程乐乐想，小时候给偶像写"彩虹屁"文学写多了，到现在还有后遗症呢。

陈安半天没听见声音，低头看她："哎，发什么呆？"

程乐乐晃了下脑袋，眼尖地指着其中一个方向："那儿！"

陈安看见了，举着工具找了个角度探过去。程乐乐连喊"等一下"，跑去屋里拿了个大袋子出来，在下面接好，说："剪吧。"

陈安用了下力，石榴掉进了袋子里。

又找了一圈，再也找不到第二个了。

程乐乐掏出那个石榴看了看，黄褐色的外皮凹凸不平，外表丑陋，想来也不大会甜。她闭着眼睛胡吹："这叫硕果仅存。"

"哦。"陈安收起工具，放到旁边搭的简易小屋里。

程乐乐追过去，要把石榴塞给陈安："送给你吧。"

简易小屋多年没人进，里面全是灰，陈安拍手掸灰，随便问了句："送我这个干吗？"

程乐乐想，兜里没钱，也就只能送你个石榴了，嘴上却是保甜保真："看到独一无二的东西，就想送给你了。"

陈安拍灰的手顿了顿。

程乐乐偷偷观察陈安淡淡的表情，心想，这礼物果然还是太随意了。

陈安接过石榴，道："谢谢。"

程乐乐想起陈安书架上那些自己曾送过的礼物，一经对比，显得这个石榴过于寒酸了，便要抢回来："算了，回头我给你别的。"

陈安偏了偏身，躲过程乐乐的手："送给我的，怎么还拿回去啊。"

程乐乐笑着揶揄："那你妥善保存啊，别烂了都不知道。"

陈安没搭理她，拿着石榴往楼上走。

87

一到家，陈安便坐在沙发上，掏出手机搜索能让石榴延年益寿的方法。

突然，全梓荣的电话打了进来。陈安按下免提，退出通话界面继续查看石榴养护知识。全梓荣在那边深吸一口气，神神秘秘地说："我接下来说的事，你可要做个心理准备，别怪我没事先提醒你。"

"哦，说。"

全梓荣开口："你家乐乐有消息了。她一大早向白雪打听她们班的微信群，刚才白雪把她拉进初中群了。"

他们初中那会儿还没微信，毕业了大家都是各自联系。去年几个班联合起来组织了一次主题为纪念毕业九周年的同学会，临时拉了个群，里面基本上都是在本省发展的同学。陈安没参加，全梓荣也没把他拉进群。

全梓荣一听说程乐乐的动向，就忙不迭地打电话通知陈安，但说完之后又有点后悔。

当年程乐乐一走了之，陈安形销骨立的样子让人印象深刻，直到现在还历历在目，他不愿陈安再搅和进去。

"那你也把我拉进群吧。"陈安说。

果然，只要涉及程乐乐，陈安就会失去原则。

"不好吧？群里人不少，有好几个挺难缠的。"

"我又不违法犯罪，有什么好怕的？"

"不是怕，是烦。"小地方的相处过于依赖人际关系，有些人带着不合理的请求找上门来，面子上磨不开又不好拒绝，全梓荣的父亲已经是县里的一把手，作为小官二代，他对这种人情往来深有体会。陈安在泰溪低调得过分，不会没考虑过这层因素。全梓荣道："你当年也算是学校的风云人物，你一进群，肯定有一群人单独加你。你不加吧，会被传闲话；你加了吧，又会烦不胜烦。"

陈安出门在外，确实不轻易加微信。在一些不得不参加的场合，难免会遇到被索要微信的情况，碍于情面又不好直接拒绝，不过唐欣会帮他挡掉大部分——因为他很烦这种事，还把它计入了唐欣的工作绩效考量范畴。

"不会，你拉我进群。"陈安很坚持。

"那你进去后，就别说话了，当个僵尸号吧。"

"嗯，谢谢。"

"瞎客气，都是兄弟。"

88

群主是程乐乐他们班的班长许嘉，他发现群里一前一后多了两个人，便 @（表示对特定用户的提及或回复）了他们一下，问：

"这是哪两位老同学啊？把真名备注上，方便我们'见人下菜碟'！"

陈安是后进群的，本来不知道程乐乐是哪个，被人 @ 后，随即点开了另一人的微信。微信名叫"乐一乐"，头像是几朵白云，打开朋友圈，更新得不频繁，几个月才发一张照片，并不是碍人眼的情侣合影，而是蓝天白云之类的风景。

可能这在北京属于稀罕物，值得拍下来纪念吧。

陈安退回群里，程乐乐已经乖巧地修改了自己的昵称，在群里说了一串：

"老班长好，大家好，我是一班的程乐乐。"

"我现在回泰溪工作了。"

"在星辰影院做店长。"

"大家想看电影的话，记得找我，可以打折哟。"

后面跟着一个兔斯基跳舞的谄媚表情包。

全梓荣立刻单独联系了陈安："怎么回事？！她怎么去你影院了？！你们早就见过面了？！"

陈安："可是我真不知道她的微信号。"

全梓荣："……"

陈安没回他，回到群里敲了段字：

"我是二班的陈安，也是星辰影院的老板，欢迎大家莅临指导。"

发完，他还发了一个大红包。

全梓荣："……"

说好的僵尸号呢？要不要这么高调？

本来还安安静静的群，在巨额红包的诱惑下，瞬间炸开了锅。各位都是手速惊人的抢红包高手。

"哇，谢谢老板。"

"你们兄唱妹随呢。"

"行，明天就去。"

…………

过了一会儿，陈安收到了一群人的好友申请，他找出"乐一乐"，点了通过。

他收到了礼物，而且程乐乐主动加了他，这比他昨天晚上入睡前预想的还要好。

程乐乐发了微信过来："小哥，我居然之前没加你微信。"

然后紧接着，她又发来了一张抢到的红包截图："小哥，花钱别这么大手大脚，要量入为出！"

陈安抿了抿唇，从善如流："哦，知道了。"

又补了一句："就当是市场经费，下次不发了。"

程乐乐给他竖了个大拇指。

陈安回了个笑脸。

全梓荣："陈安，绝交边缘了。"

接着又说："兄弟和女人，你选一个吧。"

陈安："绝交吧。"

过了一会儿，程乐乐的微信又来了："小哥，我记得你当年和全梓荣关系不错，他家在泰溪是不是很吃得开？我想打听下这边企业团体票的事情，能帮忙安排一下吗？"

陈安点开全梓荣的微信："兄弟，和好吧。"

全梓荣又发了个"吃屎吧"的表情包。

陈安滑动手机界面，返回到刚才搜索的百科知识。

他想了想，把石榴放到窗台上，迎着光，调整了好几个角度，拍了一张静物照片。

然后他把这张照片上传为微信头像。

这样，石榴就被永久保存了下来。

89

隔了一天，陈安临时飞了趟西北，陪关陆宁去看一个光伏项目。西北人民热情，一天的行程被掰成好几天，还有当地领导作陪，摄像记者拍起照来没完没了。好在疫情期间大家都戴着口罩，陈安不喜欢上电视媒体露面，以前是因为遵守承诺不去打扰她的生活，现在则是因为人设问题，不宜抛头露面。

程乐乐照例很忙，每天给他发一堆工作邮件，但并没有在微信上找他。

因为唐欣每天都会找他，所以他觉得程乐乐不找他，似乎有些渎职怠工的嫌疑。

百无聊赖间，他给程乐乐发去微信："在忙什么？"

程乐乐的工作报告中有几点写得不够详细，作为上司将其问清楚，是很负责任的行为。

隔了很久，程乐乐回："赚钱养家。"

陈安："哦。"

看到"养家"两个字，陈安的语气瞬间软掉。

陈安："那你别累着。"

陈安完全没有老板的觉悟，说道："随便弄弄得了。"

程乐乐："小哥你要端正态度！！！不要这么游戏人间！！！清醒一点！！！我们还有贷款要还！！！影院快要不行了！！！"

陈安被程教官吓到，立马回："我没有吧？"

程乐乐："没有最好。"

陈安："我是想说让你别太辛苦。"

程乐乐："知道了。"

陈安："要我给影院打钱吗？"

程乐乐："不用。"

陈安："要是影院钱不够，我会解决的。你不用太奔波。"

程乐乐发送了一个"比心"的表情包。

陈安心想，瞎比什么爱心，犹豫了半天，也发送了一个爱心。

发送爱心可能是年轻人之间表示友好的方式，陈安想。

西北的天比泰溪要高要蓝，衬得那云也格外纯净。陈安仰头拍照。

关陆宁问："干吗呢？"

"拿点特产，家里人喜欢这个。"

"这特产够省钱的。"

"软饭男没资格花钱。"

"什么？"

陈安摇头，心情不错地扬起脸："开玩笑的。"

拍完照，陈安发了个"九宫格"到朋友圈。

陈安从来不在朋友圈发原创内容，一发布就收到了无数个赞和评论。

他刷新了很多次，心想微信应该开发特殊人群评论提醒功能。

到了晚上，临睡的时候，程乐乐发了评论："这是哪里啊？你去旅游了？"

陈安思考了许久，回复："穷游。我在甘肃。"

过了会儿，他想起程教官的教导，又回复："主要是来见一个生意伙伴，也许他可以帮忙投资星辰。"

程乐乐："辛苦了！小哥超棒！"

刚通过程乐乐好友申请的全梓荣，作为他们的共同朋友，看到了这段对话，留下了无语的点点点。

第六章　当她向他跑去

90

今年夏天异常漫长，天气又干又热。尽管断断续续下了几场秋雨，但雨量小到几乎湿润不了地面，不过天气总归是凉快了一些。

在程乐乐回泰溪的第三周，她接到了上级文广局的通知，要求所辖各影院的法人和主要经营人员前往密宁市参加安全和防疫会议。

根据法律顾问的建议，陈安没有担任任何一家公司的法人，包括平安喜乐在内。但收购影院这件事办得比较急，唐欣用陈安的名义先办理了相关手续，还没来得及更名。

既然是上级要求，陈安便载着程乐乐前往密宁。

密宁离泰溪约有一个小时的车程。程乐乐一上车就萎靡不振地打哈欠，说是前一天喝了太多咖啡导致失眠，现在困意袭来。车还没开出泰溪，她已呼呼大睡，任由上司一个人开车，这大概是最没有觉悟的下属了。

但陈安还是体贴地调高了空调温度，关了车里的音乐，又放平了座椅，给她盖上了一件衣服。

虽然下属不着调，但是上司还是很懂得关爱下属的。

到达文广局大楼外的停车场时，程乐乐醒了过来，眼神仍是迷离的。她挠了挠脸，坐在位置上发呆。

"走了。"陈安催她。

程乐乐问："几点了？"

陈安说："已经到开会的时间了。"

"完了完了，最后几排位置肯定被抢走了。"说着她匆匆忙忙下了车，一边疾步朝里走，一边道，"小哥，今天靠你了，我真的好困，领导一念稿，我肯定要昏睡过去的。你是学霸，好好记笔记，回头我再补课。"

陈安觉得他这个上司一点威严都没有："没时间补课，你自己听。以前上学时我就跟你说过的。"

程乐乐指着附近的便利店道："那我去买杯咖啡续命。"

陈安又把她拉回来："再续命就没命了。坐第一排不会困，走吧。"

签完到后，他们走进会议室，发现偌大的会议室里，果然只有第一排正中间的座位空着。按照防控要求，还得隔位就座，程乐乐连个打掩护的人都没有。

各大领导就在脑袋顶上讲话，摄像老师又转来转去的。程乐乐没敢趴着睡觉，一边做着笔记，一边在口罩后面打哈欠，打完之后默默抹眼泪。

会议前半部分是讲安全生产，后半部分是讲防疫管控，中间有十五分钟的休息时间。

领导宣布休息的一刹那，程乐乐就握着笔趴在桌上睡着了。

陈安走过去看，发现程乐乐的笔记本上，字迹都快飞到天上去了，好在他把该记的内容全都记清楚了。虽然讲话内容很官方，充满了工整的排比句，但他担心程乐乐清醒之后会抱怨他，所以还是一丝不苟地听完记完了。

91

程乐乐在半昏半睡间，隐约听见有个女人的声音："是星辰的陈总吧？"

陈安说了声"嗯"。

女人说："Hi（嗨），我是大海影院的法人，李潮汐。"

程乐乐猛地醒了过来，像是一个安装了弹簧的玩具被按了按钮，一下子坐直了身子，耳朵竖起，眼睛随即盯了过去。

李潮汐身材苗条，穿了一条带绿色暗纹的肩带连衣裙，脖子上戴着一条宝石项链，细长的宝石在半露的酥胸前若隐若现。

陈安道："你好。"

程乐乐做过调查，大海影院的老板是李大海，他十年前做海鲜生意发了家，前两年又进军了港口运输业。据说这个影院是他给女儿李潮汐的生日礼物。

童话里海的女儿惨死，现实里海的女儿可真让人羡慕。

李潮汐道："很 boring（无聊）的会议，对吧？"

陈安说："还好。"

李潮汐好像看到了陈安的笔记："哇，你是好学生那一类的吗？没看出来啊。"

陈安很勉强地笑了笑。

程乐乐站起来，凑过去，拿起陈安的本子说："我 see see（看看），你都写了 what（什么）。"

陈安的笑容一下子真诚起来，摸了下程乐乐的头，声音不再像刚才那样冰冷，语气温和地说："补觉去吧，不是很困吗？"

李潮汐很不满地瞥了一眼程乐乐。

程乐乐从旁边的包里掏出名片："刚才是开玩笑的，李总别生气，我是星辰的店长程乐乐。"

李潮汐接过名片看了看，然后朝不远处的一个人喊："哎，你过来一下。"

一个略有点佝偻的北方汉子快步走了过来，在她面前站定。李潮汐把名片递给他："这是星辰的店长，把你的名片给她吧。"

那人迅速拿出一张名片："我是大海影院的张威，程店长以后多多指教。"

程乐乐双手接过，忙道："哪里哪里，张哥，以后还得靠您多关照。"

张威问："听说程店长是刚来泰溪的，以前在哪儿高就？"

"我一直在通达院线。"

"是吗？我有个哥儿们也在通达工作过。"

李潮汐接过话："哦，通达呀，我管沈立明叫 uncle（叔叔）的。我们未来要在全国开二十家影院，uncle 给了我很多建议。"

程乐乐想，只要你把二十家影院的加盟费送上，沈总能管你叫 auntie（阿姨）。

不过，程乐乐还是很客气地说："李总实力雄厚，希望未来通达有机会和大海影院合作。"

至于"二十家"这个数字，程乐乐是不会信的。

前几年资本扩张，电影市场蓬勃发展，很多小公司都敢大放厥词，说要一年开个几十家、上百家影院。然而疫情一来，电影产业岌岌可危，大家都自顾不暇，谁还敢轻易扩张？

可能海的女儿一向擅长吐泡泡吧。

又聊了两句，会议开始了。

程乐乐终于不困了，打起精神开会。

说到大海影院，程乐乐想起和邵康谈合作时她还贬损过竞争对手。虽然那些都是事实，但好像也不大厚道。

邵康同学拖了这么久，还没给她明确回复。

程乐乐偷偷掏出手机问陈安："邵康联系过你吗？"

陈安回："没有。"

"唉。"

会议结束后，程乐乐去上洗手间，陈安给邵康发微信："我有个朋友，可以赞助天合一个室内篮球场。你来负责跟学校协商地方，也尽快落实代理的事。"

"对了，不要告诉我女朋友。"发出去之前，他又将后半句改为"不必告诉她"。

他刚发完微信，李潮汐又过来搭讪："陈总，泰溪就我们两家影院，以后可要相互关照啊。我做东，您赏脸一起吃个午饭？"

陈安见程乐乐的身影在门边出现，说："我问问她还有没有别的安排。"

李潮汐礼貌地笑了笑。陈安成功把邀请对象扩大化，对程乐乐说："大海请我们吃饭。"

程乐乐怔了下。虽然是竞争对手，但相互之间走动走动也没坏处，至少可以探探对方的底。她转过头看着李潮汐，夸张地说："那怎么好意思，李总破费了。"

李潮汐又把张威叫了过来："哎，你也一起去吧。"

程乐乐轻微地摇了摇头，无奈地想，可能张威的小名叫"哎"吧。

92

程乐乐原本以为，海的女儿一家靠着海洋发财，连父女俩的名字都这么"海派"，中午必然会请一顿地道的海鲜大餐。结果李潮汐带他们吃饭的地方只提供素食。

尽管有几道菜尽量做出了荤菜的感觉，但程乐乐仍觉得不如真实的肉好吃。

包间的环境很优雅，可惜李潮汐说话像是有英语饥渴症，时不时地要蹦出几个儿童启蒙阶段的单词来破坏气氛。

　　程乐乐记得童话里海的女儿不能说话，然而现实版海的女儿实在有些聒噪，说的内容也很无聊，十句话有八句都在显摆父亲打下的江山。

　　但也因为她很能说，其他几个人可以专心吃饭，除了陈安。毕竟李潮汐十句话里的另外两句是向陈安提出问题，从"你是哪里人"到"家里几口人"，像是户口调查，也很像相亲现场。

　　陈安挑选了其中几个简单的问题回答了，李潮汐貌似很满意。程乐乐猜很有可能明天李家的聘礼就会送到陈安家门口。她还猜聘礼可能是珍珠、海参之类的，都是海洋里的宝贝。

　　想到这里，程乐乐"噗"地笑出了声，又觉得不好意思，于是喝了口水，仍觉得好笑，双肩都抖动了起来。她只好拼命咳嗽来掩饰。

　　陈安给她拍背："呛到了？吃什么了？"

　　程乐乐摆手，抹泪："没什么。"

　　陈安顺势道："李总，要不今天这顿饭就吃到这儿吧，谢谢您的款待。"但他实在说不出"有机会来泰溪回请"的客套话了。

　　李潮汐说："不用谢，我还要麻烦陈总呢。等一下张威要去附近的小食品 EXPO（博览会）转转，方便搭陈总的车回去吗？"

　　程乐乐踢了陈安一脚，陈安看向她。

　　李潮汐以为陈安又要问程乐乐的意见，便说："咦，程店长不去 EXPO 吗？我听说有很多包装食品、半成品的供应商参加，我们大海是收到了邀请函才来的，星辰没收到吗？"

　　程乐乐觉得这顿烦闷的午餐终于有了点实际意义，她一点都没被李潮汐话里的嘲意影响到，问张威："张哥，你能带我们进去吗？"

　　李潮汐手伸得很长："这种经营上的事，你和张威去就好了。"

　　程乐乐又踢了陈安一脚，陈安说："我也去学习学习。"

　　李潮汐不满地说："陈总这样太 over（过度、过分）了。"

　　程乐乐想，你再这样说话，在陈总这就直接 over（结束）了。

93

　　谢天谢地，李潮汐没有坚持跟着一起去展会。张威先把她送去附近的商场，然后去会展中心和陈安他们汇合。

　　陈安将李潮汐送上车后，长吁了口气，问程乐乐："你刚才踢我干什么？"

　　"我怕你做上门王子去。"

　　"什么？"

程乐乐说："你不会没看出来吧？那个李总的心思全写在脸上了。"

陈安笑："什么心思？"

程乐乐在一左一右的脸颊上各点了一下："招，赘。"

"你不想我去吗？"

程乐乐惊讶地说："星辰再惨，也沦落不到让老板卖身的地步吧？咱关起门来过自己的小日子挺好的，她那豪门大宅还是算了吧。"

"哦。"陈安对这个答案还算满意。

上了车，陈安问："你刚才是不是在忍笑？"

程乐乐便把刚刚内心的吐槽全都说了一遍，因为终于可以肆无忌惮地说出来了，程乐乐手舞足蹈，眉飞色舞，感染力很强，成功把陈安也逗得大笑。

两人在背后讲别人的坏话，恶毒又小心眼地笑成一团。等下了车，程乐乐还在念叨："哎呀，今天的快乐是大海给的！"

李潮汐口中的"EXPO"属实夸张，像密宁这样的地级市，举办展会的规模有限，来的也只是中等级别的供应商。扬言要开二十家影院的大海不一定能看得上，不过星辰倒是可以考虑看看。食品售卖是影院收入的重要组成部分，目前星辰的卖品种类比较单一，口感也很一般，程乐乐确实有更新菜单的想法。

张威象征性地转了一会儿，就被李潮汐一个电话叫走了。如此一来，陈安和程乐乐逛得更加自在。

每个摊位前都放了试吃的产品，程乐乐一路吃过去，收了一堆样品和名片。陈安对这些兴趣都不大，表现得像个陪女朋友逛街的程序员，替程乐乐拎了好几个袋子，还要在自己不擅长的口感领域负责回答"好吃"或"不好吃"。

但陈安没觉得无聊。他觉得，都是为了工作，这种辛苦程度他可以忍受。

最后一家爆米花摊位位置偏僻，但摊位前围了好几个人。

商家刚做出一锅爆米花，甜香四溢。

程乐乐挤进去，拿了几颗金黄饱满的爆米花出来，在陈安眼前晃了晃："这是球豆。"

她尝了一颗，然后递给陈安，让他也尝尝。

陈安手里已经全是程乐乐收集的物料了，旁边乱糟糟的，东西没地方放，程乐乐捏了一颗直接塞到了他嘴里。

温暖的手指拂过陈安的嘴唇，他的鼻尖仿佛也闻到了奶香味，嘴里是圆圆的爆米花，像是被人塞了一颗糖。

程乐乐未觉出异样，还在回味嘴里爆米花的味道，咽下去后说："爆米花出锅后要晾一下才好吃。这种是用球豆爆出来的，你看爆出来的爆米花是圆球状的，沾糖比较均匀。我们现在订的玉米豆是蝴蝶豆，爆出来的成品像蝴蝶，一铲就碎了。我们客流不大，爆米花放在保温箱里，烘的时间一久，一铲就碎成渣了。无论从口感还是报损率来说，都是球豆更好一些，但成本也高了不少。"

陈安装作听懂了的样子点了点头，其实脑子里全是程乐乐喂他吃爆米花的画面。

程乐乐又去旁边拿了一些别的口味的爆米花："这是咸味的，小城市的人可能吃不惯。"她先自己尝了尝。

陈安巴巴地看着，但程乐乐好像不打算给他吃。

"好吃吗？我没吃过。"陈安问。

程乐乐说："哦，你不爱吃甜的，可能喜欢吃这个。"说着她拿起一颗又塞进陈安的嘴里，指腹再次擦过陈安的唇周。电光火石间，程乐乐突然想起了很久很久以前，在泰溪的某家糖水铺前，陈安为她擦过嘴边的芝麻。

她镇定地收回了手，转过身，假装在研究别的产品。

她心里非常确定，小哥刚才那样说是故意的。因为他很少对零食感兴趣。

可能是一回生二回熟，也有可能是最近心理建设做得比较频繁，她没有像七年前那样感到崩溃，当然也没有小说里那种"嘤咛一声""虎躯一震"的刺激感。

程乐乐不清楚自己对小哥到底是什么情感，但身体接触是骗不了人的。以前她确实是鸡皮疙瘩集体起来闹革命的程度，但现在，她能逐步接受牵手、碰脸了，这些都是很好的信号，下次或许可以接吻，甚至更多。

想到这一步，程乐乐不由得又抖了抖，心想，还是别把自己逼得太紧了吧。

94

从密宁回来的两天后，陈安在平安喜乐接到了李潮汐的电话。

怀着背后说了她很多坏话的轻微愧疚心理，陈安没有立刻把电话挂掉，任由她啰唆了很久。

实在是打了很久，久到陈安举手机举得手酸，不得不按下免提。

唐欣进来送签字的文件，看到老板灰扑扑的脸色，不由得想到《大话西游》里被唐僧念得失去活下去信念的妖怪。

电话那头还在大声说话，连唐欣都有点被吵到了。接着，她听见李潮汐说："陈总，你也要注意一下你们那个程店长哦，我听通达的人说，她的品德很有问题的。"

然后，唐欣看到陈安把电话重新接了起来，很严肃又很克制地说："李总，程店长是我很信任的下属，请你不要污蔑她。"

老板是不容易夸人的内敛性格，唐欣觉得自己这辈子估计也听不到诸如"唐欣是我很信任的下属"这样的话。她瞬间对这个程店长产生了浓厚的兴趣，磨蹭着没有走出去。

李潮汐在电话那头很委屈地说："我没有污蔑哦。我问了 Peter（彼得），他说程店长谎话连篇，拉帮结派，还构陷领导。要不是被派遣到了星辰，都要被 fire（开除）掉了。"

陈安的食指碾过拇指的指腹，问："Peter 是谁？"

"Peter 是通达院线的运营总监，中文名字是黄天苟。之前去通达和 uncle 开会时，我听他介绍过业务，讲得非常好。昨天我才知道原来他是程店长的顶头上司，我就多问了几句关于程店长的事。刚才那些评语是他亲口跟我说的，他手里也有证据，只是事关公司内部的一些难言之隐，不方便转给我。陈总，知人知面不知心，你千万不要被她迷惑了。"

陈安说了声"谢谢"，便挂了这个冗长又傲慢的电话。

他想起程乐乐每天发的工作报告，收件人里总有"黄总监"。以前他觉得通达的要求有点奇怪，一般公司发工作周报就可以了，发日报未免过于约束员工的自由。现在想来，恐怕是这个黄天苟单独要求的。

他还想起程乐乐行李箱里包装得花花绿绿的礼物，到现在还没到他手里，说明这些东西本来就不是给他的。她被流放到泰溪，没想过会在这里碰上他，当然也不会准备道歉的礼物。

程乐乐和他的相遇是一场意外，他在遇见她的第一天就有了这样的认知。是自己得意忘形、自以为是地产生了不靠谱的联想。现在重新回到原点，他稍微有点难受。

不过，让他更难受的是，程乐乐在公司被领导职场霸凌了，但她却像只辛勤又快乐的蜜蜂那样在影院忙碌，从来没跟他提过一句委屈。而他光顾着要和程乐乐明确上司与下属的身份界限，又因为在这段时间里，程乐乐展现出了果断、亲民、专业、机敏的工作作风，所以他一直认为她在通达应该是很受器重的人才。再者，他支付的咨询费用不菲，他相信通达会派一个得力干将来支援影院的建设。正因如此，他完全被蒙蔽了。

他抬眼看了下唐欣："帮我暗查一下星辰院线的黄天苟和程乐乐之间的过往，尽快。"

唐欣见老板脸色越来越差，不敢多问，点了点头。

"顺便查一下黄天苟有没有把柄。"陈安补充。

"好。"

陈安再也无心工作。他现在看到邮箱里程乐乐的每日工作报告就感到烦躁和懊悔。他曾经对此有过怀疑，却因为自己的私心——想知道她每天在做什么，而从来没有将这样的怀疑深入研究。

本来，他可以很早觉察出这些来的，而不是像个笨蛋一样等别人来挑拨离间、煽风点火、恶意栽赃。

遇上了程乐乐，他连最基本的敏感度都没有了，还被区区一个院线公司在背地里摆了一道。

陈安捏着额头，越想越恼火，便打开朋友圈想分散一下注意力。没想到最上面一条是程乐乐刚发布的状态。

"有没有大佬买团体票、包场的啊？欢迎勾搭。"

他点开她的头像，往前翻看她最近一个月的朋友圈状态，全是关于卖票的，像个十足的微商。

陈安的头更痛了，他给全梓荣转了两万块钱："你找个由头，去影院买票或包场。"

全梓荣："……你们搞这种小把戏不必拉上我。"

过了一会儿，全梓荣又发了一条消息："你们在一起了？"

陈安："没。"

全梓荣："那她分手了？"

陈安："没。"

陈安被问得心烦意乱:"你到底有没有给星辰介绍客户?"

全梓荣:"把你那个丑得要死的石榴头像换下来再和我说话。"

陈安:"我是认真的。梓荣,我现在迫切地需要你帮一下她,让她开心一点。"

全梓荣:"陈安,你又要完了。"

95

唐欣直觉要是把调查的事拖到明天,可能会惨遭开除。效率都是逼出来的,到了傍晚,她带着调查结果敲响了陈安办公室的门。

让她意外的是,老板正在窗前抽烟。她从来不知道老板是个烟民,在工作场合,他没有抽过烟,也没有带打火机的习惯,她也从没闻到过老板身上有烟味。进办公室的客人一般知道老板的习惯,不会在他面前抽烟,所以办公室里的烟灰缸只是个摆设,一直没发挥过实际作用。

见到唐欣进来,陈安迅速掐灭了烟:"不好意思,我知道这里禁烟。调查有结果了?"

唐欣道:"来不及调查更远的,不过已经知道了程店长来泰溪的直接原因,先来跟您汇报一下。"

陈安点头。

唐欣递给陈安一份简历:"这件事要从一个叫童哲的人讲起。"

"童哲?"陈安想起和程乐乐见面的第一天,这个人一直在给她打电话,被她挂了。

"童哲,23岁,毕业于北L大,家境困难,大学期间申请了四年的助学贷款。去年毕业后在一家影视公司做助理,今年五月刚进入通达院线,在黄天苟手下工作,和程店长是部门同事的关系。这人比较独来独往,不擅长交际,没什么朋友,在通达也不起眼。要不是前一阵子出事,谁也注意不到这个人。"

陈安"嗯"了一声,示意她继续往下说。

"童哲转正那天,黄天苟作为部门领导拉着员工小聚吃饭。结账时,他自称没带钱,让童哲先行垫付了一千多块钱,又让童哲开了发票,说是报销后直接让财务打到他卡上。后来,财务核准不予报销,黄天苟也没还钱。两人因此有了纠纷。黄天苟认为,那天是部门同事为庆祝他转正才聚餐的,这钱该由童哲出。童哲却坚持认为是团建,一气之下,他把这件事闹到了院线总经理办公室。为了这一千块钱,他要请沈立明沈总断案。沈总被逼急了，召集了那天参与吃饭的全部人马，要求他们当场表态，让明确听到黄总监说了'团建'两个字的人举手。"

唐欣停顿了几秒，让老板体会一下这种表态方式的深意。

有些东西看似公正公平，其实天平早已倾斜。

"大家都是人精，就沈总这一句话，谁都听明白老大的意思了。现场没有人举手，除了一个女同事——程乐乐。"

陈安垂眸。程乐乐也是个人精，不会听不懂老板的暗示，但她还是举手了，说明黄天苟确实颠倒了黑白。

"有一个人举手，这事儿就难办了。还得接着区分是程店长包庇童哲，还是没举手的大部分人隐瞒了真相。沈总懒得再当警察，把这件事转交给人事部去跟进。本来要花些时间的，结果人事部还没来得及出马，第二天事情就出现了反转。次日一早，童哲在公司群里发了一封道歉信，说是自己托大请客，请完后悔了才闹的。公司鉴于他认错态度良好，决定给他降薪处理。而程店长拒绝认错，被贬到了泰溪。"

唐欣一口气说到这儿，总结道："以上就是一千块钱引发的血案。"

陈安听的时候，一直在揉额角，对整件事没发表任何意见，只问了句："公司有头疼药吗？"

唐欣愣了下，道："附近就有药店，我让人去买。或者我安排医生给您检查下身体？"

"不用。你接着查黄天苟吧，有结果了告诉我。"

唐欣走出去后，陈安又抽出一根烟。

尼古丁可以暂时麻痹自己。他站在窗边往外看去，今天天气很好，天空如抹匀的蓝色颜料，云朵也白得出奇。

陈安突然明白了程乐乐为什么喜欢拍蓝天白云的照片。这些是很纯粹、很明亮、很美好的东西，不像职场那样藏污纳垢、不堪入目。

他因为贪恋她说的那句"我会陪着你的，直到好起来为止"，贪恋她的"赚钱养家"，贪恋她像教官一样训他，连发红包都要管着的样子，所以很小人、很心安理得地让程乐乐一个人承受了影院的压力，在她被公司冤枉、贬谪后，还要这样若无其事地坚持工作。因为在她眼里，本该保护她的人的事业已经危如累卵。

陈安打开微信，点开程乐乐的对话框。最下面一条是程乐乐给他发的加油表情包。

自从陈安去西北那次撒谎说是找投资人后，只要他离开泰溪，程乐乐便以为他出门是为了给影院寻求机会。

程乐乐有很多加油表情包。他一走，她便会发来一个新款。

陈安想，会不会是因为程乐乐平时需要为自己加油打气很多次，所以才会收集这么多表情包。

陈安的头还是疼得厉害。唐欣送来了头疼药，他吃完后取了车钥匙，开车前往泰溪。

他决定向程乐乐坦白真相，让她不必再忍受、委屈自己，不必再强颜欢笑。她一向胸无大志、天真散漫，他可以安排她来曾州随便念个研究生，让她轻轻松松、快快乐乐地过日子。

96

陈安到泰溪时已是晚上七八点，次日就是周末，影院的客流量比平日大一些，所以一进大堂的时候，他没有立刻注意到客服中心那里有状况。

往里走了两步，骂骂咧咧的声音传了过来。陈安循声望去，看见黄薇和程乐乐站在一起，正被一个肥头大耳的男人指着鼻子骂。

陈安快步往前走，被散场的人流挡了一下。在缝隙间，他看见黄薇说了一句什么。

他赶紧拨开人群，朝他们再走近一步，然后便看见那个男人朝黄薇做了个甩手的动作。不过，并不是动手打人，而是把手中的可乐甩了出去。

黄薇没被泼到，因为程乐乐眼疾手快地挡在了前面。那个飞出的杯子猛地撞在程乐乐的额头上，杯盖散开，黏腻的饮料从她的额角迅速地蔓延至半张脸。

程乐乐头上一凉，睫毛沾了液体，睁眼有点困难。但她还是一眼看到了陈安，四目相对的时候，她眼神突然慌了一下。那样杀气腾腾的目光，她在 X 中更衣室门口看到过，当时小哥冲进去疯了一般打人，让她现在想起来都心有余悸。

陈安已经走近，程乐乐飞速从柜台里侧跑了出来，一把抱住了他的胳膊："我没事，小哥你冷静一点。"

那个大腹便便的客人在嚣张地泼完可乐后，转身看到一个目光森然、似是要把他生吞活剥的男人，不由得瑟缩了下，嚷了一句："这次就这么算了！"最后一个字还没说完，人已经跑了出去。

程乐乐生怕陈安要追出去，两手用力按住了陈安的胳膊。她脸上残余的可乐在下巴处汇聚成水滴，慢慢向下滴落，触感有点痒，但她腾不出手来抹一下。

直到陈安说："我冷静了。去办公室擦擦吧。"

程乐乐游移不定地观察着陈安的脸色。影院刻意营造出来的光线偏昏暗，现在睫毛上的可乐越来越沉，影响了她的视力，她看不太清楚。

进了办公室，陈安抽了几张纸巾，捏着程乐乐的脸，很粗暴地擦着。

程乐乐不敢喊疼。她看见陈安手上的青筋凸起，知道这已经是他强忍着的力度了。

刚才那位客人无理取闹、扬言威胁的时候，她并不害怕；被泼了可乐的那一刹那，她也不害怕；可是看到陈安生气的脸，她却很恐慌。她怕小哥打架斗殴，也怕小哥对她大发雷霆，还怕小哥心疼。

谁也没有说话，只有纸巾摩擦的声音。

过了许久，陈安确定程乐乐脸上没有任何残留的饮料了，把脏了的纸巾扔进垃圾桶，拉了一把办公椅坐了下来，语气还算平静地问："受这么多委屈，为什么不辞职？"

惴惴不安的程乐乐听到这个语气，心中的石头落了地。只是陈安说的话很像富家公子对快饿死的人问出的"何不食肉糜"。

当然，她也没敢这么说，故作轻松地反问："被人泼点可乐，就要辞职？"

程乐乐有心瞒着他通达那边的事，陈安只能继续假装不知道，也没开口应付。如果他张嘴，只会说出一些很过分、很刺耳的话，比如他珍之藏之的人，疼着爱着还来不及，为什么要忍受她被人羞辱、被人冤枉？

但那是过了线的表达。陈安只好沉默。

陈安低着头坐在椅子上，垂着的眼睛被浓密的睫毛阴影遮蔽，唇角平直，一副心情很差的样子。

程乐乐心里一软。她想起来，她好像很久很久没有被人疼爱过了。当年的她很习惯被小哥保护，身在福中不知福地横冲直撞，并不懂得珍惜。现在小哥露出那样的表情，她油然生出一种失而复得的带着点陌生感的甜蜜。

她温和地笑："小哥，你还记得我小时候的理想是开一家电影院吗？"

陈安抬眼看了她一下。

程乐乐道："那会儿只是一时兴起随便说说的。不过不知道为什么，选择就业方向时我毫不犹豫地就进入了这个领域。现在再回过头去看，可能是因为潜意识里留恋我们在电影院里度过的美好时光，我才会做出这样的选择。所以回来后看到你收购了这个影院，虽然觉得匪夷所思，但我心里其实是很高兴的。"

陈安还是没说话。

程乐乐又接着开口："当时懵懵懂懂地进了这个行业，等真正了解了，才发现影院生态简单，门槛低，对经营者经营水平的要求并不高，并不是一条开阔的职场之路。或许以后我会跳槽去管理百货商超，或许我会改行做发行，但我还没想好，就算想好了也没意义。因为现在如果我连区区一个小影院都经营不好，甚至连被人泼了可乐就要放弃的话，想这些只是好高骛远，这山望着那山高。

"每份工作都有不那么光鲜亮丽的地方，我在一线被人泼可乐，也有位高权重的人被迫喝酒喝到胃穿孔，医生遭遇医闹，机场管理人员被围攻……坚持下来的人，有的为钱，有的为名，有的为理想，有的则是像我一样，为了无限可能。

"如果我想去更远的地方，我相信我还需要磨砺、锻炼和成长。比起这种不值一提的挫折，我更在意别的东西，比如学习和探索的机会。

"在接手泰溪影院之前，我还从来没有独立经营过一家影院。以前我有充足的资金支持，有分店店长决策担责，有分工细密的人员相互配合。我想做的事，公司能放手让我做的事，都很有限。对于那个小领域，我越来越得心应手，我很担心我会变得自傲、麻木。但这一次，我要独自面对很多问题，我要有宏观长远的目标，又要着眼于现实的各个细节。我每天都很忙，每天都在迎接新的挑战，每天都会失败，但每天也会收获一点惊喜。在这里工作的每一天，都抵得上我以前几个月的成长。陈总，我还很渺小，很珍惜这样的工作机会。我不想被你辞退，也暂时不想失去通达的工作。通达的平台和你的这个影院，对我来说，都很重要。"

长篇大论至此，推心置腹至此，程乐乐碰了碰陈安的手，逼他看她的眼睛："陈总，你能给我一个继续和你并肩战斗的机会吗？"

陈安看着程乐乐那双坚定漂亮的眼睛，里面盛着闪亮的光，整个人显得鲜活亮丽，生机勃勃，像是一棵生命力旺盛的小白杨，再也不是他养在家里的兰花。

她要做雄鹰，要做鲲鹏，不要做他笼中的金丝雀。

七年前，她只想依赖他，躲在他的背后，什么都懒得去想。

七年后，她脱胎换骨，壮志凌云，想要和他并肩作战。

大概是头疼药发挥了作用，谈话过程中，刺痛感已经消失得无影无踪，但他的头脑仍然不够清醒。

他模模糊糊地想，或许他更喜欢这样的程乐乐。他可以确信，即便没有前面的十八年，他也很容易爱上这样漂亮生动、斗志昂扬又很会撩人心弦的女孩。随即，他又浮想联翩，想着如果没有那十八年，他是不是可以放手去追，而她也会像对待一个陌生男孩的追求一样，公平地把他纳入考虑范围。

陈安一直沉默，程乐乐晃了晃手，执着地问他："陈总，你愿意吗？"

他觉得程乐乐可能是在求婚，那话语蛊惑着他，让他无法抗拒，只会无条件地回答："我愿意。"

程乐乐明显愣了愣，不过随即两眼弯成了月牙，笑了出来："小哥对我最好了。"

97

陈安返回泰溪，本是打算告诉程乐乐自己的实际情况，让她不必再奔走拼命，但程乐乐的这番话，让他暂时打消了这个念头。

在程乐乐回来的一个月后，他再次开始失眠。

从那天痴傻地说出"我愿意"开始，陈安发现自己重新陷入了爱的旋涡，失去了理智。他像是隐形磁场下身不由己的铁屑，垂死挣扎却毫无效果。之前设想的那种"上司下属"的游戏，他已经快要坚持不下去了，可是又不知道接下来该怎么办。

于是，陈安决定去庙里清修一下。

静平寺位于泰溪四明山半山腰，此处山水秀丽，绿树环抱，花草簇拥，据说是一块风水宝地。但不到节日，朝拜者并不多，除去晨起的诵经声，平日里寂然无声。

陈安曾在这里住过多次。这次他捐了很多香火钱，方丈赠给他开光佛珠手串一串、手抄《金刚经》一本，还陪他下棋散心。

因为是老熟客，方丈一张口便是："放下执念了吗？"

方丈是个老顽童，陈安怀疑他要表演"杯子烫手，自然放下"那套，便没理他，走了个马。

方丈自顾自地说："没放下？那我这香火钱还会有。"说着他指了指西殿："那块地方，有一半是得益于你那个没放下的女施主才修起来的，你要不要考虑给它冠个名？"

出家人损人自有一套，陈安被奚落得无言以对，心想下次改信耶稣，去修教堂算了。

下了几步棋后，陈安问："你给我算算，我和她最后能不能走到一起？"

"你不是全国奥数金牌得主吗？你不会自己算？"

陈安回："要是算得好，我把另一半修建的费用也出了。"

方丈挪了颗棋子："佛门净地，铜臭味还是不要这么重了。"

陈安又道："我要是和她在一起了，我定期给你拉几个商界明星来这里拜拜。假以时日，求财的人都会上你这儿来。这批人平时算计来算计去，佛祖面前却是绝对出手阔绰。届时你还愁什么西殿的修建费，直接推了重建一个金碧辉煌的新殿。"

方丈"啧"了声，有点心动，又皱眉："上回不是算过了，不大好吗？"

陈安毫无羞耻心地说："所以我让你再算算。"

"再算算还能不一样？"

"事在人为。"

"你有这抱负，还住我这干什么，不如自己行动。"

"现在是让你行动，怎么绕到我这里来了？"

方丈头疼："那我想想办法。"

"好。"陈安应了一声，准备不再下棋，回房间办公去。

方丈也站起来，关心地问："你知道你这次来显得特别不正常吗？有没有考虑过看一下心理医生？"

"……"

陈安回到房间开始处理公务。

董平已经发来资金使用计划，说如有需要，可以来这边当面沟通。

投资公司有几个项目正在推进，需要他审批。

菲星文化的董秘越过唐欣来跟他敲定高层会议的时间。

关陆宁发来了上半年边缘云计算行业的报告，还推荐了一个项目，让他找时间一起看看。

…………

陈安一口气忙到凌晨。

入睡前，他酸溜溜地想，听说异地恋十有八九都以悲剧收场，或许钟鸣和程乐乐也会善始不善终。他又心思沉重地想，程乐乐要是知道他还有这样的想法，会不会吓得跑掉？她说的"当年犯浑"，是不是表示自己不会再犯同样的错误？那他可以死缠烂打了吗？程乐乐会给他机会吗？

三千诸佛、无边菩萨，在自己的地盘上，听了一个成熟稳重精英男一整晚的碎碎念。

98

昨天下了一夜的雨，到了清晨，东南方已露出一角青天。层峦叠嶂间的漫漫雾气还未散去，陈安在茂林修竹间跟着一群小和尚学打拳。

打完拳后，老方丈来给小和尚们讲课，主题是"我执"和"法执"，教育大家要破除执见、执念。

陈安听得很认真，还记了笔记。写着写着，他忽然想起某人说的那句"让我 see see，你都写了 what"，没忍住笑了起来。

老方丈当着一群小和尚的面，指着他道："喏，这就是执。"

后来，老方丈又偏题讲了会儿菩萨心。

唐欣把关于黄天苟的补充调查结果发了过来。

调查报告主要说了四点：黄天苟能力低下，善于阿谀奉承，圈内人脉尚可；善妒，喜欢打压有能力的下属；疑似有受贿问题，不过尚未掌握实质证据；私德不佳，喜欢勾搭有夫之妇。两年前曾发生一起办公室性骚扰检举事件，但通达没做处理，之后黄天苟行事有所收敛。

陈安仔细看了这起内部匿名检举事件的资料。被骚扰的女士在检举之前已离职移民，调查公司怀疑这封匿名信是她写的，但陈安并不这么认为。一是既然所有人都会怀疑是她所为，那她匿名便毫无意义，何况她已移民，并没有那么大的后顾之忧；二是检举信的措辞很有程乐乐的风格。她敢在入职两年多后当着领导的面不惜牺牲自己的前程站队，就敢在刚入职场时举报揭发同事的劣行。

　　陈安并非睚眦必报之人，因为行事低调，甚至给人留下谦谦君子的印象。

　　然而看完邮件后，陈安便开始暗自盘算起怎么打击报复黄天苟。

　　只要他以平安喜乐总裁的名义持续向通达施压，通达很可能会与黄天苟解除劳务合同，这很容易做到。

　　但是，男性的"私德"问题在职场上往往并不是致命伤，相反有些人还能以此为资本，抱团取暖，凭他攀爬的本事，或许还能在圈子里东山再起。

　　要把私德问题闹大，发动舆论的话，可能会让某些女性、家庭被迫卷入纷争，甚至让本该是受害者的女性沦为笑柄，程乐乐的这封检举信也会被牵扯进来。很少有公司愿意雇佣一个可能给公司、领导带来负面影响的人。

　　程乐乐要去远方，要去高地，不该被这样的垃圾拖入肮脏的下水沟。

　　这件事，他还得好好构想一下。

　　由于思考得很投入，他并没有听见"于一切众生如父母兄弟姊妹男女亲友等。为彼解脱得出生死。乃至令发三菩提心"之类的佛偈。

　　课后，老方丈又来找他下棋。

　　陈安刚铺好棋子，语音电话便响了起来，是程乐乐。

　　陈安的手顿了顿，接起，程乐乐欢快的声音传来："小哥，你什么时候回来？"

　　老方丈先推了个小兵，陈安也跟着推了一个，温柔地问："怎么了？"

　　因为第一次听到陈安用这样的语气说话，老方丈抬了下头，没再动棋子。

　　程乐乐在电话那头振奋地喊道："今天有人来谈包场！历史性的时刻啊！你要是能见证就好啦。"

　　陈安想，应该是全梓荣行动了。

　　原本这样的安排是为了哄程乐乐开心，但昨晚程乐乐刚向他表达了要锻炼、磨砺、成长的壮志，陈安不由得有些心虚。他决心只做这一次弊——当然，报复黄天苟不应计入作弊范畴，这应该属于为民除害之举。

陈安带着些许夸张的语气赞叹："这是好事啊。"

"嗯。"程乐乐兴奋地道，"一个座位票价三十块，最小厅有一百来个座位，算下来就是三千，再算上零食什么的，也有四五千吧。"

"才这么点儿？"

瞧小哥那眼高手低的劲儿，程乐乐想。有时候周一一天的票房也就六七千，真是惨绝人寰，哪敢嫌弃包场钱少。

程乐乐说："钱是少了点，但意义重大，说明影院终于有点人气了。小哥，你说我能谈下来吗？"

陈安想着这是全样荣办的事，很有信心地鼓舞道："别人不行，你肯定可以。"

"小哥，原来你这么看好我啊？"程乐乐嘴上这么说，心里却在暗叹爱情真是让人盲目，"可惜你赶不上了，那个客户中午就到了。"

陈安道："你这一听就是个大买卖，我赶得及，马上到。"一个小时后，陈安安排了和 MGM 高管的视频会议，但他决定往后推一下。都是为了工作，他推得一点心理负担都没有。

"真的？！"

"嗯。"挂了电话，陈安发现老方丈已经走了。

99

影院的办公室有三个——一个综合办公室、一个财务室和一个总经理办公室，并没有专门的接待室。原本的设计里，总经理办公室应该承担相关的接待功能。不过，程乐乐一直没顾得上收拾，里面还是一团脏乱。

现在临时要来 VIP（贵宾），只能到综合办公室凑合。

综合办公室是一个不规则的多边形房间，唯一的直角处隔出了一个半人高的单人办公格间，陈安来了一般坐这里。其余的桌子是沿着墙钉的长板，程乐乐喜欢这种简易又方便的大空间，但接待客户不免显得穷酸。

她让人把总经理办公室里那张看上去有些格调的小圆桌搬到了综合办公室，刚擦干净，陈安就进来了。

程乐乐迎了过去："吃午饭没？"

陈安摇头，程乐乐掏出一杯酸奶："我就知道你赶不上吃饭，先对付一下，吃别的怕味道太大了。"

"哦，谢谢。"陈安接过来，去格子间坐着，喝了几口酸奶，打开了手机，给全梓荣发了条信息："谢谢啊，兄弟。"

发完后，他打开了游戏。董平开发的游戏出了个新升级的内测版本，多了好几条剧情线，请他体验体验。

程乐乐在穿衣镜前整理妆容，听见声音，走过去说："小哥，别玩游戏了。客户都要来了，你不参与，也得紧张一点。"

陈安鼻翼动了动。他带领团队去敲定一份数十亿投资额的合同时都没紧张过，现在程乐乐却要求他为一单不到五千块钱的业务放下手机。

陈安锁了屏，把手机搁到桌上，说："对不起，我没穿正装，是不是不够严肃？"

程乐乐安慰道："没事，脸好看就行。"

陈安笑着说："嗯，我一定努力当好'花瓶'。"

正说着，客人就来了。

和程乐乐预想的有些出入，来的人并非企事业单位人员，而是一对情侣。男的偏瘦，戴了一副无框眼镜，掩不住一双漂亮的狐狸眼；女的则稍显丰腴，双下巴，有雀斑，外貌上不如男的俊俏。男的姓张，女的姓马。

程乐乐看到马小姐挽着张先生的胳膊进来时，已经奉上了诸如"金童玉女，天生一对"的客套话。

陈安坐在格子间内安心地充当"花瓶"，本来百无聊赖地一手撑着脑袋，听到程乐乐的话后，手不经意地往脸上挪了挪。

程乐乐的脸皮真的很厚，不着边际的话说得毫无心理负担，仗着一张明媚的笑脸，并不显得油腻，就是让听的人臊得慌。

好在这种虚伪的寒暄只是走个过场，程乐乐递上水后，请他们入座，很快进入了正题："张先生，马小姐，请问你们大概有多少人？"

马小姐道："我们请七八个人看电影。剩下的座位你可以开放卖票。"

程乐乐迟疑了一下，说道："马小姐，您可能对我们包场的定义有误解。包场的意思是……"

"程店长，我会支付全场的费用的。我的意思是，除了我们的人以外，其余座位无论你是卖掉，还是免费让人入场，我都不介意。你们只要做到一半以上的入座率就好了。"

程乐乐听懂了："马小姐，您是说，您需要一批观众来填满场子？"

马小姐点了点头。

程乐乐舔了下嘴唇："您是要表演节目吗？如果涉及表演的话，我们是需要另外报批的。"

她的话音刚落，旁边一直沉默的张先生勾了下嘴角。

程乐乐不由自主地将视线投向他，发现他脸上浮现着古怪讥讽的笑容。

马小姐平平淡淡地说："是求婚。"

程乐乐恍然大悟："啊，恭喜恭喜，很荣幸星辰影院能成为你们幸福回忆的一部分。"然后她自信满满地道："马小姐，您放心，我们会努力让尽可能多的人见证你们的幸福。您对时间、座位数量或者设备有什么要求吗？"

"周日晚上，最大的厅，看完电影后需要播放一段视频，再用一下话筒，不复杂的。"

最大的厅有小三百个座位，比预想中多了一倍多，而且剩余座位还能接着卖。这种好事居然能找上她，程乐乐振奋地满口答应："这些都没问题。"

她一一记下要求，问旁边的男士："张先生有什么要补充的吗？"

他摇了摇头。

一切顺利得超乎想象，程乐乐正打算站起来带他们去厅里看看，张先生却幽幽地开了口："既然观众都能请来，能不能连男主角也一起请了？"

程乐乐没听懂，但马小姐的脸色一下子变得苍白，拉着他的手，声音颤抖："你别说胡话。"

男人冷哼了一声，一副阴阳怪气的样子："哦，忘了，我的嘴只适合背台词。"说着他掏出一张纸，开始念："亲爱的宝贝，这是我认识你的第1600天。在这1600天的漫长岁月里，因为有你……"

马小姐一把抢过他手里的纸，仔细地叠好，冷冷地说："回去背熟就好了。"

程乐乐的目光在两人间不停地移动，就像在打乒乓。

张先生不怒反笑："我要是求婚，肯定不在这个破影院。既然都这么大手笔了，也不在乎再添点钱，你怎么不去大海影院啊？"

说到大海影院，马小姐瞳孔猛地一缩，下巴微颤，手也不知不觉间握紧了。

程乐乐当然不会将此理解为马小姐是星辰的狂热粉丝，又不知道在这种场合下怎么打圆场。而张先生要么不开口，一开口就语出惊人："哦，因为大海影院有我真正想求婚的女人，你不敢去。"

马小姐在听到这句话后终于失控了。她表情狰狞地拍案而起，将剧情推向高潮："那你有本事也让她怀上你的种！让她也逼你求婚！你去啊！你看她稀不稀罕理你！"

程乐乐的嘴巴都张圆了。这几句话的信息量大到惊人，所有人都震惊了，一时之间屋里安静得落针可闻。

男人被刺激得双目赤红，一怒之下夺门而去；而张小姐在歇斯底里地吼完那句话后，趴在桌上哭得震天撼地。

100

张先生的出走，标志着这场令人咋舌的狗血年度大戏落下了帷幕。程乐乐虽然嘴甜，但由于缺乏个人情感经验，并不擅长做情感专家，也不知该说什么、不该说什么，只能默默递纸巾。

年度大戏的尾声很长，马小姐的哭声像是出不完字幕的充满了幽怨的片尾曲。

垃圾桶积满了一桶纸后，马小姐的眼泪终于有了渐止的迹象。陪伴在旁的程乐乐，却从最开始的震惊，到后来的同情，最后变得无端地心痛和沉闷起来。

马小姐抽完一包纸巾，背靠着座椅，双眼肿得像是被蜂蜇过一样。她似是在问程乐乐，又像是自言自语般呢喃："你说我那么喜欢他，为他付出了一切，为什么他就是不喜欢我呢？"

一直致力于做一个美丽花瓶的陈安，在听到这句话后，瓶身突然产生了一条细微的裂缝，这条裂缝张牙舞爪地横在心脏的位置。

他觉得自己像是看了一场由两个疯子主演的独幕剧，意在讽刺、痛斥、警示观众，不要再执着于无望的人。

他马不停蹄地兴冲冲赶来，以为会收获快乐，但得到的却是一个深刻的教训。好像是在暗示，如果他进一步陷入这段感情，也会面临这样的过程和结局。

可能这几天他在佛门净地多有不敬，所以要他接受这样的惩罚。

手机震了下，全梓荣的微信消息一条条地飞了进来。

"你又在胡说什么？"

"你最近真的神经兮兮的。"

"求求你捡回你成熟稳重的精英形象吧。"

"你赶紧投资脑神经方面的前沿研究应用吧，反正都要疯，迟早用得上。"

"陈安，程乐乐当年说走就走，消失七年，你活过来了。她要是再消失七年，你还能活下去吗？"

良药苦口、忠言逆耳。陈安都懂，但在这个时刻，他暂时不想再被朋友劝诫了。

101

马小姐刚出办公室，沈大峰就推门进来，一脸好奇地问："姐，是那女的逼婚，把男的逼跑了吗？"

程乐乐闷闷地回："你闲得慌？刚才一直趴门口听了？"

"真不用趴门口，那声音大得连厕所里都能听见。"沈大峰嘀嘀咕咕，"你说那个男人都有喜欢的对象了，那女的还要跟他结婚生子，怎么这么轻贱自己呢？要是结了婚，日子能过得下去吗？"

程乐乐支着头道："也别这么说，感情的事很复杂。你不是当事人，站着说话不腰疼，哪知道她的痛苦？"

沈大峰满不在乎地哼了声："说得好像你很懂似的。"

"我懂不懂关你……"程乐乐刚要反驳，突然觉得哪里不对劲。

她忘了陈安还在格子间内。目睹了整个吵架现场的他，从头到尾一点声音都没有，好像一张壁画。

她送走马小姐的时候心情无端沉闷。她原本以为是因为同情马小姐，或者是因为到手的生意飞走了，现在忽然才意识到，真正的原因是马小姐那悲哀绝望的眼神似曾相识。

七年前，她无情地向小哥放狠话的时候，小哥也露出过那样的眼神。

她一个施害者尚能记起那一幕，那么受害者或许早在马小姐陷入癫狂的那一刻就已经回忆起了所有的伤痛和不堪。

程乐乐连忙站起来，看向躲在格子间里的男人。

陈安正在面无表情地玩游戏。

程乐乐小心翼翼地试探："小哥，对不起啊，我没能谈下来。"

陈安盯着屏幕里跑动的小动物，说道："没关系，下次再努力就好了。"

沈大峰在旁边插嘴："也不见得呢，我看那女的挺疯的，说不定还会回来。姐，你说她要是真求婚，咱接这个活吗？"

程乐乐不耐烦地说："接，为什么不接？"

沈大峰说："也是。"说完却不走，很影响她和陈安的谈话。

程乐乐挥手赶他："你没事做了？去把那个总经理办公室收拾出来吧。"

沈大峰问："姐，你心情不好？"

"换你心情好？咱们星辰的客户连抢男人都没抢过大海！"

"姐，你这胜负欲，我服了。"

"还不走？"

"走了走了。"

　

沈大峰一走，办公室里恢复了宁静。程乐乐踌躇不安，其实她的自我攻略恋爱项目进展得还算顺利，已经取得了初步成果，但未来的形势并不明朗，她还不能分享给陈安听，因此也不能用这些来安慰这个曾被她伤害过的男人。

陈安专心地打着游戏。刚才那个马小姐的表现让大部分人既同情又厌烦，而作为同类，他既不喜欢别人的同情，也不愿被厌烦，于是在程乐乐过来找他说话时，他假装自己很云淡风轻。

程乐乐没有看出陈安脸上出现任何破绽，但她固执地认为他心情很不好。

　

在陈安新的一局游戏又飞快结束后，程乐乐突然趴到搁板上，向陈安提议："小哥，我们出去放松一下吧。"

陈安的手顿了顿，平静地问："怎么突然想出去玩了？"

"今天没谈下来包场，受打击了。"程乐乐觉得这个借口并不是很好，用撒娇的语气补充道，"而且我连着上了很多天班，想休息一下了，陈总批不批假？"

陈安想起刚刚收到的众多警告，说："哦，那你去玩吧。"

程乐乐这下确定陈安心情不好了，于是死皮赖脸地哄他："一起去嘛，你陪陪我，好不好？"

陈安内心很痛苦，感觉嘴里全是苦味，却要忍受一个散发着蔗糖味的水果在鼻尖晃动。

程乐乐见陈安不说话，低着头坐到自己的工位上去了。她得想想别的办法。

水果好像要被丢掉了，陈安问："你想去哪里玩？"

问出口的刹那，陈安觉得自己像个不怕死的叛逆少年，明知山有虎，偏向虎山行。

程乐乐被问住了。她光想着玩，却没想过玩什么。现在的小情侣除了看电影还玩什么？剧本杀？智商不够。真人 CS（军事模拟类真人户外竞技运动）？打打杀杀的有点无聊。还有什么来着？

一时想不起来。

程乐乐生怕陈安反悔，拿起对讲机："沈大峰。"

沈大峰说："收到，请讲。"

"把频道切换到 5。"

两人切换好频道后，沈大峰问："怎么了？"

"现在年轻人约会都去哪儿啊？"

陈安把手机放到了口袋里，明显地感觉到所有压在胸口的苦涩在听到"约会"两字后迅速消散了，效果堪比杀虫剂。

沈大峰说："年轻人约会都去哪里？当然都来我们星辰看电影啊。"

程乐乐翻白眼翻得陈安想笑："我说的年轻人是指我。"

"哦。最近泰溪有个特别火的鬼屋，就是不知道你这个年纪能不能受得住。"

程乐乐不满地说："不知道你这个年纪还能不能挨得了暴打。"

陈安笑得很明显了。程乐乐是可以为员工挡可乐的领导，所以员工好像都不怕她，说话都很没大没小。

程乐乐追问："鬼屋吓人吗？"

沈大峰道："不吓人那能叫鬼屋吗？"

程乐乐是很怕鬼的人，小时候看了一次鬼片，据她本人亲口说，那一个月她都没敢熄灯睡觉，还连着做了很多天的噩梦。陈安虽然没去过鬼屋，但凭常识也知道肯定比平面电影可怕，程乐乐是不会去那种地方的。

他刚想说换个别的地方，程乐乐却说："好，我们去鬼屋玩吧。"

影视剧里情侣一起看鬼片，都会紧紧抱在一起。程乐乐不想让小哥再一个人熬下去了，觉得自己这边要加快点进度，去鬼屋练练手也好。

陈安奇怪地看着她："你确定吗？"

程乐乐心里说着不敢，但是脚还是往外边迈了出去。

第七章 当他无法掩饰

102

鬼屋位于城西的一家破败的娱乐城内。娱乐城的外墙上挂着一幅粗糙的宣传画，低劣的喷绘技术让鬼屋的照片有些失真，看上去很像山寨产品。程乐乐得到了安慰，觉得可怕的画面都是自己臆想出来的，是自己吓自己，便挺直腰杆进了娱乐城。

进入娱乐城后，两人才发现鬼屋的人气很高。可能是因为小县城的娱乐项目本来就很少，所以新的项目一出现，顾客便趋之若鹜。售票台前人头攒动，有几个卖票的服务员趁顾客排队的工夫，不遗余力地向顾客推销储值卡。

一个贴了水晶指甲片的服务员站到陈安面前，问他需不需要办卡。

程乐乐问："两个人多少钱？"

服务员说："499。"

程乐乐倒吸一口气："499？每人差不多250啊？你们是不是在'内涵'顾客智商？"

陈安不好意思地和服务员笑了笑。

程乐乐仍对价格感到震惊："鬼屋这是收的阴间价格吗？我们穷人连鬼都做不起了吗？以后骂人都不能骂穷鬼、死鬼了。"

这下，服务员也笑了起来，她虽然也觉得老板是在抢钱，但她不敢说出来，还得尽职地推销："如果您充1000块钱的储值卡，会员折扣价只需350元，相当于办了卡就能额外赠送一次体验。"

"你们没有开业优惠吗？"

"这个就是开业优惠的价格了，小姐姐。"

陈安问："办不办？"

程乐乐很犹豫，五百块钱单次确实太贵了，但是办卡又要一千起充。

看到程乐乐犹豫，陈安便跟服务员说："办一个吧。"

程乐乐心疼地喊："你让我再想想！"

服务员已经把收款二维码亮出来了，不能轻易收回去，道："小姐姐，里面很好玩的，你看出口那里，情侣都是手牵手出来的呢。"

程乐乐望过去："我怎么觉得像是难民扶老携幼逃出来的一样？"

程乐乐说话的工夫，陈安已经扫完二维码付完钱了："别想了，多玩几次就赚回来了。"

服务员把开好的卡递给陈安，陈安转手交给了程乐乐："你拿好吧。"

程乐乐把卡收好，心里暗自感叹谈恋爱实在是太费钱了。

刷完卡后，检票的服务员问："有心脏病吗？"

程乐乐摇头。

服务员叮嘱："要是身体出现强烈不适，建议尽快原路返回或找我们的工作人员。"

程乐乐脊背一凉，汗毛竖起："有这么恐怖吗？你们刚才办卡时怎么不说？"

服务员道："我们是例行提醒啦。"

陈安再次确认："进不进去？"

程乐乐眼睛一闭："一千块钱都花了，能不进吗？就算是竖着进去横着出来，我也要进去。"

虽然豪言壮语已经放出去了，但程乐乐还没进鬼屋，光是听见里面恐怖的音乐，整个人就已经很不好了。

陈安劝道："要不别玩这个了。"

程乐乐给自己壮胆："别人都能玩，为什么我们不能？走吧，小哥，等会儿你可得护着我啊。"她说归说，脚还钉在原地。

陈安笑着拉了她一下："别怕，小哥保护你。"

程乐乐深吸好几口气，终于抬腿迈了进去。里面黑乎乎的，时而闪一下红光，时而闪一下绿光，"唔哈哈哈"的鬼叫声在头顶萦绕。

程乐乐一把拉住了陈安的手，声音颤抖地问："小哥，你看见鬼了吗？"

陈安说："这世上没有鬼。"

"我是说，你看见假的鬼了吗？"

"嗯。"

程乐乐"啊"地叫了一声："在哪里？"

陈安问："你睁眼了吗？"

程乐乐整个人都快钻进陈安的胳肢窝里了，抽抽着说："这就睁，这就睁。"

陈安觉得尿包程乐乐很好玩也很好笑："算了吧，别玩了，我带你出去。"

程乐乐坚持说："不行，花钱了，一定要走完。"

对钱的执念让程乐乐再次睁开了眼睛，勇敢地往前走了几步。前面视线昏暗，她伸着手慢慢往前探，指尖传来硬硬的触感。没等她反应过来，绿光亮起，她发现自己正站在一个敞开的棺材前，里面突然坐起一个披头散发、穿着血衣的"鬼"。

"啊——"程乐乐整个人都挂到了陈安身上。她进来之前，本来是冲着习惯与陈安的肢体接触去的。但这会儿除了恐惧她什么想法都没有，哪怕旁边站着的人是黄天苟，她都会毫不犹疑地扑上去。

陈安也有点被吓到，但只是本能的一刹那，程乐乐挂上来的瞬间才是最致命的。他感觉下巴处火辣辣的，应该是被她的指甲刮破了皮肤。

陈安抱着程乐乐的腰，问："你还好吧？"

程乐乐闷闷的声音传来："他走了吗？"

陈安看着空荡荡的棺材，说："还没有。"

于是程乐乐在他怀里待了很久，熟悉的气息喷在他颈侧，像是猫的尾巴，轻轻扫过他的心口，有点痒，却感觉很轻柔。

程乐乐又问："走了吗？"

陈安"嗯"了一声，程乐乐鼓起勇气站直了，但手仍然牢牢抓着陈安。

陈安问："要不要我唱歌哄哄你？"

"唱什么歌？"

"童谣之类的。"

程乐乐直呼："啊，你不要提童谣，我想起了恐怖童谣，你听过那首歌吗……"

仿佛跟鬼屋经营方有心电感应似的，脑袋上方的音响里突然传来"一个两个三个小朋友……"的旋律，是一首令人毛骨悚然的童谣。

程乐乐蹦了起来，脑袋再次撞到了陈安的下巴，陈安感觉嘴巴里有血腥味，再一舔，发现是舌头流血了。

如此这般，他们缓慢而激烈地走完了整个鬼屋。其间，陈安的鼻子、眼睛分别被程乐乐撞击过，他偶尔很想把程乐乐绑起来，但最终没有这么做。

出来时，程乐乐的额头上湿漉漉的，一张小脸惨白惨白的，双腿发软，像个没长骨头的生物一样倚在陈安身边。

鉴于此，陈安没敢多走，找了一个蓝色的塑料凳子，让程乐乐坐着休息。

程乐乐把头埋在两肘间，胃液翻腾，明显感到不适。陈安摩挲着她的手背，一直在安慰她。

程乐乐看着地面道："小哥，现在我要是做个 B 超，你就能看到我的胆已经裂成两半了。"

陈安递过去一瓶水："放心，人的自愈能力很强，能长回原来的样子的。"

程乐乐抿了口水，思绪飞得很远，心想，我在你心口戳的那个地方，也会愈合吗？她这么努力地约会，忍受鬼屋的惊吓，有没有让他的心情好一点？

喝了半瓶水后，程乐乐恢复了一点精神，但也不适合到处玩了，两个人决定先回家。离开鬼屋前，程乐乐没忘给办卡的服务员留下名片："妹妹，麻烦把这名片留给你们市场部的同事，事成之后我请你看电影。"

她朝服务员眨眨眼，还不忘夸赞："指甲做得真好看！"

程乐乐不愧是干大事的人。她跟服务员说话时充满了元气，让人完全联想不起来她刚刚被吓得魂飞魄散的样子。

然而，上了车后，她就蔫了，四肢无力地坐在座位上，像只跑了气的气球。

快到家的时候，程乐乐突然问陈安："小哥，我可以去你那儿待着吗？"

"当然。"

"晚上我要在你那里睡觉。"程乐乐说完觉得自己的话很容易让人误会，连忙解释，"我真的不知道那个地方有那么可怕，晚上我肯定会做噩梦……"

其实程乐乐在北京也做过很多次噩梦，但她都坚持下来了。可是现在既然有了可以依靠的人，她决定关爱自己，不再故作坚强。

陈安关车门的手停了一下，说："好。"

因为陈安没正经吃午饭，程乐乐又显得有点虚脱，所以陈安早早炖了粥，在五六点的时候，叫刚洗了澡的程乐乐过来吃饭。

程乐乐仍然无精打采，她搅动着碗里的粥，吃了两口就没再继续。

陈安后悔当时没有坚持不进鬼屋，眼神关切、轻声细语地问："要不要吃点面？"

程乐乐摇头，有气无力地说："我吃不下了。刚才一个人洗澡又把我吓坏了。小哥，你说我们这老楼会不会……"

"不会。"陈安斩钉截铁地阻止她胡思乱想。

"也是，要有也是我爸……"程乐乐顿了顿，"不过，我爸去做神仙了，怎么可能做鬼呢。"

她抬头朝陈安笑了下，意外发现陈安脸上竟然有几道又长又细、颜色鲜明的血痕，从下颌骨一直延伸到下巴处。

"小哥，你这儿怎么了？"程乐乐问。

陈安摇头："没什么。"

程乐乐后知后觉地反应过来："我抓的？"

陈安喝了口粥，碰到舌头上的伤口，皱了下眉。程乐乐一时嘴快："嘴巴怎么了？不会也是我咬的吧？"随即觉得这话太有歧义了，立马改口："我撞的，我撞的。"

说着，她站起来找医药箱："你那伤口要消一下毒。家里有碘伏吗？"

陈安说："不用。"

程乐乐坚持："要的。"

陈安放东西的习惯没有变，程乐乐很快翻出了医药箱，拎了过来。

她拆开一袋一只装的医用棉签，在碘伏瓶里蘸了下，指挥陈安："小哥，抬一下脸。"

昏黄的余晖透过纱帘洒在木质餐桌上，镀上了一层温馨的、充满烟火气的光泽。陈安坐在餐椅上，下巴被程乐乐捧在手心。

程乐乐动作很轻，说话也很轻："对不起啊，小哥。"

有一道抓痕靠近喉结，程乐乐又重新拆了一根棉签，低着身往前再凑近了一步。因为那个部位视线不佳，她弯下腰歪了下头，慢慢停在陈安的颈侧。

程乐乐本来心无旁骛，但当棉签靠近的时候，她看到陈安的喉结很明显地滚动了一下，她一惊，心思随即浑浊了起来。

这个动作实在很暧昧，只要她再往旁边挪一点点，便能吻上陈安。

而且她百分百相信，陈安也想到了这点。不仅他的喉结出卖了他，他的耳朵也微微动了下。

他在期待着她的吻，只需要她的嘴唇往旁边挪三厘米左右。

程乐乐在心底不断给自己鼓劲，加油，你可以的。可是，身体仍然没有动。这三厘米，好像比三光年还远。

如果这个槛能这么轻松地迈过，她也不用跨过七年来做这件事。

虽然她最近一直在努力调整自己，逼着自己加快步伐，但急于求成所带来的副作用也很明显。

鸡皮疙瘩没起来闹革命，胃却有点难受，可能是在鬼屋里吓得，也有可能是真的没法接受和小哥接吻。

她飞快又马虎地涂了两下，然后站直身子道："好了。"她没敢去看陈安，怕他失望。

陈安闷闷地说了声："谢谢。"

程乐乐的心情很矛盾，辜负小哥的期待让她感到失落，但她也不想违背自己的意志，出卖自己的身体。可能她内心深处还是把陈安当成哥哥。所有的关心、依赖都是建立在这个关系的基础之上的。如果陈安是她的亲哥，她反而可以毫不犹豫地献上脸颊吻，但世上没有人会嘴对嘴地亲吻自己的哥哥。

陈筱牧说，没有一个女人能在陈安面前"坐怀不乱"。当然，陈安是陈筱牧的暗恋对象，她的话带着浓厚的粉丝滤镜，不见得能全信。

程乐乐觉得自己可能是那种灵肉结合的人，如果没有达到很爱的程度，她的身体确实无法给出更多。

可笑的是，小哥脸上的伤、嘴里的伤，很像是经历了一场激烈事件后留下的痕迹，而她，却偏偏连一个吻都给不了。

程乐乐的"勇敢爱"计划遇到了前所未有的挫折（尽管这个计划才刚刚开始了一个月），她感到很沮丧，觉得她和小哥的关系或许只能止步于此了。

悲观的想法抬了头，自然把她前面所有的阶段性成果也一竿子全部推翻了。

　　陈安把医药箱放回原处，看程乐乐很累的样子，问："晚上你要睡哪间？"

　　程乐乐呆了呆。

　　如果止步于此，就不能再给小哥任何希望了，不然两人只会越来越痛苦。虽然在这里睡是自己提出来的，但经过刚才那样的暧昧，怕是会让小哥想入非非。

　　所以程乐乐摇摇头："我觉得我好多了，等下我就去楼下睡了，省得你还要铺床。"

　　陈安听罢，没说话，垂着眼认真地看着她，好像是要证明什么似的，坚持道："铺床不麻烦。"

　　程乐乐打了个很假的哈欠，说："不用，我先下楼躺会儿去了。"

　　说着，她便开了门，步履沉重地迈过楼梯，回到了自己的家。

　　窗外最后一缕阳光已经被黑暗吞噬了。

　　陈安仍然站在原处。

　　陈安想，如果这一切非要有个归咎的地方，那只能怪刚才的氛围实在太好了。

　　上药时，窗外透进来的浅淡光线让程乐乐的脸显得圣洁，近在咫尺的呼吸好像充满了诱惑。他只需要偏一偏头，便能得到这七年时间里遥不可及的东西。他挣扎了，最后也克制住了。

　　可是程乐乐还是发现了他隐秘的冲动。连一个人洗澡都害怕的人，坚持要独自下楼，独自过夜，宁可与鬼为伴，也不要待在有他的地方。

　　他像个卑微的求雨者，期待天上能掉下一滴甘霖，可是上天并没有恩赐于他。

103

　　接受计划失败结果的程乐乐这天晚上没再怕鬼，也没做噩梦，因为她一宿没睡。

　　前半夜她一直在哀叹悲鸣，后半夜夜深人静的时候，又开始反思，是不是自己过于冒进了。就像七年前那次逃离一样，那时的她像个想当大人的小孩，稚嫩又自大，在很多种解决办法里挑了一种最伤害人的方式。等她成熟了很多后，她是真的后悔了。

　　因为那次的教训刻骨铭心，所以在再一次伤害、辜负小哥之前，程乐乐认真地想了想，他们俩是不是真的一点可能都没有了？

她想起鬼屋里的拥抱，想起展会上喂的爆米花，想起无数次的牵手。客观来说，自己表现得并没有那么糟糕。在摘石榴的清晨，她甚至发现小哥身上散发着一种难以言喻的魅力，既性感又带着一丝禁欲的气质。

比起以前小哥光膀子站在面前都心如止水的自己，现在的她其实已经取得了从零到一的重大突破。事态并没有陷入绝境。

或许是自己把自己逼得太紧了，就好像刚上高一就要直接参加期末考试、会考、高考一样，没有人可以交出漂亮的考卷（小哥除外）。任何微小的进步都值得被肯定。

她决定，再给自己一次机会。

下定决心后，程乐乐放松下来，意识开始迷离，似睡非睡地躺了一会儿，惊醒的时候发现自己已经睡过了半小时。她约了一早和同方大厦的物业谈合作，还得走访好几个写字楼，这一天安排得很忙碌。

她慌忙换了衣服，冲出去拦了辆出租车，到了车上便给陈安发微信："小哥，我今天不上楼吃早饭了。"

陈安坐在餐桌前，把剥好的鸡蛋全都倒进了垃圾袋里，才回了个："知道了。"

他没有在影院坐班的习惯，为了方便开视频会议，他在泰溪时都是独自在家办公。但今天，他带着笔记本电脑开车去了影院。

时间一分一秒地过去，本就为数不多的希望像是沙漏里的沙子，一粒一粒地流逝掉了。

直到傍晚时分，程乐乐都没来影院。

回家的路上，陈安痛苦地发现自己还是把事情搞砸了。程乐乐在躲他，在忍无可忍的时候，或许还会再次离开他。

七年前，他在程乐乐离不开他的这件事情上出现过重大误判，让他成了惊弓之鸟，任何风吹草动都在暗示他最担心的事终会发生。

可是他没有任何筹码能留住程乐乐，现在的她比以前更独立、更自信、更优秀，他除了有她不需要的爱，什么都没有。

104

程乐乐走访完物业，回到影院的时候已经是晚上七八点了。

　　她本打算直接回家，但一天没出现在影院，还是想回去看看。今年全国大旱，泰溪的雨量也很少。今天天色擦黑时，突然起了大风。等程乐乐坐进通往影院的公交时，天像是豁开了个口子似的，下起了瓢泼大雨。

　　直到程乐乐下车，那雨非但没有变小，反而越下越大，似是要把今年没下的雨一下子补齐。

　　她没带伞，好在公交站离影院不远。她举着包一路快跑，仅仅一两分钟的时间，全身就已湿透了。

　　她想着办公室里还有一套干净的员工制服，刚推门进去，包都没放下，陶宇就急匆匆地来敲门。

　　"怎么了？"

　　陶宇慌张地道："店长，3号厅漏水了。"

　　程乐乐一惊，来不及擦脸换衣服，紧跟着陶宇进了厅内。

　　3号厅最后一场电影刚散场，放映灯全都亮着。陶宇本来是进来打扫卫生的，要不是他路过屏幕前方时被水滴溅到脖子，一时半会儿还发现不了漏水。

　　程乐乐盯着那个漏雨点，心里一紧，生怕雨水漏过去把屏幕浇坏。

　　银幕是金属幕，非常脆弱，被干净的水浇了还能拿海绵轻擦一下。但雨水混杂着混凝土管道里的污垢漏下来，全是污水，要是泡坏了涂层，那便是永久性的损伤，只能换，不能修。

　　现在影院的日子过得捉襟见肘，哪有钱换屏幕？再说换屏幕得有订货周期，运输安装都有成本。万一这期间有热门电影上映，耽误的场次都是钱。

　　程乐乐当机立断："整理库房的时候我见过防水布，咱上楼顶看看。现在还有值班的男员工吗？"

　　"除了我，还有姜琦。哦，沈大峰下了班被雨拦着没回去，现在在厅里看电影。"

　　"把他叫上吧。咱四个一起去。"

　　陈安心灰意冷了一天，为了和印度的合作公司开越洋电话会议赶回了家。等会议结束后再一抬眼，外面已是暴雨如注，都不知下了多久。

　　陈安看了眼表，正是平时程乐乐下班的时间点。

他不确定程乐乐是否在影院，甚至都不敢确定程乐乐是否还在泰溪。他今天一天都没敢给程乐乐打电话，但是大雨给了他一个很好的借口。

于是他拿起了手机，拨出了号码。没有人接。

他又打了一次，仍然没人接。

他疯了似的一遍接一遍地打，但电话那头的人似乎不打算理他了。

陈安决定去找程乐乐。七年前，程乐乐说希望他不要再去找她，可是她说了，那时是她犯浑了，那么说明他现在可以去找她。

陈安拿了把伞，往小区外面走去，上了车后又打了好几遍电话。

突然，头顶响了个闷雷，余音回荡，连地面都在震颤。街边的霓虹灯仍在闪烁，落在车玻璃上的雨水折射出诡谲的光线，陈安心底隐隐升起一种不祥的预感。

105

因这一场突如其来的狂风暴雨，陈安开得再快，还是花费了比平时更久的时间才到达影院。

他进了办公室，见到了程乐乐的包和放在桌上的手机，这才慢慢地呼出一口气。他跌坐在椅子上，平复了一下情绪，才站起来，出去找她。

大堂空空荡荡的，只有一个女员工在洗爆米花锅，准备打烊。

陈安走过去，问："乐乐呢？"

那女员工愣了下，反应过来他说的乐乐是程店长，道："程店长上楼顶了。"

"什么？！"陈安愣住。

女员工被陈安斥责的口吻吓到，怯怯地道："3号厅漏水了，她带着几个人上去找漏水点了。"

陈安一听，火冒三丈："胡闹！这么大的事为什么不给我打电话？！"

106

影院所在的二层小楼都是几十年前的老建筑了，结构老化，设计也很古朴。这里没有楼梯直接通往楼顶平台，如果要上去，得出了楼，去楼的东侧用室外梯。其实那根本算不上梯子，而是几根裸露在户外的、焊在水泥砖墙上的钢筋而已。

陈安扔了伞，踩着钢筋爬了上去。

　　然而，到了上面却压根寻不到人。黑暗像是吞噬了一切，伸手不见五指。陈安打开手机手电筒，微弱的灯光照出去，只能看见如织的雨帘。豆大的雨点砸在脸上，有种钝痛感。雨声喧嚣，又像是吸音棉一样，阻挡了其他声音的传播。

　　上来没几秒，陈安就从里到外湿了个透。他胡乱地扫视了一圈，走了两步才发现这个平台连个围栏都没有，稍不注意就有可能翻下楼去。手电筒再往楼下照去，像是照进了深渊。

　　大概是因为今天一天都在想象程乐乐可能会离开自己，现在看到那片黑得仿佛不见底的深渊，陈安心里的恐惧在无尽的黑暗中无限放大。

　　他喉咙沙哑地开口："乐乐！"

　　雨声把人声吞没了，他没听见有人回应。

　　陈安急得大喊一声："乐乐！你在哪儿？！"

　　他茫然了片刻，七年前那种再也见不到她的恐慌感再度袭来，他心跳加快，呼吸困难，五脏六腑都充斥着难掩的苦痛。

　　陈安有点站不住了，他弯着腰，两手支着膝盖，颤抖着声音喊："乐乐——乐乐——"

　　这时，有人拍了拍他的后背。陈安连忙转过身，只见沈大峰抹了把脸："陈总，我们就在你后面呢。你喊得我们都没法干活了，喊你你也不应。"

　　陈安打着手电筒看向身后，只见程乐乐穿着一身破破烂烂的雨衣，正和另外两个员工抬着一块防水布，喊着："左边一点，再左边一点——"

　　陈安疾步走到程乐乐跟前，一把拽住程乐乐的胳膊，当着所有人的面呵斥："你是傻子吗？这顶什么用？"

　　沈大峰认为老板比较傻，难道吼有用？但他不能说。

　　程乐乐被陈安拽得差点摔倒，她攀着陈安的手，扯着嗓子解释："这块地势高，盖上布水就不会漏得那么快了，保住屏幕要紧。等明天一早，再请师傅来看。你赶紧下去！"

　　这雨实在太大了，砸得陈安睁眼都困难，程乐乐说话间也吃进去不少雨水。

　　他心知与其有那力气和她废话，不如替她干了，便闭了嘴，拨开她，捡起防水布铺了起来。

　　其实他上来的时候活儿已经干得差不多了，就跟大领导剪彩奠基似的，他沾手就是象征性地参与一下。

一两分钟后，所有人准备依次下楼。爬这种钢筋上去容易下来难，得慢慢摸索着来。

陈安先下去，在下面像只母鸡一样张开双臂，生怕程乐乐一个不注意栽了下来。等手够得到她时，他两手一举，直接抱着她，小心翼翼地把她放到了地面上。

程乐乐落了地，但陈安并没有松开紧紧箍着她的手，保持着和十七岁那年她的父亲去世后，他从冬令营赶回来抱她时一样的姿势。程乐乐一时有些动容，头埋在陈安的肩窝里，听着他结实的胸口传来的心跳声。

虽然小哥并没有帮上什么忙，甚至有些添乱，但她并不想责备他。

其实陈安一上楼，程乐乐就因为他手电筒的光发现了他。不知道为什么，陈安没有发现他们，还直直地往平台边缘走去，然后突然在那边发了疯似的大喊她的名字。

在第三方看来，这个画面有点搞笑，显得陈安很呆很笨。

可是程乐乐却笑不出来，因为她知道，小哥是她见过的最聪明的人。他反常的行为让程乐乐想到了创伤后应激反应，而那个给他创伤、让他方寸大乱的人，却是自己。她为自己以前的莽撞行为感到抱歉和后悔，希望以后能给小哥很多的甜蜜和安全感。

所以，程乐乐靠在陈安宽阔的肩上，慢慢地拍着他的背。有那么一瞬间，她觉得可以踮下脚，给小哥一个安抚性质的吻。

从楼上爬下来的员工，一个接一个地从他们身边经过，面面相觑。

程乐乐意识到"吃瓜"群众的看戏眼神，最后安慰似的又拍了下陈安的后背，从他的怀里挣扎出来。

陈安松开她，说了句"去影院门口等我"，然后转身直接往停车场方向去了。

沈大峰看着陈安的背影，和程乐乐并排跑到影院门口的玻璃屋檐下，边拧衣服上的水边说："姐，你和陈总在拍偶像剧吧？拍偶像剧就得搭配大雨，连消防车都省了，现成的大雨给你们用呢。"

程乐乐白了他一眼，沈大峰却浑然不知，接着道："刚才陈总那个吼法，太夸张了。"

说着，他惟妙惟肖地学起陈安来，还擅自添加了尔康的经典手势。

程乐乐脱了雨衣，其实这雨衣也没什么用，她也浑身湿透了："沈大峰，我终于发现你的优点了。"

"什么？"

"就是这种革命乐观主义精神，你不冷啊，还有心情在这模仿。"说话间，陈安驱车风驰电掣地驶来，在他们面前刹住了车。

"上车！"

"我等下看看厅里还漏不漏。"

"上车！"陈安的语气不容反驳。

程乐乐钻进了车。沈大峰作势也要跟进去，不过陈总好像没有跟他开玩笑的心情，于是他悻悻地摸着鼻子退了出来，跟酒店门童似的关好门，鞠躬道："陈总慢走。"

踩油门前，陈安将车窗开了一条小缝，朝沈大峰喊："让今天挨浇的人加价叫专车回家，车费报销。明天去财务领加班费。"

陈安的车上有健身包，里面有两块毛巾。他早已开了暖风，把刚才拿出来的毛巾都扔给了程乐乐："你快点擦。"

程乐乐问："你呢？"

"我不用。"说完，陈安便闷头开车。车路过影院附近的申亚酒店时，他踩了刹车，倒了回去。

酒店只有露天停车场，他下车从后备厢里拿出一把伞，开了车门，跟程乐乐说："先去洗个热水澡。"

程乐乐没说什么，躲进陈安的伞下。风大雨急，陈安站在上风口，伞面几乎全都倾斜在程乐乐的头上，两人快步走进了酒店。

107

陈安要了两间房。

洗澡的时候，程乐乐再次回想起影院楼下的那个拥抱。

虽然她和陈安从出生起就如影随形，但除去坐在自行车后座上抓着他的腰避免摔下去的情况，其实真正和他面对面拥抱的次数极其有限。

父亲去世的时候是一次，在鬼屋里被吓到的时候是一次，刚才的拥抱是第三次。

虽然不算熟悉，但也不至于陌生到拥抱时心里会漾起微弱的异样感觉的地步。她记得很清楚，拍小哥后背的时候，她感到了浓烈的被需要的满足感，然后她抬起了手，摸了下小哥的后脑勺。

她以前从来没有碰过那个地方，一是因为陈安本来就比她要高，二是小时候被教育人的后脑勺不能随便碰，所以在她的意识里，摸后脑勺是一种很亲密的行为。

但她好像很自然地做了这件事。如果没有员工在场，她或许还会用亲吻的方式安抚他，告诉他自己还在，并没有走掉。

程乐乐觉得人的情感真的很神奇，昨天的她还在为无法亲吻而辗转反侧，今天好像就轻轻松松地迈过了障碍。

既然这样，就可以告诉小哥她的计划了。

程乐乐拿起酒店里一块折叠得像豆腐块的擦手巾，在手里翻动了几下，然后走出房门，去敲了隔壁的门。

敲门的时候，酒店服务员正巧经过，向她投来了一种很微妙的眼神。

程乐乐低头看了下自己，穿着浴袍、头发湿漉漉的，确实是瓜田李下、说不清道不明的情况。

接着她突然意识到，在这个时刻向小哥宣布这样的决定，会不会给小哥某种不好的暗示？

虽然眼下她迈过了一个很大的障碍，但两人的关系还远没到那种地步。如果小哥对她这样那样，她很可能会一脚把他踢飞，然后生理性厌恶地将进度清零。

于是，她决定暂时取消分享计划，改至某个黄道吉日，不久后的双十一就是个挺不错的选择。

她刚要转身，房门开了。陈安高大的身影出现，问："怎么了？"

程乐乐呆了呆，说："要不要喝姜茶？"

陈安道："我已经让客房部送上来了，等一下就到。"

程乐乐点头："那就好。"

陈安看到她手上拿着什么东西，指了指："这是什么？"

程乐乐摊开手，出现了一只用毛巾叠成的小天鹅。一般高级酒店才会有这样的装饰物，但申亚只是一所普通的经济型酒店，并不会提供这种东西。

程乐乐看了下又从不远处飘过来的服务员，说："还是进去说吧。"

陈安犹豫了几秒，侧了下身，请她进去了。

申亚酒店的房间很逼仄，房间里只有一个嵌入式衣柜，除了床尾放了一套桌椅之外，便没有别的家具了。

程乐乐坐在椅子上，陈安没去坐床尾，而是远远地站在窄小的玄关拐角处。酒店的墙纸是米白色的，因为潮湿，角落处有黑黑点点的霉斑。陈安没有洁癖，但也觉得肮脏，不过他仍然倚在了墙纸上，好像把自己弄得脏一点，就不好意思靠近她一样。

分明他们刚刚还那么紧地拥抱过，但陈安在整天提心吊胆的等待中失去了勇气，不敢离她太近，害怕她因为他无时无刻不显露的真心而逃跑。

程乐乐坐下后，没有立刻把小天鹅奉上，先开口道了个歉："对不起啊，小哥。我想着一块屏幕好几十万，要是淋坏了，重新定制、打孔安装，来来回回折腾一个月都放不了电影，损失太大了，所以我没多想就上楼顶了。"

陈安淡淡地说："屏幕那点钱是小事，员工都爬上去，万一出个意外，或者得个肺炎，那损失才大。"

"嗯，是我考虑不周。下次不会这样冲动了。"说着，程乐乐站起来，走了两步，把小天鹅递给陈安，"道歉礼物。"

陈安抬眼，睫毛缓慢地动了动，接了过来："你自己叠的？"

"嗯。"

陈安像是很欣赏这个手工作品，眼睛紧紧地盯着它，夸赞道："叠得很好啊。"

继一个丑陋的石榴之后，他又收到了一个在他以前常去的酒店里常见的天鹅装饰品。

程乐乐开心又得意地道："那当然了。这只天鹅有特殊的意义呢。"

陈安想起了石榴的"独一无二"，猜测程乐乐可能又会编出很美好的词汇，让他把这个东西当宝贝。

程乐乐想了想，说："现在不告诉你，过几天再跟你说。"

可能是临时编不出来吧。

程乐乐觉得陈安好像有点不开心，问："你还在生我的气吗？"

陈安摇头："没有。"沉默了两秒后，他举了举小天鹅："收到礼物就不生气了。"

程乐乐笑了起来，说："那你早点休息，晚安小哥。"

陈安说："晚安。"

108

陈安以为自己会失眠，但喝完姜茶后不久他就睡着了。

或许是房间里还留有程乐乐的香气，或许是接连几天的肢体接触，陈安做了一个绮丽的梦。

梦里，他们血液翻滚，交颈相拥，四肢交缠，呼吸深重，风光旖旎。梦境带着时而嗜血时而温情的滤镜，蕴含着冲动和欲望。

画面真实到一觉醒来，他先往床边看了看。

这之后，他再也没有睡着。

在这清醒的几个小时里，他想起自己不停失守的底线，想起全梓荣的警告，还想起那个臃肿女人震天的哭声。最终，他也只会像那个女人一样喃喃自语："我这么喜欢你，为什么你不喜欢我？"

第二天早晨，两人前去自助餐厅吃早餐。陈安的脸色很差，吃得心不在焉，一直在走神。

程乐乐怀疑他被雨淋得感冒发烧了，伸手要去碰他的额头，但被他躲开了。

他低着头，没看程乐乐，道："我没事，只是没睡好。"说完，他抿了一口咖啡，入嘴全是苦涩，与他求之不得的执念之苦交相辉映。

"我有事先走了。"喝了一口咖啡后，陈安起身。

程乐乐站起来，想拉住陈安，但他快了一步，迈着很大的步子，像是逃命一样走出了餐厅。

还在生气吗？不至于吧。

程乐乐孤孤单单地吃了几口，也没了胃口。

这时，突然有人叫了她的名字。程乐乐抬头，见一个穿着经理制服、很眼熟的女人正快步朝她走过来："程乐乐，真的是你啊！"

程乐乐愣愣地站起来，直到认出来人的面孔后，才激动地道："张瑛！"

张瑛是她的初中同学，陈筱牧的同桌，也是她曾经直径一米范围内的朋友。

"你摘了眼镜，我都认不出来了。"程乐乐拥着张瑛道，"你的双眼皮那么好看，以前我就说你该把眼镜摘了。"

张瑛摸了下眼皮："我做了激光矫正手术。"说完，她指了指门口方向："刚才走的那位帅哥就是陈安吧？我还以为我看错了。"

然后张瑛意味深长地看了程乐乐一眼："我可听陈筱牧说了啊，你俩竟然不是兄妹。当年听到这个消息的时候，我眼珠子都要掉出来了。你们也隐瞒得太好了吧？"

"不是故意瞒着大家的，那时我们确实是像亲兄妹一样相处，没必要区分是真兄妹还是假兄妹。"

张瑛抓字眼，声音绵长地说："那时啊，这么说，现在不是喽。也是，都到我这入住消费了。"她摊手："什么时候让我吃喜糖啊？"

程乐乐摆手："没有啦。"但好像也没必要那么极力解释了。

张瑛说："哎哟真好，我也想有个天降的竹马呢。有个从小就喜欢自己的伙伴，是不是很甜蜜啊？"

程乐乐想了想，这一路对小哥来说，伤痛多于甜蜜，便有些情绪低落。

张瑛看程乐乐消沉了一下，吃惊又犹豫地问："你们感情没出问题吧？"

程乐乐摇头："没有。"

"你还是要盯紧点。我做这一行，算是看多了……"大约觉得自己这么说不大吉利，张瑛停了下来，"不过，陈安肯定不会的。他要是带着别的女人来我们酒店开房，我第一时间向你举报。"

程乐乐笑了起来："我真是谢谢你啊。"

张瑛结束了晚班，换了常服出来后，又和程乐乐聊了会儿，聊着聊着就谈到了业务。

原来张瑛是申亚酒店的值班经理，她屏蔽了同学群，一忙起来也没时间翻记录，因此并不知道程乐乐是星辰影院的店长。

程乐乐之前联系过酒店市场部，不过他们对影院的合作意向兴趣不大，因为之前两家有过合作，影院方负责人状况百出，给他们添了很多客诉。

张瑛听罢，挽着程乐乐的胳膊说："姐妹，既然你们开的是夫妻店，那这事还是靠谱的。"然后她拢着手靠近程乐乐的耳朵："市场部的黄经理正在追我，为了你们的爱情，我勉为其难地回应他一下吧。"

程乐乐笑道："你牺牲好大啊，你们结婚的时候，我让小哥给你包个大红包。"

张瑛故意说："啧，我结婚，不是该你给我包吗？呵，还没结婚就让他越俎代庖——"她顿了顿，睁大眼睛问："你们不会已经结婚了，连孩子都有俩了吧？"

程乐乐跺脚，娇嗔地道："没有啦！"

市场部的黄经理办事相当给力。

申亚酒店和本地客运站、会展中心都有深度合作，即便商业街萧条，酒店的生意也还过得去。下个月刚好是申亚酒店九周年店庆，促销活动丰富，黄经理主动提出带影院联动一下，还答应程乐乐在会展中心那边替他们要个免费的宣传位。会展中心市场部总监是黄经理的二姨夫，说是"一句话的事儿"。

程乐乐心想这酒店住得太值了吧！昨晚她还偷偷嫌小哥花钱住酒店太奢侈。果然，钱这个东西，会花才会赚。

109

傍晚时分，从印刷厂新订的一批半价优惠券送过来了。程乐乐检查了一下优惠券的印刷质量，又确认了一遍背后的文字，才让人清点入库。

然后她又出库了几沓，盖上日期章和影院市场章，又加了两张免费观影 VIP 卡，差沈大峰给申亚酒店送过去。

在张瑛那里受了点启发，程乐乐掏出手机盘点还有什么可用的关系。她翻着通讯录，看见"钟鸣"的名字，突然想起来，钟鸣回泰溪了。最近一直在忙，还没去他的酒吧看过，不知道酒吧开在哪儿，是什么规模，客流量大不大。

她现在一门心思要把纯粹的友情升级成复杂的金钱交易关系。

她捧起手机给钟鸣发微信："钟哥，给个地址，晚上本人亲自送你一份开业贺礼。"

钟鸣："送得也太早了吧？开业都一个多月了，你不如等一周年再送。"

程乐乐："之前礼物没备好，耽搁了，钟哥海涵。这次小的准备了一份豪礼，还请钟哥笑纳。"

钟鸣："行，那就呈上来让寡人瞧瞧吧。"

随后钟鸣发了个定位。程乐乐打开一看，酒吧在离城北不远的地方，心立刻凉了半截。那儿是大海的地盘，券发出去也不见得有人会跨区来这边观影。

程乐乐："你还有别的分店没有？"

钟鸣："小哥破产了，你就找我傍大款？"

"呸，我小哥哪儿破产了？"

"你说的啊。"钟鸣发了个以前聊天记录的截图。

程乐乐打开看了一眼，然后说："我和小哥共存亡。"

钟鸣回："你们在一起了？我终于沉冤得雪了吗？"

程乐乐这才想起来，七年前分开的那次，她好像用行动暗示了小哥，钟鸣是自己的男朋友。隔了这么久，她自己都忘了还有这档子事。

不过，自打回来后，小哥好像从来没问起过钟鸣，他当时应该也没信这事吧。不管他信不信，双十一那天，程乐乐决定还是要跟他澄清一下。

入夜，程乐乐拎着个袋子转了两趟公交到了酒吧"鸣"。

"鸣"开在商业街的后面，闹中取静。酒吧前是一小片绿色的草坪，地灯勾勒出一条狭小曲折的甬道，曲径通幽处便是酒吧的入口。酒吧风格偏日式，入口处悬挂着一个小灯箱，白底藏青色图案的店标寥寥几笔，勾勒出一只打鸣的公鸡形象。

还没走进去，钟鸣就迎了出来。

程乐乐一愣。钟鸣标志性的莫西干头不见了，取而代之的是板寸头，脑袋两边推得很干净，耳朵上丁零当啷的一串耳环也摘了，只剩一排空落落的耳洞。要不是他穿着短袖露出文身，看着都像是一个大学生。

程乐乐有半年没见他了，上上下下打量了一遍，说："以前念书时你搞得跟混混似的，现在开酒吧了，你又斯文上了。你怎么老是不走寻常路呢？我来之前都把你店的广告词想好了，可惜现在用不上了。"

钟鸣带着她往里走，问："什么词？我听听。"

"我文身，抽烟，开酒吧，说脏话，但我知道我是个好男人。"

"现在也能用。"

"不行，你现在是乖乖仔了。说这话就有点装了。"

"鸣"是个静吧，没有喧嚣的音乐，走进去灯光昏暗而暧昧。酒吧一角有个穿一袭黑裙的女子抱着吉他在唱一首外语歌，听不出来是哪个国家的语言，反正是慵懒缱绻的靡靡之音。

钟鸣带她到了吧台。两人坐在高脚凳上。钟鸣让调酒师倒了杯苏打水，特地盛在装威士忌的杯子里，里面还放着一大颗圆滚滚的冰球。

"在酒吧不喝酒说不过去，你装装样子。"

程乐乐原先以为钟鸣火气旺，进来才发现屋里很热。她脱下外套，露出一件白色的短 T 恤。两手支在台面上时，手臂上的文身就露了出来。

钟鸣看了眼文身，说："你这个年头久了，颜色都有点淡了。给你看看我前几天新文的。"

说着，钟鸣撸起袖子，秀给她看："喏。"

程乐乐凑过去看，圆圆的圈里有一只大公鸡，是"鸣"的店标，乍一看和她的文身有点像。

她把袖子也撸了上去，两条胳膊凑在一起对比文身图案。

程乐乐的头顶就在钟鸣的下巴下方。钟鸣嫌弃地把她的头顶回去，说："我们毕竟也好久没见了，难道不值得你为我洗个头出来？"

"我昨晚洗过了呀，可能是洗发水不行吧。你怎么这么讲究？"程乐乐在酒店洗的头，故意把脑袋又往他鼻子底下凑了凑，"难闻吗？说是佛手柑的味道啊。"

钟鸣往后躲了躲，见程乐乐兴致很高的模样，不禁问："你和你小哥到底怎么样了？"

"和好了。"

"这么快？"虽然早就猜到了，但听她亲口承认，钟鸣还是不免有些错愕，"你不会跟他都摊牌了吧？"

程乐乐摇头："那倒没有。好多事都过去了，再提不是败坏兴致？"

钟鸣不置可否地跟她碰了下杯子，玻璃碰撞发出清脆的响声："那你们现在是什么情况？"

程乐乐眨了眨眼："我打算过段时间跟他告白。"

钟鸣一口酒差点喷出去，程乐乐递去纸巾："至于吗你？"

钟鸣接过来，一边擦一边用充满了震惊的语气说："回来才一个多月，你这变化得让我刮目相看啊。"

程乐乐笑："我也觉得很神奇。"她叹了口气："不过，我和别人的情况不一样。人家都是自然而然地喜欢一个人，我这情况，怎么说呢，就像试管婴儿、人工栽培水稻之类的，虽然过程和别人不同，好在成果喜人。"

钟鸣没听懂，也不打算问清楚，嘟囔了一句："早知这么容易，七年前你就该这么干，白白折腾这么久。"

程乐乐思考了一下："也不是。你看试管婴儿技术、人工栽培水稻都是现代科技的产物。你不能因为现在能这么操作，就去指责古代的人为什么不这么做。换七年前，我可能没这样的意志和决心，中途就轻易放弃了。现在我俩的心境、背景都发生了变化，才让有些事变成了可能。那句流行语怎么说来着，一切都是最好的安排。"

钟鸣若有所思地点了点头。

两人沉默了一会儿，钟鸣忽然问："秦瑞还缠着你吗？"

"刚回来时给我发过微信，最近没动静了。"程乐乐又喝了一口水，"对了，我把最后一笔借款打给你。"

"你急什么。"

"再不还我都不好意思见你了。"程乐乐拍了下脑门，从脚下拿出一个小礼品袋，放到吧台上，"还没给你看我带的豪礼呢。"

钟鸣："来就来，这么客气干什么啊。"尽管这么说，他的两眼还是冒了下光。

钟鸣从礼品袋里取出一个盒子，盒子外还裹着一层蓝色的糖果纸，看起来挺高档的样子。"来真的啊，程乐乐，你不会又要问我借钱吧？"

钟鸣说着就拆了包装，往盒子里一瞧，里面是厚厚一沓星辰影院的半价券。

程乐乐咯咯笑："一张影票算六十块吧，我给你打半价，省下三十。这是两百张券，合起来价值六千，你说是不是豪礼？"

"你给我滚。"钟鸣薅了下她的头发，薅完之后又嫌她头发有味儿，狠狠地用手指弹了下她的脑门。

程乐乐看他的表情从一脸期待到满脸吃瘪，仰头大笑了好一会儿。末了，她抹抹眼角的泪花，说："钟哥，我就说老感觉毛毛的，好像有人一直在盯着我们。喏，那边唱歌的美女不停地往我们这边瞟呢。"

"你想说什么？"

"我想说你艳福不浅。"

"那是我姐。"

"你那个异父异母、特别优秀的姐？"

"嗯。她是酒吧的大股东。"

程乐乐"啧啧啧"了很久："哎哟，这酒吧又是叫鸣，又是公鸡 logo（标志）的，可一点都没看出来，你不过是个小股东啊。"

"别瞎说。"钟鸣的表情变得不大自在，"我俩是姐弟。"

"当年谁跟我说没血缘、没血缘、没血缘的？"

"当年谁吓得大半夜打电话只会叫唤'那是我哥啊那是我哥的'？"

程乐乐垂眸笑了笑："可说呢，还是世面见得少啊。"她捧着杯子，朝不远处努努嘴："我被看得——那成语怎么说来着——如芒在背。我上个厕所，待会儿回来你跟我好好说说你手上有哪些资源啊。"

说着，程乐乐从高脚凳上下来，往卫生间方向走了。

程乐乐的直觉并没有错。她和钟鸣聊天的那会儿，一直有人在盯着她。只是除了那位弹吉他的美女姐姐，还有一个人。

110

陈安从酒店回来，可能是有点感冒，到了家昏昏沉沉地睡了一天。刚起来就被全梓荣一个电话叫到了这里。

全梓荣说上个月这里新开了一家酒吧，氛围很好，环境也幽静，适合谈心。

最后两个字给今晚见面的主题定了调，果不其然，两人刚坐定，全梓荣就开始胡咧咧："这里的老板是个帅哥。"

陈安精神不振地扫了桌上的二维码点单，敷衍道："你对帅哥有兴趣？"

全梓荣嫌恶地皱了皱眉："哪儿啊，有帅哥就有美女嘛，你别一叶障目，多看看外面的美女。凭你这条件，想要什么样的找不到？"

陈安头痛不堪，等酒送上来，他飞快地喝了一大口，才道："所以，我条件这么好，她为什么不喜欢我？"

全梓荣一副被打败的样子，苦口婆心地劝："陈安，咱不这样钻牛角尖行吗？你把程乐乐当病毒看，她一出现，你的免疫系统就全线崩溃。病毒都没她这么有杀伤力。医生都说了，杜绝感染的最好办法就是物理隔绝。我看这段时间你别回泰溪了，在曾州那边找个女朋友，行不行都谈谈看，没准谈着谈着就行了。"

陈安没说话，眼神黯然，沉闷地喝着酒。

全梓荣自觉没趣，也闭了嘴。两人沉默着喝了一会儿，全梓荣突然朝前面努嘴："喏，那个帅哥就是这里的老板，好像姓钟。"

陈安抬眼看向入口处，在酒吧幽暗的灯光下，他一眼认出了钟鸣，也看到了他身后那个带着满脸笑意的女人。

全梓荣越过钟鸣的肩膀，也看见了多年未见的程乐乐。

他记得当年的程乐乐是软萌乖巧的，唯有把证书印在胸口招摇的那天，她才浑身上下散发着飒爽的野性和不羁。而现在的她脱去了稚气，眉眼更加浓烈，自信昂扬，带着点当年足球宝贝的影子，但比足球宝贝又多了点知性和智慧——像一面印着梵文的迎风招展的旗帜，惹人远远仰慕，惹人驻足研究。难怪陈安会魂不守舍。

全梓荣从陈安阴沉的目光中，突然明白了这个帅哥老板是谁，即使他没明白过来，光看程乐乐和他的相处模式，他也猜出了个大概。

全梓荣认为陈安是世界上最痴情的男人。痴情是专一的近义词，当然是一种美好的品德。如果程乐乐和陈安在一起了，那他俩就是羡煞旁人的一对。可惜事实是，他的兄弟一直在单方面喜欢一个人，于是痴情变成了遭罪。一个睿智果决的商业精英，在被辜负七年后，在不到一个月的时间里又丝滑地躺进了同一口棺材里，还不愿让别人伸手救他出来。

全梓荣觉得此刻说什么安慰的话都无济于事，有那工夫还不如给他刮骨治疗，叫他向死而生。

于是，全梓荣当了一次免费的直播讲解员。

"那是不是和她私奔的那个？"

"程乐乐还有文身！"

"两人文了情侣文身！"

"程乐乐会喝酒！"

"两人这是要抱上了吗？"

"还有礼物！"

…………

直到程乐乐去上厕所，全梓荣的"捅刀子"行径才告一段落。

陈安转头看全梓荣，问："结束了？"

全梓荣点头。

此时，陈安的眼神反而清明了，他若无其事地喝完最后一点酒，利索地拿起旁边的外套，站起来说："那我走了。"

全梓荣在后面跟着，婆婆妈妈地叮嘱："你要是难受，我换个地方陪你喝酒，大醉一场，我们就把这事了了。明天太阳升起就是新的一天。"

陈安步子迈得又大又稳："不用了，梓荣，我回曾州。你不是让我隔离吗？"

"不是，你大半夜喝完酒怎么开车去曾州啊？"

"叫个代驾吧。"陈安理智地说。

"我送你去。"全梓荣不放心。

陈安打开手机下单了代驾，说："不用，我想自己待一会儿。"

全梓荣拍了拍陈安的肩膀，等代驾过来开车。

代驾没过一会儿就到了。全梓荣送陈安上车时，仿佛看到了七年前陈安万念俱灰的眼神。但光线太暗，他想再确认一次时，代驾已把车开了出去。

111

代驾是个四十来岁的中年人。

陈安在后座上坐了会儿，问："师傅，有烟吗？我车上的烟被我抽没了。"

司机师傅从手中的方向盘判断出雇主有钱，说："我抽几块钱的红梅，您介意吗？"

陈安摇头："有烟就行。"

司机把烟递给他。

陈安又问："有打火机吗？"

司机又翻出一个廉价的塑料外壳打火机："您不是烟民？"

陈安点了下头，接了过来："谢谢。"

然后陈安打开了一点车窗缝，又开了车载净化器，才一根接一根地抽起来。

因为有前面几句话打底，司机开了会儿车，问："您是遇上什么事了？"

陈安像是从发呆中惊醒过来，笑了下，道："嗯，当了回小丑，挺滑稽可笑的。"

最早的时候，他很乐观地以上司的身份心安理得地待在程乐乐身边，并且放任自己的贪欲膨胀。在明知道她有异地恋男朋友的前提下，他仍心有所图，觊觎渴求。

有那么一小段时间，他觉得程乐乐对他的态度不一样了。她看向他的眼神一向正直澄澈，但偶尔也会流露出迷惑、心疼、关爱的神情。她好像也没有那么反感他的感情了。她会在公交车上多牵一会儿他的手，会在别人面前毫无芥蒂地撒谎说他是她的男朋友，会喂他爆米花，会和他约会，会和他拥抱。

会在某个暧昧时刻，打破他所有荒诞枉然的幻想。

他不愿意离得远，又不敢靠得近，因为患得患失，这两天，他一直在思考，该怎样才能找到一个合适的位置，既不让她逃跑，又能让自己看得到她。

好像一个过季的商品，知道自己不受欢迎，但是还在努力争取不被压箱底。

他这么卑微地打算着，没想过情况还会更糟。

从来没有异地恋。钟鸣是和她一起回来的。两人很恩爱，没有留给他一丁点的空间。

他的寤寐求之成了一个无法宣之于口的笑话。

司机不再问询，车内恢复安静。

灰蓝色的车在寂静的夜色中一路疾驰。陈安望向窗外，除了无尽的黑暗，他什么也没看到。

112

双十一快要到了。程乐乐在百忙之中精心策划了一场浪漫的表白行动，现在万事俱备，只欠东风。

男主角不见了。

最开始的几天，她还没发现异样。陈安经常外出找投资人，她以为他又去出差了，并未在意。

可是后来，她给他发信息却如石沉大海，打电话也不接，楼上的房子也一直空着。她跑去问财务，财务说审批的邮件陈安都回复了。

说明小哥不是被讨债的抓走了。难道干爹干妈又出事了？他有意瞒她，才躲着她？

程乐乐胡思乱想一通，想到干爹干妈，心里失了方寸，于是给仝梓荣发去了信息。

自从加了微信，仝梓荣一直对她爱答不理的，大概是在为好兄弟七年前的事打抱不平。

程乐乐自知不讨他喜欢，加了微信后，也没怎么和他说过话。

这次，程乐乐实在没办法了，只好找他探听消息："不好意思，仝梓荣，我很多天没联系上小哥了，想问下，你知道他去哪里了吗？"

过了很久，全梓荣才故意模糊不清地回："去曾州找女朋友了。"

程乐乐感到奇怪："他哪来的女朋友？"

全梓荣气急败坏地发了好几条："我才要问你，你哪来的自信？陈安不能有女朋友吗？非要在你这一棵树上吊死吗？"

他抱着手机手指翻飞，索性回了好几条：

"七年前你逃之夭夭的时候，怎么不见你着急联系他？现在人家和女朋友快活去了，你缠着他又要干吗？玩若即若离还是欲拒还迎？"

"当年你对他爱答不理，现在的他你高攀不起。"

"人不要这么贪心，珍惜眼前人就行了。"

"呵呵，没准陈安是想让你尝尝当年你说断交就断交的滋味呢。"

"今天你吞下的苦，连当年我兄弟所受痛苦的万分之一都不及。"

"哈哈！一报还一报啊！"

"我劝你别再骚扰他，没用的！"

程乐乐看微信消息一条一条地跳进来，对话框上面还显示着"正在输入中"，取其精华地问："所以小哥只是和女朋友去玩了？"

全梓荣绞尽脑汁骂出去的话犹如拳头打在了棉花上。他龇牙咧嘴地发了一句："是又怎么样？你有意见？"

"没。我祝他们天长地久，永结同心！"

程乐乐锁了屏，气馁地一屁股坐在院子里的小板凳上。

此时是清晨，雾气腾腾，染着朝霞的金光，朦朦胧胧地飘在小院间，让人看不清远处。

程乐乐对全梓荣的冷嘲热讽照单全收，犯错就要挨打，她没得辩解。哪怕小哥当面这么说她，她也不觉得委屈。

但全梓荣说陈安找女朋友的话，她没信。

她想起在展会求喂爆米花的陈安，在暮色四合的傍晚等一个吻的陈安，想起瓢泼大雨下紧紧把她箍在怀里的陈安。她不信那样的他会有一个她不知情的女朋友。

肯定有不得已的苦衷吧，就像她当年一走了之，也没有告诉小哥很多事一样。

程乐乐若无其事地继续每天给陈安发信息。

她跟他提起邵康答应做星辰的独家代理，又提到马小姐最终和张先生分了手，花包场的钱去做了医美，但给她介绍了客户。

诸如此类的事情，或长或短，有些在工作报告中提过，有些则是第一次提起。

但程乐乐从未收到陈安的任何回复。

偶尔，程乐乐也会怀疑全梓荣是否并未骗她，陈安真的有了女朋友。一般女朋友是不会允许男朋友有亲密的异性关系的，当然也包括她这样成分不清的妹妹。所以女朋友勒令他要疏远她，把她驱逐出他的世界。

但程乐乐仍然不解陈安之前的举动。她不得不静下心来思考一种可能性：那些亲密的接触或许只是她一厢情愿的推理，毕竟陈安从头到尾都没说过喜欢她。

又或者像全梓荣说的那样，陈安是在报复她。

不过，程乐乐还是觉得，这种可能性微乎其微。

直到程乐乐与通达公开撕破脸的那一刻，她才感到了一丝迟来的凉意。

113

陈安一共有三个高级助理，其中两位因为表现优异，被陈安派去了南北两个不同的城市，担任几个项目的机要职务。

唐欣的同事无不羡慕地说，平安喜乐最好的部门就是近水楼台先得月的总裁办。或许下一个升职的就是唐欣了。

毕竟现在唐欣一个人身兼数职，是老板身边最信得过的人。

但唐欣依然工作得一头雾水。

日子一天天地飞速过去，老板的怪癖也在一个接一个地消失。他不去那个闭塞的小县城里待着了，也不让她处理影院的杂事了，出差也不排斥北京了。除此之外，老板天天来公司上班，一待就是一整天，把积压的工作处理完了，把以后的活儿提前做了，还挺有耐心地跟客户沟通，特别励精图治。

说来也怪，按理说，没怪癖的老板该像个正常人了吧，可是老板看着也不像是有元气的。老板长得帅啊，高大挺拔，宽肩窄腰，脸部轮廓分明，眼睛黑亮，平时看着就挺像男模，这些天更像男模了，橱窗里的那种塑胶男模。

在唐欣自认为搞懂了顶头上司的时候，她又不太懂了。

她隐隐觉得老板的这种变化可能和程店长有关。因为自她认识老板以来，他唯一一次失态就是发生在某位女士打电话栽赃陷害程店长的那天。

她揣摩圣意，开始优先研究通达集团的事了。最近，通达集团的董秘一直在旁敲侧击地问去年的融资提案老板看了没有。如今，通达有好几笔债务即将到期，急着找钱渡过难关。他们盯着老板，倒不是真指望平安喜乐能投多少钱。但平安喜乐投了，其他投资商才会有信心跟投，他们想要老板给圈内人一颗定心丸。

以前她都替老板挡回去了，现在她有点拿不准，不知道要不要把这件事放在汇报的最优先级别。

双十一这天，陈安收到了一条泰溪鬼屋会员卡的消费短信。

这段时间以来，他都没怎么去想程乐乐，把她锁死在记忆的角落里。

就像人在疼痛难忍时，医生会给打封闭针，以阻断痛苦向神经中枢的传递。

然而这条消费短信让他迅速回忆起某些避之不及的画面，程乐乐害怕尖叫的样子，程乐乐腿软地躲在他怀里的样子，程乐乐牵着他的手不敢再放开的样子，当他把这些画面中的自己替换成钟鸣时，他的头便前所未有地痛了起来。

他吃了药，缓了很久，等药效发挥作用后，打开电脑开始处理邮件。

陈安先看见了通达院线发给全体员工，并抄送给他的一封邮件。

> 近两个月，本公司加盟店星辰影院的票房与原先相比出现大幅下滑，在此过程中，派遣员工程乐乐消极工作、对抗领导、不思悔改，对此负有不可推卸的责任。
>
> 本司视加盟影院为重要合作伙伴，对于员工好逸恶劳、损坏公司品牌形象的行为绝不姑息。经公司研究决定，给予程乐乐警告处分，并扣除其三个月奖金。
>
> 按照员工手册规定，若员工累计受到两次警告，公司将有权开除该员工。希望全体员工引以为戒。
>
> 特此通告。

下一封邮件是黄天苟单独发给陈安的。

陈总，您好！

根据公司的观察，程乐乐不服管教，消极怠工，给贵司的正常经营造成了一定的影响。我司对此高度重视，并已对程乐乐进行了相应处分。如您不愿再给她改过自新的机会，我司将立即安排新的员工前往支持您的工作。

陈安看完，一脸麻木地点了下一封邮件。

这时，一身职业装的唐欣敲门进入办公室。她把文件放到陈安面前，精简地说了一下通达集团的想法，然后颇有深意地顿了顿，悄悄观察陈安的反应。

陈安面无表情地说："知道了。"

唐欣还在等一个反转。

陈安抬头："下一个。"

唐欣回过神，打开记事本，重新整理了思路，快速地汇报了一堆公司事务，最后说了句："您的母亲给我打了电话。"

陈安皱眉："什么事？"

唐欣道："她要我提醒您，今天晚上您将和赵家的二千金共度晚餐。"

陈安再次皱眉，打开微信，翻出和王丽婷的聊天记录，发现她确实留言了，还发了一堆二千金的生活照。

"你帮我推掉。以后她再找你说这样的话，就让她直接找我。"

唐欣点头，却没出去。

"还有事？"

"老大，今天我能不能早点下班？"唐欣有些不好意思地笑了笑，"今天是单身节，有人约我吃饭。"

陈安恍然大悟："原来今天是单身节。怎么你们一个个都把单身节过成了情人节啊。"

他似是笑了下，从钱包里拿出一张卡递给她："去买个首饰什么的，打扮得漂亮一点去约会吧。"

"谢谢老大！"唐欣接过卡，欢快地走了出去。

陈安见门缓缓合上，又抽了根烟，开始看唐欣最初送过来的那份有关通达院线的文件。

114

筹备多日的双十一惊喜活动因为缺少男主角而被迫取消。

程乐乐心想自己应该再也没有机会去鬼屋了，就把之前办的储值卡作为奖励赠送给了优秀员工。

当她调整心情准备迎接节日客流时，却收到了来自通达集团的莫名的警告处分。

通达集团并不是邮件中所宣称的会为每一家品牌加盟店负责的公司，不然院线至少有一大半人早已被直接开除。发出这样的邮件，明显是在针对她。

大概是心胸狭窄又无本事的黄天苟一直在伺机报复她，现在得到了自认为正当的理由，恨不得昭告天下以此来恶心她、羞辱她。

她暂时把这件事放在一边，去办公室外面的现场做机动人员。虽然今年双十一没有很火爆的影片，但大小也是个节日，客流量比以往大了很多。

星辰影院的状况虽然在好转，但冰冻三尺非一日之寒，票房收入还是不太理想。拿到的流水在除去一半的分账和不低的运营成本后所剩无几，眼见着影院发工资的时间快到了，为了不再从陈安的私账上拿钱，她已经不敢再支用任何现金。

巧妇难为无米之炊，没有经费，她在谈合作推广的时候举步维艰；而不与他人合作，客流更会变成一潭死水，几乎要陷入恶性循环。

她很努力地在工作，但她没有金手指，并不会出现爽文小说里那种她一出马就力挽狂澜的情节。有时候她会迷茫、会畏怯，不过她从未放弃。

但今天，她有认真地想过，这一切到底值不值得。因为等到后半夜，陈安都没有站出来反驳邮件中的问题。

其实，只需要他以通达合作方、她领导的身份出面解释、纠正，这件事便能轻而易举地解决。

但他一直没有这么做。

霞光满天的清晨，程乐乐相信了全梓荣所有的话。

陈安有女朋友，是故意晾着她，要一报还一报。

她并不觉得生气。陈安如果能从过往的阴影中走出来，有个能给予他很多爱的女朋友是好事。七年前，她便是这么希望的，七年时间里，她也是这么想的。如果不是重逢后误会了很多，她不会逼着自己去实践"勇敢爱"的计划。

她为他感到高兴，也庆幸自己没有告白，不然会显得很丢脸。

至于报复，真的没必要。她相信陈安主观上并没有这样幼稚恶劣的想法，只是给她造成了一点痛苦而已，所以客观上看来，好像确实是一报还一报。

既然如此，就让一切回到最初的原点吧。

115

第二天早晨，陈安躺在床上先看了邮件。扫了一眼，陈安突然坐了起来。

程乐乐居然回公司邮件了。

　　公司的通告已知悉。

　　此通告发出前，公司未与本人核实情况。鉴于通告已公开发布，本人亦将在此阐述本人观点。

　　首先，关于票房问题。公司所对比的票房数据有失公允。九月份之前，泰溪县仅有星辰一家影院；十月份，大海影院以更优越的地理位置、更完善的商业配套、更先进的硬件设施进入泰溪市场，分割了市场份额。具体可见泰溪县近五年的环比票房数据，除开疫情因素和自然增长，今年两家影院的票房总和与往年相比并无显著提高。可见，星辰影院的票房下滑主要是由竞争对手的分流导致的。这是客观出现的新情况，并不能全部归咎于本人。

　　其次，本人加入星辰影院后，票房数据正在稳步增长。附每周增长图及市场活动清单。本人并未"消极怠工"，且已取得一定工作成果。

　　再次，关于公司所谓的"对抗领导"，烦请提供具体证明。本人有印象的，唯有一次在处理客户投诉的现场，黄总监执意要求本人即刻停止处理，优先向他发送报告。本人考虑到现场客户情绪激动，而报告可由其他员工登录公司系统代替完成，本着轻重缓急的原则，暂时处理了客诉，并在事后补发了报告数据。本人认为，"对抗领导"为相关人员的主观臆断，并不符合真实情况。

　　最后，因本人尚未知悉所谓错误，故无法"不思悔改"。望公司和相关人员给予明确说明。如确实存在误解，鉴于已对本人名誉造成重大损失，还请相关责任人公开道歉，本人仍将保留追究责任的权利。

程乐乐的回复行文犀利，斗志满满，字里行间都充满着"不服来战"的意味。

陈安没想到程乐乐动作这么快。他拨了个电话给唐欣："你跟通达集团的人说一下，就说下周我们去集团考察，和他们高层见个面，当面聊一下情况。时间敲定好，跟我说。"

唐欣问："去几天？"

"跟他们说去两天，但你订当天往返的机票。"

"好。"

通达集团很重视这次会面。周四唐欣电话拨过去，当日便敲定了周一可安排见面。

周末一过，陈安和唐欣就搭上了去北京的航班。他没带公司其他人，轻装上阵。

通达集团却如临大敌，齐刷刷地站了一排人，严阵以待。陈安向左边的人致歉，表示此次约见过于仓促；向右边的人致歉，因为之前的方案搁置过久。在两边人员的簇拥下，他风风光光地进了集团总部，极尽谦逊也极尽高调。

会议开始后，陈安换了张面孔。幻灯片上的微光打在他的眼镜上，遮去了他半张脸，显得他神情有些严肃。他不怎么开口，只盯着幻灯片上的数据，偶尔说那么几句，却全是一针见血、直指要害的问题。会议气氛越来越紧张，在座的几个相关领域的高层都开始冒汗。

好不容易熬到会议结束，通达方想缓和一下气氛，提出去会所休憩片刻。陈安却问能否参观一下集团办公楼内部，了解一下员工上班情况。

董事长以为这是要深入调查，嘴上答应，私下里却让一群高管继续陪同。于是，陈安跟皇帝巡游似的，带着一群人浩浩荡荡地去各楼层转了转。

集团总部6至10层便是院线公司。陈安装模作样地一层一层逛，终于到了程乐乐原先所在的办公楼层。

之前唐欣给的文件里有童哲和黄天苟的照片。童哲这种容易出纰漏的人物貌似已经被提前请走了，并不在工位上。陈安一眼扫过去，看见黄天苟脖子上挂着工牌，站在拐角处，正点头哈腰地等他莅临指导。

大约是董办紧急通知过了，要紧处全有中高层等候。

陈安挂着笑，一边朝他走去，一边摘了手表，松开领带，解开第一颗领扣。等离黄天苟两三米远时，他突然快走了两步，抬起一腿，"啪"地朝着黄天苟小腹踢过去。

黄天苟被踢得猝不及防，瞬间倒地。陈安一条腿继续压在他小腹上，防止他挣扎动弹，左手卡在他肩上，青筋突出的右手高高举起，快速落在黄天苟的下巴上，连着打了好几下。黄天苟闷哼一声，嘴角带血。

周边的人一时全都傻了。谁也想不到文质彬彬的投资人一转眼成了暴躁的拳击手，毫无征兆地就打人了。

唐欣也傻眼了。她认识老板这些年，连老板骂人都没见过，更别说打人了。

而且，就算要打人，也别自己动手呀。这么多人看着，脑袋顶上的摄像头记录着，连个托词都编不出来，让她怎么和公关部交代？

打完后，陈安拍了拍黄天苟的脸，声音脆响，话却说得莫名其妙："你干的事，我都拍照了，你再胡来，下次就没这么便宜你了。"

然后他站起来，抽了张旁边办公桌上的纸巾，擦了擦手上的血迹，优雅地戴上手表，不疾不徐地道："对不住啊，不巧遇上个混球，一时没忍住。他要是想报警，让他尽管冲我来。这本是私怨，和通达集团没关系，但事情闹成这样，我也就不好再留了。今天先这样，我们改天再向郑董赔礼道歉。"

说着，陈安便朝大门走去。其余高管面面相觑，也不敢阻拦，主动给他让了一条道出来。

坐在去机场的出租车上，唐欣还在发愣。

她在订机票的时候，已经确定老板安排和通达的会面与程店长脱不开干系。但她没弄明白，老板为什么要舍近求远地亲自上门打一顿。明明有很多更省力的办法。

过了半晌，她终于回过味来了。

老板提前让她订当日往返的票，说明今天这一出并不是一时冲动，而是早就计划好了的。

通达集团上下，没有一个人知道老板在星辰影院的身份，所以他是以投资人的名义揍的黄天苟，自然谁也联想不到他和黄天苟之间的矛盾，估计连黄天苟本人也不得要领。老板大方承认是私怨，不巧的是，黄天苟的私德问题确实很大，事后不会有人胡乱怀疑，更不会有人把这锅扣到和黄天苟结怨的程店长身上。

他又对黄天苟留了一句"拍了照片"，却不说是什么照片，故意给他留下了巨大的想象空间。黄天苟忌惮平安喜乐的实力，又怕自己身上的问题经不住查，不敢随便报警，也没法和集团解释，只能打碎牙齿往肚子里咽。同时，只要老板拒绝或推迟和通达集团再度合作，黄天苟便成了最大的责任人，职位肯定是留不住了。今天这么一闹，黄天苟凭一己之力毁掉整个集团未来的事迹还会在圈内传得沸沸扬扬，这种罪名可比私德问题严重百倍千倍，估计大小公司都不敢收留这么一个祸害。

老板一箭三雕，既让黄天苟在圈内永世不得翻身，又把风口浪尖中的程店长摘了出去，最后自己还全身而退，什么责任都不用扛。

陈安在车上看了会儿报表，似是想起了什么，交代唐欣："通达集团的电话你挑着接，不用每个都回。要是找我，就说我心情不好，去度假了。"

唐欣小鸡啄米般点头："我懂。"

"通达集团的投资，我们不会跟进，就这么拖着吧。"

"我懂。"

陈安凉凉地看了她一眼："我觉得你不懂。通达涉嫌数据造假，从 PPT（演示文稿）都能看出点问题来，事后又对我们严防死守，我懒得去研究了。"

唐欣一脸崇拜地看着老板："那个会，您还真听进去了？"

陈安漠然地回答："来都来了。"

唐欣："……"

车快驶入航站楼的时候，陈安又交代了一句："回去后，你帮我预约一下曾州最好的心理医生。"

唐欣大惊失色地看向刚刚被她崇拜过的老板："老大，您没事吧？"

陈安道："没事，失眠而已。"

116

程乐乐忙了一天，到家洗完澡后，才有时间翻群里的聊天记录。那天她发完那封措辞激烈的邮件后，"社畜 5 群（无领导）"就炸开了锅，一直夸她写得好，有血性什么的，她没怎么在意。今天是周一，她想看看这件事有没有新的进展。

结果一点进群里，发现比前两天还要热闹，堪比过年。

A："Cindy，这盛世如你所愿。"

B："这个天使投资人真是天使吧？千里迢迢赶来咱这收拾恶犬！"

C："你们没留意到他慢条斯理解腕表的样子吗？就是那种掌控节奏的大 boss（老板）既视感！太帅太帅了，我好想嫁给他。"

D："这人到底是投资人还是黑社会？"

C："肯定黑白两道都通啊。不然能在光天化日之下打人？"

E："可惜没有人敢拍照，监控录像也被公司当机密收了，不然还能反复回味！"

A："今天值得放两串鞭炮……简直扬眉吐气，大快人心！"

…………

程乐乐刷完几百条聊天记录后，明白过来，原来老黄狗被一个投资人暴揍了一顿。

可能是恶人自有天收吧，这么多天以来，终于有一件让人开心的事了。

过了几天，公司针对程乐乐的邮件做出了说明，表示经过调查，发现黄天苟作为程乐乐的领导，存在严重构陷下属的问题，情节恶劣，影响极坏，因此做出开除黄天苟的决定。

公司上下全都知道黄天苟是因为什么被开除的，可是公司借了程乐乐这把刀，给了所有人一个体面的理由，既应付了程乐乐，又清除了这个碍眼的员工，把程乐乐恶心得够呛。

人事部的老好人 Mark 赶忙出来和稀泥，安慰程乐乐说，黄天苟离职后，她回公司的日子也近了，要她再忍忍。他的语气比之前坚定，看上去似是胸有成竹。

程乐乐也在考虑，等影院情况再好一点，或者陈安终于愿意搭理她的时候，就换一个同事过来进驻。

虽然她觉得建设星辰的机会很宝贵，但眼下已不合时宜。

因为她对自己的职业发展还有一点想法，所以没有再逼公司道歉，但她对通达已失去了幻想，想着等调回北京后，再骑驴找马地找其他的工作机会。毕竟她很缺钱，不敢随便裸辞。

　　这次事件后，程乐乐没有再找过陈安。黄天苟被辞退了，新的领导却没到位，她便不再发送每日报告。有关影院的日常运营，陈安以前从未过问，现在她更得自己做决定了。如果有非要传达不可的事情，她便找财务帮忙。不过这样的情况几乎没怎么发生。

　　自此，两人非常默契地切断了联系，一如那漫长的七年。

　　好在影院的生意也不再那么萧条了。院线陆陆续续上了几部优质影片，之前联系的商户合作、团体票渠道也有了市场回馈。程乐乐招了两个兼职员工，忙起来的时候自己也得顶上去。就这么忙忙碌碌的，时间过得飞快，转眼就到了12月中旬，快要迎来圣诞元旦档期了。

　　这天早上程乐乐出门上班的时候，竟然飘起了雪。晶莹的雪花没完没了地飞舞了一天。等下班到家，院子里积了厚厚一层雪，看着还挺想让人躺下去的。

　　程乐乐自娱自乐地尝试着慢慢将身体往后倾斜，用腹肌控制着力度不让自己摔下去。正觉得有点没趣准备起身时，陈安一张阴郁的脸突然出现在眼前。

　　她慌了一下，没稳住自己，直直地往后摔去。

　　陈安没有扶她也没有拉她，眼睁睁地看着她摔在了雪地上。

　　倒下去有软软的雪层垫着，不至于摔疼。只是陈安的脸色太可怕了，他双目赤红，像是困兽一般，紧绷的下颌线如利刃，连发丝都在冒着怒气。她坐在地上仰望着他，差点没爬起来。

　　在无形的压迫和震慑的目光下，程乐乐挣扎着站起来，拍去身上的雪，小心翼翼地问："回来了？"

　　陈安站在那里，雪将他的脸衬得铁青，眸色也是格外深沉。

　　"程乐乐，干妈没了？"他问。

第八章 当他们别别扭扭

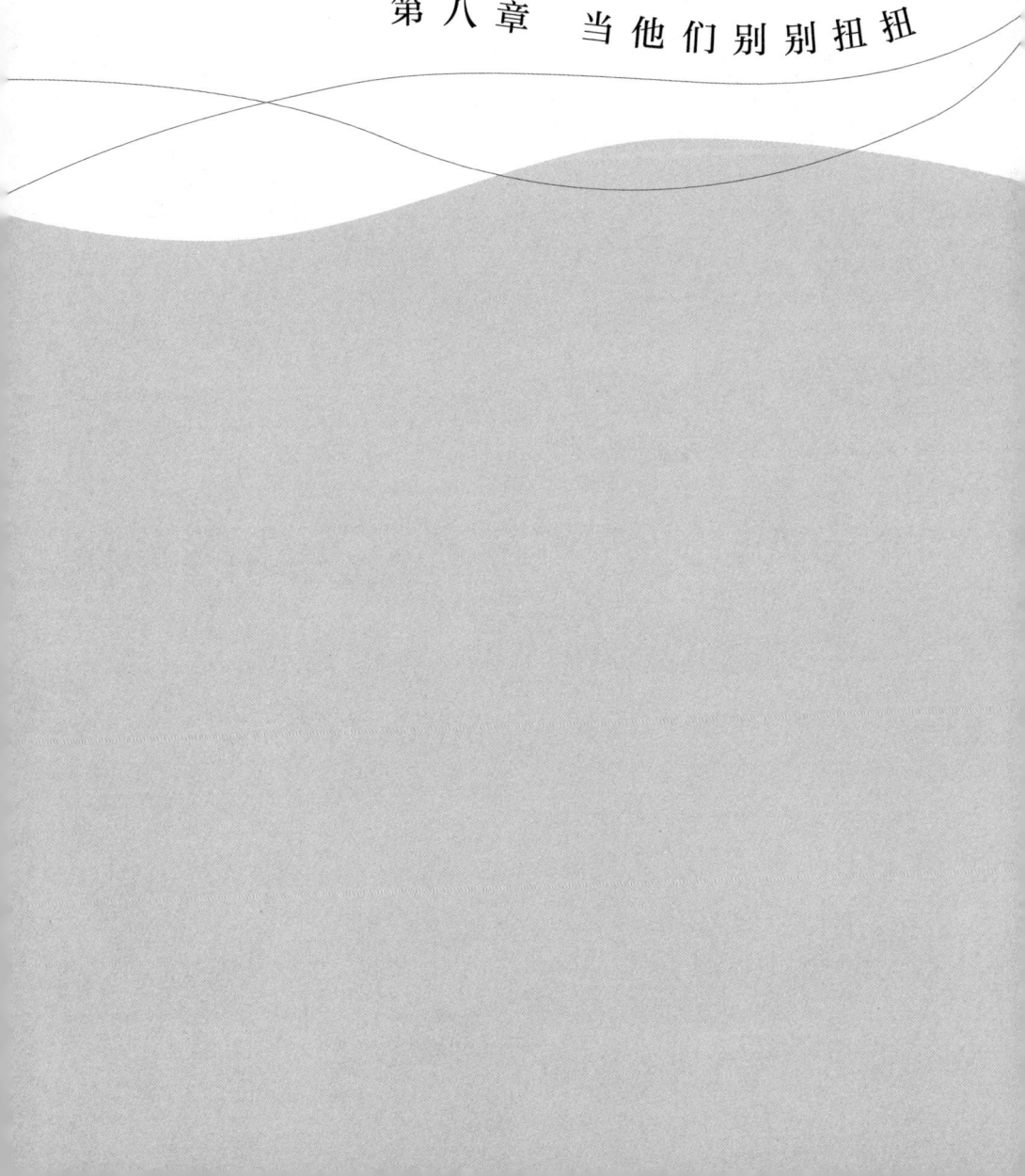

117

三年前，王丽婷的外贸公司倒闭后，在家里休整了一两年，但经商的念头从未熄灭。今年年初，在陈安的建议下，她开始关注夕阳红产业。

今天上午，她和一位合作伙伴在北京考察老年俱乐部，参观了一家老年大学。参观结束后，组织者让大家一起合影留念。有人听她的口音似曾相识，说曾经有位老师也是这么说普通话的，然后她随手指了指墙上的某张照片，惋惜地说那位老师今年年初去世了，生前一直带病坚持教学，很负责任。

王丽婷顺着她手指的方向，看向那张贴在角落里的五寸照片。照片上，一个女人穿着旗袍，站在老年大学门口的桃树下朝着镜头笑。那女人瘦骨嶙峋，眼眶凹陷，本该修身的旗袍在风中显得空空荡荡的。

饶是外貌与之前相比变化很大，王丽婷还是认出来了。

那是叶晓梅。

叶晓梅嫁到泰溪后，口音逐渐泰溪化，说话时的尾音也带上了一丝上扬的语调。如果不是这位陌生人无心提了一嘴，陈家还当叶晓梅在北京过上了新的生活。

叶晓梅一直没和陈家联系。王丽婷曾尝试联系她，但叶晓梅没有接也没有回，后来连手机号都换了。当初的一次争吵成为叶晓梅心中难以释怀的芥蒂，外人看着可能觉得她心胸狭隘，但叶晓梅似乎是下定决心要与过去切断联系。王丽婷也只是从陈安嘴里知道，叶晓梅带着程乐乐去了北京，其余情况一概不知。

没想到，叶晓梅居然就这么静悄悄地离开了人世。

经历了程栋的事情后，王丽婷不敢有所隐瞒，当下给陈安打了电话过去。

陈安正带着唐欣招待几个即将远行的同事。

他听到消息时，服务员刚上了一道桂花莲藕。他的筷子还搁在其中的一片藕片上，电话那头传来的信息像是平地里的一道惊雷，让他的大脑空白了一瞬。

为了控制自己的情绪，电话挂了很久，他仍然举着手机，手一直晃着，青筋突出，手指关节因过于用力甚至发出咯吱咯吱的细微响声。

由于陈安长时间没有动静，唐欣转头打量了一下老板的脸色，当即站起来，要带陈安去医院。同事们也站起来，希望一起过去，但陈安拦住了，说只是头疼药的副作用，让大家接着聚餐。

唐欣发动车时，陈安突然说："不去医院，麻烦你带我回泰溪的家。我现在开不了车。"

唐欣不敢多问，只好一路往泰溪的方向开去。

因为积雪的反光，小区内并不显得昏暗。到了单元楼楼下，唐欣透过锈迹斑斑的栅栏，一眼就看见了一个女生。那女生穿着长款的白色羽绒服，戴着一顶白色线帽，似乎要和积雪融为一体。而陈安几乎是跌跌撞撞地走进了院子。

唐欣没跟进去，按照礼仪，她应该避开。可是今天陈安的表现太反常了，她担心等下他或许还要叫她做司机，不敢走开，便站在栅栏边，挑了一个没那么明显，但又能让陈安一转头就能找到她的位置。

陈安就那么站着。

很多年前，程栋去世时，王丽婷瞒着他，他晚了七天才赶回来。小姑娘趴在他肩上呜呜地哭，她说她委屈、难受，不想一夜之间长大。他许诺她不必懂事，不必坚强，只需要继续无忧无虑地慢慢成长。

可是叶晓梅去世了，她却瞒住了所有人。她没有给他打过任何电话，见面时也没有提起，连他现在跑来与她对质，她也没有掉一滴眼泪。她不再需要他的肩膀，也不再需要那些无谓的承诺。那个不想一夜长大的女孩，在他缺失的这些年里，已经真正地离他而去了。

118

"程乐乐，我在问你话。"在等待多时之后，陈安催促道，声音冷硬却在颤抖。

程乐乐站在他的阴影下，瞥见了栅栏外面的人。

她迅速收回目光，心中许多未落地的猜测终于尘埃落定。陈安确实有女朋友。

现在他的女朋友正站在外面看着他训斥自己，她感到无地自容。

她把冰凉的手揣在兜里，道："妈妈去世的时候疫情正严峻。即便通知你，你也过不来。"

"这是理由？"陈安的声音提高了，"我能不能过来是我的事，没有人可以替我下决定。干爹去世的时候你没明白这个道理吗？"

话说出口，他的心骤然疼了起来。谁愿意明白这样的道理？这种人生经验谁要？他怎么忍心在她的伤口上撒盐？

陈安抬了下头，深呼吸了一口气："什么病？"

"骨髓瘤。"

"得病多久？"

"五年。"

"怎么治的？哪来的钱？"

"有抚恤金和积蓄，我妈改嫁了，也有家人支持。"

"还有什么没说的，一口气说完。"

"没有了。"

"你确定没有了？"陈安几乎是咬牙切齿地说，"别之后又冒出什么事来。"

程乐乐低头，她的帽子上有颗毛茸茸的线球。陈安盯着线球问："为什么这么久，都没告诉我？"

"你呢？为什么不告诉我干爹坐牢了？"程乐乐突然抬头问。

陈安先是一怔，湿冷的气流仿佛全都灌进了心口，他吼了一句："那一样吗？！"

程乐乐冷哼一声，抬头看他，漆黑的眼珠盛着一簇火："我妈去世前说，让我不必回来通知。要是有人记挂问起，就如实相告；要是没人记挂，就让她清清静静地在那儿待着。既然你没问，我也不说。我妈说的对，两家的关系早就断了。奔丧时再哭一场，没意义。"

陈安像是被人迎头打了一棍，身子晃了晃，似是不敢相信自己听到的话，侧着身走近了一步，干涩地问出一句："你说什么？"

程乐乐一字一顿地道："我爸走了，我妈也走了，程家只剩下我了。我跟你也快要断干净了。还讨论这些干什么？"

陈安的头快要裂开了，冷笑道："断干净？"

"难道不是吗？你消失这么久，不就是琢磨着和我断干净吗？现在跑回来质问我这个质问我那个，这样反反复复的，你不觉得好笑？"

"怎么，我和你断干净你还有火气了？你怎么不说，七年前你拍拍屁股走人的时候，就已经想着和我断干净了？"

"对啊，我那时就是这么打算的。我比你狠，我一走就能走七年，要不是回来碰上了，还能断更久。你得跟我学学。"

两人各自窝着火，像两只被激怒的小兽，你一爪子我一蹄子，把之前藏着掖着不敢揭开的伤疤一下子全掀开了，露出血肉模糊的新伤旧痕。

陈安呆了半晌，点点头："好，想断得更久是吧？"说罢，他突然一伸手，捏住了对方的下巴，另一只手箍住了后脑勺，身子微倾，毫无征兆地把唇盖在了她的唇上，停留了片刻，甚至恶作剧地用舌头顺着唇形舔了一圈。

然后他松开手，擦擦嘴，跟个痞子似的恶狠狠地说："我问你，这次你准备跑多久？够这辈子都断干净了吧？"

脑袋"轰"地一下炸开了。程乐乐呆若木鸡，耳朵嗡嗡作响，眼角都微微抽搐了一下。

饶是如此，在这个紧要关头，脑子恢复清醒的第一时间，她竟然心虚地去看栅栏外的女人。

看不清表情，也不知道她看没看见。

她收回目光，用力推了一把陈安："要跑也是你跑。这是我家，你管我？！"

说着她跑进了房间，"砰"的一声把门关得震天响。

陈安被关门的声音猛地惊醒。他缓缓转头，看向黑灯瞎火的房间，心里一片怅然。

钝刀砍肉那般躲是躲不下去了，这么快刀斩乱麻地结束也好。

以后大路朝天，各走一边。

陈安从一楼出来，赫然发现唐欣还在夜风中等待。他声音嘶哑地问："你怎么没走？"

唐欣虽然很爱看"八卦"，也在刚才的"吃瓜"过程中瞬间明白了老板所有的怪癖和这段时间的反常全都来源于何处，但还是辩解了一下自己的无辜："我以为您还要再找我……抱歉，我不该站在这里。"

陈安摇头："没关系。"

唐欣打了个喷嚏，陈安看她这样，把羽绒服脱了下来，递给她："很晚了，我送你去酒店吧。"

唐欣道："我自己去就好了，老大您休息吧。"

陈安坚持要送她上车。

在刺骨的寒风中等出租车的时候，唐欣迟疑地开口："那明天……"

"明天我们回曾州。"

唐欣觉得作为下属好像不该再开口，但看到亮着绿灯的出租车从远处开了过来，意识到她马上可以逃走，于是鼓起勇气说："我今天开车开得很累，明天我们可以在泰溪休息一天吗？下雪天开车很危险的，要是有紧急的工作，在影院办公也可以。"

陈安刚要开口驳掉这个提议，唐欣便大声道："车来了！老大晚安！"

119

送完唐欣回来，门口的便利店还开着。陈安进去买烟，店主是住在他们单元楼四楼的杨伯。给完烟，杨伯忽然问了句："我刚炖了八宝粥当夜宵，吃吗？"

陈安本来想说不吃了，但杨伯已经盛了一碗递了过来，他只好道谢并接过碗，坐到门口那张边缘破损的小桌边。

屋内逼仄，桌子又矮，他人高马大，两条大长腿只能委委屈屈地搁在过道上。

杨伯也盛了一碗，坐在他对面，吹了一口热气，问："你和乐乐吵架了？"

"您都听见了？"

"听了那么一耳朵。不是我有意听啊，夜深人静，你们站在院子里吵，谁听不见？"

刚才光顾着发泄情绪了，也没挑地方，让全楼乃至全小区的人都听了热闹。

"不好意思，打扰大家休息了。"

"打扰什么呀，我们听得挺乐呵的。"

"……"陈安搅动粥的手顿了顿。

杨伯叹了口气道："唉，年轻就是好啊，连吵架都是甜的。等到我们这个年纪，这个点再吵架，楼上不得扔暖水壶下来呀。也就你们吵，大家还能听得下去。"

"……"

"你和乐乐也就穿开裆裤那会儿吵过架吧？后来你们感情多好啊，你去哪儿都带着她，她也只知道黏着你。那真是青梅竹马、两小无猜。"杨伯咽下一口粥，"我记得有一次，乐乐跑去顶楼，敲锣打鼓地给你加油鼓劲，口号喊得倍儿响。五楼的老周刚动完手术，晚上睡不好觉，被乐乐气得拄着拐上楼追她。乐乐跑得太急，还在楼梯上摔了一跤，哭得可厉害了，把老周的营养品都给'骗'过去了。"

陈安只看到了成果，并不知道乐乐摔过跤："她摔了？"

"嗯，摔膝盖那了，那块儿摔着疼，估计还留着疤。"

"她没跟我说过。"陈安低头，粥已经变温了，他却依旧没胃口。

"哎，还有一次，跟今天这天差不多吧，也是下雪天。我没睡熟，大半夜听见楼下有窸窸窣窣的动静，爬起来开窗户看，要不是我眼神好啊，还真把乐乐当贼抓了。这小妮子大晚上不睡觉，爬树玩呢。等我去厕所蹲了会儿，再趴窗口一看，嘿，乐乐爬车棚顶上去了。"

陈安抬头："这是什么时候的事？"

"就老程没的前一天晚上嘛。她爬上爬下的，还把脚给崴了。我印象很深。"

陈安顿了顿："干爹走的那天？"

"对啊，她爬上去给你写大字，我都看见了。"

"写什么了？"陈安目光一缩。

杨伯眼睛眯了下："你让我想想。好像是'小哥加油'，后面还有个小爱心。对，你那天要去比赛，她给你助威呢。你不知道？"

陈安喉咙一哽："我不知道。"当初他在冬令营收到回信，以为她还在赌气冷战，所以没太重视，放任到了最后一天。只要他看见了她的留言，他一定不会误会；一旦她没回他短信，他便会发现异样，放弃比赛回来。两家的心结或许不会就此结下……

杨伯喝完最后一口粥，勺子刮得瓷碗丁当响："别看乐乐平时嘻嘻哈哈的，她其实是个明事理、心思通透的人。唉，安安，好多东西她不跟你讲，不是她不乐意，是讲了也没用了，还多一个人伤心，她舍不得你难受呢。她没了爸，知道你是她爸的干儿子，她盼着你回来。她没了妈，你照样是她妈的干儿子，她也是同样盼着你的。知道吧？"

"我知道。"

"这老楼啊，就见人搬出，没见年轻人住进来。你们不在的这些年，我们都觉着冷清。要是还能凑合，就陪我们这群老胳膊老腿的再住住，哪怕吵吵架也热闹。"

"嗯。"陈安应了一声。

杨伯站起来，收了碗筷："不爱吃就别吃了，你从小就不爱吃甜的。快回去睡吧。"

陈安跟着站了起来，掀开塑料帘子，穿堂风好像没有那么凛冽了，他慢慢往家走去。

到了家，陈安衣服都没脱，便坐在沙发上拿手机搜索"骨髓瘤"。接到干妈去世的消息时，他心痛得无以复加，等见到程乐乐时，却把话说得又气又急，两人呛话呛得他连细节都没顾上问。现在静下心来，疼惜的心情又占了上风，但再去问她已错过时机，他只好先找资料看看。

搜索了片刻，一篇患者家属上传的病床日记吸引了他的注意力。日记图文并茂地记录了病人治疗期间所遭受的无数痛苦，光累计使用的药品清单就占了好几页。肉体的摧残让病人的精神状态一落千丈。一开始，病人尚能乐观抗癌，但疾病的进展和化疗的副作用如同敲骨吸髓，将一个风华正茂的人凌虐得如一束干草般毫无生气。日记中直言病患在弥留之际已无一丝尊严，只想一心求死，最终家属放弃了无效抢救，以至于病患去世时双方都觉得是一种解脱。

陈安翻完几十页日记，代入干妈和程乐乐这些年的抗癌之路，心里泛起一阵酸楚。干妈从小养尊处优，性格温和，举止优雅。自干爹去世后，抑郁症曾让她变得敏感极端、疑神疑鬼。好在之后她逐渐从阴影中走出来，在新的城市找到了新的伴侣和工作。都说大难之后必有后福，可本该否极泰来的她却……

想到这里，陈安不禁哽咽。干爹的最后一面他没见上，干妈经受整整五年身体和精神的双重折磨时他也没在跟前尽孝。而这世上，如果有两位老人放不下的，那便是程乐乐了。

而程乐乐有钟鸣。

如壁虎断尾求生，他不该再见程乐乐。

陈安点了根烟，猩红的光点是黑夜中唯一的亮。

120

次日上午，程乐乐像平时一样去影院上班，一推开门，发现陈安居然来了，正堂而皇之地坐在办公室里玩手机。

程乐乐肚子里藏着一团火，现在见着发泄对象了，便把电脑包往桌上重重一搁，冲着陈安嚷："你来这里干什么？！"

"这是我的影院，我怎么不能来？"

"你还知道这是你的影院？我以为你都忘了。甩手掌柜做得舒服吧？"

程乐乐阴阳怪气，陈安便也反唇相讥："舒服。我付了咨询费，雇了人给我卖命，不就是图我清闲舒服？"

"那继续清闲舒服去吧，还来这里做什么？"

"哦，我以为有人撂挑子跑了。"

"我跑个屁！我家在这，工作也在这，我跑什么？！"顿了顿，程乐乐挺直腰杆道，"工作也不是你给的。给我发工资的是通达，你想让我走还得过一道手续。"

陈安瞥了她一眼，凉凉地四两拨千斤："到底是长大了，长脑子了。"

程乐乐被气得说不出话来，想反驳却又想不出词，憋得满脸通红，连背影都散发着腾腾的怒气。陈安觉程乐乐像只熊猫，透着一股憨傻气。

能吵架、有攻击性是件好事，总好过当年不声不响地转身走人。

影院的员工很快察觉出今天老板和店长之间的氛围变得紧张起来。上次两人在暴风雨中相拥得难舍难分的情节已被大家添油加醋地衍生出了很多版本。但紧接着老板突然消失不见，故事就这么悬在了第一季，也不知道有没有续集可看。万万没想到，今天大家挨个进办公室打卡，竟然惊喜地发现第二季毫无预兆地开播了。

大家纷纷奔走相告，有好事胆大的员工时不时地进进出出，妄图能从办公室里获取最新剧情。

然而，办公室里静悄悄的。无论他们进出多少次，看见的都是店长冷着脸敲键盘，老板冷着脸玩游戏的场景。如果非要说有什么动静，也就是键盘被敲得快散架的声音，以及游戏人物被猎杀的惨叫声。连和店长关系最好的沈大峰都得缩着脖子说话，生怕一个不注意，引火烧身做了冤魂。

就这么挨到中午，一个板寸帅哥带着一个小美女来找店长。大家经过一上午的观测，已经不敢闯进那个危机四伏的"险境"了。沈大峰索性把办公室的门一开，轻声甩了一句："店长就在里面。"说罢，他便飞快地跑去自己的岗位上"恪尽职守"了。

钟鸣奇怪地看了眼飞奔而出的背影，抬腿走了进去。他没注意到格子间里的陈安，只看到程乐乐一脸专注地在大长桌上打字。

"哎，我好不容易大驾光临一次，怎么不见你出来迎接呢？"

程乐乐被突然出现的声音吓了一跳，一转身看见钟鸣，才露出个笑容："你怎么来了？不是，你是怎么进来的？"

"大概是你们员工觉得我亲切，把我当自己人了吧。"

陈安低着头继续打游戏，心想这帮员工真是一点纪律性都没有，办公重地居然就让人随便进出。等下他也要学程乐乐开除两个员工以儆效尤。

钟鸣刚说完，便朝躲在门边的人招了招手："进来呀。"

随即，一个梳着高马尾辫的女生就雀跃地跑了进来："姐姐！"

程乐乐一看，是钟鸣的堂妹钟槿。以前钟槿一放暑假就到北京找钟鸣玩。钟鸣便会拉上她一起，毕竟都是女孩子，有相似的兴趣。

程乐乐是看着她从小学六年级长成大学生模样的，一看到她也很兴奋，抓着她的手问："回国了？"

钟槿道："嗯，隔离了好几周，总算自由了。今年都是上网课，其实在国外国内没什么区别。现在又是圣诞假期，我都快闲得发霉了，来找我哥玩。我哥说要给大伯送药，我就跟过来了。"

"今天早上我爸有点低烧，让他请假也不肯，说临时调班麻烦。哎，我爸这么爱岗敬业，你们是不是该给他多发点奖金？"说着，钟鸣把手里拎的塑料袋递给程乐乐，"我就不去放映室了，等下你直接帮我给他吧。你盯着他吃。"

程乐乐道："其实沈大峰在，钟伯伯可以回去的。"

钟鸣道："我说的话他不听，你去跟他说才行。"

"行，那我等下和他说。"

"对了，还有个事。"钟鸣把钟槿往前推了推，"给我妹找个活干呗。"

程乐乐惊奇地看着她："你一个堂堂名牌大学的学生，我们这座小庙哪请得起？"

钟槿嗔怪地拉过程乐乐的胳膊："什么名牌大学，我才念大二，去哪儿实习人家都不收我。姐姐，你看我是学影视制作的，来影院工作，也算是专业相关的吧？"

"关联不大，跟你学航空航天专业去卖机票差不多。"

钟鸣在旁边笑："要不还是去我那端酒水吧？"

程乐乐也笑了，问钟槿："你真想在这实习？这工作没什么技术含量，门槛也低，工作量却很大，其实很枯燥。你能坚持吗？"

圣诞档和春节档快要到了，程乐乐确实有再找一个兼职的打算。

钟槿忙点头："能。我哥说我就该吃点苦。"

程乐乐道："行吧，那明天你来找我报到。"

钟槿开心得一把抱住程乐乐："谢谢姐姐！我就知道姐姐会收留我。"说着还故意瞪了一眼钟鸣。

121

陈安用完最后一颗子弹，把手机扔在桌上，发出了一点动静。

钟鸣闻声看过去，才发现格子间里坐的人竟是陈安。

前两天，钟鸣从程乐乐那里得知，剧情一波三折，陈安竟然有女朋友。他其实不大相信，因为现在陈安看他的眼神还是很有杀伤力的。

钟鸣猜到程乐乐还没还他清白，但场面话还是要说一下，毕竟陈安是程乐乐的小哥，也是钟槿和他爸的老板。

钟鸣走过去，伸出手，道："好久不见。"

这句话也很微妙，因为两人见面几乎没有任何美好的回忆。第一次见面引起陈安和程乐乐的冷战；第二次见面是在陈安和程乐乐关系崩裂的现场；第三次则是在不久前的酒吧，陈安被刺激得连夜逃去曾州，直至昨天才回来。

陈安回握，竭力保持风度，点了下头。

场面一时有点尴尬。

这时，办公室的门突然又开了。

唐欣要找陈安，但思及昨晚程店长和老板的场面，没敢进来，坚持让沈大峰进来汇报。

沈大峰被美色冲昏大脑，一进来就嚷嚷着说："陈总，外面有个白雪公主找你。"

陈安站起来，出去了。

钟槿还是个半大孩子，不见外地往外面探："什么白雪公主？"

"那个美女穿着那种真丝衬衫，脖子这儿系着个大领结，黑色高腰裤，噱，那腰可真细。眼睛倍儿大，扑闪扑闪的，头发蓬蓬松松的，跟白雪公主似的。"

钟鸣看了眼程乐乐，忧心地问："你还好吧？"

程乐乐说："简直不能再好了。"

钟鸣道："唉，试管婴儿也是条生命呢。"

程乐乐翻白眼："求您闭嘴，行吗？"

钟鸣道："程店长，给个一起吃饭的机会吧？想吃什么？"

程乐乐什么也不想吃，说："那就吃贵一点的吧。日料好了。"

钟鸣说："你趁火打劫啊！"

程乐乐道："叫上钟伯伯一起，走吧。"

结果，四人去了影院附近的拉面馆。这里约等于影院的食堂，虽然名字叫"童真拉面"，但不止卖面，还提供丰富的小炒简餐，价格便宜，量又足。程乐乐一行人刚点完餐，塑料帘子一撩，陈安和唐欣就进来了。

身为小助理，唐欣跟着老板一直吃香的喝辣的，她本人家境也还不错，还真没进过小餐馆吃东西。但老板都能在这将就吃，她岂有挑剔的道理，何况老板也不是来吃饭的——刚才说带她去吃饭，结果去停车场取车的时间，突然改了主意，说就近吃便好，然后就一路走到了这里。

唐欣立马懂事地挑了一张离程乐乐最近的桌子，从包里取出湿纸巾，仔仔细细地擦起桌子来。

程乐乐用眼角的余光看到了这一幕，一边腹诽陈安都到了破产边缘了还穷摆谱，一边又震惊于唐欣全心全意伺候的讨好态度——昨天晚上她应该看到自己男朋友亲别人了吧？不知道陈安是用什么甜言蜜语哄好了她。

按照中国传统男人的想法，这样贤惠又大气的女人适合娶回家。

陈安在挑女朋友这件事上很有眼光。

122

钟鸣他爸钟岳山今天才知道，原来当年进影院参观时问他要资料的小姑娘竟然就是程店长。现在又被她拉出来和儿子还有侄女一起吃饭。路上听了一耳朵才知道，连钟槿都和程店长相熟。虽然有点低烧，但他的心思一点都没少，眼神在儿子和程店长两人间转来转去，自以为明白了什么。

现在他看向程乐乐的目光充满了慈祥。程乐乐是个好领导。她做事身先士卒，不怨不艾；做人平易近人，不摆架子。自从她来了以后，一潭死水的影院有了起色，员工的精神面貌也焕然一新。现在再从儿媳妇的角度去看，那长相自然也是没得挑的，据说还是重点大学毕业的高才生，关键是本地人！

无可挑剔。完美。

钟岳山满意得不得了，一直给程乐乐夹菜，话语间已经没有了上下级的距离感："乐乐，你尝尝这个鱼，新鲜。"

钟鸣出来阻拦："爸，你感冒呢，就别给别人夹菜了。"

钟岳山一边取了双新筷子，一边恨恨地道："乐乐是别人吗？要换个人，想让我夹我都不乐意。"

程乐乐笑着说："就是就是。"

陈安觉得自己挺找虐的，上赶着来看人家一家人其乐融融。他掏出手机接着打游戏，程乐乐在前面听着游戏声，内心弹出四个字：玩物丧志。

唐欣暗暗瞟了眼隔壁那桌，在心底敲鼓。不会吧，程店长怎么和别人在一起了？

忍了一会儿，唐欣悄悄问陈安："还吃吗？"

陈安瞟了她一眼，下巴朝菜单那儿努了努："没喜欢吃的？"

唐欣心想有喜欢吃的也不敢让您在这受罪，便点了点头。陈安站起来，感激唐欣给的台阶，说："去吃你爱吃的西餐吧。"

等两人离开，程乐乐眼神落寞地看了眼空出来的桌子。钟槿背对着她，转头看了看，问："姐姐，怎么了？"

程乐乐摇头。

她好像从来没有以旁观者的身份去注意陈安和别的女孩说话。原来他对女朋友很温柔，会问她的喜好，还会不嫌麻烦地找她爱吃的餐馆。可能以前，陈安也是这么对她的。

123

吃完饭，程乐乐回了影院。

沈大峰贼头贼脑地跟了进来："姐，陈总和白雪公主一起进总经理室了。"

程乐乐蹙眉："他们干吗去了？"

沈大峰道："就那个地方没摄像头。"

沈大峰不说，程乐乐都想不到这点。男人和女人看事情的角度果然千差万别。

"知道了。"

沈大峰显得有些义愤填膺："前一阵子刚收拾出来的会议室，我们还没用过呢，人家就拿来私会了。"

程乐乐晃了下鼠标，不咸不淡地道："总经理室不给总经理用，难道给你用？"

沈大峰道："那他不是对你——"沈大峰没说下去，转而道："姐，下了班一起喝酒去啊？"

"酒精有害健康。"程乐乐说，"你很闲？闲的话把下个月的市场计划做了。"

"我自己做啊？"沈大峰发愣。

"做得好，给你升职当个值班经理玩玩。"反正现在沈大峰做的事也和值班经理差不多了。

沈大峰眉开眼笑："姐，你这是培养我呢？"

"对，别磕头谢恩了，跪安吧。"

沈大峰学小太监喊了声"嗻"，就圆润地滚出去了。

程乐乐接着审核圣诞节的卖品活动方案，但一个字都没看进去。这时，沈大峰又进来了。

程乐乐正烦着："干吗？这么快就把方案写出来了？"

沈大峰道："姐，来活儿了，有人来谈包场。"

自从上次那件事后，星辰就再也没接到过包场的单子了。程乐乐一听金主来了，连忙站起来问："人呢？"

"在外面等着呢。我让他们进来？是进总经理室还是进这儿？"

本来收拾总经理室的时候就说好，以后那儿是接待 VIP 客人的地方。沈大峰问得鸡贼，一看也是没安好心。程乐乐看着他那促狭的目光，勾了下下巴，说："你去敲门，让他们腾地方。"

"为什么我去？"

程乐乐舔了舔嘴唇说："因为我得上个厕所。"说着她就先跑出去了。

沈大峰敲门的时候，陈安正在和同传科技开视频会议，唐欣在一旁专心做会议笔记。听到敲门声，陈安关掉麦克风和摄像头，让唐欣去开了门。

"陈总，程店长说，等下这个地方要招待贵宾。"

唐欣转过头，看向自家老板。

陈安沉吟片刻，说："等我五分钟吧。"

"人在外面等着呢。"沈大峰狐假虎威地说。

"两分钟行吧？"

"行。"

沈大峰解决完问题就立马消失了。

唐欣同情地看了看老板。

影院能有什么贵宾？能有上市公司高管重要？

唉，说到底，还是被人捏了七寸，连一介售票员都敢爬到老板头上撒野，区区一个会议室都抢不过人家。

两人并肩走出总经理室，就见程乐乐带着两位客人过来了。狭路相逢，程乐乐连眼神都没落在陈安身上，开了门就把客人迎进去了。

唐欣在陈安旁边，感受到了未来老板娘的冷酷无情，颤颤地问："老大，您要不要给程店长送束花或者送个包什么的？"

陈安没吱声，想了想："有用吗？"

"包治百病，应该有用。"

陈安从包里拿出一张卡："你去买吧。"

"买什么？"

"包。"

"这边估计买不到特别好的包。要不让曾州的代理加急送过来？"

"你安排。"

124

从总经理室出来，程乐乐的心情已由阴转晴。

今天来谈的客户是一家生产销售水泵的民营企业，前不久他们自行研发的一种新型水泵配件获得了专利。他们打算在会展中心向同行有偿推广这项技术，推广会结束后再请客户观影。

前一阵子，程乐乐和会展中心签订了互惠互利的协议。她承诺给会展中心的客户等同于最低发行价的折扣，私下也给市场总监一定的回扣。他们那边还是很给力的，签完协议后不久，就把人推荐到这边来了。

虽然人推荐过来了，但能不能留住还得靠她的本事。星辰毕竟不像大海那么大腕，暂时只能打价格战。程乐乐费了九牛二虎之力，吹得天花乱坠，说得口干舌燥，才谈下来这笔生意。因为是以最低发行价售卖，利润微薄，这次合作旨在宣传口碑，希望能有一就有二，通过谈下这个包场开了张，便能引来下一单生意。

出来时，陈安和唐欣已经不见了。程乐乐也没在意，拨了个电话给张瑛。吃水不忘打井人，今天这笔单子之所以能成，多亏了当初张瑛的牵线搭桥，她欠张瑛一顿饭。

张瑛接了起来。

程乐乐说了很多感谢的话，但张瑛明显心不在焉。

程乐乐觉得奇怪："张瑛，你出什么事了吗？你说给我听，只要我能帮得上忙的，我肯定帮你。"

张瑛支支吾吾地问："你和陈安怎么样了啊？"

程乐乐的手僵了一下："怎么突然这么问啊……"

张瑛吞吞吐吐、遮遮掩掩的语气，让程乐乐体悟到了她真正想透露给自己的信息。

张瑛开过玩笑，说陈安要是带别的女人上她那儿去开房，第一时间告诉程乐乐。

可能是谈包场时说了太多的话，程乐乐的喉咙干涩到几乎失声。她胡乱地想了很多画面，有拥抱，有牵手，有小时候的浮光，也有重聚后的掠影。

好像在这一刹那，这些都化成了美丽的泡泡，飘远了，破碎了，再也看不见了。

过了许久，她拿起杯子抿了一口水，像播报新闻要点似的不紧不慢地道："张瑛，你误会了。陈安没有脚踏两条船。我和他没有在一起。他有女朋友。"

张瑛"哦"了一声，问："晚上你有安排吗？要不要一起去喝酒？"

程乐乐捂着眼睛道："你们怎么突然都要请我喝酒啊？我不会喝酒。等过两天，我们一起吃个饭吧。"

张瑛没再坚持，挂了电话。

125

程乐乐难得收拾东西早下班了。

因为今天接连两个人都要请她喝酒，她开始真的考虑要不要去喝个酒。钟鸣是开酒吧的，不如去找钟鸣蹭酒算了，但想想他那边酒的价格，又有些不好意思。

最后，她磨磨蹭蹭地回到了家，又折返到家门口杨伯的小店那里买酒。

杨伯刚开始以为她要买的是料酒，程乐乐看了看说，还是啤酒吧。

杨伯问她是不是要做啤酒炖老鸭，程乐乐点了点头，没好意思说要买醉。毕竟，没有人会买一瓶啤酒买醉。

程乐乐把啤酒带回家，拿了个玻璃杯子放在茶几上，又学日剧女主角，从冰箱里拿了点北方同学寄过来的鱿鱼丝。

接着，她打开电视，地方台正在播放百看不厌的《武林外传》。

她看了一小段就开始笑了。

这么一来，买醉的氛围是一点都没有了。现在她更像一个宅女在自娱自乐。

她打开啤酒抿了抿，口感像是过期的中药，怎么会有人喜欢喝中药？

但买都买了，也不能浪费，程乐乐抿一口酒，吃一口鱿鱼丝，乐上一乐。她不觉得烦恼，也不觉得难受了。她想，明明一个人可以过得很好，为什么要庸人自扰想那么多？

一瓶啤酒快要见底的时候，有人敲门。

程乐乐站起来，才发觉自己有些头晕目眩，连走路都走成了 S 形。她晃了下脑袋，走到门边，拧开把手，看见陈安站在外面。

程乐乐看着他，没请他进来，他也不走。两人面对面就这么站着，过道的灯很快就灭了。稀薄的月色漫了进来，老楼里一片沉寂。

"有事？"程乐乐抓着把手问。

陈安道："我进去说吧。"

"就在外面说。孤男寡女的，不合适。"

陈安还从来没在程乐乐面前被当作过"孤男"，一听这话就知道经过昨晚的莽撞行为，她对他有了戒备心。

两人走到这一步，是他咎由自取。

他认命般叹气，从身后拿出一个橙色的袋子，递给她："送你的。"

程乐乐狐疑地接过来，打开袋子，里面还有一个防尘袋。再打开袋子，露出一个皮质柔软、五金件闪亮的包。她到底也在大城市混了这么多年，奢侈品品牌还是能认出不少来的。

而且她记得，今天陈安的女朋友背的也是这个牌子的包。

她觉得自己快要站不住了，腿都在打战，哆哆嗦嗦地问："这是赝品吧？"

陈安听唐欣说，包治百病，没有一个女人可以拒绝这个包所表达的诚意。但他没想到程乐乐收到包后，情绪会这么激动，一时拿不准她这是高兴还是不高兴，老实地回答："实体店里买的。"

听到这个答案，程乐乐一把把包甩了出去，捂着胸口大口喘气："你给我去退了！快！"

说着，她晃了晃，痛心疾首地道："我今天……为了八千块钱，说得嘴巴都脱了层皮……你就给我这么花钱……你……你从哪儿学来的……你这么挥霍下去……我开印钞机都……"还没说完，程乐乐往后一仰，眼见着就要倒下，陈安连忙拽了她一把，手垫在她后脑勺下，将她揽进怀里。这时，他才发现她嘴里有酒气，满脸通红，人也滚烫。

"乐乐！乐乐！"陈安慌张得不停拍打程乐乐的脸。

程乐乐睁开眼，模模糊糊看见陈安，又嘟囔了一句："快去退了！败家……"还没说完，她两眼一翻，又昏过去了。

陈安也不拍了，一把横抱起她就往小区外面跑。脚步声在逼仄幽静的甬道里发出阵阵回响。

正巧杨伯出来倒垃圾，看见两人一横一竖地狂奔，伸着脖子背着手叹道："年轻人，真热闹。"

126

陈安一路闯红灯把车开到灯火通明的医院。急诊室的值班医生正在大堂跟护士打情骂俏，被脸色铁青的陈安打断了："医生，快救人。"

难得今天急诊室人不多，医生让他把人放在单人床上，拿手电筒照了下瞳孔，测了心跳，闻到淡淡的酒味后，问："有酒精过敏史吗？"

陈安的胸膛不停起伏："不知道。十八岁前没喝过酒。"

医生想，这还分段说，又问："十八岁后呢？"

陈安摇头，突然想起她在钟鸣的酒吧好像喝过，但现在他也不大确定，当时她喝的究竟是不是酒了。他想给钟鸣打电话，不过钟鸣的手机号早在七年前就被他删掉了，即便没删掉，联系方式也不见得没有变。

医生又问有没有药物过敏史，因为前一个问题，陈安回答得很谨慎："十八岁前没有药物过敏史。"

医生看他这一棍子打不出个闷屁的情况，便不再多问，直接安排了吸氧和皮试。

陈安一路抱着人进来，额头上都是密密麻麻的汗，也忘了要脱去外套，就这么傻捂着站在床边，看护士架上吸氧器和血氧仪。

程乐乐一动不动地躺着，任由护士摆弄，连她最恐惧的扎针环节，脸上的表情也没有任何变化，仿佛已经完全和这个世界失去了关联。

七年间，其实他也并非对程乐乐的音讯一无所知。泰高的老师无意间透露了她最后报考的大学；又有她大学的同学把毕业照发到了网上。通过关注她所有同学的动态，他总能在庞杂的信息中捞到一点关于她的只言片语。程乐乐似乎在北京并不擅长交友，这些信息极少，但他至少不会去胡思乱想地怀疑她是否已从地球上消失。

然而今天天亮时，陈安做了一个非常模糊的梦。他梦见干爹干妈在一个广袤的寂静之地，正向不远处的程乐乐伸出手。当手指快要接上的时候，他惊醒了过来，梦境也随之瓦解。他本来已经回忆不起来了，只记得梦里的他一直在无声地呐喊和呼唤。如今，程乐乐近乎死亡般躺在床上，他瞬间想起了梦里的所有细节，拼凑起来像是某种不详的预兆。而这种预兆似乎正在应验。

值班医生又过来看病患的情况，见一米八几的家属脸色惨白，拳头握得青筋凸现，便安慰道："是酒精引起的过敏性休克。你送来得很及时，注入激素后，再挂水应该就没什么大碍了。你要是不放心，就转到住院部再观察几天。"

陈安麻木地点了下头，问："如果我没有及时送来，是不是就……"

值班医生看了他一眼，转头看了下病床上的人："以前碰到过一对吵架的情侣，喝闷酒喝到天人永隔。"

陈安的嘴巴抿了抿，两眼布满了红色的血丝。

挂了四五袋盐水后，程乐乐的眼珠子终于动了动，醒了过来。钻进鼻尖的是曾经非常熟悉的消毒水味道，这让她有一时半刻的愣怔，以为自己又在肿瘤科陪妈妈化疗。那种沉闷绝望的情绪随之涌上心头，她痛苦地闷哼了一声，微微偏头，看见了吊瓶，吊瓶的输液管一路延伸到自己的左手上。

　　她的头仍然昏昏沉沉，依稀记得自己喝了一瓶酒，好像没过多久就失去了意识。她以前没正经喝过酒。十八岁前，她几乎是在两位传统男人的监护下成长起来的，自然滴酒不沾。大学毕业聚会时赶上母亲重病，她也因此错过了和同学们酩酊大醉的机会。进了公司，黄天苟手脚不干净，她害怕吃亏，在第一次喝酒的场合就坚定地声称自己酒精过敏。老黄狗不信，让她抿了几口，结果她的皮肤立刻起了红疹。为了让他长记性，她还故意多请了一天假。但其实，那时她刚好是柳絮过敏，身上已有了反应，她只是将计就计地演了一下，连自己都混淆了。

　　她不抽烟不喝酒。如果苦难真的可以靠这些有害物质撑过去，那她估计会上瘾，变成一个烟鬼酒鬼。她不想堕落，所以拒绝了所有不良嗜好。

　　然而，不知道昨天是不是脑子短路了，她竟然起了喝酒的心思，而且立刻把自己弄栽了。

　　程乐乐觉得憋闷，她意识到脸上还有个面罩，想抬手摘下来。这时，病房的门打开了，陈安拿着一块湿毛巾进来，见她挣扎，便按住了她乱动的手。

　　程乐乐瞪了他一眼，似乎有话要说。

　　陈安见她脸色已经比凌晨时分送来时好了不少，松开了手，替她摘掉了面罩。程乐乐大呼一口气，问："退了吗？"

　　陈安以为她要说什么要紧事，没想到一开口还是这事，不由得哭笑不得。

　　以前，程乐乐仗着陈安能赚点零花钱，两人又是不分你我的亲密关系，在花钱这事上没什么概念。她出门买东西不看价格，只看需求。小县城里也没有奢侈昂贵的消费品，只要她看上了，陈安便自觉地当起了移动的取款机。然而时隔多年，程乐乐生活变得朴素，在钱的问题上格外较真。早在鬼屋办卡时，他就发现了端倪，只不过当时他以为程乐乐是替破产的他省钱。现在想来，干妈重病五年，开销自然不少，程乐乐经历过经济困顿、左支右绌的日子，所以才会像现在这样精打细算。

　　陈安坐下来，拿毛巾轻轻擦着她的手："乐乐，你还记得吗？很多年前，我在曾州成立了一个公司。那家公司还在，经营得也还可以。"

　　陈安说这话并非自谦。在波谲云诡的投资界，谁今天敢自称上帝，明天就可能去见上帝。他习惯了低调和谨慎，面对自己的成绩向来保持平和谦逊的心态。

程乐乐姑且听得下这种涉及钱的喜讯，问："还可以是指哪种程度？"

陈安说了句听上去也挑不出错的话："至少可以担负得起买包的费用。"

程乐乐花了许久才将这句话消化完毕。

原来小哥并非落魄，那之前她为节省开支殚精竭虑，像是她一厢情愿地自讨苦吃。当然，为老板省钱是一个员工该做的分内事，这和老板的境遇好坏没关系。她没有资格发脾气。

过了许久，程乐乐开口："要是你的经济情况没有我想象中那么糟糕，那就再好不过。"她垂眸，接着说："怎么支配你的钱是你的自由。消费时代嘛，用包来哄女人是个不容易出错的法子，你这么做无可厚非。但你没必要把这样的心思用在我身上。"

程乐乐有意要和陈安的女朋友划清界限，但陈安又会错了意，以为对方在指责他过了线。

他在脑内刚和程乐乐经历过一场生离死别，对很多事情已经看开。底线退到最后就是没有底线。

听罢，他甚至努力挤出一个笑容来，道："来得匆忙，忘了把手机给你带过来了。等下我回去取，顺便让钟鸣来看你。"

程乐乐要不是觉得面罩戴上确实不好受，此刻都想把面罩再盖回去装死了。

果然有了异性没了人性，她住院刚醒，他就急着离开。

她拨弄了下被子，翻了个身，鼻音浓重地说了句："随便吧。"

陈安见她累了，给她掖好被子，便下了楼。

到了楼下的停车场，陈安又翻出了烟。他本来没有烟瘾，最近却被折磨得快要烟不离手了。他抽出其中一根叼在嘴里，但没点火，先在网上查了一下"鸣"的座机电话，查到后拨了过去。

酒吧这会儿正在清场，电话响了很多声才有人接起来。陈安也不管对方是谁，直接说："和钟鸣说一下，程乐乐在县人民医院住院部 8 楼 VIP 病房。"

说完他就把电话挂了，拿起打火机点火，自嘲地笑了笑后发动了汽车。收音机自动播放起音乐来。从医院开到家的一路上，电台播放了于文文的《体面》、林宥嘉的《浪费》、薛之谦的《绅士》、李荣浩的《不说》和卢冠廷的《一生所爱》。这些苦情歌的歌词仿佛是为他量身定做的。下了车，陈安觉得自己跟嚼了一斤黄连似的，内心凄凉，到家就栽倒在沙发上养伤了。

127

钟鸣听到员工的转述后立刻联系了程乐乐，但电话那头一直没人接听，他只好前往医院亲自查看。人还没上去，体温枪一打，他就被拦下来了。

37.9度，他竟然被父亲传染感冒而发烧了。

被拉去做核酸检测的时候，他给钟槿打了电话。女孩子生病，总归由女孩子照顾起来方便一些，反正钟槿那工作干不干也就那么回事。

钟槿匆匆赶来，到了病房见到程乐乐，把自己的手机借给她，让她和钟鸣通了电话。程乐乐见到活泼的钟槿，心情好了点。医生已查过房，说年轻就是好，观察几天应该就可以出院了。她和钟鸣简单说了下病情，钟鸣放下心来，在医院领了点感冒药就回家了。干他们这行的，黑白颠倒，感冒药的药性一发作，他便睡死过去了。

到了中午，陈安炖了汤，拿了程乐乐的手机回到住院部。按照防疫规定，病房只允许一人探视看护。门口的保安查了下登记信息，见上面已显示有人在陪护了，不让陈安进去。但鉴于患者是VIP客户，保安还是很通人情地给那一层的护士打了电话，让家属下来取东西。

陈安以为又要和钟鸣碰面，心里不觉发酸。等了半天，来的人竟然是钟槿。

钟槿下楼前，听程乐乐说对方是她哥，也是影院的幕后老板。到了楼下，她才发现这位就是在影院和钟鸣握手的那位帅哥。

帅哥的眼神清澈透亮又带着点忧郁，第一次见的时候就给她留下了深刻的印象。

陈安也认出她来了，讶异地问："你哥呢？"

钟槿没想到帅哥不问自己躺在病床上的妹妹，而是先问她哥，也很讶异地回答："我哥不在。"

陈安的眼神里闪过一丝不满，但他没说什么，把东西交给了钟槿，掉头就走。

晚上，陈安又去送饭，来接的人依然是钟槿。

"你哥今天一天都没来？"

钟槿的联想能力随她大伯，这时好像咂摸出一丝线索来，仔细打量了一眼陈安。

钟槿道："没来，可能明天会来吧。你要是想见他，直接给他打电话呗。你有他电话号码吗？"

陈安干脆地道："不用。"

钟槿想，呵，还挺傲娇。

到了家，陈安给程乐乐打电话，问她今天身体如何。程乐乐对陈安撇下自己找女友的做法感到闷闷不乐，理智上又觉得自己没有立场抱怨，因此说话语气透着一股无精打采。陈安以为这是钟鸣一天都不现身导致的，想着自己视若珍宝的人，却被人这么忽视，心里愤愤不平，还得安慰程乐乐，说钟槿这姑娘看着还算机灵，有她陪着让人放心。

程乐乐一听这话更加伤心了，心想你和钟槿才见了几分钟的时间，你就放心上了？还不是你自己不想来陪！

两人驴唇不对马嘴地相互折磨，各自生着闷气度过了这一天。

128

接下来的两天，钟鸣依旧没有露面。体温早上退了下午又升起来，走起路来也轻飘飘的。他自顾不暇，每天也就给程乐乐打电话听个平安。到后来，他觉得程乐乐出院照顾他的可能性更大，便断了强撑着去探望她的心思。

陈安在接连几天和钟槿碰头后，情绪已濒临爆发。

"把你哥的电话给我。"

钟槿偷着乐，心想坚持不住了吧？最后还是卑微地问我要电话了吧？

她一边掏手机一边自觉地道："陈哥，电话我给你就是了。我们接触了这几天也算是半个朋友了吧？出于朋友情分，我还是得给你个忠告，你听了可别不开心啊。"

陈安瞥了她一眼，想起钟鸣那句"好久不见"，想起钟岳山的"要换个人，想让我夹我都不乐意"，暗骂钟家人怎么都这么不会说话。

钟槿见他没搭腔，自顾自地往下说："我哥这长相，确实是男女通吃的。我去北京找我哥玩时，也碰到过和他搭讪的男人。唉，怎么说呢，你是这其中长得最英俊的了。可惜啊可惜，我哥心里一直有人，你知道灵魂伴侣吗？"

陈安莫名奇妙地听完，问："你想说什么？"

"我想说，你没机会的。"

陈安还不至于沦落到被一个十几岁的小孩训话："你哥要是再不来，我没机会也要创造机会了。"

钟槿头痛地抚额："陈哥，没必要啊。我哥喜欢她很多年了，你真的没机会的。"

陈安失去了耐心："既然这么喜欢，他为什么不过来？"

钟槿呆了呆："他喜欢着别人，为什么要来见你？"

陈安："他来见我做什么？！他要见的人躺在病床上！"

两人鸡同鸭讲。

钟槿沉思了两秒钟："你是说乐乐姐啊？这不是我来了嘛，没必要非要我哥来吧？"

钟家人对程乐乐居然是这么随便的态度，陈安一听就急了："你哥和你能一样吗？乐乐住院这么久了，你哥作为男朋友，面都不露一下，这说得过去？这就是他所谓的喜欢？"

钟槿缓慢地眨了眨眼，道："道理我都懂，但问题是——我哥，我哥不是乐乐姐的男朋友啊。"

陈安愣在原地，也跟着缓慢地眨了下眼睛。

过了一会儿，陈安道："你刚回国，可能还不知道他们俩的事。"

钟槿翻白眼："我每年暑假都去北京找他们玩，他们要是男女朋友，我能不知道？再说，我哥喜欢的是我姐——啊，不是乐乐姐——反正我哥跟乐乐姐，不，可，能。"

陈安一脸被雷劈了的样子，舔了舔嘴唇："你说什么？"

"我说，我哥跟乐乐姐不是男女朋友。我以我偶像的前程发誓。"

话音刚落，陈安便冲进了楼里。保安要来拦他，他边跑边朝后面指："找作为老板命令你跟我换班，这没你的事了。"

129

电梯来得实在太慢。陈安心急如焚，推开旁边的逃生通道门，三步并两步地往上跑。或许是因为剧烈的奔跑让他的呼吸变得很不正常，此时他只觉得积郁在胸口的那团气散了，畅快淋漓到极致。他贪婪地呼吸，肆意地流着汗，跑到8楼时脚步也没慢下一分。

到了病房前，他猛地推开门，看到了程乐乐那张消瘦的脸。他站在门口，一手扶着门框，气息不匀地道："程乐乐，我们谈谈行吗？"

程乐乐在玩消消乐，被突如其来的声音吓了一跳，手一抖，刚刚布的局功亏一篑，不免有些烦躁。

她有点气鼓鼓地道："谈什么？"

小地方的地皮不值钱，VIP病房很宽敞，容得下一张加宽的病床、一个双人沙发、一个衣柜和一个水吧。墙纸是暖白色的，中央空调徐徐送出暖风，病床边的花瓶里插着一束钟槿带来的向日葵。

一切都很温馨。

陈安坐在沙发上，经过程乐乐语气的提醒，他决定先将最想确认的事暂时搁置在一旁。

"乐乐，我们各自说一件这些年最难过的事，好不好？"

程乐乐想直接拒绝。

她有很多难过的事，不想当着陈安的面去分出一二三四。

但陈安已经先说出来了。

"我跟我爸妈的关系一直不冷不热。回到曾州生活后，我有意要改变这种情况。当时我很看好一个项目，为了示好，我用前所未有的耐心建议我妈如果有闲散资金，可以跟投一部分。后来，我在餐桌上又提了一遍。"

程乐乐看向陈安，他也看向她，仿佛是向她汲取说下去的勇气。

"因为我很少在家里谈及我的工作，所以他们以为我缺少资金，问我大概需要多少。我很有把握地说，多多益善。不久后，他们向我的账户汇了一大笔钱。"

陈安顿了顿没再说下去，程乐乐便碰了下他的手背。因为输液的关系，她的手比往常要凉一些。

陈安很不习惯向别人剖析自己，连见心理医生时都没提及这段隐秘的经历，但他还是向这世上他最喜欢的人说出了当年差点压垮他的一句话："那是我爸受贿的第一笔，也是最大的一笔资金。"

陈安低下头去："我很后悔，判决书下达的时候，我在想，如果你和我一起待在曾州，凭你的能量，肯定比我更有办法让我家里的氛围好起来。那样，我就不会让他们误会我，也不会让我爸走上犯罪的道路。所以，我像一个不愿承担自己错误的懦夫一样，怨恨过你一段时间。"

程乐乐轻声说了句："对不起。"

陈安道："不是你的错。那时我实在太想你了，才会有那样的怨念。现在的我不会这样钻牛角尖。"

"嗯。"程乐乐垂眸，"释然了就好。"

陈安清了下嗓子，说："轮到你了。"

VIP房间的隔音效果很好，不说话的时候，病房里异常安静。程乐乐沉默地看着输液管里的液体慢慢进入血管。

陈安没有催她，过了很久，程乐乐道："我觉得妈妈没有她想象中那么幸福。我很想把她的骨灰放到爸爸身边，但是害怕妈妈在天上不同意。"

比起陈安冗长的告白，程乐乐吐露得很少。

陈安艰难地理解其中的意思，问："是干妈的第二任丈夫对她不好吗？"

程乐乐轻阖眼睛片刻，说："有一点。"

"但是干妈没发现？"

"嗯。"

"他们做了什么吗？"

程乐乐想，那是第二件让她难受的事了，她不准备进行不公平的交易，于是笑了笑，避重就轻地道："因为我是我爸那头的，他再好也比不过我爸。"

"哦。"

护士敲了下门，进来查看盐水，简单量了下体温，便走了。

病房再次安静下来。

过了一会儿，陈安说："乐乐，对不起，那天我不该那样。"

虽然没有具体说明哪天，但两个人都心知肚明。只是程乐乐不知道"那样"是指哪样，是朝她发火还是亲吻了她，不过也不是很重要。

程乐乐说："没关系，我也说了不该说的话。我从来没觉得我们是两家人。"

"嗯，奶奶一直很想你。"

表情管理得一直很严格的程乐乐突然眼眶湿润。如果世卜有她最对不起的人，那肯定是陈奶奶。

她痛苦地抹了一把眼睛，语气中带着一丝哭腔："对不起，我一直没有勇气去看望她。我怕她打我骂我，也怕她惦记我想念我。她，她还好吗？"

陈安握住程乐乐的手："她很好。等你好一点了，我带你去看她。"

"嗯。"程乐乐拼命地点了下头。

陈安给程乐乐倒了杯水，程乐乐喝完水后冷静了一点。

她微微转了下纸杯，看着里面的水晃了晃，然后盯着荡开的波纹问：

"奶奶见过她吗？"

陈安问："谁？"

程乐乐两眼弯弯地笑起来，不停地说着："你女朋友啊，什么时候谈的，瞒得这么好。长得挺漂亮的，对你也很好的样子，奶奶应该很满意吧？有要结婚的打算吗？要是结婚，就在曾州定居了吧？曾州的房子还挺贵的……"她顿了下："我忘了，你没有我想象的那么穷。"

陈安听着她一口气快速地说出一连串古怪的话，仍然不解："什么女朋友？"

程乐乐勉强笑了笑，假装很开放地说："别装了。你去申亚开房的事我都知道了。成年男女，不用藏着掖着。"

陈安皱眉问："你说唐欣吗？"

程乐乐点头低语："原来她叫唐欣啊。"她很想夸赞一下这个名字，但实在找不到点下嘴。

陈安带着些许怒气说："她不是我女朋友。"

程乐乐拿杯子的手晃了下，说："那，那是……"

"也不是。"陈安没好气地说，"她是我助理。我们那天在办公室开视频会议，被你们赶出来了，临时找不到安静的地方，才去了申亚。"

"哦，这样啊。"程乐乐说道。她心里无端地畅快起来，可能是挂了几天盐水，身体真的已经好起来了。

她喝完最后一点水，又有点不解地看着陈安："那你这些天为什么一直没回来？"

陈安没有立刻回答。

程乐乐玩鬼屋当晚从他家逃跑的样子重新浮现在他的脑海中。他在听到钟槿透露的真相后，兴奋地跑上来，并没意识到，没了钟鸣，他好像也不会是排在第一顺位的那个人。

十八岁的时候，他很有自信地运筹帷幄。七年后，到了临门一脚的关键时刻，他还是缺了一点点勇气。

他反问："对了，你那天送我的小天鹅，有什么讲究吗？"

提到这个，程乐乐也没好气地道："本来有讲究，现在没讲究了。"

"哦。"

程乐乐问："刚才那个问题很难回答吗？那我换一个好了。"

陈安如释重负地点了下头。

"那天你为什么亲我？"

陈安："……"

程乐乐说："你好好回答的话，会有奖励。"

她看着他，眼睛里散发着童真又狡黠的光芒，丝毫没有刚才郁郁寡欢的影子。

陈安听到自己的心跳声很大，如果护士进来测量的话，可能会让他直接入院治疗。

他舔了下嘴唇，看着她："你一直知道的。"

程乐乐的眼神里充满了鼓舞，声音温柔又坚定，带着蛊惑："你不说，我就不知道。"

陈安飞快地低了下头，再次抬起头时，表情变得很认真："直到现在，我跟我妈的关系都不是很好。"

"哦。"程乐乐略微失望地应了一声。

陈安接着道："我爸入狱后，我很自私地希望你在我身边，帮我修复一下母子关系，不要让我家重蹈覆辙。"

"哦。"

"但其实那也只是我的一个借口。"陈安看着她，眼神真挚，充满渴求，"我只是纯粹地希望我们能在一起。"

程乐乐问："小哥，你还在喜欢我吗？"

"一直一直都很爱你。"陈安目不转睛地看着她。说出这句话耗尽了他所有的勇气，可是一旦说出去，却像是誓言一般，说完之后会心潮澎湃。

"你爱我什么？"

"全部。"

程乐乐酸涩地说："那你这些年肯定过得很不好。"

陈安蹲下来，拉着程乐乐的手，仰视她："乐乐，如果这些年没有人走进你的心，你要不要邀请我进去坐一坐？你要是觉得还是不行，还是不舒服，我再走，再离开。你不要觉得有负担，我是心甘情愿的，也是我主动提出来的，所有的后果我自己来承担。你能不能给我一个机会？"

程乐乐好像明白了，为什么陈安去了曾州之后没有回来。七年前，她把小哥的自信摧毁了，让他如困兽一般挣扎，在爱情面前畏怯退缩，连表白都卑微到一点自尊都没给自己留下。

他本不该是这样的人。她想把他对她的信心一点点找回来。

程乐乐说："好。"

因为回答得过于痛快，陈安愣了一下。

在他愣神的时候，程乐乐已经俯下身，捧着他的脸，轻轻地吻上了他的唇，时间很短，速度很快，让陈安没来得及反应。

"这是我的保证金。"程乐乐道。

陈安觉得很虚幻。好像一个囊空如洗的穷鬼赌上仅有的一块钱买了一张彩票，最后成了亿万富翁。

他用了很久的时间让自己接受了这份喜讯，暖意从指间慢慢传递到心脏，又输送至脸颊。他带着一点不仔细打量便看不出来的红晕，以亿万富翁的心态问："我现在可以支付很多很多的诚意金吗？"

程乐乐笑了起来，说："可以。"

然后陈安站了起来，指腹擦过对方瓷白的脸颊，慢慢靠近，鼻尖闻到了她身上熟悉的奶香。当靠得足够近的时候，她的睫毛抖动了一下。陈安轻轻吻了一下她的眼睛，又啄了一下她的鼻子，最终把唇落在了他最想去的地方。

陈安明明不爱吃甜食，却总是觉得程乐乐是一种很甜的水果，是他唯一无法抵御的甜味剂。吻上她温热又柔软的唇时，他的猜测得到了验证。

这是一个漫长而又不含情欲的吻，程乐乐在陈安略微移开一点的时候说："好了吗？"

陈安好笑地点了下头，问："会觉得不适应吗？"

程乐乐很实在地说："时间长一点的话，好像有一点点奇怪。"

陈安自我检讨："可能是因为我缺乏经验吧。"

程乐乐沉默了一会儿，安慰道："你是学霸，会进步的。"

陈安脸上的笑意过于明显，但他也很真诚地回应程乐乐的宽慰："嗯，会让你看到进步的。"

程乐乐说："相互进步嘛。你给我一点时间，我也会很快适应的。"

陈安摸了一下她的头："好。谢谢你的努力。"

陈安想，其实只要程乐乐向他走近一步，那么剩下的九千九百九十九步都由他来走就好了。

不过，如果她愿意向他跑来，他也不会介意的。

两人冰释前嫌，又确认了心意，似有聊不完的话题。

病房里只有苹果，陈安想着等会儿去买点葡萄，他先拿起刀削着苹果，不经意地问："杨伯说，你之前去车棚上留言给我加过油？"

程乐乐说："你真的没看到啊，太可惜了。我爬得好小心好累的。"

"还崴了脚。"陈安不悦地道，"以前在楼顶录视频时还摔过膝盖？留疤了吗？"

程乐乐摇头："没有。"

"程乐乐，你应该告诉我这些的。不许欺瞒我。"陈安道。

程乐乐忽然想起身上的文身，说："是有个事瞒着你。"

说着她开始解病服的扣子。

陈安吓得差点一刀削在虎口上，问："你干什么？"

程乐乐说："小哥，你不要想太多，我里面还穿了件短袖的打底衣。"

陈安结结巴巴地说："我没有想太多。"

程乐乐说："我觉得你有。"然后她把脱下来的蓝白条纹病号服放在一边，掀起左边的袖子："嗻，看看这是什么？"

陈安凑过去看，那里有个色泽寡淡的文身，不过他还是认出来了，是当年他拿奖的奖牌。

"你——"陈安又气又甜蜜地说，"以后不要文身了，知道吗？"

程乐乐"啊"了一声，连忙揭开自己右边的袖子，说："那我先说明白，我这边也有一个。"

陈安无奈地看了看，那边的文身颜色要鲜艳很多，上面印着"C&Y"。

"这是我爸和我妈姓氏的首字母。"程乐乐道，"你看，我把最重要的家人都刻在我身上了。"

陈安的气一下子散了。

他后悔这七年来没有不顾一切地找到她，也后悔这段时间的逃避，剩她孤零零地面对这个可怕的世界。可她一点都没记恨他，还努力地包容了他。

他站起来，张开双臂问："可以抱一下吗？"

程乐乐跪在床上说："嗯，你不用每次都问的。"

陈安把程乐乐揽进怀里，说："以后我都陪着你。"

程乐乐趴在陈安的肩上，重重地"嗯"了一声。

第九章　当他们恋爱

130

次日一早，医生巡完房后，同意程乐乐出院了。因为是 VIP 的关系，出院手续办得又快又顺利。

到了单元楼门口，一只流浪狗正在栅栏前朝他们摇尾巴。

"你怎么又来了？"程乐乐无奈地看着它。

陈安顺着她的视线看去，发现是一只还很幼小的斑秃土狗，长相奇丑无比，尾巴也比别的小狗短了一截。

他问："你认识这狗？"

程乐乐道："喂过它一两次饭，它就经常来找我了。"

程乐乐喂得不多，因为它长得神似黄天苟，她很难喜欢起来。

两人绕过狗，进了一楼的家。程乐乐收拾衣物，陈安脱了外套，卷起袖子准备进厨房做早餐。

陈安的皮肤也很白，露出的一截皮肤上，一眼就能看见几颗痣。

"想吃什么？昨天买了点吐司，要不要吃黄油面包？"

程乐乐点头，陈安便进了厨房。

没住几天院，衣物并不多，程乐乐很快就收拾完了。她听见流浪狗在外面呜呜地叫，便打开冰箱，翻出一根肉肠，打开门去喂狗。

陈安从厨房的窗户望出去，看见程乐乐蹲在地上，伸着细长白皙的脖子，专心致志地看流浪狗吃早餐。

陈安想起来，小时候程乐乐闹着要养狗，但干妈认为她会半途而废，坚决不同意她养，后来就一直没养成。

陈安把煎好的面包放在餐桌上，又热了两杯牛奶，怂恿刚被他唤进屋的程乐乐："你要是真的喜欢，我们就收养它吧。"

程乐乐在卫生间洗手，远远地道："养了的话就得对它负责了，万一我们出了什么状况再把它转送给别人会很麻烦。"

说者无心，听者有意，陈安拿杯子的手顿了顿，脸色略微暗了一下，随即很坚定地说："不会出状况的。"

程乐乐擦干手，出来时已经带着笑："有道理，那就养了吧。"

下了决定后，程乐乐吃得飞快，陈安刚开始吃，她就已经吃完出去找狗了。

陈安慢条斯理地吃完早餐去洗碗，哗哗的流水声没有掩住外面欢快的狗叫声。

陈安探出脖子一看，程乐乐正在院子里搭棚子。也不知道她从哪儿捡来的废弃板材，手速惊人地钉出了一个歪七扭八但看得出是狗窝形状的东西。

那只像她前上司的狗似是明白了她的用意，亲昵地在她脚边打转。

程乐乐一边钉，一边嫌弃地道："你们狗狗届有没有医美？我想给你整个容。你爸你妈长得都还算对得起社会，你长得这么磕碜，真的不像是一家子。"

陈安洗好碗，进了院子，眼里全是藏不住的笑意："狗妈，给取个名字吧。"

程乐乐望天冥思片刻，说："叫阿丑怎么样？贱名好养活，再说也是名副其实。"

陈安拿过程乐乐手中的小锤子，亲了下她的嘴角："阿丑妈，早上好啊。"

程乐乐皱眉："你这样一叫显得这个名字取得很难听啊。"但她取名无能，连自己的英文名都是剽窃的，更别说狗名了。

她在陈安的敲打声中叹了口气，对阿丑道："等你变美一点，我再给你改名吧。"

等狗窝钉好了，程乐乐交代陈安办事："小哥，等下你带它去宠物医院洗个澡，在那边体检、打疫苗。等打足了针次，植入芯片，就到咱这块派出所办个养犬登记证。办好之前，一定一定要牵好狗绳啊。"

"你养过？"

程乐乐很自然地回答："我养过呀，刚去北京的时候，妈妈送了我一条萨摩耶，叫美美。"

陈安把最后一个钉子钉进木板，随口一问："美美现在在哪儿？"

程乐乐摸了下阿丑瘦骨嶙峋的背脊，淡淡地说："送人了。"

陈安一下子明白过来程乐乐刚才为什么那么说了，他拉了下她的手："阿丑不会这样。"

程乐乐点头表示同意："有你在，不会的。"

131

陈安带着阿丑去宠物医院，程乐乐则在陈安的强烈反对中去了影院。

平安夜将至，她因住院耽误了很多工作。自从影院票房日渐稳定后，她开始不满足于吃大海影院剩下的那部分票房。

大海影院所在的商场已经早早推出了圣诞节活动，据说还会请一两个过气明星来烘托人气。平安夜观影需求旺盛，届时两家影院肯定人满为患。大海有商场作为依托，员工的积极性也一般，不会浪费精力再做单独的热场活动。而星辰周边没有热闹的商业区，那些从大海分流出来的观众，假如到星辰只是单调地看个电影，下次是很难再来的。

平安夜是星辰改变观众固有印象的珍贵机会。程乐乐想让观众感受到欢乐的氛围。原先的策划方案她一直不太满意，于是想去影院再找找思路。

见程乐乐油盐不进，执意要去，陈安也没了办法，只好随她，心里很气自己有个太负责任的下属。

带阿丑体检、筛查、打好第一针疫苗后，陈安又买了一堆阿丑专用的吃喝玩乐用品，还买了个结实又透气的宠物包，方便这段时间外出时带着它。起初阿丑不愿待在里面，不过扔了一点小玩具进去后，它便很乖地在里面待着了。

在容易哄这一点上，阿丑随妈。

然后陈安给全梓荣打了电话，约他在咖啡馆见面。都快中午了，接起电话时，他还在睡觉。

132

城东商业区咖啡店的户外座椅上坐着一位肩宽腿长、面容英俊的男人。他戴着墨镜，穿着汤姆布朗家的卡其色夹克衫和同品牌黑色休闲裤，脚踩一双灰白相间的球鞋，气质干净温和，仿佛不是来喝咖啡的顾客，而是来拍广告片的明星。小县城难得见到这样的场景，总有人频频回头看。人们在惊艳的同时，也不禁感叹，要是他背包里的那只狗能像主人一样好看就好了。

阿丑没来过这种地方，此刻正兴奋地趴在透明面板后面，张着嘴，吐着舌头，贪婪地欣赏现代文明。

全梓荣打着哈欠走过来，无意间瞥到包里的狗，哈欠打到一半就收了。

"什么情况？让你去曾州找女朋友，怎么带了只狗回来？"

他抬头看向陈安。一个多月前，陈安失魂落魄为爱出走。现在的陈安却一扫那日的阴霾，眼角眉梢皆是风光霁月。

果然，他的刮骨疗法虽然残酷但非常有效。

全梓荣掏出烟盒，递了一根烟给陈安。陈安手一摆，傲娇地道："不抽了，女朋友不喜欢。"

全梓荣给自己点了一根："天啊，你真交女朋友了！真是念念不忘，必有回响。你看我前一阵子每天问候一遍，怎么样，求着了吧？有没有发现外面的世界其实很精彩？什么时候带我见见女朋友？"

陈安道："没问题，今天我也是为了我女朋友的事来找你的。"

全梓荣吸了口烟："弟媳的事就是我的事，说吧，能做的我都做，就当是见面礼了。"

陈安道："影院旁边的那块小广场能租给我吗？"

全梓荣不满地皱了下眉："怎么又扯到你那破影院了。不是跟你说了吗？别在这事上——"他停顿了几秒："你说的那个女朋友不会就是程乐乐吧？"

陈安淡定自若地抿了口咖啡，眼角的笑意闪烁。全梓荣张大嘴巴，无声地骂了几句脏话，才平静下来："程乐乐不是有那个酒吧的男朋友吗？"

"不是男朋友。"

"不对啊，两人不是情意绵绵的吗？又是文身又是送礼物的。"

陈安面露不快，斩钉截铁地道："总之不是。"

全梓荣想起不久前给程乐乐发的咄咄逼人的微信，头大地道："那就祝你守得云开见月明了吧。接着说正事。"

陈安便跟他简单说了一个旨在提升星辰影院客流的公益投资计划。

如今的星辰影院比他刚接手时已有所起色，但由于商业环境和硬件条件的悬殊，很难与大海影院分庭抗礼。不久前，去同样地点偏僻、周边商业落后的鬼屋时，陈安发现尽管店家漫天要价，但现场依旧人头攒动，说明在泰溪，年轻人的娱乐选择还是太少了。

这给了他一些启发。

他打算在星辰影院附近打造一个与电影相关的网红人文景点。在小广场那儿建一个风格活泼的全透明式电影博物馆，展出放映设备、电影手办和海报。前面的那块小空地可以定期放映露天经典电影。虽然体量小，但不收门票，应该能保证一定的人流量，和星辰进行有效联动。

陈安道："具体的景点打造方案，等我找这方面有经验的人策划一下再定。到时发具体的商业计划书给你，你帮我跟相关单位搭个桥，我可以亲自去讲解。"

全梓荣听完头更大了："陈安，你现在再租也租不了一两年，又是公益性质的，等拆迁时一分钱都赔不到。程乐乐不清楚情况在折腾，你跟着瞎起什么哄？"

陈安皱眉："确定要拆？"

全梓荣道："十有八九。"

阿丑在包里待得有点不耐烦了，开始捣乱。陈安站起来："你给我安排吧。"

全梓荣："你不是投资人吗？有你这样一门心思做赔本买卖的？"

陈安道："影院再烂再破，也是我家乐乐一口血一口血保下来的，和她的孩子差不多。我这个后爸其实当得不是很尽职，能弥补还是弥补一下。至于拆迁，既然还有 10% 的可能性不拆，就赌一赌好了。"

全梓荣抬眼："你知道千里送荔枝的唐玄宗、烽火戏诸侯的周幽王最后都是什么下场吧？"

陈安不爽："全梓荣，我发现你对乐乐有很深的成见啊。她可不是杨贵妃、褒姒之流，人家是事业型女强人，以后我要靠她吃饭的。"

全梓荣作势要走："走了走了，再听下去耳朵会流血。"

走了两步，他退回来："你这狗不拴在家里，特意带出来给我看，又是孩子啊后爸的，是到我这故意显摆的？"

热烈的阳光下，陈安笑着道："啊，你才听出来啊。"然后拎着阿丑道："阿丑，跟叔叔拜拜。"

"……"

133

和全梓荣告别后，陈安带着阿丑去影院找程乐乐吃午饭，不料刚进大堂就被黄薇拦了下来。

黄薇指了指不远处贴着一张温馨提示的灯箱。上面画了好几个表示禁止的圈圈，其中一个圈圈内是宠物狗的标识。

黄薇刚正不阿地道："陈总，狗不得入内。"

她语速很快，听起来像是"陈总和狗不得入内"。

陈安人逢喜事精神爽，很好脾气地道："我去办公室。"

今天早上，黄薇一上班就听说关于陈总和程店长两人的第二季剧情又掀波澜。据说陈总脚踏两条船，被程店长发现后，两人大吵一架，程店长伤心欲绝，直到今天才来上班。

其他人不敢对陈总怎么样，但黄薇是兼职，光脚的不怕穿鞋的，一心要替程店长讨回公道。她正苦于找不着机会，没想到随便一走就碰上了。

黄薇不卑不亢地说："影院要求顾客做的事，我们自己总得做到吧？您作为老大，更要起带头表率作用。办公室在影院内部，您进去还得经过影院大堂，所以还是不行。抱歉。"

陈安没有听出一点抱歉的意思。

他觉得自己在影院像个政权被架空的傀儡皇帝。沈大峰可以轰他出办公室，黄薇可以拦着他进影院。一群人可以不通知他就冒死跟着程乐乐上影院楼顶。

所有员工好像只听程乐乐一个人的话。

"你们这是逼我夺权吗？"陈安不悦地道，"那你去办公室把我女朋友叫出来。"

黄薇侧目，呆了几秒，飞快地见风使舵："姐夫，你和我姐和好了？那个白雪公主呢？"

陈安被一声"姐夫"叫得很舒心，也不计较被拦的事了："什么白雪公主？"他想起来当时沈大峰是这么叫唐欣的，解释道："你姐夫就你姐一个，别来个女的就瞎猜。"

说完，陈安掏出卡："现在影院也没客人，你去买一些你们这个年纪爱吃的东西，回头给大家分了。知道发的时候该说什么吧？"

黄薇懂事地点头："知道的。"

"给楼上那位年纪大一点的放映员单独买一份，送上去的时候要特别说明一下。"

"啊？"黄薇一知半解，"老钟怎么对店长了？"

"你去办就是了。"

余光里扫见沈大峰过来，陈安朝他勾了勾手。沈大峰老大不乐意地走了过来。黄薇友情提示："姐夫找你，还不快点。"

沈大峰眼睛转了下，步伐迈得快了点："姐夫，有何吩咐？"

陈安觉得影院这几个员工还是很懂事的："我经常不在泰溪，你姐有什么事，你记得跟我汇报。"

沈大峰道："陈——"

陈安眼风一扫，沈大峰立马改口："姐夫，你要我当你眼线啊？那我姐要是知道了，不得给我吃一盘她拿手的爆炒鱿鱼。"

陈安皱眉："你怕什么？这影院我才是一把手。"

沈大峰用眼神表示对这点不是很信服。

陈安："提要求吧。"

沈大峰直言不讳："能给我一个白雪公主的联系方式吗？"

陈安盯着他的脸："沈大峰，你很敢提啊！换一个。"

沈大峰说："那我还是不做这个卧底了。你要不找找别人，就咱这影院，还有哪个敢接这活儿的？那可是刀尖上舔血的买卖。或者我把陶宇叫过来？"

陈安想起那个提前两小时通知他来参加团建的小伙子，又皱了下眉。

沈大峰不客气地道："姐夫，你是不是看不起我啊？我姐都说了，过两天就给我升值班经理了。以后我跟着我姐混，说不定就发达了。莫欺少年穷啊。"

陈安被他逗笑："你算哪门子少年？"

"我二十岁生日都还没过呢。"

陈安认真地看了一下他的脸："那你长得有点着急了。"

沈大峰忍了忍，陈安不再逗他："我可以替你征询一下唐欣的意见。但我得先跟你说明白，唐欣应该不久前就脱单了。"

沈大峰略沮丧了两秒："只要还没结婚，我就还有机会的吧？"

陈安犹疑："你们年轻人现在这么没有道德底线的吗？"说完他又想起自己之前好像也没因为钟鸣的男朋友身份而停止接近程乐乐，不由得思考要不要先把婚结了，免得夜长梦多。

沈大峰没理会这样的指责："姐夫，那你帮我问问她啊。你没我微信吧？加我一个。"

陈安掏手机给他，沈大峰道："我姐不让我们上班时间碰手机，等下了班我再通过。"

"规矩是死的，人是活的。她要是有急事，你别跟我扯没带手机。"

"知道，我又不傻。"沈大峰添加完，把手机还给陈安，说，"姐夫，我觉得你这人还挺亲切的，跟我原先印象里不大一样。以前你一来就睡觉，我还以为你是高冷型的。"

陈安道："你倒是一如既往地话多。"

说完，陈安自认为被程乐乐把持的朝政局势已有所松动，便进了办公室，叫程乐乐去附近吃午饭。

程乐乐一直在接打电话，没怎么理他，看他的次数不如看阿丑的多。

后来，连午饭都是陈安下楼买的快餐。

程乐乐在打电话的间隙匆匆吃了两口，接着又接了一个电话，貌似是在沟通平安夜活动的事。

陈安看不下去，怕菜凉了，喂了几口后，程乐乐拧着眉头拨开了他的手，用眼神告诉他自己正在忙正事，不要添乱。

陈安惨兮兮地在旁边坐了会儿，看实在没有机会插话，阿丑也待烦了，只好站起来走人。不过开办公室门的时候，程乐乐举着手机拉了他一下，亲了一下他唇角，做了个对不起的手势，他也就没计较她的冷落了。

他这几天一直待在泰溪，平安喜乐那边攒了一堆工作等着他处理。他很想继续赖着不走，但还没彻底失去理智。和程乐乐吃了一个没有任何情调的午餐后，他也得回曾州了。

鉴于阿丑妈忙得自顾不暇，陈安把阿丑也带过去了，暂时寄养在王丽婷那里。

134

接下来的几天，泰溪的天气一直很好。碧空如洗，阳光明媚。

陈安虽然人在曾州，但每天都会按时给程乐乐订餐、水果和零食。

程乐乐其实没什么时间吃这些，更多的是便宜了影院员工。

不知怎么回事，现在所有员工看到外卖员都会问一句："是姐夫又投喂了吗？"连很老实的陶宇也"姐夫长、姐夫短"地叫着。明明陈安都没怎么和他们打过交道。

一看就是一个很容易被收买的团队。

最近，大海开始忌惮星辰影院，做事变得不太地道。明知圣诞档在即，那边却放出风声说要重金挖人。这应该不是那个张店长的主意，更像是那位英语大师的恶劣行径。

不过，目前星辰的员工没有人提起要离职，可能是被陈安每天投喂的食物哄住了吧。

一天上午，程乐乐正在跟天合技校的舞蹈社团团长沟通演出细节，忽然收到了久未联系的选角导演段哥的电话。

程乐乐并不知道段哥的全名，因为当时陈筱牧叫他段哥，她也就跟着这么叫了。

"程乐乐，好久不见，最近怎么样？"

"还不错，段哥呢？"

段哥跟她只有一面之缘，并不是能打电话闲聊的关系。寒暄了一两句后，他就进入了主题。

"我们那部《吉光片羽》今天发布了概念预告片，你看了吗？"

程乐乐没怎么留意过。

疫情期间，影视行业遭受重创，通达院线按照北京最低工资标准发放薪酬。那时正值母亲去世不久，她每月还要一分不少地偿还债务，几乎走投无路，要不是钟鸣和陈筱牧接济，她差点没扛过去。

后来各地逐渐恢复生产，但影院作为密集型场所，是最晚复工的。比影院稍早一些开工的是各个摄制组。陈筱牧说有个相熟的哥哥在朋友圈发了招募演员的广告，问她要不要试试，赚点外快。

程乐乐知道自己几斤几两，只是当时急着赚钱，便抱着死马当活马医的心态，去陈筱牧推荐的那家影视公司碰了碰运气。可能是前期大家都宅在家里没钱赚，去面试的人出乎意料得多。

程乐乐没抱什么希望，糊里糊涂地回答了一些问题，按照要求做了一些表情后就回家了。没料到过了几天，剧组竟然通知她被录用了。

再过了一阵子，她被剧组叫去一个别墅拍摄。

她一度担心有诈，捏着手机随时准备报警。好在进去后，发现里面架着机器，铺了轨道，也有跟她一样的临时演员穿着仆人、管家类的服装在候场。

她等了很久，才轮到她。化妆师给她化了一个很清丽的妆，把她的头发拉得很直。服装师递过来一条很唯美的白色棉质长裙。

一切准备妥当后，副导演才告诉她，她演的是一个富家女。她要倚在一个靠窗的位置，做出淡淡的忧伤的表情。

程乐乐的人生中只经历过浓烈的快乐和浓烈的悲痛，从来不知道什么是淡淡的忧伤。当时她姿势摆得很痛苦，副导演也很不满意，一会儿要求她目光缥缈一些，一会儿又要求她眼睛雾蒙蒙一点。

彼时春寒料峭，别墅没开暖气。为了制造遗世独立的感觉，还有两台电风扇对着她吹。她冻得跟个冰棍似的，还得忍受脾气不太好的副导演当着所有人的面吼她。

体验很差，好在钱结得利索。只是程乐乐到现在都没搞懂，她演的那个富家女，吃喝不愁的，到底在忧伤个什么劲儿。

要是段哥不来电话，她可能都快要忘掉这段唯一的演员经历了。

段哥在那边开口："是这样，我们这个预告片给总制片人看了，他对你的印象还不错。"

程乐乐吃惊地问："预告片里有我？"她就拍了不到半天的时间，应该是电影里很边缘的角色，很有可能在成片中都不会露脸，怎么还能出现在凝聚了影片精华的预告片里？

"只有很短的一两秒啦。虽然你这个角色没出现，但却是男主角心中的'白月光'，戏份很关键的。"

原来自己演的不仅是富家女，还是白月光。程乐乐心想既然是这么关键的戏份，怎么拍的时候没感觉出来，估计段哥也是在夸大其词。她敷衍地道："哦，是吗？"

段哥说："当然啦。总制片人的意思是想再补拍几场白月光的戏，光靠那一个画面显得太单薄了。这个片子我们本来都要送审了，现在加戏，时间很紧，你下周有没有空？"

过完下周就要到圣诞节了，她说："最近不行啊，段哥。"

段哥很失望地道："你想想办法嘛。那几场戏，你是要和梁郁超搭戏的。你知道他现在很红，但他还算配合。他都能挤出一天的时间给我们，你总不能不给我们面子吧？"

程乐乐想起来了，这部电影是梁郁超主演的。拍这部电影时，她还不知道他是谁，还特地上百度搜索了一下。没想到因为一部暑期档的黑马剧，他成了当红明星。

段哥的口气虽然不至于咄咄逼人，但内容表达上却有种"你不要不识抬举"的意思。

程乐乐想，就因为他是明星，难道她就该无条件配合他吗？

于是她说："段哥，我实在抽不出身。既然这个角色这么重要，不如您直接找别人补拍一下当时我演的那段戏。您知道我没演技的，一个人演都没撑下去，让我和大明星对戏，要是接不上戏，那不是给他添堵，给你们添乱吗？您还是把这个机会让给更有前途的演员吧。"

程乐乐觉得她把道理说得很明白了，段哥应该不会再为难她。不料段哥很坚持地说："这些都不是你要考虑的东西。程乐乐，我们也是很有诚意的，价格都好谈。再说，很多人做梦都求不来上大银幕的机会，我们还给你增加了和一线明星搭戏的机会，你都该烧香了。你把目光放长远一点，别太任性了。"

程乐乐不是很喜欢"任性"这个评价。十八岁以前，她可能是个任性的孩子，但现在，她绝不是随便使性子的人了。

"段哥，谢谢您为我考虑这么多，但我志不在此，这段时间确实也忙。对不住了。"

段哥明显有点生气了："我还真是第一次见像你这样不懂事的。这样吧，等下我把要加的几场戏的资料发给你，你再冷静地考虑考虑。"

挂了电话，程乐乐便没再想这事，继续和学生说事去了。

下班前，程乐乐登录邮箱查看当天的邮件，发现段哥真的把资料发过来了，附了两个附件，一个是全剧剧本，另一个是要加的戏份的剧本。邮件内容里还附带了预告片的链接。

程乐乐先打开了预告片，可能是概念先导片的关系，她没怎么看明白这电影到底要讲什么，反正百分之八十都是梁郁超的画面，一看就是要拿他做营销的。

《吉光片羽》的官博下，有很多粉丝在"啊啊啊啊"。

程乐乐重新看了一遍，才发现自己真的出镜了，段哥还是给了面子，说是一秒钟，她怀疑只有一帧。

所以预告片放出来，并没有对她的生活产生任何影响。

她无聊地点开第二个附件看了看，快速地滚动了一下滚轮，关上的刹那，忽然扫到了两个敏感的字——"影院"。

她重新打开附件。原来其中一场戏被安排在十年前的电影院里，是男主和白月光一起看电影的剧情。情节挺俗套的，白月光看着看着，犯了困，靠到了男主的肩膀上。

程乐乐并不在乎这个情节，她脑子里盘算的都是拍摄计划可能带来的宣传效应。

要是能让梁郁超来星辰拍戏，那将是多大的品牌宣传效应啊？

在这个十八线小县城，连十八线明星都会被捧到天上去，何况是当红明星？

随便一宣传，年轻粉丝们肯定会蜂拥而至到星辰打卡的。她甚至想着要把梁郁超坐过的椅子裱起来。

她浮想联翩，越想越远，不知不觉间已经构想出了一堆宣传方案。

135

次日一早，程乐乐便给段哥回了电话。

前一天晚上，她想了很久，不明白为什么段哥那么坚持要她补拍戏。回忆了好几遍对话后，她想起了段哥说的总制片人对她印象不错的评价。

可能是总制片人点名要她演的。

她听陈筱牧说过，总制片人姓江，是影片的主要投资方之一，在里面挂了个总制片人的名儿。

既然有投资人撑腰，她就有谈判的筹码了。

"程乐乐，昨晚考虑得怎么样了？"段哥接到她主动打来的电话，声音听起来甚是愉悦。

程乐乐没正面回答："段哥，我能直接和总制片人聊一下这件事吗？"

程乐乐觉得段哥并不是可以决定更换拍摄场地的人，与其来回反馈，不如由她直接与制片人沟通。

段哥沉默了两秒，似是呵呵了两声："你说江总啊？我帮你问问吧。"

程乐乐说了声谢谢，便挂了电话。

没过多久，段哥发来信息，给了她江总的联系方式，然后意有所指地道："江总现在住在你们曾州的希尔顿酒店，离你不远吧？他下午飞北京，你要是有事商谈的话，得两点半前到。"

过了会儿，他又发了一条："可能谈事的时间会比较长，最好一点前到吧。你懂的。"

程乐乐从"你懂的"这句话里，看到了很多隐藏在文字背后的信息。不过也怪不了段哥，毕竟一个跑龙套的演员点名要见总制片人，很容易让人想歪。

第 九 章　当 他 们 恋 爱

从泰溪到曾州坐客运大巴需要两个小时的时间，而大巴每隔一小时才发一班。

程乐乐早上先去影院取了名片，又在包里塞了一堆资料，然后打了车去客运中心，买了五分钟后出发的车票。当她到希尔顿酒店的时候，才上午十一点出头。

她给江总打了电话，对方没有接。十分钟后，依旧无人应答。

再打的话，会显得像是在骚扰。

于是，她给江总发了一条短信："江总您好，我是《吉光片羽》的演员程乐乐，有事恳请与您商量。我在您下榻的酒店餐厅东南角的餐桌旁等您。希望您能拨冗见面。"

然后她发了一张座位照片。

希尔顿酒店的餐厅三面全是落地玻璃，今日阳光依然灿烂。程乐乐所在的位置晒不到太阳，但能感觉到阳光的温暖。

透过玻璃窗，程乐乐望见楼下大理石砌成的喷泉。阳光下，向中心喷出的水柱折射出璀璨的光芒。喷泉旁边是一个钢铁材质的艺术品。程乐乐小时候学过美术，有一定的艺术鉴赏力，但是仍然没看懂它要表达什么。

她无所事事地等了很久，眼皮越来越沉，最后趴在桌上睡了过去。

江礼涛敲了几次桌子后，便看见这位心大到在人来人往的餐厅里睡觉的姑娘缓慢睁开了眼，随即又阖上了两秒，再度睁开后，她抬起了头，慌乱地起身，双手递上一张名片，半鞠躬地说："对不起啊，江总！"

程乐乐的脸上尚有衣服褶皱压出的印子，整个人流露出一种天真的傻气。

江礼涛似是想起了什么人，又看向她，倒是没表现出任何怒意，说："让你久等了。"

江礼涛是个四十来岁的中年男子，和黄天苟一样，他的眼下发黑，眼白发黄，唇色无光。程乐乐听同事说那是纵欲过度的长相。

但江礼涛穿着考究的衣服，戴着价值不菲的袖扣，鼻梁挺拔，梳着大背头，显得天庭饱满。加上他成竹在胸的自信体态，让人很容易联想到企业家杂志的封面人物。

　　江礼涛坐下来后，没有直接切入主题，说："我看了你演的片段，很不错。"

　　这明摆着是睁眼说瞎话，程乐乐厚着脸皮接受了这份夸奖："谢谢江总赏识。我的演技还有很大的进步空间。"

　　"没事。你长得漂亮，也能在演艺圈混。"

　　程乐乐老实巴交地摆手："我年纪也不小了。"

　　"年纪不是大事，可以改。"

　　程乐乐顿了下，感觉江总说话的方向有点偏，于是说道："江总，其实我这次来，是专门来谈合作的。"

　　说话间，江礼涛点了根烟。程乐乐暗想，这里不是禁烟区吗？

　　江礼涛在灰白的烟雾中发问："合作啊？怎么个合作法？"

　　同时，他眼神怪异地上下打量着程乐乐，那眼神黏糊糊、湿答答的，像是游蛇爬过皮肤。

　　很快，程乐乐发现江总又误会了。

　　她很怕江总会说出"长期包养、短期包养"的价格来，连忙从背包里掏出几份宣传单："江总，我听说补拍的事是您提出来的，想必您已经看过要补拍的戏份的剧本了。其中有一场戏是在影院拍的，我来是想跟您商量一下，能不能把拍摄场地设在我们星辰影院。星辰影院是一家拥有十多年历史的老影院，最近一次装修是在十年前，我对了一下年份，和剧本要求的都能对上……"

　　有那么几分钟的时间，江礼涛的表情凝固了。他知道有些女人会以讨论公事的名义来和他攀谈，以体现自己的贞洁和正经。他有时候会半推半就地应付一下，但眼前这个女人的表现比她在电影里的表演还要真实。

　　他接过名片后并没细看，现在拿出来再看一遍，上面赫然写着"星辰影院店长"的职位。

　　煞有介事的样子。

　　江礼涛捏着名片问："星辰影院，在哪儿啊？"

　　程乐乐口气欢快地道："在一个风景秀丽的县城，和男主角小时候生活的地方一样。其实第二场爬山求佛的戏，我也推荐我们泰溪的静平寺。不过，这个得您找人安排，我可以帮忙联系。"

　　她又递了一份资料："这是我们泰溪县政府推出的宣传页。"

　　江礼涛不感兴趣，翻都不翻地把几页纸扔在了桌上，拒绝得很彻底："没兴趣。场地早就定好了。"

"哦，这样啊。"程乐乐一脸失望。

江礼涛用手指敲了下桌面："聊点别的吧。"

"聊什么呢？"程乐乐喝了口水，看向他。

"当然是聊点我感兴趣的事情了。"江礼涛笑得有些深意。

"聊点您感兴趣的事情啊。"程乐乐想了想说，"江总，我看了整个剧本，感觉里面那个男主角的经历，好像和您的履历有不少相似之处呢。剧本不会是您的自传吧？"

说出这句话的时候，程乐乐两手支在下巴上，眼睛睁大，尽量释放出崇敬的信号。她演技不怎么好，所以并不怎么有信心让对方接收到。

江礼涛抖了下烟灰，说："我没时间亲手操刀，不过整体脉络是我把控的。"

他没说这是自传，但也没反驳。艺术当然有加工夸张的成分，不过程乐乐还是很聪慧地领悟到了为什么她被特别指定为白月光的角色。

她支着头继续问："江总，能和我说说您初恋的事吗？"

江礼涛笑了下，就像猜中了她的套路一般："你们小姑娘是不是就爱听这些？"

程乐乐笑而不语。

《吉光片羽》的整个剧本乏善可陈，充斥着男性视角的自我陶醉。一部主打女性向的文艺片，有一大半都在歌功颂德，讲述男主角如何从白手起家到呼风唤雨，剩下的一小半则充斥着低俗的桥段。片中出现的几位女性角色的主要功能是诱惑和挑逗男主角，女性之间的倾轧斗争也被大肆渲染。至于活在男主角记忆里的白月光，性格模糊，除了美丽之外没有任何描述，单薄得像一张人物贴画。

程乐乐有理由怀疑，男主角的念念不忘只是因为当年不曾征服的遗憾，或者只是为了让一身铜臭的自己看上去更高级。

这部电影要是上院线，十有八九要被骂，不知道姓江的在洋洋得意什么。

程乐乐还想了下自己对票房的判断常常与专业的数据分析平台惊人地一致，于是考虑未来是不是能够在这方面挖掘下自己的潜能。

她能胡思乱想这么多，是因为在她期待的目光下，江礼涛讲了很久关于他发家致富前和初恋的过往。

江礼涛讲得滔滔不绝，没有一点停顿，疑似在很多场合都这般侃侃而谈过，意在塑造自己情圣的形象，仿佛值得配上一首李荣浩的《年少有为》。

程乐乐在艰难地集中注意力。成功男人的回忆录矫揉造作，有一些细节既不符合当时的时代背景，又前后矛盾，就像那个蹩脚的剧本。她猜很多人听完后都能意识到这个问题，就像他穿着一件皇帝的新衣，没有人当着他的面指出来，但背后肯定会被人们嘲笑一番。有一点点可怜，但不值得同情。

程乐乐安安静静地听他讲完，很自然地吹捧道："江总，那个被您如此挂念的女人肯定很漂亮吧？真想见一见她本人。"

江礼涛很上道地说："和你差不多漂亮。"

也许是恭维，但程乐乐又很自然地接了下去："难怪您这么抬举我，坚持要我补拍镜头，原来我是她的替身啊。"

江礼涛没反驳，用自以为深情的目光看着她："你比她要瘦一点、高一点，但你们两个的气质很像，尤其是侧着脸的时候。"

"这样吗？"程乐乐转了一下头。

江礼涛说："这个角度几乎就是一模一样了。"

"那我补拍的话，就尽量用这个角度好了。"

"嗯。"

"唉，可惜了。"程乐乐叹了口气，看了下表，故作惊讶地道，"哎呀，随便一聊就这个时间了，江总，您等下还要赶飞机，不耽误您了。谢谢江总今天抽空跟我分享了一个美丽的爱情故事。等电影上映了，星辰影院一定会力所能及地多排片的。"

说着她站起来把椅子推到桌子下。

江礼涛以为识破了她做作的伎俩，语气轻佻地问："这就走了？"

程乐乐说："嗯，男朋友来接我了。"

江礼涛习惯了女人的欲拒还迎、口是心非，似笑非笑地说："让你男朋友等等吧。我的故事还没讲完，要不要上去接着听我讲？"

"谢谢江总，我真得走了。本来也是来谈合作的，没想到江总一口拒绝了我们星辰攀高枝的机会，好在听了江总感天动地的爱情故事，也不算遗憾了。"

江礼涛已经明确提出了邀约，再做作的人也该摘下面具了，但对方表现得像是戴上了另一层面具。他坐在座位上没有动，口气已渐冰冷："合作？你说的那个场地变更？区区一个影院你拿什么和我合作？"

　　程乐乐瞪大眼睛："江总，我刚才没表达清楚吗？我希望剧组在我们影院拍摄，剧组希望我继续出演您的初恋，我们双方各有需要，怎么会没有合作的可能呢？"

　　江礼涛愣了愣。早在半小时前他就拒绝了她的提议，她没纠缠，转而让他大谈恋爱史，没想到她套完信息后又杀了回来。

　　江礼涛嗤笑一声："程小姐，你既拿到了演艺事业的通行证，又替影院争取了利益，想要的有点多吧？我喜欢一换一的对等交易。"

　　程乐乐接话："江总，凭您的能力，如果我为影院争取了利益，我的演艺事业恐怕也就到此为止了。这次合作是您用区区一个场地换您最理想的演员，而我赔上我的演艺事业，权当是我的谢礼啦。"

　　江礼涛沉默不语，他见多了为了争取角色而处心积虑钻营的女人，但像程乐乐这样对送上门的机会不屑一顾，反而纠结于在他看来不值一提的利益的人，他还从来没见识过。

　　江礼涛做最后一次提醒："程小姐，别捡了芝麻丢了西瓜。"

　　程乐乐执着地说："江总，西瓜非我所欲，芝麻却是我梦寐以求的。"

　　"舍本逐末，冥顽不灵。"江礼涛评价道。

　　程乐乐觉得江礼涛可能更想骂她不识好歹。

　　两人的谈判陷入胶着，谁也不肯退一步。

　　"江总，您别生气。其实我都带了我老板来了，很有诚意的。"说着，程乐乐朝旁边那张桌子摆了下手。

　　江礼涛没注意到旁边的空桌什么时候坐了一个人。那人身材挺拔，面容英俊，似是明星。不过他暂时想不起圈子里有这号人物。

　　随即那人走了两步，便到了他面前，朝他很机械地伸了下手："江总，您好。我是星辰影院的老板，陈安。"

136

　　陈安在会议结束后才看到程乐乐的微信留言。她说她来曾州谈合作，发了个定位，又拍了个座位照片，让他等下有空来接她。

　　看完微信后，他立刻开车过来了。进了餐厅，他看见一个西装挺括的男人正坐在她对面，似乎谈话还没结束。

　　程乐乐用眼神示意他找个地方就坐，于是他还算乖巧地坐到了隔壁那张桌子的侧边上。

然而一坐下来，他便看到男人用颇有意味的眼神打量程乐乐，像是盯上了猎物、伺机而动的雄狮。偏偏程乐乐又像只纯洁的小白兔，睁着无辜的眼睛诱使他讲了一个充满了意淫感的俗套故事。

鉴于之前在天合技校的教训，他没有武断地把她拉走，而是以极大的耐心听完了全场，最终等到了程乐乐的呼唤。

陈安人生第一次感觉自己像个工具人。

因为没有前情提要，他听得一知半解，但结论是明确的，程乐乐要争取一个在星辰拍戏取景的机会。

陈安是真的佩服程乐乐，她到底哪来的能量，能把一个小影院翻出那么多不可思议的水花来。

江礼涛看不上陈安。区区一个影院老板，不过是小地方的土财主。他象征性地碰了下陈安的手，说："我很不喜欢被人威胁。"

陈安说："江总言重了。程店长是真心实意求合作的，只是方式方法不太对。我回去一定好好教育她。"

其实他更想教育教育眼前这个男人，但他知道自己这个工具人现在要做的事是唱白脸，给对方一个台阶下。

只是他并不擅长做这个，于是淡淡地道："江总不用勉强。去哪里拍摄对您来说只是一件微不足道的小事，不值得您费心。这部电影是您的自传，想必凝结了您的心血，您还是优先考虑角色，看看有没有更好的替补方案吧。今天是我们打扰您了，您要是急着走，那就等您下次再来曾州，我做东赔罪，您赏脸吃个饭。"

然后，陈安搂了下程乐乐的肩膀，说了声"告辞"，便往外走了。

两人进了车，陈安并没有立刻发动车开走。

他刚刚极尽克制地礼待了一个对自己女朋友有不良企图的男人，接着还要克制自己发太大的脾气，避免和旁边这个思维过于活跃、状况层出不穷的小祖宗吵架。

在陈安努力调整情绪的时候，程乐乐已经麻利地跪在了副驾驶室的皮质座椅上，双手举过头顶，像个被父母体罚的孩子，一点尊严都不要地说："你别骂我，我错了，你原谅我吧。"

陈安想象着普通女孩子遇上这种情况会是什么反应。大概是会解释一下，男朋友要是斤斤计较，可能会大吵一架，放话"我还不是为了工作"，然后负气地离开，等男朋友来哄。

应该没有人像程乐乐这样直接跪下的。

程乐乐好像很容易向他认错。七年后碰上她，第二天她就求原谅了，如同脸皮不值钱似的。可是如果不是她那么快速地表态，他可能也不会那么快接纳她。

想到这里，再有情绪也压下去了大半。陈安只好拉了一把她悬着的胳膊："你这样像什么样子，先给我坐好。"

程乐乐立马乖乖地坐好了。

陈安道："说说吧，到底是怎么回事。你以前拍过戏？"

程乐乐眼珠子一转，说道："嗯，年少无知的时候拍的。"

陈安见程乐乐又要插科打诨，不禁提高了分贝："想清楚了再说话。你年少无知的时候都在我眼皮子底下。"

程乐乐神色一凛，道："就是今年年初的事啦，玩票性质的，就图个好玩，拍完我都忘了。昨天他们突然给我打电话说要补拍，我说除非在我们影院拍摄，不然我不同意。他们定不了，就让我来找制片人谈。没想到制片人要潜规则我，我就赶紧把你叫来了。娱乐圈实在是太肮脏了，幸好小哥你来了。"

"是吗？我怎么一点都没看出你慌乱的样子？还有闲心给别人设套？"

"你来了我就有底气谈了，你要不来我早跑了。"

陈安没搭话，他知道程乐乐其实是只小狐狸，刚才把雄狮忽悠了，现在又和他玩心眼，说得虚虚实实的，挑着他爱听的说。

他发动车，将车开出停车场，栏杆抬起的时候，他道："我不想让你去演别人自传里的白月光。"

"哦……我接的时候也没人跟我说是白月光……"

陈安踩了一脚油门，说："我就暂时当你是个演员，尊重你的工作，这次就忍了。"

"好的。"

"补拍戏的时候，我需要在场。"

"好的。"

"不要再和这个制片人联系。如果有不得不沟通的情况，交给我来处理。"

"好的。"

"补拍的戏份的剧本你有没有需要和我报备的？"

"好的。"

"程乐乐！"

程乐乐昨天熬夜看了一宿的剧本，这会儿真的困了，被陈安突然变大的声音吓得瞬间清醒了两秒钟："报备啊，报备。"

程乐乐想，男人的嘴真是骗人的鬼。表白的时候姿态低到尘土里，没过两天就多味十足。早知道应该把表白那段话录下来，在车里循环播放的。

陈安停下车，前面红灯刚开始读秒，他转头不太确定地问："你以前说要探索未来的可能性。这其中一项不会是当演员吧？"

陈安望向前方："如果是的话，你不用担心补拍了就要赔上演艺生涯的事。我来解决这个麻烦。"

程乐乐"啊"了一声："拜托小哥，我不能唱不能跳，又年老色衰，去演艺圈做什么？"

陈安暗自松了口气："不混就不混，干什么这么说自己。"然后他又很紧张地问："补拍有吻戏吗？"

程乐乐睁大眼睛："怎么可能？那是另外的价钱。"

陈安猛地摸了下她的头："别耍滑头，先说好了，家属不同意。不许像今天这样跟我玩先斩后奏。"

"哼，刚才还要我去探索演员之路呢。"

"那不一样，如果那是你的梦想，我就靠边站一站。但要只是为了合作，那就一切从严。"

"小哥，咱不说这个了，补拍的事还没定呢。"

"会定的。像他这种自我感觉良好到要给自己拍自传的人，有第一选择怎么会考虑别人？"

"真的？"

陈安看了她一眼："装什么糊涂？你不就是摸到了这个底才敢叫板谈判的吗？不然你真的是来听'感天动地的爱情故事'的？"

程乐乐笑了下，阖上了眼睛："要真成了，这次和我搭戏的是梁郁超哦，黄薇会疯了吧。等拍戏的时候，我得找人把黄薇捆起来，怕她犯癫痫。"

声音越来越轻，没过一会，程乐乐就睡着了。

137

不知过了多长时间，程乐乐被陈安叫醒了。

第 九 章　当 他 们 恋 爱

　　她迷迷糊糊地坐了起来，看了下四周，发现是在一个面积挺大的地下停车场，周围停了不少造型亮眼的豪车。她解开安全带，带着困意问："到泰溪了吗？这是哪儿啊？"

　　"这是我家。"

　　"你家？"程乐乐的大脑缓慢地启动。

　　"就是我爸妈在曾州的家，奶奶和我妈一起住在这里。"

　　程乐乐瞬间清醒了，抓着把手不下车，一开口差点结巴："你，你怎么一点心理准备都没给我做啊？我渴了，小哥，我们开出去买点喝的吧。"

　　陈安打开副驾驶室的车门，把她薅了出来："刚才跟制片人谈事那么镇定，来我家你怕什么？"

　　那能一样吗？七年前不声不响地消失，七年后突然上门说要成人家媳妇了，多不要脸啊。

　　程乐乐喊："空手来不好吧，下次备好了礼物再来。"

　　"别临阵脱逃了，择日不如撞日，就今天吧。"

　　程乐乐捂脸："小哥，要不你给我找个荆条挂我身上吧，我学古人负荆请罪好不好？"

　　陈安拉着她的手进了电梯间："有阿丑给你打前阵，你别操心了。我来接你之前就和她们打了招呼，奶奶都快等急了。快点吧，别磨蹭了。"

　　电梯间的红色数字不停变换，程乐乐手脚冰凉地拍打着自己的脸，突然看向镜子中的自己："等，等一下，我补个妆。"

　　正说着，电梯门打开了。陈安温热的大手牵着她出去："公主，你够美的了。"

　　家里大门敞着，仿佛连敲门等待的时间都显得多余。程乐乐一进去，阿丑就蹿了出来，鸡皮鹤发的老太太跟着出来，颇带戏剧性地唤了声："乐乐哎——"

　　程乐乐双手一张，一唱三叹地跑过去："奶奶哎——"

　　两人久别重逢，抱了许久。一个老泪纵横，一个涕泪横飞；一个说你瘦了，一个说您一点都没变；一个掉出了假牙，一个哭花了眼妆。

　　陈安中间劝了一次，被两人齐齐忽略掉了。后面又劝了一次，两人又同时朝他瞪眼。

　　直到王丽婷急匆匆闻讯赶回来，两人才分开。

见到王丽婷，程乐乐还是有些畏怯的。当年的保送风波让两家分崩离析，后来出于母亲的防备，程乐乐没再和干妈私下联系。现在想起来，最后一次交流好像就是隔着电话线说要断绝关系。

王丽婷看到程乐乐，先在门口愣了一下。她不是感性的人，连丈夫入狱，她都表现出了异于常人的冷静。此时，她也只是伸出双臂，将程乐乐抱了一抱，才哽咽道："你怎么才来找干妈？"

比起多年前父亲去世时干妈的"你要坚强"，这句话让程乐乐终于忍不住号啕大哭起来，哭声断断续续："对不起干妈，对不起，我……我真的好想你们……特别特别想你们……"

几句话就让王丽婷落了泪，她说："回来就好，回来就好。"

暂时没人提起叶晓梅去世和陈涛入狱的事。

三个女人哭成一团。阿丑在她们脚下好奇地打转。陈安眼眶湿热，不过他不打算加入她们的队伍，只默默提供纸巾，任由她们将多年的思念化作眼泪。

哭声渐渐平息，保姆端出了切好的水果拼盘，三人坐在沙发上聊起了天。

陈安在厨房帮保姆准备晚餐，耳边不时传来欢声笑语。

程乐乐是个开心果，说了一堆影院趣事，比如明星如何全副武装神秘观影，无人问津后又不甘寂寞，不停地卸下武装吸引关注，最后终于被人认出来，有人向他索要签名时才发现认错人，要把签名还给他；还有新来的员工售票时刷出名为"卜克"的VIP客户信息，然后很有礼貌地称呼对方为"扑克先生"，在对方严厉的眼神中，又改称为"嫖客先生"，差点被暴揍一顿；再比如有顾客带着小朋友看电影，散场后走到半路才发现牵错了孩子……

跟了他们多年的保姆也笑出了声，剥着蚕豆道："我都不晓得，原来开影院这么好玩的。"

陈安想起天合技校前程乐乐在烈日下的暴晒，想起她莫名被浇可乐，想起她在大雨中爬上平台顶，想起黄天苟的职场霸凌，想起通达的邮件警告，一时不知该如何回应。

程乐乐好像很擅长报喜不报忧。或许小时候就有端倪，她不让他知道自己摔过的跤、崴过的脚。

他不禁想，会不会还有很多他不知道的事情，程乐乐故意瞒了他？

外面又传来一阵大笑，打断了陈安的思绪。

保姆把剥好的蚕豆放到凉水里泡着，偷偷和陈安道："安安，以后让她多来，老太太好几年没这么开心过了。她来了，这个家就有烟火气了。"

陈安点头，切肉的时候把阿丑叫了进来，拿起一块细碎的骨头在它眼前晃了晃："让你妈多来，知道吗？"

晚餐依然在其乐融融的气氛中度过。吃完饭，保姆收拾桌子。程乐乐去奶奶的房间里腻歪去了。

王丽婷在厨房查看从来没使用过的酸奶机说明书，她记得程乐乐喜欢吃奶制品。

或许是因为叶晓梅已离开人世，或许是因为家里接连遭遇不幸让她不再那么独断专行，自从在北京收到噩耗后，她不断想起关于叶晓梅的各种往事。她想起陈安出生时，叶晓梅大着肚子横冲直撞地将车开到医院；想起陈安晒黄疸时，叶晓梅大方地提供钥匙和未拆封的玩具；想起叶晓梅一人喂养两个小孩，还主动承担起夜里照顾陈安的辛苦任务；想起陈安突发急病，她和陈涛都在外地无法赶回时，叶晓梅替她在急诊室守了一夜……

明明是那么好的姐妹，何至于走到死生不再往来的地步？

是因为她偶尔拎了进口水果回去，介绍陌生水果的吃法吗？是因为她问程栋的工作需不需要陈涛关照吗？是因为程栋住院时她人在美国，只能派助理拎着鹿茸、拿着大红包前去探望吗？是因为程栋刚去世，她便转身去忙工作，陈涛又要派助理前去帮忙吗？

自己自以为是的实用主义行为在叶晓梅的眼里是不是充满了傲慢和无礼？

再也没有办法确认了。

叶晓梅留下一个孤儿，不曾托付于她，而陈安把程乐乐给带了回来。这好像是冥冥之中叶晓梅的安排，给了她一个弥补的机会。

王丽婷其实不知道该怎么扮演一个母亲的角色，在示好方面她是很笨拙的。要不是这样，她和自己的儿子也不会越过越生分。

但讨好程乐乐要比讨好陈安轻松许多，不会给她带来很多压力。程乐乐就像一朵很好伺候的花，可以放心浇灌。

王丽婷打算把希望渺茫的母子和睦转移至母女情深上。

138

陈安坐在客厅沙发上处理公事，王丽婷在他前面来回走了好几次，每次走过都欲言又止地看向他。

"怎么了，妈？"陈安合上电脑。

王丽婷问："等下你们是回你的公寓，还是在这留宿？"

陈安揉了下酸涩的眼睛，道："不折腾了吧，我那边都没她能用的东西。待会儿你给她拿一套睡衣。"

王丽婷点头，手部动作有些迟缓地理了下长发："那她睡哪间啊？"

家里共有四间卧室，包含保姆在内，一人一间。家附近就是五星级酒店，平时也没有来访留宿的客人。所以装修时，便把剩下的两个小房间装成了书房和储物间，并没有多余的客房。

陈安顿了顿，说："等一下我问问她。"

王丽婷道："她肯定会想和奶奶睡。奶奶睡的硬板床，年纪也大了，后半夜要起夜好几次，不适合让她去挤。"

陈安看向她，王丽婷道："她应该不太想和我睡一间。我是凶巴巴的干妈啊。"

陈安道："她没说过那样的话。"

"但这个家里，她总归是最不喜欢我的。"王丽婷抬手，"你不用急着帮她说话，我没有要指责的意思。你们两个在一起，我和你奶奶一样开心。现在就是问问你，今天晚上，她是和你睡还是和我睡？要是和我睡，那我就等会乐乐；和你睡，那你就——"王丽婷飞快地看了一眼陈安，"温和一点。"

说完，王丽婷站起来："我先去房间里敷个面膜。"

过了几秒，陈安才反应过来母亲那句"温和一点"是什么意思。

很多年前，他因为保送的事，自以为是又居高临下地和母亲谈判，从那时起，两个人的关系就好像隔了一层冷冰冰的墙。虽然之后的实习、工作，陈安有意识地在修复这段关系，但父亲入狱的事情，又让两人之间起了若有似无的隔阂。以至于到如今，母亲连安排一场相亲，都要由助理代为提醒。

母亲并不像干妈那样给过他温暖。更多的时候，陈安觉得她像个富有野心的、自我要求很高的严苛坚毅的教员。

但母亲刚刚因不好意思而快速跑掉的样子，连同她的这句叮嘱，都展现出不符合她日常的可爱。

他第一次觉得母亲也可以是一个很可爱的人。

程乐乐很了不起。她只来了不到一天的时间，就做成了他很多年都做不成的事。

139

已近九点了，平时这个点奶奶已经入睡了。陈安走到奶奶房间，敲了下敞着的房间门，道："两位美女聊得累不累啊？明天再继续吧。"

程乐乐说个不停的小嘴终于停了："对喔，很晚了，奶奶晚安。"

奶奶也依依不舍地道了声晚安，程乐乐出了房门，陈安指了指桌上的酸奶："我妈做的酸奶，你去尝尝。"

程乐乐说："谢谢，干妈也太贴心了吧，我想吃什么就给我做什么。"说着，就盘着腿坐在餐桌边吃起来。

陈安在隔壁位置坐下。三个带有凹凸波纹造型的圆形餐厅灯散发着暖黄色的光。程乐乐说话又甜又糯，空气里全是奶香。

陈安问："好吃吗？"

程乐乐道："很好吃。"

"我尝尝。"

程乐乐挖了一勺，陈安却猝不及防地凑近，托起她的下巴覆上了她的唇。

程乐乐往后退了点，轻声说："在外面呢。"

"哦，那等下去里面亲。"

"哪个里面？"

"今晚你睡我的房间。"陈安假装冷静地宣布这个消息。

程乐乐大惊失色，双手交叉在胸前："小哥，你要做什么？"

陈安薅了下她的头发："纯盖棉被聊聊天，我能做什么？"

见程乐乐一副不信的样子，陈安气笑了："我睡地上行不行？反正有地暖。"

程乐乐从善如流："好的。"

陈安傻眼："真让我睡地上啊？"

程乐乐道："那要不我睡？"

"行吧行吧。我睡，我睡。"陈安说。

程乐乐见陈安一脸郁闷，委屈地道："不是说好了让我适应适应的吗？这才几天啊。做人要有诚信。"

陈安哭笑不得："我腰不好，喜欢睡硬的，特别乐意睡地上，这总行了吧？"

"啊，你腰还不好啊？那确实别想那么多乱七八糟的事。"程乐乐给点颜色就开染坊。

陈安狠狠抓了一把她的脸颊："先去洗澡吧。睡衣我妈拿出来放在沙发上了。"

"哦。"程乐乐站起来，去沙发上拿起睡衣一看，心想，妈啊，这睡衣好凉快啊，穿身上到底遮哪块了？

这，这是干妈的睡衣吗？看不出干妈是走狂野路线的啊……

"怎么了？"陈安见程乐乐没动静，边走过来问边。程乐乐立马拿着睡衣道："我去谢谢干妈。"

陈安给她指了一个方向，程乐乐跑去敲门，声音放得很轻："干妈，睡了吗？"

王丽婷正坐在角落的单人沙发上翻杂志，听到声音连忙摘了面膜："没有，进来吧乐乐。"

程乐乐走过去："干妈，你做的酸奶太好吃了，明天早上我可以再吃一份吗？"

王丽婷点头："我还担心第一次做不好。"

程乐乐道："厉害，第一次就做成这样，明天可以直接去开店了。"看见王丽婷脸上湿漉漉的，她问："干妈，你敷了面膜？"

王丽婷"嗯"了一声："你要敷吗？"

程乐乐连连点头："我最近皮肤是有点差，一到冬天脸就发干，有补水的吗？"

"那就用这个牌子吧，我朋友是这家的中国区总代理。"

"哇，这个是不是很贵？"

王丽婷顿了顿："偶尔用用还好。"

程乐乐两眼一弯："不行，我以后每次来都要蹭。"

王丽婷让她进主卧卫生间卸妆洗脸。两人交流了一下卸妆的苦恼，基本都是程乐乐在叽叽喳喳地说。

洗完后，王丽婷拆开一袋面膜，程乐乐两眼一闭，把脸送过去："干妈帮我弄一下。"

王丽婷一边展开面膜往她脸上敷，一边道："我弄不太好。"

程乐乐厚着脸皮说："我脸小，怎么敷都有富余，随便弄。"

王丽婷笑了下："是挺小的，还没小时候大呢。小时候你两边脸都是肉嘟嘟的，我老捏你，不会把你捏瘦了吧。"

程乐乐说："是啊，我还记得干妈每次给我买新裙子，都让我把脸凑到你手里给你捏一下。有一条裙子是粉色的，有三层纱，上面还缀着亮片，转一下，裙子就会蓬起来。我好喜欢那条裙子，每天都穿，还不让我妈洗。你听说后，又给我买了一条一模一样的，让我换着穿，把我美得呀……我妈说，再这么下去，我就要被干妈宠坏了。"

王丽婷笑着听程乐乐讲，听着听着，突然眼泪就止不住地流了出来。

程乐乐本来闭着眼睛，听见吸鼻子的声音才睁开了眼，吓了一跳："干妈——"

她赶紧抽了张纸，王丽婷接过来，说："没事，我就是这两天常常想起你妈妈。人啊，总要等到没有转圜余地了才会追悔莫及。乐乐，你妈妈是不是一直在怪我？"

程乐乐低下头，随后蹲了下去，仰视着干妈，用平缓的语气宽慰道："干妈，我妈妈是因为爸爸去世了，承受不了打击，才会那样对待你的。后来她又得了抑郁症，钻进了牛角尖，连小哥都不见。不过她去北京前已经好得差不多了，她不见你，不联系你，不是因为她对你还有芥蒂，而是她在北京有了新的家庭，过上了新的生活，不愿再让和爸爸有关的过去打扰到她了。干妈，我们都和过去和解吧。"

王丽婷擦干了泪，俯下身抱了抱程乐乐的肩膀："乐乐，你是个好孩子。"

程乐乐尽量不让面膜碰到王丽婷的衣服，抬着下巴道："没有，我把小哥伤得很深。"

王丽婷道："都过去了。"

程乐乐说："嗯，过去的苦难我们就不要再提了，向前看才是对的。"

王丽婷松开手："好，我们都向前看。"

然后程乐乐拿起了那件布料稀少的睡衣："干妈，也别看得太远了。"

王丽婷几乎有点娇羞地道："这是很多年前我闺蜜送给我的情人节礼物，我没穿过，真的没穿过。"

程乐乐坏笑一声："穿过也没关系，就是今天我肯定不想这么穿。"

王丽婷跟着笑："那让安安等着吧，我尽力了。"说着，她打开柜子门，说："你自己来挑吧，有棉的，也有真丝的；有裙子，也有睡衣睡裤。"

"浅蓝色那套睡衣睡裤吧。"

王丽婷拿出来，故意叹了口气："安安还有很长的路要走呢，要不你跟我睡吧。"

程乐乐想了想："算了，小哥会生气的，到时候又要哄他。他心眼太小了。"

王丽婷表示同意："确实有一点，你管管他吧。"

程乐乐连忙趁机告状："我哪儿管得了他，他别把我管死就差不多了。这个不让见，那个不让见，今天还让我罚跪了。"

"不会吧？"王丽婷被吓了一跳，"他这么没教养吗？那怎么行？我和他谈谈。"

程乐乐一把拉住她："没有啦，主要还是我腿软。"

两人嘀嘀咕咕说了半天陈安的坏话，受害人来敲门："程乐乐，你还睡不睡了？"

程乐乐吐了下舌头："你看，又来管。"

王丽婷同情地说："你忍忍吧。"

"干妈晚安。"

"晚安。"

程乐乐出门后，王丽婷就熄了灯。她觉得自己之前的猜测果然没有错。母女情深确实容易很多。朋友常说，生儿子不如生块叉烧，生女儿就多了一件小棉袄，很有道理。

140

程乐乐洗好澡后进了陈安的房间。

他的房间不算大，一面墙被几米长的书架占据，上面放满了书。朝南的窗户前放着一张胡桃木色的写字桌，桌边是一张一米五宽的同款床。床尾不远处是衣柜，衣柜靠近电源开关的位置设有几个开放式的搁板，其中一块小搁板上放着她叠的小天鹅。

程乐乐进来的时候，陈安正装模作样地在看书，她凑过去看书名。白色的封皮上是三个烫金大字："自控力"。

程乐乐故意对着书架感叹："小哥，你看的书好杂啊。"

陈安说："投资就是要研究各个细分领域的。"

"那你最近在研究什么？"

陈安道："图形视频渲染。"

陈安从来没和程乐乐说起过他工作上的事，这次莫名回答得这么认真，内容又过于严肃，让人有种此地无银三百两的感觉。

程乐乐想，小哥心里想的肯定是上不了台面的东西。

她觉得这样的陈安很有意思，不禁想起小时候陪妈妈看《情深深雨濛濛》时，里面有首插曲就叫《假正经》。

她忍住了给陈安播放一遍的冲动。

程乐乐故意呈大字形往浅灰色的床单上一躺，催问："你怎么还不打地铺啊？"

陈安说："我再看会书。"

程乐乐憋着笑，不安好心地嘱咐："那你好好学习，记得学以致用啊。"

陈安头也不抬地道："知道了。"口气听起来很不善，光看背影都能感觉到他是在生气。

又小心眼了。

程乐乐说："对了，我还没跟你说那个小天鹅背后的含义呢。既然你要学习，那就算了吧。"

陈安这才转头看她，放下书，停顿了两秒："学也不急于这一时。"

程乐乐翻了个身，支着脑袋："小哥，你知道限量款手表都是有编号的吧？这只奢华的小天鹅也有编号喔。"

"是吗？"陈安没怎么信，但又有点期待程乐乐会编出什么鬼话来糊弄他。

类似于石榴很丑但却是独一无二的，狗很丑但他们是狗爹狗妈。他不知道这只看似平凡的小天鹅会被赋予什么意义。

程乐乐坐起来，晃了晃两只光脚丫："我以前在五星级酒店打工，那里有一间蜜月套房，清扫蜜月套房后要叠小天鹅。起先我没计数，后来想到蜜月套房是个很吉利、很讨彩头的地方，于是拿到薪水后我计算出自己叠了多少只。后来每叠到99这个数字时，我就给顾客留个言。有顾客不信，以为是我骗小费，也有顾客非常开心，送了我一个拥抱。

"有趣的是，叠到第519只的时候，我刚好离职了。我当时就想着一定要把第520只小天鹅送给我喜欢的那个人。喏，你收到的这只小天鹅编号就是520。"

程乐乐两眼璀璨如星地指了指那边的小天鹅："我的520，送给了你。"

然后她两手一张，示意陈安过来抱抱。

陈安走过去，揽她入怀，程乐乐趴在他肩膀上继续说很动听的情话："小哥，我以前就很喜欢很喜欢你，现在我有一点点喜欢你，但以后会变得很喜欢很喜欢你的。你听懂了吗？"

陈安笑着说了声"嗯"，一颗心化成糖水。程乐乐今晚用了家里橙子味的沐浴露，陈安闻到了。他觉得这种甜香多汁、充满了维生素的健康味道，好像就是她本人散发出来的。

"程乐乐，早在我表白前，你就把小天鹅送给我了。"

"嗯，本来是我先要表白的，不过被你抢先了。"

陈安想程乐乐的心胸实在宽广，明明是他跑来曾州，把她晾在了一边，让她的表白搁浅了。但经由她一说，就好像是在甜蜜地抱怨他动作太快了似的。

"你那天喝酒是因为我带了别的女人回家对不对？我一直以为是因为我们吵架你才这样的。"

程乐乐道："喝酒是因为要做啤酒鸭没做成，就顺便喝了。不信你可以问杨伯。"

陈安直起身，看向程乐乐。

程乐乐笑得眼里全是细碎的光，让陈安想起他某次夜间出海时，在黑色洋面上看到的星星点点。

"什么时候开始变成有一点点喜欢我的？"陈安眼神温和。

程乐乐道："不舍得让你那么难过，回来之后就开始努力培养了。"

陈安觉得这些天像是老天在搞幸福大酬宾，一路上发生的全都是让他怦然心动的事。想到程乐乐早就在朝他跑来了，他的心激动不已，像是全世界都已经被他拥入怀中，再也生不出别的奢求了。

陈安低头吻她："谢谢。"

程乐乐回吻，说："我跟你说这些，不是想勾引你犯规的喔。"

陈安抵着她的后脑勺，在啄吻间隙谈判："可不可以不睡地板？地板好凉。"

"你不是说有地暖嘛。"

"地板太硬了。"

"你说你腰不好，爱睡硬的。"

陈安不准备让程乐乐再进行危险发言，咬了下她的唇，舌头长驱直入，顺手关了灯。程乐乐被吻得晕头转向，什么时候倒在床上都不知道。后来理智回归了点，她断断续续地说："小哥，你说话……要算话……"

陈安微微离开她的唇，借着窗外探进来的一点稀薄月光看向程乐乐，亲了亲她的左眼："怪你太讨人喜欢了。"

程乐乐摸了下自己滚烫的脸："你们学霸在这方面的自学能力还挺惊人的。"

陈安掀开松软的被子，盖在了两人身上，漫不经心地说："说到学霸，你知道 519 是两个质数的乘积吗？"

瞳孔已经适应了黑暗，程乐乐望着天花板上的一盏不规则的几何状小灯，道："陈教授，请赐教。"

陈安道："519 只能由 1×519 或者 3×173 这两种乘积组合得到，蜜月套房要摆一只还是三只？三只有点奇怪。"

程乐乐"啊"了一声，没太懂陈教授为什么突然说起了数学。

陈安问："你在那个酒店打工，是打了 519 天吗？是大学的时候去的吗？学生时代一周干不了几次活，乐乐，你大学四年都在持续打工吗？"

程乐乐后背一凉，她忘了陈安是全国奥数金牌得主，对数字是很敏感的。

"也没有持续打工这一说。大三的时候，学校鼓励我们去实习，还要求交实习证明。文科类很难找到好的实习单位，我就去了酒店，本来只打算混两个月的，走的时候经理说他们那儿缺兼职，让我一天去三四个小时就好。我觉得活儿轻松，就接着干了，跟现在黄薇、钟槿她们的情况差不多。"

"大三啊。"陈安道，"那年干妈刚确诊了骨髓瘤。"

程乐乐舔了舔干燥的唇："嗯，那时每天挺害怕的，去酒店干活还能少胡思乱想。"

陈安想象了一下那个画面，刚刚说了没有其他奢望的他又贪心地生出很强烈的欲望，想要穿越到那个时候，去拥抱她、解救她，告诉她不要害怕。

陈安握住程乐乐的手："对不起，让你一个人面对这一切，我应该早点去找你的。"

他慢慢摩挲着程乐乐的手心，来回感受皮肤上的掌纹："干妈的新家庭是什么样的？"

程乐乐打了个哈欠："继父是越剧爱好者，也是妈妈的粉丝，他有个儿子，比我大两岁。"

"你有个哥？"陈安惊奇地问，"他人怎么样，对你好吗？"

"很擅长交友，也很乐意和我分享他的圈子……"程乐乐声音渐轻，陈安便不再问了，替她掖好了被子，亲了下她鼻尖："晚安。"

程乐乐紧绷的神经终于放松下来，转了个身，意识慢慢变得模糊，也就真的睡着了。

141

第二天早晨，生物钟让程乐乐醒了过来。

首先映入眼帘的是天花板上形状怪异的灯。程乐乐感觉有些陌生，轻阖眼睛，再缓缓睁开，这才想起来自己睡在哪里。

她慢慢悠悠地坐起来，一眼看见陈安坐在写字桌前，又在看书，好像还是睡前翻的那本《自控力》。

要不是昨晚陈安躺在她身边聊了会儿天，她会误以为陈安一宿没睡，一直坐在那里没动。

她懒懒地说了声"早安"，声音带着一点沙哑。

陈安侧过身，走了过来，碰了下她的唇："早安。"

程乐乐下意识地躲了躲，摸了下凌乱的头发："我还没刷牙。"

陈安笑："没事，我不嫌弃。后半夜某人睡觉流口水，都流到我胸口上了。"

小时候都是陈安叫程乐乐起床上学的，对于陈安在睡相方面的"诽谤"，程乐乐从不反驳，毫不在意地说："睡着了的事，你就不要追究我的责任了。"

说着，她两眼放空，又直直地躺了回去："我还是好困，小哥你睡得好吗？"

陈安违心地说了声："很好。"

昨晚他压根没睡着。

其实和程乐乐在一起后，他不再失眠头痛，也没再看心理医生，没动过求神拜佛之类古怪的念头，生活得很健康。

不过昨晚他睡意全无。

可能是遮光窗帘没关严，略微洒进了一缕月光。也有可能是熟睡后的程乐乐睡相太差，往他怀里钻不说，一条腿还要搭在他身上。颈侧是她灼热的呼吸，贴过来的是他最想亲近的人，他几乎本能地想到了在申亚酒店梦见的那场颠鸾倒凤。

紧接着，陈安很深刻地思考了一些问题：比如同传科技的下一个增长点在哪里，MGM 的数据安全问题是否正在被其他公司挑战，《金刚经》总共有多少个字，以及什么时候可以和程乐乐结婚。

拂晓的时候，这些问题都有了答案，尤其是最后一个，答案格外清晰。

142

　　圣诞节的活动还未筹备完，和王丽婷他们吃完早餐，程乐乐就由陈安开车带回了泰溪。

　　因为上午有个重要会议，到了影院后，陈安没下车，直接要回曾州。程乐乐这才知道陈安做了一早上的专职司机。她趴在车窗上和陈安吻别，被上早班的黄薇撞见。黄薇当机立断地拍了照，发给沈大峰，撺掇沈大峰问姐夫要"辛苦费"。

　　陈安在会议开始前，收到了沈大峰的"勒索"。

　　陈安点开那张照片，只见照片上的两人闭着眼睛接吻，程乐乐的发丝飞舞，清晨的阳光正好打在她的脸上，让整个画面显得非常圣洁，像一幅青春电影海报，谁看了都会说好配。

　　陈安发了个红包，表示姐夫很满意，同时通知了沈大峰一个不幸的消息：唐欣不愿意添加他的微信，原因是"不喜欢狐假虎威、攀上了老板娘就敢把老板赶出会议室的势力员工"。

　　沈大峰连夜绣红旗，反复强调姐夫在影院组织体系里享有至高无上的地位，政权不可颠覆，并请求姐夫代为转达给唐欣。

　　陈安表示姐夫现在很忙。

　　下午，程乐乐接到段哥的电话，说是剧组这边已经确认可以去星辰影院拍摄，因为有很多需要重新协调的事项，希望她今天就把合同签了。

　　程乐乐在电话里说了好几遍"麻烦段哥"，挂了电话后便去查看邮件。

　　下载完附件，程乐乐滚动了好几圈鼠标滚轮，发现合同有七八页。她知道饭能乱吃，合同不能乱签，于是仔细读了读写了好几页的乙方权利和义务，感觉梁郁超在影院打个喷嚏，影院都可能会被告到破产。

　　看来江总虽然妥协同意了拍摄，但咽不下阴沟里翻船的气，琢磨着在合同里挖好坑，等拍完之后就和她秋后算账，把她扔进坑里埋了。

　　程乐乐打开修改模式，准备亲自上阵修改，可惜作为半个法盲，改得很是力不从心。

　　无奈之下，她把合同转发给了陈安。电话打过去时，陈安似乎很忙，但听到这件事后，立刻果断地说："你不用管了，我来处理。"

到了晚上，程乐乐收到了一封由郑文东律师发给剧组，并抄送给她的邮件。她打开附件一看，合同已经由八页成功扩充到十五页，里面条款详尽到程乐乐在剧组喝口水呛到，都可能把剧组告破产的地步。

郑文东在邮件里称，他将全权代理程乐乐和星辰影院处理有关本次拍摄的所有商务谈判事宜，言下之意是叫他们不要再单方面骚扰他的代理人。

更要命的是，程乐乐的零片酬也被陈安自说自话地改成了一个不可思议的数字。

程乐乐觉得自己可能是史上最大牌的路人甲演员了吧？

她给陈安发微信："报价是不是太高了？"

陈安回："物以稀为贵。你值得拥有。"

程乐乐："你这么耍大牌，万一这事黄了怎么办？"

陈安："求之不得。"

程乐乐："……"

又过了两天，那个未曾谋面的郑文东律师亲临影院，给程乐乐送来了经过反复磋商定下的最终版合同。

郑文东律师是个不苟言笑的中年人，他西装革履，身材细瘦，两眼凹陷，戴着一副镜片很厚的眼镜，但眼神很犀利，很像大学里会因点名缺席而不予及格的教授。

他言简意赅地向程乐乐告知了此合同的要点，程乐乐有种老师讲到考点，想要拿小本本记下来的冲动。

等郑文东严肃地梳理完合同内容后，程乐乐在厚厚的一沓纸后面敬畏地签上了自己的名字，并双手递还给他。郑文东接过来后，告知她，拍摄那天他还会来现场，让她不要随便和剧组的人说话，以防因不妥的言辞被录音录像。

程乐乐大吃一惊："这么严重吗？"

"现在粉圈文化很糟糕，梁郁超这么红，容易被有心之人拿来做文章。万一剧组方借着炒作的名义兴风作浪，我们便是受害者。"

程乐乐在策划这个活动时，从来没想过事情会这么复杂。

见程乐乐有点后悔的样子，郑文东道："您也不用过于担心，安尼影业要真这么做，我们也会第一时间处理掉的，您要相信平安喜乐的实力。"

程乐乐第一次听到"平安喜乐"，没有多问，当下就很确定这就是陈安的公司名。

以前，陈安说他的公司经营得还可以，能实现买包自由。虽然她偶尔怪陈安花钱大手大脚，但凭良心说，陈安并没有很强的消费欲，能和她住在很老的小区里，也能带她去大排档吃饭，所以她一直以为，陈安只是拥有一个"还可以"的公司。

但程乐乐上百度搜索过郑文东律师，早年间他在我国最知名的政法大学任教，做过研究生导师，辞职后创办了声名赫赫的、以他名字命名的律师事务所。能让他亲自出面代理这种小案子，恐怕陈安以及他的公司团队在里面发挥了重要作用。

等她又搜索了平安喜乐后，她立刻开始反省以前发给陈安的报告是不是挺浪费他邮箱空间的？邀他观摩闹得鸡飞狗跳的包场谈判现场是不是也很愚蠢？让他参加枯燥的会议和脏乱的展会会不会耽误他好几个亿的生意？自己和他说经营好一家影院的梦想，他有没有在暗地里嘲笑过她？

她想了两分钟，觉得小哥不会。因为小哥一直很厉害，而她一直很平庸，但过了这么多年，小哥仍然那么喜欢她，可见小哥是心甘情愿那么瞎的。

143

拍摄前的准备工作还在继续。第二天，又有一位长相出众、气质绝佳的女子找上门来，她递给程乐乐一张名片，显示自己是表演培训班的老师，专门负责提高程乐乐的演技。

起初，程乐乐以为这位老师是片方请来的，还很客套地说了句"又要麻烦剧组了"，结果老师说，是陈总让她过来辅导的，给她下达的教学目标是让程乐乐在实际参演时能在三条内通过。

老师笑着说："陈总担心你现场太紧张发挥不好，反反复复拖得太久，弄得身心疲惫，所以让我来手把手教你。他还说，靠在男主肩膀上那场戏如果能一条过的话，我会拿到额外的奖金。"

程乐乐很想翻白眼，这样劳师动众的，真让她怀疑自己是不是捡了芝麻丢了西瓜。

她给陈安发微信："我不知道你这么会花钱。"

陈安回："都是从你演出薪酬里出的。不然你以为明星为什么收那么高片酬？"

程乐乐："……"

傍晚，陈筱牧发来微信："段哥临时让我去他们剧组帮忙，说是做你的专职化妆师。"

程乐乐没想到自己的咖位已经上升到连化妆师都要指定了："你来吗？"

陈筱牧道："我不来也得来啊。段哥说怕你在现场耍大牌，让我过去打圆场。程乐乐，听说你现在后台相当硬啊。"

程乐乐很直接地承认："是，我也是这两天才知道我是有后台的人。"

陈筱牧："是陈安吗？"

程乐乐："嗯。"

陈筱牧："他成霸道总裁了？你成霸道总裁小娇妻了？"

程乐乐："……"

陈筱牧："那你还不让霸道总裁去收拾秦瑞啊？"

程乐乐："你这次来要是见到小哥，千万别提这些事。"

陈筱牧："为什么？"

程乐乐："都过去的事了，再提除了让他难过，又有什么意义？"

陈筱牧："哪儿过去了？你不还在还他们家钱吗？"

程乐乐："好久没有他的消息了，可能又进戒毒所了吧。"

陈筱牧："这种人渣，怎么吸毒吸到现在还没死啊？老的那个也不是好东西。算了，反正你小心一点吧。秦瑞要是真闻着味找上门来，你别让陈安措手不及。"

陈筱牧的提醒给程乐乐带来了久违的阴霾。她打开计算器，算了下欠秦家的大概金额，思考着这次片酬除去一堆打点费用后，所剩款项能否一次性还清。她也在考量全部还清后，秦瑞又会搞出什么幺蛾子。不过现在母亲已逝，她不像以前那样受到掣肘了，他要真寻来，她也没什么好怕的。只是以前的事肯定是瞒不住了，到时小哥又要替她难受，或许还会对此耿耿于怀。

她很不喜欢去回顾那些坎坷的过往，希望她和小哥能一心往前跑。因此，她衷心地祈祷秦瑞永永远远地住在戒毒所里，此生都不要再相见。

144

按照合同约定，为了确保梁郁超的安全，星辰影院不得向外透露拍摄计划。作为交换，事后影院可在不泄露拍摄具体内容的前提下进行宣传。

程乐乐提前通知顾客，影院因设备维修保养将关闭一天。到了拍摄日，她给大多数员工放了假，只通知了沈大峰和黄薇前来上班。叫前者过来是为了做好后勤保障工作，叫后者过来是为了让她昏过去。

果然，当黄薇得知梁郁超要来星辰影院和程乐乐拍摄电影时，她整个人都变得不大正常，两眼迷离，脚步轻飘，一会儿笑，一会儿哭。沈大峰非常鄙视犯花痴的追星族，然而当看见陈安带着"白雪公主"大驾光临的时候，自己也立马加入到了花痴队伍里。

陈安来了后，正式给程乐乐介绍了唐欣："今天我是你的经纪人，这是经纪人助理唐欣，也就是你的一日助理。"

唐欣伸手："嫂子好。"

程乐乐对这个称呼不大适应，但看陈安听得一脸坦然，也就不再纠正了。她回握唐欣的手时很抱歉地说："不好意思，给你们添了很多麻烦。"说完她又叹了口气："我本来以为这是一件很简单的事。"

唐欣善解人意地开解："不麻烦的。我还没见过拍电影，正好可以开开眼界。"

对老板娘当然要说得客气些，但实际情况却不是这样。

其实这几天，公司的法务部、公关部和总裁办都在严阵以待地和安尼影业方面沟通细节。

江礼涛名下的安尼影业只是一家中等规模的影视制作公司，业内影响力一般，不足为惧。麻烦的地方在于，安尼影业的合伙人是寇佘传媒的股东之一，后者是圈内排得上号的公关公司。公关公司既然能化解舆论风浪，自然也精通如何制造舆论热点。若是江礼涛睚眦必报，找上寇佘传媒一起打击报复，情况就会复杂得多。

所以最开始，法务和公关两部门都极力劝阻老板推掉这样的合作，以免因小失大。

不过，老板还是坚持了原来的方案，声称已经得罪了对方，再拒演反而会加深矛盾，不如直接展现实力，让对方有所忌惮。

公关部为了防患于未然，申请和程乐乐见面，请她告知以往所有可能被黑的事件，也被老板拒绝了。理由是不要因为还没发生的事去吓她。

公关部碰了一鼻子灰，只好检讨老板身上是否有黑料。好在他们一直有在做这方面的工作，而且老板低调自持，一向让人省心。要说黑料，也就是去通达集团揍了个人。事发后，他们早早向通达集团要走了老板揍人的录像资料，并签署了最严格的保密协议。通达集团还要在资本市场混，所以交得老实彻底。

现在只要集中精力顾程乐乐这一头就好了。

得出这样的结论后，公关部和法务部的成员在会议室向唐欣"八卦"了很久，想知道程乐乐到底是何方神圣，能让平日里宛如老僧入定的老板动了凡心。唐欣想起雪夜里两人的争吵，只发出了"嘤嘤嘤"的怪声。差点被他们暴打后，她才留下了一句："你们不知道我们公司名字的深意吗？"然后，她深藏功与名地离开了。

那几秒钟的得意是程乐乐给的，唐欣发自肺腑地感激她。因为是她给了唐欣做老板"肚子里蛔虫"的机会，让唐欣终于在公司立稳了脚跟。

不久后，摄制组到了现场开始布置。唐欣按照老板吩咐，出手阔绰，见人就发红包，当了一早上的"土大款"。本来对更改场地颇有微词的工作人员收了钱，也就不再摆脸色了，对他们这个豪华团队也很客气。

毕竟带资进组的见得多了，有些事也都见怪不怪了。

陈筱牧是和摄制组一同前来的，程乐乐与她久未见面，正想聊会，这时郑文东律师顶着一张面无表情的脸出现在了她们中间。

"郑律师，她是我朋友。"

"程小姐，您还是……"

"小哥！"程乐乐痛苦地喊了下正在不远处发微信的陈安。

陈安走了过来，程乐乐用乞求的眼神看着他："我能和陈筱牧聊会儿吗？我保证会很轻声地聊。"

陈安这才发现化妆师是陈筱牧，伸了下手："老同学你好，好久不见。"

陈筱牧回握："陈安，你和程乐乐在一起，我功不可没啊。"

陈安心里呵呵了一声，心想要不是你不断发程乐乐和钟鸣的照片混淆视听，我也不至于窝在泰溪不敢去找程乐乐。

但他还是很有风度地道："要是不着急走的话，晚上一起吃饭。"

陈筱牧笑："谢谢，再说吧。"

两人被允许聊天后，陈筱牧一边给程乐乐化妆，一边感叹："乐乐，你真牛！你现在演个戏有指导老师、法务、经纪人、助理、专用化妆师，一整个团队为你服务。以后我找你聊天，是不是得找客服预约？"

程乐乐苦笑："唉，关键是演完这部我就息影了。"

"啊？看这架势，我以为陈安要把你捧上国际领奖台呢。"

"说出来你可能不信，最初我只是想让剧组来星辰影院拍个戏而已。"

"老'凡尔赛'了。"

程乐乐道："当时我以为自己很机智，现在感觉有点莽撞了。希望物有所值吧。"

又过了一会儿，梁郁超领着一群和程乐乐团队旗鼓相当的人马到了现场。

黄薇看上去要昏过去了，被程乐乐瞪了一眼后，她才想起自己的职责，掏出手机驾轻就熟地拍起了照片。

今天坐镇的是总导演，他是个香港人，普通话说得不是很好，扎着一个小揪揪，胡子染得灰白相间，很有艺术家的样子。

他领着程乐乐去见梁郁超。梁郁超比镜头里还要瘦一圈，眼尾微翘，牙齿整齐白亮，笑起来让人觉得很青春。

见到程乐乐，他从座椅上站起来，双手伸出，很有礼貌地道："程老师好。"

程乐乐听得脸臊得慌，连忙道："梁老师好，我第一次演戏，您多多包涵。"

"不会啦，互相学习，互相进步。"

导演就在旁边给他们顺戏，因为之前有老师帮忙讲过戏了，程乐乐没有露出很白痴的眼神。

顺完戏，陈筱牧简单给她补了下妆。程乐乐轻声说："梁郁超这人没什么明星架子哎。"

横店人陈筱牧道："你傻啊，娱乐圈哪个不是人精？你能摆这么大阵仗，他能给你脸色看？巴结你还来不及呢。他刚红，基础还不稳，不然能这么配合，让来就来啊。"

程乐乐觉得陈筱牧说得很有道理："那他巴结我还来不及，待会儿是不是可以让他签很多海报？我买了印泥，想让他印个明星手印，回头挂在大门口。"

"乐乐，你可长点心吧，都这会儿了，还惦记着你那一亩三分地呢。"

再休息了一会儿，就开拍了。

影院的戏没有台词，两人只需认真看电影，偶尔交谈一下，表现出在交流剧情的样子就好了。现场不收声，摄像大哥手持设备一条条地从各个角度拍摄。

等摄影大哥站到他们侧边的时候，梁郁超很轻声地问："刚才站在大堂角落里的那位是平安喜乐的总裁吗？"

程乐乐被禁止和其他人说话，但这会儿不回答显得很没礼貌，所以也很轻声地道："我不是很清楚。"

梁郁超轻笑了下："不够意思啊，这都不透露。"

程乐乐抱歉地笑了笑。

梁郁超又靠近了点："我听说，平安喜乐从来不涉及影视投资产业，现在为了让你追逐演艺梦想破了例。你好幸福喔。"

大概梁郁超以为程乐乐第一次演戏就有资本助阵，便将她视为圈里常见的不谙世事的傻白甜，套话意图很明显，好像很期待她在他的吹捧下分享八卦，好让他挖掘一点有用的信息。

程乐乐想，果然能走到这个份儿上的人都不简单。

她仍旧笑了笑。导演喊了声"Cut（暂停拍摄或结束拍摄）"，走过来通知程乐乐要多说一点："这是梁郁超和你最亲密的戏份了。你要给他带去希望，表现得"春风和煦"一点，不能再像以前那么冷淡了。"

程乐乐被导演指导得压力剧增。

她不喜欢陌生男人在耳边亲昵地说话，热气喷得她很想拿湿纸巾擦耳朵。她已经忍得很辛苦，手指头都掐红了，也尽可能地以礼相待，已经够"春风和煦"了。要不是在演戏，有人凑这么近说话，她早就一巴掌打过去让他去过冬天了。但导演好像要的效果是热情的夏天。

再次开拍时，梁郁超又开始叨叨："其实《吉光片羽》的剧本不算好，你练练手是可以的，下一部可以挑战一下大制作。"

程乐乐按照导演指示，笑容更加灿烂："我演技不行。"

"这不用怕，我找个熟悉的人带你演戏，很容易进入角色的。现在你不就演得很好？"

程乐乐听出了弦外之音，梁郁超是在怂恿她让平安喜乐投资大片，然后拉他进组。

程乐乐问："演戏很累吧？我记不住台词。"

"都是后期配音，可以念1、2、3、4的。"

程乐乐点了点头，然后微笑着开始念起1、2、3、4来，还要情意绵绵地和他对视。对视完，她问："这样吗？"

梁郁超顿了顿，说："差不多。"

程乐乐便继续念起了数字，结束了与梁郁超的对话。

导演满意地喊了"Cut"，程乐乐两肩一松，呼了口长气。

下一场，要求程乐乐靠在梁郁超肩膀上。

打板后，程乐乐把脑袋妥妥地搁在了梁郁超的左肩上。导演立刻叫停，说她表演得很僵硬，像有人拿刀架在她脖子上的样子，有种视死如归的感觉。

第二次喊"Cut"后，导演还在开玩笑："不要一副壮士赴死的样子啦。"

第三次喊"Cut"，导演就不太笑得出来了。

在监视器旁的陈安从刚才两人对视起就开始不太自在了，现在看他们一次次演亲昵的戏，煎熬得脸已经黑透了，周身散发出来的低气压让唐欣都躲到了沈大峰身边。

梁郁超也有点尴尬，开玩笑说："是我魅力不足吧？"

程乐乐挠头："不是不是，对不住啊梁老师，是我演技撑不起来。"

导演让所有人休息一下，陈筱牧过来给程乐乐补妆："梁郁超这么帅你都靠不下去。"

程乐乐唉声叹气："我是把他当木头才能靠下去的。"

陈筱牧偷偷问："你是不是因为当年那事恐男了啊？"

"没有，那人最后也没把我怎么样，我不至于恐男吧。我跟钟哥接触都没事。"

"那你就是因为那个男的得了陌生人肢体接触恐惧症。"

"得了吧，你对陌生人肢体接触不反感吗？你别剧本看多了，就老拿心理阴影来说事。正式通知你，我没心理阴影。"

"啧，真正没心理阴影的人是不会这么说的。"

"那该怎么说？"

"压根不会提心理阴影这个词。"

"是你诱导我的好吧？"程乐乐顿了顿，"刚才我演得很不自然吗？"

陈筱牧点头："真不是导演为难你。你靠过去的时候分了两步，第一步把脖子折了90度，第二步把掉了的脑袋放上去。跟行尸走肉似的，谁能想到是爱情戏？"

程乐乐觉得压力很大。她也是现在才知道自己很排斥这种亲密行为：

"你说，能不能让我小哥替梁郁超来演？"

"程乐乐，你膨胀了。人家是一线明星，你竟敢想把他替下去？！"

"那把我替下去也行，我看你挺乐意的，要不你来演？"

"我入行这么多年，看过吻替、床替，第一次碰到需要肩替的，你牛。"

"别说了，说得跟我特别不敬业一样。"

"真的很难吗？你就当梁郁超是陈安好了。"

"这怎么当？陌生人就是陌生人。唉，说到底我就是入不了戏，不是吃这碗饭的。"程乐乐想到等下还要一遍遍过这场戏，就烦躁得要命。以前面对工作压力，努力应对总是能度过难关，可是演戏不一样，越努力越刻意，越刻意越紧张，陷入了恶性循环。

"我小哥还好吗？"程乐乐问。

陈筱牧说："还用问啊，肯定不好。"

程乐乐站起来："我去哄哄吧。"

"你先顾好你自己吧。"

"不行，我要去放松一下，实在是太紧张了。我都要忍不住骂脏话了。"

程乐乐跑到陈安面前，面无表情地说："小哥，你跟我来一下。"

陈安在监视器旁站得都快成冰雕了，黑着脸跟在程乐乐后面，走到了没有摄像头的总经理办公室。

走到门口，程乐乐很大声地说了句："小哥，我压力太大了，让我发泄一下。"

陈安还没反应过来，程乐乐已经迅速地开了门，一把拉着他进了里面。

没开灯，视线里全是盲区。陈安被人一推就抵在了门背上，柔软的身体随即贴了上来，身体的主人勾住了他的脖子，嘴唇传来阵阵刺痛。

陈安还是第一次见程乐乐这么积极主动，刚才的醋意瞬间散到了九霄云外。他捧住程乐乐的脸，热情地回应。两人你追我赶，狂野地啃咬了片刻，都有点动情到难以自持。

外面大概有人弄倒了器材，发出很大的响动。

程乐乐略微清醒了点，推开了陈安一些，抱怨了一句："演员真不是人做的工作，跟卖身似的。"

陈安在黑暗中笑了起来。

"你还笑得出来啊，我压力好大的。"

陈安说："要不你跟我练练那场戏？"

程乐乐开门："好，去厅里练。"

她刚迈出一步，被陈安拉了回来："我先去找陈筱牧过来，你妆都花了。"

说着，陈安出去了。他先去隔壁的卫生间洗了把脸，把脸上的口红印洗掉，才去叫陈筱牧。

陈筱牧被陈安请进总经理办公室，看到程乐乐跟个油面小丑似的。陈安有点难为情地看了眼天花板。

程乐乐开始向陈筱牧"泼脏水"："还不是因为你妆化得太浓了。"

"你还赖到我专业能力上了？"

"快点吧，我还得和小哥去厅里呢。"

"还来？那我化个什么劲儿。"

"我们去练习走戏好吧。"

陈安听不下去了，说："我去外面等你。"

还没关上门，陈安就听陈筱牧评价道："陈安怎么说脸红就脸红。"

"那是我小哥纯情，哪像你。"

"这妆我不化了，你腕儿太大，我伺候不起了。"

"哎呀我错了，姐妹最纯情，最纯情。"

陈安两眼一闭，想起当年程乐乐看《色戒》的样子，又想起刚刚她如狼似虎般扑过来的情景，立时感慨思想解放得早也有好处。程乐乐同学的撩人技能进步神速，一日千里，他的婚姻大计完全可以再往前提一提。

陈安神清气爽地走出来没多久，程乐乐就叫他进了厅，练了无数次靠肩的动作，都快练出肌肉记忆了，才停了下来。

再次开拍，拍摄果然顺利很多，虽然还是不怎么令导演满意，但拍了两条后就蒙混过关了。

拍完影院这一场后，他们就要转战四明山和静平寺。多亏了全梓荣的帮忙，陈安才得以尽快帮剧组拿到了批文，还和相关单位打好了招呼。

离开之前，程乐乐拿了一堆素描纸请梁郁超签字。经纪人虽然看不大懂程乐乐的路数，但也没拦着梁郁超。于是梁郁超大笔一挥还是签了，一边签字一边亲昵地和程乐乐说："乐乐，以后多多关照我喔。"

爬山是户外戏。大冬天的工作日，没几个人去爬山。但摄制团队拎着设备在山上上上下下还是吸引了一些人的注意。得知是剧组在拍戏，立刻有人掏出手机来拍短视频。现在人人都是博主，谁还没个视频账号呢？小地方的人没见过拍戏场面，到了晚上，泰溪的公众号和短视频账号就开始发布"惊！大明星梁郁超现身四明山！""重磅！梁郁超携剧组来我县取景"之类的内容。

程乐乐在静平寺看到新闻的时候暗喜。合同规定影院方不得提前泄露消息，但又管不了路人提供线索。等这地方的热度持续一两天后，他们再在官博、官微上把素材一发，这事儿就成了。

145

山上的冬夜格外冷。

拍摄区不像影院那样能开暖气，程乐乐得穿夏装拍摄，她身上贴满了暖宝宝，拍完之后又裹上与人齐高的羽绒服，但还是被寒风冻得鼻子有些发红。

陈安备了一保温壶的姜茶，命程乐乐全都喝完。程乐乐喝得舌尖全是辣味，不过寒意倒是真的消散了不少。

老方丈也来凑热闹，在剧组拍戏时，他一边围观一边和陈安聊天，两人看起来很相熟。因有老师提前指导，程乐乐越拍越顺，更多的时间用在等候剧组调整灯光、架设机器什么的。

候场时，陈安把程乐乐叫过去，向老方丈介绍道："就是这个人。"

"什么这个人？"程乐乐问。

老方丈开玩笑："我那半个殿的修缮费用还有着落吗？"

陈安说："剧组都来这取景了，以后会有很多香客的。"

程乐乐没听懂，陈安摸了下她的头发，说："等会儿拍完，别急着走，我们在这拜一拜。"

最后一场戏结束后，剧组向两位演员送上了花。梁郁超拥抱了一下程乐乐，说了些感谢的话。

两人随即合了影，程乐乐又挑出好几张黄薇发给她的独家照片，组成了"九宫格"发到了朋友圈，咬文嚼字地配文："大明星演技出众、平易近人，未来可期。感谢您对星辰影院的信任，期待电影票房大卖！"

没过多久，朋友圈迎来一堆人点赞。

通达院线的同事群又炸了锅，纷纷询问这是什么情况。程乐乐自然地回了句："剧组刚好来影院拍戏，我临时被拉来当群演了。"

她相信剧组不会把总制片人受人要挟的秘闻捅出去，所以心安理得地营造出了一种对方看重星辰影院的错觉。

最近加入的几个地方群也热闹非凡，纷纷 @ 她，询问她与明星合作的感觉。程乐乐谦虚地回应了两句，然后把黄薇修好了的表情包发了出去，上面的大字金光闪闪：星辰影院，明星的选择!

漫长的一天结束，梁郁超坐上保姆车前往曾州酒店，其他工作人员则留宿在了泰溪。陈筱牧要去找张瑛吃夜宵，程乐乐本想跟着去，但她今天确实有些疲累，加上她还得莫名地在这里拜一拜，就没跟着陈筱牧她们去吃饭。

卸完妆后，陈安拉着她走进正殿。

夜深露重，烛火摇曳，宝相庄严，程乐乐跟着陈安端端正正地叩了三次首，走出去后才道："小哥，没有人会大半夜来拜佛吧？"

"业务不忙的时候来，人家才有心力管。"

程乐乐被说服了，问："你车停在哪里了？"

陈安道："我没开车过来。"

程乐乐说："那我们怎么回去？"

陈安道："睡在这里吧。"

程乐乐有些害怕："在殿里吗？有点阴森吧？"

陈安帮她紧了紧羽绒服的领口："后面有香客单间，你以为和尚都在殿里睡啊？"

两人踩着莹白的月色，在静谧的庙里穿行，拐了两个弯，就到了单间。

所谓的单间是一个小厢房，前面还有一个小巧的院落，种了一株凌寒独自开的蜡梅。打开房间门，便是原木色的格栅，格栅后面是一个十几平方米的起居室，里面放了两张设计感十足的木质椅子，椅子旁竖着一盏弯腰的钓鱼灯，椅子下则铺着一块巨大的浅色羊绒地毯。起居室的一面墙由顶天立地的书架组成，上面满满的全是佛经。

起居室往里便是卧间和洗手间。卧间的窗口正对着那株蜡梅。有人提前来收拾过，里面已经点燃了檀香。

洗手间里备有洗漱用品和睡衣，程乐乐走进去看到了熟悉的洗发水和沐浴露牌子，已用了一半，便捏着瓶子走出来问："小哥，这房间不会是让你整年包下来了吧？"

陈安笑："被你看出来了。"

"你常来吗？"

"心情不好的时候来。"

程乐乐站在浴室门口看着他，又问了一遍："那你常来吗？"

陈安看着她乌黑的眼睛，说："以后心情好的时候和你常来。"

程乐乐郁闷地点了点头，进去简单冲了个热水澡便出来了。陈安去洗澡的时候，程乐乐取了本佛经看，打算治愈一下心伤，打开一看全是竖排的文字，跟蚯蚓似的，连怎么停顿都摸不着头脑，好几个字都不知道念什么，感觉自己离高深佛法好遥远。她心想这还不如看数学呢，坚持看了一页，便躺在羊绒地毯上睡着了。

当陈安把程乐乐抱到床上时，她醒过来了。想起睡前看的佛经，她好奇地问陈安："那些书你都看完了吗？"

陈安道："没有，那些书是老方丈放的。睡不着的时候翻一下，就好睡很多。"

程乐乐难得和学霸找到了共鸣："我还在想你要是把这些都看完了，不就六根清净得和出家差不多了吗？还谈什么恋爱啊。"

陈安关了灯，问："你不睡了？"

程乐乐道："刚才很困，睡了一会儿就还好。感觉这一天过得很不真实，我都和流量明星搭上戏了。"

说着她打开手机，又搜了各地新闻，发现自己的那条朋友圈居然被人截图转到了公众号上，连梁郁超的微博超话下都有自己的影子。

程乐乐想起来了，黄薇是梁郁超超话主持人之一，一看里面的内容都挺和谐，全都在发"哥哥好帅"。

正看得专心致志，陈安突然伸手夺走了手机。

"干什么？"程乐乐转头看陈安。陈安扫了眼手机屏幕，上面是一张被全屏放大的梁郁超"真空"西装硬照。

陈安挑了挑眉："你大半夜看这个？"

程乐乐抢回了手机："我看什么了？"低头一瞧，不由得发出赞叹："哇！真想不到梁郁超是穿衣显瘦，脱衣——"

话音未落，手机被重新夺了回去。

"程乐乐！"陈安不悦的话音里带了点警告意味。

程乐乐满不在意地挥挥手："哎呀，陈筱牧跟我说这些都是可以化妆化出来的，化不好也可以修图嘛。小哥你没有也别自卑，不过真正有料的明星不是没有，就像那个谁……哎，就是演那个……"

程乐乐卡住了。明星的名字和代表作本来是耳熟能详的，怎么突然就说不上来了？

"是三个字的名字来着。"程乐乐有点抓狂地想去够手机查一查。

被程乐乐看扁的陈安抓着手机往远处伸，脸上的表情黑得挺难看。

"哎呀，是误触啦，不然我有病啊大半夜看梁郁超的照片。"程乐乐没有抓到重点，轻描淡写地一边解释一边扑上去抓手机。

陈安将胳膊伸得又远了些，让程乐乐扑了个空。

"小哥，你很无聊幼稚，小学生都不玩这个了，知不知道？"程乐乐说着，往前探了探身子，另一只手随便搭在陈安的小腹上。

因为陈安的胳膊抬得高，宽大的带有海浪花纹的睡衣便显得有些短，腹部露出一小块肌肤。赤手搭上去的手感有些怪，尤其当程乐乐意识到两人的姿势也非常亲昵时，这种奇怪的感觉更加强烈了。

她终于明白过来陈安为何生气："啊！小哥，你居然也有腹肌？！对不起，是我先入为主了！"

陈安本来生着一丝微不足道的气，但程乐乐在他身上兴风作浪，这丝气被她越搅越混，越搅越邪，让他的呼吸变得有些急促。然而，程乐乐这个始作俑者的反射弧却长得过分。

而且，"先入为主"是什么意思？道歉的同时还要踩一脚。

故意的吧？

陈安忽听程乐乐扑哧一声笑出来，视线一转，便看到了程乐乐狡黠的眼神，像是在嘲笑他迟钝的反应。

她似乎又一次看穿了他的心思。

她到底是蠢笨还是聪慧？

陈安用手轻轻一拉，把她拽进了怀里。

陈安盯着程乐乐的眼睛，眼神专注又柔情，声音低沉而充满诱惑："可以吗？"

程乐乐迟疑了一下："我先想想。"

　　话音未落，陈安便俯身吻了下来。他先吻了她的双眼，因为洗完澡的程乐乐拥有一双湿漉漉的、如小鹿一般的眼睛，很诱人。接着是鼻子，鼻尖的痣很小，但这是她独有的符号，在这些年的梦境里都很清晰。然后是唇，红润娇艳得像一朵花，怎么采撷都不会腻。他很有耐心地吻着她，给她足够的时间去思考。

　　程乐乐在承受陈安的亲吻时，理智地分析了三点：

　　一、从小她就不是很擅长结交亲密的朋友，长大后更是忙得没有时间认识新朋友。如果没有小哥，她想要解决人生大事，可能只有相亲一条出路。而下午曲折的拍戏过程证明，她对陌生人的肢体接触特别敏感。所以，如果不是小哥，她大概率会孤独终老。

　　二、在办公室里的亲近经历说明，她无论从意识上还是身体上都已经做好了这方面的准备。

　　三、两人相爱且彼此熟悉，不需要像普通情侣那样经历漫长的磨合期。

　　以上三点可轻易得出一个清晰的结论：做这件事天经地义，水到渠成。

　　就如这段恋爱的每一步进展几乎都是她一边总结一边推进的一样，最后一步也是如此。经过深思熟虑，她把脑内的分析结果付诸行动，快速解开了陈安蓝色睡衣上的扣子，干脆利落地说了句："来吧。"

　　动作迅猛到陈安都愣了愣，然而也只愣了那么一瞬间，他便立刻抢回了主动权。因为梦里已经做过非常详尽仔细的彩排，所以一切进展得非常顺利，也有可能是因为对手比梦里要配合、主动和勇敢得多。

　　空气中似乎混进了淡淡的蜡梅香，透过纱帘照进来的月色也是朦胧的，唯独床上的两人情感浓烈到几乎要溢出来，像化开了的糖。

146

　　第二天一早，陈安发现程乐乐发起了低烧。

　　许是昨天在山里拍摄时着了凉，又许是昨晚做了比较激烈的运动，程乐乐小脸煞白，看上去柔弱无骨，全身疼得厉害。陈安要带她去看医生，程乐乐难得脸皮薄了一回，她身上全是斑斑点点的痕迹，不肯去丢这个脸。

　　陈安打电话给交好的医生朋友，朋友很给面子地叮嘱他下次要注意，某些体质不大好的人容易承受不住这样的运动强度。

　　程乐乐虽然病了，但嘴硬得很，坚持说只是昨天着凉了，坚决不肯承认是体质问题。

　　朋友还说，退烧药只是让人感觉舒服一点，像她这个情况休养两天就好了，多喝水，吃清淡的东西，还不好转的话，再考虑就医。

虽然身体虚弱，但程乐乐仍心系工作。昨天梁郁超来星辰拍摄电影的话题让星辰名声大振，她想在圣诞节再巩固一把，扭转大家心中星辰不敌大海的刻板印象。想到这，她便给沈大峰去了电话，遥控指挥他和舞蹈社团对接圣诞节的快闪活动。

"姐，你喉咙怎么哑了？"沈大峰一接电话就发现了异样。

"感冒。"

沈大峰道："拍戏真辛苦，没台词都能把喉咙说哑，要是有台词那还得了。"

沈大峰差点因为这句话当场失去值班经理的职位。

挂了电话，陈安没收了程乐乐的手机，勒令她不许工作。

陈安批评她小时候为了不去上学装病，长大了却要带病工作，做事太极端。

后来，陈安端来一碗老方丈熬的中药。

和对待工作的积极态度迥然不同的是，看到要喝药，程乐乐立马钻进了被子，说是困得睁不开眼。陈安把她从被子里挖了出来，先是"乖宝""乖宝"地哄，后来也失去了耐心，便利用老板身份，以强制要求她休一周病假作为威胁，逼迫她立即就范。

程乐乐被这药苦得五官都皱到了一起，陈安想以亲吻作为奖励，程乐乐怕嘴里的余味苦到对方，转头躲开了。陈安以为程乐乐生气了，主动提出要是病情有所好转，下午就回家的建议。

可能是养生达人老方丈熬制的中药很管用，到了中午，程乐乐就已经能活蹦乱跳地找小和尚聊天了。寺庙里最小的和尚叫度行，才五岁多，头发还没剃，穿着一身腰宽袖阔、圆领方襟的海青。一问之下，才知道是父母刚把他送到这里来修行的。

寺庙里的生活很无聊，度行看见程乐乐有手机，便问能不能看动画片。

程乐乐心虚地看了看四周，说："去我房里看吧。"

陈安接了几个冗长的电话回来，发现程乐乐不知何时带了个小不点回来。两个人躺在地垫上，脑袋凑在一起，正津津有味地看《超级飞侠》。

程乐乐半趴着，腿翘得一晃一晃地说："我猜这集的主角是小爱。"

小不点说："我喜欢乐迪。"

程乐乐说："等你长大点就喜欢小爱了。小爱多可爱啊。"

小不点很坚持："乐迪。"

程乐乐道："好吧。"然后两人一对视，同时做了个动作，异口同声地喊了句："每时每刻，准时送达！"

眼前的景象仿佛是他未来家庭生活的一个缩影，陈安便没打扰他们，而是在旁边憧憬地欣赏了一会儿。然而，他又无奈地想到，某位事业型女人还要在职场驰骋，可能暂时不想过这样的日子。

刚才有一个电话是全梓荣打来的。他告诉陈安，只要是由他出资且确保用来做公益，政府还是支持影院旁边那块地的开发的。商业设计方案该审核的审核，一切走正常手续即可。

陈安随即联络了一位早年间接洽过的网红景点设计师，对方答应他会找时间来看下现场。

解决完这桩事后，他又通知了平安喜乐的一组团队，让他们去探一下寇佘传媒的口风，看他们是否接受投资。虽然陈安做的项目以风险投资为主，鲜少接触这些成熟企业，但他不想在程乐乐的事情上冒任何风险。他给团队的意见是，如果寇佘没有这方面的意愿，就不要再浪费时间，立刻与它的对家洽谈。

叫的车快要来了，度行和程乐乐依依惜别，主要是和程乐乐的手机依依惜别。程乐乐说了句下次给他带很多零食，度行的不舍之情就更加浓烈了。

程乐乐摸摸他的头，暗想，做成年人实在是太好了。

147

回去的路上，陈安坐在车的后排，跟程乐乐提起了广场改造的事。

程乐乐听得既认真又兴奋。复古怀旧是当下的流行主题，她本人也很怀念早年间的胶片电影。数字电影影像清晰，放映稳定；与之相对，胶片电影的屏幕偶尔会出现细黑条，边缘处的虚边也显得不那么完美，但却莫名透着一种与放映历史一脉相承的文化感，和电影本身的气质相得益彰。一些经典老片转数字重映后，反而少了韵味，总让人觉得差点意思。

程乐乐说："既然你要请人来弄，我推荐一个人给你。"

陈安不喜欢程乐乐过分沉溺于工作，但很喜欢看她在工作中显现出来的斗志和鲜亮耀眼的样子，于是问："谁啊？"

"放映室的钟伯伯。他在电影设备方面很有见识。"

陈安想起在拉面馆里对程乐乐过分热情的那位老人，不太高兴地说："哦，就是差点成为你公公的那位啊。"

程乐乐睁大眼睛："什么公公？他还没那么老吧。"

陈安捏了下她的脸："揣着明白装糊涂。算了，以前的事不跟你计较了。"

程乐乐假装没听到，又问了一下这个项目大概的预算。

听了一个数字后，程乐乐的表情明显变了变，暗想陈安为她花了600万买影院，现在又要为她斥巨资大兴土木，不由得劝诫道："小哥，我们学生时代背过《阿房宫赋》，你晓得秦国是怎么灭掉的吗？你要以史为鉴，再有钱也不能这么花啊。"

陈安被气到了，斜着眼睛看着她："你好意思提《阿房宫赋》？你现在会背了吗？每天放学后被老师留下来背这篇课文，你背不出来，还让我买贵重礼物贿赂老师。那时候你怎么不说钱不能这么花了？"

程乐乐装失忆："有吗？我不记得了。我只记得小时候，语文老师让写人物的时候，我都是写小哥。"

陈安哼了声："是，包括《我最怀念的人》。"

程乐乐笑了起来，陈安垂下手握住她的手。程乐乐的手指细长，手腕也很细，陈安想，乖宝还是太瘦了，要请营养师好好给她调理一下身体。

玩了一会儿手，陈安发现了异样："乐乐，我发现你不怎么戴首饰啊，项链、手链什么的不是你们小女生最喜欢的吗？"

程乐乐道："影院员工制度规定不能戴这个。"

"你又不是员工。"陈安记得程乐乐小时候很喜欢这种丁零当啷的东西，"下次带你去买。"

程乐乐说："小哥，你知不知道你现在很像不务朝政、耽于女色的昏君？唐欣他们有提醒过你吗？你不会还是一位闭目塞听、拒谏饰非的昏君吧？平安喜乐危矣。"

陈安目瞪口呆地看了程乐乐一会儿，见她毫无悔意的样子，想把她就地打一顿。但鉴于她还在生病，只能默默忍下，掏出手机装模作样地开始办公。然而，装不了几秒钟，他便进入了工作状态。于是，程乐乐也掏出手机忙碌起来。

直到专车送他们到小区门口，两人手头上的事都还没忙完。但陈安率先收起了手机，勒令程乐乐看路，把她的手塞进了自己的羽绒服侧口袋里。

沿路陆续碰见了好几位老邻居，他们对两人亲昵的情侣行为并无意外，只问："和好啦？"好像两人在一起是很理所当然的事。唯有热心肠的赵大妈将他们堵在半路，问他们办酒席没、什么时候办酒、在哪里办之类的问题。陈安一本正经地回复说酒席就在泰溪办，请她一定要来。

等赵大妈一走，程乐乐便偷偷和陈安嘀咕："你发现没有，赵大妈看我的眼神很凶。这次回来，没给赵大妈带礼物，其他几个邻居都有，她肯定很生气。"

陈安在兜里捏了下她的手："我也没礼物，我也很生气。"

对于理亏的事，程乐乐嘴就甜："我把一颗心都给了你，你还想怎么样？"

陈安猝不及防地被塞了糖，言不由衷地犟了下嘴："哪里有一颗心，明明一大半都给了影院。"

程乐乐翻白眼："你再这样，我整颗心都给影院算了。"

陈安说："你现在都不稀罕哄我了，你从一而终一点。"

程乐乐嫌烦地用另一只手挥了挥："行行行，回头给你补礼物。送了那么多还要，人心不足蛇吞象。"

两人走到单元楼门口，陈安问程乐乐，是他搬到楼下来住，还是她搬去楼上。

程乐乐惊诧地问有何必要，陈安想了一下说："小孩子才做选择，大人两个都要。等你身体好一点，我们去城北的高端超市逛一逛，买些生活用品，两个房子都放一些。"

程乐乐不是很懂："放哪些东西？"

"牙刷、牙杯、毛巾之类的。"

"是要同居的意思吗？"

陈安表示很奇怪："难道不是吗？赵大妈那里都说好要办酒席了，别让老人家等太久吧。我过两天让老方丈挑个日子。"

程乐乐一脸黑线地打开房门："我谢谢赵大妈。小哥，照你这进度，不会要我明年生娃，三年抱俩吧？"

陈安说："我只求在我和影院之间，我能被优先考虑，暂时不想有太多的竞争对手。"

程乐乐外套脱了一半，闻言凑过去亲了一下陈安："小哥，你在我这永远排第一。"

陈安满意地拍了下她的额头，进厨房炖木瓜桃胶去了。

148

第二天，排在第一位的陈安劝阻无效，只好带着程乐乐去影院上班。

到了影院，陈安直接去二楼找钟岳山。本来只是想简单沟通下调整工作内容的可能性，但钟岳山大概是在放映室待得太冷清了，倾诉欲很强，一开口就刹不住车。

钟岳山的第一份工作便是乡间放映员，扛着放映设备下乡放了好几年的露天电影。后来泰溪剧院招聘放映员，他就应聘入职了。

那时都是胶片电影，放映设备要求放映员有一定的技术水平，因此一个放映室至少需要三名以上的放映员才能运转。泰溪本地找不到合格的放映员，他当时作为唯一有经验的技工，当了部门主管，培训下面的新兵，自己也作为业务标兵被剧院送去北京培训过好几次。那是他的黄金年代。

然而，随着科技的发展，放映设备越来越智能，不再需要那么多人力了。甚至花点钱买个排片系统，便能实现排好片后放映机自动放映的无人化运营。

钟岳山感叹自己和那些走街串巷吆喝着"磨菜刀"的手艺人一样，被时代的车轮无情碾过，唏嘘不已，觉得自己再过两年可能就要提前退休，回家抱孙子去了。

陈安本想安慰一下钟岳山，但不是很确定钟岳山关于抱孙子的言论中是否含有对程乐乐的遐想，便收回了自己的善意，向他简明扼要地介绍了即将委以的重任。

陈安找人收购的古董放映机需要有人维护，而定时播放露天电影片段的任务，也得由专业的放映员负责。钟岳山听完后，精神状态立刻从"廉颇老矣"的颓丧切换到了"老骥伏枥，志在千里"的激昂，激动得像个孩子，问了一堆陈安回答不了的有关采购设备的专业问题。

陈安见他又燃起了雄心壮志，索性让他直接对接设备厂家，只负责技术领域，不用去考虑商务问题。钟岳山热泪盈眶地千恩万谢，陈安不太擅长应对这种场面，只说就当是谢谢他儿子这些年对自己未婚妻的照顾。

钟岳山久在放映室，和楼下的年轻员工们有代沟。上回楼下送来陈总的福利奶茶，也被他转赠给了这群小青年们。

所以当他听到陈安提起未婚妻和钟鸣相熟时，心中暗想儿子这条路铺得很有远见，又立即向陈安送出了衷心的祝福，还羡慕地表达了钟鸣也到了男大当婚的年纪，希望能尽快安排双方父母见面的朴素愿望。

经钟岳山提醒，陈安想到结婚之前，他确实应该和程乐乐的继父见上一见。还有那个比程乐乐大两岁、喜欢和她分享交友圈的哥哥，作为她为数不多的家人之一，出于礼貌，自己也该上门拜访一下。

下楼之前，陈安很客气地对钟岳山说，如果钟鸣定下了婚事，他一定包个大红包庆贺，同时也热情地邀请他们父子俩参加他和程乐乐的婚礼。对，就是程店长。是，百分百没搞错。

这一大早，钟岳山的心情起起伏伏，陈安不忍看他失落的表情，说完便离开了放映室。走到楼梯转角处，淡淡的愧疚感轻易就被浓烈的得意取代，若不是人在影院，陈安都要吹着口哨进办公室了。

推门进去，办公室内热闹非凡，笑声朗朗，陈安仿若进了女儿国、盘丝洞。一群二十来岁的女员工围在程乐乐旁边，向她打听和大明星搭戏的各个细节。

据说，昨天影院的电话快要被打爆了，很多顾客来电咨询，问梁郁超是否真的来拍戏了，以及下次什么时候再来。还有很多梁郁超的粉丝跑到影院来打卡留念。

她们比顾客还激动，可惜昨天等了一天，程店长都没有在影院出现。

"我病了。"程乐乐解释。

"拍戏很辛苦的。你们都没看见，姐要一遍一遍地拍，一遍一遍地靠在梁郁超的肩上。"黄薇主动当起发言人，"姐，以后有这种罪，让我来受。我不怕辛苦。"

程乐乐还有很多工作要忙，无奈地摸了下脖子，说："好，以后有机会肯定推荐你去。"

另一个女员工眼尖地喊："姐，你脖子这儿怎么了？"

程乐乐穿了件高领毛衣，刚才摸脖子时不经意拉了下领子，露出了细长白皙的脖子上一个分外显眼的吻痕。

黄薇一肚子坏水地朝陈安看了一眼，又当起了发言人："都跟你们说了拍戏很辛苦。山上拍戏虫子多，这是被虫子咬了。"

女员工皱着眉提出合理怀疑："大冬天还有虫子出来啊。"

黄薇说："今年年份特殊，全球疫情肆虐，森林大火频发，南极出现高温，我国冬天虫子闹腾一下怎么了？"

陈安赞许地看了看黄薇，觉得程乐乐带的这群人还挺有本事，回头影院如果拆了，原地建个相声馆，启用原班人马便可开张。

"行了行了，该问的你们也都问了，快回去上班吧。当着老板的面在这儿聊天，还想不想混了？"程乐乐嫌她们聒噪，要赶她们出去。

这群人挨个出门，不怕死的黄薇垫后。出门前，她给程乐乐扮了个鬼脸，还跟陈安比了个数钱的动作。

程乐乐打开电脑，准备办公。

陈安走过来，倚在程乐乐旁边的桌上，弯着一条腿，另一条腿踩在程乐乐办公椅的轮子上，搅和对方工作："现在的小姑娘怎么懂这么多？她不是才大一吗？"

程乐乐把椅子往桌边拉了拉："大一哪小了？都十八岁了好吗？"

陈安又推开椅子："你给她挡可乐的时候，不是跟我说她才十八岁，还是个孩子吗？"

程乐乐瞪了他一眼："你怎么记性这么好？"

陈安道："她们学校还没开学？"

"那边有疫情，得到下学期才能开学了。"程乐乐又拉了下椅子，声色俱厉地喊，"你再推我，我可要生气了。"

"生气了我再哄就是了。"陈安俯下身来啄了下她的嘴巴，接着聊天，"她在这儿跟着你吃香喝辣，过得如鱼得水。等开学了，她都舍不得去了。"

程乐乐托腮："我也舍不得她走。有她和沈大峰在，影院挺热闹的。"

陈安道："我看这样下去，沈大峰和黄薇得在婚礼上坐主桌了。那我得抓紧点时间，趁她开学前就把婚宴给办了。"

程乐乐服了陈安，他好像聊什么都能聊到一个方向上去，无语地说："我继感谢赵大妈之后还要感谢黄薇吗？"她胡乱地推开陈安，喊："小哥，我要工作了！不要打扰我了。"

陈安被推得趔趄了一步，站定后唉声叹气："跟你多聊会儿你就嫌我烦，唐欣那边临时给我排了个会，我等下就要走了，你到时想找人烦你都找不到了，好好珍惜我吧。"

程乐乐暗想，幸好还有尽忠职守的唐欣在，不然小哥就要"从此君王不早朝"了。他不早朝就不早朝吧，还拉着她也不务正业，那成何体统。

她娇滴滴地说了句："怎么会这样呢，那你开车慢一点啊。"

　　这句话说得实在太敷衍，陈安听出了她欢送的意思，狠狠捏了捏她的鼻子："平安夜我再回来。"

　　"这么久啊？"其实也就三四天。

　　陈安满意地道："这次演技比刚才有进步，下次再走心一点我就信了。"

　　程乐乐笑着抱住了陈安："平安夜那天我全天都在影院，你直接来这儿找我吧。"

　　陈安抚摸着程乐乐后背上一节一节突出的脊椎骨，叮嘱道："要按时吃饭，我在这里有眼线。"

　　"沈大峰啊？"

　　陈安完全不顾沈大峰的死活，毫不在意地说："我的卧底这么快就暴露了吗？"

　　程乐乐趴在陈安的肩上笑了笑，然后吻了吻陈安的侧脸："平安夜见。"

第十章　当他想求婚

第 十 章　当 他 想 求 婚

149

隔了一天，陈安正在听一家高性能计算公司的业务介绍，沈大峰连着打来两个语音电话，似是有急事要汇报。

陈安走到走廊接起了电话，事情确实很急，不过不是因为程乐乐，是因为黄薇。

据沈大峰描述，前些天，有一位帅哥来到影院，期待邂逅一位曾和他比邻而坐的美女。连着等了六七天之后，帅哥拿着原来的票根咨询客服中心的员工，问能否查到那一场隔壁座位的会员信息。当时在客服中心上班的便是黄薇。

起初，黄薇拒绝了帅哥的请求，不过那位帅哥讲述了他对对方一见钟情、魂牵梦萦以及最近黯然神伤的心路历程。黄薇被帅哥的痴情打动，便把那位美女的电话号码透露给了帅哥，还私下里宣传自己成人之美，做了鹊桥，以后他们结婚指不定还要来星辰包场云云。

这事传到程乐乐的耳朵里，她先是打电话给那位美女道了歉。好在那位美女没有计较，但程乐乐一挂电话，就让黄薇换衣服走人了。

黄薇哭得上气不接下气，错也认了，求也求了，但程乐乐一直没松口，还发了很大的脾气。

陈安问沈大峰："很大的脾气是指多大？"

他见过程乐乐在员工大会上开除过人，在邮件里直接驳斥公司，压力太大时也见她骂过脏话，但都不至于到"很大的脾气"那一级别。

沈大峰说："就像依萍诀别书桓时那么大。"

陈安沉默了两秒，沈大峰又补充解释："姐气得砸了杯子，把手给划伤了。"

陈安被沈大峰迟来的重点气得不轻，问："严重吗？"

"那倒还好，只是一个很浅的口子，贴个创可贴就好了。"

陈安听后心里安定了些："什么时候的事？"

"昨天傍晚。"

"为什么现在才说？"

说到这，沈大峰就很有话讲："我姐不让我跟你说，她说我要是说了，就把我也开除了。姐夫，如果我姐真把我开除了，你也会保我的吧？唉，不过我知道我姐不会真的开除我的。要我说呀，黄薇确实做错了事，该罚就罚，该批评就批评，可人家客户都没说什么，开除她是不是有点太绝了？我姐待黄薇跟亲妹妹似的，替她挡可乐，什么好事都想着她，这次怎么就这么狠啊？姐夫，你说我姐这次反应是不是太激烈了？"

陈安道："做了触犯红线的事，不开除难道等着她下次惹出更大的祸啊？这次你让黄薇好好谢谢那位女顾客吧，不然开除都是轻的。"

"啊？能出什么事？"

陈安不太耐烦地指点道："一个陌生人非缠着要一个女生的电话，你觉得能有什么事？"

"不至于吧，那男的我见过，面相挺老实的。"

"我看你面相也挺找打的，我就能随便打你吗？"陈安不悦地说了句，"这件事我不会替黄薇求情的。都十八岁的人了，连基本的是非观和职业素养都没有，还是好好去学校再学习学习吧。"

挂了电话，陈安进会议室说了声抱歉，然后继续听对方的讲解，心思却明显不如刚才那么专注了。

像程乐乐这样走职业女性道路的人，连被泼可乐都能平静对待，应该是很擅长控制情绪的。这次可能是爱之深责之切，才会发那么大火吧。不过，气到摔杯子这种程度，连他都有点意外。

会议结束后，陈安字斟句酌地给程乐乐发微信：

"我听我的卧底说，你昨天小火山爆发了？员工出错，该处理就处理，别动气。"

等了几分钟，没收到回复，他就给程乐乐拨了个电话，响了一会儿程乐乐才接起来。

"小哥。"听声音还算有精神。

"昨天都气得摔杯子了？"

程乐乐有些不耐烦地说："沈大峰告的状？我手没拿稳，你别听他胡说八道。"

"昨天睡觉前视频时没听你说起这事。"

"开除兼职员工的事都要汇报给老板啊？"

陈安道："工作不用汇报，但是遇上不开心的事要让男朋友知道。心里不舒坦，为什么要一个人压在心底？"

"没有不舒坦……"

"都砸杯子了还说没不舒坦？"

"说了是没拿稳给摔的。"

"办公室铺着地毯，你摔一个给我看看？别说把杯子摔碎，就是把杯子摔裂了我都服你。"陈安语气不太好地说，"程乐乐，你在我这里怎么老是报喜不报忧？这是什么时候养成的毛病？上次你说你膝盖上没留疤，当我眼睛瞎，自己不会看吗？"

"疤那么浅能叫疤？褶子都比它大一点……"

"在我这里，这就叫疤！"陈安本来打电话是想劝程乐乐别生气，结果没说两句自己攒了一肚子火。他深吸一口气，对程乐乐提出严重警告："程乐乐，发生好事可以瞒着我，但发生不好的事，一定要让我第一个知道。我不喜欢你粉饰太平。"

程乐乐在电话那头沉默了稍许，语气变得刻意地轻盈起来："还能发生什么不好的事啊？真要有，也是芝麻绿豆大的小事。"

"你的事在我这都是大事。"

"好啦我知道了，以后喝水呛到都跟你说。"

只听电话那头有人在跟程乐乐说话："程店长，外面有人找你。"

程乐乐说："嗯，就出去。"陈安便暂时中断教育工作，挂了电话。

在座位上沉思了一会儿，陈安给前几天刚加微信的陈筱牧发了消息："老同学，上次来泰溪都没时间好好聚聚，这两天还忙吗？"

陈筱牧正坐在片场晒太阳，收到微信时手一抖，截图发给程乐乐，问："你小哥这个大忙人，忽然问我忙不忙，我该说忙还是不忙？"

程乐乐正要往外面走，看见微信，回："你就说忙吧。"

"陈安是不是看出点什么了？"

"可能吧。"

"以你小哥的能力，真想调查你简直是易如反掌，不用七拐八绕地找我打听。他尊重你，你就挑挑拣拣地和他说说呗。你们要结婚，也绕不开秦家，你就别欲盖弥彰了。"

"嗯。"

"好，那我等会儿再回他，显得我很忙的样子。"

150

陈安没有及时收到陈筱牧的回信，离下一个会议还有一个多小时，他问唐欣上次她买首饰的那家店怎么样，卖不卖钻戒。

唐欣小鸡啄米似的点头，说他要是忙的话，不用亲自前往，让他们送过来即可。

陈安道："我去逛逛。"

唐欣便很体贴地给那家店打了电话，让他们尽量调齐货，以免老板跑两趟。

店家记得唐欣上次刷的卡上有百夫长头像，因此在陈安到来前，紧急把品牌店所有镇店之宝都收到了门店内，并让最好的珠宝设计师到店等候，可谓是严阵以待。

陈安受到了店员们的高级礼遇，前脚进门，后脚就被请进了 VIP 接待室。几位戴着手套的销售络绎不绝地进来，手捧琳琅满目、璀璨耀眼的珠宝供他挑选。

其中有一两枚钻戒上的钻石和《色戒》里汤唯戴的"鸽子蛋"差不多大。

陈安想起程乐乐收到包时差点晕厥的样子，不是很敢买这些奢侈品，怕婚没求成，人先晕过去。别人是高兴晕的，她是气晕的。

"有没有低调一点的，看不出很贵的那种？"

销售随即捧出好几款，但陈安仍觉得有点夸张，说了句"我去外面看看"，便去柜台边挑选，最后看中了一对只有几粒碎钻点缀、设计简单大方的戒指。

店长搞那么大阵仗，怎么能甘心只有两三万的成交额，在旁边不停地敲边鼓："陈先生，女人就结一次婚，买太大众太便宜的，太太会有意见喔。如果求婚的话，克拉数越高，成功概率就越大。"

陈安却想，我喜欢的女人果然与众不同，不为所动地买了单。

回到车上，他盯着包装袋发了会儿呆。从十六七岁起他就开始思考该怎么向程乐乐求婚，但至今仍没有理想的答案。程乐乐说起情话、搞起浪漫来一套一套的，在这方面，陈安自愧不如，或许他应该让策划公司替他设计一下，但这又好像玩游戏时氪金玩家买道具作弊……

　　另一边的程乐乐简短地回复完陈筱牧的微信后，出了办公室，去见来找她的那个人。

　　没想到是位不速之客。

　　童哲头发略长，高高瘦瘦的，佝偻着背，穿着一件薄薄的黑色棉服，背着一个古旧的牛仔双肩包，看起来就像大学里那些独来独往、打扮朴素的孤僻学生。他站在客服中心门口，见程乐乐出来，下意识地紧了紧书包的肩带，略有些瑟缩地喊了声："Cindy 姐。"

　　程乐乐刚到泰溪的时候，童哲给她打过很多遍电话，都被她拒接了。后来他没再打扰她，程乐乐都忘了有这么一号人，没想到隔了这么久，他竟然跑来泰溪找她了。

　　程乐乐并不是很想和童哲叙旧，只是走到他面前时，感受到对方衣服上还冒着寒气，便心软了一下。

　　今天全省降温，体感温度都降到了零下，童哲穿得未免太少了点。

　　"我辞职了。"一见面，童哲便劈头盖脸地说了一句。

　　"什么？"程乐乐感到颇为意外。当初童哲为了保住工作，不惜颠倒黑白地陷害她。如今黄天苟都走了，他居然又把费劲保住的饭碗给砸了。

　　程乐乐有点头大地看着他："你辞职了来找我做什么？"

　　"Cindy 姐，你是全公司上下唯一对我好的人，出事的时候也只有你肯帮我，我却狼心狗肺，害你蒙受不白之冤，我是个无情无义的小人，你不理我是我活该。可是我真的不容易啊，你知道我的情况的，我当时是没办法了，我得活下去啊……"

　　童哲的眼睛很大，眼眶深陷。因为过于激动，说话的时候眼珠子一凸一凸的，显得有些神经质。

　　程乐乐微微叹了口气。童哲家境不好，他的父母是深山里面朝黄土背朝天的农民，倾全家之力把他送到了大学。他靠助学金完成了大学学业，毕业后不仅要还贷款，还要往家里汇钱养活几个弟弟妹妹。所以他平时省吃俭用，不喜交际，以避开所有不必要的花钱场合。

他生活得很辛苦很不易，但程乐乐从没同情过他。因为她觉得每个在逆境中百折不挠、靠自己双手正直勇敢地活下去的人都值得敬佩，并不需要他人的同情。

她也没有对童哲很好。说实在的，她自己都是泥菩萨过江，哪有闲心和精力去散播爱心？顶多是偶尔改善生活时，分给童哲一点菜，仅此而已。

要说黄天苟乱咬人时她站出来帮忙，不过是出于人的基本素养，后来不接他电话，也只是因为对这个人感到失望罢了，并没有暗地里骂他狼心狗肺、无情无义之类的。

不是她仁慈大方，而是她觉得恨一个人也费力气。如果她把所有不美好的事都放在心上磨来磨去，这日子还过不过了？

她没料到，她这个受害者没怎么样，童哲这个做了坏事的人倒是快把自己折磨出病来了。

这时，有个厅散场了，大堂瞬间涌入了很多人。

童哲一个一米八几的大男人挂着眼泪的样子过于引人注目。程乐乐蹙着眉说："你跟我进办公室，先喝点热水暖和一下吧。"

童哲抬头，像个被抛弃的小孩重新得到了母亲的关怀似的，猛地擦了把脸，重重地点了下头。

进了办公室，程乐乐给童哲倒了杯水。

童哲板板正正地贴着墙站着，程乐乐递水过去："坐啊，站着干什么？"

童哲接过来，也不怕烫，一口气喝完。

程乐乐问："还要吗？"

童哲舔了舔嘴唇："不用了。"喝了水之后，他的语气镇定了一点："Cindy姐，你走后，我在公司也不好过。大家都当我是个透明人，不管我干什么都没有人搭理我，我就感觉自己像个幽灵一样在空中飘着。真的，我每天过得生不如死。越是不好过，我就越能想起你对我的好来。我对不起你，现在老黄狗走了，我也离职了，我们都受到了应有的惩罚。你能原谅我了吗？"

这事真不至于到这个地步，但程乐乐不想纠缠解释，简单地说："我原谅你了。"

童哲没想到程乐乐这么快就原谅了他，似是不信地打量着她。

程乐乐笑："是真的，我不怪你。俗话说，福祸相依。要不是当时出了那档子事，我可能还不会到泰溪工作。我在这过得比在总部滋润多了。童哲，你也翻篇吧，我们都朝前看，好吗？"

"嗯。"童哲似乎得到了最想要的答案，终于露出了一个满足的笑容。童哲的脸色偏白，因长期营养不良，显得有点病态，笑起来的时候并不会让人觉得温暖，反而有些瘆人。

程乐乐问："你辞了职，接下来有什么打算吗？"

童哲忙不迭地问："Cindy 姐，快到年底了，你这应该很忙吧？需不需要人帮忙？我什么都能干……"

程乐乐听出了童哲的意图，直截了当地拒绝道："童哲，你是个高才生，天大地大，都是你的去处，何必委屈自己在小县城的影院里做服务员呢？你不欠我，我也不需要你在这赎罪。今天我们把话说开了，你也放下心结，调整一下状态，再踏踏实实回北京找一份工作，好吗？"

童哲低着头沉默，长长的刘海遮住了眼睛，程乐乐看不清他的表情。

沉默半晌，童哲突然道："你其实心里很看不起我吧？"

程乐乐感觉刚才那番话白说了，头痛地道："这跟我看不看得起你没关系。"程乐乐走了一两步，无奈地揉了揉额角："童哲，别人怎么看你并不重要，重要的是你怎么看你自己。你也是念过书、在社会上闯荡过的成年人了，该有自己的判断。我言尽于此，你也别把场面搞得太僵，好聚好散，行吗？"

童哲一言不发，呆呆地坐着。

电话铃声响起，是陈安打来的。他在电话那头嘘寒问暖，问程乐乐晚饭打算吃什么。程乐乐考虑到办公室里还有人，压低声音说："还没吃。"

又过了会儿，童哲听到她对电话那头的人说："随便吃点吧。""嗯，我知道。""小哥你有点啰唆，我挂了。""我这里还有人，你放过我吧。"

她的语气很软很柔，滑溜溜的，像是不用点力气便会抓不住，让童哲想起了他在大学材料课上第一次接触到的丝绸，浅粉色，图案精致、漂亮、高级，与他的世界格格不入。

他忽然从沉默中惊醒过来："对不起，Cindy 姐，这次过来是我唐突了。无论如何，我都谢谢你当时为我挺身而出。"然后他站了起来，伸出右手："再会。"

程乐乐暗自松了口气，伸手回握："再会，祝你一切顺利。"

程乐乐只把这次和童哲的短暂相遇当成一个小插曲，就像如江似海的人生中泛起的一点涟漪，并没引起她的注意。送走童哲后，她便全身心投入平安夜的筹备工作中去了。

151

平安夜那天，恰逢周五，天色阴沉，傍晚时分开始飘雪。由于一个拖沓的会议，陈安出发得晚了些，不料国道早已堵成了停车场。一两个小时后，车流才稍有松动，但也是开半公里停半公里，归心似箭的陈安既憋屈又着急。

其间，程乐乐发来微信，问他到哪里了。

陈安回了个可怜兮兮的表情，道："国道上送礼物的'驯鹿'太多，堵塞了交通，还要很久。"

程乐乐："那我跟圣诞老人打个电话问一问，看他能不能给我的心上人开个绿灯。"

陈安盯着屏幕弯起了唇。

又过了两秒，程乐乐发了个"好多人啊"的表情包，说："今天影院超多人，我等下也要去帮忙干活了。等会儿就不看手机了。"

陈安回："好。"

等陈安开到泰溪，下了高速，已经是晚上八点多了。

影院停车场早已停满了车，陈安转了半天才在角落的一个位置上勉强把车停了进去。

进入影院，里面果然人山人海。自从他接手这个影院以来，还没见过这么多人。

门口站着一个戴着红发套的小丑，正在吹苹果形状的小气球。小丑身后的墙上贴了个告示，告知每个气球内都附有纸条，正面为影院送出的祝福，背面则是数字。每隔30分钟，影院将在电子屏幕上公布一个幸运数字，持有此幸运数字的顾客可以领取影院精心准备的大礼包，最高奖项是一年免费观影特权。

奖项很诱人，小丑前面排了一条不短的队伍。排在最前面的几个人伸着脖子，期待地盯着气球慢慢变大变薄，好透过逐渐透明的橡胶皮观察里面的数字。

支撑气球的棍子不是普通的塑料管，而是装有开关的小荧光棒。亮光衬得气球很梦幻，和大堂中央那颗硕大的闪光的圣诞树相得益彰，让拿着气球的女生感觉自己像是童话里飞舞的夜光精灵。

　　陈安穿过摩肩接踵的人群，刚到办公室门口，突然头顶上有道亮光飞快闪动，柔和的背景音乐切换成了劲爆舞曲。

　　顺着光束的指引，二楼凸出的那块休闲区出现了一群青春靓丽的少男少女，他们穿着宽大的衣服，随着音乐跳起了动感街舞。

　　这应该是程乐乐邀请的技校街舞社团的学生，成本不高，但却成功地将节日气氛营造得十分浓厚。枯燥的等候时间瞬间变得有趣了很多，一楼的观众们几乎人手一部手机在拍视频，也有不少举着气球跟着节奏摇头晃脑的。

　　学生们伴随着金曲大串烧一口气跳了十几分钟，丝毫看不出疲惫。等他们退场后，大堂上空又响起了紧凑的鼓点，光束引导大家看向电子大屏。

　　屏幕上最开始是纯白的背景，接着掉下来一个红色的大苹果，苹果滚来滚去，滚了好几圈终于慢悠悠地停在了中间。其间配的滚动音效也突然停顿，切换成"你是我的小呀小苹果儿，怎么爱你都不嫌多……"的音乐，音乐声渐轻，又一停顿，"咔嚓"一声，苹果似是被人咬了一口，背景音乐却调皮地配上了微软系统经典的开机声，然后"咔咔咔"，苹果被越咬越多，逐渐显露出一个贴着圣诞老人头像的小礼盒。小礼盒的丝带被解开，飞出一个数字，随着《铃儿响叮当》音乐的响起，满屏撒下了五彩缤纷的烟花。

　　设计得很有意思，有点皮克斯的味道。

　　陈安正欣赏着，钟槿从旁边路过，没大没小地拍了拍陈安的肩膀，指着大屏幕说："陈哥，我姐的创意，我写的脚本，董哥做的开发。团队合作哦，怎么样？"

　　陈安问："董哥是谁？"

　　钟槿摇头："我不认识，是唐欣姐姐介绍给我姐的。"

　　陈安大概猜出来是董平团队帮忙做的了，估计他们没敢要钱或者只是象征性地收了点儿。

　　陈安给董平发了微信表示感谢，顺便祝他平安夜快乐。董平回："汉白游戏给伯乐的一点心意。"

　　接着又发来一条："程店长有兴趣来做汉白的创意吗？"

　　陈安："用我的钱撬我的人？"

发完后，陈安噙着笑，环顾一圈，没看到自己心心念念的那位，问钟槿："你姐人呢？"

钟槿道："等一下就出来了。"

"从哪儿出来？"

钟槿不耐烦地说："你等等嘛。"

陈安听得莫名其妙，正想再问，音乐声又变了曲调，变得欢快而俏皮，是早年英国喜剧的曲风，名字叫《总是看向生活的光明面》（*Always Look on the Bright Side of Life*）。

那道光束就像一位主持人，引导大家的注意力回到小舞台上。此时，上面又出现了一群穿着奇装异服的舞者，有章鱼造型的，有丹顶鹤造型的，还有老虎造型的……像转场到了动物园，充满了妙趣横生的童真。

唯独玩偶前的那位领舞者没有穿玩偶服，那人化了浓妆，显得眉目格外张扬生动，红唇鲜艳欲滴。她身穿黑色低领性感上衣，搭配火红的大摆裙，像是一团燃烧的火。

谁也没料到领舞者还是个歌手，等曲子前奏一过，她便开始边唱边跳：

Some things in life are bad
生命中总有些不如意
They can really make you mad
它们真的能让你抓狂
Other things just make you swear and curse
还有些使你诅咒和咒骂
When you're chewing on life's gristle
当你咀嚼生活的乏味
Don't grumble, give a whistle
别抱怨，吹个口哨
And this'll help things turn out for the best
这能帮事情变好
And
还有
Always look on the bright side of life
总是看向生活的光明面

Always look on the light side of life

总是看向生活的光明面

If life seems jolly rotten

如果生活看起来非常糟糕

There's something you've forgotten

肯定有什么事你忘了

And that's to laugh and smile and dance and sing

那些关于高兴、微笑、舞蹈和歌唱的事情

When you're feeling in the dumps

当你觉得一团糟

Don't be silly chumps

别像个榆木疙瘩

Just purse your lips and whistle

缩起你的嘴，吹个口哨

that's the thing

就这样

…………

　　歌曲显然是她精心挑选的，歌词无比励志。中英文歌词也被精心设计了字体，打在电子大屏上。

　　这是一场互动性极强的演出。

　　每个"whistle（吹口哨）"指令后，所有的舞者都会停下来吹个特别响的口哨。循环两遍后，被这种自由奔放的气氛感染的观众也跟着吹起了口哨。

　　舞蹈动作简单大气，像是小朋友在游乐园看到的小音乐剧剧场，每个小循环间有个停顿，舞者们会做两手向上托举的可爱动作。到了后来，几乎所有人都一起做动作，唱一句"Always look on the bright side of life"。

　　气氛好到简直不像在影院，而像是在大型演唱会现场，所有的节奏被舞台上的明星掌控着。一曲结束后，还有人喊"再来一首"。领唱者赠送给所有人一个飞吻，并说："记得'Always look on the bright side of life'！记得今天的快乐！记得星辰影院！圣诞快乐！"

　　全场鼓起了掌，现场成了快乐的海洋。

在平安夜的黄金时段，程乐乐螺蛳壳里做道场，完成了全年品牌宣传推广的 KPI（关键绩效指标）。

陈安想，程乐乐的未来果然有无限可能。

然后，他看到在舞台上光芒万丈的人朝他风一般跑来，额头上是亮晶晶的汗，眼里是亮晶晶的光。

他张开双臂迎明星入怀。

"小哥！我还怕你赶不上我的演出呢！"跳完后，她气息尚未平稳，胸口不停起伏，"我跳得怎么样？"

"你小时候连《相亲相爱一家人》的舞蹈动作都记不明白，学校里也没见你表演过，在江礼涛面前又说自己老胳膊老腿的，不会跳唱，连我都被你蒙骗了。"

程乐乐不好意思地笑了笑："这个舞很简单的，你看我在上面跳，好多人看了几眼就会了，我可是排练了很久的。但凡我继承我妈一点舞蹈天分，也不用这么辛苦。"

陈安替她抹去额头的汗水，故意垂着眼睛说："那下次就别跳舞了。"

程乐乐漆黑的眼珠转了转："我还想学钢管舞和脱衣舞呢，算了，不学了。"

陈安强行绷住表情，沉默了片刻："好学吗？"

程乐乐坏笑："你想学啊？我给你介绍呀。"说着就拉开了他身后办公室的门。陈安挤进来，托着她的后脑勺，一把将她按在了门背后。

在黑暗中，程乐乐的眼睛是唯一的光源。陈安低头轻轻吻了下她薄薄的眼皮："这次来不及了，下次表演前，把结婚证置顶在大屏幕上方。"

程乐乐两手放在陈安肩上，歪着头笑："我看置顶不够吧？得铺满整个屏幕才行。小气鬼。"说着就凑过去吻了陈安。陈安的嘴唇薄而柔软，牙齿洁白整齐，偶尔说出小心眼的话时嘴角还会微微下垂。程乐乐觉得这样的小哥很可爱，像个讨糖吃的小朋友。

两人几天没见，小别胜新婚，简单的接吻也容易擦枪走火。两人缠绵地亲热了一会儿，情欲渐浓，陈安喉结滑动，在程乐乐耳边声音沙哑地问："可以回家了吗？"

程乐乐脸上还有小碎钻，一闪一闪的，衬得小脸格外红润："我再转转，看他们还需不需要我的帮助。"

陈安用头顶着程乐乐的前额，口气软得让人无法拒绝："乖宝，我也需要你的帮助，走吧。"

两人匆匆跑向停车场。上了车，陈安没立即发动，在黑漆漆的车里说："其实这里的环境也很优雅。"

程乐乐无情地替他按下了启动键，命令道："小哥，回家。"

陈安挂挡踩油门，抱怨道："这么没情趣。"

"哎呀快点走啦，我还给你准备了礼物。"

陈安往前方开了几百米后紧急刹车，惊喜地问："不会真学了脱衣舞吧？"

程乐乐呆了呆，然后捂脸大笑。

被无情嘲笑的陈安红了脸，飞快地发动车，朝家的方向疾驰而去。

152

到了家，门一关，陈安便伸手要礼物。

程乐乐清了清嗓子，站在客厅中央，拉着裙子两角行了个淑女的礼，然后手在空中一挥，手里便多了一朵带刺的玫瑰花。

陈安的脸色变得不太好看。

这是他百忙之中抽出时间向一位魔术师请教的求婚方法，他这几天得空就在练习，就想着今晚大显身手，没想到和程乐乐撞款了！

过了一会儿，程乐乐的手在空中抓了一下，小小的掌心里多了一个小盒子："圣诞节快乐，小哥！"

天啊，一模一样，陈安都快要怀疑他们请教的是同一个魔术师了。

程乐乐看陈安的表情并不是很激动，解释道："对不起啊，这次忙着准备影院的活动，礼物准备得比较仓促，也不算什么惊喜，你凑合看吧。"

陈安暗自庆幸自己没有安排这种"不算什么惊喜"的浪漫，一边说着"有被狠狠惊喜到"，一边打开了盒子。

里面躺着一对戒指，没有任何花纹，非常朴素。

陈安拿起其中一个较大的戒指，发现内环好像刻了一圈字："the bright side of lite"。

他不禁又去看女戒，里面刻的是："always look on"。

组合起来，正好是今晚演出的主题——永远看向生活中阳光美好的一面。

　　程乐乐凑近，轻轻倚在陈安的肩窝处，说："那个女戒是我以前戴在无名指上用来吓跑追求者的，现在有了你，我就去配了个男戒。925银的，不值钱，不过心意最重要嘛。"

　　说完，她把那枚戒指重新拿了出来，戴进陈安的无名指："我以前遇到任何困难、不开心的事，只要想到小哥要是知道了，肯定舍不得我这么难过，我就有了力量，就能撑过去了。小哥，你是我的光，是我永远的'bright side of life'。"

　　陈安想，程乐乐这人怎么这么会撩啊。这么一来，晚上的表演都成了求婚的铺垫。好像那首元气四射的歌是专门为他一个人唱的，那支欢乐有趣的舞也是专门为他一个人跳的。戒指的设计又费了那么多小心思，话也说得那么动听。一切显得隆重又有意义。

　　一经对比，他口袋里的戒指还怎么送得出去呢？完败！

　　人生第一次输得这么彻底却没有低落的情绪，只有无尽的甜蜜。

　　就像把夏天的热带水果塞进了榨汁机，然后用延时摄像机拍摄到饱满的果汁从细胞中迸裂出来，丰富的色彩撞击在一起，展现出极富生命力的张力。

　　他将女戒戴到程乐乐手上，吻了吻她的无名指："乖宝，谢谢。"

　　程乐乐用细长的手臂环住陈安的脖子，促狭地笑："如有需要，我也会去学脱衣舞的。"

　　陈安听到她的坏笑声，忍不住咬了咬她裸露的锁骨，一边拥着她一边带着她往房间里退去。

　　此时，被陈安提前带回来拴在院子里的阿丑汪汪地叫了两声。

　　程乐乐惊讶地要抬头看："你把阿丑带回来了？"

　　陈安按住了她："回来打疫苗。"

　　"它有没有变得好看一点？"

　　"哪有那么快。"

　　程乐乐叹气。陈安堵住她的嘴："程乐乐，孩子的问题以后再聊。你专心一点。"

　　程乐乐听话地闭了嘴，很快就被陈安亲得意乱情迷。沉沦前，程乐乐敛了最后一丝理智警告陈安："不许在脖子上留印！"

　　后来意识逐渐模糊了，她好像被抓去泡了澡，又好像没有。程乐乐只觉得困和累，抱着陈安就像溺水时抱着浮木。

　　她做了个很冗长又很朦胧的梦。她梦见爸爸妈妈来到她身边，爸爸揽着妈妈的肩，妈妈则脸色红润地靠在爸爸的身上。他们向她告别，还说她这些年辛苦了，夸她做得很棒。现在重新有了家人的守护，他们可以很放心地离开了，让她以后迎着阳光继续往前冲。

　　然后他俩身后出现了一道很刺眼的强光，照得她睁不开眼。她抓着爸爸的手想要挽留，可是喉咙干涩，竟然一句话都说不出来。

　　"乐乐！乐乐！"

　　程乐乐睁眼，看见陈安正一脸担忧地看着她："做噩梦了吗？还是身体不舒服？"

　　程乐乐摇头："我梦见爸爸妈妈了。"

　　陈安随即抱住她："乖宝，别难过，小哥在。"

　　程乐乐"嗯"了声，缓慢地眨了下眼睛："我还想睡。"

　　"吃点东西再睡吧？"

　　程乐乐没理他，翻了个身，又睡着了。

　　不知道睡了多久，程乐乐被陈安再次拍醒了，只听他轻声说："乖宝，起来吃饭。"

　　程乐乐眼皮抬了抬，首先看到了床头柜上的体温枪："我又发烧了？"

　　"还好没有。"

　　程乐乐拱了拱被子，问："几点了？"

　　陈安说："下午一点了。"

　　程乐乐迅速从被子里钻了出来，大吃一惊道："下，下午？"然后不满地大声抗议："陈安，你下次节制一点，你这样很影响我工作。"

　　陈安弹了下她的脑门："今天是周末，放假了，工作狂！"

　　"周末是影院最忙的时候。"程乐乐爬起来，赤脚下地，打开柜子找衣服穿。

　　陈安倚在柜子边，说："衣服这么少，你从北京回来都没怎么逛过街吧？今天天气很好，出去逛逛。"

　　"我去影院看一眼再说。"程乐乐挑了条牛仔裤往腿上套，结果人没站稳。陈安扶住她，替她拉上拉链，系上扣子："别去了，我替沈大峰向你汇报好吧？昨晚你盛大的演出被各大平台转发，加上前期梁郁超的明星效应，你现在已经坐稳了泰溪县小花的头把交椅了，连全梓荣他爸都知道你的大名了。影院今天客流如潮，都是慕名而来的粉丝。"

"那我岂不是更得去？"

"你都贵为小花了，天天去显得多廉价，要保持神秘感。"

程乐乐在旁边笑："小哥，你好适合做明星经纪人。"

陈安抱起她，让她踩在自己脚上，吻了下她的嘴："不要，我更适合做男朋友。今天男朋友带你去买买买。"

程乐乐想了想，坏笑一下："行，我们出去逛逛，先去城北的大海。"

陈安知道她在打什么主意，捏了捏她的鼻子："瞧你小人得志的样子。"

吃完饭，两人带着阿丑先去宠物医院打了疫苗，把它寄养在医院，随后就去了城北的购物中心。

程乐乐回来这么久，严格意义上来说还真没逛过街。现在影院生意红火，程乐乐难得一身轻松，挽着陈安的胳膊，慢悠悠地穿过广场。

购物中心前的下沉式广场很大，几个有意思的小商铺点缀其中，有的装修得像复古的火车站，有的则像老式照相馆，还有几个售卖冰激凌、棉花糖、饮料的小窗口被设计成了英式电话亭的模样。

不少市民全家出动，推着婴儿车在这儿游玩。

程乐乐走到其中一个"电话亭"前，只见店家正在做一个鲸鱼造型的棉花糖。

"想吃？"

程乐乐摇头："我看看能不能在影院也弄一个这样的。"

"那就来一个吧。挑个款式。"

程乐乐翻了翻图册："要个哆啦 A 梦。"

等待的过程中，程乐乐羡慕地看了看四周："大海在这里真是能躺着赚钱啊。"

陈安一脸淡定地问："要不我把大海给你收购了？"

程乐乐顿了顿，乐不可支地笑了起来："小哥，我在北京的时候，老想象你变成什么样了。其中有一个形象就是你现在这样的，'天凉了，让王氏破产吧'，就这种很讨打的霸道总裁风。没想到回来一看，你比较像破产的王氏，那时都快把我急死了。"程乐乐抹了下眼角笑出的眼泪："我现在心情很复杂。怎么说呢，我替你有实力装这个范儿感到开心自豪，但还是真诚地建议你以后不要再说这种雷人的话了。"

陈安负气道："光想不做，你要是早来找我，我们的孩子都能打酱油了。"

程乐乐抱着陈安撒娇："对不起嘛，我错了。"

空气中弥漫着棉花糖散发出来的甜丝丝的味道，陈安摸了下程乐乐的头："没有我的这七年，你成长得很好，谢谢你让我坐享其成。"

程乐乐抬起脑袋，无比认真地说："不是这样的，这七年，我一直想着你，所以才没长歪。"

陈安知道她惯会说这种入耳的话，又摸了下她的头，朝旁边努努嘴："你的蓝胖子快完工了。"

程乐乐从店家手中接过来一个比她头还大的棉花糖，都不知该从哪里下口。

"把哆啦 A 梦吃掉也太残忍了吧？"

陈安觉得程乐乐苦恼的样子十分可爱，举起手机拍了好几张照片，忍不住亲了她一下，结果蓝胖子棉花糖太大，弄得两人脸上黏糊糊的。

程乐乐拿出湿纸巾替陈安擦脸，擦了几下，觉得有些不对劲，往身后看了看。

"怎么了？"陈安问。

"好像有人在盯着我们。"

陈安转身看了看，只见三三两两的游人，或交谈或散步，并无异常。

"应该是盯你的吧，可能有人认出你是当今炙手可热的泰溪小花了。"陈安笑道，"大明星，以后出入戴好口罩。"

程乐乐嗔怪地拍了下陈安的手，两人往购物中心方向走去。

153

恰逢圣诞，大海影院的客流量也不少。程乐乐站在一边数人头，又去观察开场前卖品的转化情况。前者的数据可以通过后台查到，后者则是各家影院的商业机密。票房依赖档期和商业环境，而一个影院的运营能力则更容易从卖品销售情况中洞悉。

她专心记录，并没有留意到李潮汐出现在了影院大堂，还把陈安叫去角落说话。

自上次李潮汐告黑状后，她又打了好几次陈安的电话，不过都被陈安拒接了。

这回，两人在李潮汐的影院相遇，陈安躲不过，只好听她搭讪："陈总，你过来怎么不提前和我联系啊？"

"路过。"

"上次我跟你提起的程店长的事——"

陈安并不想和李潮汐维持表面关系，于是直言不讳地开口："黄天苟能鼓动成沈立明给程乐乐发警告信这事，你功不可没吧？"

李潮汐猛地抬头，对上了一双寒光凛凛的眼睛。

"一家资质这么好的影院被你经营成这个样子，连星辰都快要吊打你们了，你是把心思全花在这种背后捅刀的龌龊事上了吗？"

李潮汐只见过陈安一面，那时的他表现得谦和温柔。后来的一次通话中，是她告状在先，他的态度略为强硬了些，但也是情有可原的。而现在，他言语刻薄、眼神锐利、居高临下，像是鹰隼一般，令她感到害怕和不悦。

李潮汐转念一想，她看上他，不过是因为他好看的皮囊和温和的气质。她爸爸是泰溪首富，而他只是区区一个小破影院的老板，哪来的底气跟她叫嚣？是那心术不正的小狐狸精撺掇的吗？

话说这狐狸精运气不错，本来都说好让 uncle 教训她一顿了，谁料半路杀出个程咬金，Peter 莫名被人打，还被开除出圈，让她逃过一劫。其实何必假手于人？真要让这狐狸精离开陈安，办法有的是。

陈安对李潮汐不恭不敬的态度，也令她很不满。她要他崇拜她、忌惮她、臣服于她，唯她马首是瞻。

爸爸不是说了要建二十家影院吗？直接把星辰也收购得了。

"陈总，我不懂你在说什么。"李潮汐捋了下飘在前面的刘海，漫不经心又带着点鄙薄，"我找你，是有正事相谈的。这年头背着贷款搞点实业不容易。我看星辰影院都卖上艺了，够辛苦的。程店长可能格局不够，但我们都是明白人，有些话就敞开了说吧。像你们这种单店门脸，靠流水什么时候才能回本？这么折腾，无非是想把票房弄好看点，以便卖个好价钱。我想和陈总交个朋友，你报个价给我爸，我收了吧。"

陈安想，李潮汐可能从小到大都过得很顺遂，有人宠她无边，让她从未受过伤害，所以她才会长成一副目空一切、唯我独尊的样子。

如果他一直宠着程乐乐，护她长大，上天也佑她父母平安健康，她是不是也会这样不可一世？

她现在这么亮眼，像一把漂亮、锋利的钢刀，是由过去的苦难锻造、淬炼而成的吗？

他为什么会觉得她像把钢刀呢？可能是因为在某个瞬间他窥到了她冷厉的一面。譬如在黄薇这件事上，她手起刀落，并无怜悯。又譬如她说起她对他七年的思念，但她却从未出现在他面前。

陈筱牧除了回复个"忙"字，并未再说什么，很像是有意避开他。

陈安怀疑程乐乐联合陈筱牧瞒了他一些事，既然程乐乐不想让他知道，他是不是也该配合她、尊重她？

他很珍惜现在的幸福，不想随便搅动、掀起淤泥渣滓，让两人都不痛快。所以，他在犹豫要不要找人调查。

陈安的思绪飘远，直到程乐乐发现他和李潮汐站在一处，朝他们走了过来。

"Good afternoon（下午好），李总。"见到李潮汐，程乐乐打了个招呼，"你家影院好 big（大）喔。"

陈安觉得程乐乐说话有点欠揍，笑着道："李总提议收购星辰。"

"Really?（真的吗？）"程乐乐瞪大眼睛，转头看李潮汐，"Thank you（谢谢你），李总。真是星辰的荣幸。"

李潮汐听出来程乐乐是在阴阳怪气地讽刺她，这辈子也没人敢和她这样说话，不禁面露愠色："陈总，你回去想想吧。"说罢便要拂袖而去。

陈安拦住她："李总，你也老大不小了，不要别人跟你说什么你就信什么。疫情当下，你爸的港口生意不好做，拆借贷款好几轮了，现金流可能还要靠这家影院支撑。开二十家影院我没意见也管不着，但拿这个招摇撞骗还欺负到她头上，我饶过一次，不会饶第二次。"

"你说什么？！我爸是首富，轮不到你……"李潮汐尖利地质问。

陈安往后退了一步，看向程乐乐："一介泰溪首富就敢这么嚣张，你作为泰溪小花也要横着走，知道了吗？"

说着，陈安拉着程乐乐出去了。

程乐乐回头看了看刚发作就失去了观众的李潮汐："我们就这么走了啊？"

"我怕我耳朵会聋。"

"她不是要招你入赘吗？怎么还跟你吵上了？"

陈安道："她不想让我们结婚。"

程乐乐"啧"了一声："哎呀，那你怎么把我拉走了。我要给她表演《大话西游》里的那一段。"

说着程乐乐停了下来，叉着腰挑着眉，学着周星驰的配音演员石班瑜的语调说话："人家郎才女貌，天生一对，轮到你这个妖怪来反对？"

陈安的唇角快咧到耳边，很给面子地鼓了鼓掌："演技比之前进步太多了，尤其是这鄙夷不屑的语气，多一分则太狂，少一分则市井，拿捏得太到位了！"

程乐乐鞠躬："谢谢导师对我的肯定。"

陈安"叭"地亲了下程乐乐："乖宝你也太好玩了。"

两人走到一家饮品店，程乐乐想喝奶茶，陈安扫了码等待取餐。

程乐乐问："海王不行了？"

"什么海王？"

"李潮汐他爸李大海，不是又卖海鲜又做港口生意吗？就是海王喽。"

陈安捏了下她的鼻子："他啊，资金链断了，正在到处借钱。现在由于全球疫情短时间内无法好转，融资困难，他可能会挺不过去。"

"那大海会被出售吗？"

"也许吧。"

程乐乐回过神来："难怪你说要把大海买过来，合着不是在玩霸道总裁的游戏啊？"

陈安笑："我又没有进军影视业的打算。我的想法很简单，只要你喜欢，我就买来送给你。"

"……"

"也不是。说真的，你可以考虑趁影院低迷期间，考察一些濒临倒闭的优质影院。我给你资金，你组建团队，择优收购。"

"不好吧，跟我吃软饭一样。"

"那我把公司股权写到你名下，我给你打工，我来吃软饭好了。我不介意。我的理想就是吃你的软饭。"

出餐了，陈安拿了吸管，戳好递给她。程乐乐吸了一口，说："小哥，唐欣加了我微信，让我看着你一点，就是怕你有朝一日不要江山要美人。"

陈安不满地道："好嘛，你身边的眼线我还要花钱挖，我身边的人倒是很主动地倒贴了。"

两人牵着手逛了会儿商场。购物中心的招商不错，进驻的品牌中不乏准一线品牌。导购们都很热情，与之配套的是不菲的价格。泰溪正在进行滚动式拆迁，拆出来一批暴发户，支撑着这些店运营下去。

程乐乐不禁异想天开了一下，大海要是落在她手里，肯定不能沿用现在星辰的经营方式。但要是走高端大气上档次的奢侈路线，对电影院来说是不是夸张了点？不过无论如何，她都得把两家影院的定位严格区分开，避免相互间抢夺客户资源。而她的目标也不是提高单家票房，而是如何做大泰溪的观影市场。

这个挑战还是蛮吸引人的。

程乐乐心不在焉地试了几身衣服，最后挑了其中一套。

导购还在孜孜不倦地夸她身材好，让她多带两套，但程乐乐兴趣不大，拎着袋子打算走人。陈安问："不多买点？小时候你最喜欢逛街了。"

程乐乐说："现在本人有更高级的追求了。再说，本人天生丽质，不需要这么贵的衣服来包装。"

陈安不勉强她："下次去曾州，让我妈带你去买，她有熟悉的裁缝。衣服不一定要买大牌，但要穿得舒服。"

程乐乐没有反对，职业病发作，喝着饮料继续思考她的挑战去了。

随后，两人又去楼下的超市买了些生活用品。陈安很有少女心，挑了一堆诸如情侣拖鞋、情侣茶杯、情侣手套等看上去只有十七八岁的少男少女们才会喜欢的东西。他说，他十八岁的时候就想这样装饰那套公寓了，程乐乐便随他去了。

从购物中心出来，一只可爱的熊猫卡通人偶左摇右晃地拦住了他们，要求和程乐乐拥抱。

这应该是商场请来的兼职生，用来烘托节日气氛的。

程乐乐抱了抱熊猫人偶，想起昨天的舞伴套着人偶服跳出一身汗，说："很闷热吧？辛苦啦。"

熊猫人偶伸出两手，朝空中做了托举的动作。

程乐乐认出来了："哇，你看过我们影院的表演啊。"

陈安在旁边笑着说："你看你现在是泰溪的名人了，连熊猫都认识你。"

熊猫人偶随后从旁边的大包包里掏出一个穿着皮外套的小熊猫玩偶，塞到她手里。

"送给我的？"

熊猫人偶点头。

"谢谢。"

陈安说:"都有粉丝送礼了啊。"

程乐乐不好意思地朝人偶摆了摆手:"谢谢,欢迎你来星辰看电影喔。"

接上阿丑后,回到家,陈安和程乐乐开始收拾买来的东西。

程乐乐很喜欢那只熊猫,在家里巡视了半天,最后把它放在了餐桌边的飘窗上。

吃完晚饭,程乐乐陪阿丑在院子里玩了一会儿,然后去楼上洗了个澡。出来的时候,陈安正在挑选老电影。他装了和这套房子格格不入的电视和音响,程乐乐还没静下心来享受过。

程乐乐凑过去,替陈安做了决定。悬疑电影《控方证人》是黑白片中的经典之作,情节紧凑,故事反转连连,是程乐乐喜欢的风格。

陈安热了两杯牛奶,两人随后窝在沙发里,盖了一块薄毯,抱着刚刚买来的黑白款情侣杯看电影。

看了一会儿,阿丑突然汪汪大叫。

程乐乐把杯子搁在桌上,走到阳台,推开窗往下看,但是下面黑黢黢的,什么也看不清。

阿丑的吠叫还没停。陈安说:"我下楼去看看。"

陈安走到一半,阿丑就安静了。不过,他还是下了楼,看见一个戴头盔的男人拿着一袋外卖在甬道尽头拐了弯。

"怎么了?"等陈安回来,程乐乐问。

陈安摇头:"送外卖的。"

程乐乐笑:"咱这楼里除了我,还有叫外卖的老人吗?估计是送错了吧。"

陈安也没在意,重新按下了播放键,说了句"少点外卖",便把程乐乐揽过来,让她躺到自己的双膝上继续看电影。

情节紧凑、故事反转的经典电影仍然没能留住程乐乐,看到一半,程乐乐便睡着了。她睡得很熟,陈安抱着她上了床,她也没醒来。

陈安偷偷拿出早前买好的戒指试了试大小,结果发现还是买大了一点。

这次,他改了主意。

程乐乐说以前她无名指上戴戒指是为了驱除追求者,既然目的是驱除,何不买个有震慑力的钻戒,让那些有邪念的男人们有胆想也无胆做呢?更重要的是,还能预防像李潮汐、黄天苟这样爬高踩低的小人在他看不见的时候在背后搞小动作。

154

第二日，陈安拿着笔记本电脑，带着程乐乐去影院上班。他约了一位在人文景点设计方面的专家来看现场。人还没到，他先在办公室里处理邮件。

旁边的沈大峰正在向程乐乐展示他的雄才大略。

"姐，你赶紧注册个直播账号吧。所有女生，买它买它买它！"沈大峰学主播提尖嗓子说话，"姐，就你现在这 IP（个人品牌）影响力，虽说离头部主播还有点儿差距，但咱也不求像他们那样几秒钟内销售一空不是？"

程乐乐支着头听："你知道 IP 是什么意思吗？"

沈大峰拉了条椅子坐下，唾沫横飞地说："咱就先卖套票，打个比方，两张电影票加一份中爆米花和两杯中可乐，成本我都核算过了，咱卖 99元。你到时就说原价 299 元，直播客户特享。"

"谁信它原价 299 元？"程乐乐不像平时那样一听提案就兴奋，看上去甚至有些抵触。

沈大峰道："这年头谁还看原价啊？姐，我可跟你先说啊，咱库房有两袋玉米豆快过期了，这段时间再不促销就得报损了。"

"你让我想想。"程乐乐转着笔。

沈大峰替她着急："你还想什么呀姐！你现在这么火，还不趁热打铁搞个账号固粉啊？"

"我又不是要在这干到退休，把我和星辰捆绑在一起，要是以后我走了，你还指着我直播啊？"

"没让你捆绑啊，你就当练号。等有了粉丝，慢慢运营，咱再培养人替你。姐，现在买粉丝多贵啊，你有现成的渠道，别人想嫉妒都嫉妒不来呢。"

程乐乐问："你打算怎么弄？"

"一般这种带货直播都要几个小时起播，我们业务不熟练，先定个小目标，比方说一个小时吧。"

"一个小时？我卖个套票卖一个小时？"

"你又不是专业带货主播，哪能说上一个小时。你就跟员工似的，卖会儿票，然后去爆爆米花，再带大家进厅转一转，最后去放映室参观一下。"

"这也用不了一个小时吧？"

"姐，真撑不到你就跟平时似的，查看查看库房啊，检查检查卫生啊。主要也是为了满足大家对你的好奇心和窥探欲嘛。"

"什么欲？"程乐乐把笔一扔。

沈大峰打了下自己的嘴："我的意思是，你现在大小也是个红人，和大家介绍一下影院的日常，让更多的人了解我们，不是挺好的吗？"

程乐乐捏着额头没说话，憋了半天，说了句："我不是很喜欢镜头一直拍我。"

沈大峰差点没惊掉下巴："姐，你可是和梁郁超拍过电影、在几百人面前表演过的人，一群人对着你拍你都没怯场，就一个手机你还怕啊？"

"那不一样。之前是表演，直播更像是在——共享隐私。我日常说的话，做的动作，每个细小的习惯，都会被镜头另一边的人看到。我不喜欢这样。"

沈大峰奇怪地道："还没到泄露隐私的地步吧……"

"你让我想想，好吧？"

"姐——"

"我说了，让我想想。"程乐乐阻止了他。

沈大峰感到万分不解。以前为了节省一点市场经费，恨不得把命豁出去的领导，听到这样一本万利的提议，没有喜出望外，反而三番五次地推脱，实在是出人意料。

沈大峰走后，陈安给程乐乐倒了杯水："不喜欢做就别做，这么为难自己做什么？"

程乐乐接过水杯，垂着头没说话，指腹慢慢摩挲着杯身，似是在思考。

陈安站在旁边，拉起了她的另一只手，挠了下她的手心："怎么了？"然后用修长的手指点了点她的脑瓜，温和地问："这里在想什么？"

程乐乐叹气，原本薄雾缭绕的两眼抬头时已澄澈透明，不染一丝愁绪："我可能真的当不了明星，小哥，好可惜。"

陈安抓着她的手放到自己的胸口，一脸认真地道："在我这里，你永远是 super star（超级明星）。"

到了下午，设计师来看现场了。他戴着一顶小圆帽，烫了头发，留着一撇山羊胡，衣着肥大，裤子七分长，露出一双色彩斑斓的长袜，一看就是搞艺术的。

第 十 章　当 他 想 求 婚

小县城里没怎么见过艺术家，他一来，前台员工就进来汇报："陈总，外面有只孔雀找您。"

陈安觉得这里的员工应该是跟程乐乐学的，都喜欢给人起绰号，所以也没多说什么。

设计师是冲陈安的面子来的，以前也没接过这么小体量的活儿，和陈安开玩笑说，感觉自己在参加《梦想改造家》节目。

陈安倒是听进去了。如同程乐乐为星辰争取电影场地，要是景点建设过程中也有电视节目跟进并得到一定曝光的话，完全可以实现未建先火的效果。再者，这种电影博物馆的设计在当下的节目中也未曾见过，加上影院在疫情期间多灾多难，节目借此呼吁社会关注弱势行业，也符合当下的主旋律。

陈安当即表示可以打听是否有类似的节目正在筹备，不过他这个项目比较急，如果真有，就得插队，还得请设计师全力配合。

设计师不缺钱，缺个展示的机会。凭陈总的能耐，说了便是能安排上，他不由得对这件事上了十二分的心。

晚上，陈安叫上钟岳山、全梓荣，带上程乐乐，一起请设计师去私房菜馆吃饭。

私房菜馆位于城东一处偏僻的巷道内，环境清幽，黑瓦灰墙内摆放着一张朴素的八仙桌。除了陈安和程乐乐，其他三人各坐一侧。

钟岳山负责介绍放映设备演进史，全梓荣负责介绍泰溪的风土人情，陈安负责结账，程乐乐则负责吃，大家分工明确，各司其职。

设计师虽然打扮得颇具艺术气息，但精于人情世故，一听全梓荣是县一把手的公子，便很是客气地敬酒。全梓荣见陈安只顾着给隔壁那人剥小龙虾，也不替他说两句话，推脱不过只好跟着喝，边喝边怨念地瞪了陈安好几次。

后来，全梓荣喝上了头，陈安提醒了好几次也无济于事，只好由他去了。

喝到最后，设计师和全梓荣都有点喝多了。陈安叫了个车，让钟岳山先送设计师回酒店；自己则多留了一会儿，让厨子做了点醒酒汤，给全梓荣灌下去。

全梓荣喝得迷迷瞪瞪，恍惚间看见程乐乐，立马指着她的鼻子骂："你当年怎么这么狠心，说走就走了？你知不知道他为了你得过急性心肌炎，进了 ICU（重症加强护理病房），差点就死了？你以后一定要对他好啊，不然我做鬼也不放过你啊……"

陈安拦不住一个醉鬼的嘴。本来带程乐乐过来，只是想带她吃点好吃的，没想到让她听了这些丧气的话，心里不禁后悔。

坐在他旁边的程乐乐脸色铁青。陈安搂着她的肩膀时，才发现她全身僵硬，两手冰冷。全梓荣还趴在他的肩上鬼哭狼嚎，他只好拉了下程乐乐的手，说了句："你别听他瞎说。"

好在没过多久，全梓荣清醒了一点，也闭了嘴，只是两腿发软站不稳。陈安只好扶着他上了车，把他送回了家。

这么一番折腾，到家已经十一点多了。程乐乐今天一天的心情都很低落，被全梓荣一顿乱骂后变得更加消沉。

"对不起，小哥。"进了门，程乐乐没开灯，抱着陈安的腰，靠在他的肩上，缓缓地说。

陈安这一路被沉默不语的程乐乐弄得心神不宁，现在看她终于愿意沟通，放心了些，低头吻她，声音轻柔地道："说好了，都要往前看的。"

程乐乐声音干涩地问："你得过急性心肌炎？"

"这个和你没关系，是全梓荣胡乱怪到你头上的。"

程乐乐带着哭腔说："我刚才都用百度搜过了，肺炎什么的也可以发展成急性心肌炎。你是不是因为我，没有好好爱惜身体……"

陈安听到她声音不对，连忙哄道："哪儿啊，只是感冒引起的病毒性心肌炎，你别瞎想行吗？"

说完，他捧着程乐乐的脸啄了几下。

"百度说，犯病时有猝死的可能是吗？你那时在 ICU 是不是真的差点就死了？"

陈安轻轻摸着她的后背，又细声软语地回："不会的，那只是极个别的情况，我当时没死，以后没个七老八十也不会死。"

程乐乐还是感到后怕，将陈安箍得紧紧的："你都有心脏病，怎么还玩鬼屋？"

"我又不怕鬼，再说这病不容易复发。"

"胡说，百度说了，也有可能复发的。"

陈安无奈地笑："乖宝，把你的百度卸载了吧。看病不能上百度，知道吗？"

程乐乐气哼哼地说："看病方面我比你有经验，不要教育我哪个 App（应用程序）好用。"顿了下，她又道："以后不许看悬疑电影了，一惊一乍的东西少碰，平时不许熬夜，要好好吃饭……"

自从得知了陈安的病史，程乐乐决定将过去七年内经历的所有事情都封存起来，绝口不向陈安提起。

陈安觉得程乐乐情绪过于激动，需要转移一下注意力，便温柔地吻住了她。程乐乐还要挣扎，陈安按着她后脑勺压向自己，不准她动来动去，然后食指落于她的眉间，慢慢描摹她眼眶的轮廓，再安抚一般轻轻舔吮她的唇。

程乐乐在亲吻中逐渐安静下来，陈安才沿着她耳朵、下颌骨的线条吻过去，然后一寸寸下移。

两具躯体渐渐炽热，脱去外物仍不觉得冷。呼吸逐渐变重，他们在狭小的沙发上贴紧、纠缠，共赴巫山。

而此刻，他们并不知身后有双眼睛正盯着他们。

次日，陈安本来要回曾州，但查看完行程表后，发现上面的几个事项都可以远程完成。唯一需要他出席的项目也不过是一个不太重要的小沙龙，于是他便向组织者打电话请了假并表达了歉意。挂了电话，陈安特意将今天这种行程安排圈起来提醒唐欣，让她以后在安排事项时要高度重视他热恋的现状，尽量避免异地办公的可能。另外，他还让她找一家高级首饰定制店，让店家先发图册给他，并提到上次他去的那家体验感很差，就不要再考虑了。

唐欣连着被老板指出两处问题，前几天因为自以为比别人知道更多老板恋爱内幕而膨胀的心态瞬间收敛了许多，于是她不敢再摸鱼，兢兢业业地投入到工作中去了。

第十一章　当他知晓更多真相

155

平安祥和的一天过去了。

晚上，两人在家吃火锅，阿丑也跳到了餐椅上，像模像样地当起了家庭成员。等吃饱了，程乐乐开始训练阿丑接球。阿丑貌似很喜欢这项运动，程乐乐都腻了，阿丑还咬着她的裤腿要求再来一次。

程乐乐只好又扔了几次。陈安洗好碗筷出来，和程乐乐商量在她家装洗碗机的事情，说了没两句，突然停了电。阿丑怕得叫了几声，两人都打开手机手电筒，程乐乐带着阿丑到院子里，陈安则去查看门口的电箱。

楼上几户也在大呼停电，原来这一片区域都停了电。

陈安进屋时，手电筒的光线无意间扫过某物，忽然捕捉到一点细微的红光。因为四下漆黑一片，伸手不见五指，那点红光刚巧被细心的他捕捉到了。

程乐乐还在外头哄阿丑，陈安不动声色地走到光源处，拿起了那只熊猫玩偶。

熊猫玩偶穿的黑色皮外套上有个固定住的纽扣，灰色玻璃材质，和玩偶的风格不是很搭。仔细看的话，能发现纽扣背后有粗糙的黏合剂痕迹。

陈安把手机放在一边，一手固定住玩偶，一手用力往外拽纽扣。拉链随即脱落，露出一个边缘不太规整的小洞。陈安双手撕开布料，一个微型摄像头便掉了出来。

陈安抽了张纸巾垫在手上，隔着纸巾捡起摄像头，又拔了连接线，在抽屉里翻出一个密封袋，把摄像头装了进去，随后把它放到了自己的口袋里。那只拆烂了的熊猫玩偶，也被陈安妥善保管起来。

然后，他下载了一个防偷拍软件，安装完毕后，仔仔细细地查看了每个角落。初步确定，只有那只熊猫玩偶被安装了摄像头。

他拿了门后的帽子和围脖，走到院子里，抓住还在和阿丑嬉闹的程乐乐道："乖宝，今晚住酒店吧。"

程乐乐正在训练阿丑听指令站立和坐下，搭腔："去酒店干什么？说不定等一下就来电了。"

"屋里不开空调，太冷了。"

"有吗？"程乐乐奇怪地嘀咕，"我没觉得冷啊。"说着她去摸了摸他的手："这不挺暖和的吗？"

顿了一下，程乐乐突然看着他的胸口紧张地问："是不是心脏不好，所以比较怕冷？"

陈安沉默了一会儿，说："对。"

程乐乐立刻同意去酒店住，还特意安慰道："男人怕冷没什么大不了的，你看钢铁侠心脏就不好，平时都得穿盔甲出门，豪宅也建在阳光充足的加州，但他还是我最喜欢的男人。"说完，又补充了两个字："之一。"

陈安"嗯"了一声，给她戴上帽子，系上围脖。程乐乐迟疑地问："不收拾东西吗？"

"不用，直接去吧，里面太黑了。"

程乐乐说："小哥，你不仅怕冷还怕黑啊？"

陈安直接道："对，我心脏不好，特别怕吸血鬼出来。快点走吧。"

程乐乐也分不清陈安这话是真的还是假的，只觉得小哥有点奇怪，连钢铁侠这么离谱的话都没反驳，非要急着去酒店。

"不是，那你急什么呀……"程乐乐被陈安牵着往前跑，阿丑在后面追。

程乐乐问："阿丑怎么办？"

"去民宿吧。"

"啊？哪个民宿？"

陈安把问个不停的程乐乐推上了车。

陈安也不知道泰溪的民宿在哪儿，开出一段路后才答："静平寺。"

程乐乐嚷嚷："去找度行吗？那我还没买零食呢。我都答应他了。"

陈安道："路上买。"

开到半路，陈安下车，和程乐乐一起买了一堆零食。

程乐乐还挑了一个乐迪玩具，陈安接过来，把所有零件拆了，确认里面没有安装不该装的东西后，才说："买单去吧。"

程乐乐捧着零件看着陈安，陈安又道："我负责装好，行吧？"

"你还好吗？是不是压力很大啊？听说压力大的人喜欢拆东西，要不要我给你买个挤泡泡的玩具解解压？"

陈安摸了下她的头，说："是有点。晚上我可能还要见个人。"

"这么晚吗？"

"嗯，临时收到的信息。"

"也太辛苦了吧？"

"有你在，我不觉得。"

程乐乐摸了下阿丑探出来的狗头，说："你爸可真会说话。"

把程乐乐安顿好之后，陈安向老方丈交代了安全问题。寺庙里的和尚都有点功夫，倒不怕歹人进来，但为了安全起见，老方丈还是让人盯了梢。

陈安再次回到车里，何叔发来微信，说他已经下了高速收费站了。何叔以前是程栋的部下，和程栋出生入死多年。程栋牺牲时，何叔也在场。程栋去世后，何叔因心理创伤转了文职，后来不习惯做案头工作，就辞了职，在曾州开了一家安保公司。

投资领域有专业的背调公司，但有些不太方便请背调公司的时候，陈安就会找何叔帮忙，算是何叔的大客户之一。

陈安暂时不想报警。一旦报警，程乐乐便会被要求协同调查。

他不想让她知道这些肮脏腐臭的事。他的乖宝只管开心快乐就好。

两人约在家里见面。

何叔听说是程栋的女儿出事，立刻叫上自己的助理，带着检测仪马不停蹄地赶了过来。

电力已经恢复了，何叔和马保拿着检测仪彻底排查了上下两楼层，确保没有任何偷拍或者窃听设备存在。之后，三人便坐在客厅详聊。

陈安拿出了那只破损的熊猫玩偶和摄像头，交给他们。

"玩偶是放在这里的，大概是这个方向。"陈安指了指飘窗。

"放了多久？"何叔问。

何叔想点烟，陈安拿了个一次性纸杯出来，接了点水放到茶几上，说："两天。因为刚好碰上了停电，被手机的手电筒照到，很快就发现了。"

"这玩偶是怎么来的？"

"我和她在城北购物中心的超市买完东西出来后，大概过了五分钟，在西门门口碰上了一个穿熊猫卡通人偶服的人。我查看了扣款记录，时间是17点25分。玩偶服七成新，那人约有一米八高，玩偶服的胸口位置有克西状的灰色污渍。"

"克西状是？"马保问。

陈安蘸水在茶几上画了个"ξ"符号。

"还有别的信息吗？"

陈安低头又思考了一会儿，像是一台精密的仪器在倒带慢放，他一帧一帧地筛查着记忆，说："他拿熊猫玩偶时，是左手拿的，可能左手是惯用手。但他动作不多，且穿着玩偶服行动不便，也许存在干扰，你们酌情采纳。还有，那天回来的晚上，我们是在二楼过的夜。他可能以为家里没人，八点半左右，有一个戴着头盔的人来踩点，被家里养的狗发现后匆匆离开了。我们这栋楼里住的都是老人，很少点外卖，不过也不能完全排除是真的走错了。老小区没有监控，那天停在门口最外围的车是比亚迪e5，车牌号是江AE89144。你们查下，看是否装了车载摄像头。"

马保惊讶地说："车牌号记得这么清楚？"

"因为是斐波那契数列里的数字，印象很深。"

就像没弄懂"克西"是什么一样，马保对这个"斐波那契"也表示了沉默。他拿着笔头顿了顿，又问了一遍："891后面是？"

"89144。"

何叔抽了口烟，问："有被拍到什么吗？"

"白天应该没有。晚上的话……"陈安顿了顿，"我们在这里……"

陈安虽然没说完整，但两人都明白了他的意思。

马保对着灯光检查了摄像头："这个是没有红外功能的，也就是说在没有光线的情况下，它拍不清东西。你们开灯了吗？"

"嗯，我知道。"陈安点头，"灯没开，但是那天是农历十三，月光很亮。因为养了狗，院子里安了个地灯，所以屋内光线也不是很黑。"

"你有怀疑的对象吗？"

"有。安尼影业的总裁江礼涛、通达院线前任运营总监黄天苟和大海影院的总经理李潮汐。"

"那你更倾向于谁？"

"我比较倾向于黄天苟。"

"说说。"

陈安道："熊猫玩偶的纽扣是后加工的，做工粗糙，说明他资金有限或技术不足。安尼影业和大海影院要干这样的事，先不说能不能拿到自己想要的东西，更有可能因此给自己招来麻烦。前几天因为拍戏，星辰和平安喜乐之间的关系已经不是特别大的秘密了，黄天苟可能会回过神来报复。但我手里还有很多他的把柄，北京的调查公司还补充过他受贿的证据。只要他不是很想离开地球，就该有所顾忌，他也不是那种会与人同归于尽的性格。"

"或许不是想同归于尽，只是想拿这个威胁你？"

陈安看着天花板，沉默了一会儿，说："你们想，就一个玩偶，都没有装别的东西，他怎么就确定这个玩偶刚好能拍到对我们不利的视频呢？"

马保说："也许外卖员就是为了过来补充别的摄像头的，而那个玩偶是用来投石问路的。"

陈安揉了揉额头："这个人都敢装微型摄像头了，却没敢装红外功能，说明这个人胆子很小或者很谨慎。乐乐是个上班族，白天基本不在家，那他只有在晚上开灯的情况下才能看到她。折腾半天就为了看那么点时间，他图什么？不可能是图财或者想拍到不雅视频来威胁我。"

何叔接着说："或许是变态式的喜欢。很有可能是初犯，钱不多。你有人选吗？"

陈安听到这里，抹了把脸："乐乐前两天做活动，受到很多人的喜欢。我不知道有没有这样的人混在其中。"

怀疑对象瞬间被扩大到大众，这事又变得复杂起来。他想抽烟冷静一下，可是想到等下还要见程乐乐，忍了忍说："我们那天是偶然去城北的，他可能是一路跟踪我们过去的。等下我把我这几天的行车路线发给你们，你们找人调监控，排查一下我后面有无跟踪的车辆。"

何叔道："这人不是戴头盔就是穿玩偶服，做事谨慎，应该有一定的反侦察能力。不过他是初犯，你提供的信息也够详细了，查起来不难。"

"我要的是快。何叔。"

"我知道，老程的女儿，我不能让她冒一丝风险。"一根烟燃到了尽头，何叔把烟掐了，说，"不过这种情况，要是真的抓到了，也只是拘留或罚款，犯罪成本很低。"

陈安蹙眉。

何叔站起来，说明天去固定证据，临走前又多说了一句："你再问问乐乐，看她有没有怀疑对象。要是有目标，排查出来就快多了。"

陈安知道程乐乐的这七年是她的禁区，他不问她就不提。连黄天苟都是他自己挖出来的，她能跟他提什么人名？

怕是多问两句，她又会疑神疑鬼起来。

陈筱牧已经和程乐乐穿一条裤子了，陈安决定夜访钟鸣。

156

陈安本想向钟岳山要钟鸣的电话号码，但考虑到时间已晚，老人可能已入睡，他索性开车去了钟鸣的酒吧。

上次来时心碎一地，这次来也不大舒坦。

陈安向吧台的调酒师打听钟鸣在不在店里，调酒师看了他一眼，两手抵在黑金色的金属柜台上，神神秘秘地说："我们老板喜欢女人。"

上次钟槿也表达过差不多的意思，难道钟鸣真的很有男人缘？

陈安晃了下无名指上的戒指，说："我是他朋友，叫陈安，你能联系一下他吗？我有正事找他。"

调酒师朝耳麦说了一句，刚说完，陈安的后背就被人拍了一下。

"稀客啊，陈总。"钟鸣道，"我听老头子说，你和乐乐都要结婚了。老头子郁闷得不行，让我连夜去相亲呢。"

这次见到钟鸣，陈安觉得他顺眼多了，说话也中听了，问："能找你聊几句吗？"

钟鸣笑了下："不会吧，婚前调查啊？我先声明，我和乐乐——"

"乐乐出事了。"陈安打断他发散思维。

钟鸣眉头一紧，收敛了嬉皮笑脸的神情，说："你跟我来。"

两人去了办公室。

办公室布置得很简单，只有两套办公桌椅、一个文件柜、一个小茶几以及一组三人皮沙发，别无他物。

钟鸣请陈安坐在沙发上，自己从文件柜里拿了两瓶矿泉水，递给他一瓶后，问："乐乐怎么了？"

陈安拧开瓶盖，却没喝："家里被人装了微型摄像头。"

"×××。"钟鸣骂了出来。

"这事乐乐还不知道，我也不敢让她知道。只能来问问你，她以前有没有结过什么仇家，或者有没有疯狂喜欢她的变态？"

钟鸣又从文件柜里拿出一盒中华烟，拆开后，用眼神问陈安是否要抽。

陈安摆手，钟鸣便自己叼了一根，站在窗口抽起来。

灰白色的烟雾升起，钟鸣半倚在窗边道："乐乐不愿意跟你说的事，你让我跟你开口，这不是为难我吗？"

陈安的心猛地一沉。

所以七年时间里，是真的有这么一个人存在的。

他过来问钟鸣，最初只是为了有备无患地探一探，可这一路上，心里却咚咚地敲起了鼓。

因为偷拍事件，那些沉淀了好几个月的新旧疑虑像是被搅动的茶叶末一样，全都浮了起来。

譬如大三时，干妈开始生病，她既要学习又要照顾病人，分身乏术的她会为了不让自己胡思乱想而去酒店打那么久的工吗？《吉光片羽》是今年年初开拍的电影，那时干妈刚过世没多久，她会仅仅因为好玩而出演电影吗？上司那么恶心，她为什么没有跳槽？黄薇做错事，她气到摔杯，是不是触动了什么往事？她衣着朴素、不买首饰，只是因为工资不高或是兴趣寥寥吗？她抵触直播，是不是有什么隐情……

真相像是一潭沸腾的黑水，那些小疑点则像是黑水表面的气泡。

钟鸣又骂了一句，把抽了半截的烟摁灭在窗台上，然后扔进了垃圾桶。

他拿出手机，跟陈安道："我了解的也不见得很全面。这事我和陈筱牧一起说。"

他拨了个电话给陈筱牧，按了免提。

"钟哥，大半夜给我打电话，影响多不好啊。"

钟鸣开门见山："筱牧，陈安在我这里，他来问点乐乐的旧事。"

陈筱牧说："乐乐说他有心脏病的，你可别瞎说，回头让乐乐当了望门寡，你负责得起吗？"

陈安清了清嗓子，对陈筱牧道："陈筱牧，我不会比乐乐先死的。你们说什么我都扛得住。"

低矮的办公室上空响起一阵尖利的嘶吼声："钟鸣！我——"

钟鸣在陈筱牧暴怒的嗓音中插了一句嘴："乐乐出事了。"

陈筱牧立刻安静下来："什么事？"

陈安飞速地说道："有人在家里装了微型摄像头，乐乐还不知道这事，请你对她保密，也请告诉我追查的线索。"

陈筱牧听完之后破口大骂："××，又来？秦瑞这个疯子没完了是吧？

海洛因怎么还没把他带走啊？在北京没虐够还要跑来泰溪虐？"

在陈筱牧激昂的情绪中，陈安咽了咽口水，问："秦瑞是谁？"

陈筱牧沉默了，钟鸣也沉默了。

因为过于安静，办公室里还能隐隐听见外面的音乐声，好像是电视剧《沉默的真相》的主题曲。

很应景。陈安在沉默中等待一个真相。

现在，他站在离真相很近的地方，而且确信真相狰狞不堪。

过了一会儿，陈筱牧幽幽地开口："陈安，你知道乐乐有个哥哥吗？"

"嗯，乐乐说她哥哥比她大两岁，喜欢交朋友，也乐于跟她分享他的交际圈。"

陈筱牧像是听到一个天大的笑话一般："乐乐这么说的？也对，他确实喜欢分享。陈安，你护好你的小心脏，别受刺激。她哥秦瑞就是个不折不扣的人渣。他喜欢交朋友，但都是一群狐朋狗友。他建了个超大的群，售卖他在家里偷拍的乐乐的日常。其中有一个朋友对乐乐特别痴迷，付了他一大笔钱，让他在程乐乐的房间里装了摄像头。"

进酒吧前，陈安设想了无数种可能性，其中他觉得最合情理的便是干妈病后，经济负担过重，原有的存款不足以支付治疗费用，程乐乐被迫节衣缩食、艰苦奋斗。

虽然真相不以人的意志为转移，但这是陈安能接受的底线。

可是陈筱牧说出的真相像是轰炸机突袭时扔下的炸弹，炸得他耳朵嗡嗡作响，眼前一片白光。他紧紧握住皮沙发的扶手，用力晃了下脑袋。

白光中出现了一个模模糊糊的人影，他狠命地盯着前方，逐渐看到钟鸣正焦急地抓着他的双肩说着什么。

声音从很遥远的地方传来，夹杂着尖细的杂音，像是和尚的诵经声里混入了指甲刮过黑板的噪音。陈安揉了揉耳朵，噪音消失了，他听见钟鸣在喊："陈安你没事吧？没事吧？"

陈安怔怔地看着他，逐渐清醒过来。

陈安怀疑自己刚刚出现了幻听，舔了下嘴唇，似是不信地确认："你们是说，和乐乐同住一个屋檐下的哥哥常年偷拍她，还在她房间里装了摄像头直播给他的朋友看？"

钟鸣把水推到他面前，没说话。

"也就是说，现在我说的'出事了'，曾经是乐乐每一天都经历的事情？"

没人回答他。

真相像一枚长长的、沾满毒液的钉子，猝不及防地钉进了他心脏的最深处，黑红色的血液缓缓地流了出来。

"后来呢？她搬走了吗？有报警吗？"

又是一阵让人毛骨悚然的沉默。

陈安看着钟鸣，心一寸一寸往下沉。他听见自己几乎是用哀求的语气在说："请你们告诉我。"

"陈安——"

"请你们告诉我！"陈安提高了声音，目光如炬。

钟鸣又拿出一根烟，点了火，抽了两口后停了下来，把烟盒和打火机递给陈安："你先冷静一下。"

陈安没再犹豫，接过来快速地点上了。

两人吞云吐雾，没再说话。陈筱牧大概是被陈安的反应吓到了，也保持了适时的安静。

直到抽到烟蒂时，钟鸣才开了口："既然你想听，那我们不如从开头说起吧。七年前，乐乐离开你，不是单纯因为抵触你们关系的变化。阿姨在乐乐填报志愿前，突然告诉她要远嫁北京，让她去北京上学。你了解乐乐这个人的，阿姨不说，她也不可能让母亲一个人去外地。她不敢跟你直说，怕你因为她再度放弃在曾州打好的基础，舍了大好前程跟她折腾，搞得你家又鸡飞狗跳，才出了那么个杀敌一千自损八百的馊主意。"

陈安抽完又续了一根，尼古丁让他镇定了一些。他皱眉听着，低声道："她想得太多。"

"是，不过陈安，你是有前科的人。当年你瞒着她义无反顾地改志愿，两家人反目成仇。乐乐又不是缺心眼，她压力大不大？她视你为最亲的哥哥，却突然发现你要她去曾州是为了和她双宿双飞，她那个抑郁症刚好转的母亲又转头说找到真爱要嫁去北京，换成是你你慌不慌？她那时才多大的孩子，你想让她想个什么万全之策出来？怪不得她的。"

陈安垂着眼，夹着烟的一只手狠狠地掐着另一只手的虎口。

"其实她到了北京没多久就后悔了。她觉得自己把事做绝了，怪自己太鲁莽了。她本来是想找你的，可是他们家的事实在是……阿姨当年是带着高额抚恤金和积蓄嫁到北京的。结果人家的房子只有两个房间。阿姨为了让乐乐回来有个住处，便要求换房。那个继父推说积蓄不够，阿姨就说差的钱她来补。然后呢，那个继父带着阿姨看中了一套二手的三居室，急急忙忙交了定金，回来后才知道购买二套房的贷款利率、首付比例都不一样，得先把现有的房子卖出去才能腾出首套房购买名额。"

安静许久的陈筱牧突然叫嚷起来："这是故意设的套！他们全家没一个好东西！"

钟鸣没管陈筱牧，接着说："但是卖房子需要时间。那边定金付了，合同也签了，要是违约要付双倍定金。继父就提议把新买的房子记在儿子名下，回头再转让产权。阿姨就同意了。这么一折腾，秦家空手套白狼，把阿姨的所有积蓄都转移到秦瑞名下了。搬新家时，乐乐才知道这事。她觉得秦家有问题，等手续办完后，私下里多次催继父过户，都被他用各种理由拒绝了。他认定乐乐不敢在她母亲面前把这件事闹大。因为阿姨有抑郁症病史，又是千里投奔，不能受一点刺激。"

陈安听到这里，缓缓地闭上了眼睛："他们克扣乐乐的零花钱了是吗？"

"比这更恶劣。因为阿姨有工作，能补贴家用，所以他们在阿姨面前表现得很友善。那个继父声称自己开公司，其实那个公司就是个空壳，他每天听曲儿过日子，只会吃软饭。阿姨的工资由继父保管，他不缺阿姨的吃穿用度，但却没有给乐乐付学费。"

陈筱牧又叫道："他们就是认定了乐乐是个大孝女！乐乐什么委屈都往肚子里咽！所以她刚上大一就要去酒店打工！上班第一天就因为出错被人泼了酒！"

什么实习、什么工作轻松，全都是骗他的。十八岁的黄薇被人泼可乐的时候，乐乐说她还小，替她挡一挡。可是十八岁的乐乐被人泼酒的时候，却没有人帮她挡。

陈安感到无法思考。他掐着虎口的手越来越用力，几乎要掐出血来。

但悲惨的故事还在继续，钟鸣说："那会儿乐乐忙着打工，真没时间再想你这点事了。后来，阿姨生了病。乐乐存下来的奖学金全搭进去也是杯水车薪。她要求秦家卖房治病，他们不肯，还让她把泰溪的房子卖掉。她又不肯卖。两方僵持之下，发生了那个摄像头事件，乐乐发现后，对着摄像头单方面约见了那个变态。"

陈安猛地抬起了头："她要做什么？"

陈筱牧接过话来："那时她也是被逼得失去了理智，挑衅那个躲在暗处的变态，让他有本事就站在太阳底下让她瞧瞧。所谓的太阳底下，就是三里屯那边人流密集的咖啡厅。本来以为不会有人来，那时我刚好在北京跟组，以防万一我陪着她去了。没想到他真的来了，那人白白净净、文文弱弱，压根看不出来是个变态。乐乐问什么，他就答什么，老老实实交代了他是怎么搭上秦瑞的，还提到秦瑞有个群，在群里售卖偷拍她的照片。乐乐就让他出示这个群和摄像头录的视频，他都乖乖照做。我和乐乐就专心取证拍照。拍完后，一个服务员过来说我是第几百号的幸运顾客，给了我一张纸让我注册会员。我接过来，看见纸上用铅笔淡淡地写着'饮料被下药了'。我当时都懵了，我们俩只顾着查看他的手机、拍照取证，完全没注意旁边的饮料被人动了手脚。然后我们强撑到最后，逼他先走，然后调取监控，叫来警察，留存了证据。结果对方出具了精神疾病诊断证明书，什么事也没有。可是这样的精神病却能在学校念书，前程也没有受到影响。乐乐准备找公益律师，查这个证明是否有问题。那个变态的家长找上门来，想给一笔赔偿金私了。"

陈筱牧顿了顿，问："陈安，你会不会觉得乐乐如果拿了这笔钱，就很没骨气啊？"

陈安想说话，可是喉咙里像是被塞了一团棉花。他拿起水瓶，发现手抖得厉害，虎口处渗出饱满的一滴血，在惨白的灯光下显得格外扎眼。

钟鸣不想让陈筱牧为难陈安，说道："骨髓瘤的生存期不长的，阿姨能活这么久，是这笔钱的功劳。那时针对骨髓瘤推出了一种不纳入医保的新药，打一针几万块钱。效果出奇的好，阿姨打了几针后，身体恢复得还可以，就在乐乐继父的哄骗下去上班了。但是这个药每年还要补打几针，赔偿金很快见了底。后来那个继父不知从哪里掘了一桶金，乐乐就跟他谈判，问他借钱治病，利息很高，几年内还清，相当于民间高利贷。她也提了要求，就是让继父自始至终扮演好丈夫的角色，扮演好了，等还完贷款之后再给他一笔钱。"

陈安哑着嗓子问："所以，她很拼命很拼命地赚钱，不敢跳槽，去拍戏，还做了很多我不知道的工作吧？"

"应该是。那段时间，我们也很少联系了，因为她实在太忙了。去年年底阿姨的病情突然加重，连那个药也不管用了。人没的时候赶上了疫情最严重的时候，什么都不能办，乐乐也没钱办。那个继父唯一的仁慈就是拿出了一部分国家给的丧葬费给阿姨买了块墓地。再后来，秦瑞吸毒，继父收起房本不肯让他卖房，秦瑞就逼乐乐提前交钱。乐乐举报他吸毒。继父要去乐乐公司闹，乐乐说闹就一分钱不给，要钱没有，要命一条什么的。

总之是一地鸡毛，然后她就来了泰溪。"

　　陈安抽到第四根烟的时候，七年的苦痛终于陈述完毕。外头的音乐也放了好几轮，现在飘进来的这首是陈奕迅的《好久不见》。

　　逼仄的办公室内空气很不新鲜，钟鸣把窗户开大了些，阴冷的风灌了进来。

　　钟鸣站在风口说："再后来的事，你应该就都知道了。"

　　陈安点头。是的；他都知道。再后来，她勇敢地走到他身边，承认自己做错了并请求原谅，他还在怪她说得过于随便。他故意砍掉她一半的预算，她默默接受，辞退了保洁人员，自己跑去清理男厕所；他顺水推舟假装自己濒临破产，她问他需不需要她卖房，就是那个她在北京与命运抗争、在泥潭里摸爬滚打几乎要倒下都没动过卖房念头的房子。

　　他还为此沾沾自喜过。

　　多么愚蠢，多么自大，多么可笑。

　　钟鸣拍拍陈安的肩，宽慰道："陈安，这事你别苛责你自己。虽然你没陪在她身边，但其实这七年，她是凭着能堂堂正正再见你这股信念才撑下来的。说俗了，你是她的盼头；说雅点，你是她的精神支柱，是她的信仰。"

　　陈安没说什么，钟鸣知道今天说的信息对陈安而言过于沉重、过于密集了。他一边收烟盒一边道："你们当年要是真没分开，乐乐也不见得能跟你走到一起。乐乐自己都说过，七年前，她可能也意识不到你对她的影响有多大，她的意志和决心也不足以支持她做完这个'试管婴儿实验'。"

　　"试管婴儿？"

　　钟鸣看到陈安如惊弓之鸟一般的表情，忙道："一个比喻。乐乐把努力让自己喜欢上你的过程比作试管婴儿、人工栽培水稻之类的。"

　　陈安站起来，和钟鸣互加了微信好友："调查期间还要了解一些细节，可能还会找你。"

　　"没问题。"

　　"谢谢你们这些年对乐乐的照顾。回头要是有用得到我或是需要平安喜乐出面的地方，不要客气。"

　　走之前，陈安又想起了什么："还有，她既然不想让我知道这些事，你们就当我今天没来找过你们。她想怎样都依她。"

157

陈安从酒吧出来，灌了口冷风，呛得喉咙疼，大概是晚上烟抽多了，身上也全是烟味。担心程乐乐闻了不舒服，他在便利店买完润喉糖，准备先开车回家洗个澡。

等红灯的时候，他让陈筱牧给他发了程乐乐继父房子的地址和那个变态的名字。

收到后，他转发给了唐欣，然后用语音留言：

"明天一早，你让之前调查过黄天苟的那个北京调查公司查一下秦瑞和他的父亲。居住地址我已经转给你了。"

"还有这个万胜木，具体做什么的我不知道，但和秦瑞是朋友，你让他们也查一下，要快。"

"另外，给程店长安排一个机灵点的保镖，不需要贴身跟随，不要被她发现。"

随后，他又给洽谈收购项目的团队老大发语音："考察公关公司的事，尽快落实。"

陈安担心江礼涛已经把程乐乐查了个底朝天。万一影片上映时，安尼影业先拿程乐乐和梁郁超炒 CP，等程乐乐被粉丝骂上一轮后，热度也随之上升，再开始炒程乐乐的悲惨人设，比如"烈士之女随母嫁入吸毒家庭"，只看标题就很吸引人眼球。网民要是再挖出秦瑞多年前的交友群，后果不堪设想。

当然，江礼涛忌惮平安喜乐，未必敢这么做。再说，平安喜乐也不会任由事件发酵。但陈安不想让程乐乐在这件事上冒一点险，受一点伤，所以入股一家能掣肘江礼涛的公关公司，显得很有必要。

回到静平寺时已是子夜时分。

院落门口还有和尚轮值看护。陈安双手合十表示感谢，让他先去休息。推开门，陈安发现程乐乐又躺在客厅的地毯上睡着了。

她睡得很浅，陈安轻手轻脚地把门合上，她还是醒过来了。

"你回来了？"她打了个哈欠，抬头看了看钟，又看了他一眼，"怎么换衣服了？"

陈安略迟疑了两秒："和人谈事时，有人不小心把饮料洒到我身上了，我回去换了一下。"

程乐乐故意眯起眼睛："真的吗？不会是衣服上有女人的香水味，怕被我发现吧？在哪里谈的？什么时间洒的饮料？服务员长什么样？要是被我发现你骗我，你就完了，小哥。"

陈安呆了呆。

程乐乐却没忍住，抱着沙发靠枕恶作剧得逞般笑了起来。

就是这种干净纯粹的笑容让他误以为她一直过得很好。

陈安大步走过去，走到她面前俯身抱住她。因为太突然太用力，程乐乐向后仰倒，但头没触地。陈安的手掌垫在她的脑袋下面。

突如其来的拥抱让程乐乐愣了下："怎么跟多少天没见了似的？"

陈安的手顺势插入她的发间，摩挲着她细密的黑发，近距离地看着她的脸："觉得你笑得很好看，想让你一直这样笑下去。"

"一直笑，那我不成傻子了吗？"

陈安横抱起她，往屋里走："傻子我也喜欢。到床上去睡，地上太凉了。见到度行了吗？"

"山里的小朋友不到八点就睡觉了，明天早上再找他。"

"你得学学度行，晚上别这么晚睡。"

"你才是吧。"

"你是小朋友。"

"……"

房间里窗帘拉得严实，关了灯，什么也看不见。

黑暗中，陈安直接把程乐乐抱进怀里，一条胳膊让她枕着，另一只手的大拇指缓缓擦过她的眉骨，又轻轻抚摸她的脸颊。

"老年人睡不着啊？"

"嗯，老年人在忆苦思甜。"

"什么？"

"我想起你小时候。三年级的时候，你把最爱的橡皮借给了小胖，后来他转校了没还给你，为这事你跟唐僧似的天天念，念得我头疼。"

"有吗？"程乐乐不太记得这事了，"那你一定帮我找回来了。"

"对啊，我转了三趟车，去找小胖讨要橡皮。"

程乐乐摸黑亲了下陈安的脸："辛苦你了，小哥，我替三年级的我感谢你。"

"还有你们班的体育生华子，和你同组值日，每次糊弄两下就跑了，你跟我念叨了一个月。"

"这我知道。你开始踢球就是因为这个，还和华子成了球友，后来华子在你的'淫威'下干活干得好认真。"

"初中那会儿，你同桌暗恋的男生却给你写了情书，你同桌发现后偷偷向老师举报你抄作业，害你罚站了一节课，你前前后后跟我说了小半年吧？"

程乐乐不太服气地指出核心问题："为什么会念叨小半年呢？因为某人借着和我同桌沟通的名义，让我同桌芳心大乱，成功让她从失恋的痛苦中走了出来，重新陷入了另一场暗恋。仇人转头要做我嫂子，我念久一点不为过吧？"

"这你倒记得清楚。"

程乐乐往陈安怀里钻了钻："怎么突然提这些啊？"

陈安低头轻吻她的额头："你小时候好像很习惯把你的烦恼和委屈一股脑儿地说给我听，我要是听烦了捂住耳朵，你就把我的手掰开，大声在我耳边重复一遍，还很霸道很不讲理地说我烦你了。"

程乐乐有点困了，鼻音浓重地问："是吗？"

陈安像哄小孩一般轻轻拍着她的后背："乖宝，以后恢复这个习惯好不好？"

"嗯。"程乐乐的声音轻柔，像是躺到了云朵上。

过了很久，外面起了风，树枝招摇。屋里暗香浮动，怀里的人已经安然入睡。

"谢谢你好好地回来。小哥永远爱你。"陈安如是说。

158

第二天，程乐乐需要同影院确认元旦的安排。因为圣诞节的活动珠玉在前，元旦的活动自然要花点心思。之前是大火爆炒，这次她想小火慢炖。她请了之前自己拜师学艺的魔术师，在每次电影开场前五分钟给顾客表演一段即兴的小魔术。她还在影票上花了些心思，提前把三天假期用的票卷展开，随机在票面上盖了印章。得到印有印章的影票的观众可以兑换跨年礼品，单身顾客还可选择与拿到同样印章的陌生人一起免费观影一次。为了确保活动的顺利进行，程乐乐得再去落实一下细节。红娘得做，隐私也得保护，这中间会产生很多沟通成本，她得再培训一次员工。

陈安不想打乱程乐乐正常的生活节奏，便给自己放了个长假，推迟了曾州的行程，专心陪在程乐乐身边。

程乐乐整个上午都在写"Q&A"（"问与答"）的培训材料，陈安跟她说话，她总是慢半拍才回应，然后回个"嗯"。

陈安待在影院无事可做，便下单了城北高端超市的水果、零食、电器、花卉若干。

收到货后，陈安先布置花花草草，再规整咖啡机、榨汁机的电线。收拾妥当后，他便坐在程乐乐旁边，专心致志地剥葡萄。

剥完一碗葡萄，他又接着剥松子。

办公室被他营造得富有生活气息。员工接力般进进出出，用余光扫视二人，出去后便交头接耳，相互补充各种细节。

"程店长连剥完的葡萄都不吃。"

"对，还得靠人喂。"

"吐的葡萄籽还得有人接。"

"成了只会张嘴的废人。"

然后，他们齐齐夸程店长御夫有术。

快到中午时分，陈安刚清扫完桌面上的松子壳，唐欣的电话就过来了。

"老大，知道您着急，我先把调查公司反馈给我的情况给您汇报一下。万胜木一年前因醉酒驾车发生车祸，脊柱断裂后瘫痪至今；秦瑞三个月前被遣送至戒毒所强制隔离戒毒；秦文峰名下有一家皮包公司，他实际上是无业游民，最近一年和一个名为沈天兰的50岁女士同居。"

一个电话，让陈安心里最怀疑的三个人全都洗清了嫌疑。

"老大，需要我盯紧哪位吗？"

陈安举着手机往外走："秦文峰几年前捞到了一笔横财，你让人查一下这里面有没有猫腻，有的话就直接以好市民的身份去举报了吧。"

下午，程乐乐要在总经理办公室分批培训员工。

她要求，不管是不是负责这项活动的员工，都必须清晰了解活动的细节。顾客询问时被支来支去的体验是最差的。

陈安本想坐在角落旁听，但被要求现场关闭手机后，就夹着尾巴去综合办公室里坐着了。

何叔发来微信，说摄像头上没有指纹；调取到了车载监控，可惜拍到的电动车没有牌照，作案人全程戴着头盔遮掩，没有拍到脸，有效信息并不多。陈安这几天在泰溪的行程监控他们也看了，没有发现可疑车辆。

同样，马保刚刚调取到的城北购物中心监控视频显示，那人全程穿着玩偶服。

他们现在打算从玩偶服和摄像头的来源处下手。泰溪没有集中的电子产品市场，店面分布比较散乱，好在本地租借二手玩偶服的地方不多。何叔召集了几个本地的合作伙伴，打算兵分几路进行排查。

"只要不是网购，沿着这条线摸下去应该很快就会有结果了。但如果是网购的话，就需要费点时间了。"何叔这么说道。

一天下来，全是不太好的消息。

隔壁总经理室的培训结束后，员工们大概受到了程乐乐的邀请，纷纷涌进办公室蹭吃蹭喝。

由于陈安上午表现得过于"妻管严"，他在员工心里的威严感大幅下降。

沈大峰还能和他开玩笑："姐夫，好久不见啊。"说完，他手贱地夹了几粒剥好的松子仁送进了嘴里。

影院员工多为女性。分享美食的间隙，其中几个凑在一起看手机，研究平安夜那天程乐乐表演的那支舞。

沈大峰说："现成的师傅就在这里，你们还舍近求远地看网上的视频啊？"

程乐乐叼着根红薯干说："你们想学啊？来，我教你们。就五分钟啊。"

说着，她站起来，走到她们面前喊拍子："一二三四，这里手打开，脚往前走……"

想学的那三四个女孩兴奋地跟在后面手舞足蹈。

跳到中间部分时，一个戴眼镜的员工喊："啊，我最喜欢这个小青蛙的动作了，好经典。那天我跟着做了好几遍。"

另一个大眼萌妹说："我觉得前面那个动作才酷，腿往前划一圈的那个动作。"

旁边的员工道："那是因为你平安夜那天没来。小青蛙的动作轻松易学，现场好多人都跟着跳，你跟着跳两下就会上瘾的。我现在一听到这个音乐就忍不住要往上摆手。"

大眼萌妹道："视频里看不出来。"

另一个员工说："所以说，演出就得看现场。录下来就没那个意思了。"

大眼萌妹兴奋地说："我试试。"

陈安看着那群员工齐齐举手，电光火石间，他脑海中突然闪过一个念头。
他拿出手机给何叔发微信语音：
"那天在购物中心门口，他向程乐乐做了一个现场互动的动作。"
"只有现场跳过的人才会把那个动作当作记忆点，自然而然地跳出来。"
何叔回得很快："你的意思是，那个人那天在影院现场？"
陈安："城北购物中心附近有租售人形玩偶服的门店吗？"
何叔回："离那两公里处有一家，主营网络渠道，线下门店也不小，都能在地图上搜到。"

陈安快速地将自己的猜测串连成了一条线："我猜那天影院的演出给了他灵感。第二天上午，他先去买了熊猫公仔和摄像头进行改装。这些物件不大，可以随身携带。"

"下午的时候，他可能去购物中心送餐，碰见了我们，临时起意，搜索了附近卖玩偶服的门店，直接去那里买了一套，接着返回购物中心。"

"城北购物中心的地下停车场还没开放，所有车都停在广场对面的收费场地。离那最近的就是西门那个出口。他只需要在西门守株待兔，就可以碰见我们。"

"何叔，你们先去排查城北那家租售玩偶服的门店吧。"
何叔回："我们本来也快查到那家店了，等下给你消息。"

然后陈安去了监控室。
监控室是一个用过道隔出来的非常狭小的空间，里面塞满了票房系统的主机和电信设备。陈安站在那里调取录像。
这个人来影院的目的是看程乐乐。他知道平安夜那天程乐乐会到处走动，肯定不会进厅看几个小时的电影浪费时间，那么他大概率会一直留在大堂。所以，只要大堂里面的某个人一直没有入场，就应该是嫌疑对象。
可惜监控视频查起来很费劲，荧光棒气球造成了一定的视觉障碍，那天人流又很密集，一眼扫去全是黑压压的人头。而且根据防控要求，每个顾客都戴了口罩，肉眼难以区分。

陈安把涉及大堂的几个摄像头视频全都导了出来，静等何叔这边的消息。
没过多久，何叔打来电话："你猜得没错。我问了这边的老板，几天前，他们确实售出过一套二手熊猫人偶服，因为是现金购买的，老板当时找不出零钱，想通过微信或支付宝转给他，但被他拒绝了。老板为此还去找人换零钱，所以对他还有印象。"

"有看到他的脸吗？"

"有监控但意义不大。他一直戴着头盔和口罩，老板也记不得任何容貌特征。不过老板说，那人听不懂泰溪方言，是个外地人。"

"外地人？"

"不是黄天苟，这人偏瘦偏高。"何叔叹气，"你那边查监控有好消息吗？"

陈安道："正在想办法。"

159

陈安早年间投资了一家主研身份识别的公司。他把视频发给了那边的技术人员，让他帮忙看下，能否从技术角度确认在场所有人的行迹。

技术人员表示，现在的身份识别手段很丰富，口罩遮挡面部已经不算特别大的障碍了。只要视频清晰度足够，又有不同角度的版本交叉补充信息，加上排查量也不多，应该很快就有结果。

晚饭前，技术人员发来微信："所有人都陆续进厅了，除了这些人。"

后面是一个个的人脸截图。陈安辨认出，这三四个人都是影院的老员工，刚刚在办公室时陈安已经听到他们说了方言，很好排除。

技术人员又很严谨地补充："那些穿着玩偶服、装扮成小丑的演员，不在识别范围之内。"

这句话似是醍醐灌顶，陈安直觉自己离真相只有一步之遥。他锁上手机屏幕，向程乐乐索要平安夜那天舞蹈演员的负责人电话。

程乐乐正在查看电影热度排行，问："你要这个干什么？"

"有个开餐厅的朋友看了那天的视频，说他也想邀请他们演一次。"

程乐乐大方地给了号码，还说报她的名字有优惠。

"还有小丑演员的联系方式。"

程乐乐蹙眉："我让沈大峰找的人，你问他要吧。不过这种临时演员市面上有不少，不用非得找这个人。"

陈安点点头："我要去总经理室打几个电话，你乖乖坐在这里，别乱跑。"

"为什么？"程乐乐奇怪地看着他。

"我订了玫瑰花，待会儿要你本人签收才行。"

程乐乐第一次听说送花还提前预告的："小哥，我感到非常惊喜，谢谢！"

"不客气。"陈安走到总经理室，先订了一大束玫瑰，然后给街舞社团的那位负责人打了电话。

电话另一端是个女生。

陈安自称是影院员工，开门见山地询问当天在影院演出的团队里是否有外地人。

那女生听罢，不悦地道："你们咋还有地域歧视呢？要排除外地人啊？"

"防疫要求，补交资料时要求填报的。"

女生态度稍微配合了一点："就两个，我和晶晶，我俩是东北的。"

"晶晶是女生？"

"那不然呢？"

"那晚有临时换人吗？"

那女孩不知陈安身份，以为只是影院员工，嚷嚷道："大哥，咱整的是技术活儿，你给我随便拉个人过来跳两步我瞅瞅，能跳利索不？你以为是赵四呢，抻下腿就成？"

陈安的口音差点被她带偏，说了声谢谢便挂了电话。

陈安本来也没把重点放在舞蹈演员上，毕竟那是个团体协作的项目，旁人轻易混不进去。他走出办公室，溜达了一圈，把正躲在休息室里吃玉米片的沈大峰叫到了总经理室。

"玉米片好吃吗？"

"好吃。"

"那是我买给你姐的。"

"姐夫，一家人说什么两家话啊。你的不就是我姐的，我姐的——"沈大峰在陈安的死亡凝视中把话咽了回去，改口道，"还是我姐的。"

他擦了擦手："姐夫，怎么还神神秘秘地把我叫到这儿来了？"

总经理室刚被拿来当培训场地，里面放了不少椅子，陈安拉来一张坐到沈大峰面前："平安夜那天的小丑演员是你联系的？"

"嗯。"

"名字、联系方式。"陈安干脆利落地说道。

沈大峰道："那我得登录官博后台，我们的招聘信息都是在官博发布的。本来我都定好了另一个演员，但平安夜前两三天，这个人私信了官博，给了个很低的价格。"

陈安把自己手机递给他："现在登录。"

沈大峰输入了账户信息，把那天的私信记录调了出来："就是这个人。"

陈安点进那个人的微博，发现上面全是系统自动转发的内容，像是僵尸号。他截屏后发给唐欣，让她找技术人员查一下该账号最新登录的 IP（互联网协议）地址。

"有简历吗？"

沈大峰从严肃静默的氛围中嗅到了事情的不寻常："没有简历，就一个几小时的兼职，不至于让人做个简历。"他顿了顿，指着聊天记录道："但我让他来影院面试了。"

"什么时候？影院哪里？"

沈大峰紧张地站起来："就在大堂面试的。平安夜前两天，周三下午三点多的样子。"

陈安道："去监控室查记录。"

沈大峰唯唯诺诺地说："姐夫，是发生了什么事吗？那天那个人来的时候脸上抹着油，他说他在别的地方刚打完工，还没来得及卸妆，就带着气球什么的给我表演了一下。我觉得他技术没问题，价格又便宜，就定他了。"

"没留身份证复印件？"

"那天他没带，说是赶场跑过来的，手机钱包什么的全落在上一个场地了。我看他这样就让他赶紧回去拿包了，让他来表演的时候补交一下就行。"

陈安捏了捏眉头："等平安夜那天一忙，就把这事给忘了，是吧？"

沈大峰露出心虚的表情："他要想拿到钱，肯定得来补交的，不然财务没法跟他结账。"

陈安对沈大峰这个猪队友表示无语。

唐欣发来微信，说这个僵尸号的 IP 地址显示是海外，对方可能用了VPN（虚拟专用网络）登录。

陈安收起手机问沈大峰："他是外地人？"

"这我也不清楚，他说的普通话，不过没咱这边口音。"

陈安一连串的审问让沈大峰有点坐不住了，他提心吊胆地问："到底出了什么事，姐夫？"

"叫我陈总。"陈安冷冷地说。

沈大峰深感自己闯下了大祸，脑海中浮现出自己可能放走了通缉中的杀人犯的情景，感觉自己随时可能被穿制服的警察带走。

好不容易出现的线索眼看着就要断了，陈安搓了把脸："沈大峰，你集中精神好好想想，那个人有没有明显的特征或者是让你印象深刻的手势、习惯动作。只要你能想到的，都可以说。"

沈大峰被陈安郑重其事的样子吓了一跳，一边拼命回忆，一边念念有词地说："头发是黑色的，有点长。眼睛好像也是黑色的，鼻子被化妆成了红色。嘴巴挺大的，不过好像小丑的嘴巴都挺大。耳朵……耳朵我实在没印象了。脖子……"

沈大峰突然大喝一声："对了对了，他喉结的地方有颗很大的红痣。那天影院暖气开得很大，他穿着小丑服不透气，出了一身汗，他就拉开了一点拉链。我看他不停地咽口水，以为他热得渴了，想去给他倒水，被他拒绝了。但他干得一直在吞咽，喉结上的红痣也随着晃动，看得我特别难受，我肯定不会记错。"

陈安捏着额角，努力搜索大脑中的数据库。他很确定，他见过脖子上有红痣的人，可是在哪儿呢？

泰溪经济不算发达，本地人占了九成。外地人在这里应该是一个很突兀的群体。而这是一个和程乐乐、和他都有交集的外地人。

限定搜索条件后，陈安几乎不费吹灰之力就得出了搜索结果。

通达院线，童哲。

唐欣之前汇报的通达调查资料里有童哲的简历，简历上有一寸照片。

他发微信给唐欣，让调查公司把上次调查的关于童哲的资料、照片，无论巨细，都发过来。

等待期间，陈安嘱咐沈大峰对程乐乐保密。沈大峰自知自己工作失职，前有程乐乐挥泪斩黄薇的例子，即便陈安不说，他也不敢张扬，连玉米片都没拿就蔫巴巴地走了。

五分钟后，陈安收到了关于童哲的资料包。

211 大学毕业的理科高才生，家境贫寒，大学期间打过多份工，性格孤僻偏执。在黄天苟的职场霸凌中，乐乐是唯一一个站在他身边的人。或许他是在那时喜欢上了乐乐，或许还要早一些。因为他的性格并不招人喜爱，乐乐很有可能是他们部门唯一待他好的同事。然而乐乐因为他离开了总部，他因此自责、自卑、自怜，把这种喜欢发展成了病态的妄念。

这是一个现实版农夫与蛇的故事。在寓言中，人们往往责怪农夫愚蠢，可是在现实世界里，那些如蛇一般的人不会在头上贴标签，反而会伪装成弱者的模样埋伏在你的身边，让人防不胜防。

俗话说，打蛇打七寸，可是只凭偷拍一项，压根连蛇的尾巴都碰不到。

兴许是老天冥冥之中有所安排，陈安把童哲的照片和身份信息发给何叔没多久，便接到了一个来自希腊的海外电话。接起时，他以为是在欧洲的朋友打过来的，但电话那头传来的急促呼吸声，让他立刻意识到，这是个用伪装软件隐藏的虚拟号码。

他随即按下了录音键。

当意识到自己的偷拍行径被发现后，普通人或许会慌张，选择蛰伏不动。但这次，童哲比陈安想象中要莽撞很多。

在童哲经过变声器处理的一声"喂"后，陈安先问："你就是那个送熊猫玩偶的人？"

"是。"

"怎么证明？"

因为紧张，童哲的语速有点快："我手上有你和她的不雅视频。"

陈安镇定地问："你要什么？"

"我要 10 万。"

陈安并不感到意外。小半年前，当喜欢的人为自己站队时，他都会为了保住饭碗而反咬一口，逼得她失去事业。这一次，他同样也会为了自己的利益，背叛自己的初衷。何况他已经在犯罪的道路上走出了第一步，之后的心理障碍就不会那么大了。

陈安沉默的工夫，对方已经开始往上加价："时间拖得越久，我要的钱越多。现在我要 20 万。"

陈安来不及问法务 20 万在敲诈勒索罪中属于什么样的量刑范畴。

"我要先看视频。"

"30 万。"

"我不和没有诚意的人做交易。"

"40 万。"

陈安几乎是在故意拖延时间："我怀疑你在虚张声势。"

"50 万。"对方像个叫价机器人一样不断加价。

其实从这个起步价上，陈安就能判断出来，童哲并不了解他的真实身份。出事后时间紧迫，他很有可能只是拿到了星辰影院的内部通讯录，知道他是影院的总经理而已。

"50万太多了，能不能便宜一点？既然是交易……"

"陈总，你对你爱人的名誉毫不珍惜。作为惩罚，我要100万。"

"100万会不会太多了点？再说，你怎么保证收到钱后不再泄露？"

"你除了相信我，也没有其他路可走。明天中午12点，我跟你联系。不要在钱袋子里装定位器，也不要报警，你知道后果的。"

说完，他单方面挂了电话。

陈安觉得童哲很体贴，他前脚还在担心只能拘留童哲一段时间，童哲后脚就积极地为自己争取了监狱的十年居住权。

陈安给法务打了电话，听他们讲解了敲诈勒索罪未遂和既遂的区别后，他让财务预约了现金支取。

财务表示经常合作的那家银行规模不大，100万可能没那么好预约。陈安就让平安喜乐的财务总监打给了行长，答应这个月在他那边过一笔资金，换回了立等可取的100万现金。

随后，陈安简单跟何叔说明了情况，让他今晚查到童哲的位置后只需静静跟踪，切勿打草惊蛇。他相信谨慎的童哲晚上肯定会去交易地点最后彩排一次，他们掌握信息后，明天静待"螳螂"即可。

陈安觉得事情发展到这个程度是最理想的。因为案件升级到敲诈勒索后，涉案双方是他和童哲，程乐乐完全不用被卷入这种肮脏污秽的事件里。

她只需快乐。

就像他走出总经理室时，程乐乐捧着一束玫瑰花，在员工的嬉闹声中，带着无奈又有点甜蜜的笑容，走过来拥抱他一样。

160

这几天天气一直阴沉，昨天后半夜刮了六级大风，今早起来云开雾散。到了中午，日头悬在高空，阳光灿烂。陈安戴着墨镜，伸出两指比对着太阳的大小，决定送给程乐乐的鸽子蛋钻戒就定在这个尺寸。

进了车，系好安全带，刚刚12点。陈安准时接到了童哲的电话。童哲指示着他把车开来开去，兜了三圈后指了一条去乡下的路。开了半个多小时后，童哲让他弃车走路。

陈安记得何叔发来的昨晚童哲踩点的地方离这还有好几公里，心想童哲做事也过于谨慎了。这一趟，微信步数少说也得一两万步。

不过今天阳光这么好，乡间风景又如此的——萧瑟，但还是适合散步的。机耕路两侧是狭窄的人工河渠，河渠后是一大片枯黄的稻田。陈安走了很久，终于在小旱厕旁看到了那辆无牌电动车，童哲也让他停了下来。按照要求，他把钱放到电动车后一个类似于卖冰棍用的箱子里，上了锁。童哲让他挂完电话把手机扔进河渠，继续往前走，如果回头，童哲就会立刻在各个平台上发布视频。

指挥这些动作的时候，为了避免陈安有尾巴相随，童哲正站在旱厕后的小山包上，拿望远镜观察周边的田地。因占据地理优势，他可将附近的区域尽收眼底。他留意到山脚下有两个农民，在他来之前就在此干活了。他戴着帽子和口罩，即便日后警察调查，那两个农民应该也说不出什么来。

等陈安走出一两公里，快要消失在他的视线中的时候，他飞速地冲下了山。昨天他测试过，从这个位置跑去旱厕只需两分钟。陈安哪怕是博尔特，也赶不回来。

他全身紧绷地跑向电动车，打开后座的箱子，确认钱都齐了，才舒了一口气。

神经放松的刹那，他突然听见头顶上方传来嗡嗡的响声。抬头一看，竟是一架无人机在盘旋。他转头望去，惊恐地发现那两个说着本地方言的农民手里多了一个遥控器。

他连忙启动电动车，这才发现电动车的电瓶竟然被人拿走了。

他想跑，但这时山包上又冲出来两个人，撞了他一下后，便摁住他。

童哲被摁住的瞬间，以为是警察来了，当下就哭得歇斯底里。后来见他们拿出手机说要报警，童哲又叫嚣着说视频会定时发布。何叔说了句"你随便发"，他就开始破口大骂陈安不配。

过了十来分钟，两名警察才赶到现场，其中一名警察问何叔和马保："是你们报的警吗？"

何叔拿了根烟递过去："我们跑下来时不小心撞到了这个外地郎，撞得挺疼的。他也没说声对不住，就吵起来了。"

警察显得有些不耐烦，觉得他们为了这么点小事就报警有些小题大做。但正当其中一名警察在登记信息的时候，他的对讲机里传来信息，说相关路段发生敲诈勒索案件，需要他们追踪嫌疑人。

"同福村由东向西机耕路段，有一个旱厕，旱厕旁有辆无牌照的杂牌电动车，车后装有改装过的木箱。嫌疑人照片我发给你。"

另一名警察正掏手机，何叔道："是不是就是他啊？"

旁边适时走过两个看热闹的农民："我们是拍'乡间中国'的博主，刚才看他贼眉鼠眼的，就跟拍了一下。那箱子里东西可不少呢。"说着就开始调取视频。

何叔则精准地从童哲的兜里摸出一把钥匙，打开了箱子。里面整整齐齐地放着一沓人民币。

警察给童哲戴上了手铐。

何叔则送上一声祝福："人证、物证、视频都齐全。小伙子，你涉嫌敲诈勒索，涉及金额特别巨大，十年有期徒刑跑不了了。"

随着警笛声远去，陈安设下的瓮中捉鳖行动完美收网。

陈安和律师在派出所终于与童哲见了面。

童哲情绪失控，一直在歇斯底里地大吼大叫。警方只好暂时把他铐在冷静室。

没过多久，陈安拿到了童哲威胁他的视频。在陈安报警前，何叔先联系了在警察系统的一位老友，按正规流程报了警，并很快顺利获得了必要的授权。与此同时，陈安提前让CTO（首席技术官）找到一位技术、人品都过硬的计算机专家，在警方技术人员的陪同下，侵入了童哲名下所有的电子设备及云储存空间，成功拦截了所有预设为定时发布的内容。

说实话，视频拍得很文艺，月光勾勒出两具起伏的身体。细节全是模糊的，但荷尔蒙的气息藏不住，两个人交颈缠绵，像是在讴歌生命，透着原始又热烈的美。

陈安在笔录材料上签字的时候，童哲又在冷静室大哭大闹，声称自己是迫不得已。他昨天接到他妈的电话，得知他爸的病情又加重了，是为了尽孝才铤而走险，然后又开始哭哭啼啼地诉说他贫苦、坎坷的一生。

有人在淤泥里沉沦，有人在淤泥里绽放。

陈安此刻分外想念程乐乐，在签完相关文件后，他特意向何叔的那位警察朋友表达了感谢，随后便大步出了门。

此时外面落日熔金，霞光溢彩。陈安刚坐进车内，程乐乐便打来了电话。

"小哥，我拿到《吉光片羽》的尾款了！今晚我请你吃饭！"她在电话那头兴奋地喊。

陈安忍不住笑："好，你想吃什么？"

程乐乐在电话那头犹豫了片刻，问："我们回家包饺子好不好？"

泰溪是南方城市，不似北方那样逢年过节吃饺子。陈安问："你会包吗？"

程乐乐说："会。"

"那我来接你一起去买食材。"

"好啊。"

城市太小，从郊区开车回影院也不过二十分钟。

陈安开到影院附近的红绿灯前，刚想给程乐乐打电话，一抬眼，就看见程乐乐正在影院门口东张西望地等他。

她今天穿着黑色的短款羽绒服，蓝色的牛仔裤塞进了高筒靴子内，显得利落飒爽。为了表演刚掌握的吹口哨的新技能，她此时正仰着头、噘着嘴，对着快要被夜色吞没的绝美天空练习。

陈安想起号啕大哭的童哲，觉得吹口哨的程乐乐酷得没边。

陈安开到她身边，她一上车，酷姐形象立马荡然无存，嘴巴一张，是又奶又黏的声音："小哥，我发财了！"

陈安靠过来给她系安全带，顺带偷了一个吻："发财了就吃饺子？"

程乐乐靠在车窗边笑，什么也没说。

采购完食材回家，阿丑摇首摆尾地跟在他们后面捣乱。

陈安以为程乐乐说会包饺子只是说说而已，现在看她动作娴熟，工序有条不紊，看来以前没少包。他只配打个下手剁个馅，其他的程乐乐都能一手包办。

"什么时候学会这些的？"陈安问。

程乐乐垂眸："以前在北京，我继父他们喜欢吃饺子，一周要吃三四顿，我妈就学着给他们做，后来我也学会了。"

程乐乐现在说话只说一半，陈安却能猜出剩下的部分。她和干妈并不喜欢吃饺子，可是她们入乡随俗，迁就了秦家的饮食习惯。乐乐又怕干妈一个人包饺子辛苦，也学会了这项手艺。干妈做这一切时可能是为了爱情，程乐乐知晓一切，却还要装作若无其事的样子伺候他们吃喝，想必每次都很煎熬。

有时候，一点一滴的细碎日常比震天撼地的大灾大难更折磨人心。

陈安想跟程乐乐学擀饺子皮，程乐乐却拦着没让："我们都不怎么爱吃，以后就不包了。这是最后一次。"

说完连她自己都觉得怪怪的，又补充道："生活要有仪式感。最后一顿饺子，我跟你好好包、好好吃。"

陈安顿时明白过来。他还没来得及调查秦家和程乐乐签的合同到底涉及多少钱，但从今天程乐乐不太寻常的表现来看，她今天拿到的那笔钱，足够还完秦家的债了。从此之后，她和秦家就真的两清了。

所以她才要包最后一顿饺子庆祝一下。

可哪有用给自己添堵的方式来庆祝的？

陈安朝程乐乐猛地撒了一把面粉："你傻啊，不爱吃还要好好包、好好吃？"

满脸面粉的程乐乐愣了愣，随即抓了把面粉扔回去，陈安躲得快，没扔中，倒是撒了阿丑半身。阿丑在地上打滚，蹭得地板上到处都是白色的爪印。

陈安走到程乐乐面前替她擦脸，擦的时候又往她脸上抹了更多面粉。

程乐乐看出陈安是故意的了，也气得往他身上抹。她手上全是黏糊糊的面疙瘩，这个攻击性可比单纯的面粉强多了。陈安躲闪不及，只好一手抓着她的手腕，另一手环着她的后腰，将她抵在墙上亲吻。

两人饺子没吃上，倒是吃了一嘴的生面粉。

可惜生面粉不管饱，程乐乐的肚子已经唱了很久的空城计了。

两人留下这个烂摊子暂时不管，眼不见为净地上了楼。

陈安让程乐乐先洗澡，自己跑去厨房做了几个快手菜。

最后出锅的是丝瓜蛋花汤，陈安正在打鸡蛋，腰上忽然被人紧紧环住，只听后面的人说："小哥，没有你我可怎么办呀。"

这句话，乐乐从五岁说到二十五岁，陈安虽然听得耳朵都快长茧了，但最近却是常听常新。

他拍了拍腰间的手，威胁道："你最好一直有这个认知，别嘴上一套背后又是另外一套。"回头一看，一个湿漉漉的脑袋正贴在他的背上。

"快去吹头发。"

"不吹了，我好饿，先吃饭。"

陈安只好调高了空调的温度，从卫生间拿了块厚毛巾出来替她擦了擦。

他突然想起很多年前，在乡下的表舅公家，他给程乐乐洗过头发。好像从那时起，他就已经确认要和程乐乐相伴一生了。

一转眼，已经过去了那么多年。

尾声

161

时间如春天的溪水般潺潺流过。

陈安以个人名义赞助了一档偏纪录片风格的综艺节目，准备年后正式开始录制泰溪文化广场小电影博物馆的建设过程。

同时，入股寇佘传媒的事宜已接近尾声，两边的法务部门正在着手审核合同。在寇佘传媒董事长的安排下，陈安和江礼涛还一起吃了顿饭。与之前在希尔顿酒店里孤傲的表现不同，江礼涛在饭局上主动了很多，大聊他的生意经，试图勾起陈安的兴趣。饭局结束后，两人出门找司机的路上，江礼涛说了句"程小姐那日受了不少委屈"，算是赔罪；陈安不愿树敌，回了句"家里小朋友贪玩，江总体谅"，算是将此事翻篇。

可这也不影响入股计划的正常推进。陈安对江礼涛没有一点信任，牌面掌握在自己手里，总归是放心一点。

调查公司发来的关于秦文峰的后续情况倒是有点意思。

他们查明，前几年秦文峰所得的那笔横财乃是通过伙同他人骗保所得。调查公司早已将相关证据递交给保险公司，并等待其法务部门起诉。在此期间，陈安又听到了一则新闻。

叶晓梅去世后，秦文峰为防止秦瑞因吸毒而擅自售卖房产，逼他把房子转至自己名下。后来，秦文峰邂逅了出手阔绰的贵妇沈天兰，以为自己又可以重续吃软饭的日子。在沈天兰的忽悠下，秦文峰把房子质押了出去，投资了一个所谓稳赚不赔的项目。

可是前不久，沈天兰突然消失了，那个项目也如海市蜃楼一般化为泡影。据说，现在秦文峰人财两空，还收到了一张法院传票，正哭晕在戒毒所门口。

陈安觉得这是一出极具观赏性的好戏。

年底前，程乐乐和陈安一起去了趟北京。

关陆宁筹办了一场针对应届毕业生的创业交流会，陈安应邀去当讲师；程乐乐则是因为通达集团年会在即，加之前一阵子她又是和梁郁超拍戏又是当小网红，被部门同事集体推选出来表演节目。

刚回到公司，Mark 就偷偷告知她，新来的运营总监 Alice（艾丽斯）在了解她的情况后，特地查看了泰溪的数据，非常欣赏她的工作能力，有意要调她回北京。

随后她便被 Alice 叫进了办公室。

Alice 化着精致的职业妆，说话语速很快，看得出来是个精英型的领导。在简单夸了她几句后，Alice 不带一句废话地给了她两种选择：一是回到北京，继续做她以前的开店支持工作；二是调任杭州，那边有一个通达投资的高端影院项目，主营小众电影和健康餐饮，因是公司全新的业务领域，公司会有资源倾斜，将在那里不定期举办小规模的电影沙龙。

"你回去好好想想，年后给我答复。找到合适的同事接替你之后，我会和那位总经理商量。"

程乐乐笑："那位总经理不放人怎么办？"

Alice 说："由不得他。合同里又没规定只能是你。"

"他可能会找沈总麻烦。"

Alice 自信地道："沈总不会管，他去影视部门的调令已经下来了。新来的老大是我这边的人，你放心。"说完，她顿了顿："不过你也可以和那位总经理提前好好说说，你们相对要熟一点，打打感情牌，大家能和平解决自然是最好的。"

出了办公室，程乐乐便收到了 Alice 发来的杭州项目资料。看得出来，Alice 很希望她能选择这个项目，这和程乐乐的想法不谋而合。

她对这个 Alice 印象不错，可能是因为黄天苟实在太烂、太无能了，稍微精明干练一点的领导都能轻易超越他。

看起来 Alice 很欣赏她，不过她也没什么好得意的。新官上任，原先领导重用的人都得打入冷宫，像她这种差点沦为"洗脚婢"的边缘人士反而更容易得到青睐。三十年河东，三十年河西，谁也不知 Alice 会在这里待多久。她能做的就是当机会来的时候，借风使力罢了。

回泰溪之前，陈安和程乐乐一起去了叶晓梅的墓地，顺便办理了迁移骨灰的手续。

自从那天做了爸爸妈妈和她告别的梦后，程乐乐便坚定了迁移的决心。半年不曾来探望，墓碑上全是灰土。陈安拉着她磕了三个头，并未多说什么。墓园的专业人士要开墓取骨灰，陈安却只让他们指导，自己亲力亲为。

程乐乐知道，这是陈安作为干儿子、女婿，能为母亲做的最后一件事。她便任他忙碌，自己清闲地坐在旁边看了会儿蓝天白云。记得半年前，她孤零零地坐在这里和母亲告别，那时的天空似乎比现在的还要蓝一点。她嘴上问母亲自己会不会有机会见到陈安，但心里其实并不抱任何希望。可是半年后，陈安却牵着她的手回来。她不再是一个人。

162

大年二十九，辞旧迎新，程乐乐留守在影院，和员工一起工作至下午五点闭店，然后被陈安带回曾州，和奶奶、干妈一起跨年。

现在的年味越来越淡，除了看春晚，似乎也没别的事可做。四个人开着电视，凑一桌打麻将玩。奶奶眼神不好，脑子反应也慢，摸牌打牌得半天；程乐乐比奶奶还慢，十三张牌挪来腾去，打着打着牌就少了一张，奶奶便从麻将池里随便给她捞一张回去。

陈安坐在对面等烦了，说让她打最右边的一张，程乐乐就打了那一张。王丽婷说："你怎么这么听话。"说着凑过去看牌。

"宝贝，你这已经清一色胡牌了。"

竟然能从王丽婷嘴里听到"宝贝"这两个字，陈安感到十分诧异。

程乐乐还皱着眉，呆头呆脑地问："怎么胡了？"

陈安笑着叫来阿丑："你来给你妈好好讲讲。"

王丽婷瞪了一眼陈安，开始给程乐乐理牌。程乐乐这才恍然大悟。

打完这局牌后，程乐乐开了窍，越打越顺手，成为当晚的最大赢家。

"你们是不是让着我呢？"程乐乐抱着一沓钱问。

陈安把钱往她兜里塞："没有，新人手气旺。今晚赢了钱，说明你明年一年都有好运。"

程乐乐第一次打麻将，不是很懂这些："啊？那我岂不是把我的好运建立在你们的……啊，呸呸呸。"

大过年的不吉利。程乐乐开始退钱："大家都来沾沾好运。"

于是每人象征性地拿了一张，陈安说："规矩就是拿一张。"

程乐乐点头，乖乖收起了钱。

陈安觉得程乐乐蠢萌的样子很好玩，捏了下她的鼻子，说："过来，有礼物送给你。"

程乐乐兴奋地问："什么礼物？"

陈安遮着她的眼睛往房间里走。

王丽婷和奶奶目不斜视地看着小品节目中的催婚桥段。

奶奶用泰溪话说道："小年轻想谈恋爱，拦都拦不住喔，催什么婚呐。自个儿要想结，比老子们还急。"

王丽婷剥着瓜子说："听安安说，乐乐年后要去杭州了。"

奶奶道："那他俩不是要两地分居？"

"不晓得，可能两头跑吧。安安说，先把婚结了再去。"

"他倒是机灵，怎么不干脆把孩子生了？"

王丽婷笑道："他敢这么想也不敢这么做啊。"

奶奶叹气："孬是孬了点啊。"

这时，孬男人陈安把捂着程乐乐眼睛的手放了下来。

房间里只开了四角的暗灯，光线不亮，程乐乐乍一睁眼也不难受。

可能也有一点难受吧，不过当她看见桌上偌大的一个微缩模型时，全部的注意力瞬间就被吸引走了。

"你自己做的？"

陈安笑着说："嗯，喜欢吗？"

程乐乐点点头，打开了旁边的小台灯，仔细打量起来。这是一个四四方方的灰砖建筑，顶上挂着"星辰影院"的标志牌，分为上下两层，底层中央开着玻璃门。她轻轻用指尖一推，便能看见里面一条超长的柜台。柜台上放着多台收银电脑，柜台上方的几台电视机虽然每个只有指甲盖那么大，但还是很细致地贴上了上映的电影信息。

《色戒》《初恋这件小事》《复仇者联盟》……都是那些年他们一起看过的电影。

东侧有一块一寸见方的电子落地大屏，正循环播放着那天的平安夜抽奖画面。而扶梯上方凸出来的那块休息室前，放着章鱼、老虎等人偶，人偶前还有个黑衣红裙的小人。

程乐乐忍不住碰了碰那个小人，随即"大堂"的灯光大亮，响起了 *Always Look on the Bright Side of Life* 的音乐声，小人也开始跳起了青蛙动作的舞蹈，可爱得很。

　　因为模型进深问题，二楼的影厅都是打不开的，更多地承载着象征意义。不过最靠前的那个厅门可以打开。程乐乐试着推了推，灯光随即暗了下去。一束光从底座打到半空，呈现出一个有很多座椅的影厅样式。

　　座椅前方出现3、2、1的倒计时。

　　随着一声嘹亮的啼哭声，两个小婴儿的照片出现在半空中。影像迅速变幻，两人涂着红唇、抹着金粉，在泰溪剧院一左一右地摇晃，背景音乐又改成了童声童气的《相亲相爱一家人》。接着是小学的拔河比赛，她跌倒在地，哭得五官都皱在一起，陈安背着她匆匆跑去医务室。然后是初中的运动会，陈安腾空一跃之后，她跑过来和他击掌。再然后是高中时，她在楼顶上加油助威，穿着印有获奖证书的衣服招摇过市……

　　放完珍贵的成长视频，照片又像雪花一样从各个角落纷至沓来。有学游泳呛水的，有掉门牙哭泣的，有第一次戴红领巾的，有捧着一张满分试卷的，有被逼着罚站墙角的，有长大后第一次成功化妆臭美的，有赶去曾州看演唱会被冷风吹得瑟瑟发抖的……

　　一张张全都是程乐乐。

　　等照片播放完，半空中出现两行字：

　　　　人生像一部电影。
　　　　我的电影从一开始就有了女主角。

　　画面一闪，又有一行字出现：

　　　　现在，我想问我的女主角一个问题。

　　程乐乐早已泪流满面，两只眼睛红得像兔子："好啦小哥，我愿意。"

　　陈安去抹她湿漉漉的脸，笑容却是藏不出："我还没问呢。"

　　他掏出一颗璀璨炫目的钻戒，飞快地套在程乐乐的无名指上："乖宝，你愿意嫁给我吗？"

　　两个人的求婚流程没有一步是对的。

　　程乐乐的眼泪瞬间蒸发了，看着那个熠熠生辉的大戒指，喉咙里发出没有任何意义的咕哝声。

　　过了很久，她才喊道："小哥，你把买影院的600万戴在我手上了？我的手是不是快要比钢琴家的手还要值钱了？小哥，你疯了吧？我会被人剁手的，你知道吗？"

陈安料到程乐乐会有这样的反应，淡定地摸了下她的头，道："你去杭州再戴。那边的人比我们泰溪的人见过世面，社会治安也很好，你放心戴着吧。"

程乐乐瞬间哑火："杭州……"

"这几天没少动脑筋想着怎么说服我吧？"

"倒也没有。"程乐乐得了便宜还卖乖，"就是没想到小哥这么贴心懂事……"

"先把婚结了再去。"

"那必须的。"程乐乐忙不迭点头。

"你那个戒指挂在脖子上，我的这个戒指戴在手上。我会突击检查。"

"啧……"

"那就别去杭州。"

"啧，这戒指戴在我手上，衬得我这手特别白，手指特别细。"

"这还差不多。"

"小哥，这个戒指有没有缩小版啊？就跟这个迷你影院一样，小一点的，假一点的，我心理负担能轻一点……"

"程乐乐，我劝你别动这歪脑筋，不然你就别去杭州了。"

"哦，我也就是这么一说……这戒指多好啊，这么大，里面可以装暗器。哎，你说李寻欢是不是也戴这个呢？"

陈安扑过去薅她头发，程乐乐在他怀里咯咯笑。

门外，王丽婷和奶奶守在一旁。奶奶耳朵背，问："求成功了？"

王丽婷点头。

奶奶念叨："那还躲在里面干什么呢？"然后利索地去砸门："快到十二点了，出来吃汤圆！"

程乐乐打开门，晃着一个硕大的戒指给奶奶看："奶奶，你看这里适不适合藏毒？电影里的人都是这样神不知鬼不觉地下毒的。"

陈安在后面翻白眼。

王丽婷忍不住笑了。程乐乐又开始打响指："干妈，我现在有两个戒指了，再集四个就可以做灭霸了喔。"

电视里突然传来倒计时的声音。

"奶奶！过年好！"程乐乐倍儿响亮地在奶奶脸上亲了一口。"妈妈，过年好！"程乐乐接着去亲王丽婷。"儿子，过年好！"程乐乐去抱阿丑。

陈安被排在最后，程乐乐跑过去给了他一个大大的拥抱，清脆地喊了声："老公，过年好！"

陈安本来一肚子气，但程乐乐嘴甜的时候，他根本招架不住，只能满脸笑容地回她一句："老婆，过年好！"

<完>

番外

阿丑

有个词叫"狗仗人势"，说狗有了主人，就显得格外跋扈。诚然如此。

阿丑本是一只斑秃严重、尾巴残疾的流浪狗，长相如其名，算是狗届的"钟无艳"，幼时出去溜达时，也不受同类的青睐和欢迎。它命运的转折点出现在被程乐乐和陈安收养的那一刻。

多年前，程乐乐初到北京时，曾养过一只萨摩耶，名叫美美。后来因为各种变故，程乐乐负担不起养狗的费用，不得不将它转送给信得过的同学。谁承想没过多久，美美便在某次外出时意外走失。那会儿程乐乐千头万绪，泥菩萨过江自身难保，甚至无法抽出时间和同学一起寻找美美的下落。这事至今仍是她的一块心病。因而在抚养阿丑的过程中，程乐乐难免将这种遗憾和懊悔投射到阿丑身上。阿丑成长路上的桩桩件件，她都格外上心。如果去搜索她和陈安的聊天记录，关键词"阿丑"出现的频率远高于"小哥"。陈安内心觉得自己的地位还不如狗，但男人面子大过天，理性上来说他也不屑于与一只狗争宠，何况这只狗还长得那么磕碜。再说了，在程乐乐心中排第一的是工作。她忙起来的时候电话不接，微信不回。他偶尔发一下诸如"阿丑今天胃口不太好"的消息试探，程乐乐回回上钩。阿丑好歹是只很好用的工具狗。

为了展现人类的绝对领导地位，也为了向程乐乐献宝，陈安时常对阿丑进行"站"和"坐"的服从性训练。然而阿丑是个墙头草，程乐乐不在时，老实巴交地挨陈安训；程乐乐一回来，阿丑便将尾巴摇成小风车，对陈安的命令置若罔闻，让陈安很下不来台。

眼见着陈安要跟阿丑上演"人狗大战"，程乐乐便鬼马精灵地配合上了。陈安喊一声"坐"，她身先士卒地一屁股坐下，两只手巴巴地捧在前面，顶着一张阳光灿烂的笑脸，又萌又甜地乞讨奖赏。于是，陈安端起的威严架子光速崩塌。老婆这么可爱，不抓来亲一下实在说不过去。陈安忙起大人的正事，无暇和不给面子的阿丑计较。

时间长了，阿丑便有些狗眼看人低，不怎么把陈安放在眼里。别看它披着一身狗皮，内里倒有了几分"喵星人"的傲慢，只当陈安是个地位低下的铲屎官。

今年年初，程乐乐作为区域总经理要去南方的一座旅游城市支援一个重点项目。影院从试营业到步入正轨，至少需要三四个月。陈安粮草先行，替她在影院附近租下了一处坐北朝南的阳光房。这房子的格局和泰溪的老房子有几分相似，只是阳光房前面的院落里种的是一棵枝繁叶茂的棕榈树。院子再往前走一段路，便是长达几公里的人工海滨栈道。海滨栈道的一侧为绿意盎然的生态绿道，另一侧则是细软的沙滩，沿途还有颜色鲜艳的灯塔点缀其间。若是工作得了闲，到这里散散步，也是浪漫惬意得很。可惜乐乐闲暇的时间并不多，陈安在那里住了七八天，住得甚是孤单寂寞。等第二次去时，陈安就把工具狗阿丑一并带上了。

阿丑一到新的地方，像是被打了鸡血一样兴奋，天还没亮透，就撒开腿在海滩上狂奔。陈安牵着狗绳在后面追出残影，累得快要吐血。待阿丑疯够了，陈安恨不得朝它屁股上踹两脚。窝了一肚子火，等到程乐乐回家，陈安忙不迭地向她告状，要她跟他统一立场，给阿丑立点规矩。

程乐乐小鸡啄米般点头，一边扒拉着饭，一边振振有词地教训被陈安惩罚晚吃半小时饭的阿丑。

"阿丑，你怎么可以不听爸爸的话乱跑呢？爸爸又不是十七八岁的小伙子，跟在你屁股后面跑，累得一把老骨头都快散架了！你忍心这样虐待老人吗？"

陈安把本来快送进嘴里的那一筷子菜又放回了碗里："不是，你这到底是训谁呢？"

程乐乐不明所以，头朝阿丑偏了一下："训狗呢。"

陈安感觉像是自己被骂，吃了个哑巴亏，于是把火力转向始作俑者，带着几分咬牙切齿的神情吓唬小动物："我听说这里的人爱吃狗肉……"

"哎呀——"程乐乐忙扑过去捂住了阿丑的耳朵，分贝略高地喊了声，"小哥，你立规矩就立规矩，怎么能跟孩子说这么残忍的话？"

阿丑得势，腰杆子立马直起来了，嚣张地朝陈安叫了几声，以示抗议。

程乐乐心思敏捷，眼见着陈安气得要摔筷子了，她手往下一滑，嗖地捂住了阿丑的嘴，点了点阿丑的鼻子，和起了稀泥："你爸虽然是吓唬你，但你今天确实太不像话了！先罚你取消晚上的罐头。"

阿丑难过地呜咽了一声。程乐乐回头偷偷看了一眼陈安灰败的脸色，拍着桌子继续强调："罚一天肯定是不够的，怎么也得罚一周才能长记性！一周之内都不许吃罐头！"

然后她转头自告奋勇地道："小哥，你放心，明天我遛阿丑，不把它这臭毛病改过来，我跟你姓！"

陈安的火气多少消了些，倒不是因为阿丑被罚，而是程乐乐总算能从百忙之中抽出时间来陪他过个闲散的早晨。虽然名义上是遛这糟心的狗，但他的心情总归明媚了点。

然而这顿饭还没吃完，合伙人那边就来了电话。因投资模型出现重大纰漏，陈安即刻动身，搭乘最近一班航班前往北京。事情本身并不复杂，但涉及政府层面的合作，需他亲自出面的场合较多，终究要费些时日。

程乐乐倒是懂事，知道他脱不开身又惦记自己，每天跟打卡似的准点上传吃饭照片，以示将自己照顾得很好，让他无后顾之忧。然而细心的陈安还是发现有两次饭菜照片一模一样。想来这天她忙起来确实没顾上吃饭，想蒙混过关，就像小时候抄作业一样。

陈安没戳穿她，下午叫了外卖送去她的办公室。程乐乐补发了一张元气满满的自拍照。两人心照不宣地翻过了这一篇。

至于阿丑，陈安走得匆忙，未能带走。本来想托运回曾州让母亲照看，但程乐乐声称自己搞得定，于是阿丑被留下来和她做个伴。

等了结了北京的项目，陈安第一时间飞去和程乐乐会合。北京已是大雪飞扬，滨海城市却仍有几分暑气，蛙叫蝉鸣，绿荫如盖。

为了给程乐乐一个惊喜，陈安没有事先通知她，拉着行李箱赶至栈道，还未走到院落，就遥遥地听见熟悉的狗叫声。

狗鼻子确实灵，隔着老远就嗅到了主人的气息。虽说上次跟它有点不欢而散吧，但这么多天没见，对娘儿俩的思念中，阿丑勉勉强强也能占个角落。听到它的声音，陈安加快了脚步。还未走几秒，就见阿丑和另一只拉布拉多一前一后，欢快地从栈道一端跑了出来，又是横冲直撞的姿态，像支不辨方向的箭。狗绳的另一端是个飞奔的小伙子，穿着一条及膝的沙滩短裤，小腿粗壮，皮肤是健康的小麦色。瞧这架势，像是家境富裕的体育生。体育生青春洋溢地朝阿丑吹了个口哨，阿丑便放缓了速度，顺着体育生的目光看向栈道靠近马路的方向。那一端，程乐乐正从出租车里钻出来。

阿丑这才喜出望外地叫唤起来。

体育生拉着两只狗朝程乐乐跑去，程乐乐被阿丑撞了个满怀，差点摔倒。体育生顺势一拉，程乐乐借着他的胳膊勉强站稳。两人交头接耳地聊了一阵。微风轻柔，两人两狗，并肩朝栈道走去。栈道中间摆放着两把蓝白相间的座椅，两人随即坐了下来，阿丑在程乐乐和体育生之间穿梭，显得分外快乐。好一幅浪漫惬意的画面！

陈安心中醋意翻腾，疾行的脚步也滞缓了些。当然，程乐乐这种没心眼的家伙，恐怕是不会背着他胡来的，就怕傻狗伙同外人挖墙脚。正打算过去把阿丑"就地正法"的工夫，陈安手中的手机亮了一下，打开一看，竟是程乐乐发来的照片。

照片上，是一片瑰丽的晚霞。天边的云絮被霞光染红，火红一片，正是抬头便能看到的天穹。

随后程乐乐又发来一行文字："小哥，今晚夜色会很美。"

天边鲜艳的颜色仿佛落于陈安的心上，刚冷寂不过须臾的心情又火热起来。他拿起手机，对着绯红的霞光按下了快门键，发了过去。

想象中的回头并没有出现。程乐乐文绉绉地写道："海上生明月，天涯共此时。"

陈安只好把取景器往下调了调，又避开了让他不太爽的体育生和阿丑，勉勉强强拍到了近处的一座灯塔，再次发了过去。

这回，傻乎乎的程乐乐终于回过神来。她朝身后一看，人便原地蹦了起来。就像阿丑跑向她一样，她张开双臂朝陈安飞奔而来，宽松的外套被风吹得鼓鼓的，整个人像深海里漂亮的发光水母。

如果程乐乐有尾巴，此刻也该像风车一样迎风转起来了吧。陈安忽然这么想。

跟在她身后的阿丑，也随着程乐乐奔跑而来。体育生朝它吹口哨，它也没回头，坚定地跟着它的女主人一起撞到了陈安的怀里。

于是，心胸宽广的陈安也不想去计较阿丑的背叛了。

奶奶说过，陈安的头发细密，心地很软，对人对狗，都是如此。